Annette Fabiani

Hotel Ritz

Träume von Glanz und Glück

AF288509

GOLDMANN

Annette Fabiani

HOTEL Ritz

Träume von Glanz und Glück

Roman

GOLDMANN

MIX
Papier | Fördert
gute Waldnutzung
FSC® C014496

Penguin Random House Verlagsgruppe FSC® N001967

1. Auflage
Originalausgabe November 2024
Copyright © 2024 by Annette Fabiani
Copyright der deutschsprachigen Erstausgabe © 2024
by Wilhelm Goldmann Verlag, München,
in der Penguin Random House Verlagsgruppe GmbH,
Neumarkter Str. 28, 81673 München
Dieses Werk wurde vermittelt
durch die Montasser Medienagentur, München.
Gestaltung des Umschlags und der Umschlaginnenseiten:
UNO Werbeagentur, München
Umschlagmotiv: © Arcangel/Lauren Rautenbach; FinePic®, München
Redaktion: Ilse Wagner
Karte: © Peter Palm, Berlin
BH · Herstellung: ik
Satz: Uhl + Massopust, Aalen
Druck und Bindung: GGP Media GmbH, Pößneck
Printed in Germany
ISBN: 978-3-442-49269-5

www.goldmann-verlag.de

In Gedenken an Felipe

»... für diejenigen, die keine Veränderungen mögen,
ist das Ritz eine Oase und eine Zufluchtsstätte.
Die hervorragenden Menschen, die sich so
zuvorkommend um die Bedürfnisse der Gäste
kümmern, bleiben Jahr für Jahr die gleichen, und
diese Kontinuität trägt dazu bei, die Atmosphäre der
Gemütlichkeit aufrechtzuerhalten, die leider in so
vielen modernen Einrichtungen fehlt.«

Peter Fleetwood-Hesketh (1905–1985), Architekt

»Es war einzigartig, weil es das einzige Grandhotel
in London war, das nie überfüllt und nie laut war –
eine Zuflucht, in die man sich schlich, nicht um sich
an Austern und Champagner zu laben, sondern an
Erinnerungen an eine vergangene Welt.«

Sir Peregrine Worsthorne (1923–2020), britischer Journalist,
über das Ritz während der 1960er-Jahre.

»Es ist wie im Paradies.«

Jacqueline Kennedy Onassis im Jahre 1987 auf die Frage
der Hausdame, ob alles zu ihrer Zufriedenheit sei.

Plan des Erdgeschosses 1906

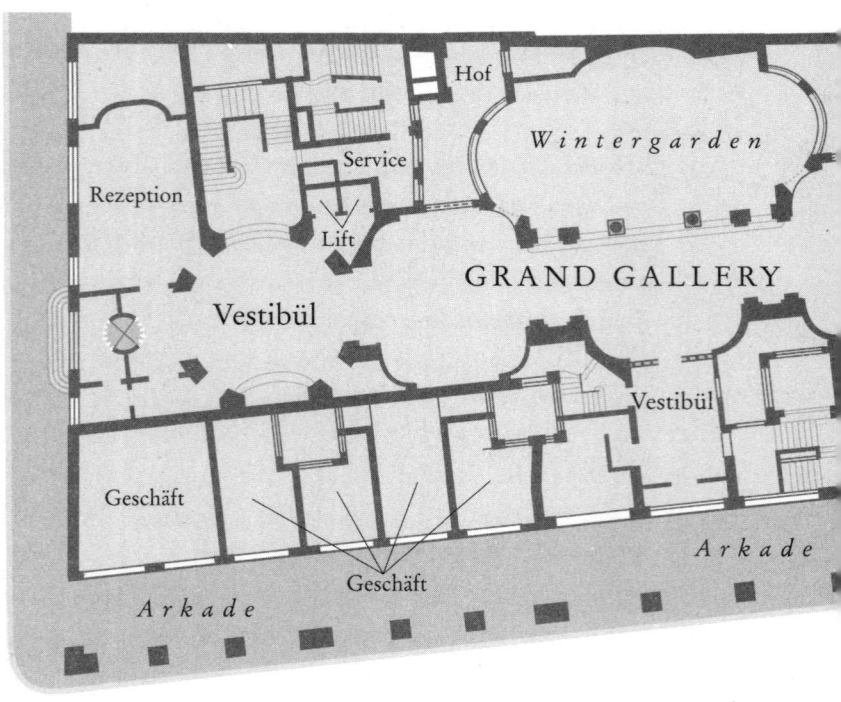

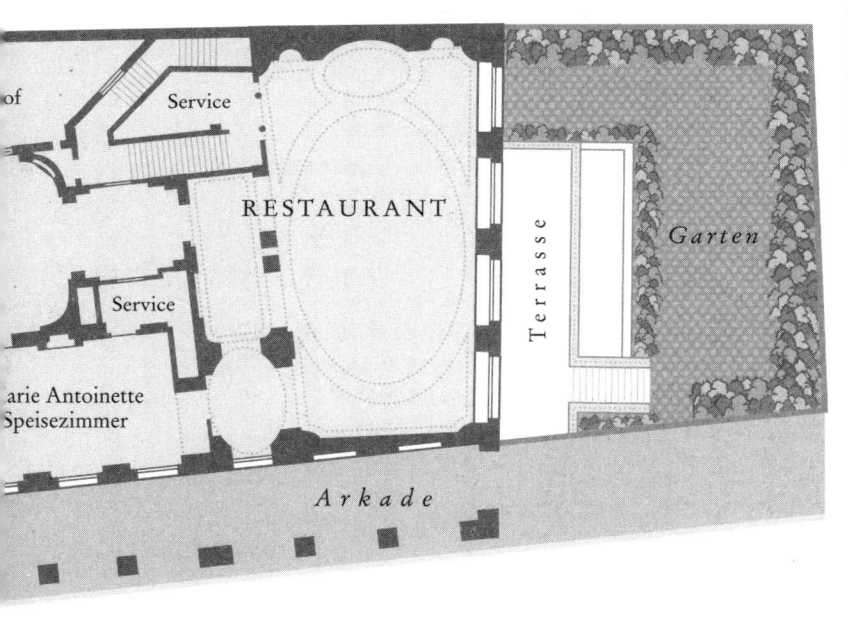

of   Service

RESTAURANT

Service

arie Antoinette
Speisezimmer

Terrasse

Garten

Arkade

Erster Teil

✦

Glanzzeit

Prolog

Scarborough, November 1895

*D*er Sturm hatte nachgelassen. Noch immer brachen sich die schäumenden Wellen an der Mauer der Foreshore Road und spritzten wie jäh aufsteigende Geiser fauchend vor Venetia in die Höhe. Doch das war nur ein schwacher Abklatsch, verglichen mit der gewaltigen Sturzflut, die kaum ein paar Stunden zuvor über den nordenglischen Badeort hereingebrochen war. Das Meer war ein einziges aufgewühltes, schneeig weißes Gebirge gewesen, das ständig seine Form veränderte, ein brüllendes, tosendes Ungeheuer, das selbst für die Jahreszeit, zu der Herbststürme nicht selten waren, mit ungewöhnlicher Gewalt gewütet hatte.

Venetia trat einige Schritte von dem eisernen Geländer zurück, das die Straße säumte, um dem aufsprühenden Tropfenregen zu entgehen, den der Wind gegen die Küste blies. Sie schmeckte das salzige Wasser auf den Lippen und bemerkte, dass sie schneller atmete. Die starken Böen schienen ihr die Luft vom Mund wegzureißen, bevor sie sie inhalieren konnte. Doch sie dachte nicht daran, sich in die warmen und trockenen Wände der kleinen Pension zurückzuziehen, in der sie mit ihrer Mutter abgestiegen war. Um der bedrückenden Atmosphäre dort zu entfliehen, war sie trotzig in die Nachwehen des Sturms hinausgegangen. Und

13

obwohl Venetia rasch festgestellt hatte, dass ihr Regenschirm bei dem starken Wind nutzlos war, hatte sie ihren Weg am Hafen entlang fortgesetzt, war am Fischmarkt vorbeigegangen, wo die Händler ihre Buden mit Brettern vernagelt hatten, und der Foreshore Road Richtung Kurbad gefolgt, um sich von dem erhöht gelegenen Aussichtspunkt das beeindruckende Wogen der Wellen anzusehen. Im Sommer bei Sonnenschein funkelte das Meer wie Geschmeide auf blaugrünem Grund, im Herbst und Winter war es von einem düsteren Bleigrau. An diesem Tag erschienen die Wellentäler unter ihren schneeigen Kämmen jedoch tiefschwarz, noch dunkler als die Wolkenberge über ihnen.

Venetia genoss das ungemütliche, trübe Wetter. Es spiegelte ihre momentane Stimmung wider, die zwischen Wut und Enttäuschung schwankte. Als einzelnes Mädchen, das mit drei Brüdern aufgewachsen war, hatte sie sich früh daran gewöhnen müssen, zurückzustehen. Während ihr Vater George, Lawrence und Ned schon in jungen Jahren ins Theater und Varieté mitgenommen hatte, obwohl sie wenig Wert darauf legten, war es Venetia erst anlässlich ihres achtzehnten Geburtstags das erste Mal gestattet gewesen, ein Bühnenstück von Shakespeare zu sehen. Ihre Brüder hatten von klein auf die Schule besucht, doch Venetia war bis zu ihrem elften Lebensjahr von ihrer Mutter zu Hause unterrichtet worden. Damals hatte ihr das nichts ausgemacht, auch wenn der Lehrstoff ein wenig einseitig gewesen war. Mama hatte ein Talent für das Erlernen von Sprachen. Und da sie in ihrer Jugend einige Zeit als Kammerzofe bei einer wohlhabenden Dame gearbeitet hatte, die die Winter in Südfrankreich verbrachte, sprach Margaret Grey fließend Französisch sowie ein wenig Italienisch und Latein. Überdies besaß sie eine künstlerische Ader und war eine begabte Zeichnerin. Rechnen lag Mama dagegen gar nicht, und so waren Venetias Kenntnisse in Arithmetik eher begrenzt gewesen, als sie endlich eine Schule besuchen durfte. Zum Glück hatte ihr zwei Jahre jüngerer Bruder Ned ihr das Rechnen beigebracht, wofür er eine besondere Begabung besaß. Eigentlich hatte Venetia sich trotz ihrer behüteten Kindheit nicht sonderlich gegrämt, dass sie als Mädchen vieles nicht tun durfte und zu Hause mit der Mutter in der Bibel lesen musste, während die Brüder durch die Straßen zogen und mit den Nachbarsjungen im Park Kricket spielten. Ned und Larry hatten sich stets bemüht, ihre Schwester zu unterhalten, und ihr von ihren Erlebnissen erzählt. Nur mit Georgie war Venetia nie besonders gut ausgekommen, denn der Älteste war sich immer zu fein gewesen, um sich mit einem kleinen Mädchen abzugeben. Er hatte das Elternhaus verlassen, um in Cambridge zu studieren. Ihr Vater, der in der City im Büro einer Versicherungsgesellschaft gearbeitet hatte, war nach deren Konkurs eine Zeit lang erwerbslos gewesen, und die Familie hatte den Gürtel enger schnallen müssen. Ned und Larry war nichts anderes übrig geblieben, als früh eine Stelle anzutreten. Erst als es Papa gelungen war, bei einer anderen Versicherung unterzukommen, hatten sie ein Studium beginnen können. Venetia hatte eine weiterführende Schule besucht und eine Ausbildung zur Lehrerin absolviert. Das North London Collegiate war eine der angesehensten Mädchenschulen in England und wurde mit strenger Disziplin geführt. Zu ihrem Verdruss wäre Venetia beinahe bei der Aufnahmeprüfung durchgefallen, da sie zwar ausreichende Kenntnisse in Französisch, Arithmetik und Geographie besaß, aber nie gelernt hatte, ein Knopfloch zu nähen. Zum Glück hatte sie diesen Teil der Prüfung am folgenden Tag nachholen können, nachdem ihre Mutter ihr diese für eine Frau unverzichtbare Fertigkeit rasch beigebracht hatte. Mit neunzehn Jahren hatte Venetia schließlich ihr Abschlussexamen mit Bravour bestanden. Dies war im

Sommer gewesen. Eigentlich hatte Venetia sich auf die Suche nach einer Stellung machen wollen, doch dann war Mamas Vater überraschend gestorben, und die Familie hatte sich in Trauer befunden. Als pflichtbewusste Tochter war Venetia bei ihrer Mutter zu Hause geblieben, während ihre Brüder weiterhin ihr Junggesellenleben genossen.

Anfang November war nun auch noch Tante Lizzie, die eine kleine Pension in Scarborough führte, erkrankt. Venetia und ihre Mutter waren hingefahren, um sie zu pflegen. Seitdem stritten in der jungen Frau widerstrebende Gefühle miteinander: das Pflichtbewusstsein, das ihr anerzogen worden war, und das leidenschaftliche Verlangen nach einem eigenen Leben, nach Unabhängigkeit ... Allerdings musste sie sich eingestehen, dass sie sich noch nicht ganz im Klaren darüber war, welche Art Stellung sie anstreben sollte. War der Beruf der Lehrerin tatsächlich das, was sie sich erträumt hatte? Seit ihrem Abschluss hatte Venetia von ihren Mitschülerinnen erfahren, dass einige von ihnen lieber als Schreibkraft in ein Büro gegangen waren. Stenotypistinnen wurden immer mehr nachgefragt, da viele Geschäftsleute, die früher Dokumente von Hand hatten kopieren lassen, zunehmend Schreibmaschinen anschafften und sogenannte Tippfräulein einstellten. Auf diesem Weg, so hofften viele Mädchen, würden sie eher einen geeigneten Ehemann finden. Lehrerinnen starben meist als alte Jungfern, denn kein Mann wollte eine altkluge Gattin, die alles besser wusste als er. Venetias Freundin Doreen hatte es sich in den Kopf gesetzt, Journalistin zu werden, und wollte sich nach Abschluss eines Sekretärinnenkurses bei einer der aufkommenden Frauenzeitschriften bewerben. Inzwischen war auch Venetia unsicher geworden, ob sie an einer Stelle im Büro nicht mehr Freude haben würde. Zumal sie aufgrund ihrer Unerfahrenheit wahrscheinlich nur einen Posten in einer Provinzschule bekommen würde. Viel lieber würde sie jedoch in London bleiben, denn trotz ihrer strengen Erziehung war Venetia forsch und abenteuerlustig. Von Doreen hatte sie sich während ihrer gemeinsamen Schulzeit zu manchem Schabernack verleiten lassen und dies nie bereut, auch wenn die Mädchen einige Male ertappt und bestraft worden waren. Venetia hätte die aufregenden Erfahrungen nicht missen wollen. Während sie Zukunftspläne schmiedete, wanderte Venetia durch die schmalen, verwinkelten Gassen der Altstadt. Sie begegnete keiner Menschenseele. Die Einwohner des Orts waren vor dem Sturm in ihre Häuser geflüchtet, und Badegäste verirrten sich zu dieser Jahreszeit nur vereinzelt hierher. Instinktiv machte Venetia einen großen Bogen um die Princess Street, auf der die Pension ihrer Tante lag, und ging weiter nach Norden. Eine Weile spazierte sie gedankenverloren durch die Clarence Gardens, die zum Nordstrand abfielen. Da der Wind nachgelassen hatte und der Himmel in der Ferne ein wenig aufgeklart war, entschied Venetia nach kurzer Überlegung, dem gewundenen Pfad die Klippen hinauf zu folgen. Auf einer Erhebung der Landzunge ragte die Ruine von Scarborough Castle auf, ein halb verfallener Bergfried mit den Resten eines recht imposant wirkenden Mauerrings. Die hellen Steine kontrastierten mit dem Dunkelgrau der Wolken und den einzelnen himmelblauen Flecken im Hintergrund. Venetia hielt einen Moment inne, um sich vorzustellen, wie sie die Szene skizzieren und dann die Farben auswählen würde, um sie auf die Leinwand zu bannen. Mit dem bedrohlich aufgewühlten Meer am Fuß der steil abfallenden Klippen würde es eine sehr dramatische Komposition werden.

Ein wenig entfernt am Rand des Felsvorsprungs außerhalb der Burgmauern gewahrte Venetia auf einmal eine Gestalt. Ein einzelner Wanderer, der anscheinend wie sie die Einsamkeit suchte. Da sie niemandem begegnen wollte, verlangsamte Venetia ihre

Schritte. Zur Not konnte sie den Pfad verlassen, um dem Mann auszuweichen, doch das Gras war vermutlich glatt, und sie hätte es vorgezogen, auf dem ausgetretenen Weg zu bleiben. Zu ihrer Erleichterung schien der Fremde sich zu entfernen, denn er verschwand aus ihrem Blickfeld, als sie dem Pfad in eine Einbuchtung folgte, den die Brandung in den Felsen gefressen hatte. Hier brachen sich die Wellen mit ohrenbetäubendem Getöse, prallten mit zerstörerischer Gewalt gegen das Gestein und sprühten schäumend in die Höhe. Einen Moment lang beobachtete Venetia die hochwirbelnden Schaumfetzen, die Spitzentüchern glichen und kurz darauf wieder in die dunklen Täler der zurückflutenden Wellen hinabfielen. Sie hätte sich stundenlang an diesem Schauspiel erfreuen können.

Ohne den Blick von den Wogen abzuwenden, ging sie weiter, bis der Pfad erneut eine Biegung machte und steil anstieg. Widerwillig konzentrierte Venetia sich auf den Boden vor ihr, um nicht auszurutschen. Der Wind hatte wieder aufgefrischt und zerrte an ihrem Hut und dem aufgesteckten Haar. Wenn sie nach Hause kam, würde Mama über das Vogelnest schimpfen, das sie zu entwirren hatte, denn Venetias feines Haar verfilzte leicht. Während sie mit einer Hand ihren Hut festhielt und mit der anderen ihren langen Rock raffte, erklomm Venetia die letzte Steigung zum Plateau der Landzunge.

Oben angekommen, hielt sie schwer atmend inne und ließ den Blick schweifen. Da bemerkte sie den Mann wieder, den sie zuvor gesehen hatte. Ihr Herz machte erschrocken einen Sprung und begann wie wild zu schlagen. Er stand am Rand der steil abfallenden Klippen und blickte in die brodelnde Tiefe hinab. Eine Böe riss ihm den Hut vom Kopf, doch er nahm keine Notiz davon.

Ein jähes Gefühl der Angst durchfuhr sie. »Tun Sie's nicht! Bitte!«, rief sie.

London, 21. Januar 1940

Die virtuosen Klänge von Beethovens Appassionata noch im Ohr, kehrte Venetia Grey nach ihrer Mittagspause ins Ritz Hotel zurück. Sie liebte die Klavierkonzerte, die die Pianistin Myra Hess in der National Gallery gab, um Büroangestellte, Verkäuferinnen und Luftschutzwärter aus der bedrückenden Atmosphäre des Krieges in eine Traumwelt zu entführen. Zumindest für eine Stunde konnten die Menschen so die Verdunkelung, den Fliegeralarm und die an den Gebäuden gestapelten Sandsäcke vergessen.

Als Venetia am Haupteingang auf der Arlington Street vorbeiging, trat der Empfangschef George Criticos durch die Drehtür nach draußen und rief ihr zu: »Miss Grey, gut, dass Sie zurück sind. Lady Howlands Wehen haben eingesetzt.«

Venetia folgte ihm ins Vestibül. »Gibt es Anlass zur Sorge?«, fragte sie leise.

»Ich denke nicht«, erwiderte der Concierge vorsichtig. »Aber Ihre Ladyschaft hat nach Ihnen gefragt.«

»Gut, ich gehe gleich zu ihr. Haben Sie Dr. Murray benachrichtigt?«

George nickte. »Er kommt, sobald er kann.«

»Weiß Monsieur Duchêne Bescheid?«, erkundigte sich Venetia.

»Noch nicht«, antwortete der Empfangschef. »Er ist vor einer halben Stunde zu Tisch gegangen.«

»Ich werde ihn anrufen, bevor ich zu Lady Howland gehe.«

Venetia wollte sich abwenden, als George noch hinzufügte: »Monsieur Duchêne wollte darüber informiert werden, wenn Lady Cunards Kammerzofe eintrifft.«

Venetia entschlüpfte ein Seufzen. »Ist sie da?«

»Ja, sie ist vor zehn Minuten angekommen.«

»Zeigen Sie ihr die Suite, die für Lady Cunard reserviert wurde. Wir können nicht warten, bis Monsieur Duchêne zurück ist.«

»Ich kümmere mich darum.«

»Danke, George.«

Venetia ging in das Vorzimmer des Hoteldirektors, das nun seit fast vierunddreißig Jahren ihr kleines Reich darstellte. Sie verbrachte mehr Zeit hier als in ihrer Wohnung in Finsbury Park. Aber das bedauerte sie nicht. Sie war alleinstehend, hatte nie geheiratet und schätzte die Einsamkeit nicht. In dem Trubel und der Betriebsamkeit des Luxushotels hatte sie sich immer heimisch gefühlt. Viele der anderen Angestellten kannte sie seit Jahren, wie George Criticos, der seit dem Großen Krieg im Ritz arbeitete. Sie betrachtete die Menschen, die dem prächtigen Gebäude auf dem Piccadilly Leben einhauchten, als ihre Familie – viel mehr als ihre Blutsverwandten. Sie kannte jeden Zoll des Teppichs, den sie über die Jahre beschritten hatte, jede Ader des Marmors, der die Säulen des Vestibüls verkleidete, jeden Fleck an den einfach gestrichenen Wänden des Personalbereichs, den kein Gast je zu sehen bekam. Sie hatte enge Freundschaften geschlossen und sich auch den ein oder anderen Feind gemacht. Denn obwohl Venetia nur die Vorzimmerdame des Hoteldirektors war, hatten die Herren sich stets gerne auf sie verlassen und ihr mit den Jahren eine gewisse Entscheidungsbefugnis zugestanden, wann immer sie sich einmal außer Haus aufhielten. So wie an diesem Tag Monsieur Duchêne. Zwar hatte Duchêne George mitgeteilt, er sei zum Lunch gegangen, aber Venetia wusste, dass er in Wirklichkeit nach Hause gefahren war, um sich auszuruhen. Er hatte es ihr gegenüber mit keinem Wort erwähnt, doch sie ahnte, dass er krank war. Ihre Menschenkenntnis machte es ihr leicht, die Zeichen zu erkennen: seine zuweilen angespannte Miene, die verriet, dass er Schmerzen litt, die Blässe seiner Haut, die tiefe Erschöpfung, die nach einem langen Arbeitstag aus seinen Zügen sprach. Es musste etwas Schleichendes, Auszehrendes sein, das an ihm nagte. Dabei war Monsieur Duchêne noch nicht im Rentenalter. Fürsorglich brachte Venetia ihm Tee, wenn er müde aussah, und nahm ihm Entscheidungen ab, die sie ohnehin vorhersehen konnte, denn sie hatte vor ihm bereits für eine ganze Reihe von Direktoren gearbeitet. Bis auf einen waren sie alle Schweizer gewesen. Die Hotelaufsichtsräte bevorzugten diese Nationalität für verantwortungsvolle Positionen, nicht nur wegen des sprichwörtlichen Schweizer Organisationstalents, sondern vor allem, weil im Falle eines Krieges ein Eidgenosse nicht Gefahr lief, eingezogen oder als Angehöriger einer feindlichen Nation eingestuft zu werden.

Venetia hob den Hörer des schwarzen Bakelit-Telefons ab und wählte Monsieur Duchênes private Nummer. Als am anderen Ende seine müde Stimme erklang, verspürte Venetia Bedauern, dass sie ihn stören musste. Mit wenigen Worten klärte sie ihn über Lady Howlands Zustand und die Ankunft von Lady Cunards Zofe auf.

»Es ist alles unter Kontrolle«, versicherte Venetia, da sie erriet, dass er mit dem Gedanken spielte, früher ins Hotel zurückzukehren. »Ich gehe jetzt gleich zu Lady Howland, und George kümmert sich um Miss Gordon.«

»Sie sind ein Goldschatz, Madame«, sagte Duchêne auf Französisch. »Was würde ich ohne Sie tun?«

Nachdem Venetia ihre Handtasche in ihrem Schreibtisch eingeschlossen hatte, trat sie vor den kleinen Spiegel an der Wand, um sich zu überzeugen, dass der Wind ihrer Frisur keinen Schaden zugefügt hatte. Sie schob eine Strähne ihres grauen Haares, die sich aus der Nackenrolle gelöst hatte, wieder an ihren Platz. Das Gesicht, das Venetia im Spiegel sah, war nicht hübsch, doch der ebenmäßige Knochenbau ließ es nicht unattraktiv erscheinen. Trotz ihrer fünfundsechzig Jahre war ihre Haut noch immer glatt. Ihre graublauen Augen hingegen wirkten farblos, ebenso wie ihr einst blondes Haar, das den Ton ausgebleichten Strohs besessen hatte. Weil es der Mode entsprach, nicht weil sie Wert darauf legte, zog sie den roten Lippenstift nach und klopfte sich ein paar Staubflocken von ihrem Kostüm aus dunkelblauem Wollstoff. Auch wenn die Einrichtung des Hotels nach Jahren der Vernachlässigung ein wenig abgewetzt war und man darauf achten musste, auf den durchgelaufenen Teppichen nicht zu stolpern, waren die Angestellten nach wie vor stolz darauf, im Ritz zu arbeiten, und achteten auf ein makelloses Aussehen. Niemand hätte sich mit einem Fleck auf der Uniform oder einem losen Knopf erwischen lassen.

Venetia hängte sich den Pappkarton, der ihre Gasmaske enthielt und den sie beim Eintreten auf ihrem Schreibtisch abgelegt hatte, an der dazu angebrachten Schnur wieder über die Schulter und schloss das Büro ab. Der Fahrstuhl brachte sie zu dem Stockwerk, auf dem der Duke of Bedford für seine Schwiegertochter Clare Gwendolyn Russell, Lady Howland, zwei Suiten gemietet hatte, damit die Schwangere in der Sicherheit des Hotels ihr Kind zur Welt bringen konnte. Im Korridor, der zu den Zimmern führte, standen Chaiselongues für diejenigen

Gäste, die es vorzogen, im Falle eines Luftangriffs nicht in der Nähe der Fenster zu schlafen. Irgendwoher war Musik zu hören, ein Grammophon spielte das Lied »Run Rabbit Run« – ein lästiger Ohrwurm, aber immer noch besser als George Formby mit seiner Ukulele, dachte Venetia.

Nachdem das einst hochgelobte Ritz Hotel in den letzten Jahrzehnten an Anziehungskraft verloren hatte und inzwischen als altmodisch galt, hatte es seit Kriegsbeginn im vergangenen September einen unerwarteten Aufschwung erfahren. Das Stahlgerüst hinter seiner Fassade aus Portland-Stein vermittelte den Menschen, die von der Regierung auf verheerende Bombenangriffe der deutschen Luftwaffe vorbereitet worden waren, eine verlässliche Sicherheit. Im Vertrauen auf die Widerstandsfähigkeit der Konstruktion hatte Monsieur Duchêne nur das sechste und siebte obere Stockwerk geschlossen, denn man ging davon aus, dass selbst bei einem unmittelbaren Treffer die Fliegerbomben nicht zu den tiefer gelegeneren Etagen vordringen würden. Für den schlimmsten Fall hatte man das Untergeschoss zum Luftschutzkeller mit Bar und Imbiss umgebaut. In ihrer freien Zeit half Venetia dort aus, bereitete Tee und Sandwiches zu.

Lady Howlands Zofe Walters öffnete Venetia die Tür. Die Kammerfrau war bereits in den Sechzigern und wirkte unter ihrer aufgesetzten Maske des Gleichmuts angespannt. Als sie die Sekretärin des Hoteldirektors sah, hellte sich ihre Miene sichtlich auf.

»Miss Grey, gut, dass Sie da sind«, sagte Walters erleichtert. »Mylady hat bereits wiederholt nach Ihnen gefragt.«

»Wie geht es ihr?«, erkundigte sich Venetia.

»Sie hält sich tapfer, aber ich weiß, dass sie große Angst hat«, erwiderte die Zofe. »Sie würde es natürlich nicht zugeben. Es liegt ihr daran, Haltung zu bewahren, wie es von ihr erwartet wird.«

Venetia nickte und trat dann an das Bett, in dem Lady Howland zwischen zwei Wehen in die Kissen gelehnt dalag. Ihre Augen waren geschlossen, aber sie schlief nicht, oder die Ankunft der Sekretärin hatte sie geweckt.

»Miss Grey, wären Sie wohl so freundlich, sich ein wenig mit mir zu unterhalten«, bat die Schwangere. »Es lenkt mich von der Anstrengung ab.«

»Aber natürlich, Mylady«, versicherte Venetia und ließ sich auf einem Stuhl neben dem Bett nieder.

Sie begann, in heiterem Ton über die Neuigkeiten zu plaudern, die sie auf den Gesellschaftsseiten der *Home Notes* gelesen hatte. Dabei unterdrückte sie nur mit Mühe ein Lächeln. Ihre langjährige Freundin Doreen, mit der sie einst die Schule besucht hatte, war noch immer eine der bestunterrichteten Journalistinnen der Stadt. So manches Mal hatte sie Skandale aufgedeckt und an die Öffentlichkeit gebracht. Und sie hatte dies mit einer wenig damenhaften Rücksichtslosigkeit getan, die die Freundschaft der beiden Frauen stets belastet und einmal fast zum Bruch zwischen ihnen geführt hatte. Denn für die Angestellte eines Luxushotels gab es keine größere Tugend als Diskretion. Venetias Verschwiegenheit gegenüber ihrer Freundin hatte ihr einst überhaupt erst die Stelle als Vorzimmerdame des Hoteldirektors verschafft.

Etwa eine halbe Stunde nach Venetias Eintreffen kam Dr. Murray und kurz darauf die Hebamme. Während der Arzt die Gebärende untersuchte, ging Venetia Walters im Badezimmer zur Hand. Die Hähne der eleganten Armaturen tendierten nach jahrzehntelangem Gebrauch dazu, entweder dem Benutzer entgegenzufliegen, wenn man sie aufdrehte, oder sich keinen Zoll zu bewegen, so ausgeleiert oder verzogen waren sie. Der Hahn des Waschbeckens gehörte zur letzteren Art und bedurfte der vereinten Kräfte beider Frauen, um ihn aufzudrehen.

»Es tut mir leid«, entschuldigte Venetia sich zerknirscht. »Wenn das Kind geboren ist, schicke ich gleich den Klempner her.«

Die Kammerzofe lächelte beschwichtigend. »Machen Sie sich deswegen keine Gedanken, Miss Grey. Hauptsache, wir überleben diesen unseligen Krieg.«

Nachdem Dr. Murray gegangen war und auch die Hebamme sich mit der Versicherung, in zwei Stunden erneut vorbeizuschauen, verabschiedet hatte, setzte sich Venetia wieder an Lady Howlands Seite. Da die Wehen in großen Abständen kamen, hatte der Arzt der Gebärenden Chloralhydrat gespritzt, damit sie noch ein wenig schlafen konnte. Trotzdem durfte sie nicht ohne Aufsicht bleiben, und so hatte sich Venetia bereit erklärt, bei ihr zu wachen, während die Kammerzofe sich im Nebenzimmer ausruhte.

Eigentlich war der Empfangschef der erste Anlaufpunkt für die Anliegen der Gäste. George Criticos, der diese Position seit dem Tod seines Vorgängers vor etwa einem halben Jahr bekleidete, hatte schon als dessen Assistent die seltsamsten Aufträge übernommen und nur wenige Anfragen abgelehnt. Von Pferdewetten über die Anmietung eines Schlosses für ein Jagdwochenende bis zur Aufbewahrung kostbarer Juwelen erledigte der Concierge alles zur Zufriedenheit der erlauchten Gäste. Doch es gab natürlich Wünsche, die eine Dame einem Mann gegenüber nicht äußern konnte, und da die Rezeption nur mit männlichen Mitarbeitern besetzt war, hatte so manche heikle Bitte, mit der man sich nicht an ein Zimmermädchen wenden wollte, den Weg zur Sekretärin des Direktors gefunden. Deren Verlässlichkeit hatte sich mit der Zeit unter den weiblichen Gästen herumgesprochen. Venetia hatte Lady Howland schon manchen Dienst erwiesen, und so war sie nicht überrascht gewesen, dass die Schwangere sie während der Entbindung bei sich haben wollte.

Venetia wusste aus eigener Erfahrung, wie einsam sich eine Frau dabei fühlen konnte. Während sie die Schlafende betrachtete, deren Gesichtsausdruck trotz des Chlorals gequält wirkte, fragte sie sich, weshalb die junge Frau so unglücklich zu sein schien. Sie befanden sich im Krieg, das war bedrückend, aber ansonsten besaß Lady Howland doch alles, was man sich nur wünschen mochte: einen Mann, der sie liebte, Wohlstand, eine Familie, in deren Schoß sie sich geborgen fühlen konnte. All das hatte Venetia damals nicht gehabt.

Nun am Nachmittag war es still im Hotel. Die Mädchen waren mit der Reinigung der Zimmer fertig und würden erst abends zurückkehren, um die Betten aufzudecken. Auch draußen auf dem Piccadilly ging es ruhig zu. Viele Londoner, die ein Auto besaßen, hatten die Stadt bei Kriegsbeginn verlassen und sich in irgendeiner abgelegenen Ortschaft auf dem Land eingenistet. Seitdem war die Luft in den sonst durch Abgase geschwängerten Straßen angenehm frisch.

Es war schon ein seltsamer Krieg. Seit dem vergangenen September wartete die Bevölkerung mit angehaltenem Atem darauf, dass die befürchteten Luftangriffe begannen – doch nichts geschah. Längst hatte man die Theater, Lichtspielhäuser und Hunderennbahnen, die nach der Kriegserklärung der britischen Regierung an das Deutsche Reich geschlossen worden waren, wieder geöffnet. Im West End fanden mehr Tanzabende statt als je zuvor. In den Kneipen wurden patriotische Lieder wie »It's a Long Way to Tipperary« und »We're Going to Hang out the Washing on the Siegfried Line« gesungen. Und ein großer Teil der Kinder, die aufs Land verschickt worden waren, hatte aus Heimweh den Weg zurück nach London gefunden. Im Großen und Ganzen ging das Leben seinen gewohnten Gang. Man hätte vergessen können, dass man sich im Kriegszustand befand, wären da nicht die mit weißen

Ringen versehenen Laternenpfähle, Baumstämme und Bordsteine, die an den Gebäuden hoch aufgetürmten Sandsäcke, die Papierstreifen auf den Glasscheiben und die fehlenden Straßenschilder gewesen. Und natürlich die Verdunkelung, die in diesem Winter vermehrt Verkehrsunfälle verursacht hatte. Der Krieg war wie ein gefährliches Raubtier, das in der Finsternis lauerte, um dann unerwartet ans Licht zu springen und Tod und Verderben zu bringen.

Gleich nach der Kriegserklärung hatte es den ersten Fliegeralarm gegeben, und seitdem hatten die Sirenen immer wieder geheult und die Menschen in Angst und Schrecken versetzt. Doch es war jedes Mal falscher Alarm gewesen. Gott stehe ihnen bei, wenn sich das änderte! Venetia hatte die Bombardierung Londons durch feindliche Zeppeline während des Großen Krieges erlebt, und sie dachte beklommen daran zurück.

Am späten Nachmittag begab Venetia sich in ihr Büro, während Walters bei ihrer Herrin wachte, und erstattete Monsieur Duchêne Bericht. Er ermunterte sie, ihren Dienst zu beenden und nach Hause zu gehen, doch Venetia entschied sich zu bleiben. Am Abend fragte Lady Howland erneut nach ihr.

Als Venetia die Suite betrat, hatte die Hebamme gerade ihre Untersuchung beendet. Um die Matratze zu schützen, hatte sie das Bett mit wasserundurchlässigem braunem Papier und Wöchnerinnenlaken abgedeckt, die nach der Entbindung zusammengerollt und weggeworfen werden konnten. Lady Howlands Gesicht verzerrte sich, als eine Wehe einsetzte.

»Es dauert nicht mehr lange, Mylady«, sagte die Hebamme beruhigend. Gleichzeitig warf sie Venetia einen auffordernden Blick zu. »Ich wäre Ihnen dankbar, wenn Sie Ihrer Ladyschaft gut zureden könnten, Miss Grey. Sie sollte so entspannt wie möglich bleiben.«

»Wurde Dr. Murray verständigt?«, fragte Venetia.

Mrs Jacobs schüttelte den Kopf, und so trat Venetia zum Telefon und beauftragte George, dem Arzt Bescheid zu geben. Sie wagte nicht zu fragen, ob die Hebamme Schwierigkeiten erwartete, denn sie war sicher, dass Lady Howland sie hören würde. Als die Wehe verebbte, setzte Venetia sich mit gespielter Zuversicht auf den Stuhl neben dem Bett und ergriff die Hand der Gebärenden. Diese öffnete die Augen, die sie bis dahin geschlossen gehalten hatte.

»Ah, Sie sind wieder da«, flüsterte Lady Howland. »Es ist sehr nett von Ihnen, Ihre Zeit zu opfern, um mir Gesellschaft zu leisten, Miss Grey.« Sie stieß ein tiefes Seufzen aus. »Sie können sich glücklich schätzen, dass Sie diese Tortur niemals durchmachen mussten. Es ist wirklich in höchstem Maße unerfreulich.«

Venetia lächelte gezwungen. »Es wird bald vorbei sein, Mylady.«

Die Wehen kamen nun in kürzeren Abständen. Die Gebärende folgte den Anweisungen von Mrs Jacobs und presste ins Becken. Zunächst bemühte sie sich, die Schmerzen schweigend zu ertragen, doch bald ging ihr Stöhnen in Schreien über. Venetia fragte sich unwillkürlich, was die Gäste in den benachbarten Suiten wohl denken mochten und ob man sie auch unten in der Lobby und im Palm Court hören konnte.

In dem Moment, als die Fruchtblase platzte, ertönte in der Ferne das unheilvolle an- und abschwellende Heulen einer Sirene. Venetia und Mrs Jacobs warfen einander einen unbehaglichen Blick zu, doch keine von beiden sagte ein Wort. In stummem Einverständnis kamen sie überein, dass es sich wahrscheinlich wieder um einen falschen Alarm handelte. Sie konnten nur hoffen, dass die Deutschen nicht gerade diesen Tag gewählt hatten, um einen Bombenangriff auf London zu fliegen. Und wenn doch, so befanden sie sich immerhin in einem der sichersten Gebäude in ganz England. Nicht umsonst hatte der Aufsichtsrat bei Kriegseintritt die Öffentlichkeit an die Stahlgerüstbauweise des Ritz erinnert und das Hotel als erstes Gebäude dieser Art in Großbritannien gerühmt. Dass dies nicht ganz der Wahrheit entsprach – das Grandhotel in Folkestone war vor dem Ritz mit dieser Technik erbaut worden –, spielte dabei keine Rolle. Venetia und Mrs Jacobs fühlten sich im Schoß des Hotels so sicher, dass sie beschlossen, die Sirenen zu ignorieren.

Und dann ging alles ganz schnell. Die Hebamme hob das Neugeborene an den Füßen hoch, gab ihm einen Klaps auf das Hinterteil und strahlte über das ganze Gesicht, als es zu schreien begann.

»Sie haben einen Sohn, Mylady«, verkündete Mrs Jacobs.

Venetia sah die Erleichterung auf Lady Howlands Zügen.

»Damit habe ich meine Pflicht getan«, hauchte sie.

Ihre Stimme war so schwach, dass nur Venetia die Worte verstand. Und sie wunderte sich, dass die junge Mutter nicht mehr Freude über das Wunder offenbarte, das sie gerade vollbracht hatte.

Wenig später, nach der Entwarnung, erschien Dr. Murray, untersuchte zuerst das Baby, das die Hebamme inzwischen gewaschen und in ein Handtuch gewickelt hatte, und dann Lady Howland. Nachdem auch die Nachgeburt komplikationslos abgegangen und das Bett gesäubert worden war, gab der Arzt der erschöpften Mutter ein Schlafmittel und verabschiedete sich.

Bewegt beugte Venetia sich über das Kind, das man in eine bereitstehende Wiege gelegt hatte. Es schlief friedlich.

»Wissen Sie, welchen Namen der Junge bekommen soll?«, fragte Venetia die Kammerfrau.

»O ja«, antwortete Walters, ohne den Blick von dem Gesicht

des Babys abzuwenden. »Sie haben den ehrenwerten Henry Robin Ian Russell vor sich, der einmal Duke of Bedford sein wird.«

»Eine schwere Bürde für den Kleinen«, bemerkte Venetia nachdenklich.

Aber zumindest würde er in der Sicherheit seiner Familie aufwachsen, geliebt und umsorgt von seiner Mutter und einem Vater, der ihn unterstützen und auf seine zukünftige Lebensaufgabe vorbereiten würde. Auf einmal durchlief Venetia ein Anflug von Trauer und ein unangenehmes Gefühl, das sie als Neid identifizierte, wofür sie sich sogleich schämte. Doch der nagende Schmerz blieb und breitete sich wie ein eisiges Gespinst in ihrem Magen aus. Es schockierte sie, dass sie nach so langer Zeit immer noch so fühlte. Dabei hatte sie geglaubt, vor Jahren bereits Frieden gefunden zu haben. Machte sie das zu einem schlechten Menschen, der zu viel vom Leben erwartete, obwohl sie selbst die Schuld an ihrer Misere trug? Wie unter einem Zwang, dem sie nicht widerstehen konnte, ließ sie ihre Gedanken zu jenem fernen Tag zurückkehren, der ihr Leben überraschend und unbarmherzig in eine andere Bahn gelenkt hatte.

2

Scarborough, November 1895

un Sie's nicht! Bitte!«, rief Venetia. Der Wind musste ihre Worte über das Tosen des Meeres hinweg zu dem Mann am Rande der Klippen getragen haben, denn er wandte sich erschrocken zu ihr um. Venetia wusste nicht, weshalb sie glaubte, er wolle sich in die Tiefe stürzen, aber sie wagte nicht, den Blick von ihm abzuwenden, als könnte sie ihn dadurch zurückhalten. Wie von selbst bewegten sich ihre Füße auf ihn zu. Die ganze Situation erschien ihr unwirklich, wie ein seltsamer Traum, in dem man die absurdesten Umstände als völlig natürlich akzeptiert. Kurz bevor Venetia ihn erreichte, trat der Fremde von dem Abgrund zurück und schenkte ihr ein verlegenes Lächeln. Sie blieb stehen, und das Blut schoss ihr in die Wangen. Was war nur in sie gefahren? Wie war sie auf den unsinnigen Gedanken gekommen, dieser Mann habe die Absicht gehabt, eine Todsünde zu begehen und sich das Leben zu nehmen? Da war wohl ihre Fantasie wieder einmal mit ihr durchgegangen. Sie las zu viele Romane, würde Mama sagen.

Beschämt starrte Venetia den Fremden an. Er war noch jung, kaum älter als zwanzig, schätzte sie. Sein längliches schmales Gesicht war attraktiv, ohne dass man hätte sagen können, warum, denn seine Züge waren eher unscheinbar, die bartlosen Wangen von den Narben einer durchgemachten Windpockenerkrankung gezeichnet. Dennoch hatte Venetia das Gefühl, dass sie dieses Gesicht nie wieder vergessen würde, die Ausstrahlung seiner braunen Augen, die ihr zulächelten, die Ausdruckskraft seines Mienenspiels, das eine breite Palette an Empfindungen verriet, während er sie betrachtete: Verwunderung, Schmerz, Amüsement und – was Venetia überraschte – eine Spur von Rührung. Sie hatte den Eindruck, in seinen Zügen lesen zu können wie in einem Buch. Um den Bann zu brechen, in dem sie sich verfangen hatte, sagte sie entschuldigend: »Es tut mir leid, Sir. Ich weiß nicht, was über mich gekommen ist.«

Venetia wollte sich abwenden, um sich der peinlichen Situation zu entziehen, als der Fremde seine Stimme wiederfand. »Nein, bitte, Madam. Es war meine Schuld. Ich hätte nicht so nah an den Klippenrand herangehen sollen. Sie mussten ja glauben, dass ich …« Er sprach den schändlichen Ausdruck nicht aus, sondern räusperte sich und sah sich dann ein wenig hilflos um. »Verzeihen Sie, wie ungehörig von mir, mich nicht vorzustellen. Auch wenn es nicht der Konvention entspricht, da niemand da ist, der die Formalitäten für uns übernehmen könnte, erlaube ich mir, dies selbst zu tun, Madam. Mein Name ist …« Wieder zögerte er einen Sekundenbruchteil, bevor er weitersprach: »Bertie Townsend. Habe die Ehre.«

Venetia nahm die kurze Pause wahr, vergaß aber, sich darüber zu wundern. Sie konnte den Blick nicht von ihm wenden. Als sie sich dessen bewusst wurde, errötete sie erneut und murmelte: »Venetia Grey … Miss …«

Er lächelte. »Bitte vergeben Sie mir, dass ich Sie in diese unmögliche Situation gebracht habe, Miss Grey.«

Venetia neigte leicht den Kopf, um ihm zu zeigen, dass sie seine Entschuldigung annahm. Eigentlich hätte sie nun weitergehen müssen, aber ein unerklärliches Unbehagen hielt sie an ihrem Platz. Ihre Vorstellungskraft gaukelte ihr einen verzweifelten Aufschrei und das Aufklatschen eines Körpers auf der Oberfläche des Meeres vor, sobald sie sich abwenden würde. Vielleicht beunruhigte sie die Enttäuschung, die sie hinter dem schmerzlichen Lächeln in Bertie Townsends Augen las. Ihr Blick fiel auf den Filzhut, der in einiger Entfernung im Gras lag und den eine Bö eben erneut erfasste und herumwirbelte.

»Ihr Hut«, sagte sie und machte eine Kopfbewegung in Richtung des Homburgs.

Wieder lächelte Townsend fast ein wenig spöttisch, als durchschaue er ihre Absicht, ihn endgültig von den Klippen wegzulocken. Mit großen Schritten eilte er schließlich dem Hut nach, bevor der Wind ihn davontrug, und setzte ihn sich auf das zerzauste Haar.

Der Himmel hatte sich erneut zugezogen und kündigte Regen an. Nach einem kurzen Blick auf die Wolken trat Bertie Townsend zu Venetia.

»Bitte gestatten Sie mir, Sie in die Stadt zurückzugeleiten, Miss Grey«, bot er ihr an. »Hier wird es gleich ungemütlich.«

Schweigend nickte sie und ging ihm voraus. Auf dem abschüssigen Pfad blieb er nah hinter ihr, um sie festhalten zu können, falls sie ausglitt. Von einem Moment auf den anderen brach der Schauer über sie herein und verwandelte den Weg augenblicklich in eine Schlammpiste. Venetia wich auf das lange, vom Regen niedergedrückte Gras aus und versuchte, darauf Halt zu finden, doch es kam, wie es kommen musste: Die nassen Halme glichen einer Rutschbahn, auf der sie mit ihren glatten Schuhsohlen ausglitt. Eine kräftige Hand packte sie am Arm und hielt sie aufrecht.

»Kommen Sie, da drüben ist ein Felsvorsprung, wo wir uns unterstellen können«, forderte Townsend Venetia auf.

Dankbar ließ sie sich von ihm führen. Dass sie beinahe gefallen war, hatte sie erschreckt, und nun fühlte sie sich nicht mehr sicher auf den Beinen. In der kleinen Bucht, in der Venetia zuvor die Brandung beobachtet hatte, schob der junge Mann sie unter einen Felsen, der von Wind und Wetter unterhöhlt worden war. Zumindest vor dem Regen waren sie unter dem Vorsprung geschützt, wenn auch nicht vor der Gischt, die vom Meer her zu ihnen herüberspritzte. Als er sicher war, dass Venetia auf dem unebenen Gestein einen festen Stand hatte, ließ Bertie Townsend ihren Arm los.

»Da haben wir uns einen ungünstigen Tag für einen Spaziergang ausgesucht«, sagte er sarkastisch.

Verlegen wandte Venetia den Blick ab, denn sie verstand die Bemerkung als Kritik an ihrem Benehmen. Ein anständiges junges Mädchen lief bei einem solchen Wetter nicht durch die Straßen, mochte er sich denken.

Um dem nach wie vor herabströmenden Regen zu entgehen, standen sie so nah nebeneinander, dass Venetia spürte, wie sein Körper sich anspannte. Unwillkürlich sah sie ihn an und bemerkte den betretenen Ausdruck, der über seine Züge glitt.

»Es tut mir leid, ich rede oft, ohne nachzudenken«, stammelte er. »Ich wollte damit nicht andeuten, dass Sie ... Verdammt, ich gehe wohl lieber ...«

Wie sensibel er war, dachte Venetia amüsiert. Ein breites Lächeln drängte sich auf ihre Lippen, das ganz und gar nicht damenhaft war.

»Sie wollen mich doch hier nicht allein im Regen stehen lassen«, sagte sie ironisch.

Sein vom kalten Wind gerötetes Gesicht wurde noch einen Ton dunkler. »Nein, natürlich nicht. Dumm von mir ...« Dann grinste auch er. »Die alte Public-School-Erziehung bereitet einen nicht darauf vor, wie man sich in einer solchen Situation verhalten sollte.«

»Ich denke, die gesellschaftlichen Konventionen sind für diesen Fall nicht ausgelegt«, erwiderte Venetia diplomatisch. »Im Augenblick sind wir Gestrandete, die von der Außenwelt abgeschnitten sind.«

Ihre Antwort war recht forsch gewesen, aber sie spürte, dass Townsend sich ein wenig entspannte und der Moment der Befangenheit vorüber war. Neugierig musterte er die junge Frau an seiner Seite, als wollte er jede Einzelheit ihres Anblicks in sich aufnehmen. Was dachte er von ihr? Venetia fürchtete, Hohn oder Geringschätzung in seinen dunklen Augen zu lesen, aber da waren nur Verwunderung und Wärme. Auf einmal empfand sie ein seltsames Flattern im Magen und ein Kribbeln in ihren Gliedmaßen. Ihre vor Kälte erstarrten Hände und Füße wurden warm, und sie spürte das Schlagen ihres Herzens mit einer ungewohnten Intensität, so als habe es bis zu diesem Moment wie ein Stein tot in ihrer Brust gelegen. Sie wurde sich bewusst, dass sie Bertie Townsend anstarrte, und senkte den Blick.

Der Regenguss hatte nachgelassen, doch keiner von ihnen schien den ersten Schritt unter dem Felsvorsprung hervor machen zu wollen. Der lange Wollmantel hatte Venetia vor der Feuchtigkeit geschützt, und ihre Unterröcke hielten sie warm. Da der Wind kaum noch blies, war ihr nicht kalt. Nur von ihrem durchweichten Hut tropfte es unangenehm in ihren Kragen.

Schließlich traten Venetia und Townsend fast gleichzeitig ins Freie und folgten dem Pfad, über den das Wasser gurgelnd den Abhang hinabfloss, hinauf zu den Häusern oberhalb der Clarence Gardens. Dort blieb Bertie Townsend stehen und brach das Schweigen, das während des Aufstiegs zwangsläufig zwischen ihnen geherrscht hatte, das Venetia jedoch nicht als gezwungen empfunden hatte, eher als etwas Natürliches, wie bei langjährigen Freunden, die keine Worte brauchten, um einander zu verstehen.

»Haben Sie es noch weit von hier aus, Miss Grey?«, fragte er.

»Nein, ich wohne nur ein paar Straßen weiter«, antwortete Venetia.

»Dann werde ich Sie nun verlassen. Mein Hotel liegt in der Nähe des Kurbads.« Er lüftete den Hut und wandte sich ab. Doch dann hielt er noch einmal inne und drehte sich zu ihr um. »Vielen Dank für alles, Miss Grey.«

Während sie ihm nachblickte, wurde Venetia bewusst, dass er sich nicht verabschiedet hatte, und fragte sich, ob dies bedeutete, dass sie sich wiedersehen würden.

Geistesabwesend wanderte Venetia durch die schmalen Gassen der Altstadt und bemerkte erst, dass sie die kleine Pension ihrer Tante auf der Princess Street erreicht hatte, als sie davorstand. Seufzend öffnete sie die Tür und betrat die düstere Diele. Die salzige Meeresluft, die sie mit sich brachte, vermischte sich mit dem muffigen Geruch des alten Hauses. Aufgrund ihrer Krankheit hatte Tante Lizzie das Reinemachen in den letzten Wochen vernachlässigt, und es war nur noch ein schwacher Hauch von Möbelpolitur wahrzunehmen, mit dem das Geländer der Treppe vor langer Zeit gewachst worden war. Venetia hängte ihren feuchten Mantel an die Garderobe und steckte ihren unbenutzten Schirm in den Ständer. So leise wie möglich stieg sie die Stufen in den zweiten Stock hinauf und huschte zur Tür des Zimmers, das sie mit ihrer Mutter teilte. Doch ehe sie die Schwelle überquerte, hörte sie Margarets Stimme von unten heraufrufen: »Venetia, bist du das?«

»Ja, Mama.«

»Wo warst du denn so lange bei diesem Wetter?«

»Ich habe mich untergestellt. Und dann musste ich warten, bis es zu regnen aufhört.«

»Komm runter, du kannst dich nützlich machen und Mr Jones heißes Wasser zum Waschen bringen.«

»Ja, Mama.«

Vor dem Frisierspiegel zog Venetia rasch die Nadel aus ihrem Hut und legte ihn auf ein Handtuch, da die durchweichten Federn noch immer tropften. Dann strich sie ihr gelöstes Haar zurück und steckte die Strähnen fest. Bei einem letzten Blick in den Spiegel fiel ihr auf, dass ihre Wangen glühten, doch das konnte sie zu ihrem Unmut nicht kaschieren.

In der Küche füllte Venetia eine Zinnkanne mit heißem Wasser und trug sie in den ersten Stock zur Tür mit der Nummer 2. Mr Jones war zurzeit der einzige zahlende Gast in Tante Lizzies Pension. Der Junggeselle wohnte ganzjährig hier und genoss den Komfort, sich bedienen und bekochen zu lassen. Da er keinen Vergnügungen nachging, konnte er es sich leisten.

»Ah, Miss Grey«, grüßte er sie, als er auf ihr Klopfen hin die Tür geöffnet hatte. »Es ist sehr freundlich von Ihnen, mir heißes Wasser zu bringen.«

»Sagen Sie mir Bescheid, falls Sie noch mehr brauchen«, erwiderte Venetia.

Sie mochte Mr Jones, denn er war stets höflich und dankbar für jede Aufmerksamkeit. Er lächelte ihr schüchtern zu und fuhr sich nervös mit der Hand über die Halbglatze, bevor er die Zinnkanne entgegennahm.

»Das ist sehr liebenswürdig, danke«, sagte er und schloss die Tür.

Venetia kehrte in die Küche zurück und bereitete Tee zu. Beladen mit einem Tablett stieg sie schließlich zum Schlafzimmer ihrer Tante hinauf und trat ein. Ihre Mutter, die am Bett ihrer Schwester saß, wandte sich ihrer Tochter zu und sah sie missbilligend an.

»Wir hatten schon geglaubt, eine Sturmbö hätte dich weggeblasen«, sagte Margaret. »Du solltest bei diesem Wetter nicht rausgehen.«

»Der Wind macht mir nichts aus«, entgegnete Venetia.

Lizzie ergriff Partei für ihre Nichte. »Lass sie doch, Maggie. Sie ist jung. Du kannst nicht verlangen, dass sie den ganzen Tag wie du an meinem Krankenbett sitzt oder in der Stube hockt und die Wand anstarrt. Die frische Luft tut ihr gut. Sieh sie dir doch an. Ihre Wangen blühen wie Heckenrosen.«

»Das ist mir nicht entgangen«, erwiderte Margaret spitz. »Du wirst dich da draußen noch erkälten, Kind.«

»Ach was.« Lizzie winkte ab. »Ihr Londonerinnen seid verweichlicht. Eine frische Meeresbrise hat noch niemandem geschadet.«

»Ach ja?«, spöttelte Margaret. »Und wie hast du dir die Lungenentzündung eingefangen? Beim Stricken vorm Kamin?«

Venetia unterdrückte ein Lächeln, während sie den Schwestern Tee reichte. So ging es den ganzen Tag. Sie stritten sich ständig, aber nie boshaft. Venetia vermutete, dass Margaret Lizzie auf diese Weise von ihrer Krankheit abzulenken versuchte. Bisher schien diese Strategie zu funktionieren.

»Soll ich das Abendessen vorbereiten, Mama?«, fragte Venetia, nachdem sie die leeren Tassen eingesammelt hatte.

Angesichts des ungewöhnlichen Eifers ihrer Tochter zog Margaret verwundert die Augenbrauen hoch.

»Nanu, du bist doch sonst nicht so erpicht auf Küchendienst. Die ›frische Meeresbrise‹ hat dich wohl hungrig gemacht.«

Ohne auf die Stichelei einzugehen, verließ Venetia den Raum und schloss die Tür. Ihre Mutter hatte recht damit, dass ihr das Kochen keine Freude bereitete, aber beim Kartoffelschälen konnte man wunderbar seinen Gedanken nachhängen und die Ereignisse des Tages Revue passieren lassen.

3

Am blauen Himmel kreisten Möwen und stießen schrille Schreie aus. Ihr Gezeter hatte Venetia schon früh am Morgen aus dem Schlaf gerissen. Die Erinnerung an ihre Begegnung mit Bertie Townsend war schlagartig in ihr Gedächtnis zurückgekehrt und hatte sie keine Ruhe mehr finden lassen. Nur mit Mühe hatte Venetia dem Drang widerstanden, das Haus zu verlassen und zur Burgruine zurückzukehren, um nach ihm Ausschau zu halten. Es hatte sie einiges an Beherrschung gekostet, sich ihre Ungeduld nicht anmerken zu lassen und ihre Pflichten mit der üblichen Sorgfalt zu erledigen. Erst nachdem sie das Frühstück gerichtet, Mr Jones heißes Wasser gebracht und nach dem Essen die Küche geputzt hatte, war es ihr möglich gewesen, unter dem Vorwand, sie wolle einen Spaziergang machen, ins Freie zu schlüpfen.

Die letzten Wolken waren während der Nacht abgezogen, und die Möwen nutzten die klare Luft und den gleichmäßigen Seewind, um in den Wellen nach Fischen zu tauchen. Die meisten Boote waren ausgelaufen, einige kehrten bereits mit ihrem Fang zurück. Der Hafen war belebt, doch am Nordstrand war es ruhig. Die Clarence Gardens waren verlassen. Außerhalb der Sommersaison verirrten sich nicht viele Menschen hierher.

Venetias Enthusiasmus verflog schlagartig. Sie hatte gehofft, Bertie Townsend wieder zu begegnen, doch wenn sie nüchtern darüber nachdachte, wurde ihr klar, dass er keinen Grund hatte, herzukommen. Was immer ihn am gestrigen Tag auf die Klippen geführt hatte, der Wunsch, sich die Burg anzusehen, oder das Bedürfnis, in der Tiefe der aufgewühlten See Vergessen zu finden – sie grübelte noch immer über diese absurde Vorstellung nach, ohne zu wissen, warum –, weshalb auch immer er gekommen war, es besaß nun sicherlich keine Bedeutung mehr für ihn. Was machte sie also hier? Doch Venetia brachte es nicht über sich, umzukehren. Wie um die Erinnerung wiederzubeleben, ging sie den Pfad entlang, verharrte eine Weile unter dem Felsvorsprung, wo sie und er Schutz vor dem Regen gesucht hatten, und stieg schließlich bis zu dem Plateau hinauf, auf dem sie ihm begegnet war. Es war verlassen. Vielleicht war alles nur ein Traum gewesen, den der Wind mit sich fortgerissen hatte. Ein so umfassendes Gefühl der Enttäuschung breitete sich in Venetia aus, dass sie sich wie ausgeleert fühlte. Sie versuchte sich zu erinnern, wo Townsend gestanden hatte, und verharrte an derselben Stelle. Anders als gestern funkelte die Oberfläche des Meeres in der Sonne, und die vereinzelten Schaumkronen erschienen blendend weiß. Ein wenig beklommen trat Venetia näher an den Rand der Klippen und blickte in die Tiefe. Es war Ebbe, und unter ihr schimmerten die Felsen, die bei Flut unter Wasser lagen. Ihre feuchte Oberfläche war rau und zerklüftet. Mit einem schummrigen Gefühl wich Venetia zurück.

»Miss Grey!«

Überrascht wandte sie den Kopf und sah Bertie Townsend auf dem Klippenpfad stehen. Er musste gerade die Anhöhe erklommen haben. Wie gebannt starrte Venetia ihn an. Als sie ihn lächeln sah, fiel die Lähmung von ihr ab, und sie erwiderte seinen Gruß.

»Mr Townsend, ich hätte nicht erwartet, Sie so bald wiederzusehen.«

Er trat näher und lüpfte seinen Hut. »Ich ebenso wenig, Madam. Ich dachte, nach dem unangenehmen Erlebnis gestern würde Ihr Weg Sie nicht so schnell wieder an diesen Ort führen.«

Der erfreute Ausdruck seines Gesichts strafte seine Worte Lügen. Zumindest bildete Venetia sich ein, dass er gehofft hatte, sie wiederzutreffen.

»Mir ist vom gestrigen Tag nichts Unangenehmes in Erinnerung geblieben«, widersprach Venetia. »Ein wenig Regen macht mir nichts aus.«

»Stammen Sie aus Yorkshire, Miss Grey?«, fragte Townsend.

»Nein, aus London. Aber meine Familie mütterlicherseits kommt ursprünglich von hier.«

»Sie sind also zu Besuch in Scarborough? Eine ungewöhnliche Jahreszeit für einen Badeurlaub.«

Sie lächelte über seine Ironie. »Ich bin mit meiner Mutter hier, um meine Tante zu pflegen.«

»Ich hoffe, es geht Ihrer Tante nicht zu schlecht.«

»Nein, sie ist auf dem Weg der Besserung, braucht aber noch Hilfe bei der Führung ihrer Pension.«

Venetia war nicht entgangen, dass Townsend keine Anstalten machte, ihr seinerseits zu verraten, was ihn im November in einen Badeort geführt hatte. Seine Public-School-Erziehung machte es unmöglich, seinen Akzent einzuordnen, und seine Kleidung war von guter Qualität, wenn auch ein wenig abgetragen. Aber Venetia liebte Rätsel. Die Ungewissheit ließ ihrer Fantasie mehr Raum und lieferte Stoff zum Träumen.

Eine Weile standen Venetia und der junge Mann schweigend nebeneinander und blickten aufs Meer hinaus. Plötzlich hob Townsend den Arm und deutete in die Ferne.

»Sehen Sie, Miss Grey, dort hinten! Delfine!«

Und dann entdeckte Venetia sie auch: die gewölbten Stirnen der eleganten Tiere, die aus dem Grau der Wellen auftauchten und im nächsten Moment wieder verschwanden, die steil aufgerichteten Rückenflossen, die das Wasser zerteilten. Ab und zu blies einer der Delfine eine Fontäne aus seinem Blasloch. Es schien Venetia, als würden sie spielen.

Als sie den Kopf wandte und den Mann neben sich ansah, bemerkte sie, dass er sie beobachtete.

»Sie wirken so unbeschwert«, sagte Venetia verlegen. »Wie Kinder.«

Townsend lächelte. »Eine amüsante Vorstellung.«

Wie schon tags zuvor fürchtete Venetia, er könnte sich über ihre schwärmerische Bemerkung lustig machen, doch seine Züge verrieten stattdessen eine heitere Zufriedenheit, die den schmerzlichen Ausdruck der Trauer von gestern verscheucht hatte.

»Wenn Sie meinen, dass der Anstand es zulässt, könnten wir vielleicht ein Stück gemeinsam spazieren, Miss Grey«, schlug Townsend vor.

»Es wäre mir ein Vergnügen, Sir«, erwiderte Venetia. Sie konnte sich nichts Schöneres vorstellen.

In den folgenden Tagen trafen Venetia und Bertie Townsend sich regelmäßig in den Clarence Gardens. Sie sprachen nie eine Verabredung aus, verständigten sich nur mit Blicken, einander am folgenden Vormittag wiederzusehen. Venetia begann ihren Treffen bereits früh am Morgen entgegenzufiebern und lag abends lange wach, um die Unterhaltung mit dem jungen Mann in Gedanken noch einmal zu durchleben. Sie sprachen über alles Mögliche. Als Townsend feststellte, dass Venetias Interessen breit gefächert waren, gab es kaum ein Thema, über das sie sich nicht unterhielten. Venetia verriet ihm, dass sie nicht nur gerne Romane las, sondern auch regelmäßig die Zeitungen, die über das Zeitgeschehen berichteten, und Fachliteratur, die sie im umfangreichen Buchbestand ihres Vaters fand. Ihre Mutter hatte ihr immer geraten, mit ihrem Wissen hinterm Berg zu halten, da Männer es nicht mochten, wenn Mädchen zu belesen waren, aber Bertie Townsend schien dies nicht zu stören. Venetia hatte den Eindruck, als habe er nicht viel Gelegenheit, sich mit Gleichgesinnten zu unterhalten, und vermutete, dass er ein recht einsames Leben führte. Wenn sie am verlassenen Strand oder die Esplanade entlangspazierten, wirkte er nun, da er die anfängliche Verlegenheit überwunden hatte, entspannt und fröhlich. Während sie sich über die Gründung Rhodesiens, den japanischen Expansionsdrang und den drohenden Kriegszug gegen die Aschanti in Ghana unterhielten, schien er zu vergessen, dass er mit einer Frau redete. Die deftige Wortwahl, in die er dann zuweilen verfiel, als spräche er zu anderen Männern, bewies dies nur allzu deutlich. Venetia wusste nicht recht, ob sie sich geschmeichelt fühlen oder enttäuscht sein sollte, dass er sie nicht mit Komplimenten umwarb.

Sie musste sich eingestehen, dass sie hoffnungslos verliebt war. In Gedanken nannte sie ihn schon lange nicht mehr Mr Townsend, sondern nur noch Bertie. Sie war zwanzig Jahre alt und hungerte nach der Aufmerksamkeit eines Mannes, der sie um ihrer selbst willen schätzte, der ihr zuhörte und ihr seine Gedanken anvertraute. Die Tatsache, dass sie nichts über ihn wusste, machte es noch verführerischer, von einer tieferen Beziehung zu träumen, auch wenn der logisch denkende Teil ihrer Persönlichkeit ihr verbot, sich konkrete Hoffnungen zu machen. Ihr Geist und nicht zuletzt ihr Körper waren zum Leben erwacht. Sie hatte sich noch nie so munter und voller Energie gefühlt wie in den

Tagen seit ihrer ersten Begegnung mit Bertie. Venetia wusste, dass ihre Mutter die Veränderung bemerkt hatte, die mit ihrer Tochter vorgegangen war. Doch da Margaret wenig Fantasie und keinerlei Hang zur Romantik besaß, hatte sie daraus noch keine Schlüsse gezogen, die sie hätten beunruhigen können. Lizzie hatte einen Rückfall erlitten, und so galt Margarets Aufmerksamkeit ganz ihrer Schwester, die sie nicht allein zu lassen wagte. Solange Venetia zuverlässig ihre häuslichen Pflichten erledigte, hatte ihre Mutter keinen Grund, ihr die Spaziergänge an der frischen Seeluft zu verbieten.

Das Wetter blieb weiterhin unbeständig, und so begegneten Venetia und Bertie bei ihren Wanderungen nur wenigen Menschen. Allerdings galt es in diesen modernen Zeiten für eine junge Frau nicht mehr als verfänglich, sich in der Öffentlichkeit mit einem Mann zu unterhalten, der kein Verwandter war. Zumindest redete Venetia sich das ein. Gemeinsam besuchten sie die italienischen Gärten auf dem Southcliff, sahen den Bowlingspielern in den Alexandra Gardens zu oder verbrachten Stunden auf einer Bank vor dem Kurbad.

Eines Tages, als Venetia und Bertie dort saßen und übers Meer hinausblickten, begann der junge Mann das erste Mal von seiner Familie zu sprechen.

»Ich bin nach Scarborough gekommen, um Abstand von meinem Vater zu gewinnen«, gestand er. Seine Miene hatte sich verfinstert. »Wir standen uns nie besonders nah, nicht erst nach dem Tod meiner Mutter. Er ist ein Trunkenbold und ein Spieler. Vor zwei Wochen hat er uns beinahe um Haus und Hof gebracht. Wenn mein Großvater nicht verfügt hätte, dass der Grundbesitz für mich treuhänderisch verwaltet wird, säßen wir auf der Straße.« Bertie lachte bitter. »Der Skandal, den der *pater* verursacht hat, kümmert ihn nicht. Aber ich konnte die zudringlichen

Fragen und neugierigen Blicke der Menschen nicht länger ertragen. Und nun verstecke ich mich hier, wo mich keiner kennt. Vermutlich denken Sie jetzt, dass ich feige bin, Miss Grey, und mich der misslichen Situation stellen sollte.«

»Nein, Mr Townsend, ich kann Sie gut verstehen«, erwiderte Venetia sanft. »Die Leute lieben bösartigen Klatsch. Weshalb sollten Sie sich dem aussetzen? Sie könnten ja doch nichts dagegen tun.«

»Da haben Sie recht.« Bertie sah die junge Frau an seiner Seite an und lächelte. »Ich versichere Ihnen, dass ich damals auf den Klippen nicht die Absicht hatte, in die Tiefe zu springen, aber ich muss gestehen, dass der Anblick der alles verschlingenden Brandung für einen Moment eine Verlockung darstellte, die ich als hypnotisch empfand. Und deshalb bin ich Ihnen von Herzen dankbar, dass Sie diesen unheilvollen Bann gebrochen haben. In den letzten Wochen haben Sie mir geholfen, wieder zu mir selbst zu finden und meinen Frieden mit meiner unerfreulichen Lage zu machen.«

Venetia wusste nicht, was sie sagen sollte. Bisher hatte keiner von ihnen das Geschehen auf den Klippen erwähnt, und sie war überrascht, dass er es nun ansprach. Das Vertrauen, das er ihr damit zeigte, rührte sie zutiefst und brachte ihn ihr noch näher. Sie sahen einander lange an. Berties Miene war ernst geworden. Fast ehrfurchtsvoll neigte er sich über sie und streifte mit den Lippen ihren Mund. Da sie nicht zurückwich, küsste er sie sanft. Venetia fühlte ein Ziehen im Unterleib. Das Verlangen, das sie zu ihm hinzog, erschreckte sie ein wenig, denn sie hatte noch nie dergleichen erlebt. Im nächsten Moment hatte Bertie sich von ihr gelöst und rückte ein Stück von ihr ab.

»Tut mir leid. Das hätte ich nicht tun sollen.«

Die tiefe Enttäuschung, die Venetia verspürte, befremdete sie.

Sie wich seinem Blick aus, um ihre Verwirrung vor ihm zu verbergen. Sie wünschte sich sehnlichst, dass er sie erneut küsste, und fürchtete zugleich, dass er sie für ein leichtes Mädchen halten könnte, wenn er ihr die Gedanken vom Gesicht ablas.

Sie verloren kein Wort mehr über den Vorfall. Nach einer Weile setzten sie ihren Spaziergang am Strand entlang fort. Bevor sie sich trennten, suchte Bertie Venetias Blick und fragte leise: »Ich hoffe, ich habe Sie nicht verletzt, Miss Grey. Ich würde mich sehr freuen, wenn Sie mir morgen wieder ein wenig Ihrer Zeit schenken könnten. Falls Sie nichts anderes vorhaben.«

»Das werde ich gerne tun, Mr Townsend«, antwortete Venetia.

»Ich werde ab elf Uhr vor dem Kurbad auf Sie warten«, fügte Bertie hinzu. Dann schenkte er ihr noch ein Lächeln und entfernte sich.

Am nächsten Morgen überraschte er sie mit dem Vorschlag, ein Picknick zu machen, da das Wetter mild und nicht zu windig war. Er hatte einen Korb mit Verpflegung und eine Decke mitgebracht, die sie an einer geschützten Stelle südlich des Kurbads nahe den Black Rocks auf dem Gras ausbreiteten. Einige Büsche dienten als Windschutz und verhinderten zudem, dass sie vom Strand oder von der Straße oberhalb der Klippen aus gesehen werden konnten.

Venetia war sich bewusst, dass sich am gestrigen Tag etwas zwischen ihnen verändert hatte. Die Art, wie Bertie sie ansah, verriet ihr, dass er sie nicht mehr nur als Vertraute betrachtete, als Freundin, mit der er reden konnte, sondern als begehrenswerte Frau. Sie erkannte die Gefahr, in die sie sich begab, wenn sie mit ihm allein war, aber der Rausch, der sie ergriffen hatte, fegte jegliche Vernunft hinweg. Berties Nähe, das köstliche Essen, der Wein stiegen ihr zu Kopf. Sie spürte, dass er sie ohne Aufforderung nicht noch einmal küssen würde – dazu war er zu sehr Gentleman –, aber sie wollte das wundervolle Gefühl von gestern noch einmal erleben, und so ermunterte sie ihn mit einem Blick, einer kleinen Geste, die ihre Bereitschaft signalisierte, bis er sie in die Arme nahm. Für Venetia war der Kuss wie eine Entdeckungsreise in ihr Inneres. Die Empfindungen, die die Berührung seiner Lippen in ihr auslösten, waren neu und aufregend. Die Abenteuerlust, die Venetia zur Lektüre von Romanen wie *Robinson Crusoe* und *Tom Brown*, die eigentlich für Knaben geschrieben worden waren, verführt hatte, oder von *Rosys Reise um die Welt* und *Alice im Wunderland*, regte sich in ihr und ließ sie jegliche Vorsicht vergessen.

Sie küssten sich lange. Als sie sich voneinander lösten, legte Bertie ihr die Hand auf die Wange und streichelte sie zärtlich.

»Ich wünschte …«, murmelte er.

»Was?«, fragte Venetia leise.

»Ach, nichts«, erwiderte Bertie, nahm sie in die Arme und drückte sie an sich.

Scarborough, Dezember 1895

n den folgenden Tagen nahmen Venetia und Bertie ihre Spaziergänge wieder auf. Sie besuchten den People's Palace und erfreuten sich an seinen Sehenswürdigkeiten, dem Farnhaus, der Affenkolonie und dem spektakulären Modell der Niagara-Fälle, deren fließendes Wasser von einer Pumpe angetrieben wurde.

Staunend schlenderte Venetia an Berties Seite durch die maurischen Bögen des Aquariums und betrachtete die achteckigen Fischbecken, in denen sich allerlei seltsames Getier tummelte. Bertie machte sie auf einen Seeigel aufmerksam, der sich an einer der Scheiben festgesaugt hatte. Durch das Glas konnten sie die Bewegung seiner Beißwerkzeuge beobachten, die Algen von der Oberfläche schabten.

Der Palast war so groß, dass die wenigen Besucher sich in den ausgedehnten Räumlichkeiten verloren. Da sie allein im Aquarium waren, zog Bertie Venetia hinter eine der Säulen, die die hufeisenförmigen Bögen stützten, umarmte sie und küsste sie leidenschaftlich.

Später, bevor sie sich in der Altstadt trennten, nahm Bertie die Hand der jungen Frau und behielt sie einen Moment in der seinen.

»Venetia, glaubst du, deine Mutter würde dir erlauben, einen Ausflug nach Whitby zu machen?«, fragte er.

»Warum nicht? Mit dem Zug ist es nicht weit«, erwiderte sie und lächelte. »Ich wollte schon immer das Kloster sehen. Es gibt ein wunderbares Zeichenmotiv ab.«

»Das stimmt«, sagte Bertie. »Du könntest ein paar Skizzen von der Ruine machen, und danach gehen wir essen.«

Venetia verstand, was er meinte. In Scarborough war die Gefahr zu groß, dass man sie erkennen und über sie klatschen würde. Aber in Whitby kannte sie niemand. Sie könnten frei und unbeobachtet tun, was ihnen in den Sinn kam.

Aufgeregt stieg Venetia mit ihrer zusammenklappbaren Staffelei unter dem Arm in den Zug. Der Schaffner bot ihr seine Hilfe an, doch sie lehnte dankend ab. Mit klopfendem Herzen ging sie den schmalen Gang entlang und warf einen kurzen Blick ins Innere jedes Abteils, an dem sie vorbeikam. Venetia hatte sich nicht auf dem Bahnsteig mit Bertie verabreden wollen, für den Fall, dass jemand sie zusammen einsteigen sah und sich darüber wunderte.

Sie schätzte sich glücklich, dass ihre Mutter sie hatte fahren lassen. Wenn man dem Wort von Dr. Evans vertrauen konnte, so war Tante Lizzie endgültig über dem Berg, und Margaret hatte wieder mehr Muße, sich um ihre so lange vernachlässigte Tochter zu kümmern. Zum Glück hatte sie keine Lust auf einen Ausflug in die kleine Hafenstadt gehabt, und so war Margaret damit einverstanden gewesen, dass ihre Tochter allein fuhr. Venetia hatte ihr versprochen, am frühen Abend zurück zu sein.

Der Tag begann frisch und klar. Den Warnungen der Fischer, die sie am Morgen am Hafen vernommen hatte, man müsse später noch mit Nebel rechnen, hatte Venetia keine Beachtung geschenkt. Sie wollte sich den heiß ersehnten Tag nicht verderben lassen. Was machte es schon, wenn die Klosterruinen von Dunst umwoben waren? Eigentlich fuhr sie ja nach Whitby, um sich an einem ganz anderen Anblick zu erfreuen.

Der Zug war nur mäßig besetzt. Die Strecke war erst vor zehn Jahren eröffnet worden und in den Sommermonaten bei den Ausflüglern beliebt. An diesem Tag wurde er vor allem von Anwohnern genutzt, die an den Zwischenstationen ausstiegen. Die Erste-Klasse-Wagen waren dagegen fast leer.

Unter den Augen des Schaffners fühlte Venetia sich genötigt, in einem unbesetzten Abteil Platz zu nehmen. Er hätte es seltsam gefunden, wenn sie sich zu einem einzelnen Herrn gesetzt hätte. Als der Zug anfuhr und die letzten Häuser aus dem Blickfeld verschwanden, saß Venetia wie auf glühenden Kohlen. Wenn Bertie nun nicht im Zug war? Auf einmal hatte sie Angst, dass ihm etwas dazwischengekommen sein könnte, und blickte nervös immer wieder zur Abteiltür. Schließlich zwang Venetia sich, aus dem Fenster zu sehen und die ruhige Oberfläche des graublauen Meeres zu betrachten.

»Ist hier noch ein Platz frei, Madam?«, fragte eine sanfte Stimme hinter ihr.

Venetia fuhr herum und begann zu strahlen, als sie Bertie in der Tür stehen sah.

»Aber natürlich, Sir«, erwiderte sie.

Er legte seinen Hut zu ihrer Staffelei in die Ablage und setzte sich ihr gegenüber ans Fenster.

»Deine Mutter hatte also nichts gegen einen Ausflug nach Whitby einzuwenden?«, erkundigte Bertie sich, nachdem er sich vergewissert hatte, dass niemand in der Nähe war.

»Nein, aber ich muss heute Abend zurück sein«, antwortete Venetia.

»Das ist kein Problem. Wir machen einen Spaziergang zur

Klosterruine, wo du einige Skizzen anfertigen kannst, dann essen wir zu Mittag und fahren zurück.«

Obwohl die Bahnstrecke nicht sonderlich lang war, dauerte die Fahrt eine Stunde, denn der Zug musste an den Weichen an beiden Enden die Richtung ändern. Das umständliche Rangieren und die starken Steigungen erforderten immer wieder eine Fahrt im Schritttempo, und einmal schien es sogar, als würde die Lokomotive an einer Anhöhe über den Klippen liegen bleiben. Für Venetia war die Fahrt jedoch ein Abenteuer, das sie aus vollem Herzen genoss. Whitby war eine romantische kleine Hafenstadt, deren enge Gassen noch verwinkelter waren als in Scarborough und an Piraten und Schmugglerbanden denken ließen. Die Ruine von Whitby Abbey gab tatsächlich ein wundervolles Motiv ab, dem Venetia nicht widerstehen konnte. Sie setzte sich auf einen Felsen und skizzierte das von Möwen umsegelte Gerippe des Klosters vor dem Hintergrund der unendlichen Weite des Meeres, während Bertie neben ihr stand und ihr interessiert zusah.

Gegen Mittag zeigte sich in der Ferne eine Nebelbank, die sich auf die Küste zuschob. Venetia und Bertie verließen die Klippen und begaben sich zum Lunch in das Restaurant, das der junge Mann sich hatte empfehlen lassen. Als sie nach dem Essen ins Freie traten, war die Klosterruine im weißen Dunst verschwunden, ebenso das Meer, dessen leise Brandung kaum hörbar blieb. Das Licht der Straßenbeleuchtung bildete einen milchig goldenen Kreis um die Gaslaternen und wurde von den Wassertröpfchen im Nebel in allen Regenbogenfarben reflektiert.

»Es ist wohl am besten, wenn wir uns unverzüglich auf den Weg zum Bahnhof machen«, mahnte Bertie und bot Venetia seinen Arm.

Sie war froh, dass sie sich bei ihm einhängen konnte, denn das

Kopfsteinpflaster war feucht und glatt geworden. Am Bahnhof erwartete Bertie und Venetia eine böse Überraschung. Da der Nebel die Schienen rutschig machte, war der Zugverkehr bis zum nächsten Morgen eingestellt worden.

»Was sollen wir tun?«, fragte Venetia beklommen.

Bertie erkundigte sich, ob es möglich wäre, eine Kutsche zu mieten, doch da es bereits dunkelte, erklärte man ihm, dass es Selbstmord wäre, bei so schlechter Sicht an den Klippen entlangzufahren.

»Wir werden über Nacht hierbleiben müssen«, sagte Bertie und warf Venetia ein entschuldigendes Lächeln zu. »Es tut mir leid. Ich hätte nachfragen müssen, wie das Wetter wird. Nun sitzen wir hier fest.«

Venetia verschwieg ihm, dass sie von dem drohenden Nebel gewusst hatte. Sie hätte ihm nicht erklären können, warum sie sich entschieden hatte, die Warnung der Fischer zu ignorieren. Um nichts in der Welt hätte sie auf den Ausflug verzichten wollen, denn sie ahnte, dass ihre Mutter nun, da es Tante Lizzie besser ging, nicht mehr lange in Scarborough bleiben würde. Vielleicht hätte sich bis zu ihrer Abreise keine Gelegenheit mehr ergeben, mit Bertie nach Whitby zu fahren. Mit Grauen dachte Venetia an den bevorstehenden Tag ihrer erzwungenen Heimkehr. Sie wollte Bertie nicht verlassen. Sie wollte das Zusammensein mit ihm noch eine Weile genießen.

Nachdem sie eine Zeit lang in einer Teestube gesessen hatten, machten sie sich auf die Suche nach einer Übernachtungsmöglichkeit.

»Dort ist eine Pension«, sagte Bertie und deutete auf ein Haus mit einem großen Erkerfenster. »Dort können wir sicher zwei Zimmer mieten.«

Venetia widersprach nicht. Sie dachte an ihre Mutter und

Tante Lizzie, die sich große Sorgen um sie machen würden. Doch sie hatte keine Möglichkeit, sie zu benachrichtigen.

Bertie ließ Venetias Arm los, bevor sie durch die Tür ins Innere des Hauses traten, um keinen falschen Eindruck zu erwecken. Auf sein Rufen hin erschien ein älterer Mann mit Brille und lächelte ihnen freundlich zu.

»Meine Begleiterin und ich benötigen zwei Zimmer für die Nacht, wenn das möglich ist«, erklärte Bertie. »Wegen des Nebels fahren keine Züge zurück nach Scarborough.«

»O ja, ich verstehe«, erwiderte der Pensionsbesitzer blinzelnd. »Sie haben Glück, Sir. Ich habe zwei schöne Zimmer im ersten Stock, gleich nebeneinander. Benötigen Sie eine Abendmahlzeit?«

Bertie blickte Venetia fragend an, wartete ihre Antwort aber nicht ab, bevor er entgegnete: »Nein, danke, wir werden am Hafen etwas essen.«

»Wenn Sie sich dann bitte ins Gästebuch eintragen würden.« Der Mann schob ihnen das Buch sowie Tinte und Feder zu und suchte die Schlüssel heraus. »Werden Sie gleich raufgehen, Sir, Madam? Es ist nur so, dass die Zimmer etwas klamm sein werden. Ich habe nicht mehr mit Gästen gerechnet.«

»Wir werden uns nur kurz frisch machen und dann noch eine Kleinigkeit essen, bevor der Nebel noch dichter wird«, antwortete Bertie. Schuldbewusst wandte er sich an Venetia: »Oder möchtest du dich ausruhen, meine Liebe? Wir sind heute viel gelaufen.«

»Nein, ich bin nicht müde«, widersprach sie.

»Gut, dann werde ich in Ihren Zimmern nachher das Feuer schüren, damit es warm und trocken ist, wenn Sie vom Abendessen zurückkommen«, sagte der Pensionsbesitzer.

Nach dem Mahl in einem bescheidenen Lokal am Hafen kehrten Venetia und Bertie in das Gästehaus zurück. Der Eigentümer hatte ihnen einen Haustürschlüssel mitgegeben. Als sie zu ihren Zimmern hinaufgingen, war von ihm nichts zu sehen oder zu hören. Anscheinend war er früh zu Bett gegangen.

»Möchtest du dich zurückziehen?«, fragte Bertie, während sie auf dem kalten dunklen Flur standen.

Venetia schüttelte den Kopf. Mit einem herausfordernden Lächeln sah sie ihn an. Da nahm er sie in die Arme und küsste sie gierig. Sie roch den Duft seiner Haut, den feuchten Nebel in seinem Haar, schmeckte das Salz auf seinen weichen Lippen. Sie klammerte sich an ihn, suchte nach Halt, nach Wärme und Geborgenheit. Als sie sich voneinander lösten, blickte Bertie sie fragend an und las in ihren Augen, dass sie dasselbe Verlangen verspürte wie er.

Behutsam schob er den Schlüssel ins Schloss seiner Zimmertür, öffnete sie und wartete, bis Venetia hindurchgetreten war, bevor er sie leise hinter ihr zuzog.

Am nächsten Morgen machte Venetia sich bei ihrer Rückkehr in Tante Lizzies Pension auf ein Donnerwetter gefasst und war überrascht, dass Margaret ihre Tochter nur mit missbilligenden Blicken empfing. Offenbar war sie am vergangenen Abend zum Bahnhof gegangen und hatte Erkundigungen eingezogen. Daher wusste sie, dass Venetia keine andere Wahl geblieben war, als in Whitby zu übernachten.

»Es wird Zeit, dass wir nach Hause fahren und wieder einem geregelten Tagesablauf folgen«, bemerkte Margaret seufzend.

Venetia verspürte einen Stich ins Herz. Nach der vergangenen Nacht in Berties Armen konnte sie sich nicht mehr vorstellen, von ihm getrennt zu sein. Sie war bis zum frühen Morgen bei ihm geblieben, bevor sie sich in ihr eigenes Bett geschlichen hatte. Er war so rücksichtsvoll, so zärtlich gewesen und hatte sie glücklich gemacht. Venetia begann davon zu träumen, er würde um ihre Hand anhalten, und sie würden den Rest ihres Lebens gemeinsam verbringen. Zum ersten Mal fragte sie sich, wie seine Lebensumstände wohl aussahen. Besaß seine Familie ein Gehöft, das er erben würde? Sie glaubte nicht, dass er in einer Stadt arbeitete, aber sie hatte auch nicht den Eindruck, dass sein Vater ein armer Pachtbauer war. Das nächste Mal, wenn sie sich sahen, würde sie ihn fragen.

Anders als zuvor hatten sie sich für den nächsten Vormittag zu einer festen Zeit verabredet. Zu Venetias Verdruss streikte jedoch der Herd, und sie musste ihrer Mutter dabei helfen, ihn zu säubern. Erst eine halbe Stunde nach der vereinbarten Zeit gelang es Venetia, sich wegzuschleichen.

Die Esplanade vor dem Kurbad, wo sie und Bertie oftmals gesessen und aufs Meer hinausgesehen hatten, war verlassen. Vielleicht hatte er geglaubt, dass sie ihm böse war und nicht kommen würde. Ärgerlich und beunruhigt ging sie ziellos die Wege ab, die sie in den vergangenen Wochen mit ihm genommen hatte. Schließlich stieg sie sogar den Klippenpfad zur Burgruine hinauf, doch Bertie war nicht da. Ratlos blieb Venetia auf dem Plateau stehen und folgte mit dem Blick den Möwen, die sich zwischen die Wellen stürzten. Ein Frösteln überkam sie.

Endlich riss Venetia sich los und stieg wieder in die Stadt hinab. Sie hatte einen Entschluss gefasst. Bisher hatten Bertie und sie es stets vermieden, sich in der Nähe der Pension von Tante Lizzie oder in dem Hotel, in dem Bertie abgestiegen war, zusammen blicken zu lassen. Doch Venetia hielt es einfach nicht länger aus. Sie musste ihn sehen!

Vor dem Eingang zu dem kleinen Hotel zögerte sie noch einen Moment, dann überwand sie sich und trat ein. Der Concierge an der Rezeption wandte sich ihr zu und lächelte freundlich.

»Was kann ich für Sie tun, Madam?«

»Können Sie mir sagen, ob Mr Townsend auf seinem Zimmer ist«, bat Venetia.

»Mr Townsend, Madam?«, wiederholte der Mann verwundert. »Es tut mir leid, wir haben keinen Gast dieses Namens.«

»Aber …«, stammelte Venetia verwirrt. »Das kann nicht sein. Mr Townsend wohnt seit drei Wochen bei Ihnen.«

»Madam, ich versichere Ihnen, dass mir die Namen aller Gäste bekannt sind«, bekräftigte der Concierge. »Sind Sie sicher, dass Sie im richtigen Hotel sind? Vielleicht ist Mr Townsend im Grandhotel abgestiegen.«

Hilflos blickte Venetia ihn an. »Ja, vielleicht«, murmelte sie und wandte sich ab.

Mit tränenverschleierten Augen verließ sie das Gebäude und trat in den kalten Dezembertag hinaus, dessen Himmel sich verdunkelt hatte.

5

London, Juli 1897

*P*ercy sah zu den Sternen auf. Wie Diamanten funkelten sie am samtschwarzen Himmel. Die Luft war warm und bewahrte noch den Duft der Blüten, die sich am Abend geschlossen hatten. Im Dunkel der Nacht waren die bunten Farbtupfer der ausgedehnten Blumenrabatten des Green Park nicht zu erahnen, doch Percy wusste, wie schön sie im Licht der Sonne aussahen. Und er bildete sich lieber ein, ihren süßen Duft zu riechen als den schalen Geruch seiner muffigen Kleidung und der ungewaschenen Leiber der anderen Bettler, die auf dem Rasen des Parks ihr Nachtlager aufgeschlagen hatten.

Neben Percy drehte sein Vater sich brummend auf die andere Seite, ohne zu erwachen. Mama würde weinen, wenn sie sie jetzt sehen könnte. Als sie an Schwindsucht erkrankt war, hatte Papa ihr versprochen, dass er gut für ihren Sohn, den einzigen, der ihnen von vier Kindern geblieben war, sorgen würde. Sie würden keine Not leiden müssen. Mama hatte gelächelt, aber vermutlich hatte sie es besser gewusst. Percy war damals erst sieben Jahre alt gewesen, aber er hatte es in ihrem Gesicht gelesen. Joe Frobisher, sein Vater, war ein kluger und belesener Mann, konnte aber leider nicht gut haushalten. Er hatte immer von einer Karriere auf den Brettern, die die Welt bedeuten, geträumt. Gerne hätte er Shakespeare gespielt, aber sein Talent reichte nur für die morsche Bühne der Varieté-Theater. Gewöhnlich gelang es Papa, mit regelmäßigen Auftritten als Gedankenleser mehr schlecht als recht über die Runden zu kommen. Aber manchmal reichte es nicht einmal für ein Bett in einer billigen Absteige, so wie in den letzten Tagen. Zum Glück war es warm genug, um im Park zu übernachten. Die Wärter drückten schon einmal ein Auge zu, wenn man sich anständig benahm und das Feld räumte, bevor die ersten Besucher kamen. Der Park am Piccadilly hatte etwas Magisches. Die breite Straße, über die tagsüber unzählige Kutschen, Omnibusse und Lastkarren fuhren, war gesäumt von eleganten Reihenhäusern mit schmiedeeisernen Balkonen und prächtigen Stadtpalais, in denen die Aristokratie wohnte.

Gegenüber der Ecke, in der Percy und sein Vater sich unter einer Platane eingerichtet hatten, erhob sich hinter einer schützenden Mauer die Residenz des Duke of Devonshire. Eine andere Welt als die, in der Percy und ein Großteil der Bevölkerung Londons lebten … eine glitzernde Traumwelt voller Macht und Überfluss, ähnlich derjenigen des Varietés, nur dass die Edelsteine, die im Licht der Kerzen auf den Kleidern der Damen funkelten, nicht falsch waren …

Die ganze Nacht lang hatte Percy den Geräuschen gelauscht, die aus dem Devonshire House herüberwehten. Gedämpfte Gespräche, das perlende Lachen der Frauen, Musik … Durch die Gitter des Parks hatte er die Gäste in ihren Kutschen ankommen sehen, empfangen von Lakaien in ägyptischen Kostümen, wie Percy sie aus Büchern der öffentlichen Bibliothek kannte. Papa und er besuchten die Bücherei häufig, um sich aufzuwärmen, wenn es kalt war, und Percys Vater hatte dem Sohn Schmöker gezeigt, die von fernen Ländern und vergangenen Epochen erzählten. Daher fiel es dem Jungen an jenem Abend nicht schwer zu erraten, was die Kostüme der ankommenden Gäste darstellten. Es gab Ritter in glänzenden Rüstungen, Edelfrauen mit spitzen Hüten, mehrere Kleopatras, eine Marie-Antoinette, eine byzantinische Kaiserin, eine russische Zarin. Die Kleider der Damen glitzerten vor Juwelen, und Percy war geblendet von so viel Pracht.

Nachdem sich die Tore des Stadtpalais geschlossen hatten und nur noch die Laute der Feiernden zu hören waren, schlief Percy ein und träumte, er wäre einer von ihnen. In ein elegantes Kostüm gekleidet, lustwandelte er in den mit Marmor ausgelegten Hallen, kostete von den exotischen Speisen und tanzte zu der Musik, die ihn in den Schlaf verfolgte.

Als er die Augen öffnete, verblassten die Sterne über ihm im Zwielicht der Morgenröte, und es war still geworden. Er glaubte noch immer zu träumen. Die Dächer des Walsingham House am Rande des Parks begannen zu glühen, und der Himmel färbte sich rosig.

Percy setzte sich auf, blickte sich um … und erstarrte. Eine Gestalt schwebte über den Rasen, auf dem Tautropfen funkelten wie tausend Edelsteine, ein Wesen von überirdischer Schönheit. Ein Schleier aus feinem Dunst umwehte sie, eine schillernde Schleppe bauschte sich wie die Flügel eines Paradiesvogels hinter ihr, flaumige Federn zitterten auf ihrem aufgetürmten Haar … eine Fee …

Sprachlos starrten die Vagabunden die Erscheinung an, die zwischen ihnen hindurchschritt. Percy erhaschte einen Blick auf ihr Gesicht. Und ihm wurde klar, dass sie zu den Gästen des Kostümfests im Devonshire House gehörte. Ihre Züge verrieten Beklommenheit, als sie die Blicke der Bettler auf sich gerichtet sah, aber Percy las auch Mitgefühl darin. Der ein oder andere Tramp rief ihr einen Gruß zu. Niemand erhob die Hand zu einer drohenden Geste. Der Moment nahm sie gefangen wie der Zauber eines Märchens. Im nächsten Augenblick war sie im gleißenden Licht der aufgehenden Sonne verschwunden.

Percy, der vor Aufregung die Luft angehalten hatte, ließ sie langsam aus seiner Lunge entweichen. Um ihn herum regten sich die Stadtstreicher, denn bald würden die Parkwächter kommen und sie fortjagen. Ihre Welt würde wieder in der Hoffnungslosigkeit und Lethargie der Armut versinken. Doch Percy schwor sich, dass er etwas Besseres aus seinem Leben machen würde. Er wollte an der Herrlichkeit der fernen Welt, auf die er an diesem Morgen einen Blick geworfen hatte, teilhaben.

6

London, 7. März 1898

*E*s ist nett von dir, dass du mich ins Theater eingeladen hast«, sagte Venetia und lächelte ihrer Freundin Doreen zu, die neben ihr in der Mietkutsche saß. Es war einer der alten vierrädrigen Wagen, die man scherzhaft als »Rumpler« bezeichnete, da diese Gefährte mehr Lärm verursachten als die eleganteren zweisitzigen Hansoms. Die Ledersitze waren an einigen Stellen durchgewetzt und fadenscheinig, und es roch muffig, sodass Venetia das Seitenfenster geöffnet hatte.

»Sind wir nicht ein wenig früh dran?«, bemerkte sie. »Die Vorstellung beginnt doch erst um acht. Und jetzt ist es gerade sechs Uhr durch.«

»Oh, es kann nicht schaden, ein wenig früher da zu sein«, antwortete Doreen ausweichend.

Argwöhnisch musterte Venetia ihre Freundin. Was mochte sie wieder im Schilde führen? Doreen war hübsch mit ihrem ovalen Gesicht, den braunen Augen und dem dunkelbraunen Haar. Ihr Körper war klein und drahtig, ihre Hände hielten nie still, und ihr Blick schweifte stets neugierig und prüfend umher. Doreen hatte ein besonderes Talent dafür, in den Gesichtern der Menschen zu lesen und ihre Geheimnisse zu erraten. Aus diesem Grund hatte sie nach der Schule einen Sekretärinnenkurs besucht und sich danach bei verschiedenen Zeitungen beworben. Es war ihr rasch gelungen, eine Anstellung bei der Frauenzeitschrift *Home Notes* zu finden, aber ihr größter Wunsch war es, bei einer Tageszeitung zu arbeiten. Sie wollte keine Kochrezepte oder Einrichtungsideen für gelangweilte Hausfrauen entwerfen, sondern interessante Neuigkeiten aufdecken und Schlagzeilen machen. Allerdings war es für eine Frau so gut wie unmöglich, Zutritt zu der Männerwelt der Zeitungsreporter zu erhalten. Doreen ließ sich jedoch nicht entmutigen. Sie war immer auf der Suche nach einer Sensation, über die sie schreiben konnte, und hoffte so, sich eines Tages einen Namen als Journalistin machen zu können.

»Eigentlich kann ich es gar nicht annehmen, dass du die Eintrittskarten bezahlst«, sagte Venetia ein wenig schuldbewusst. »Das Savoy-Theater ist nicht gerade billig.«

»Wir haben doch etwas zu feiern«, erwiderte Doreen abwehrend. »Du hast den Sekretärinnenkurs, zu dem ich dir geraten habe, erfolgreich abgeschlossen, und in drei Wochen trittst du deine erste Stelle als Tippfräulein an.«

»Bei einem Eiergroßhandel«, entgegnete Venetia.

»Höre ich da eine Spur von Missmut aus deiner Stimme heraus?«, spottete Doreen. »Du meinst, Rechnungen und Briefe an Hühnerfarmen zu schreiben, würde dich nicht ausfüllen?«

»Ach, mach dich nicht über mich lustig.«

»Du hättest ja nicht gleich die erste Stelle annehmen müssen, die sich dir bot.«

»Es ist eine sichere Anstellung, und ich muss Geld verdienen.«

»Um deine Eltern zu unterstützen? Du hast doch drei Brüder, die das tun können.«

Venetia seufzte. Sie mochte es nicht, wenn Doreen ihre Verhörtaktiken bei ihr anwandte, denn damit zwang sie ihre Freundin, sie zu belügen. Doch Venetia konnte ihr nicht erklären, weshalb ein geregeltes Einkommen für sie so wichtig war.

Als die Mietkutsche von der Northumberland Avenue auf die Victoria Embankment einbog, bemerkte Venetia, dass Doreens Körper sich anspannte. Sie streckte den Kopf zum Fenster hinaus und schien nach etwas Ausschau zu halten.

»Willst du mir nicht endlich erklären, weshalb wir wirklich hier sind?«, fragte Venetia. Auf einmal machte es ihr Spaß, den Spieß umzudrehen.

»Hm«, brummte Doreen und ließ sich dazu herab, den Blick von den Passanten auf dem Bürgersteig vor dem Cecil Hotel loszureißen. »Einer meiner Bekannten bei der *Daily Mail* hat mir gesteckt, dass im Savoy etwas im Busch ist.«

»Gesteckt? Im Busch? Wo schnappst du nur immer diese Ausdrücke auf?«, sagte Venetia kopfschüttelnd. »Ich bin mir nicht sicher, ob der Umgang mit Zeitungsreportern für eine anständige Frau gut ist.«

»Ich will keine anständige Frau sein, sondern etwas erleben«, gab Doreen gereizt zurück. »Und es ist mir egal, was ein paar vertrocknete alte Matronen von mir denken.«

Venetia schwieg. So war sie nun einmal, ihre Freundin Doreen, sprunghaft und unvernünftig. Das war auch der Grund, weshalb Venetia ihr nicht alles erzählte, obwohl sie Doreen von Herzen gernhatte.

»Also gut«, sagte Venetia beschwichtigend. »Was hat dein Reporterfreund dir ›gesteckt‹?«

»Dass der Eigentümer des Savoy Hotels, Mr D'Oyly Carte, heute das Management fristlos entlassen hat«, erwiderte Doreen, während sie forschend aus dem Fenster sah. Aufgrund des dichten Verkehrs auf der Victoria Embankment, die an der Themse entlangführte, kamen sie nur schleppend vorwärts. »Den Hoteldirektor Ritz, den Meisterkoch Escoffier und noch einige andere.«

»César Ritz?«, wiederholte Venetia interessiert. Sie kannte den Schweizer Hotelier vom Sehen, denn er wohnte nicht weit vom Haus ihrer Eltern in Hampstead entfernt und unternahm an den Wochenenden Spaziergänge mit seinen beiden Neufundländern auf dem Heath oder auf dem Primrose Hill. Venetia hatte ihn nach einer Fotografie erkannt, die sie anlässlich seiner Anstellung als Direktor des Savoy Hotels in der Zeitung gesehen hatte. Er war ein schüchtern wirkender, reservierter Mann, der Venetia, wenn sie sich im Park begegneten, stets höflich grüßte, und er war ihr vom ersten Tag an sympathisch gewesen.

»Aber warum sollte Mr D'Oyly Carte seine besten Leute entlassen?«, fragte Venetia verwundert.

»Das ist es ja gerade, was ich herausfinden will«, erklärte Doreen und spähte weiter aus dem Fenster. »Sicher steckt etwas herrlich Skandalöses dahinter.«

Venetia verbiss sich eine tadelnde Bemerkung und rückte näher an ihre Freundin heran, um besser sehen zu können. Inzwischen hatten sie das Savoy erreicht. Es war ein imposantes Gebäude. Die Fassade besaß prachtvolle, von Säulen getragene Balkone, die ihr etwas Verspieltes gaben. Zum Zeitpunkt seiner Erbauung war es das erste Hotel gewesen, das über elektrischen Strom, Fahrstühle und Badezimmer mit fließendem Wasser verfügt hatte, eine Neuheit in England.

Als die Mietkutsche sich etwa auf der Höhe der Statue von Richard D'Oyly Carte, dem Erbauer von Hotel und Theater, befand, tauchte auf einmal ein Page aus dem Eingangsbereich auf und rannte auf die Droschke zu. Im nächsten Moment hatte er die Hand auf die Tür gelegt und grinste Doreen und Venetia schelmisch an.

»Vergeben Sie meine Kühnheit, meine Damen, aber dürfte ich Sie im Namen zweier ehrenwerter Herren in Not um einen Gefallen bitten?«, sagte der junge Bursche verschwörerisch. Er konnte kaum älter als zwölf Jahre sein, aber aus seinem Lächeln sprach ein Charme, den Venetia einnehmend fand.

»Mietkutschen sind zu dieser Zeit schwer zu bekommen«, fuhr der Page fort. »Wären die Damen wohl so freundlich, die beiden Herren ein Stück mitzunehmen?«

»Wo sind denn die Herren?«, fragte Venetia.

Der Page wandte sich dem Hoteleingang zu und winkte eifrig. Daraufhin huschten zwei dunkel gekleidete Männer aus dem Gebäude heraus und rannten in höchster Eile auf die Mietkutsche zu. Der Grund für ihre Hast trat kurz darauf in Erscheinung. Mehrere Verfolger strömten aus dem Savoy und hefteten sich an die Fersen der Fliehenden.

»Das ist Monsieur Ritz!«, entfuhr es Venetia.

Doreen streifte sie mit einem erstaunten Blick, dann stieß sie ohne Zögern die Tür der Droschke auf und machte den beiden Herren Platz, die rasch ins Innere kletterten.

»*Merci beaucoup*, Percy«, rief César Ritz dem Pagen zu, der die Tür zuschlug und sich den heraneilenden Journalisten entgegenstellte.

»Fahren Sie los!«, befahl Doreen dem Kutscher.

Ein zufriedener Ausdruck breitete sich über ihr Gesicht. Sie konnte ihr Glück kaum fassen. Da sich der Stau vor ihnen inzwischen aufgelöst hatte, trieb der Fahrer die Pferde an und entzog sich den Verfolgern, die nun erbost und aus Sorge um ihre Gliedmaßen den folgenden Kutschen auswichen und auf den Bürgersteig zurücksprangen.

Die Geretteten fassten sich an die Hutkrempe und verbeugten sich kurz vor den beiden jungen Frauen.

»Wir sind Ihnen zu großem Dank verpflichtet, meine Damen. Gestatten Sie, dass wir uns vorstellen: Mein Name ist César Ritz, und dies ist Monsieur Auguste Escoffier«, erklärte der Schweizer mit einem nervösen Lächeln. Man sah ihm an, dass er sich in seiner Haut nicht wohlfühlte.

Während Venetia den Herren ihren und Doreens Namen nannte, betrachtete sie die beiden. Sie mochten etwa im selben Alter sein, um die fünfzig, und sie waren makellos gekleidet in dunklem Gehrock, Weste und weißem Hemd mit steifem Kläppchenkragen sowie sorgfältig gebundenem Halstuch und Bowler. César Ritz trug eine weiße Nelke im Knopfloch. Venetia hatte in einem Artikel über ihn gelesen, dass er Blumen liebte. Sein dunkles Haar zog sich bereits von seiner hohen intelligenten Stirn zurück, und sein Schnurrbart war gewachst und an beiden Enden zu einer eleganten Spitze gezwirbelt. Der Schweizer Hotelier saß steif und verkrampft auf dem vorderen Ledersitz und lächelte Venetia, die ihm gegenübersaß, unsicher an. Sein Begleiter, der Meisterkoch Escoffier, wirkte dagegen gelassen und selbstbewusst, als sei es nichts Ungewöhnliches für ihn, vor einer Horde Reporter aus dem Hotel zu fliehen, in dem er acht Jahre lang über die Küche geherrscht hatte. Der Franzose war gut aussehend, und sein an den Schläfen ergrautes dichtes Haar und der ebenfalls von Silber durchzogene üppige Schnauzbart verliehen ihm etwas Distinguiertes.

»Wir sind zu weit gegangen«, zischte César Ritz Escoffier auf Französisch zu. »Ich mache Ihnen keine Vorwürfe, mein lieber Freund, wir haben beide jegliches Maß verloren. Aber wir hätten damit rechnen müssen, dass D'Oyly Carte irgendwann Anstoß nehmen würde.«

Der Franzose zog eine abfällige Grimasse. »In unserem Metier ist es üblich, Vergünstigungen von Geschäftspartnern anzunehmen.«

»Mag sein«, gab Ritz zu, »aber die Gelder, die Sie sich von den Hudson Brothers haben auszahlen lassen, und die gekürzten Lieferungen an das Savoy könnten als Betrugsmasche ausgelegt werden.«

»Darf ich Sie daran erinnern, dass Sie auch recht großzügig mit Geschenken an Ihre Geschäftspartner und den Lebensmittellieferungen an Ihren eigenen Haushalt waren«, gab Escoffier hochmütig zurück. »Von dem Champagner und dem Wein, den Sie an treue Kunden verteilt haben, wollen wir gar nicht reden.«

»Es gehört zu meiner Aufgabe als Hoteldirektor, unsere anspruchsvollen Gäste bei Laune zu halten«, erwiderte Ritz mit einem bitteren Zug um die Lippen. »Ich hatte ja keine Ahnung, dass sich die Summe der unbezahlten Flaschen auf fast dreieinhalbtausend Pfund beläuft. Trotzdem war es eine Unverschämtheit von D'Oyly Carte, uns vorzuwerfen, als ›Bediensteten‹ stehe es uns nicht zu, Geschenke in dieser Höhe zu machen …«

Ritz verstummte, als sein Blick auf Venetias Gesicht fiel. Sie starrte ihn schockiert an. Ihm musste plötzlich klargeworden sein, dass sie jedes Wort der in schnellem Französisch gesprochenen Unterhaltung verstanden hatte.

Doch Ritz war nicht der Einzige, dem Venetias entgeisterter Gesichtsausdruck aufgefallen war. Doreen legte ihrer Freundin die Hand auf den Arm und fragte neugierig: »Was haben sie gesagt?« Gleichzeitig zog sie ein Notizbuch und einen Bleistift aus ihrer Tasche und blickte Venetia erwartungsvoll an.

Auf César Ritz' Zügen malte sich Erschrecken ab. »Sie sind eine Reporterin, Madam?«, fragte er auf Englisch.

»Freie Journalistin«, erwiderte Doreen stolz.

Ritz' Blick sprang zu Venetia zurück, die noch immer sprachlos von einem zum anderen sah. Maître Escoffier hatte sich mit einem verächtlichen Brummen in den Ledersitz zurücksinken lassen und starrte finster nach draußen. Doch sein Freund war noch nicht bereit, klein beizugeben.

»Madame, ich bitte Sie, bewahren Sie Stillschweigen über das, was Sie eben gehört haben«, flehte Ritz auf Französisch. »Ich versichere Ihnen, dass auch Monsieur D'Oyly Carte es nicht an die große Glocke hängen, sondern unter den Teppich kehren wird.«

»Venetia, worum geht es hier?«, drängte Doreen, als ihre Freundin noch immer stumm blieb.

Venetia kämpfte mit sich. Sie liebte Doreen und hasste es, sie enttäuschen zu müssen, aber sie konnte nicht weitergeben, was sie im Grunde heimlich mit angehört hatte, denn die beiden Männer hatten ja nicht gewusst, dass sie Französisch verstand. Es wäre ihre Pflicht gewesen, die Herren darauf hinzuweisen, dachte sich Venetia.

Mit einem entschuldigenden Lächeln wandte sie sich an Doreen: »Es tut mir leid. Ich kann es dir nicht sagen. Es wäre nicht recht.«

»Nicht recht?«, wiederholte Doreen ärgerlich. »Ich dachte, du wärst meine Freundin. Dann versauere doch als Tippse bei deinem Eierhändler«, fügte sie erbost hinzu.

Venetia wusste, dass Doreens Temperament aus ihr sprach. Wenn sie sich erst beruhigt hatte, würde sie einsehen, dass ihre Freundin nicht anders hatte handeln können.

Ein Strahlen der Erleichterung verwandelte César Ritz' Züge, als er erkannte, dass Venetia ihn nicht verraten würde.

»Ich danke Ihnen von Herzen, Madame«, sagte er. Nach kurzem Zögern fügte er hinzu: »Habe ich eben richtig verstanden? Sie sind Sekretärin?«

»Ja, Monsieur. Ich habe gerade meine Ausbildung an *Cusack's Secretarial College* beendet«, antwortete Venetia bereitwillig.

»Können Sie auch Stenographieren?«, fragte Ritz.

»Natürlich.«

»Auf Französisch?«

»Ja«, versicherte Venetia.

»Vorzüglich«, entgegnete der Schweizer erfreut. »Welch ein Glücksfall! Wie Sie vielleicht erkannt haben, bin ich von den unerfreulichen Ereignissen heute ziemlich überrascht worden. Nun ja, Madame«, fuhr Ritz fort, »Sie können sich vorstellen, dass ich einige dringende Briefe zu diktieren und Telegramme zu verschicken habe. Ich habe jedoch keine eigene Sekretärin und werde hier in London auf die Schnelle niemanden finden, dem ich vertrauen kann. Wenn Sie also Zeit hätten, würde ich Sie gerne als meine Privatsekretärin engagieren.«

Venetia starrte ihn erstaunt an.

»Ich werde Sie großzügig entlohnen«, beeilte sich Ritz, hinzuzufügen. »Bitte sagen Sie Ja.«

Nur mühsam überwand Venetia ihre Überraschung. Warum nicht?, dachte sie. Sie würde erst in drei Wochen ihre Stelle bei Godwin & Clayton antreten.

Venetia spürte den verärgerten Blick ihrer Freundin auf sich ruhen.

»Was heckt ihr da aus?«, fragte Doreen. »Willst du mir nicht endlich erklären, was los ist?«

Ohne sie zu beachten, beugte Monsieur Ritz sich aus dem Fenster und rief dem Kutscher zu: »Fahren Sie uns zum Charing Cross Hotel.«

»Es tut mir leid«, sagte Venetia zu Doreen. »Ich mache es wieder gut.«

»Ich hoffe, du vergisst es nicht«, erwiderte die Freundin bissig. Aber sie bestand nicht weiter auf einer Erklärung.

Als die Droschke vor dem Charing Cross Hotel hielt und

César Ritz Venetia beim Aussteigen half, warf Doreen ihr einen ungläubigen Blick zu.

»Was wird das denn jetzt?«

»Du warst es doch, die mir vorschlug, mir eine interessantere Stellung zu suchen«, erwiderte Venetia ironisch. »Ich werde Monsieur Ritz ein wenig bei seiner Büroarbeit aushelfen. Und den Theaterbesuch holen wir nach.« Sie küsste ihre Freundin auf die Wange. »Nimm es mir nicht übel.«

Doreen rang sich ein Lächeln ab. »Ich werde mir Mühe geben. Im Grunde bin ich beeindruckt von deiner unerwarteten Abenteuerlust. Also geh schon, Unberechenbare!«

Venetia winkte Doreen noch einmal zu, bevor sie Ritz und Escoffier ins Hotel folgte. Dabei hörte sie den Franzosen raunen: »Ist es klug, eine Dame, über die Sie nichts wissen, als Sekretärin zu beschäftigen?«

»Hat sie uns ihre Vertrauenswürdigkeit nicht bereits dadurch bewiesen, dass sie vor ihrer Freundin Stillschweigen bewahrt hat?«, entgegnete Ritz unbeirrt. »Es ist nur recht, dass wir uns nun erkenntlich zeigen.«

»Wie Sie meinen, mein Freund«, gab Escoffier nach.

»Darüber hinaus ist sie keine Fremde«, belehrte Ritz den Franzosen. »Ich habe sie schon oft bei meinen Spaziergängen auf dem Hampstead Heath gesehen.« Er wandte sich Venetia zu. »Ich vergesse nie ein Gesicht oder einen Namen. Wir sind uns schon des Öfteren begegnet, Madame.«

»Mademoiselle«, stellte Venetia richtig.

»Verzeihen Sie, Mademoiselle«, verbesserte Ritz sich. »Ich entschuldige mich noch einmal für die Unannehmlichkeiten, die ich Ihnen bereite. Es gibt viel zu tun, und es wird spät werden. Sicher möchten Sie Ihre Familie unterrichten, wo Sie sich aufhalten. Am besten schicken Sie ihnen gleich ein Telegramm.«

Während Ritz und Escoffier mit dem Direktor des Charing Cross Hotels sprachen, der ein guter Freund von ihnen war, setzte Venetia an der Rezeption ein Telegramm an ihre Eltern auf, in dem sie die Vorkommnisse zusammenfasste. Sie konnte nur hoffen, dass Papa und Mama die spontane Entscheidung ihrer Tochter verstehen würden.

Der Hoteldirektor Neuschwander stellte seinen Freunden eine Suite zur Verfügung und ließ eine Schreibmaschine und andere Büroutensilien bringen. Maître Escoffier, der eine kleine Wohnung in der Nähe hatte, zog sich zurück, sodass Venetia mit César Ritz allein blieb.

»Sie machen sich Sorgen, dass Ihre Eltern Ihre Anwesenheit zu dieser späten Stunde hier nicht gutheißen werden, nicht wahr?«, sagte er einfühlsam.

Ich habe schon Ungehörigeres gemacht als das hier, dachte Venetia schuldbewusst.

»Ich schicke ein Telegramm an meine Gemahlin, um sie von den Ereignissen zu unterrichten«, fuhr Ritz fort. »Soll ich sie bitten, Ihre Eltern aufzusuchen, damit sie ihnen versichert, dass sie sich um den Ruf ihrer Tochter keine Sorgen machen müssen?«

»Das ist sehr freundlich von Ihnen, Monsieur«, erwiderte Venetia.

Sie blieben allerdings nicht lange unter sich. Nur wenig später trafen Louis Echenard, Ritz' Stellvertreter, der ebenfalls entlassen worden war, und Monsieur Agostini, der Kassierer des Savoy Hotels, der aus Loyalität zu Ritz gekündigt hatte, ein. Agostini war nicht der Einzige, der diese Entscheidung getroffen hatte. Der Italiener berichtete den Anwesenden, dass die Polizei gerufen worden war, um die Köche zu bewachen, die von Maître Escoffier vor seinem Aufbruch nur mit Mühe dazu überredet werden konnten, nicht alles hinzuschmeißen und mit erhobenen Messern zu protestieren. Als Ritz und Escoffier vor acht Jahren die Organisation des Savoy Hotels übernommen hatten, hatte der vorherige Küchenchef ein Chaos hinterlassen, um sich für seinen Hinauswurf zu rächen. Dies hatte sich an einem Sonntag zugetragen. Alle Lebensmittel in der Küche des Savoy waren verdorben gewesen, und die Geschäfte hatten geschlossen. Escoffier war gezwungen gewesen, seinen Freund Louis Peyre vom Charing Cross Hotel um Hilfe zu bitten. Der Franzose war jedoch zu stolz auf seine Kunst, um es seinem Vorgänger gleichzutun, und so hatte er seine Leute davon abgehalten, alles stehen und liegen zu lassen, um ihm zu folgen, so gerührt er von ihrer Loyalität auch war.

Während die Herren aufgeregt diskutierten, setzte Venetia sich an den Tisch und machte sich mit der Schreibmaschine vertraut. Es war eine »North«, ein ungewöhnliches Modell, bei dem die Typenhebel halbkreisförmig hinter dem Wagen angebracht waren und im Oberaufschlag auf die Walze trafen. Dies hatte den Vorteil, dass man beim Tippen das Geschriebene sehen konnte. Allerdings war das Wechseln des Farbbands mühselig, da die Spulen unterhalb des Wagens lagen. Venetia war sich jedoch sicher, dass sie wenn nötig damit zurechtkommen würde.

Ritz diktierte zuerst einige Telegramme an die Mitglieder des Aufsichtsrats seiner Firma, das Ritz-Hotel-Syndikat. Nachdem Venetia den Wortlaut auf ihrem Stenoblock notiert hatte, ging sie zur Rezeption hinunter und gab die Telegramme auf. Als sie zurückkehrte, verabschiedeten sich die Herren von César Ritz, und Venetia blieb erneut mit ihm allein.

»Bitte nehmen Sie einige Briefe auf«, bat der Hotelier. Dann kam ihm ein Gedanke. »Möchten Sie etwas essen? Es wird eine lange Nacht werden.«

Venetia schüttelte den Kopf. »Nein, danke, Monsieur. Ich bin nicht hungrig.«

Sie hatte einen Imbiss zu sich genommen, bevor sie mit Doreen zum Theater aufgebrochen war.

»Aber Sie trinken doch sicher eine Tasse Kaffee, Mademoiselle«, bot Ritz ihr an. »Ich wollte sowieso eine frische Kanne kommen lassen.«

Gestärkt vom Kaffee, diktierte Ritz Brief auf Brief an seine Freunde, Stammgäste und Zulieferer. Darin unterrichtete er sie, dass er fortan nicht mehr im Savoy, sondern im Charing Cross Hotel zu erreichen war. Bis nach Mitternacht war Venetia damit beschäftigt, diese Schreiben ins Reine zu tippen. Sie war beeindruckt von den Verbindungen in alle Kreise der Gesellschaft, die der Schweizer Hotelier aufgebaut hatte. Welche Leistung für einen Mann, der in seiner Jugend in den Alpen Ziegen gehütet hatte! Seine Empörung über die fristlose Kündigung ließ César Ritz nicht zur Ruhe kommen. Schließlich diktierte er noch einen ausführlichen Brief an den Architekten des Hotels, das er in Paris auf der Place Vendôme einrichten ließ, und teilte ihm mit, dass er England so bald wie möglich verlassen und nach Paris reisen würde.

»Das ist alles für heute, denke ich«, erklärte Ritz, dem die Erschöpfung anzusehen war. »Wir machen morgen weiter.« Er warf einen prüfenden Blick auf seine silberne Taschenuhr. »Herrje, es ist ja schon nach eins. Um diese Zeit können Sie unmöglich nach Hause fahren, Mademoiselle Grey. Ich sorge dafür, dass man Ihnen ein Zimmer zur Verfügung stellt.« Ritz lächelte entschuldigend. »Ich hoffe, Sie werden mir die nächsten Tage noch aushelfen. Ich weiß wirklich nicht, wie ich ohne Sie zurechtgekommen wäre.«

»Es freut mich, dass Sie mit meiner Arbeit zufrieden sind, Monsieur«, erwiderte Venetia bescheiden.

»Zufrieden? Mehr als das. Ihr Französisch ist so gut wie fehlerlos. Und der Brief an Seine Hoheit, den Prince of Wales, war einwandfrei. Das ist nicht selbstverständlich, müssen Sie wissen. Viele Bürokräfte arbeiten schlampig. Und das ist etwas, was es in meinem Metier nicht geben darf.«

Venetia errötete über das Lob. Schreibarbeit machte ihr Spaß, viel mehr als das Unterrichten. Sie war froh, dass sie auf Doreen gehört und den zehnmonatigen Sekretärinnenkurs belegt hatte.

Trotz der späten Stunde verspürte Venetia keine Müdigkeit, als sie sich in ihr Zimmer zurückzog. Sie schlüpfte aus Rock und Bluse, hakte ihr Mieder auf und hängte die Kleidungsstücke über einen Stuhl. Nachdem sie sich ihrer Strümpfe entledigt und ihr Haar gelöst hatte, legte sie sich in Hemd und Unterhose ins Bett und löschte das Licht. Doch sie lag noch lange wach und durchlebte noch einmal die aufregenden Ereignisse des vergangenen Abends.

7

London, 8. März 1898

Nach nur wenigen Stunden Schlaf erwachte Venetia schon früh. Vergeblich versuchte sie, noch ein wenig Ruhe zu finden. Schließlich gab sie es auf und verließ das Bett. Anders als die Suiten im Savoy verfügte Venetias Zimmer nicht über ein eigenes Badezimmer, und so bat sie ein Zimmermädchen, ihr heißes Wasser zum Waschen zu bringen. Nachdem Venetia in ihre Kleider geschlüpft war und ihr strohblondes Haar hochgesteckt hatte, ging sie zu César Ritz' Suite, um nachzufragen, ob er sie noch brauchte. Auf ihr Klopfen hin öffnete ihr eine Frau.

»Ah, Sie müssen Mademoiselle Grey sein«, sagte die Fremde auf Französisch. »Kommen Sie herein.«

Nachdem sie die Tür hinter Venetia geschlossen hatte, stellte sie sich vor: »Ich bin Monsieur Ritz' Gemahlin. Haben Sie schon gefrühstückt? Ich bin auch gerade erst gekommen und sehne mich nach einer Tasse Kaffee. Setzen Sie sich doch zu mir.«

Marie Ritz machte eine einladende Handbewegung in Richtung des gedeckten Frühstückstisches, an dem ihr Mann gerade ein fein säuberlich in Quadrate geschnittenes Toastbrot mit Marmelade verspeiste. Zögernd setzte Venetia sich zu dem Ehepaar und ließ sich Kaffee und Toast servieren.

»Wie versprochen habe ich gestern Abend noch Ihre Eltern aufgesucht, nachdem mich Césars Telegramm erreicht hat«, erklärte Marie Ritz. »Zuerst hatten sie ihre Zweifel, ob es für ein junges Mädchen schicklich sei, allein in einem Hotelzimmer zu übernachten, aber ich habe ihnen versichert, dass ich heute Morgen gleich herkommen und auf Sie aufpassen werde, meine Liebe.«

Venetia mochte die Gemahlin des Hoteliers vom ersten Moment an. Marie war um die dreißig und hatte blonde Haare und dunkle, freundlich blickende Augen. Venetia hatte gelesen, dass ihre Familie einige kleine Hotels in Monte Carlo besaß. Obwohl César Ritz und Marie verschiedener nicht hätten sein können – er nervös und unsicher, sie in sich ruhend und selbstbewusst –, hingen sie offensichtlich sehr aneinander und verstanden sich prächtig. Venetia verspürte so etwas wie Neid, während sie die beiden beobachtete. Einst hatte auch sie eine tiefe Verbundenheit mit einem Mann empfunden, und sie ahnte, dass sie nie wieder etwas Ähnliches erleben würde.

»Ich habe eine Sitzung mit dem Aufsichtsrat meiner Firma einberufen«, sagte Ritz. »Ich wäre sehr dankbar, wenn Sie dabei das Protokoll führen könnten, Mademoiselle Grey. Ist das möglich?«

»Ich stehe Ihnen gerne zur Verfügung, Monsieur«, stimmte Venetia zu.

Die Sitzung fand in einem der Konferenzräume des Charing Cross Hotels statt. An einem separaten Tisch stenographierte Venetia den Wortlaut mit, während César Ritz die Aufsichtsratsmitglieder des Ritz-Hotel-Syndikats von seiner und Escoffiers Entlassung durch Richard D'Oyly Carte in Kenntnis setzte. Die Morgenzeitungen hatten alle über die Vorkommnisse im Savoy Hotel berichtet, und obwohl keiner der Reporter die Einzelheiten kannte, spekulierten sie dennoch, dass Defizite bei der Abrechnung von Lebensmitteln und Spirituosen aufgetreten waren. Ritz versicherte dem Aufsichtsrat, dass es sich bei D'Oyly Cartes Anschuldigungen um Verleumdungen handle und er juristisch gegen seine Kündigung vorgehen werde. Dennoch bot er an, als Aufsichtsratsmitglied zurückzutreten. Aber davon wollten die Anwesenden nichts wissen, sondern sprachen ihm ohne Zögern ihr Vertrauen aus.

Venetia war erleichtert, dass für den Schweizer Hotelier alles glimpflich abgelaufen war. Ein leichtes Lächeln konnte sie sich jedoch nicht verkneifen, als sie an das Gespräch zwischen Ritz und Escoffier in der Kutsche zurückdachte.

Während Ritz nach der Sitzung seinen Anwalt aufsuchte, kehrte Venetia in ihr Zimmer zurück und ließ sich einen Imbiss bringen. Nach seiner Rückkehr bat Ritz sie erneut in seine Suite, um die Briefe und Nachrichten zu beantworten, die von seinen treuen Freunden und Stammgästen eingetroffen waren. Das Telefon klingelte ununterbrochen, und für Marie Ritz wurden immer wieder Blumensträuße geliefert. Venetia hörte illustre Namen wie den der Opernsängerin Nellie Melba, der Maître Escoffier ein Dessert gewidmet hatte. Weniger erfreulich war die Lieferung, die Venetia während einer Pause an der Rezeption des Charing Cross Hotels für Ritz in Empfang nahm. Es handelte sich um mehrere Kartons, in die man den Besitz des in Ungnade gefallenen Ehepaars aus ihrem Apartment im Savoy eilig und ohne Rücksicht auf die Zerbrechlichkeit des Sèvres-Porzellans und der venezianischen Gläser geworfen hatte. Als Marie Ritz den Schaden sichtete, geriet sie in Rage und schimpfte über die Bosheit von Helen D'Oyly Carte, die ihren Mann nie gemocht habe und nur eifersüchtig auf seinen Erfolg sei.

Am späten Nachmittag erschien eine Dame, die von Ritz mit sichtbarer Nervosität empfangen wurde. Marie flüsterte Venetia zu, dass es sich um Lady de Grey handele, eine bedeutende Kunstpatronin und Freundin des Kronprinzen.

»Ich war untröstlich, als ich von Ihrer Entlassung hörte, Monsieur Ritz«, sagte Lady de Grey und offenbarte damit deutlich, auf welcher Seite sie in dieser heiklen Affäre stand. »Daher wollte ich Ihnen und Ihrer Frau Gemahlin mein tief empfundenes Mitgefühl aussprechen.«

»Ich danke Ihnen vielmals, Mylady«, antwortete César Ritz mit einer artigen Verbeugung.

Ein feierliches Lächeln glitt über Lady de Greys wohlgeformte Lippen. »Außerdem darf ich Ihnen eine Nachricht von Seiner Hoheit, dem Prince of Wales, überbringen. Er war schockiert von dem Vorfall und möchte Ihnen versichern, dass Sie auch in Zukunft mit seinem Wohlwollen rechnen können. Seine Hoheit hat bereits angeordnet, das Fest, das er nächste Woche im Savoy abhalten wollte, abzusagen.« Lady de Grey neigte sich ein wenig vor, als wolle sie Ritz ein Geheimnis anvertrauen, obwohl außer Marie und Venetia niemand im Raum war. »Der Prinz erklärte wörtlich: ›Wo Ritz hingeht, werde ich auch hingehen‹.«

Der Schweizer Hotelier strahlte über das ganze Gesicht wie ein Kind, das sich reich beschenkt sieht. Die Freude ließ ihn schwindeln, und er musste sich mit der Hand auf eine Stuhllehne stützen.

»Ich bin Seiner Hoheit zu großem Dank verpflichtet«, entgegnete er ergriffen. »Bitte richten Sie ihm aus, dass ich seine Güte nie vergessen werde.«

Mit einem würdevollen Nicken verabschiedete sich Lady de Grey. César Ritz ließ sich auf einen Stuhl sinken. Seine Hände zitterten vor Aufregung und grenzenloser Erleichterung.

»Jetzt bin ich überzeugt, dass alles gut wird«, sagte er.

Marie trat an seine Seite und legte ihm liebevoll die Hand auf die Schulter. »Habe ich das nicht prophezeit, mein Liebster?«

Angesichts der Zuneigung, die das Ehepaar einander bezeigte, senkte Venetia verlegen den Blick auf ihren Stenoblock.

8

London, März 1898

*V*enetia verließ die U-Bahnstation Monument und ging die King William Street entlang. An der Ecke zur Lombard Street lag die Station der City & South London Railway, die mit dem Spruch »In 10 Minuten zum Oval« warb. Venetia überholte einen Pferdeomnibus, der sich durch den dichten Verkehr quälte. Dieser hätte für dieselbe Strecke über eine Stunde gebraucht, wenn nicht länger. Die U-Bahn war schon eine bedeutende Errungenschaft ihrer Zeit. Im Gegensatz zur Metropolitan Line, mit der Venetia aus dem Norden Londons zum Monument gefahren war und die noch mit Dampflokomotiven betrieben wurde, war die C & SLR die erste elektrische Untergrundbahn Englands. Da die Loks keinen Rauch ausstießen, lag sie deutlich unter den alten U-Bahnen. Ein hydraulischer Aufzug beförderte die Passagiere in unvorstellbare Tiefen. Venetia schob sich auf dem Inselbahnsteig zwischen den Wartenden hindurch bis zum Ende, wo weniger Gedränge herrschte. Im Lift hatte ein Mann sie angestoßen und ihren Hut verschoben. Mit einer gewohnheitsmäßigen Geste rückte Venetia ihn wieder zurecht und vergewisserte sich, dass sich ihr säuberlich hochgestecktes Haar nicht gelöst hatte. Ihre Bemühung erwies sich jedoch als nutzlos. Als der Zug eintraf, drückte er die Luft aus dem Tunnel in die Station, und der Wind riss ihr die Strähnen wieder in die Stirn. Mit der behandschuhten Hand strich sie sich die Haare aus den Augen.

Die seltsam anzusehende kleine elektrische Lokomotive kam quietschend und funkensprühend zum Stehen. Selbst nach all den Jahren, die sie diese Strecke fuhr, hatte Venetia sich noch immer nicht ganz daran gewöhnt, eine Lok ohne Schornstein zu sehen. Doch sie musste zugeben, dass sie hübsch aussah. Das Licht der Gasbeleuchtung ließ das schwarz umrandete, kräftige Sonnenuntergangsorange der Lokomotive leuchten.

Während die Passagiere darauf warteten, dass die Lok von den drei Waggons abgekoppelt und eine andere zum Ende des Zuges rangiert wurde, dachte Venetia an das Angebot, das César Ritz ihr gemacht hatte. Er war mit ihrer Arbeit so zufrieden gewesen, dass er ihr vorgeschlagen hatte, auch zukünftig für ihn als Sekretärin tätig zu sein. In ein paar Tagen würde er mit seiner Familie nach Paris reisen, um dort die Fertigstellung seines neuen Hotels auf der Place Vendôme zu beaufsichtigen. Maître Escoffier, der, bis dahin zur Untätigkeit verdammt, beschlossen hatte, ein Kochbuch zu schreiben, hatte ebenfalls sein Interesse an einer Zusammenarbeit mit ihr angemeldet. Venetia fühlte sich von der Anerkennung und dem Vertrauen der beiden Herren geschmeichelt, und die Versuchung, eine Weile in Paris zu leben, war groß. Doch zu ihrem Bedauern hatte sie das verlockende Angebot ablehnen müssen. Sie brachte es nicht übers Herz, London für längere Zeit zu verlassen. César Ritz hatte sie schließlich überredet, wenigstens für zwei Wochen mit nach Paris zu kommen, bis er einen geeigneten Ersatz für sie gefunden hatte. Venetias Mutter würde sie begleiten.

Als die Lok am Zug angekoppelt war, öffneten die Schaffner die Gittertüren an beiden Enden der Wagen und ließen die Passagiere einsteigen. Da Venetia vor dem letzten Wagen stand, der für Raucher vorgesehen war und den sie daher als Frau nicht betreten durfte, eilte sie zum mittleren Wagen und schlüpfte ins Innere, das von vier schummrigen Lampen erleuchtet wurde. Die Sitze verliefen entlang der Wände, und die Rückenpolster reichten fast bis zur Decke. Darüber lag eine Reihe schmaler, mit Milchglasscheiben ausgestatteter Fenster. Die Erbauer dieser Wagen waren offenbar der Meinung gewesen, dass es in einem Tunnel ohnehin nichts zu sehen gebe und große Fenster deshalb überflüssig seien. Die Waggons hatten jedoch schnell die ironische Bezeichnung »Gummizelle« erhalten.

Venetia machte es nichts aus, im düsteren Innern zu sitzen. Sie genoss ihre regelmäßigen Fahrten mit der C & SLR unter der Themse hindurch wie ein aufregendes Abenteuer. Besonders die Rückkehr zur King William Street Station war nichts für schwache Nerven. Da das Elektrizitätswerk, das den Strom für den Betrieb der U-Bahnlinie lieferte, sich am anderen Ende der Strecke in Stockwell befand, reichte die Spannung nicht immer aus, um die beträchtliche Steigung zur King William Street zu bewältigen, sodass die Lokomotiven oft mehrere Anläufe nehmen mussten und das Licht in den Wagen sich dabei zu einem unheimlichen dunklen Rot dämpfte. Aber da die Fahrt nur zwei Pence kostete, war sie für Venetia erschwinglicher als etwa der Omnibus oder die Eisenbahn.

»Der nächste Halt ist Stockwell – Endstation«, verkündete der Schaffner.

Venetia schreckte aus ihren Gedanken auf und erhob sich, als der Zug zum Stehen kam. Im Lift fuhr sie auf das Straßenniveau und verließ die mit einem Dom über dem Aufzugschacht ausgestattete und damit schon von Weitem erkennbare Station. Einen Augenblick blieb sie auf der Clapham Road stehen und lauschte auf das Kinderlachen, das aus dem benachbarten Waisenhaus zu ihr herüberschallte. Wie stets, wenn sie in Stockwell ausstieg, überkam Venetia ein Gefühl der Bedrückung, wenn sie an die armen Waisen dachte, die ohne Eltern aufwuchsen und die Liebe einer Mutter nie kennenlernen würden. Doch ihre Stimmung hellte sich auf, sobald sie in die Cottage Grove einbog, einer schmalen, von gedrungenen Terrassenhäusern gesäumten Straße. Aufgrund der Nähe zur parallel verlaufenden Eisenbahnlinie waren die Fronten der Gebäude rußgeschwärzt und wirkten schmutzig und vernachlässigt, obwohl sie erst zehn Jahre zuvor gebaut worden waren. Aber für Venetia war die Fröhlichkeit und Herzenswärme der Familie, die im Haus mit der Nummer 9 wohnte, wie ein Sonnenstrahl, der die ganze düstere Gasse in Licht tauchte.

Von Weitem sah sie zwei Kinder vor dem Haus spielen. Der vierjährige Edward zeigte der anderthalbjährigen Patience ein Gänseblümchen, das er irgendwo gepflückt hatte. Auf einmal entdeckten die Kinder die junge Frau, die sich mit einem freudigen Lächeln näherte, und winkten ihr zu.

»Tante Venetia«, rief Edward. »Sieh mal, Patty, wer da ist.«

Das Mädchen begann zu strahlen und ließ sich von der Besucherin auf den Arm heben.

»Mein kleiner Liebling«, sagte Venetia leise, während sich ihr Herz vor Liebe zusammenzog.

Die Kleine lachte und steckte den Daumen in den Mund. In diesem Moment trat Mary Lawson aus der Haustür.

»Miss Grey, wie schön, Sie zu sehen«, sagte die Frau.

Sie war klein und drall, das genaue Gegenteil von Venetia, die hochgewachsen und knochig war.

»Kommen Sie doch herein. Ich brühe Tee auf.«

»Danke, Mrs Lawson«, erwiderte Venetia.

Sie behielt Patience auf dem Arm und ergriff Edwards Hand, um ihn mit in die Küche zu führen. Die Hausherrin bot der Besucherin einen Stuhl an und setzte Wasser für den Tee auf. Der Kohleherd verbreitete eine wohlige Wärme in der sauber geschrubbten kleinen Küche.

»Ich bringe Ihnen die monatliche Zuwendung«, erklärte Venetia.

Sie setzte das Mädchen auf dem Stuhl neben sich ab und holte einige Münzen aus ihrer Börse.

»Aber es ist doch noch nicht einmal Mitte des Monats«, entgegnete Mary Lawson verwundert.

»Ich muss zwei Wochen verreisen«, erwiderte Venetia. »Da wollte ich sie vorher noch einmal sehen.« Sie streifte Patty mit liebevollem Blick.

»Verstehe«, erwiderte Mary. »Wohin fahren Sie denn, wenn ich fragen darf?«

»Ich habe die Möglichkeit, in Paris für Monsieur Ritz, den Schweizer Hotelier, als Sekretärin zu arbeiten«, erzählte Venetia.

»Wie aufregend«, sagte Mary. »Werden Sie sich dann auch diesen riesigen Turm ansehen, den man vor ein paar Jahren dort aus Stahlträgern gebaut hat?«

»Den Eiffelturm? Ja, ganz bestimmt«, versicherte Venetia lachend. »Man muss ihn gesehen haben, bevor er abgebaut wird. Aber vielleicht lassen die Pariser ihn doch stehen. Es gibt bestimmt viele Leute, die nach Frankreich kommen, nur um ihn zu besichtigen.«

»Schicken Sie uns eine Postkarte?«, bat Mary. »Die Nachbarn – und der Postbote – wären so neidisch.«

»Aber ja, ich verspreche es.« Venetia liebte es, wenn Marys Augen vor Enthusiasmus leuchteten. Sie war so leicht zu beglücken.

»Bertie, lass das«, rief Mary, als sie bemerkte, dass Edward ein Zuckerstück stibitzt hatte. Sie war eine gute Seele, aber sie konnte auch streng sein, wenn es nötig war.

Bei ihrem Ausruf war Venetia zusammengezuckt und hatte hastig den Blick gesenkt. Es war ein unglücklicher Zufall, dass Marys jüngster Sohn nach dem Kronprinzen Edward benannt worden war und seine Mutter ihn »Bertie« rief. Venetia wusste, es war töricht, aber beim Klang dieses Namens zog sich jedes Mal ihr Herz zusammen. Sie hätte ihn hassen müssen, diesen Mann, der sich ihr als Bertie Townsend vorgestellt und den es offensichtlich nie gegeben hatte. Er hatte sie getäuscht, ihr einen falschen Namen genannt. Aber sie verstand nicht, warum. Seine Absichten waren ihr ehrlich erschienen. Sie war davon überzeugt gewesen, dass er ihre Gefühle erwiderte, und sie konnte nicht glauben, dass er sich nur mit ihr abgegeben hatte, um sie zu verführen. Doch welche andere Erklärung gab es sonst für sein plötzliches Verschwinden? In den wenigen Tagen bis zu ihrer Abreise aus Scarborough hatte sie noch einige andere Hotels und Pensionen aufgesucht und nach ihm gefragt, doch niemand hatte seinen Namen gekannt. Als sie zunehmend neugierige Blicke auf sich zog, hatte sie aufgeben müssen, bevor ihrer Mutter ihr wenig damenhaftes Verhalten zu Gehör gekommen wäre. Einige Monate nach ihrer Rückkehr nach London war Venetia dann klargeworden, dass sie in Hoffnung war. Für sie brach eine Welt zusammen. Sie hatte sich Doreen anvertraut, die sie nicht verurteilt, sondern nur mitleidig angesehen und ihr zu Bewusstsein gebracht hatte, welche Möglichkeiten ihr blieben. Sie konnte entweder zu einer Engelmacherin gehen und das Kind heimlich abtreiben lassen oder ihren Eltern alles gestehen. Sie entschied sich für das Letztere. Nach einem heftigen Gewittersturm, der gleichwohl die Luft klärte, hatte ihre Mutter rasch wieder zu kühler logischer Überlegung zurückgefunden und Pläne geschmiedet, wie der Ruf ihrer Tochter zu retten war. In Gedanken ging Margaret ihre Verwandten durch und entschied sich schließlich, Venetia für die letzten Monate ihrer Schwangerschaft zu einer Cousine nach Leeds zu schicken. Da diese mit einem Mann verheiratet gewesen war, den niemand in der Familie mochte, hatten die Greys Rose nie besucht, sodass die Nachbarn Venetia nicht kannten. So konnte man sie unter falschem Namen dort unterbringen. In Leeds würde sich dann auch eine Pflegefamilie für das Kind finden. Doch Venetia hatte sich geweigert, ihre Tochter wegzugeben. Die Tage nach der Niederkunft waren für sie die schlimmsten ihres Lebens gewesen. Zerrissen von zwei gegensätzlichen Wünschen – der Liebe zu ihrem Kind und dem Verlangen, ein freies, selbstbestimmtes Leben zu führen – war Venetia in dem kleinen Zimmer im Haus von Cousine Rose beinahe verrückt geworden. Schließlich war ihr Vater nach Leeds gekommen, um ihr einen Vorschlag zu machen. Es hatte ihn Überwindung gekostet, aber David Grey war ein kluger und einfühlsamer Mann, der stets versuchte, eine Lösung für ein Problem zu finden. Er hatte seiner Tochter von den Lawsons erzählt. Henry Lawson, ein ehemaliger Soldat, arbeitete als Hausmeister in dem Gebäude, in dem sich die Büros der Versicherungsgesellschaft befanden, bei der Venetias Vater angestellt war. Er und seine Frau Mary hatten drei Söhne, wünschten sich aber sehnlichst eine Tochter. Sie würden das Baby gerne adoptieren und waren damit einverstanden, dass Venetia als Patentante des Mädchens dieses regelmäßig im Haus der Lawsons besuchte.

Eine Nacht lang hatte Venetia darüber nachgedacht – eine endlose Nacht ohne Schlaf … und ohne Erlösung. So sehr es ihr das Herz zerriss, ihre Tochter herzugeben, Venetia musste sich eingestehen, dass sie nicht bereit war, das Leben einer unverheirateten Mutter zu führen: für immer abhängig vom Wohlwollen ihrer Familie, stets nur geduldet, aber heimlich bedauert und von Fremden verachtet, jeder Shilling für ihre Bedürfnisse ein Almosen von ihren Eltern oder ihren Brüdern, ohne Möglichkeit, ihren Interessen nachzugehen und für ihren Lebensunterhalt zu arbeiten. Und so hatte Venetia dem Vorschlag ihres Vaters zugestimmt und war mit ihm von Leeds aus ohne Umweg nach Brixton gefahren. Ihre schweren Schuldgefühle waren durch den guten Eindruck, den Venetia von den Lawsons hatte, ein wenig gemildert worden, aber sie hatten sie nie ganz verlassen. Und so gerne sie das Angebot von Monsieur Ritz angenommen und als seine Sekretärin nach Paris gegangen wäre, brachte sie es nicht über sich, längere Zeit ohne die Möglichkeit zu sein, Patience zu sehen und sich zu vergewissern, dass es ihr gut ging. Vielleicht war der Verzicht auf die begehrte Anstellung für sie eine Art Buße, die sie sich für ihre Sünde selbst auferlegte. Die zwei Wochen in Paris, zu denen sie sich bereit erklärt hatte, würden einen bittersüßen Genuss darstellen, der nur allzu schnell vorüber war. Doch danach würde sie ihrer Tochter wieder nahe sein und über sie wachen können.

9

Paris, März 1898

Auf dem Tisch stapelten sich Zettel mit wohlsortierten Rezepten. Venetia tippte sie nacheinander ab und legte sie zur Seite. Zum Glück war Auguste Escoffiers Handschrift so schnörkellos und ordentlich wie der Franzose selbst und daher gut lesbar. Venetia arbeitete gerne mit ihm. Der Meisterkoch war ruhig und ausgeglichen und verlor nie die Contenance, aber er lobte nur sehr sparsam und gab seiner Zufriedenheit zurückhaltend Ausdruck. Sein gutes Gedächtnis und seine systematische Art zu denken faszinierten Venetia. Er hatte sich vorgenommen, ein Kochbuch mit seinen berühmtesten Rezepten zu verfassen, und obwohl die Liste immer länger wurde, schien Maître Escoffier nie den Überblick zu verlieren. Dennoch sah Venetia ihm an, dass er mit dem Entwurf, den er in seiner Vorstellung angefertigt hatte, nicht zufrieden war.

Die Dämmerung brach herein, sodass Venetia gezwungen war, die Gasleuchter zu entzünden. Escoffier, der an einem Tisch in der Mitte des Zimmers saß und eifrig schrieb, sah auf.

»Ich habe gar nicht bemerkt, dass es dunkel geworden ist.« Er rieb sich mit der Hand über die schmerzenden Augen. »Machen Sie Schluss für heute, Mademoiselle Grey. Es tut mir leid, dass ich Sie so lange aufgehalten habe. Sie sollten nicht im Dunkeln zur Place Vendôme zurückgehen müssen.«

»Das ist schon in Ordnung, Monsieur«, erwiderte Venetia leichthin. »Auch ich habe die Zeit vergessen.«

Seufzend richtete Auguste Escoffier sich in seinem Stuhl auf und streckte den steifen Rücken. »Wann kehren Sie nach England zurück, Mademoiselle?«

»Ende der Woche.«

»Dann wird es Zeit, dass ich mich nach einem Ersatz umsehe«, sagte der Meisterkoch nachdenklich. »Hat mein guter Freund Ritz schon jemanden in Aussicht?«

»Bisher nicht«, antwortete Venetia. »Er hat sich ein paar Bewerberinnen angesehen, aber ich glaube, die Richtige war noch nicht darunter.«

»Hm, vielleicht sollte ich mich selbst nach jemandem umsehen. Dieses Buch zu schreiben könnte länger dauern. Und am Ende wird es wohl nur in einem Bücherregal verstauben.«

»Sicher nicht. Warum glauben Sie das?«

»Nun, jeder kann rote Beete, Fenchel, Rindfleisch und Sahne in eine Fleischbrühe werfen, das Ganze ein paar Stunden kochen und das Ergebnis einen Borschtsch nennen. Aber wenn die Consommé nicht exzellent ist, wird auch der Borschtsch nicht schmecken. Viele Köche wissen gar nicht, wie man eine schmackhafte Consommé zubereitet.«

Ein schelmisches Lächeln erschien auf Venetias Lippen. »Dann erklären Sie es ihnen doch, Monsieur.«

Verblüfft blickte Escoffier sie an. »Was? Wie man eine Consommé macht? Aber damit ist es ja nicht getan. Es gibt so vieles, was in der heutigen Zeit nicht mehr ordentlich zubereitet wird ... ich müsste bei den Grundlagen der Kochkunst anfangen ...«

Venetias Lächeln wurde breiter, als sie beobachtete, wie der Franzose ins Grübeln kam.

»Das wäre ein riesiges Unterfangen«, murmelte er in seinen Schnauzbart. »Aber wahrscheinlich haben Sie recht. Ich müsste meine Leser erst einmal in den einfachsten Fertigkeiten unterweisen, wie man Saucen, Brühen, Marinaden herstellt, wie man die verschiedenen Fleischsorten zubereitet ...« Er hob den Blick zu ihr und sagte leicht verstimmt: »Welch eine organisatorische Aufgabe das wäre, und gerade jetzt wollen Sie mich im Stich lassen.«

»Es tut mir leid, Monsieur«, sagte Venetia bedauernd.

»Ach, schon gut, ich mache Ihnen keine Vorwürfe«, erwiderte er mit einer abwinkenden Geste. »Ich kann ja verstehen, dass Sie Heimweh haben und nach Hause wollen. In den ersten Monaten in England ging es mir ebenso. Inzwischen jedoch ...« Ein Ausdruck des Verdrusses, fast der Trauer, glitt über seine Züge.

»Sie vermissen London doch nicht etwa, Monsieur?«, fragte Venetia überrascht.

Escoffier lächelte betreten. »Verstehen Sie mich nicht falsch, Mademoiselle, ich liebe mein Heimatland, aber hier in Paris bin ich ein Meisterkoch unter – zugegeben – nicht vielen, aber in London war ich der einzige französische Meisterkoch. Das fehlt mir ein wenig, muss ich gestehen.«

Auf dem Rückweg zur Place Vendôme dachte Venetia über ihr Gespräch mit Escoffier nach. So wie er London ungern verlassen hatte, bedauerte sie es, Paris den Rücken kehren zu müssen. Sie hatte den Aufenthalt in der französischen Hauptstadt genossen, obwohl ihr kaum Zeit geblieben war, sie zu besichtigen – sie hatte den Eiffelturm noch nicht gesehen –, denn die Arbeit mit César Ritz fesselte sie. Während sie den Palast an der Place Vendôme betrat, den der Schweizer zwei Jahre zuvor erworben hatte und nun in ein Luxushotel umbaute, ließ sie den Blick über die

Baustelle gleiten. Das Gebäude stammte aus dem Jahr 1705 und war unter Louis XIV. von dem Architekten Jules Hardouin-Mansart errichtet worden. Es fügte sich nahtlos in den zu Ehren des Sonnenkönigs angelegten Platz ein und spiegelte die Ordnung und das Gleichmaß des französischen Barocks wider. Das prächtige Stadthaus mit der Nummer 15 musste völlig umgebaut werden. Wasserrohre und Strom- und Telefonleitungen wurden verlegt und die Zimmer mit eigenen Bädern ausgestattet, wie es in Amerika üblich war. Das neue Hôtel Ritz sollte nicht nur modern und sauber sein, sondern auch das Gefühl von Tradition und Häuslichkeit vermitteln. Der Schweizer Hotelier überwachte persönlich jeden Schritt der Renovierungsarbeiten. Von ihm lernte Venetia, auf jede Einzelheit zu achten und einen Blick dafür zu entwickeln, wenn etwas nicht perfekt war. Während sie an den Handwerkern, den Malern, Schreinern und Stuckateuren vorbeiging, die ihre Werkzeuge zusammenpackten, um Feierabend zu machen, notierte sie in Gedanken die Unvollkommenheiten, die ihr auffielen, um später Monsieur Ritz davon zu unterrichten, sofern er sie nicht bereits selbst bemerkt hatte.

Vor den Fahrstühlen lief Venetia dem Architekten Charles Mewès über den Weg. Der Elsässer war ein großer bulliger Mann mit einem üppigen Schnauz- und Kinnbart. Er war in einen Tweedanzug gekleidet und trug eine Stoffmütze. Er entzündete gerade seine Pfeife, die er stets mit sich herumtrug. Venetia fand, dass er wie ein schottischer Laird aussah. Sie mochte seine direkte joviale Art und seinen Kunstverstand. Es machte Spaß, sich von ihm die Epochen erklären zu lassen, die er als Vorbild für die Einrichtung herangezogen hatte.

»*Bonsoir, Mademoiselle*«, grüßte Mewès die junge Frau. Da er nur wenig Englisch beherrschte, war er froh, mit ihr Französisch sprechen zu können.

Sie tauschten ein paar Floskeln aus, bevor Venetia fragte: »Wissen Sie, ob Monsieur Ritz sich bereits zurückgezogen hat?«

»Nein, er und Madame Ritz sind immer noch im Restaurant und probieren Lichteffekte aus. Und das schon seit Stunden.«

»Dann werde ich mal nachsehen, ob sie mich brauchen.«

Als Venetia den Speisesaal betrat, bot sich ihr ein kurioser Anblick. Marie Ritz saß reglos wie eine Statue auf einem Stuhl, als warte sie darauf, dass ihr Porträt auf eine Leinwand gebannt wurde, während César und ein müde aussehender Elektriker damit beschäftigt waren, verschiedene Stoffe vor einzelne Glühbirnen zu halten und dabei Maries Teint mit Argusaugen zu begutachten.

»Ah, Mademoiselle Grey, welch ein Glück, dass Sie da sind«, rief Ritz aus, als er sie bemerkte. »Kommen Sie doch bitte her und setzen Sie sich.«

Verwundert kam Venetia der Aufforderung nach, legte ihren Mantel ab und ließ sich auf einem Stuhl neben Marie nieder.

»Wunderbar!«, sagte César, nachdem er ihr Gesicht gemustert hatte. »Sie haben eine völlig andere Tönung als meine Gemahlin. Da können wir die ganze Sequenz noch einmal wiederholen und sehen, wie sie bei Ihnen wirkt.«

Der Elektriker rollte die Augen, widersprach aber nicht, obwohl man ihm ansah, dass er sich nach seiner Familie und dem abendlichen Diner sehnte. Neugierig beobachtete Venetia, wie César Ritz die vor ihm ausgebreiteten Stoffe ausprobierte, sie übereinanderlegte, glatt oder gefältelt, und währenddessen den Blick nicht von den beiden Frauen wandte. Venetia bemerkte, dass Marie ihre Nachbarin ebenso intensiv begutachtete und dabei lächelte.

»Oh, das Licht macht wirklich einen großen Unterschied«, kommentierte sie. »In diesem sieht man aus, als habe man gerade Fieber bekommen … und jetzt, als habe man eine zehrende Krankheit hinter sich.«

»Nun bin ich überzeugt, dass dies hier die richtige Kombination ist«, verkündete César schließlich. »Ein weißer Stoff, gleichmäßig plissiert mit einem Futter aus blasser apricot-rosa Seide. In diesem Licht sieht jede Frau zehn Jahre jünger aus.«

Venetia musste lächeln. Ritz war wie ein kleiner Junge, der sich jeder Aufgabe mit der Begeisterungsfähigkeit eines Kindes hingab. Aber sie sah auch die Spuren der Überanstrengung und Erschöpfung, die seine Züge zeichneten. Seine Regsamkeit und Ruhelosigkeit zehrten an seinen Kräften. Wenn die Eröffnungsfeier des neuen Hotels vorbei war, sollte Monsieur Ritz sich wirklich ein wenig ausruhen, dachte Venetia, sonst würde seine Gesundheit ernstlich Schaden nehmen.

10

London, 24. Juni 1902

Geblendet schloss Percy für einen Moment die Augen. Selbst er, der die bunten Kostüme des Varieté-Theaters gewohnt war, betrachtete staunend die in allen Farben des Regenbogens schimmernden Gewänder des indischen Maharadschas und seines Gefolges, die gerade das Vestibül des Carlton Hotels betraten. Wie stets war César Ritz prompt zur Stelle, um die hochrangigen Gäste persönlich zu empfangen.

Percy musste grinsen, als er sah, wie aufgeregt der Schweizer Hotelier war. Von ihm ging ein Strahlen aus, das ebenso blendend war wie die Juwelen am Turban und Achkan des indischen Fürsten. War der Maharadscha tatsächlich den ganzen Weg in dieser Aufmachung gereist? Vermutlich hatte er sich im Zug in Schale geworfen, als man ihm sagte, dass unzählige Schaulustige sich am Bahnhof drängten, um die zur Krönung Edwards VII. geladenen Gäste zu sehen.

Percy wartete nicht ab, bis man ihn rief, er huschte an César Ritz' Seite, bevor dieser sich nach einem Pagen umsah. Percy verdankte ihm viel, diesem quecksilbrigen und doch so liebenswerten Mann, dem es schwerfiel, trotz seiner Erfolge seine Schüchternheit zu überwinden.

Nach dem seltsamen Erlebnis im Green Park vor fünf Jahren,

bezaubert von der Vision der Fee, die durch den Morgendunst gewandelt war, hatte Percy mit dem Lohn, den sein Vater kurze Zeit später bei einem Engagement im Coliseum verdient hatte, ein türkisches Bad aufgesucht, seine Haare schneiden und seine Kleider waschen lassen. Dann hatte er im Savoy Hotel vorgesprochen und um eine Anstellung als Page gebeten. Papa war zwar enttäuscht gewesen, dass sein Sohn trotz seines Talents der Bühne den Rücken kehren wollte, aber Percy war entschlossen, das mit Armut verbundene Schaustellerleben hinter sich zu lassen und stattdessen sein Glück in der Welt der Reichen und Schönen zu suchen. César Ritz war der Eifer des jungen Pagen aufgefallen, und er hatte ihm so manchen besonderen Auftrag gegeben, dessen Erledigung Beharrlichkeit und Erfindungsreichtum erforderte. Und so hatte Percy an jenem Abend des siebten März 1898, als Ritz und Escoffier von Richard D'Oyly Carte entlassen worden waren, sogleich die heikle Situation erkannt, in der sich die Herren angesichts der lauernden Reporter befanden, und sie rasch aus dem Hotel geschleust. César Ritz hatte diesen Freundschaftsdienst nicht vergessen. Als Ritz und Escoffier 1899 das Carlton Hotel auf dem Haymarket eröffneten – als Rivale zum Savoy Hotel, denn Rache ist süß –, suchte der Hotelier den Pagen persönlich auf und warb ihn, wie viele andere gute Leute, ab. Seitdem hatte Percy sich zum obersten Hotelpagen emporgearbeitet und erwartete, zum Portier aufzusteigen, sobald eine Stelle frei wurde, obwohl er erst sechzehn Jahre alt war. Er hatte es weit gebracht, und dies verdankte er zuallererst der Fee, deren Bild er noch immer im Herzen trug. Inzwischen wusste er, wer sie war: Consuelo Spencer-Churchill, geborene Vanderbilt, Duchess of Marlborough, die, damals als Gemahlin des französischen Botschafters am Hof der russischen Zarin Katharina der Großen kostümiert, vom Ball im Devonshire House durch den

Green Park zurück zum Spencer House gegangen war, wo sie mit ihrem Mann lebte. Aber die Körperlichkeit des Märchenwesens trübte in keiner Weise den Eindruck, den ihre Schönheit bei Percy hinterlassen hatte. Er liebte es, die elegant gekleideten Gäste des Carlton Hotels zu beobachten, wenn sie durch das Vestibül schritten, die Herren im Frack, die Damen in prächtigen Kleidern, das Haar mit aufwendigen Gestecken geschmückt, funkelndes Geschmeide an Hals und Ohrläppchen. Für einen neugierigen Burschen gab es immer etwas zu sehen, und die Gäste mochten Percys vor Frohsinn sprudelnde Art und gaben ihm stets ein großzügiges Trinkgeld. Damit verdiente er so viel, dass er und Papa sich zum ersten Mal seit Mamas Tod ein Zimmer in einer anständigen Pension leisten konnten. Hin und wieder gelang es Percy mit seinen Beziehungen sogar, ein Engagement für seinen Vater zu ergattern. So hatte Percys Bekanntschaft mit dem berühmten Varieté-Komiker Dan Leno Papa einen Platz in dessen Slapstick-Cricket-Team verschafft, mit dem Leno im Victoria Park zum Anlass der Krönung die Kinder der armen Leute des Viertels unterhalten würde.

Nachdem der Maharadscha mit seinem Gefolge in mehreren Suiten untergebracht war, lehnte Percy sich an die Wand des Telegrafenhäuschens an der Rezeption, um eine Weile zu verschnaufen. Er sehnte sich nach einer Zigarette, wollte aber seinen Platz nicht verlassen, für den Fall, dass man ihn brauchte.

Es war schon seltsam, nach all der Zeit, in der Königin Victoria über das britische Empire geherrscht hatte, nun wieder einen König zu haben. Sicherlich konnte sich keine Menschenseele mehr an den letzten König William IV. erinnern, so lange hatte Victoria auf dem Thron gesessen. Irgendwie hatte man sich daran gewöhnt, dass sie für immer da sein würde, und so war ihr plötzlicher Tod vor einem Jahr ein Schock gewesen. Alle

Welt, so schien es, hatte Trauerkleidung angelegt, sogar die Kinder. Percy war mit Papa nach Windsor gefahren, um bei der Bestattung dabei zu sein. Es war das erste Mal, dass Percy die königliche Familie sah: den Prince of Wales, nun Edward VII., Königin Alexandra und ihre beiden Söhne im Matrosenanzug. Man hatte den Sarg auf eine Stafette geladen, doch die Pferde, die davorgespannt waren, hatten sich wie Esel gesträubt und gebockt, sodass schließlich die Matrosen, die als Ehrengarde dienten, die Stafette zogen.

Percy hatte die Uniformen des neuen Königs und der anderen gekrönten Häupter bewundert, die dem Sarg die Steigung hinauf zum Schloss Windsor folgten. Der deutsche Kaiser hatte eine weiße Uniform und einen mit blendendem Gold geschmückten Helm getragen. Es war ein bewegender Tag gewesen.

Die Krönung Edwards VII. sollte an Feierlichkeit sogar das fünf Jahre zuvor begangene diamantene Jubiläum von Victorias Regierungszeit in den Schatten stellen. César Ritz hatte keine Mühe gescheut, zu Ehren des neuen Königs, dem Ritz schon so lange diente, einen aufwendigen Ball zu organisieren. Sein alter Freund Auguste Escoffier, der ihn drei Jahre zuvor erneut nach London begleitet hatte, um die Küche des Carlton Hotels einzurichten, würde sich mit dem Festmahl selbst übertreffen. Ritz hatte bis zur Erschöpfung an den Vorbereitungen gearbeitet, alles lief nach Plan. Das Hotel war voller erlauchter Gäste aus aller Herren Länder, sogar aus Afrika und China. Die ganze Welt blickte auf ihn, den Sohn eines Bauern aus dem Wallis.

»Hättest du jemals davon zu träumen gewagt, so etwas zu erleben, Percy?«, fragte César den jungen Pagen, als er ihn vor dem Telegrafenschalter stehen sah.

»Nein, Sir«, erwiderte Percy mit einem breiten Grinsen. »Der Ball und das königliche Bankett übermorgen werden unvergesslich werden. Und ich bin überglücklich, das alles miterleben zu können.«

»Guter Junge«, sagte César und klopfte dem Pagen auf die Schulter. »Du wirst es weit bringen. Du verstehst, worauf es ankommt.«

Mit einem Lächeln, das sowohl Stolz als auch Nervosität verriet, wandte César Ritz sich ab und ging zum Speisesaal, in dem das Mittagsmahl serviert wurde.

Percy blieb noch eine Weile an seinem Platz und lauschte auf das unablässige Klicken des Telegraphen hinter ihm. Auf einmal hörte er ein halb ersticktes Stöhnen und wandte den Kopf. Der Telegraphist war kreidebleich geworden und starrte mit entsetzter Miene den Papierstreifen in seinen Händen an. Als er den Kopf hob und Percy vor sich stehen sah, schluckte er schwer, riss den Streifen ab und reichte ihn dem Pagen.

»Bring das sofort zu Monsieur Ritz«, sagte er erschüttert.

Percy nahm das Telegramm entgegen und las die wenigen Worte: »Die Krönungszeremonie wird verschoben. Der König muss sich einer Operation unterziehen.«

»O mein Gott!«, entfuhr es Percy.

»Nun geh schon, Junge«, forderte der Telegraphist ihn auf.

Mit Tränen in den Augen machte Percy sich auf die Suche nach Monsieur Ritz. Er fand ihn vor dem Speisesaal, den der Schweizer eben mit zufriedenem Gesichtsausdruck verlassen hatte.

»Sir«, sprach Percy César an, »diese Nachricht ist gerade reingekommen.«

Verwundert nahm Ritz das Telegramm entgegen und las es. Doch die Worte schienen ihn nicht zu erreichen.

»Was bedeutet das? Das muss ein übler Scherz sein.«

César Ritz blickte dem Pagen ins Gesicht, als erwarte er, dass dieser in Lachen ausbrechen und ihm versichern würde, dass es sich tatsächlich nur um einen Schabernack – wenn auch einen geschmacklosen – handelte. Doch die feuchten Augen des Jungen verrieten ihm, dass dem nicht so war.

»Das kann nicht sein«, murmelte César und eilte zum Telegraphenschalter.

Inzwischen waren weitere Einzelheiten eingetroffen. Der König war schwer krank ... Er stand an der Schwelle des Todes ... Die Operation war seine einzige Chance ...

Percy war an Césars Seite geblieben, und als diesem der Ernst der Lage bewusst wurde, tastete er nach einem Halt und stützte sich auf die Schulter des Pagen.

»Wollen Sie sich nicht setzen, Sir?«, bot Percy ihm an.

Doch César schüttelte den Kopf. »Ich muss die Nachricht an unsere Gäste weitergeben.«

Als Ritz mit aschgrauem Gesicht den Speisesaal betrat, verstummten die Gäste verwundert, die ihm am nächsten saßen und seine Betroffenheit bemerkt hatten, und die Stille breitete sich wie eine Welle im ganzen Saal aus, noch bevor César das Wort ergriff.

»Meine verehrten Damen und Herren«, sagte er mit kraftloser Stimme. »Gerade habe ich erfahren, dass die Krönungszeremonie nicht stattfindet. Seine Majestät ist schwer erkrankt. Seine Ärzte haben ihm zu einer Operation geraten. Seine Majestät ist untröstlich, dass er all jenen, die nach London gekommen sind, um ihm die Ehre ihrer Anwesenheit zu erweisen, diese große Enttäuschung nicht ersparen kann.«

Césars Stimme stockte. Er wandte sich ab und ging in sein Büro, um sich zu sammeln. Inzwischen machten weitere Gerüchte die Runde. Es hieß, der König leide an Krebs und liege im Sterben.

César Ritz gönnte sich nur eine kurze Verschnaufpause. Eine

halbe Stunde später sah Percy ihn erneut durch die prächtigen Räume des Carlton Hotels eilen. Im Foyer drängten sich die Menschen, und die Telefone klingelten ununterbrochen. Viele Gäste wollten abreisen, erkundigten sich nach Droschken, Zügen, Schiffspassagen, verlangten die Rechnung, einen Kammerdiener, der ihnen beim Packen half, einen Kofferträger, einen Pagen, der ihnen eine Mietkutsche besorgte.

Während er von einem Auftrag zum anderen hastete, sah Percy flüchtig Auguste Escoffier von der Küche ins Vestibül treten. Sein Gesicht war bleich von dem Schock, dass sein sorgfältig geplantes Galadinner nun keine Abnehmer mehr finden würde, aber schließlich kehrte die ihm eigene Ruhe zurück, er schüttelte betrübt den Kopf und begab sich in sein Büro, um wenigstens die Bestellungen zu stornieren, die noch nicht geliefert worden waren.

Etwa zwei Stunden später hatte sich die Aufregung ein wenig gelegt. Die unmittelbaren Wünsche der Gäste waren befriedigt, und vor der Rezeption war es ruhiger geworden. Zum ersten Mal seit dem Morgen hatte Percy die Zeit gefunden, vor der Tür eine Zigarette zu rauchen. Als er ins Foyer zurückkehrte, sah er César Ritz im Gespräch mit dem Empfangschef und gesellte sich dazu, um zu hören, ob es Neuigkeiten über den Zustand des Königs gab. Wie es hieß, hatte er die Operation gut überstanden, man konnte also zunächst einmal aufatmen und darauf hoffen, dass es in absehbarer Zeit eine Krönungszeremonie geben würde.

»Ich danke Ihnen allen für Ihre exzellente Arbeit«, sagte César zu den Umstehenden.

Percy bemerkte jedoch, dass Ritz ihn nicht zu sehen schien, obwohl er ihm geradewegs ins Gesicht blickte. Und dann erlosch auf einmal das Leben in Césars Augen, sein Körper erschlaffte, und er brach zusammen. Percy und der Empfangschef fingen ihn auf.

»Legen wir ihn auf das Sofa in der Lounge«, entschied der Concierge.

Percy besorgte Riechsalz, das man dem bewusstlosen Schweizer unter die Nase hielt. Zuerst reagierte er nicht, so tief war seine Ohnmacht. Als Ritz sich schließlich regte und die Augen öffnete, irrte sein leerer Blick hin und her. Er versuchte zu sprechen, brachte aber kein Wort heraus. Der Empfangschef schickte Percy in die Bar, um Brandy zu holen, den sie César mit etwas Mühe einflößten. Er hustete und bedeckte schließlich das Gesicht mit den Händen.

»Der König ...«, murmelte er. »Der Ball ...« Seine Stimme klang schleppend, und Percy beugte sich über den Hotelier, um ihn besser verstehen zu können. »Marie ... wir müssen ... Das kann nicht sein ... Wo ...« Die abgehackten Worte ergaben keinen Sinn.

»Er deliriert«, sagte der Empfangschef. »Der Schock war zu viel für ihn. Ich rufe eine Droschke. Begleite ihn nach Hause, Percy. Wir können hier nichts für ihn tun. Monsieur Ritz braucht einen Arzt.«

Percy nickte betroffen. Während der Fahrt vom Haymarket nach Golders Green saß César wie erstarrt neben dem Pagen im Innern des Hansoms. Ab und zu raunte er ein Wort oder rief einen Namen, doch er brachte keinen zusammenhängenden Satz zustande. Der Droschkenkutscher musste Percy helfen, César zur Tür seines Hauses zu geleiten. Marie öffnete selbst, als sie die Stimmen hörte, obwohl sie diejenige ihres Mannes nicht wiedererkannte.

»Was ist passiert?«, fragte Marie entsetzt.

»Haben Sie es nicht gehört, Ma'am?«, antwortete Percy. »Die Krönung wurde verschoben. Der König ist erkrankt. Ihr Gemahl kümmerte sich stundenlang um die Absagen und abreisenden Gäste, dann fiel er plötzlich um.«

Das Hausmädchen kam Marie zu Hilfe und stützte César, der noch immer wirres Zeug vor sich hin murmelte.

»Ich danke dir, dass du ihn hergebracht hast, Junge«, sagte Marie. »Wie ist dein Name?«

»Percy, Ma'am, Percy Frobisher«, erwiderte der Page, dem ein weiteres Mal an diesem Tag Tränen in den Augen standen. »Es tut mir leid, dass es Ihrem Gatten so schlecht geht. Er war immer sehr nett zu mir.« Sein Blick wanderte von Marie zu César. »Ich glaube, es war mehr als die Enttäuschung über das abgesagte Bankett«, fügte er hinzu. »Sein Herz ist gebrochen.«

In den kommenden Monaten und Jahren würde Marie Ritz noch oft an die fast prophetischen Worte des jungen Pagen zurückdenken.

11

London, September 1905

*V*enetia trat durch das Gittertor des Green Park auf den Piccadilly hinaus. Ergriffen blieb sie stehen und blickte zu dem gerade fertiggestellten Gebäude vor ihr, das mehr einem Pariser Stadtpalais glich als einem Londoner Hotel. Es erhob sich acht Stockwerke hoch und war von einem imposanten Mansardendach gekrönt. Elegante hohe Schornsteine strebten dem Himmel zu. Man sah dem Bauwerk mit seiner Fassade aus hellem Stein nicht an, dass sich dahinter ein Skelett aus Stahlträgern verbarg. Seit dem Beginn der Ausschachtungsarbeiten im Juni 1904 hatte es Venetia regelmäßig zu dieser Ecke des Green Park hingezogen, zu der Stelle, an der zuvor das Walsingham House Hotel gestanden hatte. Mindestens ein Mal im Monat war sie hergekommen, um die Fortschritte zu begutachten, die der Bau machte, und sie verschlang die Artikel im *Builder's Journal,* die über das erste Gebäude seiner Art in London berichteten und die neuen Bautechniken beschrieben, die die Architekten anwandten.

Venetia hatte von César Ritz' Zusammenbruch vor drei Jahren gehört und ihm einen herzlichen Brief geschrieben, in dem sie ihm ihre Hoffnung auf eine baldige Genesung ausgesprochen hatte. Marie hatte ihr geantwortet und ihren Dank ausgedrückt.

Mit leichter Wehmut dachte Venetia an ihre Zeit in Paris zurück. Ein Teil von ihr hatte es immer bedauert, dass sie die Stellung als Ritz' Sekretärin nicht hatte behalten können, zumal sich die Arbeit bei dem Eiergroßhandel als besonders eintönig erwiesen hatte. Als Venetia von dem geplanten Bau des neuen Ritz Hotels auf dem Piccadilly hörte, waren die Erinnerungen an ihre Zusammenarbeit mit dem Hotelier und dem Meisterkoch Escoffier wieder wach geworden. Und so nutzte sie an diesem Tag wie sooft ihre Mittagspause, um sich die Baustelle anzusehen und sich vorzustellen, wie das Hotel eines Tages aussehen würde und welche Menschen es beherbergen mochte.

»Mademoiselle Grey?«, fragte jemand hinter ihr. »Sie sind es doch, nicht wahr?«, fügte der Mann auf Französisch hinzu.

Venetia fuhr herum und sah sich dem Architekten Charles Mewès gegenüber.

»Monsieur Mewès, welche Überraschung!«, sagte sie erfreut.

»Ich habe eben Ihr neues Meisterwerk bewundert.«

Der Elsässer strahlte wie ein Mann, der gerade Vater geworden war. »Möchten Sie, dass ich Sie herumführe, Mademoiselle?«

»Wenn es keine Mühe macht, gerne«, erwiderte Venetia dankbar.

»Es wäre mir eine Ehre«, versicherte Mewès. »Nun besteht auch nicht mehr die Gefahr, dass Ihnen etwas auf den Kopf fallen könnte. Der Trockenbau ist so weit fertig.«

»Es ist prachtvoll geworden. Ist die Verkleidung aus Portland-Stein?«

»Sie sind gut unterrichtet, Mademoiselle. Vom ersten Stock aufwärts, ja. Das Erdgeschoss ist mit norwegischem Granit verkleidet, praktisch unzerstörbar.«

»Ich habe den Eindruck, dass das Gebäude nicht ganz rechteckig ist, oder täusche ich mich da?«, fragte Venetia.

»Nein, Sie haben recht. Gut beobachtet«, bestätigte Mewès. »Das Grundstück, das für den Bau zur Verfügung stand, ist leider recht klein. Die Piccadilly-Fassade ist zweihunderteinunddreißig Fuß lang, die Green-Park-Seite siebenundachtzig und die Arlington-Street-Seite einhundertfünfzehn Fuß. Aber man wird es nicht merken, wenn man sich im Innern befindet.«

Der Elsässer öffnete eine Tür, die auf die Baustelle führte, und streckte einladend den Arm aus: »Darf ich bitten, Mademoiselle. Es wird ein englisches Hotel sein, aber der Bau ist vom Stil und der Technik her international«, erläuterte Mewès. »Die Art Stahlgerüst, an dem die Fassade angebracht ist, wurde zum ersten Mal in Amerika verwendet, die Stahlträger wurden in Deutschland hergestellt, und was den Baustil betrifft, habe ich mich sowohl vom Place Vendôme in Paris als auch von der für Napoleon angelegten Rue de Rivoli und Hector Lefuels Anbau des Louvre während der 1850er-Jahre inspirieren lassen.«

Der Architekt führte Venetia in einen großen Raum, der dem Green Park zugewandt war.

»Dies wird der Speisesaal«, erklärte Mewès. »Es lag mir und meinem Partner Davis daran, dass dieser Raum offen sein sollte, ohne Pfosten, die den Blick der Gäste behindern. Der Stahlrahmen macht es möglich.«

»Ich sehe, was Sie meinen, Monsieur«, bemerkte Venetia.

»Die Etagenböden bestehen aus einbetonierten Stahlrippenstäben«, fuhr der Architekt fort. »Die Doppelbauweise liefert Luftraum zur Belüftung, macht die Konstruktion schalldicht und bietet Schutz vor Erschütterungen. Sie können eine Bombe auf das Hotel werfen, ich versichere Ihnen, es würde nicht einstürzen.«

»Wirklich beeindruckend«, sagte Venetia.

Mewès führte sie über die Treppe in das Stockwerk darüber.

»Die Trennwände werden aus Terrakottaziegeln gebaut, deren Löcherung ebenfalls für Schallschutz sorgen wird.« Der Elsässer war sichtlich stolz auf seine Planung.

Anerkennend betrachtete Venetia die im Bau befindlichen Wände. Auf dem Betonfußboden waren deutlich die eingeritzten Linien zu sehen, die den Arbeitern zeigten, wo die Ziegel gelegt werden mussten. Man überließ nichts dem Zufall.

»Die fertigen Wände werden dann verputzt, und die Zwischenräume über den Decken werden eine neuartige Form des Heizens, aber auch der Kühlung ermöglichen. Große Ventilatoren werden warme oder kalte Luft im ganzen Gebäude verteilen.« Er lächelte verschmitzt. »Wir scheuen keine Mühe, um den Gästen den höchsten Standard an Luxus und Bequemlichkeit zu offerieren. Es wird nicht nur in jedem Zimmer elektrisches Licht geben, sondern auch ein Telefon und natürlich fließendes warmes Wasser in den Badezimmern. Dazu werden zwei riesige Wassertanks auf der Höhe des Dachs eingebaut, die über einhundert Tonnen wiegen.«

»Wann wird der Rohbau fertig sein?«, fragte Venetia.

»Wir haben Ende September ins Auge gefasst«, antwortete Mewès. »Dann folgt noch die Innenausstattung. Die Eröffnung ist für Mai nächsten Jahres geplant.«

Eine Weile blickte Venetia sich um und nahm all die Einzelheiten in sich auf, die nach der Fertigstellung des Hotels niemand je wieder zu Gesicht bekommen würde. Schließlich sah sie Mewès an und fragte: »Wie geht es Monsieur Ritz?«

Ein Schatten verdüsterte die Miene des Architekten. Er zögerte, bevor er antwortete: »Erst gestern schickte er mir eine Nachricht bezüglich des Artikels eines Restaurantkritikers, dessen Urteil er wertschätzt. In solchen Momenten hat man den Eindruck, dass Monsieur Ritz sich auf dem Weg der Besserung befindet. Aber wenige Tage später ist der Enthusiasmus wieder verflogen wie ein Strohfeuer, das sich aufgezehrt hat. Als ich ihn, die Innenausstattung des Hotels betreffend, konsultierte und ihm meine Pläne darlegte, starrte er nur in die Ferne und sagte schließlich: ›Sie wissen, was ich mir vorstelle, mein lieber Freund. Ich habe vollstes Vertrauen in Ihren exzellenten Geschmack und Ihren Sinn für Ästhetik. Machen Sie, was Sie für richtig halten.‹ Es schmerzte mich, ihn so zu sehen.«

Venetia teilte seine Bekümmerung. Von dem Mann, der sich wie besessen um jede Einzelheit der Ausstattung seiner Hotels gekümmert hatte – von den Haken an den Stühlen des Restaurants für die Handtaschen der Damen bis zur vollkommenen Beleuchtung –, war nichts geblieben.

London, Mai 1906

Mit unruhig klopfendem Herzen setzte Venetia den Fuß auf die unterste Stufe der schneeweißen gebohnerten Treppe, die zum Haupteingang des Ritz Hotels auf der Arlington Street hinaufführte. Aufgrund der leichten Steigung der Straße verjüngte sich die Stufe zum Piccadilly hin, sodass die seitliche Rundung fast die Steinplatten des Bürgersteigs berührte. Über der Eingangstür und den Fenstern, die sie zu beiden Seiten flankierten, ragte ein von schmiedeeisernen Armen gestütztes, schirmförmiges Vordach über die Treppe und hielt den Nieselregen ab, der wie ein glitzernder Vorhang vom Himmel fiel. Die mit großen Glasscheiben ausgestatteten Türflügel standen offen, hinter diesen befand sich eine Drehtür, die ins Innere führte. Zögernd trat Venetia hindurch. Im Vestibül herrschte rege Betriebsamkeit. Stubenmädchen und Pagen waren damit beschäftigt, die prachtvollen Räume vor der Eröffnung des Hotels in der kommenden Woche auf Hochglanz zu bringen. Ergriffen blieb Venetia stehen und sah sich um.

Hinter den offenen Türflügeln vor ihr erstreckte sich eine von Rundbögen unterbrochene lange Galerie, die an die Enfilade eines Schlosses erinnerte. Zur Linken gelangte man durch einen mit einem Goldband gesäumten Bogen zur Prunktreppe, die in die oberen Stockwerke hinaufführte. Zwei Stubenmädchen staubsaugten den prachtvollen fraisefarbenen Teppich, der in der Mitte der Marmorstufen verlief, mit einem Baby-Daisy-Sauger. Zur Rechten befand sich der massive Schalter des Empfangschefs. Die an der Wand angebrachten Spiegel erzeugten die Illusion eines großen Fensters. Venetia sah nach oben und erhaschte einen Blick auf eine mit verzierten Eisengeländern gesäumte Rotunde, die sich über mehrere Geschosse bis zu einer Scheibe aus Milchglas erhob.

Einer der Portiers sprach sie an: »Kann ich Ihnen behilflich sein, Madam?«

Der Charme seines Lächelns nahm sie für ihn ein und weckte ein Gefühl der Vertrautheit in Venetia.

»Ich habe eine Verabredung mit Monsieur Ritz«, erklärte sie, während sie darüber nachdachte, woher sie den jungen Mann kannte. Er war nicht im herkömmlichen Sinne gut aussehend, aber das Funkeln in seinen blauen Augen und das schelmische Lächeln versprühten so viel Lebensfreude, dass man den Blick nicht von seinem Gesicht abwenden konnte.

Venetia reichte ihm das Einladungsschreiben, das sie von Marie Ritz erhalten hatte. Es war die Antwort auf einen Brief, den Venetia an den Schweizer geschrieben hatte, um ihm alles Gute für die Eröffnung des neuen Hotels zu wünschen und ihn um eine Unterredung zu bitten. Sie hatte befürchtet, dass er aufgrund seines nach wie vor anfälligen Gesundheitszustands nicht antworten würde, und war erleichtert gewesen, als das Schreiben von Marie Ritz eingetroffen war. Es war ein kühner Schritt für Venetia, um dieses Treffen zu ersuchen, und es hatte sie Überwindung gekostet. Aber letztendlich riskierte sie nur eine Enttäuschung, konnte sich vielleicht aber einen Traum erfüllen. Die vergangenen acht Jahre, die Venetia im Büro des Eierhändlers verbracht hatte, waren eintönig gewesen. Und obwohl sie es genoss, durch ihre Tätigkeit unabhängig zu sein, hatte sie das Gefühl, dass das Leben an ihr vorbeiging. Sie war jung und sehnte sich noch immer nach Zerstreuung und Abenteuer. Sie kam gut mit den anderen Schreibfräulein aus, aber meistens blieben diese nicht lange, sondern gaben ihre Stellung auf, wenn sie heirateten. Inzwischen war Venetia mit ihren einunddreißig Jahren die Älteste in dem kleinen Büro. Es hatte den ein oder anderen Mann gegeben, der sie umworben hatte, aber sie hatte keinen von ihnen ermutigt. Sie hatte erlebt, wie es war, verliebt zu sein, und wollte nicht aus Bequemlichkeit heiraten. Zudem waren die meisten Männer nicht damit einverstanden, dass eine Ehefrau einer beruflichen Tätigkeit nachging. Und die Freiheit zu arbeiten wollte Venetia sich von niemandem nehmen lassen. Einst hatte sie dafür sogar ihre Tochter weggegeben. Manchmal fühlte sie sich deswegen immer noch schuldig. Patience war inzwischen fast zehn Jahre alt und versprach, ein hübsches Mädchen zu werden, weitaus attraktiver als ihre Mutter. Patty hatte das dunkle Haar ihres Vaters und seine braunen Augen geerbt. Sie war bereits groß für ihr Alter und würde vermutlich den knochigen Körperbau ihrer Mutter entwickeln, aber davon abgesehen besaß sie wenig Ähnlichkeit mit Venetia. Doch das war gut so. Ein Außenstehender würde nicht vermuten, dass sie Mutter und Tochter waren. Venetias Geheimnis war bei den Lawsons sicher.

Der Portier hatte sie zu den Aufzügen geführt und bat den Fahrstuhlführer, Venetia in den dritten Stock zu bringen. Mit einem Augenzwinkern schloss er die Gittertüren hinter ihr, und sie zerbrach sich erneut den Kopf darüber, woher sie den jungen Mann kannte.

Der Fahrstuhlführer trug seine Uniform auf eine Art, die eine militärische Vergangenheit verriet. Vermutlich war er ein Veteran aus dem Burenkrieg.

»Sind Sie mit Monsieur Ritz bekannt, Madam?«, fragte er. Sein Akzent gab seine Herkunft nicht preis und ließ Venetia deshalb unwillkürlich an Bertie denken. Vielleicht war der Mann ein ehemaliger Offizier, der durch die Tätigkeit im Ritz seine Pension aufbesserte.

»Ich habe vor acht Jahren eine Zeit lang für ihn gearbeitet«, erklärte Venetia nicht ohne Stolz.

Ein Gefühl der Beklommenheit breitete sich in ihr aus, als sie den Fahrstuhl im dritten Stock verließ und den Korridor entlangschritt, von dem die Türen zu den Suiten und Zimmern abgingen. Ihre Füße versanken in dem weichen Teppich, der dieselbe Musterung besaß wie im Vestibül. Die hell gestrichenen Wände waren in Fächer aufgeteilt, die mit goldenen Rahmen versehen waren. Doch Venetia hatte keinen Blick für die Eleganz der Ausstattung, so nervös war sie. Als sie vor der Suite stehen blieb, in der das Ehepaar Ritz während ihres Aufenthalts in London wohnte, holte Venetia tief Luft, um Mut zu fassen, und klopfte an die Tür. Marie öffnete ihr und begrüßte sie mit einem herzlichen Lächeln, das Venetias Beklemmung ein wenig löste.

»Wie schön, dass Sie uns besuchen, Mademoiselle Grey«, sagte Marie Ritz und bat die Besucherin herein.

Die Hoteliersgattin war nach der neuesten Mode in ein schwarzes Tuchkleid mit weitem Glockenrock gekleidet. Doch obwohl ihre letzte Begegnung erst acht Jahre zurücklag, war Marie Ritz sichtlich gealtert. Die Sorge um ihren Mann hatte an ihr gezehrt. Dennoch lächelte sie Venetia zu und bemerkte großmütig: »Mein Gott, Sie haben sich nicht verändert, meine Liebe. Es kommt mir vor, als sei es gestern gewesen, dass Sie sich in Paris von uns verabschiedet haben.«

»Mir kommt es auch so vor, Madame«, erwiderte Venetia.

Sie folgte Marie in den Salon der Suite. In einem Sessel am Fenster saß César Ritz und sah auf den Piccadilly hinaus. Erst als seine Gemahlin ihn ansprach, wandte er sich um und blickte sie und Venetia fragend an. Auch er wirkte gealtert. Seine Züge waren schlaff und abgehärmt, seine Haare ergraut.

»Oh, wir haben Besuch«, sagte er fast erschrocken. »Wer ist die junge Dame?«

»Aber César, du weißt doch, das ist Mademoiselle Grey, die damals in Paris eine Weile als Sekretärin für dich gearbeitet hat.«

Einen Moment lang sah César Ritz die beiden Frauen hilflos an, dann kehrte die Erinnerung zurück, und er sagte erleichtert: »Ach ja, du hast recht. Wie dumm von mir!« In klagendem Ton, der Venetia betroffen machte, fuhr er fort: »Verzeihen Sie mir, Mademoiselle Grey. Ich werde alt. Mein Gedächtnis ist nicht mehr so gut. Ich habe Jahre meines Lebens verloren ...«

Venetia zwang sich zu einem Lächeln. »Ich freue mich, Sie wiederzusehen, Monsieur. Ich habe seinerzeit sehr gern für Sie gearbeitet. Und ich wollte Sie unbedingt zur Fertigstellung dieses wunderschönen Hotels beglückwünschen. Sie müssen sehr stolz darauf sein.«

Da lächelte auch er. »Das bin ich, Mademoiselle, das bin ich. Als Kind hätte ich nie zu träumen gewagt, dass die besten Hotels in London und Paris einmal meinen Namen tragen würden.« Fragend sah er sie an. »Haben Sie es schon besichtigt? Ich werde einen der Portiers bitten, Sie herumzuführen. Es ist schön geworden, nicht wahr? Allerdings hatte ich mit der Ausstattung nicht viel zu tun. Es war alles Mewès' Verdienst. Er versteht sich viel besser auf die Kunstepochen als ich. Es ist alles im Stil von ... na, wie heißt es doch gleich ...« Angestrengt runzelte César die Stirn, dann gab er auf. »Ich weiß es nicht mehr ...«

»Louis XVI., mein Schatz«, half Marie ihm auf die Sprünge.

»Ja, ja …«, murmelte Ritz geistesabwesend, ließ sich wieder in den Sessel sinken und starrte zum Fenster hinaus.

Venetia warf Marie einen mitfühlenden Blick zu, dann trat sie zu César, setzte sich ihm gegenüber auf einen Stuhl und sagte sanft: »Ich wollte mich für die interessanten Erfahrungen bedanken, die ich damals als Ihre Sekretärin machen durfte. Ich habe die Arbeit mit Ihnen sehr genossen.«

Verwirrt blickte er sie an. »Die Arbeit mit mir?«, fragte er verständnislos.

Venetia spürte, dass seine Unfähigkeit, sie einzuordnen, ihm Angst machte. Um ihn zu beruhigen, lächelte sie ihm herzlich zu, und der Ausdruck von Furcht und Unsicherheit schwand aus seinem Gesicht. Venetia drückte seine Hand, die auf der Sessellehne lag, und erhob sich. Während Marie sie zur Tür begleitete, drängte Venetia die Tränen zurück, die ihr in die Augen stiegen.

»Ich bin Ihnen sehr dankbar für Ihre Rücksichtnahme, Mademoiselle«, sagte Marie. »Er hat heute einen schlechten Tag.« Forschend musterte sie Venetia. »Worüber wollten Sie mit ihm sprechen?«

Venetia zögerte, denn ihr Ansinnen erschien ihr angesichts von Monsieur Ritz' schlechtem Gesundheitszustand auf einmal anmaßend.

»Ich habe es ernst gemeint, als ich sagte, dass ich die Arbeit für Ihren Gatten sehr genossen habe«, begann sie schließlich. »Und ich hatte gehofft, dass …«

»… dass er eine Anstellung hier im Hotel für Sie hätte?«, fragte Marie mit einem verständnisvollen Lächeln. »Es tut mir leid, Mademoiselle, aber alle Stellen sind schon seit Langem besetzt, auch die der Sekretärinnen.« Ihr Gesichtsausdruck wurde nachdenklich. »Allerdings …« Marie schien ein Gedanke gekommen zu sein. »Warten Sie einen Moment, Mademoiselle.« Sie ging zum Schreibtisch und nahm den Fernhörer des Telefons ab. »Ja, Madame Ritz hier, ist Monsieur Ellès in seinem Büro? Ja? Gut. Würden Sie ihn bitten, in unsere Suite zu kommen!« Nachdem sie eingehängt hatte, wandte Marie sich an Venetia. »Sie erinnern sich doch an Monsieur Ellès?«

Die junge Frau nickte.

»Er ist Manager sowohl des Ritz Hôtels in Paris als auch dieses Hotels«, fuhr Marie fort. »Sie sollten mit ihm sprechen.«

Kurz darauf erschien Henry Ellès, den Venetia von ihrem ersten Zusammentreffen mit Ritz und Escoffier vor acht Jahren kannte. Als er sie neben Marie stehen sah, zogen sich seine Augenbrauen zusammen, und er bemerkte erstaunt: »Sind wir uns nicht schon einmal begegnet, Madam? Ich bin nicht ganz sicher, wo ... hier in London ...« Dann fiel der Groschen. »Sie haben damals nach unserem Rausschmiss aus dem Savoy im Charing Cross Hotel unsere Briefe geschrieben, nicht wahr, Miss ...«

»Grey«, ergänzte Venetia, erfreut, dass er sie erkannt hatte.

Er war halb Franzose, halb Engländer. Sein Temperament hatte ihn schon damals zu spontanen Entscheidungen und einer gepfefferten Ausdrucksweise verleitet.

»Wie bedauerlich«, sagte Ellès, »dass Sie uns nicht mehr zur Verfügung stehen. Ich zumindest war mit Ihrer Arbeit sehr zufrieden.«

Bei seinen Worten hatte sich ein zufriedenes Lächeln auf Marie Ritz' Lippen geschlichen. »Mademoiselle Grey ist auf der Suche nach einer Anstellung«, ließ sie auf Französisch einfließen.

»Tatsächlich?«, erwiderte Ellès, der ebenfalls ins Französische wechselte. »Ich habe zwar schon eine Sekretärin, aber ich muss zugeben, dass ich nicht ganz glücklich mit ihr bin. Sie war die Beste unter den Bewerberinnen, deshalb musste ich sie nehmen.

Aber wenn Sie Interesse haben, wird sich bestimmt eine Lösung finden lassen, mit der alle zufrieden sind. Begleiten Sie mich doch in mein Büro, Mademoiselle Grey.«

Venetia begegnete Maries Blick. »Vielen Dank, Madame«, sagte sie.

Dann folgte sie Ellès beschwingt auf den Gang hinaus.

In seinem Büro unterhielt sich Henry Ellès fast eine Stunde lang mit Venetia. Am Ende ihres Gesprächs hatte er keine Skrupel, ihr die Stellung der Sekretärin des Hoteldirektors anzubieten und die Dame, die eigentlich dafür vorgesehen war, seinem Vertreter Mr Aimino zu überlassen.

Am liebsten hätte er es gesehen, wenn Venetia sogleich hätte anfangen können, aber da diese die Kündigungsfrist bei ihrem derzeitigen Arbeitgeber einhalten musste, einigten sie sich darauf, dass Venetia in ihrer Mittagspause und nach ihrem Dienst ins Ritz kommen und die von Ellès auf Wachszylinder diktierten Briefe schreiben würde.

Schließlich geleitete der Direktor Venetia am Rezeptionsbereich vorbei ins Vestibül zurück.

»Auf eine gute Zusammenarbeit«, sagte er und schüttelte ihr die Hand. »Ich vermute, Sie haben das Hotel noch nicht gesehen, oder?« Er blickte sich um. »Percy, führen Sie meine neue Sekretärin doch bitte herum und erklären Sie ihr alles«, bat er den Portier, der ihm am nächsten stand. Dieser grinste und machte eine dramatische Verbeugung vor ihr.

»Wenn Sie mir bitte folgen würden, Madam.«

Plötzlich fiel es Venetia wie Schuppen von den Augen. »Sie waren der Page, der damals unsere Droschke anhielt und fragte, ob wir die Herren Ritz und Escoffier mitnehmen könnten«, rief sie aus.

»Stimmt«, erwiderte der Portier. »Aber Sie haben lange gebraucht, bis Sie mich erkannten. Ich dachte eigentlich, ich hätte einen prägenden Eindruck hinterlassen«, fügte er mit einem gekränkten Gesichtsausdruck hinzu.

»Sie machen sich über mich lustig, Sie Schelm«, entgegnete Venetia mit gespielter Empörung. Mit diesem Burschen würde sie Spaß haben. »Sie sind also ein treuer Wegbegleiter der beiden Herren.«

Der Portier verbeugte sich erneut. »So wie Sie anscheinend«, scherzte er. »Percy Frobisher mein Name, zu Ihren Diensten.«

Eine wahre Frohnatur, dachte Venetia und stellte sich ebenfalls vor. »Ist Monsieur Escoffier auch da?«, fragte sie.

»Ja, er wird in seinem Büro sein«, erwiderte Percy. »Kommen Sie mit, ich zeige Ihnen den Weg.«

Der junge Mann führte sie ein Stockwerk tiefer, wo die Küchen lagen, und hatte keine Hemmungen, an die Tür des Meisterkochs zu klopfen.

»Herein«, erklang es von drinnen.

Percy öffnete und ließ Venetia eintreten. »Besuch für Sie, Monsieur«, verkündete er.

Auguste Escoffier war von seinem Stuhl aufgestanden und trat um den Schreibtisch herum auf sie zu.

»Mademoiselle Grey, welche Freude, Sie zu sehen!«, sagte er mit einem herzlichen Lächeln. Dann hob er streng den Zeigefinger. »Obwohl ich Ihnen nicht vergeben habe, dass Sie mich in einer Zeit, als ich Sie nötig brauchte, verlassen haben.«

Verdutzt blickte Percy von einem zum anderen. Venetia hatte den Eindruck, dass seine Fantasie mit ihm durchging, und beeilte sich zu antworten: »Ich habe Ihr Buch gelesen, Monsieur. Es ist beeindruckend. Die Sekretärin, die Ihnen bei der Erstellung geholfen hat, kann nicht völlig unfähig gewesen sein.«

Escoffier lachte über ihren Scherz, und Percy schnitt verlegen eine Grimasse.

»Und wie gefällt Ihnen das neue Meisterwerk unseres lieben Freundes Ritz?«, fragte der Koch.

»Ich habe noch nicht viel gesehen«, erwiderte Venetia mit glänzenden Augen. »Aber dem ersten Eindruck zufolge ist es prachtvoll wie ein Palast.«

»Haben Sie mit Monsieur Ritz gesprochen?«

»Ja, und es tut mir leid, dass es ihm nicht gut geht. Er hat mich zuerst nicht erkannt.«

»Es ist bedauerlich, dass seine Gesundheit so angegriffen ist. Aber ich bin froh, dass er beim Eröffnungsdinner am 24. Mai anwesend sein wird. Ich habe etwas ganz Besonderes geplant: *Filets de sole au champagne, Selle d'agneau à la broche, Poularde Vendôme,* danach *Granité au Kirsch, Cailles en feuilles de vigne, Asperges de paris sauce mousseline …*«

»Das hört sich verführerisch an. Werden Sie die Küche leiten, Monsieur Escoffier?«, fragte Venetia neugierig.

»Nein, ich bleibe im Carlton«, antwortete der Franzose, »aber ich werde regelmäßig nach dem Rechten sehen. Einer meiner Protegés wird die Leitung hier im Ritz Hotel übernehmen.«

»Dann hoffe ich, dass wir uns trotzdem ab und zu über den Weg laufen werden«, sagte Venetia. »Dank Madame Ritz' Vermittlung hat Monsieur Ellès mich als seine Sekretärin eingestellt.«

»Oh? Was ist denn aus dem ›sauren Hering‹ geworden?«, erkundigte sich Escoffier überrascht.

Venetia sah Percys freches Grinsen und blickte ihn fragend an.

»Miss Trout, die Sie offensichtlich entthront haben«, erklärte der Portier. »Die wird nicht glücklich darüber sein. Macht so schon immer einen missgelaunten Eindruck, daher der Spitzname.«

Venetia fühlte sich auf einmal schuldig, dass sie der anderen Frau die Stelle weggeschnappt hatte. Aber um keinen Preis hätte sie darauf verzichtet. Miss Trout würde ihretwegen ja nicht auf der Straße stehen.

»Machen Sie sich keine Gedanken«, riet ihr Escoffier. »Die Bessere gewinnt. Und ich freue mich, dass Sie hier im neuen Ritz Hotel arbeiten.«

Percy führte sie weiter herum, zuerst zu den Personalkantinen, die nach Abteilungen getrennt waren: Für die Bürokräfte, die Portiers, die Kammerdiener und die Zimmermädchen gab es je ein eigenes Speisezimmer, und der Küchenchef achtete darauf, dass die Männer nicht mit den Mädchen anbandelten. Im Untergeschoss befanden sich außerdem die Umkleideräume, die Toiletten für die Gäste und das Personal, der Heizungsraum, der Kohlenkeller und der Weinkeller. Unter dem Restaurant lagen der Ballsaal und der Grillroom. Überall gab es Treppen, die hinauf- oder hinunterführten und deren Lage Venetia sich vergeblich einzuprägen versuchte. Percy erklärte ihr, dass hinter Wänden und Säulen Lüftungsschächte verliefen, die für einen stetigen Luftaustausch sorgten.

»Sie kennen sich gut aus«, sagte Venetia beeindruckt.

Er lächelte. »Ja, ich stecke meine Nase gerne überall rein.«

Nachdem Percy ihr alles gezeigt hatte, kehrte Venetia ins Vestibül zurück. Um sich zu verabschieden, ging sie zu Henry Ellès' Büro. Das Vorzimmer war verlassen, doch durch die geschlossene Tür war eine erregte Frauenstimme zu hören. Venetia vermutete, dass es sich um Miss Trout handelte, die ihrem Unmut über die Versetzung Luft machte. Ehe die unfreiwillige Lauscherin sich zurückziehen konnte, wurde die Tür geöffnet, und eine dunkelhaarige Frau rauschte mit grimmiger Miene heraus. Als sie Venetia sah, erriet die Sekretärin, wer sie war, und warf ihr einen unfreundlichen Blick zu. Es war nicht schwer zu verstehen, wie Miss Trout zu ihrem Spitznamen gekommen war.

»Ah, Miss Grey, Sie sind noch hier«, sagte Henry Ellès, der in der Tür zu seinem Büro stand. »Kommen Sie doch einen Moment herein.«

Aufatmend schloss er die Tür hinter sich. »Ich habe Miss Trout von meiner Entscheidung in Kenntnis gesetzt. Sie ist natürlich enttäuscht. Aber ich glaube, sie wird darüber hinwegkommen«, erklärte er.

Es schien, als sei er erleichtert über den guten Tausch. Doch Venetia erkannte, dass sie sich an diesem Tag eine Feindin gemacht hatte.

13

London, Mai 1906

Sieh mal, Patty, wo ich jetzt arbeite«, sagte Venetia fröhlich und hielt ihrer Tochter die Verkaufsbroschüre des Ritz Hotels hin. Das Mädchen nahm das Heftchen entgegen und betrachtete die von einem verschnörkelten Rahmen umrandete Schrift.

»Ritz Hotel«, las Patience mit nachdenklich gerunzelter Stirn. »Was heißt das, Tante Venetia?«, fragte sie verwundert.

»Ritz ist der Name eines Freundes, der aus der Schweiz stammt«, erklärte Venetia.

»Da, wo die Berge sind?«

»Ja, genau da. Und der Vorname meines Freundes ist César, wie der berühmte römische Feldherr. Ich habe dir von ihm erzählt. Erinnerst du dich?«

Mutter und Tochter saßen bei den Lawsons in der Küche, während Mary das Essen kochte.

»Sie liest mit ihren zehn Jahren schon besser als mein Jim mit fünfzehn«, bemerkte Mary nicht ohne Neid. »Ich bin sehr stolz auf sie.«

Venetia fühlte sich schuldig. Sie hatte bei ihren Besuchen ihre Tochter früh lesen und schreiben gelehrt, weil sie sich wünschte, dass Patty wie sie einen Beruf erlernte, doch dadurch war das

119

kleine Mädchen den Jungs, die sie als ihre Brüder ansah, weit voraus. Jim, Harry und Edward mussten bereits früh arbeiten gehen, um ihre Eltern zu unterstützen, und hatten nicht so viel Zeit zum Lernen wie Patience, die von einer Gönnerin gefördert wurde.

»Ich hätte nichts dagegen, Edward ein wenig Nachhilfeunterricht zu geben«, bot Venetia an.

Mary winkte ab. »Bertie wird Fuhrmann werden. Er arbeitet gerne mit Pferden. Wozu soll er da lesen und schreiben lernen?«

»Aber vielleicht braucht er das einmal«, widersprach Venetia. »Irgendwann werden motorenbetriebene Wagen die Pferdefuhrwerke ablösen. Und was wird dann aus ihm?«

»Ach was, diese lärmenden, qualmenden Automobile sind doch nur für die Reichen«, behauptete Mary kopfschüttelnd.

»Ich wollte Patty demnächst noch mit dem Rechnen helfen«, wechselte Venetia das Thema. »Da könnte Edward doch mitmachen.«

Nach all der Zeit brachte sie es noch immer nicht über sich, den Jungen mit dem Namen anzusprechen, dessen Klang ihr nach wie vor Schmerz bereitete. Und je älter Patty wurde, desto mehr erinnerten ihre Augen Venetia an ihren Vater. Auch wenn sein Bild in ihrer Erinnerung allmählich verblasste, seine Augen würde sie nie vergessen.

»Tante Venetia, was ist eine Guinea?«, fragte Patience, die sich in die Lektüre der Broschüre vertieft hatte. Sie deutete auf die Preisliste: »Einzelzimmer mit privatem Bad eine Guinea, Suite anderthalb bis dreieinhalb Guineas.«

»Das ist eine Goldmünze, die es nicht mehr gibt«, erläuterte Venetia dem Mädchen. »Sie hat den Wert von einundzwanzig Shillings und ist nach dem Land Guinea in Westafrika benannt, wo man das Gold abbaute.«

»Wie kann man mit einer Münze bezahlen, die es nicht gibt?«, fragte Patty verdutzt.

»Das geht nur hier in England, mein Schatz, weil England ein magischer Ort ist.«

»Das verstehe ich nicht«, beschwerte sich das Mädchen. »Du machst dich über mich lustig.«

»Nein, tu ich nicht«, erwiderte Venetia lachend. »Nur sehr reiche Leute bezahlen in Guineas, weil sie keine Münzen mit sich herumtragen. Das wäre viel zu schwer.«

»Was bedeutet ein ›privates Badezimmer‹?«, fragte Patty, nachdem die Goldmünze an Reiz verloren hatte.

Venetia versuchte, es ihr so gut wie möglich zu erklären, was nicht einfach war, da das Haus der Lawsons nicht über ein Badezimmer verfügte. Gebadet wurde in einer Zinnwanne in der Küche, die, wenn sie nicht gebraucht wurde, hinter der Tür an einem Haken hing.

Die ersten Wochen als Sekretärin des Hoteldirektors waren sehr arbeitsreich gewesen, zumal das Ritz noch keineswegs fertig war. Die abschließenden Änderungen in den Badezimmern waren mit den Vertretern der Firma Doulton zu besprechen gewesen, wofür Termine gemacht werden mussten. In letzter Minute liefen noch Verhandlungen mit den Wäschezulieferern, bis man sich für die Messrs McCrum, Watson & Mercer in Belfast entschied. Nach mehreren Ortsterminen gestatteten die Crown Commissioners, dass am Rand des Green Park ein Garten angelegt wurde, der zum Hotel gehören sollte. Die Badezimmer machten weiterhin Probleme, diesmal funktionierten die Wasserklosetts nicht zufriedenstellend, und es musste noch ein zusätzlicher Drei-Gallonen-Wassertank installiert werden. Dann beschwerten sich die Köche, dass die Belüftung in der Küche unzureichend sei.

Schließlich waren die Einladungen zum Eröffnungsdinner noch zu verschicken gewesen. Diese gingen vor allem an Vertreter der Presse, nicht nur der englischen Zeitungen, sondern auch an ausländische Reporter wie diejenigen des *Berliner Tageblatts*, der *New York Times* und sogar australischer und indischer Zeitungen. Venetia lächelte, als sie an ihre Freundin Doreen dachte, die sich inzwischen ihren Traum erfüllt hatte und von verschiedenen Frauenzeitschriften zur *Daily Mail* gewechselt war. Allerdings war die Einladung zum Dinner im Ritz nicht an sie, sondern an ihren Chef gegangen, wie Doreen Venetia neidvoll erzählt hatte.

Die Journalisten speisten mit den Direktoren der Ritz Hotel Company, den Eigentümern der Baufirma Waring & White und Gordon Selfridge, der über seine Pläne zum Bau eines prächtigen Warenhauses auf der Oxford Street sprach.

Venetia hatte sich die Einzelheiten von dem jungen Portier Percy Frobisher berichten lassen, denn er besaß einen Sinn für Dramatik, die seine Erzählung sehr unterhaltsam machte. Aber das überraschte nicht. Wie er Venetia anvertraut hatte, war sein Vater Varieté-Schauspieler.

Wie erhofft, waren die Artikel der Presse in der Folge auch durchweg voller Lob und Bewunderung gewesen. Auguste Escoffier war mit dem Erfolg seines Galadinners zufrieden. Die Vertreter der hohen Gesellschaft erkoren vor allem das Restaurant des neuen Ritz Hotels zum Treffpunkt für einen besonderen Abend. Es war César Ritz' erklärtes Ziel gewesen, einen Ort zu schaffen, an dem Damen ohne männliche Begleitung in der Öffentlichkeit speisen konnten, ohne Anstoß zu erregen, und das war ihm gelungen. Die Zeiten, da eine anständige Frau keine andere Wahl hatte, als ihre Freundinnen zu Hause zu empfangen, waren vorbei.

14

London, Oktober 1906

Evangeline, Viscountess Ainsdale, führte die weiche Puderquaste mit einer fast zärtlichen Bewegung über ihr Gesicht und beobachtete entzückt, wie die Hautunreinheiten, die geröteten und glänzenden Flecken an Wangen und Stirn unter einer gleichmäßigen Schicht alabasterfarbenen Puders verschwanden. Eva wusste, dass sie hübsch war. Ihr harmonischer Knochenbau, die großen blauen Augen, ihr seidig blondes Haar zogen seit jeher neidvolle Blicke auf sie. Nur ihre Haut hätte reiner sein können. Zum Glück gab es kosmetische Kniffe, die Abhilfe schafften, auch ohne dass man damit wie eine Schauspielerin oder Kokotte aussah. Eva beugte sich ein wenig vor, um im Spiegel des Toilettentischs ihre Nase näher zu betrachten. Sie war nicht völlig gerade und besaß eine kleine Einbuchtung, die vor allem im Profil auffiel. Eine Weile hatte Eva mit dem Gedanken gespielt, sich die Nase mit heißem Paraffinwachs auffüllen zu lassen, ein neuartiges Verfahren des *Institut de Beauté* in Paris, mit dem sich die Leute zurzeit alle möglichen Körperteile verschönern ließen. Doch diese Injektionen unter die Haut führten manchmal zu üblen Nebenwirkungen bis zu einer Art entstellenden »Wachskrebses« mit Abszessen und nekrotischen Wunden. Da war es wohl besser, sich mit ein paar Unvollkommenheiten abzufinden.

Als Evangeline mit ihrem Teint zufrieden war, legte sie noch einen Hauch von Rouge auf, gerade so viel, dass man das Ergebnis ihrer Vorfreude auf das Dinner und der Heizung zuschreiben konnte. Wirklich beeindruckend, diese lautlose Lüftung, die Wärme im ganzen Gebäude verteilte und durch ein verziertes Gitter in die Suite dringen ließ. In anderen Hotels hatte Eva immer gefroren, sofern sie nicht unmittelbar vor dem Kamin saß, aber in dem neuen Etablissement des Schweizers César Ritz fühlte sie sich auch in Unterwäsche warm und behaglich.

Evas Kammerzofe Simmonds legte letzte Hand an die Frisur ihrer Herrin. Die Haare wurden über Polster zu einer breiten Rolle geformt und in der Mitte zu einem Knoten festgesteckt. Dazu kam ein Aufputz mit flaumigen gefärbten Federn. Nervös warf Eva einen Blick auf die Uhr an der Wand. Es war fast acht, Zeit für das Dinner unten im Restaurant, und sie war noch nicht angezogen. Ihr Gemahl war zu höflich, um sie zur Eile anzutreiben, aber sie wusste, dass er nicht gerne auf sie wartete, und sie wollte ihn nicht verstimmen. In letzter Zeit sahen sie einander so selten. Auch wenn Ainsdale nach seiner Dienstzeit als Offizier in der Britischen Armee während des Burenkriegs weiterhin Reservist war, musste sie nun in Friedenszeiten seine Gesellschaft nicht mehr über Monate entbehren. Allerdings war er auch auf ihrem Besitz in Yorkshire immer unterwegs und suchte nach Möglichkeiten, wie er das Land profitabel erhalten konnte. Was er den ganzen Tag über tat, blieb Eva jedoch ein Rätsel, denn sie verstand nichts von der Bewirtschaftung von Grundbesitz. Sie hatte einiges an Land mit in die Ehe eingebracht, sich aber nie mit seinem Erhalt beschäftigt. Dazu gab es schließlich Verwalter. Ihr Vater hatte seine Tochter nicht mit diesen Dingen behelligt.

Als Eva mit ihrem Aussehen zufrieden war – trotz ihrer sechsundzwanzig Jahre und ihrer beiden acht- und siebenjährigen

Kinder wirkte sie wie ein junges Mädchen –, drehte sie sich auf dem Hocker um, sodass die vor ihr kniende Simmonds ihr die Seidenstrümpfe überstreifen konnte. Dann stand Eva auf und hob die Arme, um es der Kammerzofe zu ermöglichen, ihr das lange Korsett aus rosa Coutil umzulegen. Mit geübten Fingern schloss Simmonds die Haken über Evas Busen, Bauch und Unterleib und befestigte die Strümpfe an den Haltern. Sanft, aber energisch begann die Zofe, die Schnürbänder anzuziehen, zuerst an der Taille, danach am Rücken und Becken, bis das Mieder dem Körper ihrer Herrin die modische Form verlieh, die den Busen nach vorn schob und die Hüften nach hinten. Nun folgte das tief ausgeschnittene Abendkleid aus weißem Chiffon mit einem figurbetonten Oberteil über einem weiten glockenförmigen Rock. Eine rosa Seidenstola schließlich offenbarte mehr von dem Rückenausschnitt, als sie verbarg.

»Sie sehen wundervoll aus, Madam«, bemerkte Simmonds.

»Sie hat recht. Du bist wie immer strahlend schön, meine Liebe.«

Lächelnd wandte Eva sich zu ihrem Mann um, der in Frack, taillierter Weste aus weißem Pikee und weißem Querbinder in der Tür zum Ankleidezimmer stand. Seine Größe und der schlanke Körperbau ließen ihn in Abendgarderobe besonders elegant aussehen. Ainsdale trug sein dunkles Haar im Nacken sehr kurz, eine Angewohnheit aus seiner Zeit als Offizier in der Armee, und dazu einen schmalen Oberlippenbart. Eva fand ihn ausgesprochen gut aussehend. Die verblassten Windpockennarben auf seinen Wangen taten seiner Attraktivität keinen Abbruch. Der Blick seiner braunen Augen verriet Bewunderung für ihre Erscheinung, aber sie entdeckte auch einen Anflug von Missmut.

»Ich wünschte nur, du würdest dir ein wenig mehr Gedanken

über das Leid der armen Vögel machen, die für deinen Kopfputz ihr Leben lassen mussten«, fügte Ainsdale hinzu. Sein Ton war sanft – wie man mit einem ungezogenen Kind spricht –, und so verstand Eva zuerst nicht, was er meinte.

»Welche Vögel?«, fragte sie verwundert.

Er trat zu ihr und küsste sie auf die Wange, wie um die Kritik seiner Worte zu mildern. »Siehst du, du weißt nicht einmal, von welchen Vogelarten diese reizenden Federn stammen, die du im Haar trägst. Die Zeitungen und die Vertreter der Kirche bezeichnen nicht zu Unrecht das Abschlachten der Tiere zugunsten einer modischen Laune als ›mörderische Hutmacherkunst‹, wie die *New York Times* es so treffend ausdrückte. Und es sind keineswegs nur Männer, die sich gegen das Töten von Vögeln zur Befriedigung weiblicher Putzsucht aussprechen. Die *Royal Society for the Protection of Birds* wurde von einer Gruppe gebildeter Damen gegründet.«

»Aber ...«, stieß Eva verwirrt hervor. »Glaubst du tatsächlich, dass für diese Federn ein Vogel getötet wurde?«, fragte sie, während sie in den Spiegel sah. »Ich dachte immer, die Tiere verlieren sie bei der Mauser.«

»Das will man den Kundinnen glauben machen«, erwiderte ihr Mann ernst. »Aber es ist nicht wahr. Die Beschreibungen der erbarmungslosen Jagd, die man in den Zeitungsartikeln liest, sind abstoßend. Die Elterntiere werden abgeschossen, während sie auf den Nestern sitzen, und die Küken verhungern elendig.«

»Das ist ja schrecklich«, rief Eva entsetzt aus.

Mit zitternder Hand zog sie sich den Federkranz aus dem Haar und legte ihn auf den Frisiertisch. Schweigend holte Simmonds ein Gesteck aus Seidenblumen aus einer Schrankschublade und befestigte es auf der blonden Haarkrone.

Eva warf ihrem Mann ein verlegenes Lächeln zu. »Bitte gib mir einen Moment«, sagte sie leise. »Ich bin gleich fertig.«

Sie betrat das Badezimmer und schloss die Tür hinter sich. Vor den nebeneinanderstehenden Handwaschbecken hielt sie inne und blickte in den Spiegel. Die zu beiden Seiten angebrachten Leuchten schmeichelten ihrem Teint und ließen ihre Augen strahlen, obwohl sie das Gefühl hatte, als sei ein Schatten über sie gefallen. Ainsdale liebte sie von Herzen, da war Eva sich sicher. Aber sie wusste auch, dass er ihre Beschäftigung mit Kleidern, Frisuren und Schmuck ermüdend fand. Er achtete penibel auf seine Garderobe und eine ordentliche Aufmachung, wenn es darauf ankam, aber im Grunde war er ein Landjunker, der sich in Tweed und Reitstiefeln wohler fühlte. Eva verstand seine Ablehnung übertriebener Putzsucht, die so viele seiner Geschlechtsgenossen teilten, aber für eine Frau war es nun einmal wichtig, zu blenden und andere Damen zu übertreffen. Und sie nahm es ihm übel, dass er mit seiner abscheulichen Beschreibung der Vogeljagd ihre heile Welt erschüttert hatte.

Sie brauchte Luft. Zum Glück verfügte das Badezimmer über ein Fenster, dessen Flügel man öffnen konnte. Es ging auf einen kleinen Hinterhof hinaus. Kühle, trockene Oktoberluft, die bereits den ersten Frost ankündigte, strömte herein und erfrischte Eva. Während ihr Blick auf der luxuriösen Einrichtung verweilte, versuchte sie den Wortwechsel mit Ainsdale zu verdrängen. Es war wirklich ein prachtvolles Zimmer mit bis zur Decke gekachelten Wänden, die ein Fries mit Schachbrettmuster abschloss. Die schneeweiße Badkeramik von Doulton stach von dem dezenten Grünton der Fliesen ab. Außer den beiden Waschbecken und einem Wasserklosett gab es ein französisches Bidet, eine große Badewanne mit Wasserhähnen auf der einen Seite und einer mit Glasscheiben abgeschirmten Dusche auf der anderen.

Vor der Wanne lag ein gemusterter Teppich, für die gebrauchten Handtücher war ein Schränkchen aus Korbgeflecht vorgesehen, und auf einem Eckregal stand sogar ein Telefon.

Gleich nach ihrer Ankunft hatte Eva sich ein Bad gegönnt und entzückt zugesehen, wie das heiße Wasser in die Wanne floss und das parfümierte Öl einen duftenden Nebel um sie herum erzeugte: pures Labsal für die Sinne! Ein Luxus, den sie auf dem Landsitz ihres Mannes nicht hatte. Ainsdale hatte Wasserleitungen legen und einen Boiler einbauen lassen wollen, aber bisher waren sie noch darauf angewiesen, dass die Dienerschaft das Wasser in der Küche erhitzte und über die Dienstbotentreppe in die oberen Stockwerke schaffte. Die Herrschaft badete wie die Bauern in einer Zinnwanne vor dem Kamin. Nun ja, Ainsdale Manor war ein altes Haus, das weitab von einer Stadt lag. Nicht einmal über Elektrizität verfügte es, vom Telefon ganz zu schweigen. Es war also kein Wunder, dass die Ausstattung des Ritz Hotels Eva in Begeisterung versetzte.

Nun wurde es aber wirklich Zeit, dass sie sich zum Dinner begaben, dachte sie schuldbewusst. Es war nicht höflich, die Heerscharen an Kellnern, die sie bei einer kurzen Besichtigung des Hotels im Restaurant gesehen hatte, warten zu lassen. Evangeline holte tief Luft, soweit es ihr eng geschnürtes Korsett gestattete, und verließ das Badezimmer.

»Bist du fertig, meine Liebe?«, fragte ihr Gatte, der geduldig im Salon gewartet hatte.

»Ja, Havelock, wir können gehen«, erwiderte Eva mit einem herausfordernden Lächeln. Sie bemerkte das leichte Zucken um seine Mundwinkel, das seinen Ärger verriet, denn er hasste seinen Vornamen und gebrauchte ihn selbst nie. Aber das war ihre Art, ihm seine Predigt von vorhin heimzuzahlen.

Sie verließen die Suite im zweiten Stock und gingen zu den

Aufzügen. Mit einem Knopf konnte man das Gefährt herbeirufen. Eva ließ es sich nicht nehmen, ihn selbst zu drücken. Als der Lift heraufglitt, warteten sie, bis der uniformierte Fahrstuhlführer die Gittertüren aufzog, und stiegen ein.

»Welches Stockwerk, Sir, Madam?«, erkundigte er sich in einem Ton, der Ainsdale ein Lächeln entlockte.

»Erdgeschoss, bitte«, antwortete der Viscount. »Veteran?«, fügte er hinzu.

»Ja, Sir. Ich hatte die Ehre, im Burenkrieg zu kämpfen.«

»Welches Regiment?«

»Die Oxford Light Infantry, Sir.«

»Tatsächlich? Ein tapferer Haufen. Hab nur Gutes über sie gehört. Ich war Captain im First Yorkshire.«

Eva bemerkte, dass sich nach dem Wortwechsel mit dem Veteranen die Laune ihres Mannes merklich besserte. Es war ein unergründliches Rätsel für sie, dass ein so schreckliches Erlebnis wie der Krieg, über den Männer mit ihren Ehefrauen nicht sprechen wollten, zugleich offenbar ein tiefes und rührendes Gefühl des Einverständnisses zwischen ihnen schuf, sodass sie mit Wehmut daran zurückdachten.

Ainsdale bot Eva seinen Arm, und sie hängte sich bei ihm ein. Während sie durch die Grand Gallery schritten, am Winter Garden vorbei, ein verwunschener Rückzugsort, über dem eine von Palmen umgebene vergoldete Nymphe in einer Nische wachte, fühlte Eva sich, als würde sie sich in einem Schloss auf den Thronsaal zubewegen. An der Tür zum Restaurant wurden sie vom Maître d'Hôtel empfangen, der sich nach ihren Namen erkundigte und sie dann bat, ihm zu folgen. Sie traten zwischen zwei Säulen aus blassrosa Stuckmarmor hindurch, die den Blick auf das Innere des Speisesaals umrahmten. Beeindruckt sah Eva sich um. Die großen Fenster auf der gegenüberliegenden Seite waren hinter den zugezogenen Vorhängen nur zu erahnen. Sie würden vor allem tagsüber, wenn die Sonne schien, zur Geltung kommen. Zur Rechten befand sich eine Spiegelwand, die den Raum scheinbar ins Unendliche vergrößerte, und zur Linken funkelten die lebensgroßen allegorischen Darstellungen der Themse und des Ozeans als bärtiger Mann und junge Frau im Licht der Kerzen. Hinter den Figuren war ein Wandbild zu sehen, das eine Landschaft darstellte, wie man sie oft auf barocken Gemälden findet, eine friedliche Landschaft mit griechischen Säulen, um die sich Blumen ranken.

Der Maître d'Hôtel führte die Ainsdales zu einem Tisch vor einem der Fenster, und zwei Kellner waren sofort zur Stelle, um ihnen die Stühle zurechtzurücken. Ein Oberkellner brachte die Karten und erkundigte sich, ob ein Glas Champagner genehm sei. Eine Auswahl wurde vorgestellt, und der Viscount entschied sich für einen Brut Pommery 1898.

»Ich muss sagen, ich bin beeindruckt«, bemerkte Ainsdale mit bewunderndem Blick in die Runde. »Es ist alles erlesen und harmonisch, ohne protzig oder kitschig zu sein. Die Beleuchtung schmeichelt nicht nur den Damen, sondern lässt auch einen alten Haudegen wie mich weniger verhärmt aussehen. Es heißt, Monsieur Ritz hat die Wirkung der elektrischen Glühbirnen an seiner Gattin und seiner Sekretärin ausprobiert, um ein möglichst angenehmes Licht zu finden. Der Mann hat Sinn für Details.«

»Übertreib nicht so, Liebster«, tadelte Eva ihren Gemahl. »Du bist weder alt noch ein narbiger Krieger. Ich kenne keinen Mann, der so elegant und gut aussehend ist wie du, und ich bin stolz darauf, deine Frau zu sein.«

Er lächelte ihr nachsichtig zu wie einem Kind, das seine Freude an einem Weihnachtsgeschenk kundgetan hat. Doch ihr

Blick war bereits wieder auf Wanderschaft, betrachtete das Oval des von einem goldenen Rahmen eingefassten Himmelsgemäldes, von dem ein Kranz prachtvoller Kronleuchter herabhing, acht große und acht kleine Lüster im Wechsel, verbunden durch bronzene Blumengirlanden. Die apricot-rosa Schirmchen über den Glühbirnen erzeugten das magische Licht. Die dezenten Töne der marmornen Wandverkleidung reichten von blass geädertem Weiß über Rosa zu hellem Grün und fanden sich in den Farben der Wand- und Deckenmalerei wieder.

Eva war zu einer Musterung der Gäste übergegangen und flüsterte ihrem Mann die Namen derjenigen Damen zu, die ihm unbekannt waren.

»In der Ecke vor der Spiegelwand sitzt Lady Diana Manners. Und das dahinten ... oh, ich glaube es nicht ... Das ist Alice Keppel, die Freundin des Königs.« Entzückt faltete Eva die Hände wie zum Gebet. »Meinst du, dass Seine Majestät auch noch kommen wird?«

»Nun, ich denke nicht, dass er hier im Restaurant essen würde, eher in einem privaten Speisezimmer«, entgegnete Ainsdale nüchtern. »Und da Mrs Keppel hier diniert, möchte ich bezweifeln, dass Seine Majestät heute noch erscheinen wird.«

»Ach, du bist immer so sachlich, Havelock«, beschwerte sich Eva. »Lass mich doch ein bisschen träumen.«

Nach dem Essen saßen sie noch eine Weile am Tisch und tranken Kaffee.

»Ich wünschte, ich könnte immer hier wohnen«, sagte Eva seufzend.

»Im Ritz? Missfällt dir das Landleben so sehr?«, fragte ihr Mann.

Sie hörte die Enttäuschung aus seiner Stimme heraus und fühlte sich schuldig. Er liebte den Landsitz Ainsdale Manor, den seine Familie seit Jahrhunderten bewohnte, während sie ein Stadtmensch war, der nicht gerne Schlamm an den Schuhen hatte oder vom Regen durchnässt wurde. Das Landleben langweilte sie. In der Nähe des Herrenhauses gab es nur wenige andere Landsitze und somit nur wenige Gelegenheiten, Besuche zu machen oder zu empfangen. In London dagegen konnte man viel unternehmen, unterhaltsame Leute treffen, Bälle, Soireen, Theater- und Ballettaufführungen besuchen. Es war bedauerlich, dass die Ainsdales kein Stadthaus besaßen und daher die Saison nicht in London verbrachten. Eva zuliebe nahm ihr Mann sie zwar stets für ein oder zwei Wochen mit in die Hauptstadt, aber das war nicht dasselbe. Ainsdale hatte zu ihrer Enttäuschung auch nie den Ehrgeiz gehabt, Verbindungen zum Hof zu knüpfen und Einladungen zu Festen einflussreicher Grundherren zu ergattern. Er schämte sich noch immer wegen des Skandals, den sein Vater mit seiner Spielleidenschaft verursacht hatte, obwohl der alte Herr seit elf Jahren tot und die Affäre längst vergessen war.

»Möchtest du tanzen?«, fragte Ainsdale auffordernd.

Evas nachdenkliche Miene klärte sich, und sie begann zu strahlen. »Ja, bitte.«

»Dann lass uns gehen.«

Das Ehepaar verließ das Restaurant und ging die Treppe zum darunterliegenden Bankettsaal hinab. Ein Orchester spielte Musik auf einer halbkreisförmigen Estrade. Wieder fühlte Eva sich wie in einem Schloss. Ainsdale legte den Arm um sie, nahm ihre Hand, und sie begannen zwischen den anderen anwesenden Paaren zu tanzen. Wenn nötig, konnte er unermüdlich sein, und so war es nach zwei Uhr nachts, als Eva sich eingestand, dass sie sich keinen Moment länger auf den Beinen halten konnte. Beschwipst vom Champagner ließ sie sich von ihrem Gemahl die

Treppe hinauf- und durch die Galerie zu den Aufzügen führen. Im zweiten Stockwerk angekommen, lehnte Eva sich erneut auf den stützenden Arm ihres Mannes, während sie den Flur zu ihrer Suite entlanggingen. Auf halbem Weg begegnete ihnen ein Diener, der abgestellt war, um darauf zu achten, dass kein Unbefugter sich im Hotel herumtrieb.

»Ich wünsche Ihnen eine geruhsame Nacht, Sir, Madam«, sagte der Bedienstete mit der unbewegten Miene eines Butlers.

Das Personal war sehr gut ausgebildet, dachte Eva und versuchte, ernst zu bleiben, während sie an ihm vorbeiging. Vor ihrer Suite angekommen, ließ Ainsdale seine schwankende Frau los und schloss die Tür auf. Das Geräusch rief Simmonds auf den Plan, die auf ihre Herrin gewartet hatte. Beim Eintreten bemerkte Eva, dass die Zofe dezent an die Tür zum Ankleidezimmer klopfte, offenbar, um den Kammerdiener ihres Gatten zu wecken. Kurz darauf erschien Hickson, ein junger Mann aus Yorkshire, der noch nicht lange in den Diensten der Ainsdales stand. Der Viscount verschwand mit dem Diener nach nebenan, während Eva vor dem Louis-Seize-Frisiertisch Platz nahm und sich den flinken Fingern der Zofe überließ. Ainsdale kehrte erst ins Schlafzimmer zurück, als seine Frau, im Nachthemd und mit geflochtenen Haaren, Simmonds hinausschickte. Die Zofe und der Kammerdiener waren in getrennten Zimmern auf demselben Stockwerk wie ihre Herrschaft, aber mit Blick nach hinten hinaus, untergebracht. Eva stieg in das rechte der beiden nebeneinanderstehenden Betten, die während ihrer Abwesenheit aufgedeckt worden waren. Die Messinggestelle mit ihren Ananasfinialen waren so auf Hochglanz poliert, dass sie im Schein des Deckenlüsters wie Gold funkelten. Ainsdale löschte das Licht des Leuchters, zog seinen Morgenmantel aus, unter dem er einen Pyjama trug, und schlüpfte ins Bett.

»Schlaf gut, meine Liebe«, sagte er, bevor er die Nachttisch-
lampe ausschaltete.

Eva lächelte. Einen Moment lang lauschte sie noch dem vereinzelten Hufschlag eines Droschkenpferdes auf dem Piccadilly,
dann tat der Alkohol seine Wirkung, und sie schlief ein.

15

London, Dezember 1906

enetia schritt vor der Fassade aus ochsenblutroten Terrakottakacheln der Piccadilly Circus Station auf und ab, um sich warm zu halten. Die Haltestelle der neu angelegten Bakerstreet & Waterloo Railway, kurz »Bakerloo« genannt, war erst im letzten Frühling eröffnet worden. Mit der neuen Untergrundbahn kam man schnell vom Green Park bis nach Elephant & Castle südlich der Themse, ein großer Fortschritt. Ein weiterer Ausbau in andere Stadtteile im Westen und Osten war bereits begonnen worden. Und obwohl es für Londoner immer einfacher wurde, vom Wohnsitz zum Arbeitsplatz zu gelangen, hatte Venetia kurz nach ihrer Einstellung im Ritz Hotel den kühnen Schritt gewagt und war aus ihrem Elternhaus in ein möbliertes Zimmer im Haus einer respektablen Witwe gezogen. Es gab Tage, an denen sie abends länger arbeitete und den langen Weg nach Hampstead nicht gerne im Dunkeln zurücklegte. Nach Finsbury konnte sie sich auch eine Droschke leisten, wenn es spät wurde. Ihre Mutter hatte den Entschluss ihrer Tochter nicht begrüßt, aber Venetia hatte sich durchgesetzt. Mit nun einunddreißig Jahren war sie schließlich keine unschuldige Jungfrau mehr, die auf ihren guten Ruf achten musste, um einen angemessenen Ehemann zu finden. Ein weiterer Grund für den Wechsel war ihr Cousin Charlie, der ein paar Wochen zuvor zu Besuch gekommen war und seitdem keine Anstalten machte, in seine Heimatstadt Birmingham zurückzukehren. Venetia hatte Charlie nie gemocht und fand seine vertrauliche Art besonders unangenehm. Darüber hinaus hatte sie bei ihm immer das Gefühl gehabt, dass er unehrlich war und unlauteren Geschäften nachging. Ihre Eltern teilten Venetias Abneigung nicht und hatten Charlie zum Bleiben eingeladen.

Der Streit mit ihrer Mutter hatte Venetia belastet, aber sie bereute es nicht, ausgezogen zu sein. Sie genoss ihre neue Unabhängigkeit in dem Haus in Finsbury, das sie mit vier weiteren Mietern teilte: einer älteren Witwe, einer jungen Verkäuferin, einem Vertreter und einem Bankangestellten. Das Haus verfügte über zwei Badezimmer, eines für die Herren und das andere für die Damen, und Mrs Burton, die Hauswirtin, achtete mit Argusaugen darauf, dass die verschiedenen Geschlechter einander nicht auf dem Zimmer besuchten. Venetia hätte mit der Unterkunft rundum zufrieden sein können, wäre da nicht Mrs Burtons mangelhafte Kochkunst gewesen. Der Vormieter, von dem Venetia das Zimmer übernommen hatte, war aus diesem Grund ausgezogen und so großmütig gewesen, seine Nachfolgerin vor den ungenießbaren Mahlzeiten zu warnen. Mrs Burton war sich ihrer kulinarischen Unzulänglichkeit wohl bewusst und konnte den von ihr zubereiteten Gerichten ebenfalls keinen Genuss abgewinnen – aber da sie Unterkunft *mit* Verpflegung berechnete, konnte sie ihre Mieter nicht gut sich selbst überlassen und auswärts essen gehen. Darüber hinaus war sie zu geizig, um eine Köchin einzustellen. Und so litten die Bewohner und die Hauswirtin jeden Abend gemeinsam, während sie im Speisezimmer zusammensaßen und das geschmacklose Essen hinunterzwangen. Jede Gelegenheit, mit Freunden, Kollegen oder Familienmitgliedern zu speisen, wurde daher eifrig begrüßt. Venetia ging regelmäßig mit Doreen in einem kleinen Restaurant in Soho essen. Als sie ihren Brüdern davon erzählt hatte, waren Lawrence und Ned sofort Feuer und Flamme gewesen und hatten sich angeboten, die Schwester dorthin auszuführen.

Die ersten Dezembertage hatten einen scharfen kalten Wind mitgebracht, der Venetias Füße trotz der steten Bewegung erstarren ließ. Als Larry und Ned endlich aus der U-Bahnstation traten, atmete sie auf.

»Tut uns leid, Schwesterchen, dass du warten musstest«, sagte Lawrence.»Ned konnte sich mal wieder nicht von den hübschen Krankenpflegerinnen losreißen.«

Sein Bruder stieß ihm empört den Ellbogen in die Seite.»Hör auf damit, du weißt, dass sich weder wir Ärzte noch die Schwestern ein Techtelmechtel leisten können, ohne die Stellung zu verlieren. Selbst wenn es eine gäbe, an der ich interessiert wäre.«

»Und was ist mit der kleinen Rothaarigen aus Richmond, von der du immerzu schwärmst?«, neckte Larry den Jüngeren lachend.

»Ada? Der ist ihre Arbeit auch wichtiger als die Schmeicheleien eines jungen Assistenzarztes«, gab Ned gereizt zurück.

»Höre ich da eine Spur von Bedauern, mein Lieber?«, bohrte Larry.»Ist sie hübsch?«

»Ich bitte euch«, unterbrach Venetia die brüderliche Zankerei. »Ich dachte, wir gehen friedlich essen.«

Larry küsste sie auf die Wange.»Lass mich unseren kleinen Bruder doch ein wenig aufziehen. Er ist so ernst geworden, seit er im London Hospital arbeitet.«

»Vielleicht sieht er zu viel menschliches Leid«, gab Venetia zu bedenken. Aber insgeheim stimmte sie Lawrence zu. Sie bedauerte es, dass Ned erwachsen geworden und seine jugendliche Unbeschwertheit verloren hatte.

»Du übertreibst«, spottete Larry.

»Wie willst du das beurteilen?«, stichelte Venetia. »Du beschäftigst dich den ganzen Tag nur mit Maschinen.«

»Mit einem Motor muss man sich nicht herumstreiten«, erwiderte Larry bissig. Dann zuckte er mit den Schultern und wechselte das Thema: »Wohin gehen wir, Schwesterherz? Doch hoffentlich nicht zu Fraser's Oyster Rooms.« Mit dem Finger deutete er auf den Schriftzug an der Fassade eines der Häuser gegenüber.

»Nein, natürlich nicht«, antwortete Venetia pikiert. Das Lokal, das sie aufsuchen wollte, war billig, aber nicht schäbig.

»Du meinst doch wohl nicht das Monico Restaurant, oder?«, fragte Ned hoffnungsvoll und blickte sehnsüchtig, aber auch besorgt um seinen Geldbeutel, in Richtung des Nobelrestaurants zwei Häuser neben dem Austernimbiss.

»Ich sagte doch, wir gehen nach Soho«, belehrte Venetia ihre Brüder.

Sie ging ihnen voraus, bog in die Shaftesbury Avenue und dann links in die Wardour Street ein.

»Wie heißt das Restaurant, von dem du so angetan bist, Venetia?«, erkundigte sich Ned.

»Restaurant des Gourmets«, antwortete sie.

»Ich glaube, das kenne ich«, mischte Larry sich ein. »Es soll nicht so gut sein. Lass uns woandershin gehen.«

»Nein, sie haben einen neuen französischen Koch«, widersprach Venetia. »Wartet es nur ab, ihr werdet nicht enttäuscht sein.«

Das Restaurant auf der Peter Street, einer kleinen Seitenstraße, wirkte bescheiden und war nur halb voll. Die drei Geschwister erhielten einen ruhigen Tisch nicht weit von der Küche entfernt. Während sie auf das Essen warteten, berichtete Lawrence von seiner Arbeit als Ingenieur bei Messrs Trollope & Warren, einer Firma, die Maschinen und Motoren für verschiedene Zwecke herstellte. Ned dagegen erzählte nur sehr zurückhaltend von seinen Aufgaben als Assistenzarzt im London Hospital in Whitechapel, dem Krankenhaus für die Armen des East End. »Es ist mir ein Rätsel, warum du gerade dahin wolltest«, ließ Larry einfließen. »Ausgerechnet im Armenviertel. Vater ist auch nicht erbaut von deiner Wahl.«

»Man lernt als Arzt dort an einem Tag mehr als auf einer privaten Station in einem mittelständischen Viertel in einem ganzen Jahr«, belehrte Ned seinen Bruder. »Ich sehe nicht nur alle möglichen Krankheiten unter der Sonne, sondern auch Verletzungen durch Prügeleien, Unfälle auf der Straße oder in Werkstätten, Fabriken oder auf den Docks. Ich habe sogar einmal einen Schlangenbiss behandelt, weil eine Giftnatter auf einem Schiff aus Indien mitgereist war. In den Behandlungsräumen des London Hospitals habe ich viel an Erfahrung gesammelt.«

»Das klingt wirklich sehr interessant«, stimmte Venetia zu.

»Leider sieht man aber auch viel Schockierendes«, fuhr Ned fort. »Häusliche Gewalt, Kindesmisshandlung, ungewollte Schwangerschaften ...«

Die Geschwister schwiegen eine Weile, weil sie auf einmal an die hässlichen Seiten des Lebens denken mussten. Ein Kellner trug das Essen auf. Nach dem vernachlässigten Aussehen des Restaurants und der Bedienung hatten die Gebrüder Grey keine hohen Erwartungen an die Gerichte, die sie bestellt hatten, und waren überrascht, wie vorzüglich das Essen war.

»Du hast nicht zu viel versprochen, Schwesterherz«, gestand Larry überschwänglich. Er besaß einen anspruchsvollen Gaumen und war nicht leicht zufriedenzustellen.

»Köstlich, wie zart das Rindfleisch ist«, fügte er hinzu. »Und die Rotweinsauce, wirklich gut!«

»Ich sagte doch, sie haben hier einen neuen Koch aus Frankreich«, erwiderte Venetia.

Nach dem Mahl drückten Ned und Larry dem Kellner gegenüber den Wunsch aus, den Koch sprechen zu wollen, um ihn zu dem wunderbaren Essen zu beglückwünschen. Da es spät geworden war und keine anderen Gäste mehr anwesend waren, stimmte der Eigentümer zu. Als der Koch daraufhin fast schüchtern durch die Tür in den Speiseraum trat, waren die Geschwister überrascht, wie jung er war. Der Bursche sah nicht älter aus als siebzehn oder achtzehn Jahre. Er war klein und drahtig, mit kräftigen Schultern. Für einen Koch war der junge Franzose zudem erstaunlich mager, als habe er nie genug zu essen gehabt. Er hatte dunkelbraune Augen und schwarze Haare, die unter dem Rand der Kochmütze hervorlugten.

Als Larry dem Koch seine aufrichtige Anerkennung für die von ihm zubereiteten Speisen aussprach, begann der Franzose zu strahlen, als hätte er in seinem Leben nicht viel Lob zu hören bekommen.

»Wie ist Ihr Name, Monsieur?«, fragte Venetia auf Französisch.

Sie verspürte auf einmal das Bedürfnis, mehr über diesen Jungen zu erfahren, den es in ein fremdes Land verschlagen hatte.

»André Le Blanc, Madame«, antwortete der Franzose.

»Wo haben Sie so gut kochen gelernt?«, fragte Ned naiv und fuhr sogleich fort, als er die spöttischen Blicke seiner Geschwister auffing: »In Frankreich natürlich. Blöde Frage. Vergessen Sie's.«

Le Blanc lächelte. »Die Lehrzeit für angehende Köche in Paris ist hart«, erwiderte er. »Nur wer sich wirklich berufen fühlt, hält bis zum Ende durch. Ich habe meine Ausbildung bei einem Pâtissier angefangen und später erst als Koch gearbeitet.«

»Wie interessant«, sagte Venetia.

Sie hätte sich gerne noch mit dem jungen Burschen unterhalten, schon um ihr Französisch aufzufrischen, aber der Eigentümer warf seinem Angestellten missmutige Blicke zu, und so teilte Le Blanc den Gästen mit, dass er nun wieder an die Arbeit gehen müsse. Die Geschwister Grey blieben am Tisch sitzen und genossen noch ein weiteres Glas Rotwein.

Als André Le Blanc in die Küche zurückkehrte, blieb er einen Moment stehen und sah sich um. Es würde ihn noch Stunden kosten, Töpfe und Pfannen zu spülen und sauber zu machen. Vielleicht würde Joey, der Sohn des Chefs, ihm helfen. André mochte Joey. Er unterhielt sich gerne mit ihm, denn der junge Mann war freundlich, und es machte ihm Spaß, dem Franzosen englische Ausdrücke beizubringen, die dieser nicht kannte. André war noch weit davon entfernt, fließend Englisch zu sprechen, aber er gab sich Mühe, so schnell wie möglich zu lernen. Er wollte sich nicht wie ein Außenseiter fühlen und nur mit seinen Landsleuten Umgang haben, wie viele Franzosen es taten. Dadurch würde er nur das Heimweh nach dem Languedoc schüren, wo er aufgewachsen war. Seine Mutter war ein einfaches Mädchen vom Lande gewesen, das einen Koch aus Carcassonne geheiratet hatte. Das Paar war glücklich, obwohl Andrés Mutter für feine Gerichte nichts übrig hatte und von frischem Obst, Salat und Milchspeisen hätte leben können. André meinte auf einmal das Orangenblütenwasser zu riechen, mit dem sie ihre Quarkcreme verfeinert hatte, als er ein Kind war. Ein Gefühl von Melancholie überkam ihn. Er fischte eine Zigarette aus seiner Tasche, entzündete einen Holzspan am Herdfeuer und ging vor die Tür. Die Nacht war kalt und klar. Am schwarzen Himmel leuchteten Millionen Sterne und die schmale silberweiße Mondsichel. Es kam nicht oft vor, dass man in London die Gestirne so deutlich sah, meist herrschte ein schmutziger, schwefelgelber Nebel, der sich wie ein drückendes Gewicht auf die Brust legte. Dann tauschte André, wenn er hinausging, die verrauchte Luft vor dem Küchenherd mit dem kohlerauchgeschwängerten Dunst der Großstadt. An diesem Abend jedoch hatte ein eisiger Wind die grau-gelben Nebelschwaden verweht. Vermutlich würde es Frost geben.

André dachte an die Gäste, die seine Gerichte gelobt hatten. Nur selten wurde einem Koch die Anerkennung zuteil, nach der er sich sehnte. Zumeist waren es die Kellner, die das Lob zu hören bekamen, obwohl sie an der Qualität des Essens keinen Anteil hatten, aber das war das Los jedes Kochs. Viele seiner Berufsgenossen zog es nach England, da die Bewohner des Britischen Empire zwar den Luxus guten Essens schätzten, aber selbst offenbar nicht in der Lage waren, fähige Köche auszubilden. André hatte mit zwölf Jahren seine Lehre in einer Pâtisserie im Quartier de Batignolles in Paris angetreten, die seinen Vater die stolze Summe von dreihundert Francs gekostet hatte. Seitdem trug André die Uniform seines Berufs: weiße Jacke, blau karierte Hose, lange weiße Schürze, Kochmütze. Der Meister war ein Geizhals gewesen und hatte sowohl seine Köche als auch die elf Lehrlinge auf einem Heuboden voller Ungeziefer schlafen lassen. Es war ein hartes Leben fern von den warmen, vom Vogelgezwitscher erfüllten Gassen Carcassonnes, das André in einem düsteren Keller unter der Pâtisserie in Paris geführt hatte, doch inzwischen sehnte er sich dahin zurück. Trotz der Schläge mit Teigrolle und Kochlöffel, die die Lehrlinge fast jeden Tag von den Köchen hatten einstecken müssen, den schweren Lasten, die sie auf ihren Schultern an Kunden ausgeliefert hatten, der schlechten Verpflegung vermisste André seine Lehrzeit in Paris. Er und die anderen Burschen hatten viel Spaß miteinander gehabt. Sonntags hatten die Lehrlinge gemeinsame Ausflüge in den Bois de Boulogne unternommen, den Sonnenschein, den Duft der Blumen, die Weichheit des Grases genossen. An anderen Tagen hatten sie sich mit den deutschen Lehrjungen des Konditors um die Ecke geprügelt und über Wochen einen regelrechten Krieg gegen die »Boches« ausgetragen. Doch Schlägereien waren nie nach Andrés Geschmack gewesen, und er hatte nur daran teilgenommen, um die Ehre ihrer Pâtisserie zu verteidigen, auch wenn sie dort nur Züchtigungen und Hunger erlebt hatten. Obwohl André die Gesellschaft der anderen Lehrlinge zu schätzen wusste, war er ein Einzelgänger, der lieber am Kiosk stand und die Zeitungsartikel oder ein Buch von einem Händler an der Seine las, als mit den anderen den Mädchen nachzustellen. Dabei hatte André sich nie wohlgefühlt. Der Anblick einer hübschen Frau erfreute seinen Sinn für Ästhetik, ließ ihn ansonsten aber kalt. Und insgeheim hatte er immer gespürt, dass das nicht normal war, und deshalb nie mit jemandem darüber gesprochen. Das war auch der Grund, weshalb André nach Beendigung seiner Ausbildung in der Pâtisserie und zwei Jahren als Koch in einem Restaurant die Entscheidung getroffen hatte, nach England zu gehen. Die Engländer galten als kühl und reserviert. Da würde es nicht so auffallen, dass er kein Vergnügen darin fand, über die Reize junger Mädchen zu sprechen und mit Eroberungen zu prahlen.

Im Restaurant des Gourmets, das von einem Engländer namens Ambrose Davies geführt wurde, hatte André jedoch erkennen müssen, dass er nicht so leidenschaftslos war, wie er immer geglaubt hatte. Joey, der Sohn des Eigentümers, hatte vom ersten Augenblick an Gefühle in André geweckt, die ihm selbst unnatürlich vorkamen. Er hatte sich bemüht, sie zu unterdrücken, und nie einen Versuch unternommen, Joey näherzukommen, obwohl dieser ihn zuweilen herauszufordern schien. André wusste nicht, ob der Junge ähnliche Gefühle hegte wie er oder ob Joeys vertrauliches Benehmen, seine Blicke und flüchtigen Berührungen nur Ausdruck von Kameraderie waren. Aus Furcht, etwas misszuverstehen, ging André nicht auf die Frotzelei ein, aber er konnte nicht anders, als Joey anzusehen, wenn dieser abgelenkt war. Das allein verursachte André ein seltsam schmerzliches Wohlgefühl, das ihm bisher fremd gewesen war.

Als Joey den Müll in den Hof brachte und den Koch in der Einfahrt stehen sah, gesellte er sich zu André und zündete sich ebenfalls eine Woodbine an.

»Sind die Gäste immer noch da?«, fragte der Franzose neugierig. Er hoffte, dass die drei bald wiederkommen würden. Ihr Lob hatte ihm gutgetan.

»Sie haben gerade bezahlt und brechen auf«, erwiderte Joey und stieß eine Rauchwolke aus.

»Es freut mich, dass sie zufrieden waren«, sagte André.

»Ja, sie haben auch ein großzügiges Trinkgeld gegeben«, berichtete der Junge. »Aber davon bekommst du leider nichts ab. Das hat Paul eingesteckt.«

André nickte schicksalsergeben. Das war ein Privileg der Kellner.

»Ich finde, das ist nicht recht«, fügte Joey sanft hinzu.

Sein Blick begegnete dem des Franzosen, und einen langen Moment konnte keiner von ihnen wegsehen. Plötzlich erhielt André einen heftigen Stoß gegen die Schulter, der ihn seitwärts taumeln ließ.

»He, was soll das!«, rief Davies aufgebracht. »Was geht hier vor? Siehst meinen Jungen an wie eine Braut. Bist du etwa ein verdammter Stiftbohrer?«

André starrte Joeys Vater entsetzt an und errötete. Er kannte den Ausdruck nicht, wusste aber, was Davies meinte. Dieser brauchte nur in das Gesicht des Kochs zu sehen, um seinen Verdacht bestätigt zu finden.

»Das darf doch nicht wahr sein«, stieß Davies voller Abscheu hervor. »Jack, komm mal her.«

Der Bruder des Restaurantbesitzers, der sich in der Vorratskammer aufgehalten hatte, erschien in der Tür zum Hof.

»Was ist denn, Ambrose?«, fragte er und blickte misstrauisch von einem zum anderen.

»Unser französischer Koch ist ein Spinatstecher, ein warmer Bruder«, erwiderte Davies und knirschte mit den Zähnen. »Und er hat es auf Joey abgesehen.«

»Mistkerl«, knurrte Jack und schob seine Ärmel über die Ellbogen hoch.

André wich vor ihm zurück, doch Jack schlug erbarmungslos zu und traf den Franzosen in den Magen. Stöhnend krümmte André sich zusammen und rang nach Luft. Weitere Schläge fielen auf seine Schultern, seine Brust, sein Gesicht nieder. Er war nicht mehr fähig, sich zu wehren.

»Hört ihr das?«, fragte Venetia.

Sie und ihre Brüder hatten das Lokal verlassen und standen vor der Tür, während Larry eine Anekdote zum Besten gab.

»Da wird jemand verprügelt«, sagte Venetia überzeugt.

Die Brüder verstummten und lauschten. »Ach was, das sind Betrunkene«, meinte Ned.

»Wir sind hier in Soho, nicht gerade eine gutbürgerliche Gegend«, stimmte Larry zu.

Doch Venetia hatte sich bereits abgewandt und folgte dem Lärm um das Restaurant herum bis zu einer schmalen Einfahrt. Ehe Ned und Larry sie zurückhalten konnten, war sie in dem düsteren Durchgang verschwunden.

»Venetia, warte«, rief Ned und eilte hinter ihr her. Larry folgte ihm.

Venetia hastete auf die beiden Männer zu, die auf einen dritten einschlugen, obwohl er auf dem Boden lag. Aus dem Augenwinkel registrierte sie einen Halbwüchsigen, der sich zu einer Tür zurückgezogen hatte.

»Aufhören!«, schrie Venetia. »Lassen Sie den Mann in Ruhe.« Verdutzt richteten die Schläger sich auf und blickten sie an. Da erst erkannte Venetia den Koch, der sich mit blutigem Gesicht auf dem Pflaster des Hofs wand. Ihre Brüder traten an ihre Seite, um sie zu schützen, falls die Raufbolde sie angreifen wollten, doch der Restaurantbesitzer legte seinem Bruder beschwichtigend die Hand auf den Arm. Er wollte seine Gäste nicht vergraulen.

»Was hat der Arme getan?«, rief Venetia empört. »Er arbeitet doch für Sie.«

»Nicht mehr«, knurrte Davies. »Verschwinde, Hurensohn. Ich will dich nicht mehr in meinem Lokal sehen.«

Verständnislos sah Venetia den Restaurantbesitzer an, dann beugte sie sich über André Le Blanc.

»Sind Sie in Ordnung, Monsieur?«, fragte sie, während sie sein Gesicht betrachtete. Von einer Platzwunde an der Oberlippe war es blutbespritzt. Stöhnend hielt der Franzose sich den Bauch. Erst als Ned und Larry ihm unter die Arme griffen, gelang es ihm, auf die Beine zu kommen.

Ohne ein weiteres Wort hatten der Restaurantbesitzer und sein Bruder sich ins Innere des Lokals zurückgezogen.

»Danke für Ihr Eingreifen, Madame«, sagte Le Blanc.

»Mein Bruder ist Arzt«, erklärte Venetia. »Lassen Sie ihn nachsehen, ob diese Männer Sie verletzt haben.«

Sie warf Ned einen auffordernden Blick zu, und dieser fügte

sich ins Unvermeidliche. Le Blanc widersprach nicht. Venetia hörte seine Zähne knirschen, als Ned seine Brust abtastete.

»Eine Rippe könnte gebrochen sein«, vermutete Ned. »Sie müssen sich schonen.«

»Gehen Sie nach Hause und ruhen Sie sich aus«, redete Venetia dem Koch tröstend zu.

Doch André Le Blanc zog eine schmerzvolle Grimasse und blickte zu dem Gebäude hinüber, in dem sich das Restaurant des Gourmets befand.

»Ich wünschte, das wäre möglich«, sagte er hilflos.

Venetia begriff, was er meinte. »Sie haben Unterkunft und Verpflegung im Haus?«

»Ja«, erwiderte er bedrückt.

»Haben Sie Verwandte oder Freunde, die Sie aufnehmen können?«, fragte Venetia mitfühlend.

Der Franzose schüttelte den Kopf. Die junge Frau folgte seinem Blick zum Lokal. Der Bruder des Restaurantbesitzers stand, die Hände in die Hüften gestützt, in der Tür und starrte drohend zu ihnen herüber. Venetia fragte sich, was der Koch verbrochen haben mochte, dass man ihm auf einmal so viel Feindseligkeit entgegenbrachte. Hatte man ihn beim Stehlen erwischt? Oder hatte er einfach nur der Tochter des Hauses schöne Augen gemacht? Immerhin war Le Blanc Franzose. Da musste man mit so etwas rechnen. Aber das war sicherlich kein Grund, den armen Burschen fast totzuprügeln!

»Warum ist Mr Davies so wütend auf Sie?«, fragte Venetia. »Haben Sie mit seiner Frau oder seiner Tochter angebändelt? Oder haben Sie etwas unterschlagen?«, fügte sie in Erinnerung an Escoffiers und Ritz' Entlassung aus dem Savoy hinzu.

Überrascht, fast entsetzt blickte Le Blanc sie an. »Nein, ich schwöre Ihnen, ich habe nichts dergleichen getan.«

»Was wollen Sie machen? Es muss doch jemanden geben, zu dem Sie gehen können.«

Wieder schüttelte Le Blanc den Kopf. »Ich werde schon einen Platz zum Übernachten finden. Aber …«

»Was ist mit Ihren Sachen?«, erkundigte sich Venetia.

»Meine Messer«, erwiderte Le Blanc, ohne den Mann in der Tür zum Lokal aus den Augen zu lassen.

»Ihre Messer?«, wiederholte Venetia verständnislos.

»Ja«, bestätigte der Franzose, und als er sah, dass sie nicht begriff, was er meinte, erklärte er: »Jeder Koch arbeitet mit seinen eigenen Messern. Keiner von uns würde die Messer eines anderen benutzen oder die eigenen einem Kollegen überlassen.«

»Das leuchtet mir ein«, entgegnete Venetia. »Dann sollten Sie sich Ihre Messer holen.« Sie lächelte ihm aufmunternd zu. »Meine Brüder und ich geben Ihnen gerne Rückendeckung, Monsieur.«

Zögernd ging Le Blanc auf den Eingang zur Küche zu. Venetia, die ihm folgte, bemerkte, dass er sich noch immer die Brust hielt, und sie befürchtete, dass er doch schlimmer verletzt sein könnte, als er zugab.

»Was willst du noch hier, Franzmann?«, blaffte Jack den Koch an. »Sieh zu, dass du Land gewinnst.«

»Ich will meine Messer«, erwiderte Le Blanc, der wieder Mut gefasst hatte.

»Du setzt keinen Fuß mehr hier herein«, gab der Cockney zurück.

»Händigen Sie dem Mann sein Eigentum aus, Sir«, sagte Venetia. »Sonst hole ich einen Constable.«

Ned und Larry, die sich unmittelbar hinter ihr hielten, war sichtlich unwohl zumute, doch ihnen blieb nichts anderes übrig, als mitzuspielen.

Aus dem Innern des Lokals war Davies' Stimme zu vernehmen: »Jack, lass ihn seinen Kram holen. Ich will keinen Ärger.« Mit grimmiger Miene trat der Cockney zur Seite und ließ Le Blanc passieren. Dieser ging in die Küche, faltete das Futter zusammen, das eine Reihe großer und kleiner Messer enthielt, und schlüpfte durch eine Tür ins obere Stockwerk, um seine Habseligkeiten zusammenzuraffen. Als er wieder herunterkam, hatte er seine Kochuniform gegen Alltagskleidung getauscht.

»Und Monsieur Le Blancs Lohn?«, fragte Venetia. »Sicher schulden Sie ihm noch etwas.«

Ned und Larry warfen einander nervöse Blicke zu und traten unruhig von einem Bein aufs andere. Der Restaurantbesitzer sah Venetia höhnisch an.

»Der Spinatstecher bekommt keinen Farthing von mir«, antwortete er.

Als die Geschwister zusammen mit dem Koch den Hof verließen, blies ihnen ein eisiger Wind entgegen, der sie frösteln ließ. Venetia betrachtete den jungen Franzosen besorgt. Unter dem getrockneten Blut wirkte sein Gesicht wachsbleich.

Während Larry nach einer Droschke Ausschau hielt, wandte Venetia sich an Ned: »Würdest du mir einen Gefallen tun? Bitte nimm Monsieur Le Blanc mit ins Hospital und untersuche ihn gründlich.«

Ned war ihrem Blick gefolgt und musterte den jungen Koch. Venetia hatte Widerspruch erwartet, doch ihr Bruder nickte zustimmend.

»Ja, gut, ist wohl besser. Er soll sich morgen früh um acht Uhr vor dem London Hospital einfinden.«

Le Blancs Blick wanderte von einem zum anderen. »Im Hospital? Aber das kann ich nicht bezahlen«, widersprach er.

»Das brauchen Sie auch nicht«, erwiderte Ned beschwichtigend. »Die London Clinic ist eine gemeinnützige Einrichtung.«

Venetia zog ihren Schal enger um den Hals, da sie den Wind bis in die Knochen spürte. Es widerstrebte ihr, den Franzosen bei einer solch unwirtlichen Witterung sich selbst zu überlassen. In dieser Kälte hätte sie keinen Hund vor die Tür gejagt.

»Kannst du ihn nicht heute Abend schon mitnehmen?«, bat sie Ned.

Ihr Bruder warf ihr einen halb ungläubigen, halb empörten Blick zu. »Du weißt, dass das nicht geht. Besucher sind in meiner Unterkunft im Hospital nicht gestattet. Wenn Oberschwester Luckes mich erwischt, könnte ich meine Stellung verlieren.«

»Bitte«, mischte Le Blanc sich ein. »Streiten Sie nicht meinetwegen. Ich danke Ihnen für Ihre Hilfe. Aber nun komme ich zurecht.«

Er versuchte, Haltung zu bewahren, wandte sich ab und ging davon, den Kleidersack über der Schulter, die Hand auf seine linke Körperseite gepresst. Venetia blickte ihm nach. Und wie damals auf den Klippen in Scarborough hatte sie auf einmal eine Vision, in der sie ihn in einem Hauseingang liegen sah, erfroren oder innerlich verblutet, weil sie ihn hatte gehen lassen. Ohne auf die Proteste ihrer Brüder zu achten, hastete sie hinter dem Franzosen her.

»Monsieur, warten Sie!«

Widerwillig blieb er stehen und drehte sich langsam zu ihr um. Sie erkannte, dass er gegen die Tränen ankämpfte, die sein Stolz ihr nicht offenbaren wollte. Doch in ihren Augen war er nur ein Junge, der in einem fremden Land nicht sich selbst überlassen sein sollte.

»Kommen Sie mit mir, Monsieur«, bat Venetia. »In der Pension, in der ich wohne, ist ein Zimmer frei. Es ist zwar nur die

Dachstube, in der es zieht und bei Gewitter reinregnet, aber es ist besser als eine Eisenbahnbrücke oder ein Park.«

»Aber ich habe kein Geld«, protestierte er.

»Das macht nichts«, erwiderte Venetia. »Ich habe da eine Idee.«

Larry, der seiner Schwester gefolgt war, erhob Einspruch. »Was denkst du dir nur? Du kannst ihn doch nicht mit nach Hause nehmen.«

Als sie noch Kinder gewesen waren, hatte Venetia so manche streunende Katze heimgebracht und aufgepäppelt, aber in diesem Fall ging sie entschieden zu weit, dachte Larry.

»Warum nicht?«, entgegnete Venetia streitlustig. »Ich versichere dir, Mrs Burton wird nichts dagegen haben. Lass mich nur machen.«

Die Entschlossenheit, die Larry in den Augen seiner Schwester sah, grenzte an Eigensinn. Er wusste aus Erfahrung, dass er dagegen nicht ankam.

»Also gut«, lenkte er ein und zuckte mit den Schultern. »Aber wir begleiten euch noch bis zur Haustür.«

Ned war es gelungen, eine Droschke anzuhalten. Der Koch stieg nur zögernd ein, doch Venetia lächelte ihn erneut zuversichtlich an. Als die Mietkutsche schließlich vor der Pension auf der Fonthill Road hielt, half Ned Le Blanc beim Aussteigen. Neds Miene war während der Fahrt immer besorgter und mitfühlender geworden, während er den Koch beobachtet hatte. Bevor er sich verabschiedete, versprach er: »Ich hole Sie morgen um sieben ab und bringe Sie ins Krankenhaus.«

Venetia schloss mit ihrem Schlüssel auf und bat den Franzosen herein. Zielstrebig begab sie sich zur guten Stube, in der die Hauswirtin sich abends die Zeit mit Stricken vertrieb. Es war gerade kurz nach zehn Uhr. Venetia rechnete damit, dass Mrs Burton noch nicht zu Bett gegangen war, und sie hatte Glück. Als Venetia eintrat, sprang der Kater der Witwe von einem Sessel herab und strich ihr schnurrend um die Beine. Dass sie gut mit dem Tier auskam, hatte der jungen Frau von Anfang an Mrs Burtons Wohlwollen eingebracht. Auch André Le Blanc wurde von dem getigerten Kater beschnuppert und für sympathisch befunden. Die erste Hürde war also genommen.

»Mrs Burton, es tut mir leid, Sie zu so später Stunde noch zu stören, aber ich habe ein Anliegen. Mein Bekannter hier, Monsieur Le Blanc, ist auf der Suche nach einem Zimmer, und da die Dachstube immer noch leer steht, dachte ich, Sie könnten sie ihm vorübergehend vermieten.«

Die Witwe erhob sich und betrachtete den Burschen misstrauisch, dessen lädiertes Aussehen nicht gerade vertrauenerweckend war.

»Ein Ausländer?«, brummte sie. »Was ist mit ihm passiert? Ist er unter ein Fuhrwerk gekommen?«

»Nein, er wurde überfallen und zusammengeschlagen«, log Venetia mit hinter dem Rücken gekreuzten Fingern. »Deshalb hat er auch kein Geld. Aber vielleicht könnten Sie ihm die Miete stunden.«

Mrs Burton schüttelte abwehrend den Kopf. »Wie stellen Sie sich das vor, gutes Kind? Ich kann doch nicht jeden Vagabunden aufnehmen. Wo käme ich da hin? Und dann noch einen Ausländer.«

Doch Venetia ließ sich nicht beirren, sondern blickte der alten Dame selbstbewusst ins Gesicht.

»Monsieur Le Blanc ist Koch, Ma'am. Und er wäre bereit, für die Unterbringung zu arbeiten.«

Mrs Burton sah den jungen Mann erstaunt an. »Koch? Ein französischer Koch?«, wiederholte sie.

»Ja, Madame«, bestätigte Le Blanc.

»Ist er gut?«, fragte die Witwe Venetia.

»Sie werden es nicht bereuen«, erwiderte die junge Frau siegessicher.

»Hm, einverstanden«, gab Mrs Burton nach. »Die Dachstube. Ich berechne zwei Shillings sechs Pence die Woche mit Verpflegung, Wäschewaschen nicht inbegriffen.« Sie trat an ihren Schreibtisch und holte einen Schlüssel heraus. »Kommen Sie mit«, forderte sie den Koch auf.

Venetia begleitete die beiden über die knarrende Treppe nach oben. Die Dachstube wirkte tatsächlich nicht sehr einladend, aber Mrs Burton wischte regelmäßig Staub, da sie die Hoffnung, einen Mieter zu finden, nie aufgegeben hatte. Aus einem Schrank ein Stockwerk tiefer hatte sie frische Bettwäsche geholt und überzog das mit Vorhängen ausgestattete Baldachinbett. Venetia ging ihr zur Hand. Sie spürte, wie der Wind durch die Ritzen des Daches zog, und bedauerte es, dass sie dem armen Burschen kein besseres Quartier hatte anbieten können. Als die Hauswirtin ihrem neuen Mieter warmes Wasser zum Waschen gebracht hatte, bot Venetia dem Franzosen an, ihm eine Tasse Tee zu machen, doch Le Blanc lehnte ab.

»Ich danke Ihnen für alles, Madame. Aber ich möchte jetzt lieber allein sein«, antwortete er.

»Dann wünsche ich Ihnen eine gute Nacht, Monsieur«, sagte Venetia und zog die Tür zu.

In ihr eigenes Zimmer im zweiten Stock zurückgekehrt, blieb sie einen Moment vor ihrem Bett stehen und betrachtete es. Die dicken Vorhänge vor ihrem Fenster hielten die Kälte ab, sodass sie es immer warm hatte. Kurz entschlossen raffte sie das Daunenbett zusammen, das sie sich im Herbst geleistet hatte, aber eigentlich gar nicht brauchte, und stieg wieder zur Dachstube hinauf. Sie klopfte leise und trat ein. André Le Blanc saß noch immer auf dem Stuhl, auf dem er sich niedergelassen hatte, und schien zu erschöpft, um sich hinzulegen.

»Ich wollte Ihnen nur dieses Daunenbett bringen, damit Sie hier oben nicht frieren«, sagte Venetia.

Zum ersten Mal an diesem Abend gelang André ein Lächeln.

16

London, Dezember 1906

ls André erwachte, wusste er im ersten Moment nicht, wo er sich befand. Graues Zwielicht fiel durch ein kleines Dachfenster herein und hob die Konturen eines Stuhls aus dem Halbdunkel, der zu beiden Seiten von blauen Vorhängen umrahmt wurde. Darüber hing ein verblichener Druck an einer bunt gemusterten Wand. Der Anblick war ihm so fremd, dass er sich darüber wunderte. Doch die Wärme, die ihn umgab, das weiche Kissen, in das er sich gekuschelt hatte, vermittelte ihm ein solches Gefühl von Behaglichkeit, dass er sich wie in einem angenehmen, wenn auch absurden Traum fühlte. Erst als er versuchte, sich auf die andere Seite zu drehen, und die Bewegung einen scharfen Schmerz durch seine Brust schickte, kehrte die Erinnerung an den gestrigen Abend zurück. Seine ganze kleine Welt war zusammengestürzt ... Er hatte seine Stelle verloren und Prügel einstecken müssen – nur wegen eines Blickes, den er einem Jungen zugeworfen hatte, einem Jungen, den er als Freund betrachtet hatte, der aber zugleich mehr für ihn gewesen war ... und das hatte nicht sein dürfen. Die Hiebe waren die Strafe für seine unnatürlichen, sündigen Gedanken. Als Joeys Onkel auf André eingeschlagen hatte, war der nicht fähig gewesen, sich zu wehren, weil er insgeheim glaubte, die

Züchtigung zu verdienen. Und wenn die Dinnergäste nicht eingegriffen hätten, dann hätte er sich sogar totschlagen lassen.

Heiße Tränen traten André in die Augen, und ein Schluchzen erschütterte seine Brust, erzeugte einen folternden Schmerz in seinen Rippen, den er bis ins Herz hinein spürte. In seiner Scham hätte er sich am vergangenen Abend schicksalsergeben auf der Straße an eine Wand gelehnt und sich der Kälte und dem Tod überlassen. Die Engländerin, die ihn überredet hatte, sie zu begleiten, schien so etwas geahnt zu haben, das hatte er ihr angesehen. Weil sie Mitgefühl für seine Lage gezeigt hatte, war es ihm gelungen, die Todessehnsucht zu überwinden und ihre Großzügigkeit anzunehmen, obwohl es seinen Stolz fast ebenso schmerzte, wie ihm die gebrochenen Rippen wehtaten.

André unterdrückte ein Stöhnen und wand sich aus der warmen Daunendecke, kämpfte gegen das Bedürfnis an, sich darunter zu verstecken und sich dem Trübsinn hinzugeben. Schließlich schalt er sich einen undankbaren Narren. Er hatte keine Stellung und kein Geld, doch er besaß immerhin ein Dach über dem Kopf und die Möglichkeit, die Mietschulden durch Arbeit zu begleichen. Auf einmal musste er lächeln. Es war sein Glück, dass die Engländer sich mit dem Kochen so schwertaten. Er würde die Hauswirtin und ihre Mieter nicht enttäuschen.

Ein leises Klopfen kündigte Mrs Burton an, die ihm heißes Wasser brachte. Kurz darauf erschien die junge Frau, die ihn hergebracht hatte, und stellte sich ihm als »Mademoiselle Grey« vor. Sie sprach hervorragend Französisch. Im Auftrag der Hauswirtin brachte sie ihm etwas altes Brot und ein angebranntes Stück Schinkenspeck.

Mon Dieu, dachte er, in diesem Haus hatte man wirklich die Dienste eines Kochs nötig. Die armen Leute mussten ja völlig ausgehungert sein!

Das Auftauchen von Mademoiselle Greys Bruder bewahrte André davor, den verkohlten Schinkenspeck probieren zu müssen.

»Um acht Uhr werden die Tore des London Hospital geöffnet«, erklärte Ned. »Wir sollten früh da sein, bevor der Andrang zu groß wird. Meinen Sie, Sie können ein Stückchen laufen? Es wäre besser, wir fahren mit der U-Bahn. In einer Droschke werden Sie zu sehr durchgeschüttelt. Das könnte die Rippenbrüche verschlimmern.«

André stimmte zu, da auch er die Aussicht auf eine weitere Fahrt in einer Mietkutsche abschreckend fand. Die Station Finsbury Park der Great Northern & City Railway war nur wenige Minuten Fußweg von der Pension entfernt. Mit den paar Pennies, die André in seiner Hosentasche gefunden hatte, bezahlte er die Fahrkarte selbst. An der Station Moorgate, an der die Bahnstrecke endete, stiegen er und Ned in die Untergrundbahn. Mit der Metropolitan Line gelangten sie nach Whitechapel.

»Da ist es«, sagte Ned und deutete auf ein imposantes Gebäude, dessen Fassade einen Dreiecksgiebel mit einem großen Zifferblatt in der Mitte aufwies. Darunter befanden sich sechs Wandpfeiler, dazwischen hohe Bogenfenster. Während die beiden Männer auf die Rundbögen des Eingangs zugingen, hörten sie die Handglocke, die der Portier schwang, um den wartenden Menschen anzukündigen, dass die schmiedeeisernen Gittertore geöffnet wurden. Es hatte sich bereits eine lange Schlange abgerissener Gestalten gebildet. Männer, Frauen und Kinder, einige von ihnen in nichts weiter als Lumpen gekleidet, die Gesichter abgehärmt, drängten sich vor dem Eingang. Während André seinem Begleiter folgte, der sich energisch durch die Menge schob, betrachtete er die Armen des East End mit Entsetzen. Derartiges Elend kannte er selbst aus Paris nicht.

Auf einmal war erneut die Glocke und schneller Hufschlag zu hören. Ein von zwei Pferden gezogener Wagen näherte sich und bahnte sich einen Weg zwischen den Menschen hindurch, die nur widerwillig Platz machten. Auf der Seite des Gefährts war der Schriftzug »London Hospital« zu lesen.

»Unser Haus war das erste, das Krankenwagen einsetzte, um Unfallopfer schnellstmöglich herzubringen«, erklärte Ned nicht ohne Stolz.

»Dr. Grey! Ned!«, rief eine Frau hinter ihnen.

Der junge Arzt blieb stehen und sah sich um. Eine Dame um die fünfundzwanzig in einem blauen Kostüm und einem mit Blumen geschmückten Hut kam breit lächelnd auf die beiden Männer zu.

»Miss Jennings, was machen Sie denn hier?«, entfuhr es Ned. »Sie sind doch nicht etwa krank?«

»Sehe ich so aus?«, spottete die junge Frau. »Nein, ich habe von meinem Redakteur den Auftrag bekommen, einen Artikel über das London Hospital zu schreiben, vor allem über den Notdienst.« Neugierig betrachtete sie den Begleiter des Arztes. »Was ist denn mit Ihnen passiert? Ein Arbeitsunfall?«

Ned ging auf die Frage nicht ein, sondern wandte sich an den Franzosen: »Darf ich vorstellen, Miss Doreen Jennings, Reporterin der *Daily Mail* und eine Freundin meiner Schwester Venetia. Miss Jennings, Monsieur André Le Blanc.«

»Ah, ein Franzose«, erwiderte Doreen. In ihren Augen blitzte nicht nur berufliches Interesse auf. »Ein Bekannter von Ihnen und Venetia, Dr. Grey?«

Der Arzt lächelte über ihre Wissbegier. »Könnte man sagen. Monsieur Le Blanc hat ein Zimmer in der Pension von Mrs Burton.«

»Hm, eine willkommene Abwechslung von den unschein-

baren Büromäusen, die dort wohnen«, kommentierte Doreen.
»Was machen Sie beruflich, Monsieur?«

»Ich bin Koch«, antwortete André und wunderte sich, dass die Reporterin daraufhin in völlig undamenhaftes Lachen ausbrach. »Verstehe«, prustete sie. »Da hat Mrs Burton ja einen dicken Fisch an Land gezogen. Lassen Sie sich nicht ausbeuten, Monsieur.«

»Wie meinen Sie das, Mademoiselle?«, fragte André verwirrt.

»Miss Jennings kennt Mrs Burtons Kochkünste«, erklärte Ned.

»Ich werde Ihren Ratschlag beherzigen, Mademoiselle«, versicherte André.

Zusammen durchquerten sie die Eingangshalle. Ned winkte einen der Portiers heran. »Miss Jennings von der *Daily Mail* für Mr Holland. Zeigen Sie der Dame bitte den Weg.«

André folgte dem Arzt in den großen Wartesaal nebenan, in dem sich die Menschen drängten. Betroffen blickte der Franzose sich um. André sah Krüppel, die sich auf Krücken stützten, Kranke mit grauen oder vom Fieber geröteten Gesichtern, mit nässenden Geschwüren oder blutenden Wunden, Kinder, die trotz der Kälte barfuß gingen. Viele der Wartenden waren Juden.

»Kommen Sie«, mahnte Ned den Franzosen zur Eile. »Ich habe gleich Dienst und will Sie als Ersten untersuchen, damit Sie nicht warten müssen.«

»Warten die Leute lange hier?«, fragte André.

»Manche mehrere Stunden, andere den ganzen Tag. Um halb sechs Uhr abends werden die Tore geschlossen. Wer bis dahin nicht angeschaut wurde, muss am nächsten Morgen wiederkommen.«

»Wie viele Kranke untersuchen Sie am Tag?«, erkundigte sich André, während er den Blick schweifen ließ. Es gab mehrere Reihen Bänke für die Wartenden. Die Portiers waren dabei, die Patienten flüchtig zu untersuchen, und entschieden dann, welche Fälle dringlich waren und welche warten konnten.

»Hundertzwanzig … hundertdreißig«, antwortete Ned vage. »Ich versuche, so viele wie möglich zu behandeln, bevor wir mit dem Oberarzt Visite machen.«

»Aber Sie sind doch sicher nicht allein verantwortlich für so viele Menschen?«

»Nein, wir sind zu zweit. Die Oberärzte und Chirurgen suchen sich manchmal einen interessanten Fall heraus, den sie ihren Studenten vorführen wollen. Früher wurde die Nachmittagssprechstunde von Studenten übernommen.«

Zu weiteren Fragen kam André nicht. Dr. Grey schob ihn durch den großen Saal und dann in einen kleinen Raum, dessen Wände weiß gekachelt waren. In der Mitte des Zimmers stand eine Liege. Schränke und ein Tischchen auf Rollen enthielten sorgfältig angeordnete Medikamente und Utensilien, die André nicht hätte benennen können. Zwei junge Krankenschwestern begrüßten den Arzt. Sie waren in knöchellange fliederfarbene Uniformen gekleidet, darüber trugen sie weiße Schürzen und Ärmelschoner. Auf dem hochgesteckten Haar der Mädchen saßen gestärkte Häubchen. Ned war in einen weißen Kittel geschlüpft, den eine der Schwestern ihm reichte, und forderte André auf, sich auf die Liege zu setzen. Die Ältere der Pflegerinnen nahm ein Klappbrett sowie Feder und Tinte zur Hand und fragte nach Andrés Namen, Geburtsdatum, Nationalität und Konfession und schrieb die Antworten nieder. Die Jüngere der beiden, offenbar eine Lernschwester, sah nur zu.

Nachdem André seinen Mantel abgelegt und Hemd und Weste geöffnet hatte, begutachtete Ned erneut seine verletzte Brust. Unter der Haut hatte sich ein tiefroter Bluterguss gebildet, und als der Arzt seine Rippen abtastete, unterdrückte André nur mit Mühe einen Aufschrei.

»Der Patient war Opfer eines Angriffs und erhielt mehrere schwere Schläge und Tritte gegen das Gesicht und den Körper«, diktierte Ned der Schwester, die sich Notizen machte. »Die fünfte und sechste Rippe sind gebrochen«, fuhr er fort.

Der Arzt nahm ein Stethoskop von einem Schrank und horchte Andrés Lunge und Herz ab.

»Sie atmen sehr flach. Wahrscheinlich wegen der Schmerzen. Versuchen Sie trotzdem, so tief wie möglich einzuatmen«, bat er.

André tat sein Bestes und unterdrückte ein Stöhnen, während er Luft in die Lunge sog.

»Haben Sie Atemnot? Nein? Wie es scheint, hatten Sie Glück, und die Rippenbrüche haben die Lunge nicht verletzt«, schloss der Arzt. »Ich würde Sie trotzdem gerne zum Röntgen schicken. Nur um sicherzugehen.«

Ned führte André einen Gang entlang zu einer Tür, vor der ihnen Doreen Jennings erneut begegnete. Sie war in Begleitung eines Mannes um die fünfzig mit markanten Gesichtszügen. Er war in einen eleganten schwarzen Gehrock mit Seidenaufschlägen, Weste und ein weißes Hemd mit Kläppchenkragen gekleidet.

»Dr. Grey, wie schön, Sie so bald wiederzusehen«, sagte Doreen. Ihre offensichtlich betroffene Miene hellte sich auf. André fragte sich, was sie bei ihrer Besichtigung des Hospitals Erschütterndes gesehen hatte. Der Anblick der Armen vor dem Eingang hatte sie zuvor nicht aus der Fassung bringen können.

Ned grüßte den Herrn an ihrer Seite ehrerbietig. »Mr Holland.«

Während sie durch die Tür traten, raunte der junge Arzt André zu: »Das war Aufsichtsratsvorsitzender Holland. Er wirkt

Wunder für das Hospital, das ständig kurz vor dem Bankrott steht. Aber es gelingt ihm immer wieder, neue Gönner zu gewinnen.«

Doch der Franzose hörte ihm nicht mehr zu. Der Raum, den sie betraten, war klein und düster. Es gab keine Fenster, nur ein paar elektrische Glühlampen, die unablässig flackerten und ein unheimliches, knisterndes Summen von sich gaben. In der Mitte des Zimmers stand eine Liege, über der eine schwebende Platte angebracht war. Ein Mann im weißen Kittel kam ihnen entgegen.

»Wen haben wir denn hier, Dr. Grey?«

»André Le Blanc, zwei Rippenbrüche auf der linken Brustseite«, erläuterte Ned. »Ich möchte gerne sehen, ob eine Einblutung in den Thorax vorliegt, Mr Wilson.«

Der Radiologe wandte sich mit einem beruhigenden Lächeln an den Franzosen: »Bitte ziehen Sie sich aus, und legen Sie sich hin. Nur keine Angst, es tut nicht weh.«

Als Andrés Blick auf Wilsons wie verbrannt wirkende Hände fiel, erstarrte er. Mehrere Finger fehlten. Nun verstand er, was selbst die nervenstarke Reporterin betroffen gemacht hatte.

»Kommen Sie, Monsieur Le Blanc«, sagte Ned auffordernd. »Bei einer kurzen Exposition sind die Röntgenstrahlen nicht schädlich. Ihnen passiert nichts.«

Mit einem Gefühl von Übelkeit tief in der Magengrube legte André sich auf den Tisch und versuchte, den Anblick von Wilsons nekrotischen Händen zu vermeiden. Ein zweiter Mitarbeiter bediente die Hebel und Knöpfe an einer großen Schalttafel, und dann beugten sich Ned und der Radiologe über die Platte.

»Hm, die Brüche sind glatt, keine Einblutungen«, stellte der Arzt fest. »Der Patient hat Glück gehabt. Wie leicht kann eine solche Verletzung zu einem Hämatothorax führen!«

Wilson ließ André aufstehen. Erleichtert schlüpfte dieser wieder in sein Hemd und folgte Ned zurück nach draußen. Doch er war weiß wie die Wand geworden.

»Der medizinische Fortschritt erfordert leider Opfer«, sagte Ned, der Andrés Blässe bemerkte. »Als die Röntgenstrahlen entdeckt wurden, ahnte noch niemand, wie gefährlich sie bei wiederholter Anwendung sind.«

Als sie in den Behandlungsraum zurückkehrten, wartete dort bereits der nächste Patient. Ned gab einer Lernschwester den Auftrag, bei André einen Verband um die verletzten Rippen anzulegen, und füllte ein Rezept für Laudanum aus. Nachdem er verbunden war, ließ André sich in der Apotheke des Krankenhauses eine Flasche der Opiumlösung aushändigen und nahm einen Schluck gegen die Schmerzen. Als er das Hospital verließ, saßen noch immer Dutzende Menschen auf den Bänken im Empfangsraum. Kinder weinten, zwei betrunkene Frauen beschimpften einander keifend und wurden von den Aufsehern getrennt. André beschleunigte seine Schritte, um diesen bedrückenden Ort hinter sich zu lassen.

Als Venetia am frühen Abend aus dem Ritz in die Pension zurückkehrte, stieg sie die Treppe zur Dachstube hinauf und klopfte an die Tür, um nach ihrem Schützling zu sehen. André Le Blanc öffnete ihr in seinem weißen Kittel, die Schürze in der Hand.

»Mademoiselle Grey«, sagte er erfreut.

»Wie geht es Ihnen?«, fragte Venetia und betrachtete sein Gesicht. Die Blutergüsse hatten sich dunkel verfärbt und spielten ins Violette, zeigten aber Anzeichen der Heilung. Er wirkte auch weniger blass als noch am Morgen.

»Besser, danke«, antwortete er. »Ich habe den ganzen Tag geschlafen. Und nun werde ich meinen Unterhalt verdienen.

Mrs Burton ist sehr erpicht darauf, ihren Mietern ein schmackhaftes Dinner zu servieren.«

»Sie sollten sich noch schonen«, riet Venetia ihm. »Unser Dinner kann bis morgen warten.«

»Nein, ich mache das gerne«, erwiderte André. »Solange ich mich nicht bücke, geht es.«

»Ich bin mir nicht sicher, ob Mrs Burton etwas im Speiseraum vorrätig hat, was auch nur entfernt essbar ist.«

»Sie hat weiße Bohnen und Zwiebeln da, sagte sie. Und beim Metzger hat sie noch ein paar Würste und Schweinsfüße besorgt. Einer der Mieter steuert Butter bei.«

Als er Venetias zweifelnden Blick bemerkte, lächelte André. »Verzagen Sie nicht. Ich werde ein Cassoulet daraus machen, eine Spezialität aus Carcassonne, meiner Heimatstadt.«

Um sieben Uhr abends waren alle Mieter des Hauses auf der Fonthill Road Nummer 12 um den großen Esstisch im Speisezimmer versammelt und warteten gespannt auf das Abendessen, dessen Duft aus der Küche herüberwehte und ihnen das Wasser im Mund zusammenlaufen ließ. Mr Sheppard, der die Butter besorgt hatte, stellte zudem noch einige getrocknete Kräuter zur Verfügung, mit denen er gewöhnlich Mrs Burtons Essen genießbarer zu machen versuchte. André ließ es sich nicht nehmen, den Topf mit dem Cassoulet selbst hereinzutragen, obwohl ihm dies sichtlich Schmerzen bereitete. Doch Venetia sah ihm an, dass die Zubereitung des heimatlichen Gerichts den Schatten, der am vergangenen Abend über ihm gelegen hatte, verscheuchte und seine Augen wieder strahlen ließ.

Das Cassoulet mundete den Hausbewohnern, und obwohl sie gehörig reinhauten, blieb noch genug für den folgenden Tag übrig.

»Der Eintopf schmeckt aufgewärmt sogar noch besser als frisch«, belehrte André Venetia.

»Lassen Sie mich Ihnen beim Abwasch helfen«, erbot sie sich. Während sie ihm zuhörte, wie er vom Kochen und Backen schwärmte, kam ihr ein Gedanke.

»Vielleicht kann ich Ihnen zu einer neuen Stelle verhelfen, Monsieur. Ich arbeite im Ritz Hotel auf dem Piccadilly und bin mit dem Meisterkoch Escoffier bekannt. Ich könnte ihn fragen, ob er Sie probeweise einstellt.«

Sprachlos starrte André die junge Frau an. »Sie ... Sie kennen Monsieur Escoffier?«, stammelte er.

»Ja, und ich bin immer gut mit ihm ausgekommen«, bestätigte Venetia lächelnd. »Er gibt Ihnen bestimmt eine Chance.«

»Ich wäre Ihnen dafür sehr dankbar«, erwiderte André. Er schnitt eine Grimasse. »Sie haben schon so viel für mich getan, Mademoiselle. Wie soll ich das je wiedergutmachen?«

»Indem Sie noch eine Weile hierbleiben und für uns kochen«, entgegnete Venetia, und André hörte deutlich einen ironischen Ton heraus.

Diese armen Leute mussten unter den Kochkünsten der Hauswirtin wirklich sehr gelitten haben, dachte er.

17

London, Dezember 1906

*D*a Mrs Burton ganz zufrieden war, für André Le Blancs Kost und Logis nicht mehr zu verlangen als die Zubereitung des gemeinsamen Abendessens, riet Venetia dem Franzosen, sich in Ruhe auszukurieren. Auch sein Gesicht würde ohne die blauen Flecken respektabler aussehen.

Eine Woche nach Andrés Einzug in der Pension suchte Venetia Auguste Escoffier in seinem Büro im Ritz auf. Solange er noch keinen Nachfolger gefunden hatte, der ihn würdig vertreten konnte, pendelte der Meisterkoch zwischen dem Ritz und dem Carlton Hotel hin und her. Als Venetia ihn bat, einen jungen Koch einzustellen, den sie unter ihre Fittiche genommen hatte, musste der Franzose lachen.

»Sie haben ein Talent dafür, interessante Bekanntschaften zu machen, Mademoiselle«, scherzte er. »Von mir aus führen Sie mir Ihren Schützling vor. Aber ich nehme ihn nur, wenn er begabt ist, das muss Ihnen klar sein. Schließlich muss ich den guten Ruf meines Restaurants wahren.«

Am nächsten Morgen nahm Venetia André Le Blanc mit ins Ritz und zeigte ihm den Weg in die Küche. Im Untergeschoss übergab sie den Burschen an einen seiner Landsleute und wünschte ihm viel Glück.

»Ziehen Sie sich rasch um«, drängte der Juniorkoch. Sein Akzent verriet, dass der junge Mann aus Paris stammte. »Ein Stockwerk tiefer ist die Umkleide. Da finden Sie auch eine Uniform. Maître Escoffier kommt gleich.« Er rollte nervös mit den Augen. »Ich muss jetzt wieder in meinen Arbeitsbereich. Es gibt zwei Treppen, die vom Erdgeschoss in die Küche führen, und man weiß nie, welche Maître Escoffier nimmt.«

André spürte, wie die Aufregung des Parisers auf ihn übersprang. Hastig huschte er zum Umkleideraum hinunter und blickte sich um. Die einzige Uniform, die er finden konnte, war fleckig. Zum Glück hatte er daran gedacht, seine eigene mitzubringen, auch wenn sie in seiner Tasche ein wenig zerknittert worden war. André schlüpfte hinein, band sich die gestärkte Schürze um und setzte die Kochmütze auf. Dann kehrte er in die Küche zurück. Alles wirkte neu und war blitzblank geputzt. Es war kein neumodischer elektrischer Herd zu sehen, sondern man kochte mit Holz und Kohle, und nur unter dem Topf, in dem die Brühe warm gehalten wurde, entdeckte André eine Gasflamme. Doch er hatte keine Muße, sich lange umzuschauen. Hinter ihm wurde es plötzlich still, und dann erklang Maître Escoffiers sonore Stimme. »Nur weiter, Messieurs. Kümmern Sie sich nicht um mich.«

Diese Szene wiederholte sich jeden Morgen, vermutete André. So gut die Köche ihr Handwerk auch beherrschten, wenn Escoffier ihnen über die Schulter sah, achtete jeder angespannt darauf, keinen Fehler zu machen. Der Meisterkoch hatte den Ruf, hart, aber gerecht zu sein. Nachdem der Maître seine Küche inspiziert hatte, trat er schließlich zu dem jungen Mann, der mit Märtyrermiene in einer Ecke stand.

»Sie sind Monsieur Le Blanc, nehme ich an?«, sagte Escoffier und betrachtete André neugierig. »Nur damit wir uns verstehen:

Die Empfehlung von Mademoiselle Grey garantiert Ihnen die Stelle nicht.«

»Ja, Monsieur … ich meine, nein, Monsieur«, erwiderte André.

»Sie scheint recht begeistert von Ihren Kochkünsten«, fuhr Escoffier fort. »Dann zeigen Sie mir mal, was Sie können. Bereiten Sie mir ein Omelett zu.«

André nickte und überlegte kurz, während er sich in der Küche umsah. Sein Augenmerk fiel auf einen Tisch, an dem einer der Commis Champignons schnitt. Ein anderer brach gerade eine Knoblauchknolle auseinander. Unter den aufmerksamen Blicken der anderen Köche holte André sich eine Schüssel und vier Eier, dann nahm er sich einige Pilze, schnitt sie klein, gab Butter in eine Pfanne, die er auf einer Herdplatte erhitzt hatte, und ließ sie kurz schmoren, bevor er eine Knoblauchzehe auf eine Gabel spießte und damit die Eier schlug. André entging das Lächeln Maître Escoffiers, das sein Tun begleitete, während er die Pfanne mit den Pilzen vom Feuer holte und die Hitzezufuhr reduzierte. Schließlich gab André die gequirlten Eier in eine zweite Pfanne und zog die Gabel immer wieder durch das Gemisch in die Mitte, bis es am Rand fest, im Innern aber noch weich war. Mit geübter Eleganz hob er einen Teil der gebratenen Pilze auf das Omelett, klappte es zusammen und schob es behutsam aus der Pfanne auf einen Teller. Dann zog er ein frisches Spültuch von einem Stapel, feuchtete es mit Wasser an und legte es über das Omelett, um es in Form zu bringen. Zur Abrundung hackte André ein wenig Schnittlauch und streute ihn darauf.

Noch immer das amüsierte Lächeln auf den Lippen, sah Auguste Escoffier dem jungen Koch entgegen, als dieser ihm den Teller brachte. Mit prüfendem Blick begutachtete der Maître das Omelett, ob es nicht angedunkelt war, dann teilte er es mit einer Gabel, um sich zu vergewissern, dass die Mitte auch *baveuse*, also noch ein wenig flüssig war, und probierte es schließlich. Die anderen französischen Köche beobachteten das Ganze neugierig, und sogar der österreichische Pâtissier, der Schweizer Glacier und die englischen Küchenhilfen hatten in ihrer Arbeit innegehalten und gafften.

Das Lächeln auf Maître Escoffiers Gesicht wurde breiter, als er einen Bissen gekostet hatte.

»Nicht schlecht, Monsieur«, urteilte er. »Das Aroma des Knoblauchs kommt durch, ohne aufdringlich zu sein. Den Kniff mit der Zehe auf der Gabel wende ich auch gerne an. Entweder haben Sie mich ausspioniert, Monsieur Le Blanc, oder Sie befinden sich auf derselben Wellenlänge und denken wie ich.«

Escoffier entnahm dem überraschten Gesichtsausdruck des Burschen, dass Letzteres zutraf.

»Also gut«, fuhr der Meisterkoch fort. »Sie haben mich überzeugt. Ich stelle Sie hiermit als Commis ein. Sie unterstehen Monsieur Roger. Befolgen Sie seine Anweisungen, und arbeiten Sie hart, dann haben Sie gute Chancen aufzusteigen.«

»Danke, Monsieur Escoffier«, sagte André erfreut.

»Und nun alle wieder ans Werk! Das Frühstück für die Gäste kocht sich nicht von allein«, ermahnte der Meisterkoch seine Leute und verließ die Küche.

Trotz des Lobes, das Maître Escoffier ihm für sein Omelett ausgesprochen hatte, wurden André als jüngstem Koch die Tätigkeiten eines Lehrlings zugewiesen. Er unterstand dem Verantwortlichen der Speisekammer und verbrachte die ersten Wochen seiner Arbeit in den Küchen des Ritz damit, Fleisch, Fisch und Gemüse zurechtzuschneiden und die vorbereiteten Zutaten den Köchen zuzureichen. Wenn viel Bedarf war, half André auch mit, die

Sandwiches für den englischen Nachmittagstee zu belegen. Er bedauerte die Verschwendung, während er rundum die Krusten vom Toastbrot abschnitt, bis nur noch anderthalb Zoll schmale Stücke übrig blieben.

Er stellte fest, dass es auch Nachteile mit sich brachte, das Wohlwollen Maître Escoffiers zu besitzen, denn dadurch zog er unweigerlich die Eifersucht der anderen Köche und Lehrlinge auf sich. Diejenigen, die immerzu angefahren wurden, weil sie zu langsam, faul oder betrunken waren, spielten André böswillige Streiche, und er musste sich stets in Acht nehmen, nicht das Opfer eines Schabernacks zu werden. Gleich am ersten Tag schickte der Commis de légumier ihn in den Kühlraum und schlug die Tür hinter ihm zu, als André nach dem verlangten Gemüse suchte. Eine geschlagene Stunde musste er bibbernd in der Kälte ausharren, bis der Chef de partie seinen neuen Laufburschen vermisste und erriet, wo er geblieben war. Misstrauisch geworden, lehnte André wenige Tage später die Bitte einer der Küchenhilfen ab, ein Ei unter seiner Kochmütze an seinem Chef vorbeizuschmuggeln, denn André konnte sich denken, dass es in ebendiesem Moment jemandem einfallen würde, ihm einen Klaps auf den Kopf zu verabreichen.

Während André im Vorratsraum Fische putzte, Schalentiere ausnahm, Salate und Kanapees anrichtete, konnte er allerdings nicht immer ein waches Auge auf seine Arbeitskollegen haben. Eines Abends, als er dem Commis des Chef rôtisseur, des Bratenkochs, ein verlangtes Huhn reichte, warf dieser wie zufällig eine gehörige Prise gemahlenen Pfeffer, die er in der Hand gehalten hatte, auf das Feuer und wandte sich rasch ab. André reagierte nicht schnell genug, der auffliegende Pfeffer drang ihm in die Augen und machte ihn blind. In dem Reflex, sich abzustützen, streifte er mit der Hand den heißen Herd und verbrannte sich.

Hustend, mit tränenden Augen und schmerzenden Fingern stolperte André aus der Küche.

Percy hatte nach einer Zigarettenpause das Päckchen Woodbines in seinen Spind zurückgelegt und ging die Treppe vom Kellergeschoss hinauf, als ihm an der Schwingtür zur Küche einer der Köche regelrecht in die Arme taumelte. Im ersten Moment dachte Percy, der junge Mann habe eine schreckliche Nachricht erhalten und sei in Tränen aufgelöst, doch dem begleitenden Husten entnahm er schließlich, dass dem Koch etwas in die Augen gespritzt sein musste, was ihn blendete.

»Komm, ich helfe dir«, bot Percy dem Burschen an, packte ihn am Arm und geleitete ihn zu den Personaltoiletten.

»*Merde … merde*«, fluchte der Koch und hustete erbärmlich, ließ sich aber von Percy führen.

Dieser schob den Franzosen zu einem der Waschbecken und drehte das Wasser auf. Prustend wie ein Seehund wusch der Koch sich das Gesicht und badete seine brennenden Augen. Schließlich nahm er das Handtuch entgegen, das Percy ihm reichte, und trocknete sich ab.

»*Merci*«, sagte der Franzose und musste erneut husten, da seine Kehle noch immer gereizt war.

»Hast wohl zu viel Pfeffer aufs Essen der Gäste getan«, kommentierte Percy gutmütig. »Bist du neu? Ich habe dich noch nie zuvor gesehen.« Er reichte dem Koch die Hand. »Mein Name ist Percy Frobisher. Willkommen im Ritz.«

Mit einem verlegenen Lächeln beantwortete der junge Franzose den Händedruck. »André Le Blanc«, stellte er sich vor. »Ich habe erst vor einer Woche hier angefangen.«

»Und wie bist du in die Pfefferwolke geraten?«

»Das war ein übler Scherz.«

»Ach so, verstehe. Eine Art Initiationsritus für den Neuankömmling. Du solltest in Zukunft besser aufpassen.«

»Leider kann man seine Augen nicht überall haben.« André seufzte schicksalsergeben.

»Vor allem, wenn sie wie ein Wasserfall sprudeln«, scherzte Percy, während er den Burschen betrachtete, dem noch immer die Tränen über die Wangen liefen. Mit seinen dunklen Augen und dem schwarzen Haar war er hübsch wie ein Mädchen, fand Percy. Er deutete auf Le Blancs linke Hand, deren Haut gerötet war. »Das würde ich noch eine Weile kühlen, damit es nicht schlimmer wird.«

André betrachtete seine verbrannte Hand. Wieder fluchte er, als der Schmerz Eingang in sein Bewusstsein fand.

»Ich werde heute Abend Mademoiselle Grey fragen, ob sie eine Salbe hat«, murmelte er.

»Miss Grey?«, fragte Percy erstaunt. »Du kennst die Sekretärin des Direktors?«

»Ja, wir wohnen in derselben Pension«, antwortete der Franzose. »Sie war so freundlich, mir die Anstellung hier zu vermitteln.«

Percy grinste über das ganze Gesicht wie ein Kobold. »Sie ist ein feiner Kerl«, meinte er.

Verdutzt blickte André ihn an. »Ein ›Kerl‹? Ich verstehe nicht ...«

»Das ist nur so eine Redensart«, erklärte Percy lachend, als er die Verwirrung des Burschen bemerkte.

»Oh, mein Englisch ist nicht so gut. Ich lerne noch.«

»Vielleicht kann ich dir dabei helfen«, bot Percy ihm an.

Doch er sah, wie André sofort zurückhaltender wurde. Sein Lächeln war schlagartig verschwunden.

»Danke«, sagte André ein wenig steif. »Ich muss jetzt wieder an die Arbeit gehen.«

Am folgenden Morgen nutzte Percy ein Zusammentreffen mit Venetia vor dem Personaleingang, um sie auf den jungen Franzosen anzusprechen.

»Ah, ihr habt euch kennengelernt«, sagte Venetia erfreut.

»Ja, der Arme war das Opfer eines Schelmenstreichs geworden«, erwiderte Percy. »In der Küche geht man offenbar nicht gerade sanft miteinander um. Ich habe ihm Beistand geleistet, als er blind vom Pfeffer durch das Untergeschoss tappte.«

»Ich habe ihm eine Salbe für die Brandwunde an seiner Hand gegeben«, berichtete Venetia. »Aber er wollte nichts dazu sagen, wie er sie sich zugezogen hat.«

»Er scheint mir ein wenig schüchtern zu sein«, ließ Percy vorsichtig einfließen.

»Monsieur Le Blanc hat hier bei uns leider keine guten Erfahrungen gemacht«, erklärte Venetia bereitwillig. »In dem Restaurant in Soho, wo er zuvor gearbeitet hat, musste der Arme schwere Prügel vom Besitzer einstecken.«

»Warum? Was war der Grund?«, fragte Percy betroffen.

»Ich habe keine Ahnung«, entgegnete Venetia mit einem Schulterzucken. »Er muss irgendetwas getan haben, was den Eigentümer gereizt hat. Sie wissen, wie streitlustig Cockneys sein können.« Sie runzelte leicht die Stirn. »Der Mann nannte Monsieur Le Blanc einen ›Spinatstecher‹. Ist Ihnen der Begriff bekannt? Eine Beleidigung für einen französischen Koch vielleicht? Sie beherrschen doch die Cockney-Mundart.«

Verlegen wich Percy ihrem fragenden Blick aus. »Tut mir leid. Den Ausdruck habe ich noch nie gehört«, antwortete er und wünschte ihr noch einen schönen Tag.

Venetia wunderte sich nicht weiter über Percys ausweichende Antwort. Er hatte peinlich berührt gewirkt. Vielleicht war der seltsame Ausdruck doch eine Beleidigung für einen Franzosen. Engländer der Arbeiterschicht waren für ihre Xenophobie berüchtigt. Doch Venetia wusste, dass Percy das Herz am rechten Fleck hatte. Er würde nie ein beleidigendes Schimpfwort gebrauchen.

Zurzeit hatte Venetia eigene Probleme. Da ihr Chef, Monsieur Ellès, viel unterwegs war, diktierte er oft spätabends noch Briefe und legte die Wachszylinder des Phonographen für sie zum Tippen auf ihren Schreibtisch. Nun war es schon zweimal vorgekommen, dass einer der Zylinder von der Tischplatte gerollt und am Boden zerbrochen war, sodass Ellès die Briefe ein zweites Mal diktieren musste. Verständlicherweise war er darüber verärgert gewesen, auch wenn er Venetia dafür nicht die Schuld gegeben hatte. Sie konnte sich nicht erklären, wie es zu dem Schaden gekommen war, und das beunruhigte sie. Venetia hatte schon beim ersten Mal einen leeren Wachszylinder an verschiedenen Stellen auf ihren Schreibtisch gelegt, aber er war nicht weggerollt, egal, wie sie ihn auch platzierte. Wie also war er dann auf den Boden gelangt und dort zerbrochen? Es belastete Venetia, dass sie sich den Hergang nicht erklären konnte.

Aber das war der einzige Wermutstropfen in ihrem Leben, dessen Hauptinhalt ihre Arbeit im Ritz war. Es machte ihr nichts aus, dass Monsieur Ellès oft abwesend war, weil er auch das Ritz Hôtel in Paris leitete. Sie genoss es sogar, dass er ihr meist die Entscheidungen bei weniger wichtigen Angelegenheiten überließ, nachdem er festgestellt hatte, dass sie klug und zuverlässig war. Auch mit dem stellvertretenden Hoteldirektor kam Venetia gut aus, und da sie gerne länger im Büro blieb, rief er sie manchmal zu sich, wenn er noch Arbeit hatte und seine Sekretärin Miss Trout schon nach Hause gegangen war.

Das Personal des Ritz war für Venetia wie eine zweite Familie.

Obwohl jedes Department eine eigene Kantine hatte und sie daher in der Mittagspause nur mit den Schreibkräften zusammenkam, ergaben sich auf dem Weg über die Hintertreppen oder vor dem Personaleingang genug Gelegenheiten, mit Köchen, Kellnern, Zimmermädchen und Lohndienern ins Gespräch zu kommen. Mit den Pagen und Portiers unterhielt sie sich auch nach Dienstschluss gerne in deren Domäne in der Eingangshalle vor ihrem sichelförmigen Empfangsschalter. Dies war das Herz des Hotels. Hier hielten die Gäste inne, nachdem sie durch die Drehtür getreten waren. Sie wurden von einem der Portiers begrüßt und konnten all ihre Sorgen vergessen, die ihnen von den Schultern genommen wurden. Mit Percy Frobisher verband Venetia eine besondere Freundschaft. Sie teilten eine gemeinsame Erinnerung an den Erschaffer dieses Kunstwerks – des Ritz Hotels – und verdankten ihm und seiner Frau Marie die Position, die sie innehatten. Seit der Eröffnung waren der Schweizer Hotelier und seine Gattin nur wenige Male in London gewesen. Marie zog es vor, im Pariser Ritz zu wohnen, und ihr Mann war gesundheitlich nicht mehr in der Lage, selbst ein Luxushotel zu führen. Es war tragisch, dass César Ritz den Erfolg beider Häuser nicht mehr genießen konnte, wie er es sich gewünscht hatte.

18

London, Februar 1907

Percy nutzte eine ruhige Phase am Empfang, um zu seinem Spind zu gehen, eine Zigarette aus dem angebrochenen Päckchen zu schnippen und auf den kleinen Hof hinter den Aufzügen hinauszutreten. Ein breites Grinsen wanderte über seine Züge, als er den jungen Koch in einer Ecke stehen und ebenfalls an einem Glimmstängel ziehen sah. Er hatte den Burschen seit ihrem ersten Zusammentreffen nicht mehr gesehen, obwohl er regelmäßig nach ihm Ausschau gehalten hatte, wenn er sich in der Nähe der Küche aufhielt. Nicht nur einmal hatte Percy sich dabei ertappt, wie er an den Franzosen dachte und sich fragte, was dieser wohl gerade tat. Amüsiert erinnerte Percy sich an das, was Miss Grey über André Le Blanc gesagt hatte. Sein früherer Chef hatte ihn als »Spinatstecher« bezeichnet, also als Homosexuellen, was er der bürgerlichen jungen Frau natürlich nicht hatte erklären können. Kein Wunder, dass der Restaurantbesitzer in Soho den Koch verprügelt hatte, als er es herausfand. Percy wusste aus eigener Erfahrung, wie intolerant die meisten Leute gegenüber Menschen anderer Gesinnung waren. Percy hatte mit fünfzehn Jahren eine Backpfeife einstecken müssen, als er seine Neigung das erste Mal einem anderen Burschen gegenüber offenbart hatte. Seitdem war er vorsichtiger und mit der Zeit erfahrener geworden, andere Menschen zu beurteilen und einzuschätzen, mit wem man offen sprechen konnte und mit wem nicht. Von André hatte Percy sich sogleich angezogen gefühlt. Nun endlich ergab sich für ihn die Gelegenheit, ihre Bekanntschaft zu vertiefen.

»Hallo, Frosch«, grüßte er den Koch freundlich. »Wie ich sehe, genießt du auch hin und wieder eine Kippe.«

Andrés Miene verdüsterte sich. »Nenn mich nicht so.«

Oh, wir sind empfindlich, dachte Percy und lächelte entschuldigend. »Tut mir leid, ist so eine Angewohnheit«, erwiderte er schulterzuckend. »Wir Engländer sind einfach gestrickt. Franzosen sind für uns ›Frösche‹ und Spanier ›Dons‹. Ist nicht beleidigend gemeint.« Meistens doch, korrigierte Percy sich im Geheimen, sprach den Gedanken aber nicht aus. »Hast du dich inzwischen eingelebt?«, fragte er.

André gestattete sich ebenfalls ein Lächeln. »Ja, ich muss sagen, es gefällt mir hier. Auch wenn die Arbeit hart ist. Aber das bin ich gewohnt.«

»Was ist deine Aufgabe in der Küche?«, erkundigte Percy sich neugierig.

»Ich assistiere dem Chef garde-manger«, antwortete André.

»Und wer ist das?«

»Der Koch der kalten Küche. Wir bereiten Horsd'œuvres, Salate, Pâtés und andere Vorspeisen zu. Außerdem untersteht uns die Vorratskammer.«

»Würd ich gern mal sehen«, gestand Percy. »Hör mal, hast du nicht Lust, schwimmen zu gehen? Die Badeanstalten in der Stadt sind wirklich schön und sauber. Hier in der Nähe ist eine, zu der ich häufig gehe.«

»Ich weiß nicht«, erwiderte André zweifelnd.

»Du kannst doch schwimmen, oder?«

»Na klar.«

»Überleg's dir. Es macht mehr Spaß zu zweit.«

Percy löschte seine Kippe an der Wand, steckte sie ein und ging wieder auf seinen Posten.

André zögerte lange, bevor er Percy Frobishers Einladung annahm. Er fürchtete sich vor einer Wiederholung seiner Erfahrung mit Joey, doch zugleich sehnte er sich nach Freundschaft. Obwohl er sich gerne mit Venetia Grey unterhielt, die ihm oftmals beim Zubereiten der Abendmahlzeit in Mrs Burtons Pension half, fühlte er sich ihr gegenüber gehemmt wie bei einer großen Schwester, auf deren Urteil man Wert legte und stets Angst hatte, ins Fettnäpfchen zu treten. Der junge Portier dagegen machte den Eindruck, als hätte er in seinem Leben schon viel gesehen und als könnte ihn nichts schockieren. In seiner Gesellschaft musste man nicht auf jedes Wort achten.

Als André das erste Mal in das Wasser des großen Schwimmbeckens eintauchte, vergaß er alles. Nach dem langen Tag in der Küche, umweht von den Gerüchen gebratenen Fleisches, von Fisch, Gemüse und den Ausdünstungen schwitzender Köche, sehnte er sich nicht nur nach einer reinigenden Dusche, sondern auch nach der Entspannung, der leichten, schwerelosen Bewegung im Wasser, die so herrlich müde machte.

»Komm, wir schwimmen um die Wette«, rief Percy und sprang zu André ins Becken.

Am Ende saßen sie erschöpft auf dem Rand und ließen die Füße im Wasser baumeln.

»Erzähl mir noch mehr von deiner Arbeit in der Küche«, sagte Percy. »Ich genieße den Umgang mit den Gästen, ihre manchmal skurrilen Wünsche, ihre Sorgen und Freuden, von denen sie uns berichten. Es ist, als wären wir alte Freunde, die sich nach einer langen Reise wiedersehen, wenn sie ›nach Hause‹ ins Ritz kommen. Aber das ist nur eine Seite des Hotelgeschäfts. Mich interessieren auch die anderen Bereiche.«

André hörte Percy fasziniert zu. Für ihn waren die Restaurantgäste namenlose Schatten, die man als Koch nie zu Gesicht bekam. Man mochte diejenigen, die einfache Gerichte bestellten, welche nicht viel Arbeit machten, und verfluchte die anderen, die es nach einer Speise verlangte, welche einen erheblichen Aufwand erforderte. Einmal hatte André sich zum Ende seiner Schicht die Treppe zum Restaurant hinaufgeschlichen und einen Blick durch die Tür in den Speisesaal geworfen. Die Damen in ihren prächtigen Kleidern mit dem funkelnden Schmuck und die Herren im eleganten Abendanzug, die an den Tischen saßen, waren André fast unwirklich erschienen, wie Schauspieler in einem Theaterstück, die sich im nächsten Moment dem Publikum zuwandten und sich zum Applaus verbeugten. Percys Erzählung machte sie für den Koch realer, fassbarer.

»Führst du mich mal herum?«, bat Percy mit einem spitzbübischen Lächeln.

»In der Küche?«, fragte André erstaunt.

»Ja, ich möchte sehen, wie es da zugeht.«

»Hm, warum nicht? Aber nur, wenn Maître Escoffier nicht da ist. Er hat es nicht gern, wenn jemand den Arbeitsablauf stört.«

»Ach, ich bin immer gut mit dem Maître ausgekommen«, widersprach Percy. »Der hat sicher nichts dagegen.«

Er klopfte André freundschaftlich auf die nackte Schulter. Der Franzose sah ihn unbehaglich an, und Percy lächelte ihm beschwichtigend zu, während er die Hand ein wenig länger als nötig auf Andrés Schulter ruhen ließ.

»Ich mag dich sehr«, sagte Percy leise.

»Ich weiß nicht …«, begann André, brach dann aber ab, weil ihm auf einmal die englischen Worte fehlten.

»Es ist gut«, erwiderte Percy und ließ ihn los. »Ich weiß, was dir in dem Restaurant in Soho passiert ist. Hab ich auch schon erlebt.« Sein Lächeln wurde breiter. »Komm, schwimmen wir noch eine Runde.«

19

London, Juli 1907

An einem ruhigen Nachmittag im Sommer, als Maître Escoffier in Paris weilte, nutzte Percy die Gelegenheit, während einer Pause in die Küche zu schleichen. Die Schicht der Köche begann morgens um neun Uhr – für diejenigen, die für die Zubereitung des Frühstücks eingeteilt waren, um sieben – und endete um ein Uhr nachts. Am Nachmittag hatten sie vier Stunden Pause, die sie, sofern sie nicht in der Nähe wohnten und nach Hause gehen konnten, irgendwie totschlagen mussten. Wenn Percy nicht arbeitete, ging er mit André in dessen Mittagspause in die St.-George's-Bäder am Berkeley Square, ins Varieté im Hippodrome, wo es Matinee-Vorstellungen gab, oder in eine öffentliche Bücherei, um mit dem Franzosen die Zeitungen zu lesen und sein Englisch zu verbessern. Sie besuchten auch regelmäßig die Veranstaltungen in der Egyptian Hall auf dem Piccadilly. Dort gab es Konzerte, Kunstausstellungen und Vorführungen der Zauberkünstler Maskelyne und Cooke. Einige Male hatte Venetia Grey sie begleitet.

Percys und Andrés Freundschaft war gereift, aber bis auf ein paar flüchtige Küsse hatte sich ihre Beziehung noch nicht weiter vertieft. Percy war es recht so. Er hatte schon früh Erfahrungen gesammelt, doch das war ausschließlich mit älteren Männern aus dem Schaustellergeschäft gewesen. André war für ihn etwas Besonderes, und Percy lag daran, ihn selbst entscheiden zu lassen, wie weit er gehen wollte. Während der vergangenen Monate war Percy sich bewusst geworden, wie wichtig ihm die Freundschaft und Achtung des jungen Franzosen waren und wie schmerzhaft es für ihn wäre, André zu verlieren.

Nachdem André geprüft hatte, dass die Luft rein und der Souschef nicht anwesend war, winkte er Percy ins Allerheiligste. Die ersten Bestellungen kamen gerade herein, und der Aboyeur rief auf Französisch: »*Deux Potages à la Reine* …«, was der Commis des Chef entremétier, der für die Suppen zuständig war, mit einem bestätigenden »*Oui*« beantwortete. Es folgte: »*Truite Saumonée Cambacérès*« und ein »*Oui*« vom Assistenten des Chef poissonnier, der sogleich durch das Sprechrohr eine Lachsforelle vom Kühlraum bestellte.

»Arbeiten hier in der Küche nur Franzosen?«, fragte Percy überrascht.

»Ja, bis auf den Chef pâtissier, der Österreicher ist«, bestätigte André.

»Und die Kellner sind aus Italien und Deutschland«, bemerkte Percy. »Kellnern Franzosen nicht gerne?«

»Es ist eher so, dass der Kellner der natürliche Feind des Kochs ist«, erklärte André todernst. »Er übernimmt mit seinen sauberen weißen Handschuhen den Teller mit dem Gericht, das der Koch im Schweiße seines Angesichts zubereitet hat, und er bekommt das Lob dafür zu hören und streicht das Trinkgeld ein – so war es zumindest in dem kleinen Restaurant in Soho, wo ich vorher gearbeitet habe. Hier im Ritz geht das Trinkgeld ja in die Gemeinschaftskasse, und wir bekommen auch etwas ab. Aber deshalb würde kein Franzose als Kellner arbeiten, das wäre wie Kollaboration mit dem Feind.«

Die anwesenden Köche machten sich an die Arbeit, und bald war die Küche von reger Betriebsamkeit erfüllt. Flammen schlugen aus den Herden, als sie angefacht wurden, Wasserdampf stieg zur Decke auf und verteilte sich im Raum, die Luft wurde wärmer, und bald fühlte Percy Schweißtropfen an seinen Schläfen herabperlen.

»Der Kerl, der die Bestellungen ausruft, heißt wie? Aboyeur? Was bedeutet das?«, fragte er.

»Ausrufer, eigentlich ›Beller‹ oder ›Kläffer‹«, antwortete André. »Früher ging es in den Küchen lauter zu. Es wurde ständig geflucht und geschrien. Aber Maître Escoffier duldet solches Verhalten nicht. Er zieht es außerdem vor, den Aboyeur als Annonceur zu bezeichnen.«

Percy beobachtete die Köche bei der Arbeit, die sich von seiner Anwesenheit nicht stören ließen.

»Jeder scheint zu wissen, was er zu tun hat«, meinte er beeindruckt.

»Auch das ist dem Organisationstalent von Monsieur Escoffier zu verdanken«, stimmte André zu. »Nach militärischem Vorbild hat er das Brigadesystem eingeführt, das die Arbeit in einer Großküche in Abteilungen unterteilt. Jeder Chef de partie und seine Juniorköche sind für einen anderen Bereich zuständig: die Zubereitung von Fisch, Fleisch, Vorspeisen, Salaten oder Desserts. Der angesehenste von allen ist der Chef saucier, denn die Sauce ist das Wichtigste an einem Gericht, und sie zuzubereiten erfordert das höchste Können. Aber wenn die einzelnen Abteilungen zu unabhängig arbeiten und zwei Bestellungen zur selben Zeit aufgetragen werden sollen, das eine Gericht aber schneller zubereitet werden kann als das andere, zum Beispiel Fisch und ein gegrilltes Hühnerfilet, und der Fischkoch diesen nicht zurückhält, so ist er verdorben, wenn das Hühnerfilet fertig ist.

Maître Escoffier hat dafür gesorgt, dass die Abteilungen besser zusammenarbeiten und sich aufeinander abstimmen. So müssen auch die Gäste weniger lange auf das Essen warten.«

Percy nickte nur. Die Geschwindigkeit und Präzision, mit der die Köche arbeiteten, sich Bemerkungen in schnellem Französisch zuriefen und dabei wild gestikulierten, machten ihn fast schwindelig. Er musste zugeben, dass Pagen und Portiers nicht so flink auf den Beinen waren wie diese Männer in Weiß mit ihren hohen, im Dampf und rotglühenden Schein der mit Kohle befeuerten Herde schwankenden Mützen.

»Wie haltet ihr die Hitze aus?«, erkundigte Percy sich, während er mit dem Finger seinen engen Kragen zu lockern versuchte.

»Das ist Gewohnheitssache«, erwiderte André schulterzuckend. »Wir kennen es nicht anders. Aber ich muss zugeben, dass ich nun, da ich dem Chef rôtisseur zugeteilt bin, die angenehme Arbeit in der kühlen Vorratskammer vermisse. Komm mit, ich zeige sie dir.«

Die Temperatur in den Kühlräumen war verglichen zur Hölle der Küche geradezu paradiesisch. Percy warf einen Blick in die Fleisch- und Fischkammer, in denen der Metzger Rinderhälften, Schweine und Geflügel zerteilte, und der Rotant, der Andrés Platz eingenommen hatte, schillernde Fischleiber putzte. Der Raum daneben wirkte wie ein Gewächshaus. Gemüse und Grünzeug in allen Tönungen und aus aller Herren Länder verwandelten die Regale in einen bizarren Garten. Zwischen den üppigen Blättern von Salaten, Kohl und Kräutern leuchtete das Rot der Tomaten, das Orange der Mohrrüben, das Dunkelviolett der Auberginen, das Gelb der Melonen. Fasziniert trat Percy ein und sah sich um. André warf ihm eine Tomate zu.

»Hier, probier mal. Sie kommt von den Kanalinseln. Aus dem Gewächshaus natürlich.«

Inmitten des Grünzeugs entdeckte Percy auf einmal zwei Meeresschildkröten, die sich schwerfällig mit ihren für das Schwimmen in den Ozeanen geschaffenen Flossen über ein Lager aus Stroh bewegten.

»Die leben ja noch«, bemerkte er. »Was ist denn mit ihren Füßen? Sind das Wunden?«

Andrés Züge waren ernst geworden. »Die Schildkröten kommen von weit her. Damit sie während ihrer Reise vom Indischen Ozean, übers Rote Meer und Mittelmeer nicht vom Schiff fallen, nagelt man die Flossen der armen Tiere auf den Planken fest. So viel Leid, nur damit sie hier in England als Suppe enden.«

Betroffen betrachtete Percy die ungewöhnlich gemusterten Tiere mit ihren mächtigen Schilden und geheimnisvollen Augen. Er schluckte.

»Ich werde bestimmt niemals Schildkrötensuppe essen«, schwor er. »Nicht einmal, wenn ich es mir leisten könnte.« Ein wenig gezwungen lächelte er André zu. »Ich gehe jetzt besser wieder an die Arbeit. Sehen wir uns morgen in der Mittagspause?«

»Klar«, antwortete André.

Nachdenklich ging Percy ins Vestibül zurück und hätte es beinahe versäumt, Henry Ellès zu grüßen, der gerade das Hotel verließ. Es war ruhig. Der Empfangschef machte sich Notizen in seinem Buch, in dem er die für die Gäste abgeschlossenen Glücksspielwetten festhielt, einer der Pagen lehnte gedankenverloren hinter dem Schalter an der Wand, und draußen half einer der Wagenmeister einem Gast in eine Droschke. Percy vergewisserte sich durch einen kurzen Rundblick, dass niemand seine Hilfe brauchte, und wollte sich gerade zu dem Pagen gesellen, als er Miss Trout zielstrebig durch das Vestibül gehen sah. Da sie an der Rezeption vorbei in Richtung des Personaleingangs eilte, dachte er sich zuerst nichts dabei. Aus reiner Neugierde blickte er der Sekretärin nach und bemerkte, dass sie vor der Tür zum Büro des Direktors stehen blieb, sich umsah und dann hastig eintrat. Da Percy Mr Ellès kurz zuvor hatte weggehen sehen, wurde er stutzig. Was wollte Miss Trout in seinem Büro? Percy blickte auf die Uhr. Um diese Zeit war auch Venetia Grey nicht mehr im Dienst. Mittwochs besuchte sie ihre Familie, wie er wusste.

Auf leisen Sohlen schlich er zur Tür des Büros, die nur angelehnt war, schob sie ein wenig auf und spähte durch den Spalt. Miss Trout stand an Venetias Schreibtisch. Da sie Percy den Rücken zukehrte, konnte er zuerst nicht erkennen, was sie tat. Doch er hatte das Gefühl, dass sie etwas im Schilde führte. Venetia hatte ihm von dem Missgeschick mit den zerbrochenen Walzen des Phonographen erzählt, und er fragte sich plötzlich, ob er in diesem Moment nicht die Erklärung für das Rätsel vor sich hatte. Argwöhnisch trat Percy durch die Tür und näherte sich leise der Sekretärin. Der dicke Teppich schluckte seine Schritte. Unentdeckt verharrte er hinter ihr und sah die Walze in Miss Trouts Hand. Als sie sie fallen ließ, griff er geistesgegenwärtig zu und fing sie auf. Erschrocken fuhr die Sekretärin zu ihm herum.

»Na, na, was machen Sie denn da, Miss Trout?«, sagte Percy mit einem maliziösen Lächeln. »Hätte nicht gedacht, dass Sie so tollpatschig sind. Was wird Monsieur Ellès dazu sagen?«

Die Sekretärin starrte ihn mit bösem Blick an. Um ihren Mund zuckte es, doch sie brachte vor Überraschung und Wut kein Wort heraus. In diesem Augenblick glich sie mehr denn je einem Fisch auf dem Trockenen.

»Du hinterhältiger kleiner Mistkerl«, zischte sie schließlich, wandte sich um und stürzte aus dem Büro.

Als Percy Venetia am nächsten Morgen über das Geschehen aufklärte, war die junge Frau schockiert. Sie hatte gewusst, dass Miss Trout ihr nachtrug, ihr die begehrte Stelle als Sekretärin des Hoteldirektors weggeschnappt zu haben. Aber Venetia hätte nie gedacht, dass die andere Frau so weit gehen würde, ihre Arbeit zu sabotieren, um sie vor Monsieur Ellès bloßzustellen.

»Sie sollten es dem Chef sagen«, riet Percy ihr.

»Nein, ich denke, das wird nicht nötig sein«, erwiderte Venetia. Sie war kein rachsüchtiger Mensch. »Nun, da sie erwischt worden ist, wird Miss Trout kein ähnliches Manöver mehr wagen.«

»Ich hoffe, Sie haben recht, Miss Grey«, sagte Percy zweifelnd. »Ich denke, Sie sollten dafür sorgen, dass die Megäre entlassen wird.«

Doch Venetia schüttelte entschlossen den Kopf. »Ich danke Ihnen für Ihre Hilfe, Percy. Möchten Sie nicht einmal mit uns in Finsbury Park zu Abend essen? Ich würde mich sehr freuen.«

Der junge Portier grinste. »Mit Vergnügen. Sofern André kocht.«

Es wurde ein geselliges Beisammensein. Percy unterhielt die anderen Hausbewohner mit Anekdoten und Vorführungen aus seiner Zeit im Varieté, und sogar Mrs Burton, die wenig Humor besaß, lachte aus voller Kehle.

»Tom hatte eine Lehre bei einem Rüsselputzer abgeschlossen«, erzählte Percy über einen seiner Bekannten. »Aber er war nie besonders gut darin. Bei ihm war stets Dallis Rittmeister, bis er schließlich ins Graupenpalais gehen musste und sich dort 'nen Mehlsuppenklaps holte ...«

»Ich verstehe kein Wort von dem, was Sie sagen«, gestand Venetia. Sie bemerkte, dass André über Percys Geschichte lachte, und blickte ihn fragend an. »Sie sprechen Rotwelsch, Monsieur Le Blanc?«

Kichernd wischte sich der Franzose die Tränen aus den Augen. »Percy hat mir einige Ausdrücke beigebracht«, erwiderte er stolz. »Sie sind wirklich lustig. Ein ›Rüsselputzer‹ ist ein Barbier, ›Dallis Rittmeister‹ bedeutet, der Mann war arm, ›Graupenpalais‹ ist das Armenhaus und ›Mehlsuppenklaps‹ die Hoffnungslosigkeit der Insassen. Im Argot haben wir nicht so komische Umschreibungen.«

»Danke für deine Übersetzung«, mischte Percy sich ein. »Darf ich nun fortfahren? Der arme Tom weilt leider nicht mehr unter uns. Nachdem er so lange Luftsuppe und Windbuletten gegessen, also Hunger gelitten hat, ist er schließlich über den Jordan gegangen und in einer Nasenquetsche begraben worden.«

»Nasenquetsche?«, wiederholte Venetia verwundert.

»In einem Armensarg«, erklärte Percy mit tragischer Miene.

Die Uhr auf dem Kaminsims schlug elf. Erschrocken fuhr der junge Portier hoch. »Beim Zimmermannsbub, schon so spät! Ich danke Ihnen allen sehr herzlich für den vorzüglichen Mistkratzer mit Bauerndegen und Sargnägeln, aber leider muss ich jetzt gehen, sonst komme ich nicht mehr nach Hause.«

André hatte Hühnchen mit Bohnen und Möhren gekocht, sodass Venetia diesmal keine Übersetzung brauchte. Nachdem sie den Lachanfall überwunden hatte, sagte sie: »Den letzten Zug erreichen Sie nicht mehr, Percy. Es tut mir leid, wir hätten auf die Zeit achten müssen.« Sie warf der Vermieterin einen fragenden Blick zu. »Vielleicht lässt Mrs Burton Sie ausnahmsweise heute hier übernachten.«

»Aber ich habe gar kein Zimmer frei«, protestierte die Witwe.

Da sich aller Augen erwartungsvoll auf sie richteten, zuckte sie schließlich mit den Schultern. »Ich hätte nichts dagegen, wenn

Sie sich das Bett mit Monsieur Le Blanc teilen, sofern es diesem nichts ausmacht.«

Die beiden jungen Männer tauschten Blicke, die mehr beinhalteten, als den Außenstehenden klar war. Einen Moment lang zögerte André, dann lächelte er und nickte.

Zweiter Teil

—❧—

Krieg

20

London, Mai 1913

Venetia nippte an ihrem Champagner und betrachtete die Frischvermählten, zu deren Hochzeit sie eingeladen worden war. Es war ein seltsames Paar: die siebzehnjährige Marjorie, das hübscheste Mädchen in Finsbury Park, und der achtundzwanzigjährige Bauernbursche aus Kreta, dessen Name George Criticos Fafoutakis kaum jemand aussprechen konnte. Venetia verband nur eine flüchtige Bekanntschaft mit den beiden. Sie hatte sie zwei Jahre zuvor auf der Rollschuhbahn von Finsbury Park kennengelernt, die sie hin und wieder mit Doreen aufsuchte. Die fünfzehnjährige Marjorie hatte gerade erst Rollschuhlaufen gelernt und manchmal mit den beiden Freundinnen geübt. Ihre Bekanntschaft mit dem schrulligen Kreter hatte zuerst unter keinem guten Stern gestanden. Er hatte sich wie ein reicher Bonvivant aufgeführt und mit Fünfpfundnoten um sich geworfen, als gäbe es kein Morgen. Seinetwegen hatte der Rollschuhlehrer Marjories Übungsstunde abgesagt, sodass sie am nächsten Tag wiederkommen musste. Ausgerechnet dann war ihre Handtasche von einem Dieb gestohlen worden. Fafoutakis hatte sich schuldig gefühlt und Marjorie angeboten, ihr eine neue zu kaufen. Er war ganz hingerissen von dem reizenden hübschen Mädchen und begann, um sie zu werben.

Da Venetias Familie mit Marjories Eltern bekannt war, hatte sie miterlebt, wie sich die Beziehung der beiden entwickelte. Und obwohl der junge Kreter, dessen Französisch weitaus besser war als sein Englisch, Rätsel aufgab und Marjories Vater, ein strenggläubiger Prediger einer kongregationalistischen Kirche, nicht erbaut darüber war, dass ein Ausländer ohne feste Anstellung um die Hand seiner Tochter anhielt, musste er letztendlich nachgeben, denn die beiden liebten einander. Es bestand kein Zweifel daran, dass Fafoutakis Vermögen in Form von Aktien einer Firma besaß, die in Ungarn Ölquellen erschließen wollte. Das Kapital dafür verdankte der Kreter seiner Freundschaft mit einem ungarischen Grafen, Sohn des österreichischen Agrarministers, der nach London gekommen war, um dort sein beträchtliches Erbe zu verprassen. Zusammen machten die jungen Männer die exklusivsten Bars, Nachtclubs und Spielhöllen des West End unsicher. Aber Marjorie war davon überzeugt, dass George der einzige Mann für sie war und dass sie keinen anderen haben wollte. Und obwohl Venetia sich angesichts von Fafoutakis' Lebensstil Sorgen um das Paar machte, konnte sie Marjorie verstehen.

Ein Gefühl von Melancholie, vermischt mit Hoffnung, erfüllte Venetia, während sie die beiden Turteltauben beobachtete. Sie hatte jeden Mann, der ihr begegnete, stets mit Bertie verglichen, und keiner reichte an ihn heran. Seit Kurzem aber war sie sich dessen nicht mehr so sicher. Doreen war die Erste, die eine Veränderung an ihrer Freundin feststellte. Venetia hatte angefangen, mehr Wert auf ihr Aussehen zu legen. Es war ihr wichtig, stets ordentlich gekleidet zu sein, aber nun interessierte sie sich auch für modische Einzelheiten, neue Frisuren und elegante Hüte. Im Frühling war ein neuer Mieter bei Mrs Burton eingezogen, ein Bankangestellter in ihrem Alter. Barnaby Croft war

Venetia auf den ersten Blick sympathisch gewesen. Als er herausfand, dass sie das Zeitgeschehen verfolgte, hatten sie sich immer
öfter in der den Mietern vorbehaltenen Stube zusammengefun-
den und sich bei unzähligen Tassen Tee unterhalten. Schließlich
hatte Barnaby den Mut gefunden, Venetia zu einem Ausflug zum
Hampstead Heath einzuladen. Er liebte es, bei Wind und Wetter
spazieren zu gehen, und war erfreut, dass Venetia ebenfalls frische
Luft und Bewegung schätzte. Während der vergangenen Monate waren sie immer wieder miteinander ausgegangen, manchmal zum Essen in Soho, in eines der wie Pilze aus dem Boden
wachsenden Lichtspielhäuser oder ins Theater. Der Höhepunkt
war eine Fahrt mit dem Dampfer nach South End gewesen. Im
Wind, der über den Fluss blies, hatten sie eng nebeneinander an
der Reling gestanden. Schließlich hatte Barnaby, der gewöhnlich eher nachdenklich und zurückhaltend war, sie geküsst. Und
Venetia hatte zum ersten Mal seit langer Zeit wieder zu hoffen
gewagt, dass sie ihr Leben nicht länger allein verbringen musste.

21

Hendon, London, Mai 1914

»Starten Sie den Motor«, rief Lawrence dem Mechaniker zu.

Dieser nickte und schwang mit aller Kraft den Propeller herum.

»Noch kannst du einen Rückzieher machen, Schwesterherz«, sagte Larry zu Venetia.

Sie schüttelte entschlossen den Kopf, obwohl sie kein Wort herausbrachte. Ihre Finger verkrampften sich ineinander, als die Bleriot XI-2 sich in Bewegung setzte. Der zweisitzige Eindecker rollte auf seinem Fahrwerk über die Startbahn. Das Röhren des Gnome-7B-Umlaufmotors erfüllte Venetias Ohren, während sie ihren Schal fester zog, der um ihr Kinn und über ihren Hut geschlungen war, damit er nicht wegflog. Für einen Moment überkamen sie Zweifel, ob es wirklich klug war, sich diesem zerbrechlichen, mit Stahldrähten zusammengehaltenen und mit Stoff bespannten Holzgerüst anzuvertrauen, auch wenn sein Erbauer, der Luftfahrtpionier Louis Blériot, in einem solchen Fluggerät den Ärmelkanal überquert hatte. Doch Venetia hatte schon immer das Abenteuer geliebt und wollte unter den ersten Frauen sein, die in einem Flugzeug flogen. Neidisch hatte sie ein paarmal zugesehen, wie Eleanor Trehawke Davies mit dem Fliegerass

Gustav Hamel geflogen war. Obwohl sie kränklich war und ein schwaches Herz besaß, hatte Davies mit Hamel Loopings gedreht und nannte sogar mehrere Flugzeuge ihr Eigen. Als Venetia daran dachte, überlief sie ein Schauer, und sie schrie gegen den Motorenlärm an: »Aber untersteh dich, irgendwelche Kunststücke zu fliegen, hörst du, Larry?«

Der Wind riss ihr die Worte von den Lippen, bevor sie ihren Bruder erreichten. Er reagierte nicht auf Venetias Bitte, sondern konzentrierte sich darauf, das Flugzeug in die Luft zu bringen.

Venetia versuchte ruhig zu atmen. Mit zitternder Hand rückte sie die Schutzbrille zurecht, doch dann hatte sie nur noch das Bedürfnis, sich an ihrem Sitz festzukrallen. Unter ihnen verschwamm der Boden zu einer einzigen Welle, der Wind wurde stärker ... und dann erhob sich die Bleriot XI-2 in die Lüfte. Venetia verspürte ein plötzliches Gefühl der Leere im Magen, der unangenehm in ihren Unterleib hinabsackte. Doch kurz darauf rutschte alles wieder an seinen Platz, und Venetia stellte fest, dass sie tatsächlich flog. Der Boden zog sich immer weiter zurück, als würde er in eine unendliche Tiefe fallen. die Menschen, Automobile, Flugzeuge, Hangars wurden kleiner und erinnerten an die Figuren einer Modelleisenbahn. Venetias innere Spannung löste sich in einem Schrei.

»Alles in Ordnung?«, rief Larry, der hinter ihr saß.

»Ja«, antwortete Venetia, und ihre Stimme überschlug sich bei dem Versuch, gegen den Wind anzukommen.

Um sie herum war nur noch blauer Himmel. Die Sonnenstrahlen blendeten Venetia, während Larry eine Kurve flog, damit sie sich nicht zu weit vom Flugfeld entfernten. Venetia sah nach unten und fühlte sich berauscht wie nach einem Glas Alkohol zu viel. Für einen Moment streifte sie der Gedanke, dass sie beide sterben würden, wenn das Fluggerät plötzlich zur Erde stürzte, doch dann wischte sie den Gedanken beiseite und genoss die Leichtigkeit, die sich in ihr ausbreitete. Aber das wunderbare Erlebnis war allzu schnell vorüber. Bald schon näherten sie sich erneut der Flugbahn, die Bleriot setzte auf und rollte über den glatten Belag, wurde langsamer und kam schließlich zum Stehen. Venetias Herz raste immer noch und wollte sich nicht beruhigen.

Larry lächelte ihr zu und fragte: »Geht es dir gut?«

Sie nickte nur, unfähig, aufzustehen, bis ihr Bruder ihr die Hand reichte und ihr aus dem Flugzeug half. Der Motor hatte aufgehört zu dröhnen, doch Venetia war sich dessen nicht bewusst.

»Es war wundervoll«, schrie sie Larry zu. »Ich könnte gleich noch einmal aufsteigen.«

Ihr Bruder grinste breit, während er sie am Arm festhielt, da sie immer noch ein wenig hin und her schwankte wie ein Seemann, der nach Monaten auf dem Schiff bei den ersten Schritten an Land sein Gleichgewicht wiederfinden musste.

Doreen stürzte aufgeregt heran und bestürmte ihre Freundin mit Fragen: »Wie war es? Hattest du Angst? Stimmt es, dass einem da oben übel wird?«

»Nein, es war faszinierend«, antwortete Venetia. »Du solltest es auch einmal probieren.«

Vehement schüttelte Doreen den Kopf. »Niemals! Ich kann ein Automobil bedienen, aber das bleibt ja auch sicher auf der Straße.«

Venetia musste lachen. »Vielleicht würdest du lieber mit Gustav Hamel fliegen«, neckte sie ihre Freundin, da sie wusste, dass Doreen von dem Fliegerass sehr angetan war. »Aber Mr Hamel berechnet seinen Passagieren zweihundertfünfzig Pfund für einen Flug. Ich hatte Glück, dass Larry mich umsonst mitgenommen hat.«

Sie war stolz auf ihren Bruder. Nachdem er jahrelang für Messrs Trollope & Warren gearbeitet und jegliche Art von Motoren für Automobile und andere Maschinen gebaut hatte, war es nicht überraschend gewesen, dass er sich auch für Flugzeuge zu interessieren begann. Es war kaum zehn Jahre her, dass die Gebrüder Wright das erste Mal geflogen waren, wenn auch nur für wenige Sekunden, aber seitdem hatte die Kunst des Fliegens ungeheure Fortschritte gemacht. Die Franzosen übernahmen bald die Führung, und im Juli 1909 gelang es dem Erfinder und Piloten Louis Blériot erstmals, in einem Fluggerät den Ärmelkanal zu überqueren. Larry hatte Venetia mit zum Selfridges-Kaufhaus genommen, wo der Eindecker ausgestellt worden war und eine Unmenge an Besuchern angelockt hatte. Danach hatte es für Larry kein Halten mehr gegeben. Er hatte in einer der Flugschulen, die überall eröffnet wurden, Unterricht genommen und wenige Monate später seine Prüfung zum Piloten bestanden. Doreens Interesse am Fliegen war dagegen eher beruflicher Natur. Ihr Chef Lord Northcliffe, der Eigentümer der *Daily Mail*, für die sie weiterhin als Reporterin arbeitete, war ein Flugenthusiast, der es sich seit einigen Jahren auf seine Fahne geschrieben hatte, die Regierung vor der Möglichkeit eines bevorstehenden »Krieges der Lüfte« zu warnen. Bekannte Schriftsteller wie Jules Verne und H. G. Wells prophezeiten in ihren Romanen, dass Flugzeuge eine wichtige Rolle in zukünftigen Kampfhandlungen spielen würden, eine Schreckensvision, die die meisten Politiker nicht wahrhaben wollten. Doreen hatte bereits einige Artikel verfasst, um die Öffentlichkeit aufzurütteln, indem sie die Rückständigkeit Großbritanniens auf dem Gebiet der Flugtechnik offenlegten. Larry war ihr dabei eine große Hilfe gewesen. Er hatte ihr gezeigt, wie Eindecker und Doppeldecker funktionierten, und ihr Flugübungen vorgeführt, aber er hatte sie nie überreden können, mit ihm aufzusteigen. Was sie nicht davon abhielt, Venetias Mut zu bewundern, die es gewagt hatte, in einer dieser Höllenmaschinen den sicheren Boden zu verlassen.

»Komm, wir setzen uns ins Auto und lassen uns eine Tasse Tee bringen«, schlug Doreen ihrer Freundin vor. »Du kannst es vertragen.«

»Da hast du recht«, stimmte Venetia zu. »Es ist doch etwas frisch da oben.«

»Geht schon mal vor«, sagte Larry. »Ich helfe den Mechanikern, die Maschine in den Hangar zu bringen.«

Auf dem Weg zu Larrys Automobil betrachteten die beiden Freundinnen die anderen Besucher.

»Sieh mal, da ist Lady Diana Manners«, erklärte Venetia. »Sie fliegt öfter mit Hamel. Gestern Nachmittag, bevor ich nach Hause ging, habe ich sie noch beim Tee im Ritz gesehen.«

»Nun, Lady Diana gehört zu den wenigen, die sich Mr Hamels Gebühr leisten können«, kommentierte Doreen.

Unvermittelt blieb sie stehen und starrte zu dem kleinen Zweisitzer hinüber, vor dem der berühmte Pilot stand und sich mit einer Gruppe Besucher unterhielt. »Oh, ich fürchte, heute wird Mr Hamel keine Zeit für Ihre Ladyschaft haben. Jemand anders hat ihn mit Beschlag belegt: unser fliegender Kabinettsminister.«

»Winston Churchill?«

»Derselbe. Mr Churchill ist das einzige Regierungsmitglied, das den militärischen Wert von Flugzeugen erkannt hat. Es heißt, er sei schon in jedem Flieger der Royal Navy geflogen.«

»Als Pilot?«, fragte Venetia erstaunt.

»Nein, er fliegt immer nur als Passagier mit«, belehrte Doreen ihre Freundin. »Erstaunlicherweise ist es ihm bisher gelungen, seiner Frau Clementine zu verheimlichen, dass er mit Hamel gefährliche Manöver wie Loopings fliegt, obwohl es jeder weiß.«

Da Venetia zu frösteln begann, setzten sie sich rasch in Larrys Ford Model T und ließen sich Tee von einem der Stewards bringen. Immer wieder stiegen Piloten in ihren Maschinen auf und demonstrierten ihr Können. Als Larry schließlich zu ihnen stieß, untermalte er die Vorführungen mit Hintergrundwissen über die Flugzeuge und Klatsch über das Privatleben der Piloten.

Nachdem die Dämmerung eingesetzt hatte, mischten Venetia, Doreen und Larry sich unter die Menge, die sich um eine am Boden mit Kreide aufgemalte Silhouette eines Kriegsschiffs versammelt hatte. Große Lampen simulierten Suchscheinwerfer und hoben die Ein- und Doppeldecker, die am Himmel kreisten, aus der Dunkelheit. Die Piloten warfen mit Mehl gefüllte Säcke, die Bomben darstellen sollten, herab, und wenn sie die Umrisse des Schiffs trafen, jubelten die Zuschauer. Gleichzeitig stiegen Feuerwerksraketen auf, sodass man den Eindruck hatte, die Geschosse explodierten.

Venetia lief bei diesem Schauspiel ein Schauer über den Rücken. Sie wusste, dass Piloten wie ihr Bruder sowie Leute wie der Zeitungsmagnat Lord Northcliffe und der Erbauer des Flugplatzes von Hendon, Claude Grahame-White, fest davon überzeugt waren, dass Flugzeuge in einem künftigen Krieg eingesetzt werden würden. Aber sie mochte sich nicht vorstellen, was Fluggeräte, die Bomben auf Schiffe, Truppen oder vielleicht auch Zivilisten abwarfen, an Tod und Zerstörung anrichten konnten.

Am Ende der Aufführung sang die Menge »Rule Britannia«, bevor sich die Menschen auf den Heimweg machten.

Auf der Rückfahrt nach Finsbury beteiligte sich Venetia kaum an der Unterhaltung zwischen Larry und Doreen, die die Flugmanöver diskutierten. Im September würde ihre Tochter Patience ihren achtzehnten Geburtstag feiern. In letzter Zeit hatte sie ihrer Mutter und ihrer Pflegefamilie, die stets so stolz auf das

Mädchen gewesen waren, Kummer bereitet. Nachdem Patty die Schule mit guten Noten abgeschlossen hatte, waren Venetia und die Lawsons übereingekommen, ihr die Möglichkeit zu geben, wie ihre Mutter einen Beruf zu erlernen. Venetia hatte Patty mit ihren Ersparnissen einen Sekretärinnenkurs bezahlt und ihr eine Stelle im Büro eines Anwalts besorgt. Doch das junge Mädchen hatte rasch festgestellt, dass ihr die Arbeit nicht lag. Patty war gesellig und brauchte den Umgang mit Menschen, zudem besaß sie einen Sinn für schöne und edle Dinge und ein Talent fürs Nähen und Sticken. Als Kind schon hatte sie ihre eigenen Kleider genäht und auch ihre Pflegemutter mit hübschen Tüchern, Schals oder Hutschmuck überrascht. Die Arbeit im Schreibbüro, bei der sie nur die Gesellschaft ihrer Kolleginnen hatte, die eintönigen Briefe, die sie den ganzen Tag tippen musste, all das füllte Patty nicht aus. Da sie aber wusste, wie viel sie ihrer Gönnerin verdankte, die ihren Sekretärinnenkurs bezahlt hatte, war es dem Mädchen schwergefallen, über ihre Unzufriedenheit zu reden. Erst nach Monaten hatte Patty zugegeben, dass ihr die Arbeit eines Schreibfräuleins keine Freude bereitete und dass sie lieber einer Tätigkeit nachgehen würde, bei der sie mit Menschen zu tun hätte. Eine Weile hatte sie mit dem Gedanken gespielt, Lehrerin zu werden, doch dann hatte Venetia ihr vorgeschlagen, es als Verkäuferin in einem Modegeschäft zu versuchen. Und obwohl die Arbeitszeit lang war – in der Regel zehn bis zwölf Stunden am Tag, manchmal länger – und das lange Stehen ein gutes Durchhaltevermögen erforderte, genoss Patty das Gespräch mit den wohlhabenden Damen, die in das Geschäft kamen, sich beraten ließen und Kleider, Blusen und Röcke in Auftrag gaben. Die erfahrene Verkäuferin, die Patty ausbilden sollte, war beeindruckt von der schnellen Auffassungsgabe des Mädchens und ließ Patty bald unter Aufsicht selbst Beratungsgespräche führen.

Zuerst war Venetia enttäuscht gewesen, dass ihre Tochter ihr nicht nacheifern und die Tätigkeit einer Sekretärin anstreben wollte, die höher angesehen war als die einer Verkäuferin. Doch dann fand sie sich damit ab. Schließlich hatte Venetia sich in ihrem Leben auch nie etwas von anderen vorschreiben lassen, sondern ihre eigenen Wünsche und Pläne durchgesetzt. Die letzten Jahre waren wie im Flug vergangen. Venetia hatte nach wie vor Spaß an ihrer Arbeit im Ritz, und sie hatte viele Freunde unter den Angestellten. Ihr ehemaliger Chef, Henry Ellès, beschränkte sich inzwischen auf die Führung des Schwesterhotels in Paris. Theodor Kroell, ein Deutscher, war nun seit fünf Jahren Direktor des Londoner Ritz. Und obwohl er ein wenig steif und übergenau war, kam Venetia gut mit ihm zurecht. Sie wohnte noch immer in Mrs Burtons Pension wie auch der junge Koch André Le Blanc, mit dem sie seit Langem eine enge Freundschaft verband. Mittlerweile hatte er das beste Zimmer im Haus, weil er weiterhin an seinen freien Tagen für die Mieter kochte. Eigentlich hatte Venetia damit gerechnet, dass er der langen Fahrt von Finsbury Park in die Londoner Innenstadt irgendwann überdrüssig werden und in eines der vom Hotel für das Personal zur Verfügung gestellten Zimmer ziehen würde. Einmal hatte sie ihn mit Percy Frobisher, mit dem er befreundet war, darüber reden hören, eine gemeinsame Wohnung zu mieten. Doch bedauerlicherweise mochte Percys Vater, mit dem dieser zusammenlebte, den Franzosen nicht. Dies war Venetia völlig unverständlich, denn ihrer Meinung nach war André ein netter, hilfsbereiter junger Mann. Was nur konnte Joe Frobisher gegen ihn haben? Vielleicht war es lediglich die historische Abneigung der Engländer gegen die Franzosen, die bei dem alten Frobisher stärker ausgeprägt war. Venetia hatte den Schausteller erst vor wenigen Wochen kennengelernt. Percy hatte seinem

Vater die Rolle des Alfred Doolittle in George Bernhard Shaws »Pygmalion« am His Majesty's Theatre verschafft. Als der Portier Venetia von diesem Glücksfall erzählte, war sie sich nicht zu fein gewesen, ihn zu bitten, sie einmal zu den Proben mitzunehmen. Sie wollte den angesehenen Dramatiker Shaw treffen oder ihn doch zumindest bei seiner Arbeit beobachten. An jenem Tag im Februar hatte Venetia jedoch nicht das zu sehen bekommen, was sie erwartet hatte. Der Manager des Theaters, Sir Herbert Beerbohm Tree, der His Majesty's zu einer begehrten Bühne gemacht hatte, war ein exzentrischer Schauspieler, der gerne außergewöhnliche Rollen spielte und als Verwandlungskünstler bekannt war. Er liebte es, seine Statur, sein Aussehen, seinen Akzent zu verändern. Die Rolle des Henry Higgins, des Sprachwissenschaftlers in »Pygmalion«, bot ihm keine Herausforderung, durch die er glänzen konnte. Der nüchterne Shaw wollte weder ein Taxi auf der Bühne noch eine aufwendige Ballszene dulden. Jede Art von unnötiger Ausschmückung würde nur von der Aussage des Stücks ablenken. Die Darstellerin der Eliza Doolittle, der Gassenschlampe, die von Professor Higgins zur eleganten Dame umerzogen wurde, machte es dem Dramatiker ebenfalls nicht leicht. Mrs Patrick Campbell war bereits über fünfzig, deutlich zu alt für die Rolle, und das wusste sie auch. Der Cockney-Akzent, mit dem Eliza zu Beginn des Stücks sprach, fiel ihr schwer, und sie meisterte ihn erst, nachdem Joe Frobisher verstärkt mit ihr übte. Als Percy Venetia mit zu den Proben nahm, wurden sie Zeuge eines heftigen Streits zwischen George Bernhard Shaw und Sir Herbert, der die Hoffnung noch nicht aufgegeben hatte, dem Stück ein wenig mehr Unterhaltungswert einzuflößen, indem er es als Liebesgeschichte interpretierte. Er schlug eine romantische Hochzeit zwischen Higgins und Eliza vor. Doch Shaw wollte davon nichts wissen.

Die ehrenwerten Herren lieferten sich ein lautstarkes Wortgefecht, als Percy und Venetia auf die Bühne traten. Verblüfft sahen sie zu, wie die beiden sich fast an die Kehle gingen.

»Higgins und Eliza können nicht heiraten«, schrie der Dramatiker. »Verstehen Sie das nicht, Sir Herbert? Higgins ist selbstverliebt, gefangen in seiner Wissenschaft der Phonetik. Eliza dagegen hat durch ihn eine nie gekannte Unabhängigkeit gewonnen, die sie niemals gegen die Fesseln der Ehe eintauschen würde.«

»Aber eine Romanze würde ein größeres Publikum anziehen«, widersprach Beerbohm Tree fast flehentlich.

»Nein, auf keinen Fall!«, beharrte Shaw. Sein Blick fiel auf die unfreiwilligen Zuschauer, die ihn entgeistert anstarrten. »Madam, darf ich Sie fragen, ob Sie verheiratet sind?«, erkundigte er sich.

»Nein, bin ich nicht, Sir«, antwortete Venetia.

»Und wie kommen Sie zurecht? Sorgen Sie selbst für Ihren Unterhalt?«

Die unverhohlene Frage machte Venetia verlegen, doch sie ahnte, worauf der Schriftsteller hinauswollte, und erwiderte: »Das tue ich, Sir. Ich habe mein ganzes Leben lang gearbeitet.«

Mit einer Geste des Triumphes wandte Shaw sich zu Tree um. »Sehen Sie? Die Damen von heute wollen selbstständig und nicht abhängig von einem Ehemann sein, der sie einengt.«

Mit einer Grimasse des Überdrusses warf Sir Herbert theatralisch die Arme hoch und stolzierte von der Bühne, während Shaw in die andere Richtung davonging. Zurück blieb Mrs Patrick Campbell, die sich ärgerlich umblickte.

»Und was ist mit mir? Männer!«, stieß sie hervor, raffte ihre Röcke und folgte Beerbohm Tree.

Venetia und Percy sahen einander erstaunt an, dann brachen sie in Lachen aus.

Schauspieler und Literaten waren schon ein seltsames Völkchen, dachte Venetia. Und obwohl ihr Shaws Argumentation für die Unabhängigkeit der Frau gefallen hatte, konnte sie ihm nicht völlig zustimmen. Wäre es nicht viel schöner und erfüllender, wenn man beides haben könnte: einen Ehemann, der die Selbstständigkeit seiner Frau akzeptierte?

Venetias Freundschaft mit Barnaby hatte sich über die vergangenen Monate vertieft, aber noch hatte sie es nicht gewagt, den entscheidenden Schritt zu tun und seinem Werben nachzugeben. Sie hatte Angst, dass sich ihre Erfahrung mit Bertie wiederholen würde, dass Barnaby sich als ebenso unzuverlässig erweisen könnte wie der Mann, in den sie sich damals Hals über Kopf verliebt hatte. Auch war sie sich nicht sicher, welcher Art ihre Gefühle für Barnaby waren. Bedeutete er ihr genug, um für den Rest ihres Lebens mit ihm glücklich zu sein?

22

London, 25. Mai 1914

Patience verabschiedete die Kundin, die sie fast eine Stunde lang beraten hatte, und atmete tief durch. Die wohlhabende Amerikanerin war anstrengend gewesen, aber auch dankbar für die Aufmerksamkeit, die man ihren Wünschen entgegenbrachte. Es war offensichtlich, dass sie zu den Neureichen gehörte, die zunehmend über den Großen Teich nach England kamen, einfach, weil sie es sich leisten konnten. Einige von ihnen versuchten, ihre bescheidene Herkunft mit Arroganz zu überspielen, und andere, die aus etablierten New Yorker Familien stammten, stellten sich fast schon auf eine Stufe mit dem europäischen Adel. Patience waren diejenigen am sympathischsten, die sich wie normale Menschen verhielten und sich an ihren gehobenen Stand erst noch gewöhnen mussten, wie die Dame eben, die eine Verkäuferin nicht wie einen Handlanger behandelte. Daher hatte Patty sich auch besondere Mühe gegeben, für die Amerikanerin Stoffe zu finden, deren Farben ihr gut standen und in denen sie sich wohlfühlen würde. Die fertigen Kleidungsstücke sollten ins Ritz Hotel geliefert werden. Wahrscheinlich würde Patty oder die Schneiderin die Dame dort aufsuchen müssen, falls etwas nicht passte und geändert werden musste. Bei ihrer nächsten Begegnung mit ihrer Patentante Venetia würde Patty ihr davon erzählen. Das würde sie freuen. Patty wusste, wie gern Tante Venetia im Ritz arbeitete.

»Sollen wir etwas essen gehen?«, fragte Pattys Kollegin Lily. »Wenn wir uns beeilen, reicht die Mittagspause noch für eine Mahlzeit im Lyons' Corner House.«

»Gute Idee«, stimmte Patty zu. »Ich verhungere.«

Lily wartete geduldig, bis ihre Freundin ihren Hut aufgesetzt und mit einer Nadel in ihrem aufgesteckten Haar befestigt hatte. Da die Verkäuferinnen als Aushängeschild für die Eleganz des Damen- und Herrenausstatters fungierten, mussten sie zu jeder Zeit ordentlich und nach der neuesten Mode gekleidet sein. Als sie auf die Shaftesbury Avenue hinaustraten, bemerkten die Mädchen, dass Wolken aufgezogen waren, und beschleunigten ihre Schritte. Sie wollten sich von einem drohenden Schauer nicht vom Essen abhalten lassen. Sie hatten die Ecke Coventry und Rupert Street gerade erreicht, als die ersten Tropfen fielen. Eilig rannten sie zum Eingang des Restaurants mit seiner imposanten Fassade, die mit Pfeilern, gebrochenen Giebeln und einem von Säulen getragenen Türmchen geschmückt war. Das Lyons' Corner House war eigentlich mehr ein Kaufhaus mit einer Lebensmittelabteilung im Erdgeschoss, die Delikatessen, Süßigkeiten, Kuchen und andere Nahrungsmittel anbot. Auf den restlichen vier Stockwerken befanden sich Friseursalons, Telefonzentralen, Agenturen, bei denen man Eintrittskarten für Theateraufführungen und andere Veranstaltungen erwerben konnte, und mehrere Restaurants.

Patty und Lily fuhren mit dem Aufzug in den zweiten Stock und ließen sich in der Brasserie an einem freien Tisch nahe der Kapelle nieder. Der im Art-déco-Stil gehaltene Saal war ihr bevorzugter Aufenthaltsort. Viele der anderen Gäste waren Frauen, die in den Schreibbüros der umliegenden Straßen arbeiteten, oder Verkäuferinnen. Die Bedienung bestand aus Kellnerinnen in langen Röcken, mit herzförmigen Schürzen vor der Brust und hohen Häubchen. Obwohl sie häufig wechselten, kannten Patty und Lily die meisten mit Namen.

»Guten Tag, meine Damen«, begrüßte Helen die beiden jungen Mädchen. »Was darf ich Ihnen bringen?«

Patty und Lily scherzten ein wenig mit Helen, bevor sie ihre Bestellung aufgaben und dann der Kapelle lauschten. Patty betrachtete gerne die anderen Gäste und versuchte sich vorzustellen, was diese für ein Leben führten. Bei den Frauen war es nicht schwer zu erraten, welche von ihnen als Verkäuferinnen in einem Laden oder als Schreibfräulein arbeiteten. Bei den Männern war es schon schwieriger. Die Bankangestellten erkannte man leicht. Sie wirkten ernst und konzentriert, besonders in den letzten Tagen, seit die Gefahr eines Krieges auf dem Kontinent den Aktienhandel lahmgelegt hatte. Die Verkäufer waren meist fröhlicher und schäkerten mit ihren Kolleginnen. Aber es war so gut wie unmöglich, den Arbeitern in ihren Overalls anzusehen, ob sie im Baugewerbe, in einer Fabrik oder in einem anderen Bereich beschäftigt waren. Allerdings fiel Patty auf, dass die Arbeiter unter den Anwesenden die Heitersten waren, sich laut unterhielten und scherzten und so für eine ausgelassene Stimmung sorgten.

Das Auftauchen zweier Frauen in eleganter Kleidung riss Patty aus ihren Beobachtungen. Die beiden Damen gehörten unübersehbar dem Mittelstand an, waren aber nicht gekommen, um zu Mittag zu essen. Sie verteilten Flugblätter an den Tischen und unterhielten sich jeweils kurz mit den Gästen. Patty brauchte nicht erst die Schlagzeile auf dem Handzettel »Wahlrecht für Frauen« zu sehen, um zu erraten, dass es sich um Suffragetten handelte. Als die Damen an den Tisch der Mädchen traten und ihnen eine der Flugschriften reichten, nahm Lily sie automatisch entgegen. Sie überflog den Handzettel und hielt ihn Patty hin, doch diese ignorierte ihn. Daraufhin blickte die Jüngere der Suffragetten sie tadelnd an.

»Unterstützen Sie unsere Kampagne nicht, Miss? Wollen Sie nicht auch mitentscheiden, wie unser Land geführt wird, und nicht alles den Männern überlassen, die nur an ihre eigenen Bedürfnisse denken?«

Patty blickte sie ungerührt an. »Doch, natürlich wünsche ich mir ein Mitspracherecht. Aber mir gefallen die Methoden nicht, die Sie und Ihresgleichen bei Ihrer Kampagne anwenden«, erwiderte sie. »Wie können Sie Kunstwerke zerstören, nur um Schlagzeilen zu machen? Die Gemälde, die Sie und Ihre Genossinnen beschädigt haben, gehören allen Menschen, auch den Frauen, weil sie für unsere Geschichte Zeugnis ablegen. Sie sind unwiederbringlich, wie auch die Artefakte im British Museum, die Jahrtausende überstanden haben, um dann von einer Eiferin zerschlagen zu werden.«

»Es gibt nun einmal keinen anderen Weg, um die Aufmerksamkeit der Männer zu erregen, für die wir sonst nur ein lästiges Ärgernis sind«, verteidigte sich die Suffragette.

»Gewalt ist nie der richtige Weg, um etwas durchzusetzen«, widersprach Patty. »Wie können Sie Bomben in Kirchen und an anderen Orten legen, an denen jemand zu Schaden kommen könnte? Nur um ›Aufmerksamkeit zu erregen‹? Damit bringen Sie die Menschen lediglich gegen sich auf, anstatt ihre Unterstützung zu erlangen.«

Die ältere Suffragette legte ihrer jüngeren Begleiterin auffordernd die Hand auf den Arm. »Komm, Phoebe, wir sollten uns hier nicht so lange aufhalten.«

Tatsächlich waren an den umliegenden Tischen immer mehr

Restaurantgäste auf die Frauen aufmerksam geworden. Rufe wie »Verschwindet, ihr Blaustrümpfe!« erklangen und wurden lauter. Die Musiker bemühten sich, den Aufruhr zu übertönen, in der Hoffnung, die Anwesenden abzulenken, doch es war zu spät. Einige der Männer, Arbeiter ebenso wie Büroangestellte, begannen, mit Zuckerwürfeln, Brötchen und Kuchenstücken nach den Suffragetten zu werfen. Als auch ein paar Gabeln und Messer durch die Luft flogen, duckten Patty und Lily sich unter den Tisch, und die Suffragetten ergriffen die Flucht. Nun schoben immer mehr Männer ihre Flechtstühle zurück und stürmten hinter den Fliehenden her.

»Lass uns sehen, ob die beiden Hilfe brauchen«, rief Patty ihrer Freundin zu.

Diese nickte nur zögernd, schloss sich der Jüngeren dann aber doch an.

Vor dem Eingang zum Restaurant hatte sich eine Menschenmenge gebildet. Als Patty sich an einem aufgebrachten großen Mann vorbeischob, um besser sehen zu können, erkannte sie, dass die Suffragetten Zuflucht in einem der Aufzüge gesucht hatten. Dieser war jedoch zwischen den Stockwerken stecken geblieben. Ihre Verfolger nutzten die Gelegenheit und bewarfen die Frauen durch die Gitter mit Essensresten, Löffeln und nassen Servietten.

Der Hüne, an dem Patty sich vorbeigedrängt hatte, warf ihr einen misstrauischen Blick zu, als versuche er abzuschätzen, ob sie zu den Suffragetten gehörte. Lily bemerkte es und zog ihre Freundin mit sich.

»Aber wir müssen doch etwas tun, um ihnen zu helfen«, protestierte Patty.

»Da vorn ist ein Fernsprechkiosk«, erwiderte Lily. »Lass uns die Polizei rufen.«

Nach dem Anruf bestand Lily darauf, dass sie ins Geschäft zurückkehrten, denn ihre Mittagspause war vorbei.

»Ich denke, das war genug Aufregung für einen Tag«, sagte sie. »Wir können froh sein, dass man uns nicht auch für Suffragetten gehalten hat. Ich esse meinen Battenberg lieber vom Teller als von meinem Kostüm.«

23

London, 28. Juli 1914

André zog sich ein wenig von dem Personaleingang des Ritz zurück und wechselte schließlich auf die andere Seite der Arlington Street, um Abstand zu den armen Leuten zu gewinnen, die sich davor drängten. Sie hofften auf Reste aus dem Restaurant, die der Maître d'Hôtel zu besonderen Gelegenheiten verteilen ließ. Nun, während der Londoner Saison, waren alle Luxushotels der Stadt ausgebucht. Der Adel war im Frühling von seinen Landgütern nach London geströmt und traf dort mit reichen Industriellen und anderen Unternehmern zusammen, die sich Zugang zu den Bällen und Levées der Aristokratie erhofften. Am vierten Juni waren die Debütantinnen bei Hof vorgestellt worden, und die Hotels hatten sich mit aufgeregten Müttern und deren Töchtern gefüllt. André hatte an jenem Tag frei gehabt und mit Percy beobachtet, wie die jungen Mädchen in weißen Hofkleidern, begleitet von ihren herausgeputzten Müttern und ihren Vätern in Uniform oder Jackett aus schwarzem Samt und Kniehose, in Taxis stiegen, die sie zum Buckingham-Palast fuhren. Als Assistent des Chef entremétier bekam der junge Koch nach wie vor nicht viel von den erlauchten Gästen des Ritz zu Gesicht, aber Percy, der immer Bescheid wusste, wo es etwas oder jemanden von Interesse zu sehen gab, verabredete sich mit seinem Freund vor dem Hotel und flüsterte ihm die Namen der jeweiligen Personen zu. Als einer der erfahrenen und aufgrund seines Erfindungsreichtums begehrten Portiers kannte Percy alles, was Rang und Namen hatte, persönlich. Wenn sein Vorgesetzter, Arnold Schmid, zu tun hatte oder seiner Leidenschaft, dem Glücksspiel, nachging, bat er oft Percy auszuhelfen. Und dieser nutzte stets die Gelegenheit, sich unentbehrlich zu machen. Doch manchmal ärgerte es ihn auch, wenn er für den Empfangschef einspringen musste, weil dieser nach einem größeren Verlust auf der Pferderennbahn Vergessen in einer Ginflasche suchte und nicht zur Arbeit kam. Wiederholt hatte Percy dann eine Verabredung mit André absagen müssen. Die beiden jungen Männer waren nun seit sieben Jahren ein Paar und sehr glücklich miteinander. Da sie lange Schichten arbeiteten, die sich oft nicht überschnitten, und sie nicht zusammenziehen konnten, weil Percys Vater, der sich eine Wohnung mit seinem Sohn teilte, gegen die Beziehung war, sahen sie einander an manchen Tagen nur flüchtig. Mrs Burton drückte gewöhnlich ein Auge zu, wenn Percy zu Besuch in die Pension kam und aufgrund der späten Stunde dann über Nacht bleiben musste. Die Vermieterin ahnte nichts von dem, was zwischen den beiden Männern vorging, und hätte es wohl auch nicht glauben wollen, wenn jemand sie aufgeklärt hätte. Sie lebte stets in der Sorge, ihren vorzüglichen Koch zu verlieren.

Während André die armen Leute beobachtete, die wie streunende Hunde vor der Tür des Hotels hin und her schlichen, wunderte er sich wie sooft, warum sie so zahlreich waren. Der Kontrast zu den wohlhabenden Gästen in Samt und Seide, bedeckt mit Juwelen und Pelzen, die die wenigen Stufen hinabschritten und blank polierte Automobile oder Kutschen bestiegen, erschien André fast anstößig. England mit seinem Empire war das reichste Land der Welt, und doch schien sich gerade hier die Zahl der Armen von Jahr zu Jahr zu vergrößern. Dabei handelte es sich bei den Menschen, die angesichts des Luxus auf ein Almosen hofften, keineswegs um Clochards oder zwielichtige Gestalten, sondern um ehrliche Arbeiter, die von dem Lohn, den sie verdienten, ihre Familien nicht menschenwürdig versorgen konnten. Percy, der aus demselben Milieu stammte wie sie, hatte André erklärt, dass es einfach zu viele von ihnen gebe. Die Arbeitgeber konnten die Löhne drücken oder andere Arbeiter anheuern, wenn sich jemand beschwerte. Diese Ungerechtigkeit hatte in den vergangenen Monaten in vielen Bereichen wie im Bauwesen oder in den Fabriken zu Streiks geführt. Im Mai hatten die Busfahrer mit Arbeitsniederlegung gedroht, und zwei Wochen zuvor hatten Streikende sogar das Royal Arsenal in Woolwich, Englands Waffenschmiede, zum Stillstand gebracht. Trotz der damit verbundenen Unannehmlichkeiten hatte André Verständnis für die Wut der unterbezahlten Arbeiter.

»Tut mir leid, dass du warten musstest«, rief Percy seinem Freund zu, als er aus dem Personaleingang kam. »Die ehrenwerte Mrs Devereux gibt einen Tanzabend für ihre Tochter, und einige Gäste kamen ›modisch spät‹.«

André lächelte, um Percy zu zeigen, dass ihm das nichts ausmachte.

»Wohin gehen wir? Sollen wir eine Revue anschauen?«, fragte der Franzose. »Wir waren lange nicht im Alhambra.«

»Mir ist heute nicht danach«, antwortete Percy, während er eine Grimasse zog. »Lass uns einfach nur etwas trinken. Wir könnten in die ›Charlottenstraße‹ gehen.«

»Die Charlotte Street? Im deutschen Viertel? Nein, lieber nicht«, sagte André abwehrend.

»Ach, komm schon, das Bier ist gut.«

»Das schon, aber ...«

»Könnt ihr Köche nicht einfach über eure Rivalität mit den Kellnern hinwegsehen?«, spottete Percy. »Du gehst doch auch mit mir italienisch essen.«

»Das ist was anderes«, brummte André unbehaglich.

»Die Deutschen, die hier wohnen, sind doch halbe Engländer und haben nichts mit den militaristischen Preußen in Deutschland zu tun, von denen man in der Zeitung liest.« Er lächelte seinem Geliebten sanft zu. »Und die Deutschen auf der ›Charlottenstraße‹ haben euch auch nicht das Elsass und Lothringen weggenommen, Frosch.« Percy wusste, dass André es nach wie vor nicht mochte, wenn sein Freund ihn so nannte, deswegen tat er es nur, wenn er ihn necken wollte. Doch diesmal ließ der Franzose sich nicht einmal davon aufheitern.

»Unser Chef pâtissier spricht seit Wochen von nichts anderem mehr als dem Mord an dem österreichischen Thronfolger Franz Ferdinand«, sagte André, nachdem sie eine Weile schweigend den Piccadilly entlangspaziert waren.

»Na, man kann verstehen, dass er sauer ist«, entgegnete Percy. »Wären wir ja auch, wenn jemand unseren Prince of Wales umpusten würde.«

»Das Attentat auf den Thronfolger könnte einen Krieg auslösen«, gab André zu bedenken.

»Wieso? Man braucht doch nur die Bande, die es getan hat, zu fassen und aufzuknüpfen«, erwiderte Percy leichthin.

»Damit werden die Österreicher nicht zufrieden sein. Es heißt, die serbische Regierung habe die Mörder unterstützt. Und wenn Österreich daraufhin Serbien den Krieg erklärt, wird Russland als Beschützer Serbiens mit hineingezogen und ebenso Frankreich, das mit Russland verbündet ist. Dann wird auch Deutschland nicht tatenlos zusehen und sich auf die Seite Österreichs schlagen.«

»Meinst du wirklich?«

Nachdenklich sah Percy seinen Freund an. Auf einmal erinnerte er sich an ein Gespräch zwischen zwei Bankiers, das er am Nachmittag mit angehört hatte. Es war von Beeinträchtigungen bei Finanzgeschäften und dem Warenverkehr auf dem Kontinent die Rede gewesen, die das Säbelrasseln Österreichs ausgelöst hatte.

»Aber selbst wenn es Krieg geben sollte«, räumte Percy ein, »so werden wir hier nicht davon betroffen sein. Vielleicht haben wir dann im Ritz weniger Gäste aus Deutschland, Russland und Frankreich, aber die reichen Amerikaner, die zuhauf über den Großen Teich kommen, machen das wieder wett.« Als Percy feststellte, dass auch diese Versicherung Andrés Laune nicht hob, wechselte er das Thema: »Hör mal, wenn es wieder einen spannenden Boxkampf gibt, gehen wir hin, ja?« Er imitierte ein paar Sprünge, hob die Fäuste und puffte dem Franzosen spielerisch gegen die Brust. »War schon ein fesselnder Kampf letzte Woche in der Olympia. Wie euer Champion Carpentier Gunboat Smith vermöbelt hat, war wirklich beeindruckend.«

André erkannte Percys gute Absicht und ging auf seine Reminiszenzen ein. »Ja, du hast recht. Carpentier war unschlagbar. Die Amerikaner, die Gunboat Smith fähnchenschwenkend anfeuerten, taten mir fast leid, als er zu Boden ging.«

»Wirklich?«, fragte Percy ungläubig.

»Nein, nicht wirklich«, erwiderte André mit einem schadenfrohen Lachen.

Am Ende nahmen sie einen Imbiss im Lyons' Corner House auf der Coventry Street zu sich. Als sie schließlich nach dem Essen vor der Tür eine Zigarette rauchten, erkundigte sich André: »Sollen wir zu mir gehen oder zu dir?«

»Lieber zu dir«, erwiderte Percy seufzend. »Papa hat heute einen seiner Tage, wo ihm nichts recht ist.«

»Ob er jemals akzeptieren wird, was wir sind?«

»Ich glaube nicht. Ich würde so gerne mit dir zusammenziehen, aber trotz des guten Trinkgelds im Ritz kann ich mir keine zwei Wohnungen leisten, und ich muss dem alten Herrn doch weiterhin unter die Arme greifen, sonst sitzt er am Ende wieder auf der Straße.«

André seufzte. Der alte Frobisher war von Anfang an gegen ihre Beziehung gewesen und versuchte nach wie vor starrsinnig, Percy mit hübschen jungen Mädchen aus der Schaustellerzunft zu verkuppeln. Obwohl viele seiner Kollegen aus dem Varieté ähnliche Neigungen hatten wie Percy, war sein Vater der Überzeugung, dass es unnatürlich, ja geradezu krankhaft sei, einen Menschen des gleichen Geschlechts zu lieben und sogar sexuelle Handlungen mit ihm auszuführen. Letzteres war in England eine Straftat und wurde mit Zuchthaus geahndet. Nach unzähligen vergeblichen Versuchen, ihn umzustimmen, hatte Percy die Segel gestrichen und bemühte sich fortan, das Beste aus der Situation zu machen. Vielleicht verdiente er doch eines Tages genug, um mit André eine gemeinsame Wohnung zu beziehen, nicht allzu weit von Papas Unterkunft entfernt, sodass Percy weiterhin ein Auge auf den alten Herrn haben konnte.

»Unternehmen wir etwas am August-Feiertag?«, fragte Percy. »Hast du frei?«

»Am Montag ja, am Samstag muss ich arbeiten, und am Sonntag kommt Monsieur Escoffier, um nach dem Rechten zu sehen, da Monsieur Malley frei hat. Da möchte ich gerne in der Küche sein. Der Meisterkoch kommt schließlich nicht mehr sooft ins Ritz.«

Von dem Chef de Cuisine, Emile Malley, der im Pariser Hôtel Ritz zum Chef saucier aufgestiegen war, hatte André viel gelernt. Malley eiferte seinem Vorbild Escoffier nach und erfand

wie dieser immer neue Gerichte wie die *Pêche Belle Dijonnaise* –
Pfirsiche mit einem Sorbet aus schwarzen Johannisbeeren und
Crème de cassis.

Seit André vor zwei Jahren Assistent des Chef entremétier geworden war, bemühte er sich, seine Kochkunst zu vervollkomm-
nen. Die Zubereitung der Beilagen machte ihm Spaß, da diese
Arbeit abwechslungsreich war. In Auguste Escoffiers Kochkunstführer gab es allein mehr als siebzig Rezepte für die Zubereitung von Kartoffeln: von feinen streichholzdünnen *Pommes pail-
les* – Kartoffelstroh –, wie Vogelnester angelegt, über die etwas
dickeren *allumettes* zu den einfachen *Pommes frites Pont-Neuf*
oder *Mousseline de Pommes de terre* – Kartoffelbrei mit Parme-
san, Schlagsahne und geschlagenem Eiweiß, der wie ein Soufflé
zubereitet wurde –, *Pommes de terre chatouillard* – Kartoffeln in
Girlanden geschnitten und dann frittiert –, Kartoffeln als Püree,
Kroketten, Gratin oder gefüllt, mit Kräutern oder Käsesorten.
Auch die Zubereitung verschiedener Gemüsearten war abwechslungsreich: Artischocken mit unterschiedlichen Saucen, die
vier Sorten Spargel: der süß-herbe französische Spargel Argen-
teuil, der weiße belgische Spargel, der grüne und schließlich der
violette Genueser, der würziger schmeckte als die anderen, oder
Aubergines à l'orientale, bei denen die Scheiben mit einer Fül-
lung aus gehackter Eierfrucht, Tomaten, Petersilie, Knoblauch
und Brotkrumen wie ein Sandwich zusammengehalten wurden;
Champignons gegrillt, püriert, gefüllt oder als Tartlet; die bunte
Farbpalette der Kohlsorten und nicht zuletzt Beilagen aus Mais
oder Maronen zu besonderen Gelegenheiten. Die Zubereitung
mancher Gerichte war sehr zeitaufwendig, aber das störte André
nicht. Er genoss die Schönheit und Ästhetik des Endergebnis-
ses. Für ihn war Kochen eine Kunst, die Geschick und Fantasie
erforderte. Allerdings vermisste er die Kreation von Süßspeisen,

die er während seiner Ausbildung in Paris gelernt hatte. In seiner Freizeit, wenn er Entspannung suchte, modellierte er zu Hause in seinem Zimmer Blumengestecke und Früchte aus gefärbtem Zuckerwerk und verschenkte sie an Freunde und Bekannte.

An der Ecke Coventry Street und Rupert Street hielt ein Lieferwagen. Der Beifahrer warf Bündel frisch gedruckter Zeitungen von der Ladefläche. Noch bevor die wartenden Zeitungsjungen ihre Stapel aufgeschnürt hatten, war ihr Ruf zu hören: »Österreich erklärt Serbien den Krieg.«

André griff Percy am Arm, um ihn zum Stehenbleiben zu bewegen, zog eine Münze aus der Tasche und erstand eine Ausgabe.

»Habe ich es dir nicht prophezeit?«, sagte André, nachdem er die Schlagzeile gelesen hatte.

»Na wennschon«, erwiderte Percy unbeeindruckt. »Dieser Krieg hat nichts mit uns zu tun.« Aufmunternd klopfte er seinem Freund auf die Schulter. »Komm, lass uns zu dir fahren und unseren Ausflug am Montag planen. Wir könnten den Tag am Strand von Brighton verbringen.«

André antwortete nicht. Wie gebannt las er den Artikel über die österreichische Kriegserklärung an Serbien und suchte vergeblich nach einem Hinweis, dass noch Hoffnung auf eine friedliche Lösung des Konflikts bestand.

24

London, 31. Juli 1914

*E*uropa treibt auf eine Katastrophe zu«, lautete die Schlagzeile der *Daily Mail*. Venetia ließ sich in die düstere Darstellung der Situation auf dem Kontinent hineinsinken, die der Reporter beschrieb, und vergaß dabei, ihren Apple Crumble aufzuessen.

»Darf ich mich zu Ihnen setzen, Miss Grey?«

Venetia sah von der Zeitung auf und lächelte der blonden Frau im schwarzen Kostüm einladend zu.

»Aber natürlich, Mrs Cunningham. Verzeihen Sie, ich war gefesselt von dem Artikel. Wie es scheint, ist ein Krieg nicht mehr abzuwenden.«

Mit ernster Miene nahm die Hausdame Platz und gab der Kellnerin ein Zeichen. Venetia faltete die Zeitung zusammen und legte sie zur Seite. Die Stimmung in der Personalkantine war ruhiger als sonst, fast bedrückt. Die beiden Frauen saßen in dem Speisesaal für die Büroangestellten. Die Direktrice, die die Arbeitsbereiche auf der Etage leitete, zog es vor, mit den Bürokräften zu speisen anstatt mit den irischen Zimmermädchen und Putzfrauen. Obwohl sie sich seit zwei Jahren kannten und in der Mittagspause oft miteinander aßen, wusste Venetia so gut wie nichts über Mrs Cunningham, noch nicht einmal ihren Vornamen. Die Hausdame war in den Fünfzigern. Sie trug ihr hellblondes Haar streng aus der Stirn gezogen und auf dem Kopf zu einem Knoten zusammengesteckt. Ihre Uniform bestand aus einem einfach geschnittenen Kostüm aus schwarzem Wollkrepp mit einreihiger Jacke und knöchellangem Rock.

»Man kann nur hoffen, dass sich die Lage auf dem Kontinent bald wieder beruhigt«, erwiderte Mrs Cunningham. »Eine Freundin von mir ist jedenfalls dieser Ansicht. Sie hält es nicht für nötig, ihren Ausflug nach Belgien, den sie für die nächste Woche geplant hat, zu verschieben.«

»Hm«, brummte Venetia. »Ich weiß nicht recht.«

Bevor sie Mittagspause gemacht hatte, war sie zufällig Zeuge geworden, wie sich zwei Damen darüber unterhielten, dass die Preise für Kohle, Mehl und andere Nahrungsmittel stiegen, da viele Leute Vorräte anlegten. Die Finanzkrise, die sich in der Threadneedle Street, dem Sitz der Bank of England, zusammenbraute, schlug bereits Wellen.

Nachdem Mrs Cunningham bei der Kellnerin ihre Bestellung aufgegeben hatte, wechselte sie das Thema. »Ich bin so froh, dass wir einen Hoover angeschafft haben. Ich wünschte, wir könnten einen auf jeder Etage haben, aber dafür ist er wohl noch zu teuer.«

»Ist das der elektrische Saugkehrer aus den USA?«, fragte Venetia interessiert. Sie hatte einen Artikel über das Gerät in der Zeitung gelesen.

»Wenn Sie möchten, führe ich Ihnen das Wunderwerk einmal vor«, erklärte die Hausdame. »Ich bin noch dabei, meine Mädchen in die Handhabung einzuweisen. Das ist nicht leicht, wie ich zugeben muss. Manche der Irinnen haben Angst vor der Maschine und glauben, dass sie in die Luft fliegen könnte.«

Venetia lächelte verständnisvoll. »Wir leben in einer Zeit, in der man sich ständig an neue Dinge gewöhnen muss.«

Doreen hatte sie im letzten Oktober auf die von der *Daily Mail* organisierten »Ideal Home Exhibition« in der Olympia mitgenommen, auf der Neuheiten zur Arbeitserleichterung im Haushalt gezeigt worden waren. Die meisten Gerätschaften stammten aus den Vereinigten Staaten.

Die Bedienung brachte das Essen. Während Mrs Cunningham ein kleines Stück Steak & Kidney Pie in den Mund schob, betrachtete sie neugierig Venetias Kostüm.

»Ihr Kragen ist sehr elegant«, bemerkte sie. »Haben Sie die Jacke selbst genäht?«

»Nein, ich habe kein Talent dazu«, antwortete Venetia. Meine Tochter hat sie angefertigt, wollte sie voller Stolz hinzufügen, konnte sich aber gerade noch bremsen. »Auf der Shaftesbury Avenue gibt es einen guten Damen- und Herrenausstatter. Dort habe ich das Kostüm schneidern lassen.«

»Oh, Sie müssen mir unbedingt die genaue Adresse geben«, bat die Hausdame. »Ich nähe die meisten meiner Kleider selbst – nach Schnittmustern aus *Weldon's Ladies' Journal*, aber Kostümjacken bekomme ich nie so gut hin, wie ich es mir vorstelle.«

Venetia war Mrs Cunninghams geschmackvolle Kleidung bereits aufgefallen, wenn sie sie morgens zur Arbeit kommen sah, und sie beneidete die Direktrice darum.

»Da alle Zimmer belegt sind, muss ich nun schon seit Wochen sämtliche Mädchen einteilen«, beklagte sich die Hausdame. »Eigentlich müssten wir noch zusätzlich zwei oder drei einstellen, aber fleißige Mädchen sind so schwer zu finden.«

»Ich hörte, dass es anderswo auch nicht besser ist«, stimmte Venetia zu. »In den großen Häusern besteht ebenfalls ein Mangel an Stubenmädchen. Aber wir müssen froh sein, dass alle Suiten belegt sind.«

Als langjährige Sekretärin des Hoteldirektors war Venetia ein-

oder zweimal als Protokollführerin bei einer Sitzung des Aufsichtsrats eingesprungen und wusste daher, dass das Ritz Hotel aufgrund seiner begrenzten Anzahl an Zimmern nie viel Gewinn gemacht hatte und von seinem Schwesterhotel, dem Carlton, finanziell gestützt werden musste. Das Ritz hatte zwischen Mai 1906 und Juli 1908 einen Verlust von über fünfzigtausend Pfund zu beklagen. Bereits zwei Jahre nach der Eröffnung hatte der Aufsichtsratsvorsitzende der Ritz Hotel Ltd., William Harris, angesichts der sinkenden Einnahmen versucht, die Verantwortung für die heikle finanzielle Lage auf César Ritz abzuschieben, und vorgeschlagen, den Namen »Ritz« fallen zu lassen. Doch die anderen Mitglieder des Aufsichtsrats hatten dagegen protestiert, und so hatte man am Ende den Namenszug nur vom Restaurantschild am Piccadilly entfernt. Dennoch war es eine beschämende Entscheidung für all jene, die das Genie von César Ritz schätzten. Erst nach der Krönung von George V. besserte sich die Situation. Die Anwesenheit des Prince of Wales, der oftmals im Ballsaal tanzte und danach im Restaurant speiste, umgeben von den Reichen und Schönen in seinem Alter, machte das Ritz zum Anziehungspunkt für die hohe Gesellschaft. Ein besonderes Glanzlicht war sicherlich das Fest, das die wohlhabende Amerikanerin Mrs Gordon zwei Jahre zuvor für ihre Tochter Baby gegeben hatte. Percy hatte Venetia Einzelheiten erzählt. Man hatte einen großen vergoldeten Korb, gefüllt mit Rosen, in den Saal getragen, dem die berühmte Tänzerin Madame Pavlova entstieg und ihre Kunst vorführte. In allen Zeitungen war über das Ereignis berichtet worden.

Das Tageslicht, das durch die gebogenen Fenster des Speisezimmers fiel, trübte sich, und kurz darauf begann es zu regnen. Die Raucher, die sich im Hof eine Zigarette gegönnt hatten, eilten herein und begaben sich lachend und schwatzend in die Bereiche, die den Portiers, Bediensteten und Kellnern vorbehalten waren. Frauen vermieden es noch immer, in der Öffentlichkeit zu rauchen. Dies galt als unschicklich.

Angezogen von der ausgelassenen Stimmung im Speiseraum nebenan erhoben sich Venetia und Mrs Cunningham und warfen einen neugierigen Blick hinein. Einer der Zimmerkellner, der Spanier Diego Rodriguez, ließ seinem überschäumenden Temperament freien Lauf und unterhielt sein aufmerksam zuschauendes Publikum mit Albernheiten. Lächelnd sahen auch die beiden Frauen zu, wie Diego sich tänzelnd und »Lalala« singend durch den Raum bewegte. Er führte die Tanzschritte mit einer fast weiblichen Eleganz aus, die ganz im Gegensatz zu seiner sehr männlichen Erscheinung stand mit seiner hochgewachsenen Statur, der dunklen Haut und den stark behaarten Händen. Als Diegos Tischnachbar sich über das zu harte Brot beklagte, das man ihm serviert hatte, riss der Spanier ihm das Brötchen aus der Hand und rief theatralisch: »Sollen wir uns daran die Zähne ausbeißen?« Mit einem anklagenden Blick in Richtung des Kochs, der in der Tür zur Personalküche stand und zu ihnen herübersah, schleuderte Diego das Brötchen abfällig auf den Boden und beförderte es mit einer Mischung aus Flamenco und Fußballspiel mit den Füßen durch das Speisezimmer. Sein Publikum lachte aus voller Kehle und vergaß für einen Moment den Schatten des drohenden Unheils, der über ihnen lag.

»Diego sollte zum Varieté gehen«, bemerkte Venetia belustigt. »Er hat das Talent dafür.«

Percy, der sich unter den Umstehenden befand, hatte ihre Worte gehört und warf ihr einen Blick zu, in dem sie so etwas wie Verunsicherung zu lesen meinte. Es war nicht das erste Mal, dass sie den Eindruck hatte, er versuche etwas vor ihr zu verbergen. Doch sie konnte sich beim besten Willen nicht vorstellen, was dieser nette junge Mann für ein Geheimnis haben könnte.

25

London, 3. August 1914

*D*er Lärm in der Waterloo Station war ohrenbetäubend. Evangeline, Viscountess Ainsdale, fand den Trubel einschüchternd. Sie genoss die geordnete Ausgelassenheit eines gut besuchten Balls, doch die Menschenmassen, die sich an diesem Tag durch den Bahnhof bewegten, die Hektik und Eile machten Eva nervös. Truppen in Khaki-Uniform marschierten dahin und dorthin. Man sah aber auch Soldaten in Zivil, für die noch keine Uniformen zur Verfügung standen. Frauen und Kinder verabschiedeten sich gefühlvoll von ihren Ehemännern und Vätern, Kofferträger und Schaffner eilten zu den Bahnsteigen, an denen stampfende und weißen Rauch ausstoßende Lokomotiven auf die Abfahrt warteten. Eine Kapelle spielte »It's a long Way to Tipperary«. Evas Hand spannte sich um den Arm ihres Gatten, bei dem sie sich eingehakt hatte. Sie sah es als ihre Pflicht an, ihn zum Zug zu begleiten und ihm alles Gute zu wünschen. Als Reservist hatte Ainsdale bereits am Samstag, den 1. August, seinen Marschbefehl erhalten, obwohl noch gar nicht feststand, dass Großbritannien in den Krieg eintreten würde, der auf dem Kontinent ausgebrochen war. Eva dachte nicht gerne an den Moment zurück, denn sie hatte ihn wie einen absurden Traum erlebt. Wie jedes Jahr verbrachten Ainsdale und sie einen Teil der Saison in London, und zu ihrer großen Freude waren sie wieder im Ritz Hotel abgestiegen. Eva hatte sich von den dunklen Wolken über Europa nicht den Spaß an den Festen, zu denen sie geladen waren, und den Einkäufen in den Geschäften des West End verderben lassen. Nach dem langweiligen Leben auf dem Land war sie so hungrig nach Abwechslung gewesen, dass sie Ainsdale sogar zu einem Kricket-Spiel bei Lord's begleitet hatte. Zu Anfang hatte er versucht, ihr die Regeln des Sports zumindest ansatzweise zu erklären, doch diese waren so komplex und unlogisch, dass Eva es aufgegeben hatte, sie zu verstehen. Es hatte ihr einfach nur Freude bereitet, den Spielern in ihrer schönen weißen Kleidung zuzusehen und den Zuschauern zu lauschen, wenn diese einem erfolgreichen Run applaudierten. Doch dann war während des Spiels ein Offizier in Khaki aufgetaucht und hatte die Reservisten unter den Spielern aufgefordert, sich unverzüglich zum Abmarsch bereit zu machen. Diese legten Schläger und Bälle nieder und verließen das Feld.

»Was ist passiert?«, fragte Eva verwirrt. »Das Spiel ist doch noch nicht entschieden, oder?«

Ainsdale sah sie ernst an, und sie meinte so etwas wie Ernüchterung und Trauer in seinen dunklen Augen zu erkennen.

»Nein, meine Liebe, und es wird unvollendet bleiben«, antwortete er. »Es tut mir leid. Aber wir müssen gehen.«

Während sie mit dem Taxi ins Ritz zurückfuhren, hatte sich in Evas Magen ein dumpfes Gefühl der Furcht ausgebreitet. Am Empfang übergab der Portier Ainsdale ein Telegramm, das dieser ohne ein sichtbares Zeichen der Überraschung öffnete und las.

»Komm, Eva, ich muss Hickson Anweisung zum Packen geben«, hatte er mit finsterer Miene erklärt, die Eva noch mehr Angst machte.

Ainsdale drückte ihr tröstend die Hand und riss sie damit in die Gegenwart zurück.

»Du hättest nicht mitkommen müssen«, sagte er. »Wir hätten im Hotel Abschied nehmen können.«

Eva lächelte gezwungen. »Es war meine Pflicht, dich zum Bahnhof zu begleiten. Ich konnte nicht wissen, dass hier ein solcher Trubel herrschen würde.«

Auf der Fahrt zur Waterloo Station hatten sie Reservisten und territoriale Truppen zum Bahnhof marschieren sehen. Ainsdale hatte Eva erklärt, dass die Soldaten ins Trainingscamp unterwegs waren. Am Straßenrand hatten die Londoner ihnen zugejubelt, doch alles in allem war die Stimmung gedämpft. Die Leute hatten Angst vor dem, was die Zukunft bringen würde.

»Warum müssen wir uns in diesen unseligen Krieg hineinziehen lassen?«, klagte Eva. »Sollen die Franzosen, Deutschen, Österreicher und Russen ihre Streitereien doch unter sich ausmachen.«

Ainsdale schwieg einen Moment, bevor er erwiderte: »Es geht nicht allein darum, unserem Nachbarn Frankreich zur Seite zu stehen. Obwohl natürlich das Bedürfnis, eine Hegemonie des deutschen Kaiserreichs in Europa zu verhindern, ebenfalls eine Rolle spielt. Deutschland hat freien Durchzug durch Belgien verlangt, um von dort Frankreich anzugreifen. Die Neutralität Belgiens wurde jedoch im Vertrag von London von 1839 von den anderen europäischen Mächten garantiert, auch von Preußen – und von Großbritannien. Sollten die Belgier die Forderung der Deutschen ablehnen und diese dann gewaltsam dort einmarschieren, wäre das eine Verletzung von Würde und Anstand. Wir würden das Gesicht verlieren, wenn wir Belgien nicht beistehen würden. Verstehst du, meine Liebe? Die Ehre gebietet es. Und ich wage zu behaupten, dass jeder Engländer es so sehen wird, auch die Liberalen und die Mitglieder der Arbeiterpartei.«

Eva hatte ihm aufmerksam zugehört. Sie verstand, dass es ehrenrührig wäre, dem schutzlosen kleinen Land nicht zu Hilfe zu kommen, wenn es darum ersuchte. Aber sie wünschte trotzdem, dass es einen anderen Weg gäbe.

»Schreib mir so oft wie möglich«, bat Eva. »Ich möchte wissen, was du machst und wie es dir ergeht.«

»Das werde ich«, versprach Ainsdale. »Bist du sicher, dass du dich hier nicht einsam fühlen wirst?«

Er war nicht glücklich über ihren Wunsch gewesen, die Zeit seiner Abwesenheit hier in London zu verbringen. Aber ihre beiden Kinder waren im Internat, Robert in Eton und Vivien in einem Mädchenpensionat in Norfolk, und so wäre Eva ganz allein in Yorkshire geblieben. Und da Ainsdale wusste, wie sehr sie die trübseligen Winter auf dem Land hasste, hatte er schließlich ihrer Bitte nachgegeben und ihr erlaubt, eine Weile im Ritz zu wohnen. Noch befand Großbritannien sich nicht offiziell im Krieg, aber wenn es dazu kommen sollte, was wahrscheinlich war, konnten Eva und er sich auf diese Weise öfter sehen, wenn er Heimaturlaub, aber nicht genug Zeit haben würde, um den weiten Weg in den Norden Englands zurückzulegen.

»Ich werde mich schon beschäftigen«, versicherte ihm Eva leichthin. »Ich pflege meine Bekanntschaften in London, und vielleicht schließe ich neue. Mach dir um mich keine Sorgen.«

Sie hatten den Bahnsteig erreicht, an dem der Zug nach Yorkshire wartete.

»Wirst du in deinem alten Regiment dienen?«, fragte Eva, während sie vor einem der Erste-Klasse-Abteile stehen blieben.

»Ich denke, man wird mich dahin schicken, wo ich gebraucht werde«, antwortete Ainsdale mit einem Schulterzucken. »Es gibt einen Mangel an erfahrenen Offizieren, daher wird man uns auf die Regimenter verteilen.«

Obwohl der Sommertag warm war, erschauderte Eva. Ihr wurde bewusst, dass er aller Wahrscheinlichkeit nach in einen Krieg ziehen würde, in dem er getötet werden könnte. Die verzweifelte Hoffnung, dass der Streit der Nationen auf dem Kontinent doch noch friedlich beigelegt würde, durchzuckte sie. Vielleicht würde er nur ein paar Tage fort sein, bis der Sturm sich gelegt hätte … vielleicht …

Eva wandte den Blick ab. Sie wollte Ainsdale nicht mit ihren Sorgen und Ängsten belasten. Er sollte sie nicht für willensschwach halten. Sie hatte sich immer gewünscht, dass er stolz auf sie wäre.

Ein schriller Pfiff ertönte. Die Männer, die noch auf dem Bahnsteig standen und sich von ihren Liebsten verabschiedeten, gerieten in Bewegung und stiegen in den Zug. Ainsdale öffnete die Tür des Abteils und stellte seine Tasche hinein.

»Grüße Robert und Bibi von mir«, bat er.

»Das werde ich machen, versprochen«, versicherte Eva.

Nachdem Ainsdale das Abteil bestiegen und die Tür geschlossen hatte, ließ er das Fenster herunter und beugte sich noch einmal hinaus.

»Ich schreibe dir, wann ich Urlaub habe«, sagte er.

Eva nickte und trat einen Schritt zurück, als der Schaffner erneut in seine Pfeife blies, die letzten Türen zufielen und der Zug sich langsam in Bewegung setzte. Ainsdale winkte ihr zu, und Eva winkte zurück. Die Kapelle schlug die melancholischen Töne von »Auld Lang Syne« an. Als der Zug die überdachte Bahnhofshalle verlassen hatte, ließ Eva ihren Tränen freien Lauf. Niemand nahm von ihr Notiz. Sie war nur eine von Hunderten Frauen, die mit feuchten Augen ihre Männer verabschiedeten und sich beklommen fragten, ob sie sie je wiedersehen würden.

26

London, 4. August 1914

*V*enetia und Barnaby traten aus dem Restaurant auf der Shaftesbury Avenue ins Freie. Die Luft war warm, und die Sonne schien von einem wolkenlosen Himmel. Es war das perfekte Wetter für einen Ausflug. Barnaby hatte den unverhofften freien Tag dazu genutzt, um Venetia zum Essen und zu einem Spaziergang im Park einzuladen. Die Regierung hatte die Feiertage bis zum 6. August verlängert, um einer Panik an der Börse vorzubeugen. Barnaby war es recht so. Als Bankangestellten erwartete ihn in den kommenden Wochen viel Arbeit, sobald die neuen Banknoten in Umlauf kamen. Die Bevölkerung würde sich an das Papiergeld erst noch gewöhnen müssen. Venetia und Barnaby hatten das Wochenende und den Montag gemeinsam verbracht und sich mit einer Gier in Vergnügungen gestürzt, die dem Gefühl entwuchs, dass sie an einem Scheideweg standen. Venetia dachte an den Brief, den Tante Lizzie letzte Woche aus Scarborough geschrieben hatte. Lizzie war entschieden gegen eine Einmischung Großbritanniens in einen kontinentalen Krieg. Sie hatte berichtet, dass bei einer Versammlung der Bürger der Stadt eine Verfügung aufgesetzt worden war, in der sie den Außenminister Sir Edward Grey darum ersuchten, in dem kommenden Konflikt Neutralität zu wahren.

Am Samstag waren Venetia und Barnaby nach Brighton gefahren und am Strand entlanggewandert, hatten den beruhigenden Wellenschlag des Meeres genossen und die Segelboote und
Dampfschiffe beobachtet. Am Sonntag hatten sie sich die neuen
Figuren im Wachsmuseum von Madame Tussaud angesehen, die
die gekrönten Häupter der Kriegsparteien darstellten: den österreichischen Kaiser Franz Joseph, Kaiser Wilhelm II., König Peter
von Serbien, Nikolaus II., Zar der Russen. Später waren sie mit
der Bahn zum Hampstead Heath gefahren, um sich die Buden
auf dem traditionellen Jahrmarkt des Cockney Carnivals anzu-
schauen. Doch Venetia fiel auf, dass die Menschen nicht so fröhlich waren wie in den vergangenen Jahren. Am Dienstag schließlich hatten sie und Barnaby überlegt, aufs Land zu fahren, doch
dann hatten sie sich dagegen entschieden. In London herrschte
eine gespannte Atmosphäre. Nachdem die deutsche Armee am
Mittag in Belgien einmarschiert war und die britische Regierung
dem Reich ein Ultimatum bis zum Abend gestellt hatte, sich zurückzuziehen, warteten die Menschen mit angehaltenem Atem
auf das Unvermeidliche.

»Sollen wir mal sehen, ob es Neuigkeiten gibt?«, fragte Barnaby, als er Venetias besorgte Miene bemerkte.

»Vor heute Abend um elf wird sich nichts entscheiden«, erinnerte sie ihn. Allerdings erschien es ihr unmöglich, einfach
nach Hause zu fahren. Die meisten Menschen fühlten offenbar
ebenso. Auch für einen Feiertag waren ungewöhnlich viele Leute
auf den Straßen. Die Menge ließ sich mal hierhin, mal dorthin
treiben. Vor allem viele junge Männer mit Strohhüten und Mädchen in hellen Calico-Kleidern bestimmten das Bild. Was wie
ein unschuldiges sommerliches Vergnügen aussah, war in Wirklichkeit ein seltsames Fieber, das die Menschen ergriffen hatte.
Venetia und Barnaby ließen sich vom Strom mittragen, den

Pall Mall entlang bis zum Trafalgar Square, wo Anhänger einer Anti-Kriegskampagne einen letzten Versuch unternahmen, zum Frieden aufzurufen. Von dort bewegten sich die Leute über die Whitehall zum Parlamentsgebäude. Immer wieder fuhren Feldgeschütze und Munitionswagen vorbei, die von Jubel begleitet wurden, und Schlangen von Automobilen, aus denen elegante Herren und Damen auf dem Weg zu einem Galadinner oder einer Theateraufführung der Menge zuwinkten. Überall war der Union Jack und die französische Trikolore zu sehen, dazwischen vereinzelt auch die belgische Flagge.

Der Mahlstrom trug Venetia und ihren Begleiter die Mall entlang bis vor den Buckingham-Palast, wo der Andrang noch größer war. Es war kaum mehr möglich, sich zu bewegen, so dicht drängten sich die Menschen. Einige der Demonstranten waren auf das Victoria Memorial geklettert, sangen und johlten und verlangten den König zu sehen.

Venetia und Barnaby standen eingekeilt vor dem Gitter um den Vorplatz des Schlosses.

»Es ist wohl besser, wir gehen«, schlug Barnaby vor. »Du könntest verletzt werden.«

Venetia lachte. Ein Anflug von Hysterie überfiel sie. »Wir kommen unmöglich hier heraus«, belehrte sie ihn. »Und wenn ich schon einmal hier bin, möchte ich auch dabei sein, wenn die Entscheidung fällt.«

Venetia spürte, wie die Erregung der Menge auf sie übersprang. Sie empfand keine Müdigkeit. Plötzlich war auf dem Balkon des Buckingham-Palastes eine Bewegung wahrzunehmen. Die Menschen auf dem Victoria Memorial, die eine bessere Sicht hatten, schrien noch lauter. Venetia verrenkte sich den Hals, um zwischen den Gitterstäben hindurch zum Balkon hinaufzusehen. Und dann endlich erschienen George V. und Königin Mary und winkten der Menge zu. Einen Moment später tauchten an ihrer Seite auch der Prince of Wales und Princess Mary auf.

Augenblicklich begannen die Demonstranten die National-hymne zu singen und dann »For he's a jolly good fellow«. Venetia und Barnaby fielen mit ein. Sie fühlten sich wie ein Teil eines Ganzen, einer geeinten Nation am Rande eines Abgrunds. Venetia wusste nicht, weshalb, aber sie musste unvermittelt an Bertie denken. Wo war er? Blickte er so wie sie diesem weltverändern-den Moment entgegen? Was würde die Zukunft ihnen bringen?

Später am Abend fanden Percy und André sich in der Menge vor dem Parlamentsgebäude wieder. Die beiden jungen Männer hat-ten sich ebenso von den Menschen mitreißen lassen wie Venetia. Es schien, als sei ganz London auf den Beinen. Als Big Ben die elfte Stunde schlug, ergoss sich der Strom in Richtung Downing Street und brandete gegen die schützende Mauer der Polizisten, die vor dem Außenministerium Stellung bezogen hatten. Und dann verbreitete sich die Nachricht, dass die Forderungen der britischen Regierung zurückgewiesen worden waren. England befand sich im Krieg mit dem Deutschen Reich.

Die Menge applaudierte und schrie durcheinander. Taxis fuh-ren hupend durch die Straßen, Passagiere schwenkten Fahnen. Als Percy und André sich auf den Heimweg machen wollten, stellten sie fest, dass die Straßenbahnen nicht mehr fuhren, da die Massen die Durchfahrt versperrten. Schließlich gingen die Freunde zu Fuß. In der milden Nachtluft verflog die ansteckende Euphorie, die sie berauscht hatte. Beklommen blickten Percy und André einander an und fragten sich, was der Krieg für sie bedeuten würde.

27

London, November 1914

Schnellen Schrittes ging Venetia den Piccadilly entlang. Sie war spät dran. An diesem Tag war ihr danach gewesen, in ihrer Mittagspause einen Spaziergang zu machen und im Lyons' Corner House zu essen. Dann hatte sie noch einen Moment am Shaftesbury Memorial Fountain in der Mitte des Piccadilly Circus verweilt und hatte die geflügelte Darstellung von Anteros betrachtet, die den Brunnen krönte.

Abgesehen von den während der Nacht gedämpften Laternen, um dem Feind Angriffe aus der Luft zu erschweren, den Jalousien an den Fenstern der Straßenbahnen, den Suchscheinwerfern, die den Himmel erleuchteten, den Militärlagern in den Parks und den Rekrutierungspostern an den Hauswänden, nahm das Leben in London seinen gewohnten Gang. Die Nachrichten von der Front waren nicht ermutigend, aber auch nicht hoffnungslos. Allerdings schien sich die Überzeugung vieler Menschen, der Krieg wäre vor Ende des Jahres vorüber, nicht zu bewahrheiten. Venetia machte sich Sorgen um ihren Bruder Larry, der als Pilot wichtige Aufklärungsarbeit für die Armee in Belgien und Frankreich leistete. Ihre Eltern waren zugleich stolz und voller Sorge um ihren Sohn. Mama versuchte, sich die Angst um Larry nicht anmerken zu lassen, denn dies galt als unpatriotisch. Doch Venetia sah ihr an, wie sehr sie unter der ständigen Ungewissheit litt, ob es ihm gut ging – bis ein Feldpostbrief von Larry eintraf und das Warten von Neuem begann.

Es war ein trüber Novembertag, der den ersten Frost gebracht hatte. An manchen Stellen war der Bürgersteig vereist. Venetia musste sich auf jeden Schritt konzentrieren, um nicht auszugleiten. Der Verkehr auf den Straßen war nicht dicht. Wer die Möglichkeit hatte, blieb zu Hause. Es waren auch nur wenige Fußgänger unterwegs. Als Venetia die St.-James-Kirche hinter sich gelassen hatte, bemerkte sie vor sich eine elegante Dame in einem marineblauen Mantel, die aus Fortnum & Mason's auf die Straße trat. Venetia sah sie nur kurz im Profil, bevor die Dame sich nach links wandte und in Richtung Green Park ging. Doch sie erkannte sie sofort. Es war die Viscountess Ainsdale, die seit Juli eine Suite im zweiten Stock des Ritz bewohnte. Venetia hatte sie einmal mit dem Empfangschef sprechen sehen, und Percy hatte ihr den Namen der Viscountess zugeflüstert.

Da Lady Ainsdale rasch ausschritt, hielt sich Venetia hinter ihr und bewunderte ihren in modischer Cutaway-Form geschnittenen Mantel aus Cheviotwolle, der den darunter getragenen etwas längeren Rock sehen ließ. Der auffällige, mit schwarzem Samt verzierte Kragen machte das Kleidungsstück zu einem besonderen Blickfang.

Als die beiden Frauen sich der St. James's Street näherten, hatte Venetia aufgeholt und befand sich fast unmittelbar hinter Lady Ainsdale. Während diese den Fuß vom Bürgersteig auf die Straße setzte, registrierte Venetia aus dem Augenwinkel ein Fahrzeug, das mit recht hoher Geschwindigkeit vom Piccadilly nach links in die St. James's Street einbog. Reflexartig packte Venetia den Arm der Viscountess und riss sie zurück. Dabei glitten beide Frauen auf dem vereisten Bordstein aus und stürzten zu Boden.

Venetia fand sich unter Lady Ainsdale wieder, die in ihrer Überraschung nicht einmal einen Schrei ausgestoßen hatte. Das Automobil war mit quietschenden Reifen zum Stehen gekommen, und der Fahrer sprang heraus. Passanten kamen den Gestürzten zu Hilfe und zogen sie auf die Beine.

»Es tut mir leid«, stieß der Fahrer hervor. »Ich war wohl ein bisschen zu schnell. Haben Sie sich verletzt, meine Damen?«

Lady Ainsdale blickte verwirrt in die Runde. »Wie konnte das passieren? Ich habe Sie nicht gesehen.« Sie wandte sich Venetia zu. »Oh, meine Liebe, ich bin Ihnen zu großem Dank verpflichtet. Wenn Sie nicht gewesen wären, dann ...« Sie schien einer Ohnmacht nahe, fing sich aber rasch wieder.

Ein Constable hatte den Aufruhr bemerkt und sich von der anderen Straßenseite genähert.

»Was geht hier vor?«, fragte er mit ruhiger Stimme, um die Ordnung wiederherzustellen.

Nach einer kurzen heftigen Diskussion, zu der die Passanten, die Zeuge des Geschehens gewesen waren, ihren Teil beitrugen, wandte der Constable sich schließlich an Viscountess Ainsdale: »Sind Sie sicher, dass Sie sich nicht verletzt haben, Mylady?«

»Bis auf ein paar Blessuren bin ich in Ordnung«, erwiderte sie würdevoll, »dank dieser Dame hier, die mich zurückhielt.« Nachdenklich musterte Lady Ainsdale Venetias Gesicht. »Habe ich Sie nicht schon im Ritz gesehen, Madam? Ich vergesse nie ein Gesicht, müssen Sie wissen.«

»Ich bin Monsieur Stainchamps' Sekretärin, Mylady«, antwortete Venetia.

Ernest Stainchamps war der neue Hoteldirektor, der Herrn Kroell abgelöst hatte. Bei Kriegsbeginn hatten alle deutschen und österreichischen Mitarbeiter das Hotel verlassen. Am Tag nach der Kriegserklärung gegen Deutschland hatte die Regierung ein Gesetz verabschiedet, das die Registrierung aller Angehörigen feindlicher Nationen vorschrieb. In der Folge sah man lange Schlangen von Deutschen und Österreichern vor den Polizeirevieren: ältere Damen, die als Deutschlehrerinnen arbeiteten, junge Studentinnen, Touristen, Bankiers, Kellner.

»Ich hoffe, Sie haben sich bei dem Sturz nicht wehgetan«, sagte die Viscountess schuldbewusst. »Es tut mir so leid, dass das geschehen ist. Ich habe eine Entzündung am Auge. Darum habe ich das Automobil wohl nicht rechtzeitig gesehen.« Sie lächelte dem Constable entschuldigend zu. »Vielen Dank für Ihre Hilfe, aber ich denke, wir kommen nun allein zurecht.«

»Benötigen die Damen vielleicht eine Droschke?«, fragte ein Kutscher, der seinen Hansom am Bordstein angehalten hatte.

Lady Ainsdale, die trotz ihrer Versicherung ein wenig wackelig auf den Beinen war, nickte dankbar.

»Auch wenn mein Hotel nur wenige Yards entfernt ist, scheint es mir doch nicht ratsam, zu Fuß weiterzugehen.« Sie warf Venetia einen auffordernden Blick zu. »Kommen Sie, meine Liebe. Ich nehme Sie gerne mit. Sie sehen mir ein wenig blass um die Nase aus.«

Da Venetias Knie zitterten, nahm sie das Angebot an. Als der Hansom vor dem Eingang auf der Arlington Street hielt und der Türsteher ihnen die Türen öffnete, blickte er die Sekretärin des Direktors entgeistert an.

»Eine lange Geschichte, William«, sagte Venetia, während sie seine Hand ergriff und sich beim Aussteigen helfen ließ. »Ich erzähle sie Ihnen ein andermal.«

Lady Ainsdale bedankte sich noch einmal bei ihr, bevor sie die Stufen zur Drehtür hinaufstieg. Venetia betrat das Ritz durch den Personaleingang.

Monsieur Stainchamps bemerkte, dass sie mitgenommen

aussah, und als sie ihm erzählte, was vorgefallen war, ließ er ihr eine Tasse Tee bringen.

»Wollen Sie heute nicht früher Schluss machen, Miss Grey?«, bot er ihr an. »Sie sind schwer gestürzt. Ruhen Sie sich aus.«

»Danke, Monsieur Stainchamps, aber mir geht es gut«, erwiderte Venetia.

Als nach einer Weile ihr Bein, auf das sie gefallen war, zu schmerzen begann, folgte sie allerdings doch seinem Vorschlag und machte sich auf den Heimweg.

Evangeline saß am Schreibtisch in ihrer Suite und schickte sich an, ihrem Mann einen Brief zu schreiben. Sie begann, ihm von den Geschehnissen des vergangenen Tages zu erzählen, hielt jedoch inne, zerknüllte den Bogen und warf ihn in den Papierkorb.

Havelock befand sich an der Front in Frankreich, umgeben von sterbenden Soldaten und explodierenden Granaten. Da sollte er sich nicht auch noch um seine Gemahlin sorgen müssen, weil diese beinahe von einem Automobil überfahren worden war. In seinen Feldpostbriefen hatte er nie viel über die Zustände auf dem Schlachtfeld und in der Etappe geschrieben, offenbar, um sie nicht zu belasten. Eva hatte ihr Wissen von ihren Freundinnen, deren Ehemänner weniger zurückhaltend waren und einige schreckliche Einzelheiten in ihren Beschreibungen des Lebens an der Front hatten durchblicken lassen. Diese wenigen unappetitlichen Details reichten aus, um Eva um den Schlaf zu bringen. Jeden Abend schloss sie ihren Gatten in ihre Gebete mit ein und bat Gott, er möge ihn unversehrt zu ihr zurückbringen.

Nachdem Eva einen zweiten Entwurf des Briefes aufgesetzt hatte, in dem sie sich auf oberflächlichen Klatsch beschränkte, steckte sie den gefalteten Bogen in einen Umschlag und adressierte ihn. Natürlich wusste sie nicht, wo genau Ainsdale sich aufhielt, doch ihre Briefe erreichten ihn immer auf für sie wundersame Weise.

Ein Blick aus dem Fenster auf den Piccadilly verriet Eva, dass der dichte Nebel, der seit dem frühen Morgen über der Stadt lag, sich nicht verzogen hatte. Nicht gerade ein geeignetes Wetter, um einkaufen zu gehen. Die schlechte Sicht machte die Straßen gefährlich, und nach dem beängstigenden Erlebnis gestern fühlte Eva sich im hektischen Verkehr Londons unsicherer als sonst.

Da ihr rechtes Auge noch immer schmerzte, begutachtete Eva sich im Spiegel und stellte fest, dass es gerötet war.

»Simmonds«, rief sie.

Die Zofe, die im Nebenzimmer Näharbeiten nachging, erschien in der Tür. »Ja, Mylady?«

»Bitte tun Sie mir die Tropfen ins Auge. Es scheint nicht besser zu werden.«

»Das kommt vom Wind draußen, Madam. Sie sollten heute im Hotel bleiben.«

Eva verzichtete darauf, die Kammerfrau zu belehren, dass es draußen nebelig war und es daher nicht windig sein konnte. Sie hatte ohnehin nicht vorgehabt, sich in die unwirtliche Witterung hinauszuwagen.

Nachdem Simmonds ihr die Tropfen ins Auge gegeben hatte, überlegte Eva, wie sie den Tag verbringen sollte. Das Mittagsmahl hatte sie im Restaurant eingenommen, und für den Nachmittagstee war es noch zu früh. Sie hätte gerne den Roman von Thackeray weitergelesen, den sie vor ein paar Tagen angefangen hatte, aber ihre Augen schmerzten zu sehr. Gestern hatte sie Simmonds gebeten, ihr vorzulesen, doch die Zofe besaß kein Talent dafür. Sie leierte den Text ohne Pause und Betonung herunter, dass man es kaum ertragen konnte, ihr zuzuhören. Ob es unter dem Hotelpersonal jemanden gab, den Eva um diesen kleinen Gefallen bitten konnte? Dieser junge Portier, der immerzu Witze riss, hätte sich bestimmt sofort bereit erklärt, aber es ging natürlich nicht an, dass ein Mann längere Zeit bei ihr in der Suite saß, auch wenn Simmonds' Anwesenheit den Anstand wahrte. Nein, es sollte schon eine Frau sein, überlegte Eva. Die Zimmermädchen schieden aus, da sie allesamt Irinnen waren und nur ein schlechtes Englisch mit kaum verständlichem Akzent sprachen. Die Hausdamen vielleicht? Oder die Sekretärin des Direktors, die Eva am vergangenen Tag davor bewahrt hatte, unter das Automobil zu geraten? Ihre Stimme war angenehm gewesen, ihre Sprache gehoben und gebildet. Warum nicht? Einen Versuch war es wert.

Eva nahm den Hörer des Telefons ab, ließ sich mit dem Empfang verbinden und erklärte dem Concierge ihr Anliegen. Dieser versprach, sich für sie zu erkundigen. Kurz darauf kam der Rückruf. Miss Grey fühle sich geehrt von der Bitte Ihrer Ladyschaft und werde umgehend hinaufkommen.

Simmonds öffnete die Tür und bat die Sekretärin herein. Miss Grey war in ein etwas strenges einreihiges Kostüm aus grauer Serge gekleidet. Die Knöpfe waren mit Samt und Borte verziert, ebenso wie der Samtkragen mit dem maskulinen Revers. Die Jacke hatte v-förmige Öffnungen auf beiden Seiten, die mit handgestickten Pfeilspitzen abgerundet waren. Der Rock besaß eine erhöhte Taille, wie es zurzeit der Mode entsprach, und auf der einen Seite über die gesamte Länge abgesteppte, mit kleinen Samtknöpfen besetzte Biesen.

»Danke, dass Sie Zeit für mich haben, Miss Grey«, sagte Eva. »Ich hoffe, ich halte Sie nicht von der Arbeit ab.«

»Nein, Mylady«, erwiderte die Sekretärin. Sie hatte die Schreibarbeit für Monsieur Stainchamps bereits erledigt, und der Empfangschef übernahm während ihrer Abwesenheit die Telefonate.

Eva bot Miss Grey einen Platz an und bat Simmonds, Tee bringen zu lassen.

»Geht es Ihnen gut?«, fragte Eva. »Sie haben sich gestern nicht verletzt?«

»Nur ein paar blaue Flecken«, gestand Venetia. »Das gibt sich wieder.«

»Es tut mir schrecklich leid«, erwiderte Eva schuldbewusst. »Manchmal bin ich ein wenig unbeholfen.«

Nachdem Diego den Tee serviert hatte, las Venetia Lady Ainsdale aus »Jahrmarkt der Eitelkeiten« vor. Eine Stunde verging, dann wurden sie durch ein Klopfen an der Tür unterbrochen. Simmonds öffnete und ließ den Pagen herein, der Eva ein Telegramm übergab.

»Von wem ist es?«, fragte diese verwundert. Ohne eine Antwort abzuwarten, überflog Eva die wenigen Zeilen. Die Nachricht war von Lord Ainsdales Offiziersburschen. »O mein Gott, mein Mann wurde verwundet«, hauchte sie erschüttert.

Venetia steckte den Schlüssel ins Schloss, drehte ihn herum und öffnete die Haustür zu Mrs Burtons Pension. Nachdenklich stieg sie die Treppe zu ihrem Zimmer empor. Auf dem Flur des ersten Stocks begegnete sie Barnaby. Sein Anblick brachte sie zum Lächeln.

»Schon besser«, scherzte er. »Du warst so ernst, als du zur Tür hereinkamst.«

»Ach, ich dachte nur an diesen schrecklichen Krieg«, erwiderte Venetia seufzend. »Als ich heute Nachmittag in der Suite von Lady Ainsdale war, kam ein Telegramm, in dem stand, dass ihr Mann verwundet worden sei, zum Glück nicht schwer.«

»Hm.« Barnaby wirkte nachdenklich. »Dann ist das wohl nicht der richtige Moment, um dir zu eröffnen, dass ich mich freiwillig gemeldet habe.«

Entsetzt sah Venetia ihn an, dann senkte sie den Blick.

»Versteh doch, es muss sein«, bat er leise.

»Tust du das, weil diese Frau dir bei unserem Ausflug nach Eastbourne eine weiße Feder in die Hand gedrückt hat?«

»Zum Teil – ja«, gab Barnaby zu. »Aber nicht nur deswegen. Wie kann ich hier zu Hause sitzen und meiner bequemen Bürotätigkeit nachgehen, während meine Landsleute ihr Leben auf dem Schlachtfeld riskieren? Ich könnte nicht mehr ruhig schlafen.«

Schweigend wandte Venetia sich ab.

»Das verstehst du doch, oder?«, beharrte er.

Energisch riss sie sich zusammen, drehte sich zu ihm um und lächelte tapfer. Es galt nicht als schicklich, sich als Frau um männliche Verwandte und Freunde zu sorgen, die an die Front gingen. Man sollte stolz sein und diejenigen ermahnen, die zu Hause bleiben wollten. Überall in den Straßen waren immer neue Plakate zu sehen, auf denen Männer aufgefordert wurden, sich freiwillig zu melden, mit Sprüchen wie: »Frauen Großbritanniens sagt – ›Geht!‹«, »Das Empire braucht Männer!« und »Ist Ihr Heim es wert, verteidigt zu werden? Wenn der Feind vor der Tür steht, ist es zu spät zum Kämpfen« und Darstellungen von deutschen Soldaten mit Pickelhauben, die mit aufgepflanztem Bajonett ins Haus einer englischen Familie stürmten. Doch Venetia fiel es schwer, ihre Pflicht zu erfüllen und den Männern in ihrem Umfeld Vorhaltungen zu machen, die sich noch nicht zum Militärdienst gemeldet hatten. Sie las regelmäßig die Zeitungen und wusste, dass viele Soldaten bereits im Kampf gefallen waren. Die reguläre britische Armee – die BEF – hatte im

Grunde aufgehört zu existieren, aufgerieben in den Schlachten von Le Cateau, Mons, der Marne und Ypres, um dem deutschen Heer den Zugang zu Paris und damit den Häfen am Ärmelkanal zu verwehren. Dies war gelungen ... aber zu welchem Preis?

»Natürlich verstehe ich, dass du gehen musst«, sagte Venetia gezwungen.

»Ich werde dir so oft wie möglich schreiben«, versprach Barnaby. »Vielleicht dauert der Krieg ja nicht mehr so lange.« Er lächelte. »Lass uns vorher noch einmal einen schönen Abend zu zweit genießen.«

»Ja«, erwiderte Venetia und nickte, wie um sich selbst zu überzeugen, dass sie Verständnis für seine Entscheidung hatte. Auf einmal musste sie an den Untergang des Luxusliners *Titanic* vor zweieinhalb Jahren denken. Die Zeitungen hatten von herzzerreißenden Vorgängen an Bord des sinkenden Schiffs berichtet, als Frauen, die als Erstes in die Rettungsboote steigen sollten, sich von ihren Männern, die zurückblieben, verabschiedeten. Venetia verstand nun, wie diese Frauen sich gefühlt haben mussten.

Die folgenden Tage bat Lady Ainsdale Venetia immer wieder darum, ihr für eine Stunde vorzulesen. Der Umstand, dass Venetia zu dem Zeitpunkt, als Eva die Nachricht von der Verwundung ihres Mannes erhalten hatte, bei ihr gewesen war, hatte eine gewisse Vertrautheit zwischen ihnen entstehen lassen. Außer Simmonds hatte Eva niemanden, bei dem sie sich über ihren Schrecken und die Sorge um ihren Gatten aussprechen konnte. Und so erzählte sie Venetia in allen Einzelheiten von Ainsdales Überführung von Boulogne nach Dover und von dort ins Hospital in London. Eva berichtete sogar von ihrem Besuch an seinem Krankenbett, was Venetia peinlich war. Wie es bereits im

Telegramm des Offiziersburschen gestanden hatte, war Ainsdales Verwundung nicht lebensbedrohlich. Bei einer Aufklärungsmission war er von einer Kugel in die Schulter getroffen worden, die die Lunge gestreift hatte. Doch er befand sich auf dem Weg der Besserung und würde nicht lange außer Gefecht gesetzt sein. Venetia freute sich sehr für Lady Ainsdale. Die junge Frau erschien ihr ein wenig naiv und weltfremd und wirkte durch die furchtbaren Ereignisse völlig überfordert. Vermutlich hatte sie in ihrem Leben noch nichts Schlimmeres erlebt als die Schmerzen bei der Geburt ihrer Kinder. Aber das habe ich ja auch nicht, dachte Venetia. Wir sind beide sehr behütet aufgewachsen, und doch fühle ich mich viel älter und erfahrener als Lady Ainsdale. Vielleicht liegt es an meinem gebrochenen Herzen, sagte sie sich melancholisch.

28

»Percy, wie geht es Ihnen?«, fragte Venetia den jungen Portier, nachdem sie ihn begrüßt hatte. »Heute ist Monsieur Le Blancs freier Tag, das heißt, er wird für uns zu Abend kochen. Kommen Sie auch? Sie sind wie immer herzlich eingeladen.«

»Ja, sicher«, antwortete Percy mit einem breiten Grinsen. Doch trotz seiner äußerlich sichtbaren Heiterkeit erschien er ihr geistesabwesend. Vermutlich war seine Stimmung wie bei ihnen allen durch die erschütternden Kriegsnachrichten bedrückt. Sie kannte niemanden, den die Berichte von der Front, die man in den Zeitungen las, so vage sie waren, kaltließen – außer ihren Cousin Charlie vielleicht. Seit seinem ersten längeren Aufenthalt bei ihren Eltern vor sieben Jahren hatte er es sich zur Gewohnheit gemacht, regelmäßig aus Birmingham nach London zu kommen und sich für ein paar Wochen im Haus der Greys einzunisten. Venetia war froh, dass sie nicht mehr unter dem elterlichen Dach lebte, und verkürzte trotz Mamas Vorhaltungen stets ihre Besuche, wann immer Charlie da war. Einmal hatte er es gewagt, sie in die Arme zu nehmen und unsittlich zu berühren, als sie allein im Haus gewesen waren. Venetia hatte ihn heftig geohrfeigt und war voller Abscheu nach draußen gestürmt. Ihrer Mutter hatte sie von dem Vorfall nichts erzählt, weil Mama ihr ohnehin nicht geglaubt hätte. Charlie verstand es, seinen Charme einzusetzen, um andere Leute zu täuschen. Venetia hatte die Erfahrung gemacht, dass nur wenige Menschen ihn durchschauten.

Am Nachmittag kehrte ihr Chef von einer Besprechung zurück. »Miss Grey, richten Sie doch bitte dem Maître d'Hôtel aus, dass ich ihn kurz sprechen möchte«, bat er sie. »Beauftragen Sie einen der Pagen, ihn zu suchen. An seinem Anschluss meldet sich niemand.«

»Ich gehe selbst, Sir«, erbot sich Venetia und begab sich ins Vestibül. Die Portiers waren mit ankommenden Gästen beschäftigt. Ohne sich aufzuhalten, schritt Venetia die Grand Gallery in Richtung Restaurant entlang. Im Palm Court, dem ehemaligen Winter Garden, wurde der Nachmittagstee serviert.

»Miss Grey«, rief eine Frau.

Venetia blieb stehen und wandte sich um. In ein Kostüm aus goldbraunem Wollserge gekleidet, der vorteilhaft mit ihren blonden Haaren harmonierte, trat Lady Ainsdale von einem der eleganten kleinen Tische auf die Stufen zu, die vom Palm Court zur Galerie hinabführten.

»Schön, dass ich Sie treffe«, sagte sie fröhlich. »Ich habe meinem Mann erzählt, dass Sie mich jüngst davor bewahrt haben, überfahren zu werden, und er wollte es sich nicht nehmen lassen, Ihnen seinen Dank auszusprechen.«

Venetia lächelte verlegen, denn es war ihr unangenehm, dass Lady Ainsdale so viel Aufhebens um eine Lappalie machte. Ihr Blick wanderte zu dem Mann in Khaki-Uniform, der ihr den Rücken zukehrte, während er mit der linken Hand die Rechnung abzeichnete, die ein Kellner ihm vorgelegt hatte. Den rechten Arm trug er in einer Schlinge. Er war schlank und hochgewachsen und hatte kurzes dunkles Haar. Venetia spürte auf einmal, wie eisige Kälte ihre Glieder hinaufkroch.

»Havelock, sieh mal, das ist Miss Grey, von der ich dir erzählt habe«, sagte Eva.

Ihr Mann legte den Stift aus der Hand und drehte sich um. Der Blick seiner braunen Augen heftete sich auf Venetia. Seine Züge versteinerten.

»Bertie …«, hauchte Venetia. »O mein Gott.« Ihr Ausruf ging im Stimmengewirr der anwesenden Gäste unter.

Der entgeisterte Ausdruck auf seinem Gesicht verriet ihr, dass er sie ebenfalls erkannt hatte. Sie starrten einander an, unfähig, ein Wort herauszubringen. Ein Kellner hatte Eva angesprochen, um ihr die Handtasche zu überreichen, die sie am Tisch vergessen hatte, und so registrierte sie nicht, was zwischen ihrem Mann und der Sekretärin vorging. Als sie sich den beiden zuwandte, hatte Ainsdale sich wieder gefangen und zwang sich zu einem Lächeln.

»Ich danke Ihnen, dass Sie meiner Frau zu Hilfe gekommen sind, Miss Grey«, sagte er und streckte ihr die linke Hand entgegen.

Wie in Trance drückte Venetia sie. Er behielt ihre Hand ein wenig länger in der seinen als nötig und ließ sie schließlich nur zögernd los. Venetia fühlte das Herz in ihrer Brust rasen. Sie hatte nur noch den Wunsch, dieser unmöglichen Situation zu entfliehen.

»Wenn Sie mich jetzt entschuldigen würden, Mylady, Mylord«, presste sie hervor. »Ich habe einen Auftrag für Monsieur Stainchamps zu erledigen.«

Fluchtartig hastete sie die Galerie entlang und huschte ins Restaurant.

Nach ihrem Gespräch mit dem Maître d'Hôtel zog Venetia sich auf die Personaldamentoilette zurück, um sich zu sammeln. Am liebsten hätte sie sich krankgemeldet. Aber sie wusste, dass sie ihrem Chef jetzt nicht gegenübertreten und ihm etwas vorgaukeln konnte.

Venetia konnte es nicht fassen: Bertie … ihr Bertie … hatte leibhaftig vor ihr gestanden. Der Mann, den sie für einen wohlhabenden Farmer gehalten hatte, war in Wirklichkeit ein Viscount. Venetias Fassungslosigkeit wandelte sich in Enttäuschung und Zorn. Er hatte sie belogen, sie schmählich ausgenutzt, und sie war auf ihn hereingefallen. Was für ein dummes Ding sie gewesen war! Ihre Wut und Verzweiflung lösten sich schließlich in tiefen schmerzhaften Schluchzern. Sie weinte hemmungslos über einem der Waschbecken, bis sie sich wie ausgeleert fühlte.

Als Mrs Cunningham die Damentoilette betrat und sie erschrocken ansah, beeilte Venetia sich, ihre Tränen zu trocknen.

»Kann ich Ihnen irgendwie helfen, Miss Grey?«, fragte die Direktrice besorgt.

»Nein, danke«, erwiderte Venetia schniefend. »Ich habe nur etwas verloren, was mir sehr teuer war.«

»Sind Sie sicher, meine Liebe? Ich helfe Ihnen gerne suchen.«

»Das ist nett von Ihnen, aber leider ist es zu spät.«

Mitfühlend reichte Mrs Cunningham Venetia ein Taschentuch, das diese dankend annahm.

»Ich gebe es Ihnen gewaschen zurück«, versprach Venetia und verließ die Damentoilette.

In ihrem Büro bemühte sie sich, mit ein wenig Puder ihr gerötetes Gesicht zu kaschieren. Monsieur Stainchamps hatte sein Gespräch mit dem Maître d'Hôtel beendet und war zu einer Sitzung aufgebrochen.

Um fünf Uhr erhielt Venetia einen Anruf vom Empfang.

»Lady Ainsdale lässt Sie bitten, in ihre Suite zu kommen, Venetia«, teilte Percy ihr mit. »Haben Sie Zeit?«

Venetia war versucht abzulehnen, denn sie fühlte sich nicht in der Verfassung, der Viscountess unter die Augen zu treten. Doch dann entschied sie sich dagegen. Sie konnte nicht hoffen, jedes weitere Zusammentreffen mit Lady Ainsdale zu vermeiden. Da war es wohl besser, wenn Venetia den Stier bei den Hörnern packte. Auf dem Weg in den zweiten Stock überlegte sie, ob Bertie seiner Frau von ihrer gemeinsamen Vergangenheit erzählt hatte. Wollte die Viscountess sie deswegen zur Rede stellen? Doch Venetia verwarf den Gedanken gleich wieder. Nein, das würde er sicherlich nicht tun. Wahrscheinlich war ihm daran gelegen, seinen Fehltritt rasch wieder zu vergessen.

Nachdem sie vernehmlich geklopft hatte, wartete Venetia mit einem tiefsitzenden Gefühl des Unbehagens. Kurz darauf wurde die Tür geöffnet. Zu ihrer Überraschung sah sie sich Bertie gegenüber, der sie unsicher anlächelte.

»Man teilte mir mit, Lady Ainsdale wünsche mich zu sehen«, sagte Venetia steif.

»Meine Frau ist ausgegangen«, entgegnete Bertie. »Ich wollte allein mit dir sprechen.« Als er sah, dass sie zögerte, fügte er hinzu: »Bitte, Venetia, gib mir die Chance, dir alles zu erklären.«

Er wich von der Tür zurück, um ihr Raum zu geben. Venetia stieß ein Seufzen aus und trat über die Schwelle. Lord Ainsdale bat sie in den Salon.

»Bitte setz dich.«

»Ich stehe lieber«, erwiderte sie schärfer als beabsichtigt.

Wieder lächelte er, als habe er eine derartige Antwort erwartet. Wie um sich in Ruhe die nächsten Worte zurechtzulegen, trat er an ein Tischchen, auf dem ein Tablett mit einer Whiskyflasche und mehreren Gläsern stand.

»Kann ich dir einen Drink anbieten?«, fragte Bertie. »Das ist ein vorzüglicher Scotch.«

»Nein, danke«, entgegnete Venetia abweisend.

Je länger sie dastand und ihn betrachtete, desto gereizter wurde sie. Gleichzeitig konnte sie den Blick nicht von ihm abwenden. Trotz der zwanzig Jahre, die vergangen waren, hatte Bertie sich nur wenig verändert. Sein Gesicht war etwas schmaler geworden, und um Mund- und Augenwinkel hatten sich Fältchen eingegraben. Aber sein Haar war so dunkelbraun wie damals, ohne eine Spur von Grau, und seine braunen Augen, die sie aufmerksam betrachteten, hatten denselben neugierigen, verschmitzten Ausdruck wie früher. Sie erinnerten Venetia schmerzlich an ein anderes Augenpaar: das ihrer Tochter Patty … ihrer gemeinsamen Tochter …

»Hast du etwas dagegen, wenn ich mir einen Whisky genehmige?«, fragte Bertie.

»Nein, nur zu«, antwortete sie.

Er bemerkte, dass sie sich zunehmend unwohl zu fühlen begann, und suchte nach Worten.

»Es tut mir leid, was damals passiert ist«, sagte er. »Ich wollte nicht einfach abreisen, ohne mich von dir zu verabschieden, aber ich hatte keine Wahl.«

»Du musst mir nichts erklären«, entgegnete sie abwehrend.

»Doch, das muss ich. Du hast ein Recht zu erfahren …«

»Du hast mich von Anfang an belogen«, brach es auf einmal aus ihr heraus. »Du hast dich mir unter falschem Namen vorgestellt. Warum? Hattest du vor, mich zu verführen? Dir die Zeit mit dem dummen jungen Mädchen zu versüßen, das dir zufällig über den Weg gelaufen war? Ich war wohl ein willkommenes Spielzeug für den hochwohlgeborenen Viscount Ainsdale, womit er sich die Langeweile in dem biederen Badeort vertreiben konnte.«

»Bitte, Venetia, setz dich und lass es mich erklären«, bat er, diesmal mit mehr Nachdruck.

Widerwillig ließ sie sich auf die äußerste Kante eines Sessels sinken, während er auf dem Sofa Platz nahm.

»Ich habe dir keinen falschen Namen genannt«, beteuerte er. »Ich heiße wirklich Bertie Townsend, Havelock Bertram Stanford Townsend, um genau zu sein, nach verschiedenen Großvätern und Urgroßvätern. Doch meine Freunde nennen mich Bertie.«

»Aber … wieso sagte der Portier des York Hotels mir dann, dass es dort keinen Gast mit diesem Namen gebe?«, fragte Venetia verständnislos.

»Du erinnerst dich, dass ich erwähnte, ich sei nach Scarborough gekommen, um dem Klatsch zu entfliehen, den mein Vater mit seiner Spielleidenschaft verursacht hatte«, erwiderte Bertie. »Nun, tatsächlich waren es die Klatschreporter, die ich vermeiden wollte, deshalb hatte ich mich unter falschem Namen im Hotel eingeschrieben. Aber als ich dich auf den Klippen traf, brachte ich es nicht über mich, dich zu belügen, daher nannte ich dir meinen richtigen Namen. Ich konnte damals nicht ahnen, welche Konsequenzen das haben würde.«

Der Ausdruck der Verwirrung wich von ihren Zügen und machte Schmerz und Traurigkeit Platz, die ihn unwillkürlich rührten. Er hatte das Gefühl, dieselbe junge Frau vor sich zu haben, die ihn damals daran hatte hindern wollen, sich ins Meer zu stürzen.

»Mein Verhältnis zu meinem Vater war zwiespältig«, fuhr Bertie fort. »Wenn die Spielsucht ihn überkam, ging er über Leichen und riskierte alles. Verlor er, begann er zu trinken. Aber er war mein Vater, und ich wünschte mir seine Anerkennung und seine Liebe.« Verlegen räusperte er sich, als ihm bewusst wurde, wie persönlich die Gefühle waren, die er ihr gegenüber preisgab.

»An dem Tag nach unserem Ausflug nach Whitby … erhielt ich ein Telegramm von unserem Butler, in dem stand, dass der alte Herr einen schweren Schlaganfall erlitten habe und dass ich umgehend nach Hause kommen solle. Ich nahm den ersten Zug, der an jenem Morgen fuhr. Deshalb konnte ich unsere Verabredung nicht einhalten, Venetia. Ich schrieb dir eine Notiz und bat einen der Pagen, zur vereinbarten Zeit zu unserem Treffpunkt zu gehen und sie dir zu geben. Ich kam gerade rechtzeitig, um dem *pater* noch einmal die Hand zu drücken, bevor er verschied. Nach der Beerdigung und der Erledigung aller Formalitäten fuhr ich zurück nach Scarborough und fragte den Pagen, ob er dir meine Nachricht ausgehändigt habe. Er gab sie mir mit den Worten zurück, dass du nicht zum Kurbad gekommen seist. Ich dachte, du hättest bereut, was in der Pension in Whitby passiert war, und wolltest mich nicht wiedersehen.«

Das Entsetzen auf Venetias Gesicht ließ Bertie innehalten. Sie unterdrückte ein Schluchzen.

»Ich kam fast eine halbe Stunde zu spät, weil an dem Tag der Herd nicht funktionierte und ich ihn säubern musste.«

Bertie betrachtete sie schweigend. Betroffen sah sie ihn an.

»Jetzt hätte ich doch gerne einen Drink«, bat sie.

Er stand auf, schenkte ihr großzügig ein und reichte ihr das Glas.

»Ich hatte gehofft, dass es eine Erklärung dafür geben würde, weshalb du nicht zu unserer Verabredung kamst«, gestand er. »Eine halbe Stunde, sagst du? So lange hat der Bursche natürlich nicht gewartet.« Bertie goss sich selbst ebenfalls nach und setzte sich wieder auf das Sofa. »Ich habe nicht glauben wollen, dass du mich versetzt hattest, so wie ich dich. Also suchte ich die Pension deiner Tante Lizzie auf, aber du und deine Mutter waren bereits abgereist. Ich erklärte deiner Tante, dass wir uns ein paarmal beim Spazierengehen begegnet seien, und bat sie, einen Brief an dich weiterzuleiten. Ich weiß, eine solche Bitte war gewagt und ganz und gar nicht angemessen, aber ich wusste mir nicht anders zu helfen.«

»Ich habe nie einen Brief bekommen«, unterbrach Venetia ihn.

»Ich weiß«, sagte Bertie und nippte an seinem Scotch. »Ich hatte dich gebeten, mir zu schreiben, doch als nach zwei Monaten immer noch keine Antwort kam, fuhr ich wieder nach Scarborough und sprach noch einmal mit deiner Tante. Sie gab mir den Brief zurück – geöffnet – und forderte mich unmissverständlich auf, keinen Versuch mehr zu unternehmen, dich zu kontaktieren.«

Schockiert starrte Venetia ihn an. Seit damals hatten sie und ihre Mutter ihre Tante fast ein halbes Dutzend Mal besucht. Zu keinem Zeitpunkt hatte Lizzie durchblicken lassen, dass sie etwas über Venetias Freundschaft mit dem jungen Mann wusste. Margaret hatte ihrer Schwester allerdings auch nie von der heimlichen Schwangerschaft ihrer Tochter erzählt, von der nur noch Papa und Cousine Rose in Leeds Kenntnis hatten.

Venetia war so durcheinander, dass sie nicht mehr klar denken konnte. Sie brauchte Luft.

»Bitte entschuldige mich«, presste sie hervor und stand auf, nachdem sie das leere Whiskyglas auf dem Sofatisch abgestellt hatte. Dann stürzte sie aus der Suite.

29

London, 14. Dezember 1914

Was ist denn mit Ihnen, Miss Grey?«, fragte Monsieur Stainchamps verwundert, als er in das Gesicht seiner Sekretärin blickte. »Sind Sie krank? Gehen Sie lieber heim.«

»Danke, Monsieur«, antwortete Venetia. »Ich würde mir gerne zwei Tage freinehmen, wenn das geht.«

»Aber natürlich«, erwiderte Stainchamps. »Machen Sie das. Gute Besserung.«

Hastig räumte Venetia ihren Schreibtisch auf, schlüpfte in ihren Mantel und hängte sich ihre Handtasche über den Arm. Sie verließ das Ritz so übereilt, dass sie nicht einmal Percys Gruß erwiderte.

Ihre Beine fanden ganz allein den Weg zur U-Bahnstation Dover Street, an der sie jeden Tag aus- und einstieg. Seit der Eröffnung der »Piccadilly« genannten Linie im Dezember 1906 hatte Venetia eine vorzügliche Anbindung nach Finsbury Park. Sie musste nur elf Haltestellen fahren und einen kurzen Fußweg zur Pension zurücklegen. Das war auch mit ein Grund, weshalb sie so lange bei Mrs Burton wohnen blieb. Es war nicht leicht, eine gute Unterkunft zu finden, die ebenso günstig gelegen war.

In der Diele der Pension lief Venetia der Vermieterin über den Weg.

»Miss Grey, so früh schon zu Hause?«, bemerkte Mrs Burton überrascht. »Ist etwas vorgefallen? Sie sehen ein wenig verschnupft aus«, fügte sie neugierig hinzu.

»Nein, mir geht es gut«, log Venetia. »Ich bin heute etwas früher gegangen, weil ich morgen für ein paar Tage meine Tante in Scarborough besuchen möchte.«

»Bei diesem Wetter? Da oben im Norden ist es jetzt bestimmt bitterkalt.« Da Venetia sich auf keine Diskussion einließ, zuckte die Vermieterin mit den Schultern. »Sie müssen wissen, was Sie tun, Liebes. Ach, übrigens, für Sie ist ein Brief gekommen.« Mrs Burton trat an den Beistelltisch, auf den sie die Post ihrer Mieter legte. »Von Mr Croft. Hoffentlich hat er sich gut eingelebt. Dieses Militärtraining ist bestimmt hart, wenn man es nicht gewohnt ist, zu exerzieren.«

Sie blickte Venetia auffordernd an, doch diese machte keine Anstalten, Barnabys Brief zu öffnen und die Vermieterin an seinem Inhalt teilhaben zu lassen. Stattdessen ging sie ohne ein Wort an Mrs Burton vorbei und hastete die Stufen zu ihrem Zimmer hinauf.

Nachdem Venetia die Tür hinter sich geschlossen hatte, blieb sie eine Weile in der Mitte des Raums stehen und starrte die Wand an. Sie hatte ein paar Drucke von verschiedenen Künstlern aufgehängt, deren Werke ihr gefielen, doch in diesem Moment hatte sie weder für die Bilder noch für den Rest der Einrichtung einen Blick übrig. Es hatte die ganze Fahrt in der U-Bahn gedauert, bis ihr das Ausmaß der Tragödie vollständig zu Bewusstsein gekommen war. Zwanzig Jahre lang hatte sie geglaubt, der Mann, den sie liebte, habe sie schmählich sitzen lassen und nie wieder einen Gedanken an sie verschwendet. Sie hatte sich bemüht, ihn dafür zu hassen. Nun verstand sie, weshalb ihr das nie gelungen war. In ihrem Herzen hatte sie immer gewusst, dass er so etwas nie getan hätte. Ja, er hatte sie darüber im Dunkeln gelassen, wer er wirklich war, doch sie begriff, weshalb er nie den richtigen Augenblick gefunden hatte, sie aufzuklären. Sie hatte keine Ahnung, wie es mit ihm hätte weitergehen sollen, wären sie in Kontakt geblieben, aber zumindest wäre ihr die Verzweiflung erspart geblieben, die sie hatte durchleben müssen. Venetias Gedanken wanderten zu Patty. Hätte sie Bertie eröffnen sollen, dass er eine Tochter hatte ... eine uneheliche Tochter? Was würde er tun, wenn er es wüsste? Würde er Patty kennenlernen wollen? In dem Fall wäre es Venetia nicht länger möglich, das so lange gehütete Geheimnis zu wahren. Alles würde herauskommen. Sie wäre ruiniert ... Sie würde ihre Stelle im Ritz verlieren. Nein, das durfte nicht sein! Für den Moment, entschied sie, würde sie Bertie nichts von Pattys Existenz verraten.

Gedankenverloren trat Venetia an ihren Sekretär und legte Barnabys Brief in eine der Schubladen. Sie konnte sich jetzt nicht darauf konzentrieren, ihn zu lesen, nicht, solange sich ihre Gefühle durch das Wiedersehen mit Bertie in Aufruhr befanden. Sie hatte nur noch das Verlangen, ihre Tante zur Rede zu stellen, die sie über seine Versuche, sie zu finden, im Unklaren gelassen hatte.

Am folgenden Morgen bestieg Venetia den ersten Zug nach York. Da Truppentransporte Vorrang hatten, dauerte die Fahrt länger als früher, und sie musste zwei Stunden auf eine Verbindung nach Scarborough warten. In der Küstenstadt war die Luft kalt und feucht, aber es wehte kaum Wind, sodass Venetia nicht fror, als sie vom Bahnhof zu Tante Lizzies Pension ging. Sie nahm sich nicht die Zeit, den Ausblick über das von wandernden

Schaumkronen getupfte bleigraue Meer zu genießen, das sie nur an ihr Zusammensein mit Bertie erinnern würde. Um jeden Preis wollte sie vor ihrer Tante Haltung bewahren.

Die Rufe der Möwen schrillten Venetia in den Ohren, während sie vor der Pension wartete, dass man ihr öffnen würde. Als die Tante an die Tür kam, verriet ihr Gesicht Erstaunen über Venetias unangekündigten Besuch.

»Was machst du denn hier, Kleines?«, fragte Lizzie entgeistert. »Ist etwas passiert? Geht es Margaret nicht gut?«

»Darf ich hereinkommen?«, bat Venetia.

»Aber natürlich«, versicherte die Tante. »Komm in die Stube, da ist es warm.«

Wie schon zuvor gegenüber Bertie lehnte Venetia den Sitzplatz ab, den Lizzie ihr anbot.

»Willst du mir nicht endlich sagen, was los ist?«, fragte diese. »Warum kommst du ohne Begleitung den weiten Weg nach Yorkshire?«

»Ich will eine Erklärung!«, sprudelte es aus Venetia heraus. »Weshalb hast du mir all die Jahre verschwiegen, dass Bertie Townsend mir eine Nachricht zukommen lassen wollte?«

»Von wem sprichst du, junge Dame?«, fragte Lizzie verständnislos.

»Von Bertie Townsend, Viscount Ainsdale«, gab Venetia aufgebracht zurück.

Ihre Tante wurde zuerst blass, dann rötete sich ihr Gesicht. »Woher weißt du das?«

»Ich bin ihm gestern im Ritz begegnet. Er hat mir alles erzählt.«

»Ach, hat er das?« Lizzie hatte sich wieder gefasst und stützte die Hände in die Hüften. In ihre Stimme schlich sich ein ironischer Unterton. »Seine Lordschaft hat dir wahrscheinlich gesagt, dass ich mich geweigert habe, seinen Brief an dich weiterzuleiten.«

»Ganz genau«, erwiderte Venetia. »Du hast ihn geöffnet und gelesen und dir vermutlich deinen Teil gedacht. Aber dazu hattest du kein Recht. Dieser Brief war persönlich.«

Lizzie blickte sie fast verzweifelt an und ließ sich dann mit einem Seufzen in ihren Sessel vor dem Kamin sinken.

»Dein Ton und deine Erregung beweisen nur, dass ich das Richtige getan habe. Es ist so schlimm, wie ich dachte. Du warst in ihn verliebt und bist es anscheinend immer noch. Verstehst du denn nicht, liebes Kind, Männer wie er nutzen junge Gänschen wie dich nur aus.«

»Ich bin kein Kind mehr!« Venetia schrie fast. »Bertie war nicht so. Zwischen uns war etwas Besonderes, mehr als gegenseitige Anziehung ... Es war aufrichtige Freundschaft.«

»Ich bitte dich! Willst du leugnen, dass er nur das eine im Sinn hatte, nämlich dich ins Bett zu kriegen? Hat er nie versucht, dir näherzukommen?«

»Das hat er erst getan, nachdem ich ihn dazu ermuntert hatte.«

Schockiert schüttelte die Tante den Kopf. »Ermuntert? Was sagst du da? Ein anständiges Mädchen ermuntert einen Mann nicht dazu, etwas Anstößiges zu tun, und wenn er noch so gut aussieht. Früher oder später hättest du seinem Drängen nichts mehr entgegenzusetzen gehabt und hättest ihm nachgegeben. Und was wäre dann passiert?«

Venetia würgte ein Schluchzen hinunter. »Genau das ist passiert, verstehst du? Ich habe sein Kind zur Welt gebracht.«

Lizzie verstummte. Sie stand da und starrte ihre Nichte sprachlos an. Da wandte Venetia sich abrupt ab, ergriff ihre Reisetasche und verließ das Haus. Draußen nahm der dichter werdende Nebel sie auf und hüllte sie ein. Sie erschauderte. Es war wie damals in Whitby, als Bertie und sie gezwungen gewesen waren, eine Pension für die Nacht aufzusuchen. Ziellos lief Venetia die Esplanade entlang und blieb schließlich vor dem Kurbad stehen. Die Hände um das Geländer gekrampft, das verhindern sollte, dass Spaziergänger die Klippen hinabfielen, blickte sie aufs Meer hinaus, das mit dem grauen Dunst verschmolz, der in die Stadt zog. Zu ihrer Linken war das Grand Hotel mit seinen vier von Kuppeldächern gekrönten Türmen kaum noch auszumachen. Es war totenstill. Der Nebel schluckte alle Geräusche. Die Kälte des eisernen Geländers drang in Venetias Hände, die sich allmählich taub anfühlten. Das Verlangen, sich aufzuwärmen, wurde übermächtig. Doch sie wollte nicht zu Lizzies Pension zurückgehen. Noch war sie nicht bereit, ihrer Tante erneut gegenüberzutreten. Sie brauchte ein Quartier für die Nacht. Ein Schild fiel ihr ins Auge: The Granville, ein kleines Hotel an der Esplanade. Kurz entschlossen betrat sie es und mietete ein Zimmer.

30

Scarborough, 16. Dezember 1914

*N*ach einer unruhigen Nacht stand Venetia schon vor dem Morgengrauen auf. Das Hotel servierte von sieben Uhr an Frühstück, doch sie trank nur eine Tasse Tee, da sie keinen Hunger verspürte. Dann bezahlte Venetia die Rechnung und verließ das Granville um Viertel vor acht. Der dichte Nebel vom Vorabend hatte sich aufgelockert, lag aber noch über der ruhigen See.

Tief in Gedanken erwiderte sie den Gruß des Postboten Alfred Beal, den sie von früheren Besuchen her kannte, nur einsilbig. Auf der Esplanade waren noch keine Spaziergänger unterwegs, auch die Künstler, die immer wieder versuchten, die Atmosphäre des winterlichen Meeres einzufangen, warteten anscheinend auf klareres Wetter. Lediglich ein paar unverbesserliche Herren im Badekostüm wagten ein paar Runden in dem eisigen Wasser.

Lächelnd beobachtete Venetia sie eine Weile, dann warf sie einen Blick auf ihre Armbanduhr. Es war fünf vor acht. Tante Lizzie würde gerade mit dem Frühstücken fertig sein. Venetia hatte die Absicht, noch einmal mit ihr zu reden, bevor sie nach London zurückfuhr. Obwohl sie sich nach wie vor über Lizzies eigenmächtiges Handeln ärgerte, wollte Venetia nicht, dass sie im Streit auseinandergingen.

Um sie herum herrschte eine geisterhafte Stille, die sie an ihrem Platz festhielt. Ein Gefühl der Unwirklichkeit überkam Venetia, während sie aufs Meer hinaussah, dessen Wellenschlag der eisige Nebel schluckte. Hartnäckig hielt sich der irisierende Dunst über dem Wasser und erweckte den Eindruck, als sei die Küstenstadt umgeben von der Unendlichkeit des Nichts. Venetia spürte, wie ihr ein Schauer über den Rücken kroch. Sie blickte zu der Landzunge hinüber, auf der die Burgruine stand. Die Nebelwand über der See lichtete sich ein wenig. Auf einmal tauchte ein Schatten aus den Dunstschleiern, ein riesiger dunkler Felsen, der langsam durch das Wasser glitt. Wie gebannt starrte Venetia zu der Erscheinung hinüber. Schwarzer Qualm stieg von ihr auf. Als der Nebel zerfaserte, erkannte sie, dass es sich um ein Schiff handelte, ein großes graues Kriegsschiff.

Ein Manöver?, dachte Venetia verwundert. Hier vor Scarborough? Wie seltsam!

Plötzlich erschütterte ein lauter Knall die morgendliche Stille. Unwillkürlich hob Venetia den Blick zum Himmel. Donner? Tobte in der Ferne ein Gewitter? Ein weiteres Krachen ertönte, und diesmal sah Venetia einen Feuerball über der Burg aufflammen. Aus den Geschützrohren des Kriegsschiffs quoll Rauch. Ungläubig blickte Venetia aufs Meer hinaus. Ein zweiter Schlachtkreuzer schälte sich aus dem Dunst, dann ein drittes kleineres Schiff, das die größeren offenbar eskortierte. Eine der abgefeuerten Granaten traf die verfallene Baracke nahe der Burgruine und ließ eine gelbe Staubwolke aufsteigen.

Die Royal Navy würde doch keine Schießübungen auf die Küste unternehmen! Doch die Alternative erschien Venetia noch unfassbarer: Es waren deutsche Kriegsschiffe, die England angriffen.

Die Geschütze feuerten nun kurz hintereinander ihre tödliche

Fracht ab. Entsetzt sah Venetia, wie Granaten in das Grand Hotel einschlugen, das ein leichtes Ziel bot. Ihr Instinkt befahl ihr, die Flucht zu ergreifen, denn die Kreuzer näherten sich dem Kurbad, vor dem sie stand. Doch ihre Beine waren wie am Boden festgewachsen. Mühsam wandte sie den Kopf und bemerkte, wie mehr und mehr Menschen aus den Häusern traten und sich erschrocken umblickten. In ihren Gesichtern war zu lesen, dass sie nicht verstanden, was vorging.

Das ohrenbetäubende Krachen erschütterte Venetia bis in die Knochen. Der Boden erbebte unter ihr. Doch schlimmer noch war das unheimliche Heulen der Geschosse, während diese wie irre Dämonen durch die Luft rasten. Die Badenden stürzten hastig an Land, sammelten ihre Kleidung auf und rannten in Deckung.

Verzweifelt klammerte Venetia sich an das Geländer wie an einen rettenden Anker. Eine Frau eilte auf sie zu. Ihre Haare waren aufgelöst und fielen ihr wirr in die Stirn.

»Haben Sie meinen Mann gesehen?«, fragte sie. »Er wollte telefonieren.«

Venetia brachte kein Wort heraus und schüttelte nur den Kopf. Doch die Frau wartete ihre Antwort nicht ab, sondern wandte sich den Häusern an der Esplanade zu. Vor dem Granville Hotel hielt sie inne und lief die Stufen hinauf. Als Venetia sich wieder umdrehte und aufs Meer hinausblickte, setzte ihr Herz einen Schlag aus. Die deutschen Schlachtschiffe hatten den Kurbad-Komplex erreicht. Eine Artilleriegranate flog kreischend über Venetias Kopf hinweg. Endlich gelang es ihr, die Hände von dem eisernen Geländer zu lösen und sich zu Boden zu werfen. Ihr Schrei ging im Lärm der Explosion unter, als das Schrapnell über dem Granville auseinanderplatzte. Venetia vergrub den Kopf unter den Händen und schrie gellend, ohne sich dessen bewusst zu sein. Sie spürte ein flüchtiges Brennen an der Wade, als eines der in der Granatkartätsche enthaltenen Metallteile sie streifte.

Schließlich entfernten sich die Einschläge ein wenig, und Venetia wagte es, sich aufzurichten und umzusehen. Das Erste, was ihr ins Auge fiel, war die Frau, die sie angesprochen hatte. Sie lag blutüberströmt auf den Stufen des Hotels, das Venetia kaum eine halbe Stunde zuvor verlassen hatte. Als Venetia näher trat, um der Frau zu helfen, sah sie, dass die Granatsplitter ihr Brust und Bauch aufgeschlitzt hatten. Die Fassade und das Dach des Granville wiesen große und kleine Löcher auf, die Fensterscheiben waren von der Druckwelle zerborsten, und die Scherben lagen überall verstreut. Im ersten Stock hatte ein Geschoss ein Stück der Hauswand herausgerissen. Dahinter lag das Zimmer, in dem Venetia die Nacht verbracht hatte. Sie erkannte die Tapete und den Kamin. Von dem Bett und dem kleinen Frisiertisch war nur Brennholz übrig geblieben. Die Wäsche, die Vorhänge hingen zerrissen von den bloßgelegten Ziegelsteinen, als hätte ein Monster sich daran die Krallen geschärft. In der Luft lag eine Wolke aus feinem Staub, der langsam zu Boden sank. Venetia musste husten, als ihr der beißende Geruch des Zündmaterials in die Nase stieg. Ihre Beine zitterten, und ihr Magen drehte sich um. Sie übergab sich neben der toten Frau und kämpfte gegen eine Ohnmacht an.

Weiter südlich fielen die Granaten auf die ungeschützte Stadt. Vom Feuer gerötete Staubwolken wurden durch die Druckwellen in die Luft geschleudert. Es war, als versinke Scarborough in einem biblischen Sandsturm. Die Bombardierung schien kein Ende zu nehmen. Venetia war so betäubt von dem Donnergrollen der Geschütze und dem Heulen der Geschosse, dass sie erst allmählich die Schreie und Rufe der Menschen wahrnahm, die aus ihren Häusern flohen und panisch durch die Straßen rannten.

»Die Deutschen kommen! Flieht!«

Benommen stolperte Venetia hinter ihnen her wie ein Tier, das instinktiv dem Rudel folgt. Sie ließ sich mitreißen von den Fliehenden, die sich durch die schmalen Gassen drängten. Manche von ihnen hatten so überstürzt das Haus verlassen, dass sie sich nicht einmal die Zeit genommen hatten, Kleider und Schuhe überzuziehen, sondern noch Nachthemd und Pyjama trugen. Mütter zerrten ihre Kinder an der Hand hinter sich her oder trugen die Kleinsten auf der Hüfte. Der eine oder andere hatte einen Bollerwagen oder eine Schubkarre mit seinen kostbarsten Habseligkeiten gefüllt. Automobile schoben sich zwischen die Flüchtlinge, und so mancher Fahrer bot denjenigen, die nicht laufen konnten, an, sie zum Bahnhof mitzunehmen. Auf der Albion Street lag ein in Pfadfinderuniform gekleideter Junge, von Granatsplittern durchlöchert, und als sie an der Drogerie vorbeikamen, in der Venetia schon häufig eingekauft hatte, sah sie den Verkäufer Leonard Ellis in der offenen Tür liegen. Die Menge riss sie mit, bevor sie überprüfen konnte, ob er noch lebte.

Die Straßen, durch die sie flüchteten, waren an manchen Stellen durch Schutt, Glasscherben und noch glühende Metallteile der Granaten schwer zu passieren. Der Beschuss war noch immer hörbar. Venetia fragte sich, was geschehen würde, wenn die deutschen Schlachtschiffe umdrehen oder Truppen landen sollten. Sie mussten fliehen!

Die anderen Flüchtlinge hatten denselben Gedanken und rannten auf den Bahnhof zu. Immer wieder stießen sie auf Menschen, die von Splittern oder Glasscherben verwundet worden waren. Venetia hielt neben einer Frau inne, die orientierungslos vor einem Haus stand, in dessen Fassade ein großes Loch klaffte.

Sie blutete aus einer Kopfwunde und starrte in das Schlafzimmer im ersten Stock hinauf, von dem nichts übrig war.

»Mutter ...«, murmelte sie erschüttert. »Mutter ...«

Venetia versuchte die Frau zum Mitkommen zu bewegen, doch diese schüttelte hartnäckig den Kopf. Hilflosigkeit und Wut stiegen in Venetia auf. Wo war die Royal Navy? Weshalb beschützte sie die Stadt nicht? Warum ließ man sie allein?

Als der Bahnhof in Sicht kam, drängten sich die Menschen so dicht, dass das Vorwärtskommen fast unmöglich wurde. Das Krachen der Granaten kam wieder näher. Offenbar hatten die deutschen Kreuzer tatsächlich umgedreht und beschossen die Stadt ein zweites Mal. Die Fliehenden schrien in Panik und schoben sich auf den Bahnsteig, an dem ein Zug stand. Die hinteren Wagen der dritten Klasse waren bereits hoffnungslos überfüllt. Venetia schloss sich den Leuten an, die die Plattform entlangliefen, auf die Lok zu, aus deren Schornstein schwarzer Rauch aufstieg. Der Heizer war dabei, die Temperatur im Kessel zu erhöhen. Der Zug war bereit abzufahren. In Panik rissen einige der Fliehenden die Türen der vorderen Wagen auf und strömten in die Abteile der ersten Klasse. Ohne nachzudenken, folgte Venetia ihnen.

»He, Ladys und Gentlemen«, rief einer der Schaffner streng. »Wenn Sie kein Erste-Klasse-Ticket haben, müssen Sie aussteigen.«

Ungläubig starrten die Menschen ihn an. Venetia sah die Empörung und Verbitterung auf den mit Staub und Schweiß verklebten Gesichtern und schämte sich zutiefst für das rigide gesellschaftliche Klassensystem ihres Landes. Die Einschläge kamen wieder näher. Eine Granate heulte über sie hinweg.

»Stecken Sie sich Ihr Erste-Klasse-Ticket an den Hut«, entrüstete sich ein junger Mann. »Wir wollen hier weg.«

»Zeigen Sie mir ein gültiges Ticket oder steigen Sie aus«, beharrte der Schaffner.

Für einen Moment schien es, als wollte der junge Mann ausholen und den Bahnbeamten schlagen. Doch sein Begleiter legte ihm beschwichtigend die Hand auf die Schulter und zog ihn zur Tür. Venetia und die anderen Flüchtlinge folgten den beiden. Aus anderen Abteilen stiegen ebenfalls Menschen aus, die von Schaffnern und Kofferträgern hinauskomplimentiert worden waren. Kurz darauf fuhr der Zug an und verließ den Bahnhof von Scarborough. Fassungslos sahen die Menschen ihm nach, während weitere Geschosse über ihren Köpfen heulten.

Venetia hatte auf einmal nicht mehr die Kraft, wegzulaufen. Um sie herum zerstreute sich die Menge, zerfloss wie zäher Sirup in den Straßen, die aus der Stadt führten. Wie betäubt blieb Venetia auf dem Bahnsteig stehen. Sie fühlte sich ausgebrannt. Ihr wurde bewusst, dass sie selbst ein Teil der ungerechten Gesellschaftsumstände war. Sie arbeitete in einem der exklusivsten Hotels in London, der Stadt, in der die reichsten Leute der Welt dicht an dicht mit bitterster Armut lebten. Geblendet von der Schönheit der Dekoration im Foyer, dem Palm Court, dem Restaurant, den Suiten hatte sie nur eine vage Vorstellung davon, unter welch menschenunwürdigen Bedingungen die Bewohner des East End ihr Dasein fristeten. Und nun hatte sie das Gefühl, nie wieder durch das Ritz gehen zu können, ohne daran denken zu müssen.

31

London, 16. Dezember 1914

*P*ercy, können Sie mir sagen, ob Miss Grey in ihrem Büro ist?«, fragte Bertie Townsend den jungen Portier. Er zögerte, bevor er hinzufügte: »Meine Frau hat nach ihr gefragt.« Es war gegen seine Natur, die Unwahrheit zu sagen, aber er sah ein, dass in diesem Fall Diskretion wichtiger war.

»Es tut mir leid, Mylord«, antwortete Percy bedauernd. »Miss Grey hat sich ein paar Tage freigenommen. Sie wollte ihre Tante in Scarborough besuchen.« Er hatte dies von André erfahren, der es wiederum von Mrs Burton gehört hatte.

»Verstehe«, murmelte Bertie enttäuscht.

Er hatte gehofft, noch einmal mit Venetia sprechen zu können. Da Eva mit ein paar Freundinnen zu einer Ausstellung gegangen war, hatte er die Gelegenheit ergriffen, sich nach Venetia zu erkundigen. Die vergangenen zwei Tage hatte er unablässig an sie gedacht. Das unerwartete Wiedersehen war für sie beide ein Schock gewesen. Nach all den Jahren hatte er längst die Hoffnung aufgegeben, der Frau, in die er sich damals in Scarborough verliebt hatte, je wieder zu begegnen. Für ihn war es weniger eine leidenschaftliche als zutiefst erfüllende Liebe gewesen, die Venetia in ihm geweckt hatte. Er hatte sich von ihr verstanden, in ihrer Nähe wohl- und geborgen gefühlt, eine Empfindung, die er sonst nur im Schoß seines Landsitzes, des eigenen Stücks Erde, fand und die ihm seitdem kein anderer Mensch vermittelt hatte. Und obwohl es nun zu spät für sie beide war und es nie eine gemeinsame Zukunft für sie geben konnte, lag Bertie daran, alle Missverständnisse und Ressentiments zwischen ihnen auszuräumen und mit Venetia Frieden zu schließen.

Während Bertie im Foyer des Ritz Hotels stand und überlegte, was er tun sollte, war von draußen ein Ruf zu hören, der den Verkehr übertönte: »Die deutsche Marine beschießt die Küstenstädte in Yorkshire! Hartlepool und Scarborough schwer beschädigt. Viele Tote und Verletzte.«

Bertie war sich nicht sicher, es richtig verstanden zu haben, und trat durch die Drehtür auf die Arlington Street hinaus. Weitere Gäste und die Portiers hatten die Rufe ebenfalls vernommen und folgten ihm. Auf dem Piccadilly lief ein Mann mit einem Plakat, das er wie eine menschliche Litfaßsäule vor Bauch und Rücken trug, auf und ab und gab die Schlagzeilen wieder, die darauf standen: »Hartlepool und Scarborough von den Deutschen beschossen.«

Die Passanten standen wie erstarrt, Automobile und Omnibusse hielten an, und die Menschen blickten sich ungläubig nach den Plakatträgern um. Bertie fing sich als Erster und trat zu Percy.

»Hören Sie, ich muss auf dem schnellsten Weg nach Yorkshire fahren. Finden Sie heraus, wann der nächste Zug nach York geht, und besorgen Sie mir ein Taxi.«

»Aber natürlich, Mylord«, versicherte Percy und eilte ins Vestibül zurück.

Eine halbe Stunde später hastete Bertie mit einer kleinen Reisetasche in der Hand durch den Bahnhof King's Cross. Er hatte Eva eine Nachricht hinterlassen, dass er aufgrund der Angriffe auf die Küste auf seinem Landsitz nach dem Rechten sehen müsse. Sie solle sich keine Sorgen machen, er würde bald wieder zurück sein.

Der Express nach York musste einige Male anderen Zügen, die Truppen oder Munition beförderten, ausweichen und auf einem Nebengleis warten. Es war bedauerlich, dass die Automobile noch nicht schnell und zuverlässig genug waren, um darin eine so lange Strecke zurückzulegen, fand Bertie. Er rechnete jedoch damit, dass der Eisenbahnverkehr nach Scarborough eingestellt worden war. Daher hatte er vom Bahnhof aus einen Freund in York angerufen und ihn darum ersucht, sich dessen Ford ausleihen zu dürfen.

Während die flache grüne Landschaft Lincolnshires vor dem Abteilfenster vorbeiflog, fragte Bertie sich wiederholt, was er eigentlich hier tat. Ainsdale Manor lag weit von der Küste entfernt in einer entlegenen Gegend von Yorkshire und wäre auch im Fall einer Invasion der Deutschen nicht in Gefahr. Sie würden den Ort nicht einmal finden, so unbedeutend war er, verglichen mit den Industriestädten und großen Besitzungen anderer Landadeliger. Nein, er war wie ein verliebter Jüngling auf dem Weg nach Scarborough, weil er um das Leben einer Freundin fürchtete. Warum nur war Venetia so überstürzt zu ihrer Tante gefahren? Weshalb waren sie sich ausgerechnet kurz vor dem Angriff auf die Küste über den Weg gelaufen? Hätten sie einander vor zwei Tagen nicht wiedergesehen, befände Venetia sich in London in Sicherheit, anstatt dem Schrecken einer Bombardierung durch feindliche Kriegsschiffe ausgesetzt zu sein. Bertie fühlte sich schuldig. Seine Erklärung hatte Venetia so aufgewühlt, dass sie ihre Tante zur Rede hatte stellen wollen. Vielleicht wäre es besser gewesen, ihr zu verschweigen, was Lizzie Bowen getan hatte. Ärgerlich schob er den Gedanken von sich. Es war zu spät, um sich Vorwürfe zu machen.

Bertie hielt sich nicht lange in York auf. Am Bahnhof schrien die Zeitungsjungen die Schlagzeilen hinaus, die noch gar nicht gedruckt waren. Die Nachricht entsprach also der Wahrheit. In Scarborough und Hartlepool waren Häuser zerbombt und Menschen getötet worden.

Ohne Fragen zu stellen, überließ Pickering seinem alten Schulkameraden sein Automobil und versicherte ihm, dass es vollgetankt war.

»Brauchst du auch meinen Chauffeur?«, fragte Pickering.

»Nein, ich werde selbst fahren«, entgegnete Bertie.

»Bist du sicher, Ainsdale?«, vergewisserte sich Pickering mit einem zweifelnden Blick auf Berties rechten Arm, den dieser noch immer in der Schlinge trug.

»Ich brauche keinen Fahrer«, beharrte Bertie. »Keine Sorge, ich bringe dir dein Schätzchen unbeschadet zurück.«

»Wie du willst. Du warst schon immer ein Dickkopf.«

Erst als Bertie auf die Straße nach Scarborough einbog, fiel ihm auf, dass der Verkehr auf der Gegenfahrbahn dichter wurde. Die Küstenbewohner flohen ins Hinterland. Ob das Gerücht von einer Landung deutscher Truppen der Wahrheit entsprach?

Ohne sich dessen bewusst zu sein, tastete Bertie nach dem Griff seines Dienstrevolvers. Seine Schulter schmerzte schon eine ganze Weile, weil die Haltung mit den Händen am Lenkrad seine an wochenlange Untätigkeit gewöhnten Muskeln überanstrengte. Immer mehr Automobile und Pferdekarren kamen ihm aus der Küstenstadt entgegen, sogar Menschen, die zu Fuß flohen, ihre Habseligkeiten und Haustiere unterm Arm, einige von ihnen voller Staub, ein Hinweis darauf, dass sie die Bombardierung aus nächster Nähe miterlebt hatten. Als Bertie die Randbezirke der Stadt erreichte, sah er das Ausmaß der Zerstörung. Ganze Häuserzeilen auf der Westbourne Park und Falsgrave Road lagen in Schutt und Asche, viele der Häuser, die noch standen, waren durchlöchert. Der Geruch nach pulverisiertem Putz und Sprengstoff lag in der Luft. Ein Bataillon Territorials, die Leeds Rifles, war in Scarborough einmarschiert, um den Strand zu sichern und eine mögliche Landung der Deutschen abzuwehren. Ein Sergeant grüßte Bertie, als er dessen Uniform sah. Der Viscount hielt an und erkundigte sich nach dem Stand der Dinge.

»Der Feind ist nach halbstündiger Bombardierung der Stadt abgezogen, Major«, berichtete der Sergeant. »Seitdem ist alles friedlich.«

»Gibt es bereits Kenntnisse über die Opferzahlen?«, fragte Bertie.

»Nein, Sir. Die meisten Toten wurden inzwischen geborgen, und die Verwundeten werden im Krankenhaus behandelt. Viele Frauen und Kinder sind unter den Opfern. In Hartlepool sollen es noch mehr sein als hier. Schlimme Sache, Sir. Die deutschen Schiffe sind im Nebel verschwunden, bevor unsere Flotte sie stellen konnte.«

Bertie bedankte sich und fuhr weiter. Er war sich nicht sicher, wie er herausfinden sollte, was aus Venetia geworden war. Vielleicht hatte sie es mit dem Zug noch aus der Stadt heraus in Sicherheit geschafft. Schließlich entschied er sich, zu Lizzie Bowens Pension zu fahren. Venetias Tante mochte am ehesten eine Ahnung haben, wo er ihre Nichte finden konnte. Und diesmal würde er sich nicht abwimmeln lassen.

Je näher Bertie der Altstadt kam, desto schwieriger war das Vorankommen. In den engen Gassen lagen die Trümmer so dicht, dass er den Wagen stehen ließ und zu Fuß weiterging. Zu seiner Überraschung sah er einen Glaser, der keine Zeit verloren hatte und dabei war, an einem unbeschädigten Gebäude die zerbrochenen Scheiben auszutauschen, obwohl bereits die Dämmerung einsetzte. Ein Trupp der Leeds Rifles marschierte vorbei und sang »It's a Long Way to Tipperary«, ein Lied, das immer mehr zur Hymne dieses Krieges wurde. An einer der Ausfallstraßen hatte Bertie eine Gruppe Schülerinnen, die von ihrer Lehrerin aus der Stadt geführt wurde, dasselbe Lied singen hören. Der Mond war aufgegangen und übergoss die Trümmer mit seinem kalten silbrigen Winterlicht. Ohne den Mondschein hätte Bertie umkehren müssen. Als er die Straße erreichte, an der die Pension von Venetias Tante lag, atmete er zuerst auf, denn die meisten Häuser standen noch. Doch während er der Biegung folgte, kam langsam ein trauriges Bild in Sicht. Ziegel, Balken und Dachpfannen waren auf die Straße gestürzt, als eine Granate eines der Häuser getroffen hatte. Die Reste eines in Streifen gerissenen Vorhangs wehten unheilvoll im schwachen Wind. Ein Geschoss hatte den vorderen Salon aufgerissen und entblößte das intime Innere des Raums, dessen Möbel in tausend Einzelteile zersprengt worden waren. Es war unheimlich still. Die Geräusche der Aufräumarbeiten aus den anderen Teilen der Stadt reichten nur gedämpft bis hierher. Alles wirkte wie ausgestorben.

Erschüttert blieb Bertie vor der Ruine der Pension stehen. Niemand, der sich zum Zeitpunkt des Einschlags im Haus befunden hatte, konnte überlebt haben. Einen Moment lang rang Bertie nach Luft. Er war wie gelähmt. Dieser Anblick der Zerstörung war schlimmer als das Grauen auf dem Schlachtfeld, denn es hatte einen Ort getroffen, an dem die Menschen sich sicher gefühlt hatten. Er musste herausfinden, was mit Venetia und ihrer Tante passiert war. Entschlossen ging er zu seinem Automobil zurück und bat einen Passanten, die Handkurbel zu drehen, bis der Motor ansprang. Im weißen Licht der Acetylen-Scheinwerfer fuhr Bertie die kurze Strecke zum Krankenhaus auf der Friar's Entry. Dort fragte er sich zur Leichenhalle durch und erkundigte sich nach den Namen der Toten, die geborgen worden waren.

»War eine Miss Grey unter den Getöteten?« Es fiel Bertie schwer, seine Sorge zu verbergen.

Der Mann im Büro der Leichenhalle rückte seine Brille zurecht und sah seine sorgfältig aufgesetzte Liste durch.

»Hm ... Miss Grey ... lassen Sie mich mal sehen. Ich kann mich an den Namen erinnern. Das war im Zusammenhang mit einer Leiche, die aus den Trümmern eines Hauses geborgen worden war. Granatsplitter hatten ihr das Bein abgerissen. Möchten Sie sie sehen?«

Bertie nickte schweigend. Sein Mund war trocken, und er fühlte Übelkeit in sich aufsteigen.

Der Anblick der in einer Reihe nebeneinanderliegenden Toten war erschütternd, obwohl sie verhüllt waren. Nachdem er seine Liste konsultiert hatte, blieb der Pathologiegehilfe vor einer der Leichen stehen und schlug das Tuch zurück, das sie bedeckte, um das Gesicht freizulegen. Bertie sog scharf die Luft ein. Erleichterung breitete sich in ihm aus, für die er sich sogleich schämte. Es war nicht Venetia, sondern ihre Tante Lizzie.

Der Gehilfe überflog seine Papiere. »Miss Bowen wurde von ihrer Nichte Miss Venetia Grey identifiziert«, erklärte er.

Bertie hätte ihn erwürgen können. »Wissen Sie, wo Miss Grey sich aufhält?«, fragte er zwischen zusammengebissenen Zähnen.

»Sie hatte eine Wunde an der Wade, die ärztlich versorgt wurde. Wohin sie danach gegangen ist, kann ich Ihnen nicht sagen.«

Bertie wandte sich ab und erkundigte sich beim Empfang nach Venetia, was er gleich zu Anfang hätte tun sollen. Doch man konnte ihm nur sagen, dass Venetias Wunde verbunden worden war. Einer Eingebung folgend begab Bertie sich schließlich zur Kapelle. Auf den ersten Blick schien sie verlassen, doch dann entdeckte er auf einer der Bänke eine Gestalt, eine Frau in gebeugter Haltung, die Ellbogen auf die Beine gestützt, das Gesicht in den Händen verborgen.

Als Bertie Venetia erkannte, hielt er einen Moment erleichtert inne. Dann trat er zögernd näher und blieb vor ihr stehen. Mühsam hob sie den Kopf, als sie seine Anwesenheit wahrnahm. Entgeistert sah Venetia ihn an.

»Bertie ...«, stammelte sie. »Was machst du denn hier?« Schwankend erhob sie sich.

»Ich hörte, was passiert war, und wollte nach dir sehen«, antwortete er sanft, als er die Verwirrung auf ihren Zügen bemerkte.

»Den ganzen Weg von London?«, fragte Venetia verblüfft.

Sie spürte den Anflug eines hysterischen Anfalls und biss sich auf die Lippen, um Haltung zu bewahren. Ihr Blick wich dem seinen aus und richtete sich auf das an der Wand hängende Kreuz.

»Ich kam her, um Lizzie zur Rede zu stellen, weil sie mir deinen Brief vorenthalten hat«, sagte sie tonlos. Ihre Worte erschienen ihr leer, ohne Bedeutung, abgekoppelt von jeglichem Gefühl. »Ich habe ihr Vorwürfe gemacht und bin aus dem Haus gestürmt. Heute Morgen wollte ich zurückgehen und noch einmal mit ihr reden ... doch ich hatte keine Gelegenheit mehr ...« Das Sprechen fiel Venetia auf einmal schwer, als die unterdrückten Gefühle endlich an die Oberfläche kamen. Ein Schluchzen erstickte ihre Stimme, bevor es ihr gelang, die Worte hervorzupressen, die sie nicht wahrhaben wollte: »Ich fand sie zwischen dem Schutt im Salon. Ein Metallsplitter hatte ihr das Bein abgetrennt ... Ich konnte nicht mehr mit ihr sprechen ...«

Bertie legte die Arme um Venetia und zog sie an sich. Ihr Kopf sank an seine Schulter, und die Tränen flossen unablässig, als habe man einen Damm eingerissen. Es tat ihm weh, sie so zu sehen. Seine Bekanntschaft mit Lizzie Bowen war kurz und stürmisch gewesen, und er dachte stets nur mit Scham und Unwillen daran zurück. Doch in diesem Moment sah er sie wieder vor sich, wie sie ihm bei seinem letzten Besuch die Tür geöffnet hatte. Damals hatte er sich wie ein ungezogener Schuljunge auf dem Weg ins Büro des Direktors gefühlt.

32

Scarborough, Mai 1896

ch, Sie sind es, Mylord«, sagte Lizzie Bowen mit verschlossener Miene. »Kommen Sie rein.«
Bertie nahm den Hut ab und hängte ihn artig an die Garderobe. Nervös folgte er der mit kühler Würde vorangehenden Frau in den Salon und schloss die Tür. Sie bot ihm keinen Sitzplatz an, und so blieb er stehen. Sein Ärger über ihre fehlende Hilfsbereitschaft, in die er sich auf der Fahrt nach Scarborough hineingesteigert hatte, machte es ihm schwer, sich zu beherrschen. Es kostete ihn einiges an Mühe, ruhig und sachlich zu bleiben.

»Bei meinem letzten Besuch vor zwei Monaten hatte ich Sie gebeten, einen Brief an Ihre Nichte weiterzuleiten, Madam«, begann Bertie. »Gehe ich recht in der Annahme, dass Sie meiner Bitte nicht entsprochen haben?«

»Ich habe nie zugesagt, dass ich Venetia Ihr Schreiben aushändigen würde, Mylord«, erwiderte Lizzie hochmütig und betonte die Anrede dabei mit derart verletzender Ironie, dass er nicht wusste, wie er reagieren sollte.

Lizzie war an einen altmodischen Sekretär getreten, schloss ihn auf und holte einen Umschlag heraus. Verständnislos nahm Bertie ihn entgegen und drehte ihn zwischen den Fingern.

»Sie haben ihn geöffnet?«, sagte er vorwurfsvoll. »Dazu hatten Sie kein Recht.«

»Ich bin Venetias Tante. Natürlich habe ich das Recht, sie vor Dummheiten zu beschützen, durch die sie ihr Leben ruinieren könnte«, gab Lizzie streitlustig zurück. »Sie waren in Ihren Formulierungen sehr diskret, Mylord, eine Kunst, die man in Ihren Kreisen vorzüglich beherrscht, aber ich bin durchaus in der Lage, zwischen den Zeilen zu lesen. Sie und Venetia haben über Wochen fast jeden Tag miteinander verbracht, und das in der Öffentlichkeit, wo jeder Sie sehen konnte.« Lizzie runzelte die Stirn. »Dieser Ausflug nach Whitby, den Venetia unbedingt unternehmen wollte, angeblich, um zu malen. Sie war mit Ihnen dort, nicht wahr?«

Bertie machte keinen Versuch, dies zu leugnen. Betreten blickte er zu Boden.

»Mein Gott, Sie beide waren über Nacht dort«, entfuhr es Lizzie entsetzt.

»Wir wurden vom Nebel überrascht«, verteidigte Bertie sich lahm.

»… und Sie haben in derselben Pension übernachtet, wie ich annehme«, ereiferte sich Lizzie.

»Wir hatten getrennte Zimmer«, warf Bertie ein. Gleichzeitig errötete er, als er an die Nacht mit Venetia zurückdachte. Zum Glück ging Lizzie Bowen nicht so weit, ihn einen Lügner zu nennen. Offenbar hielt sie an der Illusion fest, dass es zwischen ihm und ihrer Nichte nicht zum Äußersten gekommen war.

»Wie konnten Sie Venetias Naivität ausnutzen, Mylord?«, fragte Lizzie aufgebracht. »Ich hätte es erkennen müssen, dass etwas im Busch ist. Sie wirkte so verliebt. Ich muss blind gewesen sein, dass ich es nicht gesehen habe.«

Bertie verspürte einen dumpfen Schmerz in der Magengegend. Er war sich sicher gewesen, dass Venetia starke Gefühle für ihn hegte, doch ihre Tante dies aussprechen zu hören, tat ihm doppelt gut. Und das Verlangen, Venetia wiederzusehen, wurde fast übermächtig.

»Ihre Nichte ist eine intelligente einfühlsame Frau, deren Gesellschaft ich sehr zu schätzen gelernt habe, Miss Bowen«, sagte er. »Wir haben lange Gespräche geführt und sind dabei Freunde geworden. Leider musste ich wegen einer familiären Krise überstürzt abreisen, wie Sie meinem Brief entnehmen konnten. Es liegt mir sehr viel daran, ihr dies zu erklären.«

»Und dann?«, fragte Lizzie spöttisch. »Sie werden sich in Venetias Bewunderung für Sie sonnen und sie zu Handlungen nötigen, die kein tugendhaftes Mädchen ausführen würde.« Abfällig presste sie die Lippen aufeinander. »Für wie dumm halten Sie mich? Ein Mann und eine Frau können nicht *nur* befreundet sein. Der Mann will immer mehr, als sich nur unterhalten. Wie haben Sie sich Ihre zukünftige Beziehung zu Venetia vorgestellt, Mylord? Wollen Sie ihr irgendwo in der Nähe Ihres Landsitzes ein Haus mieten und sie dort als Ihre Mätresse halten? Denn welche Alternative gäbe es für Sie beide?« Lizzies Augen verengten sich, und sie sah ihn herausfordernd an, während ihre Lippen einen sarkastischen Ausdruck annahmen. »Oder haben Sie etwa vor, das einzig Anständige zu tun und Venetia zu heiraten?«

Schmerzlich begegnete Bertie ihrem Blick und schwieg. Er hatte nie darüber nachgedacht, wie er sich die Beziehung zu Venetia in der Zukunft vorstellte. Er wollte einfach mit ihr zusammen sein, das Glück genießen, das sie einander gaben. Nur kurz, während des Picknicks auf den Klippen, hatte ihn der Gedanke gestreift, wie herrlich es wäre, wenn die Frau, zu der er sich so sehr hingezogen fühlte, von seinem Stand wäre und er sie heiraten könnte. Lizzie Bowen hatte recht mit dem, was sie sagte. Er hätte nicht mit Venetia schlafen dürfen. Wie sollten sie nun zu einer platonischen Freundschaft zurückkehren, nachdem sie festgestellt hatten, wie gut sich auch ihre Körper verstanden? Und es stand außer Zweifel, dass Venetia etwas Besseres verdiente, als seine Geliebte zu sein, immer darauf bedacht, nicht aufzufallen, abhängig von seinen Launen und seinem Geld. Das wollte er auf keinen Fall für sie ... Aber er konnte sie nicht heiraten. Dem Skandal, den die Spielsucht seines Vaters verursacht hatte, konnte er nicht auch noch eine nicht standesgemäße Heirat hinzufügen. Das war er seiner Familie schuldig.

Bertie war sich der Blicke bewusst, mit denen Lizzie Bowen ihn durchbohrte. Sie musste ihm seine Gedanken vom Gesicht abgelesen haben, denn sie wandte sich mit höhnischer Miene ab, um das Feuer im Kamin zu schüren.

»Sie gehen jetzt wohl besser, Sir«, sagte sie respektlos.

Bertie fühlte, wie ihm vor Scham das Blut in die Wangen stieg. Mit einer linkischen Bewegung steckte er den Brief ein, nahm seinen Hut von der Garderobe und verließ das Haus.

33

Scarborough, 16. Dezember 1914

ertie seufzte tief, während er Venetia an sich drückte. Betroffen verscheuchte er das Bild der Pension, die er damals vor achtzehn Jahren so beschämt und besiegt verlassen hatte und die nun ein Trümmerfeld war. Als er Venetias Körper in seinen Armen zittern, das Gewicht ihres Kopfes an seiner Schulter ruhen spürte, unter dem Staub der zerbombten Häuser den Duft ihres Haares wiederfand, breitete sich erneut das wohlige Gefühl der Wärme in ihm aus, das ihn damals so berauscht, so glückselig gemacht hatte.

Angesichts der Wahl, vor die Lizzie Bowen ihn an jenem Tag gestellt hatte, würde Bertie heute anders entscheiden. Aber damals, mit dreiundzwanzig Jahren, so kurz nach dem Tod seines Vaters und mit der neuen Last der Verantwortung auf den Schultern, hatte er das Urteil seiner Standesgenossen und der Öffentlichkeit gefürchtet. Nun war er älter und reifer und hätte dem mit gelassenem Fatalismus getrotzt. Doch heute wusste er auch, wie unbefriedigend das Leben mit dem falschen Partner war. Er liebte Eva für ihre Schönheit, ihre naive Unbeschwertheit, ihre Treue ihm gegenüber, aber sie war für ihn stets wie ein Kind gewesen, das er beschützen musste, nicht wie eine Freundin, eine Vertraute, mit der er über seine Erfolge und seine Sorgen sprechen konnte. Mit Venetia an seiner Seite wäre sein Leben anders verlaufen, das spürte er. Und der Schmerz über den Verlust dessen, was er hätte haben können, bohrte sich tief in sein Innerstes.

Sie musste seine Anspannung gefühlt haben, denn sie löste sich aus seiner Umarmung.

»Warum?«, murmelte sie. »Warum haben sie das getan? Eine ungeschützte Stadt beschossen ... Frauen und Kinder getötet ...?«

Es dauerte einen Moment, bis es Bertie gelang, in die Gegenwart zurückzukehren und zu begreifen, dass sie von den Deutschen sprach.

»Ich vermute, es war ein Racheakt des deutschen Generalstabs für die Niederlage, die die Royal Navy der kaiserlichen Marine vor einer Woche nahe der Falkland-Inseln beigebracht hat«, erklärte Bertie. »Vielleicht glauben die Befehlshaber, dass sie unsere Moral zerstören können, wenn sie die Bevölkerung terrorisieren. Aber sie werden noch lernen, dass dies nie die Früchte trägt, die sie sich erhoffen.«

»Warum schützt unsere Navy die Küstenstädte nicht?«, fragte Venetia vorwurfsvoll. »Sie müssen doch mit einem derartigen Angriff gerechnet haben.«

»Es ist nicht die Aufgabe der Royal Navy, die Küste zu schützen, Venetia, sondern die deutsche Flotte anzugreifen und zu vernichten. Wie sollen sie sechshundert Meilen Küste bewachen? Es war Pech, dass am heutigen Morgen Nebel herrschte, so konnten die deutschen Kreuzer unbehelligt entkommen.«

Bertie legte den Arm um Venetias Schultern und zog sie mit sich. »Komm, ich bringe dich nach London zurück. Hier kannst du nichts mehr tun.«

Sie nickte schwach. »Ja, du hast recht. Ich muss meiner Mutter mitteilen, was passiert ist. Sie hat sicherlich auch von der Bombardierung gehört.« Venetia seufzte. »Es ist schrecklich. Kurz bevor es begann, habe ich noch den Postboten Alfred Beal gegrüßt. Wenige Minuten später war er tot. Und Leonard Ellis von der Clare & Hunts-Drogerie auf der South Street. Ihn kannte ich auch. Das Grand Hotel ist eine Ruine. Es heißt, Whitby und Hartlepool hat es noch schlimmer erwischt. St. Hilda's Abbey wurde getroffen ... und in Hartlepool soll es Hunderte Tote gegeben haben, viele von ihnen Kinder ...« Venetia versagte die Stimme.

Bertie führte sie zu seinem Wagen und half ihr beim Einsteigen. Sie wirkte bleich und zu Tode erschöpft. Der gequälte Ausdruck in ihren Augen schmerzte Bertie. Das Bedürfnis, sie zu beschützen, und Wut auf den Feind stiegen in ihm auf. Während sie durch die abendliche Dunkelheit auf fast leeren Straßen nach York zurückfuhren, dachte Bertie über das seltsame Wirken des Schicksals nach. Nachdem die Erinnerung an das junge Mädchen, in das er sich damals verliebt hatte, über die vergangenen Jahre verblasst war, brachte das plötzliche Wiedersehen ihn nun völlig aus dem Gleichgewicht. Er hatte die Gelegenheit erhalten, ihr zu erklären, weshalb er so unverhofft hatte abreisen müssen, und er hätte danach mit der ganzen Affäre abschließen können. Stattdessen war er, ohne nachzudenken, zweihundertfünfzig Meilen nach Scarborough gefahren, weil er Venetia in Gefahr geglaubt hatte. Und jetzt, während sie neben ihm auf dem Beifahrersitz saß und ihm dankbar zulächelte, fühlte er sich ihr so nah wie vor neunzehn Jahren. Und doch würden sie sich unwiderruflich trennen müssen, sobald sie in London eintrafen. Der Gedanke erschien ihm auf einmal unerträglich.

»Es ist zu spät, um nach London weiterzufahren«, stellte Bertie fest, als sie York erreichten. »Am besten übernachten wir im Royal Station Hotel.«

Venetia widersprach nicht. Sie hätte ihn aus der Verantwortung entlassen und ihm versichern können, dass es ihr gut gehe und dass sie nun allein zurechtkommen würde. Doch sie fühlte, dass sie nicht die Kraft dazu hatte. Sie mochte es nicht zugeben, aber in diesem Moment brauchte sie ihn, um nicht zusammenzubrechen. Sofern sie jemals geglaubt hatte, dass sie Bertie gleichgültig sei, hatte er sie durch sein Auftauchen in Scarborough an diesem Tag vom Gegenteil überzeugt. Er hatte Angst um sie gehabt. Seine Anwesenheit und sein Verständnis bewahrten sie vor der Verzweiflung, von der sie sich überwältigt gefühlt hatte. Am Bahnhof, nachdem die Schaffner sie und die anderen Flüchtlinge der Erste-Klasse-Wagen verwiesen hatten, war sie nahe daran gewesen, alles, wofür sie in ihrem Leben gearbeitet hatte, hinzuwerfen, sich in ihrem Elternhaus zu verkriechen und in Scham und Selbstmitleid zu versinken. Bertie hatte sie wieder zur Vernunft gebracht, ihr die Kraft gegeben, die Ungerechtigkeit der Gesellschaft zu erkennen, aber dennoch mit ihr leben zu können. Sie konnte die Gegebenheiten nicht ändern, indem sie die Privilegien, die sie aufgrund ihrer bürgerlichen Herkunft besaß, und die Stelle im Ritz, die sie erfüllte, aufgab.

Die Hotels in York waren voller Flüchtlinge von der Küste, aber es gelang Bertie, noch zwei Zimmer für sie zu bekommen, die für besondere Gäste zurückgehalten worden waren. Mit einem entschuldigenden Blick überreichte er Venetia einen der Schlüssel. Sicherlich dachte er an die Nacht in Whitby, und es rührte sie, dass er deswegen ein schlechtes Gewissen zu haben schien.

»Ich hole dich in einer Stunde zum Essen ab«, sagte er. »Du musst hungrig sein.«

Venetia nickte, obwohl sie sich bei der Vorstellung, etwas zu sich nehmen zu müssen, unwohl fühlte. Sie badete und wusch sich den Staub aus den Haaren. Lange saß sie vor dem Frisierspiegel und entwirrte die verfilzten Strähnen. Ein Kammerdiener brachte ihre gesäuberten und gebügelten Kleider. Sie hatte gerade halbwegs ihr Haar hochgesteckt, als es an der Tür klopfte. In tadelloser Uniform stand Bertie auf dem Gang und lächelte ihr zärtlich zu. Doch das Khaki brachte Venetia den Krieg und die schrecklichen Ereignisse in Scarborough wieder in Erinnerung.

Bertie bemerkte ihre Blässe. »Möchtest du lieber auf dem Zimmer essen?«, fragte er einfühlsam.

Venetia schüttelte den Kopf. Sie wollte nicht allein sein. Unter Leuten würde sie sich sicherer fühlen.

Sie setzten sich im Restaurant in eine ruhige Ecke. Wie überall zog Berties Uniform die Blicke der Damen und der Herren in Zivil auf sich. Die Ersteren betrachteten ihn mit Bewunderung, die Letzteren mit Verlegenheit, weil sie selbst – aus welchen Gründen auch immer – nicht für ihr Land kämpften. Bertie beachtete weder die einen noch die anderen. Er hatte nur Augen für Venetia.

»Ich kann dir gar nicht sagen, wie froh ich bin, dass dir nichts passiert ist«, gestand er.

»Woher wusstest du, dass ich in Scarborough war?«, fragte Venetia, als sie sich daran erinnerte, dass sie niemandem außer Mrs Burton von ihren Absichten erzählt hatte.

»Von Percy, dem Portier«, antwortete Bertie.

»Ah!« Venetia lächelte. Mrs Burton musste André von ihrer Reise erzählt haben. »Percy ist mit einem der Köche befreundet, der ein Zimmer in derselben Pension bewohnt wie ich.«

»Das klingt, als wären du und deine Kollegen sehr vertraut.«

»So ist es. Sie sind wie eine zweite Familie für mich. Im Grunde fühle ich mich in meinem Freundeskreis wohler als zu Hause.«

»Tatsächlich? Warum das?«

»Ich habe einen Cousin namens Charlie, ein sehr unangenehmer Zeitgenosse. Er ist unehrlich, egoistisch und aufdringlich. Leider hat er es verstanden, sich bei meinen Eltern einzuschmeicheln, und nistet sich regelmäßig über längere Zeit bei ihnen ein.«

»Ich kenne solche Leute«, bemerkte Bertie sarkastisch. »Sie tun unschuldig und stehlen dir hinter deinem Rücken die Brieftasche.«

Venetia verspürte das Bedürfnis, das Thema zu wechseln. »Lass uns von etwas anderem reden. Erzähl mir von deinem Landsitz. Das wird mich ablenken.«

Venetia lauschte seiner Beschreibung von Ainsdale Manor und stellte Fragen über die Verwaltung eines derartigen Guts.

»Das klingt idyllisch. Ich würde das Haus gerne einmal sehen.« Die Worte waren ihr entschlüpft, bevor sie sich ihrer Bedeutung bewusst wurde. Wie dumm von ihr, eine solche Bemerkung zu machen! Sie würde Ainsdale Manor nie sehen.

Bertie schien ihre Befangenheit nicht wahrzunehmen. Ihr Interesse freute ihn, denn er hatte nicht oft Gelegenheit, über seinen Familiensitz zu sprechen, außer mit anderen Landbesitzern, die seinen Stolz und seine Sorgen teilten.

»Ich habe ein Bild dabei«, sagte er und zog sein Portemonnaie aus einer Tasche seiner Uniformjacke. Verlegen lächelte er Venetia zu, während er eine Sepiafotografie hervorholte. »Ich weiß, es erscheint vielen Menschen seltsam, dass ich ein Bild meines Hauses mit mir herumtrage, aber sein Anblick tröstet mich, wenn ich an der Front bin. Und ich habe natürlich auch Fotografien meiner Frau und Kinder bei mir.«

Bewundernd betrachtete Venetia den jakobinischen Bau aus roten Ziegeln mit seinen Giebeln und verzierten hohen Schornsteinen.

»Es ist wunderschön«, sagte sie. Gefasst blickte sie ihn an. »Darf ich die Bilder deiner Kinder sehen?«

»Ja, gerne«, stimmte Bertie zu und reichte ihr zwei kleine Porträtfotografien. »Das ist Robert. Er ist zurzeit in Eton, und Bibi ist in einem Internat in Norfolk.«

Venetia studierte beide Bilder. Robert sah seinem Vater nicht sehr ähnlich, doch Bibi besaß sein dunkles Haar und das schmale Gesicht. Nur ihre Augen waren heller, vermutlich blau wie die ihrer Mutter. Venetia fand in den Zügen des Mädchens etwas von Patty wieder, nicht genug, dass es einem Außenstehenden sofort auffallen würde, aber für Venetia war es doch offensichtlich. Sie spürte, wie sich ihr Herz schmerzhaft zusammenkrampfte. Während der Fahrt hatte sie mit sich gerungen, ob sie Bertie von seiner anderen Tochter erzählen sollte. Wie konnte sie es ihm jetzt noch verschweigen, nachdem er ihr seine beständige Zuneigung so offen demonstriert hatte? Doch als Venetia die Fotografien seiner Kinder betrachtete, erschien es ihr unpassend, ihn über seine uneheliche Tochter aufzuklären. Er schien glücklich mit seinem Leben, erfüllt von der Arbeit auf seinem Landgut, stolz auf seine Kinder, zufrieden mit seiner Ehe. Weshalb sollte sie den harmonischen Frieden erschüttern? Vermutlich wäre es ihm peinlich, von Patty zu erfahren, vielleicht würde er sich verantwortlich fühlen, etwas für sie zu tun, und das wünschte Venetia sich auf keinen Fall. Sie wollte nur diese wenigen Stunden des Zusammenseins mit ihm genießen, bevor sie sich unweigerlich für immer trennen mussten.

Venetia hatte befürchtet, dass sie kein Auge zumachen würde, doch sie war so erschöpft, dass sie die ganze Nacht in tiefem traumlosem Schlaf lag. Bertie holte sie zum Frühstück ab, aber wie schon am Abend zuvor brachte Venetia nur eine Kleinigkeit hinunter. Sie mussten lange auf einen Zug nach London warten, der dann noch eine Stunde im Bahnhof stand, bevor er losfuhr. Unterwegs gab es wieder einige Aufenthalte auf Nebengleisen, da mehr Truppentransporte unterwegs waren als gewöhnlich. Während der Fahrt sprachen Bertie und Venetia nur wenig miteinander. Sie hatten zu der Vertrautheit von damals zurückgefunden, die keiner Worte bedurfte. Venetia hätte unendlich lange mit ihm durchs Land fahren können. Die Enttäuschung und Hoffnungslosigkeit, die sich in ihr auszubreiten begannen, als sie die ersten Ausläufer der Londoner Vororte erreichten, ließ ihr erneut Tränen in die Augen steigen. Nur mit Mühe kämpfte sie ihre Gefühle nieder.

Am Bahnhof nahmen sie sich ein Taxi.

»Wohin möchtest du?«, fragte Bertie.

»Zu meinen Eltern bitte«, antwortete Venetia. »Ich muss ihnen mitteilen, was mit Tante Lizzie passiert ist.«

Sie nannte dem Taxifahrer die Adresse in Hampstead. Als sie noch mehrere Straßen entfernt waren, bat sie ihn anzuhalten.

»Es ist wohl besser, wenn wir nicht bis vors Haus fahren«, erklärte Venetia. Sie wollte auf keinen Fall riskieren, dass Charlie sie mit Bertie zusammen sah.

»Ich hoffe sehr, dass dich die Bilder der letzten Tage nicht allzu lange verfolgen werden«, sagte Bertie.

Venetia sah ihm an, dass er wusste, wovon er sprach. Die meisten Soldaten redeten nicht über das, was sie an der Front erlebt hatten, um die Daheimgebliebenen nicht mit ihren schrecklichen Erfahrungen zu belasten, aber auch, weil sie fühlten, dass diese nie begreifen würden, wie erschütternd ihre Erlebnisse waren. Doch nun, nachdem Venetia den Krieg am eigenen Leib erlebt, die Zerstörung und die Toten und Verletzten gesehen hatte, konnte sie es verstehen.

»Ich werde nach Weihnachten nach Frankreich zurückkehren«, flüsterte er ihr noch zu. »Bis dahin bleibe ich im Ritz. Falls du etwas brauchst oder einfach reden möchtest, sag mir Bescheid.«

Venetia nickte gerührt. Bertie nahm ihre Hand und drückte sie lange, bevor er sie losließ. Widerwillig wandte Venetia sich ab und stieg aus. Sie fühlte sich zu Tode erschöpft. Ohne noch einmal zurückzublicken, ging sie in Richtung ihres Elternhauses davon.

34

London, 18. Dezember 1914

Venetia erwachte mit einem Gefühl von Panik. Um sie herum war es dunkel und still, und so legte sich ihre Angst allmählich. Ihr war übel, und ihr Körper war schweißgebadet. Sie hatte Albträume gehabt, von heulenden Granaten, einstürzenden Häusern und blutüberströmten Menschen, denen Arme und Beine fehlten. Das Bett, in dem sie lag, erschien ihr fremd, ohne dass sie wusste, warum. Schließlich erkannte sie den Geruch nach Lavendel, den ihre Mutter zwischen die Wäsche legte, damit sie frisch und duftend blieb. Mrs Burton ließ sich zu derartigem Luxus nicht herab.

Venetia befand sich in ihrem alten Zimmer im Haus ihrer Eltern. Als sie am vergangenen Nachmittag eingetroffen und die erschütternde Kunde von Lizzies Tod gebracht hatte, war ihre Mutter ihr um den Hals gefallen und hatte sie rührend umsorgt, um sich selbst von dem Schrecken und der Trauer um ihre Schwester abzulenken. Der Hausarzt der Familie Grey war gekommen, hatte Venetias Beinwunde versorgt und ihr ein Schlafmittel verabreicht. In den frühen Morgenstunden hatte die Wirkung nachgelassen, und Venetia war mehrmals verwirrt aufgewacht. Zum Glück war sie immer wieder eingeschlafen, bevor die Erinnerungen in ihr Bewusstsein zurückkehrten.

Als Venetia das nächste Mal die Augen aufschlug, war die Finsternis einem grauen Zwielicht gewichen, das durch den Spalt der nicht völlig zugezogenen Vorhänge drang. Erneut erschien ihr die Umgebung fremd, und sie fragte sich, wo sie war. Ihr Kopf schmerzte von dem Schlafmittel, und ihre Gedanken irrten ins Leere. Eine Berührung an ihrer Schulter ließ sie zusammenzucken.

»Bertie …«, murmelte sie benommen.

Die Hand strich über ihren Hals und schob sich zwischen ihr Nachthemd und ihre Haut. Venetia erschauderte. Das war nicht Bertie, durchzuckte es sie. Als die Finger sich um ihre linke Brust legten, schrie sie gellend auf.

»Was ist los? Warum schreist du?«

Venetia erkannte die Stimme ihrer Mutter. Im nächsten Moment stürmte Margaret im Morgenrock zur Tür herein.

»Venetia … was …?«

Schockiert starrte Margaret Charlie an, der zur Wand zurückgewichen war. Auch er war noch im Schlafrock. Das Gesicht ihrer Tochter war schneeweiß, und sie zitterte am ganzen Körper.

»Was machst du in Venetias Zimmer, Charlie?«, fragte Margaret. »Hast du keinen Sinn für Anstand?«

Die ungewohnte Strenge seiner Gastgeberin erschütterte Charlies übliche Kaltblütigkeit.

»Ich hörte Venetia schreien und wollte nachsehen, ob sie in Ordnung ist«, stammelte er. Doch das Blut, das ihm in die Wangen stieg, strafte seine Worte Lügen.

»Hältst du mich für dumm?«, fragte Margaret aufgebracht. »Du hättest fliegen müssen, um vor mir hier zu sein«, fügte sie sarkastisch hinzu.

Sie hatte sich auf den Rand des Bettes gesetzt und zog ihre Tochter an sich. »Was ist passiert, mein Liebes?«, fragte Margaret.

Inzwischen hatte sich auch Venetias Vater eingefunden und stand in der Tür. »Hat er dich angefasst?«

Venetia brachte kein Wort heraus und konnte nur nicken. Aller Augen richteten sich auf Charlie, dem ein nervöses Zucken über die Wange lief.

»Das hat sie geträumt«, verteidigte er sich. »Ich habe nichts getan.«

Mit finsterer Miene trat David Grey auf den jungen Mann zu. »Wir haben dich wie einen Sohn aufgenommen«, sagte er. »Und so dankst du es uns. Verschwinde! Pack deine Sachen und verlass auf der Stelle mein Haus.«

Charlies Züge verhärteten sich. Er war zu klug, um sich auf eine Diskussion einzulassen oder Drohungen auszustoßen, aber sein wütender Blick ging Venetia unter die Haut. Sie atmete auf, als er ihr Zimmer verließ.

»Ich lasse dir heißes Wasser zum Waschen bringen«, sagte ihre Mutter sanft. »Aber es wäre besser, wenn du heute im Bett bleiben würdest.«

Heftig schüttelte Venetia den Kopf. »Nein, Mama, es tut mir leid, aber ich will heim.«

Sie wusste, dass die Worte ihre Mutter verletzten, aber sie wollte keinen Moment länger in ihrem Elternhaus bleiben, in dem sie sich nicht mehr sicher fühlte.

»Sind Sie das, Miss Grey?« Mrs Burtons Stimme war aus dem Salon zu hören, kaum dass Venetia die Eingangshalle der Pension betreten hatte. Kurz darauf eilte die Vermieterin ihr entgegen.

»Oh, Sie Arme«, rief Mrs Burton. »Wir haben gehört, was in Scarborough passiert ist. Ich hoffe, Sie konnten abreisen, bevor die Bombardierung anfing.«

Ihre Worte hatten die anderen Mieter aus ihren Zimmern

gelockt, und bald fand Venetia sich umringt von besorgten Mitbewohnern. André und die anderen bestürmten sie mit Fragen und sprachen ihre Erleichterung aus, sie wohlbehalten wiederzusehen.

Venetia hatte gehofft, sich ungesehen ins Haus schleichen zu können, und war auf einen derart gefühlvollen Empfang nicht vorbereitet gewesen. Die Sorge und Anteilnahme ihrer Freunde brachte sie erneut zum Weinen. Als Mrs Burton ihre Tränen bemerkte, rief sie ihre Mieter zur Ordnung.

»Nun gebt ihr ein wenig Raum. Ihr seht doch, wie erschüttert sie ist. Kommen Sie in den Salon, Kleines. Monsieur Le Blanc, gießen Sie ihr einen Brandy ein.«

Venetia wurde auf dem Lieblingssessel der Vermieterin abgesetzt und mit einer warmen Wolldecke zugedeckt, bevor André ihr den Brandy in die Hand drückte. Gerührt blickte Venetia in die Runde. Sie wusste, es war ihrer Familie gegenüber ungerecht, aber sie konnte ihre Gefühle nicht leugnen. Hier in der Pension bei ihren Freunden fühlte sie sich zu Hause.

35

London, 26. Dezember 1914

Genießerisch zog Percy an seiner Zigarette und blies den Rauch durch die Nase aus.

»Du bist so nachdenklich«, bemerkte André, während er seinen eigenen Glimmstängel im Aschenbecher ausdrückte.

Sie lagen im Zimmer des Franzosen nebeneinander im Bett. Es war spät in der Nacht. Mit den anderen Mietern hatten sie ein beschauliches Weihnachtsessen genossen. Lediglich Venetia war sehr schweigsam gewesen, aber sie alle nahmen Rücksicht darauf. Und obwohl sie nur mit wenigen Worten andeutete, was sie erlebt hatte, war ihnen klar, dass es schrecklich und beängstigend gewesen sein musste.

Percy strich André zärtlich mit der Hand über die Wange. »Weißt du noch, was ich zu dir sagte … damals, als wir zum Dinner ins Lyons' Corner House gingen, bevor der Krieg ausbrach?«, fragte Percy. »Dass uns hier in England dieser Konflikt nichts angehe?«

»Ja, ich erinnere mich«, antwortete André ernst. Auf einmal überkam ihn ein Frösteln.

»Nun, jetzt denke ich anders«, fuhr Percy fort. »Was die Boches in Scarborough und Hartlepool gemacht haben …. Frauen und Kinder ermordet … Zivilisten … Das kann man ihnen nicht durchgehen lassen! Venetia war mittendrin und musste das alles miterleben.« Percy setzte sich auf und blickte André durchdringend an. »Ich will mich freiwillig melden«, sagte er entschlossen. »Wir müssen verhindern, dass so etwas noch mal passiert. Ich kann nicht länger tatenlos zusehen, wie sich andere für uns opfern. Verstehst du?«

André nickte. Er hatte geahnt, dass Percy früher oder später zu diesem Entschluss kommen würde. Es war in seinen Zügen zu lesen gewesen, während er Venetias Bericht zugehört hatte.

»Ich komme mit«, verkündete André ohne Zögern.

Percy lächelte. »So gern ich dich bei mir haben möchte, Liebster, ich denke, mit deinen schlechten Augen werden sie dich nicht nehmen«, sagte er neckend. »Du bist blind wie ein Maulwurf und könntest nicht mal ein Scheunentor treffen.«

André zog eine Grimasse und puffte seinen Freund strafend in die Seite, weil Percy sich über seine Kurzsichtigkeit lustig machte. Für André war sie ein Ärgernis. Bei seiner Arbeit störte sie ihn nicht, da er vor allem kleine Details in großer Nähe sehen musste, wenn er aufwendige und künstlerisch ansprechende Süßspeisen dekorierte. Vielleicht hatte er sich ja damit die Augen verdorben. Im täglichen Leben, vor allem draußen auf der Straße, hatte seine Sehschwäche ihn jedoch so sehr eingeschränkt, dass er sich von Percy hatte überreden lassen, einen Optiker aufzusuchen, der ihm Augengläser anfertigte.

Um die spöttische Bemerkung von eben zu überspielen, küsste Percy André auf den Mund. »Du wirst doch auf mich warten, oder? Der Krieg kann nicht lange dauern. Ehe du dichs versiehst, bin ich zurück.«

»Ja«, erwiderte André halbherzig. Er konnte seine Sorge und Niedergeschlagenheit nicht verbergen.

Percy verlor keine Zeit. Vor seiner Spätschicht wollte er zum Rekrutierungsbüro in Scotland Yard gehen. André begleitete ihn. Vor der Tür hatte sich eine Schlange gebildet. Die Beschießung der Küstenstädte hatte zu einem Andrang von Freiwilligen geführt, die England vor einer drohenden Invasion verteidigen wollten, animiert von rasch gedruckten Postern, die eine schwertschwingende Britannia vor dem brennenden Scarborough im Hintergrund zeigten.

Als Percy und André sich ans Ende der Schlange stellten, drehte der Letzte in der Reihe sich zu ihnen um und grinste sie an.

»Wollt ihr den Boches auch eins auf den Deckel geben?«

André nickte. »Eine Freundin von uns war in Scarborough während des Angriffs.«

»Verstehe«, erwiderte der junge Mann. »John Bishop mein Name. Ich hoffe, wir bekommen noch eine Chance, bevor der Krieg vorbei ist.« Bishop senkte verschwörerisch die Stimme. »Ich bin erst siebzehn, also eigentlich zu jung für die Armee, aber sie verlangen keinen Nachweis, wann man geboren ist.« Er betrachtete André durchdringend. »Franzose?«

»Ja, aber ich lebe schon lange in England.«

»Ist auch egal. Sie nehmen jeden. Mein Kumpel ist Pole.« Bishop deutete auf den Mann vor ihm, der sich ihnen zugewandt hatte. »Aber an Ihrer Stelle würde ich die Brille abnehmen. Wenn der Arzt merkt, dass Sie schlecht sehen, kommen Sie nicht rein.«

Percy bedachte André mit einem Blick, der besagen sollte: »Hab ich ja gesagt«, doch der Franzose zuckte nur mit den Schultern. Kurzerhand nahm er die Brille ab und steckte sie in die Innentasche seines Jacketts.

Ein Korporal nahm ihre Personalien auf. Er verriet kein Erstaunen, als er bemerkte, dass André Franzose war. Offenbar waren er und der Pole nicht die einzigen Ausländer, die in der britischen Armee dienen wollten. Als André gemessen wurde, stellte sich heraus, dass er die erforderliche Körpergröße von fünf Fuß sechs Zoll nicht ganz erreichte, obwohl er sich streckte. Doch zu seiner Erleichterung wurde er trotzdem durchgewunken. Dann folgte der Sehtest. André versuchte unauffällig, näher an die Tafel zu treten und sich die unteren kleineren Buchstaben einzuprägen, aber die wenigen Minuten genügten nicht. Er riet ein paarmal richtig, doch schließlich musste er sich geschlagen geben.

»Ein ehrenhafter Versuch«, bemerkte der Korporal. »Mit Ihren schlechten Augen sind Sie jedoch auf dem Schlachtfeld eine Gefahr für Ihre Kameraden.«

André errötete und wäre am liebsten im Erdboden versunken. Er erhielt eine Bescheinigung, dass er aufgrund seiner Sehschwäche nicht wehrfähig war. Nur mit Mühe ertrug er es, am Eingang zum Rekrutierungsbüro auf Percy zu warten, der von einem Arzt auf Wehrtauglichkeit untersucht wurde. Über eine halbe Stunde verging. Als Percy endlich strahlend durch die Tür kam, begleitet von drei anderen jungen Männern, die ebenso stolz aussahen wie er, fühlte André sich noch nutzloser.

»Tut mir leid, dass es so lange gedauert hat«, erklärte Percy. »Ich habe die medizinische Untersuchung mit A Eins bestanden. Wir mussten noch warten, bis wir ins Büro des Colonels gehen und den Eid ablegen konnten. Und dann wurde noch für die Uniform Maß genommen. Ich bin drin.« Tröstend klopfte er seinem Freund auf die Schulter. »Wenigstens weiß ich, dass du in Sicherheit bist, während ich mithelfe, dein Land zu befreien.« Seine Miene wurde ernst. »Und nun bleibt mir noch die undankbare Aufgabe, meinen Vater über meinen Entschluss aufzuklären.«

Auf dem Weg zu ihrem Büro warf Venetia einen Blick ins Foyer. Der Empfangschef Arnold Schmid stand hinter dem Schalter und telefonierte. Pagen, Wagenmeister und Kofferträger in ihren blauen Uniformen gingen vorbei. Venetia bedauerte es, dass Percy sich freiwillig gemeldet hatte. Sie verstand, weshalb er es getan hatte, machte sich aber insgeheim Vorwürfe, denn ihre Anwesenheit in Scarborough während der Bombardierung hatte den Krieg für Percy zu etwas Persönlichem gemacht. Sie würde ihn vermissen. Da die Portiers einen Großteil ihres Einkommens durch Trinkgelder erzielten, würde Percys Vater mit weitaus weniger Geld auskommen müssen als zuvor. Aus diesem Grund hatte er seinem Sohn heftige Vorwürfe gemacht, als dieser ihn von seinem Entschluss in Kenntnis setzte, wie Percy Venetia erzählt hatte. Und was würde aus dem alten Herrn werden, wenn – Gott behüte – sein Sohn fallen sollte?

Venetias Gedankengang stockte, als Bertie aus dem Aufzug kam und zum Empfangsschalter ging. Während er darauf wartete, dass der Concierge sein Telefongespräch beendete, wandte er sich um und entdeckte Venetia. Er schenkte ihr ein kaum merkliches Lächeln.

Als einer der Portiers nach seinem Begehr fragte, sagte Bertie vernehmlich: »Ich reise heute ab. Meine Frau wird mich nicht zur Victoria Station begleiten. Wenn Sie mir in einer halben Stunde ein Taxi bestellen könnten.«

»Natürlich, Mylord«, erwiderte der Portier.

Bevor er sich abwandte, warf Bertie Venetia noch einen durchdringenden Blick zu. Er hatte lauter gesprochen als nötig. Wollte er ihr auf diese Weise eine Nachricht zukommen lassen? Venetia biss sich auf die Lippen, bis es schmerzte. Seit ihrer Rückkehr aus Yorkshire hatte sie keine Gelegenheit mehr gehabt, mit ihm zu sprechen. Die Ainsdales waren oft ausgegangen und hatten nur zusammen im Restaurant gegessen oder im Palm Court Tee getrunken. Venetia würde alles dafür geben, noch einmal mit ihm allein zu sein, bevor er an die Front zurückkehrte.

Kurz entschlossen klopfte sie an die Tür zu Monsieur Stainchamps' Büro und fragte ihn, ob er sie dringend brauchte.

»Ich muss eine wichtige Besorgung machen und würde die Zeit heute Nachmittag nachholen.«

»Das geht schon in Ordnung, Miss Grey«, erwiderte der Hoteldirektor. »Sie machen immer so viele Überstunden. Das haben Sie doch schon längst abgegolten. Aber seien Sie vor elf Uhr zurück, wenn Mr Higgins kommt.«

»Das werde ich, Monsieur«, versprach Venetia.

Sie betrachtete sich vor dem Wandspiegel, zupfte eine Haarlocke zurecht, die sich aus ihrer Frisur gelöst hatte, strich die Augenbrauen glatt und setzte sich sorgfältig ihren Hut auf. Dann zog sie ihren Mantel an und verließ das Ritz.

Mit einem alten Pferdeomnibus, der die motorbetriebenen Busse ersetzte, die nach Frankreich verschifft worden waren, um Truppen zu befördern, fuhr Venetia zur Victoria Station. In dem Gedränge der Passagiere, Soldaten und ihrer Angehörigen kam sie sich auf einmal schrecklich dumm vor. Wie sollte sie Bertie in dem Gewimmel finden? Zweifel überkamen sie. Hatte sie seine Worte wirklich richtig interpretiert? Wollte er sie tatsächlich noch einmal sehen, oder hatte sie sich vom Wunschdenken leiten lassen?

Venetia entschied sich, am Taxistand zu warten. Falls er noch nicht eingetroffen war, konnte sie ihn dort nicht verpassen. Taxis kamen an und fuhren wieder weg. Venetia begann die Hoffnung zu verlieren, während sie die Gesichter der Leute studierte. Und dann stand er plötzlich vor ihr und lächelte sie an.

»Ich hatte nicht zu hoffen gewagt, dass du kommen würdest«, sagte Bertie leise.

»Und ich war nicht sicher, ob du mich wirklich sehen wolltest«, gab sie zu.

Seite an Seite betraten sie den Bahnhof. »Gib mir einen Moment Zeit, damit ich mich nach meinem Zug erkundigen kann«, bat Bertie. »Warte vor der Teestube auf mich.«

Er blieb nicht lange weg. »Der Zug fährt erst in einer halben Stunde«, verkündete er. »Wir haben also Zeit für eine Tasse Tee.«

Es gelang ihnen, einen leeren Tisch im hinteren Bereich des Lokals zu ergattern. Auch in diesem Fall bewirkte Berties Uniform Wunder.

»Wie geht es dir?«, fragte er, nachdem sie bestellt hatten.

Venetia seufzte. »Ich würde lügen, wenn ich behaupte, es fiele mir leicht, die Vorkommnisse in Scarborough zu vergessen. Ich habe Albträume und zucke bei jedem lauten Geräusch zusammen.« Ein sarkastischer Zug huschte über ihre Lippen. »Ich kann den Anblick und den Geruch von frischem Fleisch nicht mehr ertragen. Gut, dass ich keine Köchin bin.«

»Das wird sich auch nicht so bald ändern«, prophezeite Bertie verständnisvoll.

Unwillkürlich fragte Venetia sich, welche grausigen Erinnerungen er mit sich herumtrug.

»Meine Frau wird während meiner Abwesenheit im Ritz bleiben«, erklärte Bertie. »Wenn ich Heimaturlaub habe, werde ich daher nach London kommen. Oft reicht die Zeit nicht für einen Ausflug nach Yorkshire.« Er zögerte, bevor er weitersprach: »Ich würde es verstehen, wenn du nichts mehr mit mir zu tun haben willst, aber es wäre mir ein Trost und eine Freude, wenn ich dich bei meinen Besuchen hier wiedersehen könnte – nur um zu reden.«

Berties Miene verriet Unsicherheit und Furcht vor einer Abfuhr. Er musste sich immer noch schuldig fühlen für die Nacht, die sie zusammen in Whitby verbracht hatten. Wie sehr würde es ihn belasten, wenn er von Patty wüsste. Venetia blieb bei ihrem Entschluss, ihm nichts von seiner Tochter zu erzählen. Vielleicht würde sie anders denken, wenn Patty wüsste, dass Venetia ihre Mutter war und nach ihrem Vater fragen würde. Aber sie betrachtete die Lawsons weiterhin als ihre Eltern, und so sollte es bleiben.

»Ich würde dich gerne wiedersehen, Bertie«, gestand Venetia.

Er lächelte erleichtert. »Ich wünschte, ich könnte dir schreiben, aber das ist leider nicht möglich.«

»Ich weiß«, erwiderte Venetia. »Es reicht mir schon, zu wissen, dass es dir gut geht.«

»Ich werde mir Mühe geben, heil nach Hause zu kommen«, versprach er. Doch sie hörte die bissige Ironie heraus. Kein Soldat, egal, welchen Ranges, war in diesem Krieg sicher.

Nervös blickte Bertie auf die Uhr. »Es ist Zeit. Ich muss gehen.«

Er bezahlte, und sie schlenderten langsam zu dem Bahnsteig, an dem der Zug nach Southampton wartete. Der Zeitpunkt des Abschieds war gekommen. Es gab nichts mehr zu sagen. Sie sahen einander lange an, dann riss Bertie sich los, stieg in das Abteil und stützte die Unterarme auf den oberen Rand des geöffneten Fensters. Als der Pfiff des Schaffners ertönte und der Zug sich in Bewegung setzte, streckte Bertie die Hand aus und drückte Venetias behandschuhte Finger. Er blickte noch zum Bahnsteig zurück, als er sie zwischen den anderen Menschen längst nicht mehr erkennen konnte.

36

London, Juni 1916

*I*st das ein Brief von Percy?«, fragte Venetia, als sie die Gemeinschaftsstube der Pension betrat.

André war vor dem Kamin in ein Schreiben vertieft gewesen, das nach einem Feldpostbrief aussah. Er blickte von seiner Lektüre auf und nickte.

»Ja«, erwiderte er einsilbig.

»Darf ich ihn lesen?«, bat Venetia.

Sie sah Andrés Gesicht an, dass etwas nicht in Ordnung war, und verspürte einen Anflug von Angst. Wortlos reichte André ihr den Brief, und Venetia begann zu lesen. An manchen Stellen hatte der befehlshabende Offizier das ein oder andere Wort zensiert, das Aufschluss über den genauen Aufenthaltsort des Regiments oder über die Zustände an der Front preisgegeben hätte. Percy war in dieser Hinsicht stets zu sorglos. Anders war es bei den Briefen der Offiziere, die nicht zensiert wurden, da man Gentlemen zutraute, auf Diskretion zu achten.

»Lieber André,

ich hoffe, dir geht es gut. Hier ist das Wetter ziemlich miserabel, aber die Späße der Jungs lenken mich von dem allgegenwärti-

gen Schlamm ab, der nach ------------ riecht und einem sogar
in die Stiefel kriecht. Ich habe dir ja schon geschrieben, dass
die Uniform nicht gerade das Bequemste ist. Die Wolle kratzt
höllisch. Einige der Kameraden rasieren ihr Hemd, bevor sie
es anziehen, aber ich kann nicht bestätigen, dass das hilft. Ich
glaube, ich bin von der Arbeit im Ritz verweichlicht. Aber nun
genug gejammert. Danke für den Kuchen, den du mir geschickt
hast, und das Mittel gegen Läuse. Die Biester sind nicht klein-
zukriegen. Billy und ich haben heute den neuen Gaskocher
ausprobiert, den ich beim Army & Navy Store bestellt habe.
Das Pökelfleisch schmeckt heiß gleich viel besser. Man kann
sogar für einen Moment die ›Black Marias‹ ignorieren, die uns
immer mal wieder um die Ohren fliegen. Billy ist ein toller
Kerl. Du würdest ihn mögen. Nächste Woche gehen wir zurück
hinter die Linien nach --------------, einem Dorf, in dem wir
uns von den ------------ ------------ erholen können.

Grüße Venetia von mir.
Herzlichst, Percy«

Venetia faltete den Brief zusammen und gab ihn André zu-
rück. Percy hatte auch ihr hin und wieder geschrieben, zuerst
aus dem Trainingslager in Shorncliffe und dann von der Front.
Sie schickte ihm und Barnaby regelmäßig Päckchen mit Kaffee,
Sunlight-Seife, Cadbury's Schokolade, Allies-Brand-Fleischbrüh-
würfeln, Barker & Dobson Tipperary Toffees sowie die neuen
Morphium-Ampullen und Spritzen, für die die Drogeriekette
Boots seit Kurzem warb.

André steckte den Brief ein und starrte in den Kamin, in dem
kein Feuer brannte. Venetia verstand, was ihn beschäftigte. Sein
bester Freund hatte unter den Regimentskameraden, die zumeist

wie er aus dem East End von London stammten, neue Freunde gefunden. Dieser Billy schien Percy besonders ans Herz gewachsen zu sein. Vielleicht befürchtete André, dass die Bindung zwischen ihm und Percy darunter leiden und sie sich entfremden könnten. Zumal der Franzose sich Vorwürfe machte, weil er Percy nicht in die Armee hatte begleiten können. Andrés gedrückte Stimmung bekümmerte Venetia, und sie zerbrach sich den Kopf, wie sie ihm helfen könnte.

»Kommen Sie«, sagte sie aufmunternd, »ich helfe Ihnen beim Zubereiten des Essens.«

Verwundert hob der Koch den Blick. »Wollen Sie sich nicht lieber mit Mr Croft zusammensetzen? Er muss doch morgen zurück an die Front.«

»Nach dem Essen bleibt noch genug Zeit zum Unterhalten«, erwiderte Venetia ausweichend.

Als Barnaby kurz nach der Bombardierung Scarboroughs das erste Mal Urlaub hatte, war es Venetia schwergefallen, zu ihrer alten Vertrautheit zurückzufinden. Ihre Gefühle waren immer noch aufgewühlt durch ihr Wiedersehen mit Bertie. Es schien ihr, als habe sie in ihrem Herzen keinen Platz für zwei Leidenschaften, so unsinnig dies auch war, denn Bertie war und blieb für sie unerreichbar. Zumindest hatte sie den Trost, regelmäßig von ihm zu hören. Etwa eine Woche nach seiner Rückkehr nach Frankreich hatte Lady Ainsdale Venetia zu sich in ihre Suite gerufen und sie um Hilfe bei der Entzifferung eines Feldpostbriefs gebeten, den sie von ihrem Mann bekommen hatte.

»Offenbar ist die Unterbringung auch der Offiziere nunmehr so schlecht, dass sie nicht einmal mehr eine ordentliche Schreibunterlage zur Verfügung haben«, hatte die Viscountess sich beklagt.

Sie hatte nicht übertrieben. Berties Schrift war tatsächlich eine Herausforderung. Für Venetia, die es gewohnt war, die eilig hingeworfenen Notizen ihres Chefs zu entziffern, war das Gekrakel allerdings nicht völlig unleserlich. So kam es, dass Lady Ainsdale Venetia regelmäßig zu sich bat, wenn sie einen Brief von ihrem Gatten erhielt. Und Venetia fragte sich insgeheim, ob Bertie nicht vielleicht absichtlich unsauber schrieb und so einen Weg gefunden hatte, mit ihr in Kontakt zu bleiben. Diese heimliche Verbindung machte es für Venetia jedoch noch schwieriger, ihre Beziehung zu Barnaby zu pflegen.

Als er wenig später auf der Suche nach ihr in die Küche lugte, vertröstete sie ihn mit der Versicherung, dass sie in die Stube kommen würde, sobald das Essen zubereitet war. Venetia bemerkte den verstohlenen Blick, den André ihr zuwarf, während er ein Hühnchen zerteilte, doch da er keine Bemerkung machte, ignorierte sie seine fragende Miene.

Barnaby hatte sich für seinen letzten Abend *Poulet Chasseur* gewünscht, und die anderen Mieter hatten freudig zugestimmt. Bald war die Küche erfüllt vom Duft des Hühnchens, das André in einer Pfanne anbriet, um dem Fleisch Farbe zu geben. Während er Speck, Zwiebeln und ein wenig Knoblauch zurechtschnitt, zerteilte Venetia Tomaten und Champignons. Die kleineren Pilze schälte sie nur. Nachdem André das Hühnchen aus der Pfanne genommen hatte, bereitete er die Soße zu. Er mischte die Zwiebel- und Speckstückchen, den Knoblauch, einen Esslöffel Tomatenmark, etwas Mehl, einen guten Schuss Weißwein und Hühnerfond und ließ das Ganze aufkochen. Dann fügte er die Tomaten und Champignons hinzu und schmeckte das Gericht mit Estragon, Salz und Pfeffer ab. Nun musste es noch eine Stunde im Ofen garen. In der Zwischenzeit bereitete André den Kartoffelbrei zu.

»Bei einer Zigarettenpause im Hof habe ich mich mit dem neuen Kellner unterhalten. Er ist Grieche«, erzählte André.

»Sie meinen George Criticos Fafoutakis?«, erkundigte sich Venetia.

»Ja, genau. Ich glaube, Sie sind die Einzige, die seinen Namen aussprechen kann«, sagte André anerkennend. »Zum Glück hat er nichts dagegen, dass man ihn mit George anspricht.«

Venetia lachte. »Ich hatte genug Zeit, mich mit dem Namen vertraut zu machen«, erwiderte sie ironisch. »Ich kenne George nämlich schon ein paar Jahre. Ich war sogar zu seiner Hochzeit eingeladen.«

»Dann kennen Sie sicher auch seine bewegende Lebensgeschichte«, bemerkte André. »Was der Bursche schon alles erlebt hat. Er war Übersetzer für die französischen Schutztruppen nach der Befreiung Kretas von den Türken. Auf Wunsch seiner Mutter besuchte er das Priesterseminar in Jerusalem, bis er herausfand, dass er lieber die Welt bereisen wollte. Er arbeitete in Aleppo und als Aufzugführer im Savoy Hotel in Kairo sowie im Restaurant eines Hotels in Baden-Baden, schließlich als Zimmerkellner in Konstantinopel während des Bürgerkriegs, als der Sultan gestürzt wurde. Ein britischer Admiral riet ihm dann, nach London zu gehen und dort sein Glück zu suchen. Zuvor lernte er zwei Griechinnen kennen, die ihm ein Empfehlungsschreiben an ihren Bruder ausstellten: Basil Zaharoff, einen sehr einflussreichen Geschäftsmann.«

»Und hier traf er einen ungarischen Grafen, der einen Begleiter suchte, mit dem er sein Erbe verprassen konnte«, fiel Venetia ein. »Den Teil der Geschichte kenne ich.«

Damals hatte George Criticos Fafoutakis das Leben eines Salonlöwen geführt und das Geld, das er der Großzügigkeit von Graf Andor Festetics verdankte, mit beiden Händen aus dem Fenster geworfen. Er hatte geglaubt, die Aktien der Firma, die Ölquellen in Ungarn erschließen wollte, würden seine Zukunft sichern. Doch der Ausbruch des Krieges hatte den unbesonnenen Burschen auf einen Schlag ruiniert. Der Kreter hatte Venetia diesen Teil seiner Lebensgeschichte erzählt, als er auf Empfehlung von Basil Zaharoff im Ritz Hotel vorgesprochen und um Arbeit gebeten hatte. Venetia war nicht wirklich überrascht gewesen, dass Fafoutakis' Leichtsinnigkeit ihn am Ende eingeholt hatte. Sie konnte nur hoffen, dass er in Zukunft verantwortungsvoller handeln würde, auch um Marjories willen.

Nach dem Essen zog André sich früh zurück, und wenig später folgten ihm die anderen Mieter. Venetia blieb mit Barnaby im Salon.

»Schön, dass wir endlich allein sind«, sagte Barnaby erleichtert. »Ich dachte schon, die gehen nie.« Er erhob sich und goss sich einen Whisky ein, der auf der Anrichte stand. »Möchtest du auch etwas?«, fragte er mit einem Seitenblick auf Venetia.

Obwohl ihr daran lag, einen kühlen Kopf zu behalten, nickte sie. Der Alkohol würde ihr helfen, sich zu entspannen. Venetia nahm das Glas entgegen, das Barnaby ihr reichte, und verscheuchte gewaltsam die Erinnerung an dieselben Umstände bei ihrem Wiedersehen mit Bertie im Ritz.

»Ich weiß nicht, wann ich das nächste Mal Urlaub bekomme, Venetia«, begann Barnaby gewichtig, nachdem er wieder neben ihr Platz genommen hatte. »Ich habe das Gefühl, als stehe uns eine größere Schlacht bevor, auch wenn keiner der Offiziere etwas Endgültiges sagt.« Er sah ihr tief in die Augen, und Venetia zwang sich, den Blickkontakt nicht zu unterbrechen. »Ich weiß, die monatelange Trennung hat unserer Beziehung nicht gutgetan, aber dieser Krieg wird nicht ewig dauern, und wenn er vorbei ist, können wir ein neues Leben anfangen. Zusammen! Ich bitte dich, meine Frau zu werden, Venetia. Bitte sag Ja.«

Sie starrte ihn an wie ein verschrecktes Kaninchen. »Ich kann nicht …«, stammelte sie.

»Du brauchst Zeit, das verstehe ich«, erwiderte er beschwichtigend. »Ich lasse dir alle Zeit der Welt. Aber bitte versprich mir, darüber nachzudenken.«

»Ich verspreche es«, antwortete Venetia mechanisch.

Am folgenden Abend klopfte André an Venetias Tür und brachte ihr eines seiner Modelle aus Zuckerwerk: eine gelbe Rose in einer Vase, viel zu schade zum Essen.

»Wie hübsch«, rief Venetia aus. »Ich danke Ihnen, André.«

»Die Blütenblätter schmecken nach Zitrone, der Stiel nach Waldmeister«, erklärte er.

»Woher nehmen Sie nur die Zeit dafür?«, fragte sie, während sie das Kunstwerk bewunderte.

»Nun, da ich nicht mehr so häufig ausgehe, habe ich jede Menge Zeit«, erwiderte André bitter.

Venetia wusste, dass er Percys Gesellschaft vermisste. Die anderen Köche gingen nicht gerne in englische Theateraufführungen, geschweige denn in Restaurants.

»Ich wollte Sie fragen, wann Monsieur Escoffier das nächste Mal im Ritz ist«, gestand André schließlich. »Ich verdanke ihm und Ihnen meine Stelle und wollte nicht gehen, ohne persönlich mit dem Maître zu sprechen.«

»Sie wollen das Ritz verlassen?«, fragte Venetia entsetzt.

»Ich muss einen Weg finden, mich trotz meiner Kurzsichtigkeit freiwillig zu melden«, sagte André entschlossen. »Und wenn ich als Koch an die Front gehe.«

»Bitte überlegen Sie sich das doch noch einmal«, bat Venetia.

»Wie kann ich hier herumsitzen, während mein Freund für mein Land sein Leben riskiert?«, beharrte André.

»Es gibt auch noch andere Möglichkeiten, etwas zum Sieg der Alliierten beizutragen«, behauptete Venetia, einer Eingebung folgend. Auch wenn sie im Moment nicht wusste, wie.

»Es tut mir leid, ich habe meine Entscheidung getroffen.«

Andrés Ankündigung ließ Venetia keine Ruhe. Und obwohl sie nicht das Recht hatte, ihn davon abzuhalten, für sein Land zu kämpfen, hatte sie das Gefühl, dass er nicht an die Front gehörte. Ein wenig Selbstsucht spielte dabei auch eine Rolle. Sie hatte den jungen Burschen über die Jahre liebgewonnen und fühlte sich seit dem Abend, als sie ihn in Mrs Burtons Pension mitgenommen hatte, verantwortlich für ihn. Darüber hinaus musste sie sich bereits um genug geliebte Menschen sorgen: ihren Bruder Larry, der nach wie vor beim Royal Flying Corps Aufklärungsflüge hinter der Front durchführte, um Barnaby und Percy ... und nicht zuletzt um Bertie ... Sie wollte nicht auch noch um André fürchten müssen.

Nach einer durchwachten Nacht fuhr Venetia am nächsten Morgen zuerst ins Carlton Hotel, um Auguste Escoffier aufzusuchen. Vielleicht wusste der Maître Rat.

Der Franzose empfing Venetia ohne Zögern in seinem Büro und erkundigte sich nach ihrem Befinden.

»Was kann ich für Sie tun, meine Liebe?«, fragte Escoffier neugierig. »Sie werden Ihrer Arbeit als Sekretärin des Ritz doch nicht müde geworden sein?«

»»Sekretärin des Ritz««, wiederholte Venetia lächelnd. »Das gefällt mir. Nein, Monsieur, das könnte nie passieren.«

Sie rutschte auf dem Stuhl, auf dem sie sich auf Escoffiers Einladung hin niedergelassen hatte, nervös hin und her, da sie nicht wusste, wie sie sich ausdrücken sollte. Wie würde er, dem die Pflichterfüllung über alles ging, ihre Bitte aufnehmen?

»Ich wollte Sie um Rat fragen«, begann sie schließlich. »Sie erinnern sich doch an Monsieur Le Blanc?«

»Ihr junger Protegé?«, erwiderte der Franzose. »Natürlich. Er hat sich gut gemacht. Nicht umsonst habe ich meine Zustimmung gegeben, dass er zum Chef pâtissier aufsteigt. Was ist mit ihm?«

»Er möchte sich unbedingt freiwillig melden«, erklärte Venetia.

»Das ist doch lobenswert«, erwiderte Escoffier mit einem Schulterzucken. »Obwohl ich es als Verschwendung ansehen würde, wenn ein so talentierter Koch als Kanonenfutter endet.« Er lächelte ihr verständnisvoll zu. »Sie sind nicht erfreut über seine Entscheidung, Mademoiselle.«

»Ganz und gar nicht«, bestätigte Venetia. »Ende 1914 hat er sich zusammen mit Percy Frobisher zur Armee melden wollen, wurde aber aufgrund seiner Kurzsichtigkeit abgelehnt. Ich denke, er wäre an der Front fehl am Platz. Aber ich verstehe auch, dass er sich als Koch im Ritz nutzlos fühlt. Ich hatte gehofft, dass Sie vielleicht eine Aufgabe für ihn hätten, die ihm helfen könnte, seinen Platz in diesem Krieg zu finden.«

»Hm.« Escoffier lehnte sich in seinem Stuhl zurück. »Ich verstehe Ihre Gefühle vollkommen«, gab er zu. Eine Weile starrte er nachdenklich auf seine gefalteten Hände. »Möglicherweise habe ich eine Lösung für Ihr Problem, Mademoiselle«, verkündete er schließlich. »Würden Sie Monsieur Le Blanc als vertrauenswürdig einschätzen?«

»Unbedingt«, erwiderte Venetia ohne Zögern. »Und patriotisch ist er auch.«

»Das bestätigt den Eindruck, den ich von ihm gewonnen habe«, entgegnete Escoffier. »Sagt Ihnen der Name Basil Zaharoff etwas?«

Erstaunt sah Venetia den Meisterkoch an. »Der griechische Waffenhändler?«

»Genau. Er ist einer der reichsten Männer der Welt und gehört zu der seltsamen Art Mensch, die in jedem Land der Erde zu Hause zu sein scheinen.«

Das war nicht übertrieben. Als George Criticos Fafoutakis vor einigen Wochen auf Empfehlung Zaharoffs im Ritz eingestellt worden war, hatte Venetia bei nächster Gelegenheit ihre Freundin Doreen über ihn ausgefragt. Doreen hielt Zaharoff für eine zwielichtige Gestalt. Er stammte aus einer griechischen Familie, die einige Zeit ihren Wohnsitz in Russland hatte. Er war im Ottomanischen Reich geboren, nun aber ein Bürger Frankreichs, seine Geschäftsinteressen lagen jedoch hauptsächlich in England. Viele nannten ihn den »geheimnisvollsten Mann Europas«, da er es vorzog, einen Großteil seiner Geschäfte im Verborgenen abzuschließen, meist mit unlauteren Mitteln wie Spionage, Bestechung und Sabotage von Konkurrenten. Doch das waren nur Gerüchte, die Doreen hinter vorgehaltener Hand weitergab. Zaharoff verstand es, seine Machenschaften zu vertuschen. Er hatte Waffen in die ganze Welt verkauft, nach Großbritannien, Deutschland, Russland, Griechenland, das Ottomanische Reich, in die Vereinigten Staaten und sogar nach Japan. Seit einigen Jahren war er Aufsichtsratsmitglied des Rüstungskonzerns Vickers und damit für die britische Regierung von größter Bedeutung.

»Am nächsten Mittwoch trifft sich der Kriegsminister David Lloyd George mit Basil Zaharoff zu einer Unterredung im Marie-Antoinette-Speisezimmer im Ritz«, fuhr Auguste Escoffier fort. »Die Besprechung ist vertraulich, aber es wird ein viergängiges Menü aufgetragen. Monsieur Dreyfus hat bestimmt, dass Mr Fafoutakis das Essen servieren wird, da er Zaharoff kennt und sein Vertrauen genießt. Uns liegt aber natürlich daran, dass das Dinner ein besonderer Erfolg wird, an den beide Herren auch unabhängig vom Ausgang ihrer Besprechung noch lange zurückdenken sollen. Daher wäre es schön, als Dessert etwas Außergewöhnliches zu servieren, eine Aufführung quasi, die Mr Lloyd George und Zaharoff blenden soll, damit sie zukünftige Unterredungen ebenfalls im Ritz abhalten werden. Monsieur Malley wird natürlich etwas Verführerisches für die Vorspeisen und den Hauptgang kreieren. Aber die Pièce de Résistance sollte das Dessert bieten. Ich denke, Monsieur Le Blanc wäre einer solchen Herausforderung durchaus gewachsen. Glauben Sie nicht?«

Venetia strahlte ihn an. »Ich finde auch, das wäre genau das Richtige für ihn.«

»Sind Sie bereit, André?«, fragte George Criticos Fafoutakis. »Es ist Zeit für das nächste Dessert.«

André nickte und ließ den Blick noch einmal prüfend über die Utensilien auf seinem Servierwagen gleiten: den mit Gas betriebenen Flambierrechaud aus Kupfer, die blitzblank geputzte Pfanne, den vorbereiteten Teig, die Flasche Grand Marnier. Maître Malley hatte für die hohen Gäste als Vorspeise seine Kreation *Saumon Marquise de Sévigné* – Lachs mit einer Mousse aus Flusskrebsen – zubereitet, gefolgt von *Filet de Sole Romanoff* mit Muscheln, Apfelscheiben und Artischocken sowie Hühnchen, begleitet von einer mit Curry gewürzten rosafarbenen Mousse. Danach hatte George als Dessert bereits mehrere von André zubereitete exquisite Leckerbissen serviert, an erster Stelle *Grand Marnier Soufflé* als Hommage an César Ritz. Der Schweizer Hotelier hatte einst seinem Freund Marnier geraten, den Orangenlikör, auf den dieser so stolz war, »*Grand* Marnier« zu nennen. Dann trug George verschiedene Petits Fours auf. Doch den Höhepunkt würden die flambierten *Crêpes Suzette* darstellen.

Als Auguste Escoffier ihm vor einer Woche die Aufgabe übertragen hatte, einen Beitrag zu einer wichtigen Verhandlung zwischen dem britischen Kriegsminister und dem Rüstungskönig Zaharoff zu leisten, hatte André freudig zugestimmt. Der Meisterkoch hatte ihn nicht erst darauf hinweisen müssen, dass er damit einen größeren Einfluss auf den Kriegsausgang haben könnte als mit einem Gewehr in der Hand. André hatte den Verdacht, dass Venetia bei dieser Sache ihre Finger mit im Spiel hatte, denn sie war nicht überrascht gewesen, als er ihr von dem bevorstehenden Dinner erzählt hatte. Der Küchenchef Malley hatte André über Basil Zaharoffs Einfluss in diesem Krieg ins Bild gesetzt. Aber André hatte schon vorher einiges über den Waffenhändler aus der Zeitung erfahren, die er regelmäßig las, um sein Englisch zu verbessern. Und er konnte nicht behaupten, dass der Grieche ihm sympathisch war, auch wenn die französische Regierung ihn mit der Rosette der Ehrenlegion ausgezeichnet hatte. Darüber hinaus bestand George darauf, dass er Zaharoff viel verdankte und ihn als Freund betrachtete. Allerdings hatte André einen Bericht über die Rede des Labour-Führers Philip Snowden gelesen, die das Britische Empire im März 1914 vor Beginn des Krieges erschüttert hatte. Darin hatte Snowden die Machenschaften der Rüstungskonzerne bloßgelegt, darunter auch Vickers, dessen Vorstand Basil Zaharoff angehörte. Deren Geschäfte waren so vernetzt, dass – so betonte Snowden – in einem kommenden Krieg britische Soldaten von Granaten getötet werden würden, die von einer britischen Firma hergestellt und an den Feind geliefert worden waren. Darüber hinaus hatten die Waffenhersteller, um ihren Gewinn zu maximieren, die Nationen gegeneinander aufgehetzt und damit sicherlich nicht unwesentlich zum Ausbruch des Krieges beigetragen. In den Aufsichtsräten der Rüstungsfirmen saßen viele Politiker und Aristokraten. Welch eine Ironie, dachte André bitter. Diese Männer haben mitgeholfen, die Waffen zu bauen, denen nun ihre Söhne zum Opfer fallen.

»André«, rief George, als der junge Franzose auf seine Handzeichen nicht reagierte.

André schrak aus seinen Gedanken auf und schob den Wagen mit dem Rechaud zu dem runden Tisch in der Mitte des im Louis-Seize-Stil und in Blassgrün und Gold gehaltenen Marie-Antoinette-Speisezimmers. Der Blumenschmuck um den silbernen Kerzenleuchter, der im Zentrum des Tisches stand, war ebenso wie das Dekor elegant und opulent, ohne übertrieben oder aufdringlich zu wirken. Edward VII. hatte schon hier gespeist. André mochte den Raum. Der klassische Stil erinnerte ihn an Frankreich. Ein großer Spiegel über dem Kamin und eine Spiegelwand aus kleinen, mit vergoldeter Bronze umrahmten Paneelen ließen das Speisezimmer größer erscheinen, als es war. Und überall rankten sich Girlanden aus vergoldeten Blumen: über der Tür, dem Kamin, um die ovalen Lünetten, in denen die Lüftungsgitter eingelassen waren. Man konnte sich an den verschiedenartigen Verzierungen nicht sattsehen.

Als André mit Maître Escoffier und Monsieur Malley das Menü für dieses besondere Dinner besprach, hatte der junge Koch sich den Kopf zerbrochen, was er den hohen Gästen auftischen sollte. Was würde einen Waffenhändler beeindrucken? Ein Feuerwerk sicherlich! Und dann kam André die Idee, als Abschluss der Desserts *Crêpes Suzette flambées* zuzubereiten. Dazu benötigte man einen Teig aus Mehl, Milch, einem Ei, Zucker, einer Prise Salz und einem Schuss Sprudelwasser. Die Crêpes hatte André bereits vorbereitet, ebenso den Orangensaft und die Filets der Frucht. Nun begann die Vorführung. In diesem Moment wurde André vom Koch zum Schausteller. Mit dramatischen Gesten streute er eine dünne Schicht Zucker in die Pfanne, ließ ihn karamellisieren, fügte Butter hinzu und wartete, bis diese geschmolzen war. Nachdem André das Ganze mit

Orangensaft abgelöscht hatte, gab er einen der Crêpes in die Flambierpfanne, faltete ihn auseinander und verteilte den Orangenkaramellsud darüber. Nachdem alle Crêpes auf diese Weise behandelt, zusammengefaltet und die Orangenspalten erhitzt worden waren, nahm André die Pfanne vom Rechaud und präsentierte den gespannt zusehenden Gästen die Flasche Grand Marnier, die er bereits geöffnet hatte. David Lloyd George und Basil Zaharoff nickten beeindruckt. George hatte das Licht gelöscht, sodass das Speisezimmer nur noch von den Tischkerzen erhellt wurde. Konzentriert goss André den Likör über die Pfannkuchen, drehte das Gas des Rechauds weiter auf und näherte den Rand der Flambierpfanne der flackernden Flamme, bis sie den Alkohol entzündete. Ein strahlender Feuerball sprang wie ein goldenes Gespenst in die Höhe und brannte noch eine Weile gleißend hell, bis der Grand Marnier aufgezehrt war. Die Augen des griechischen Waffenhändlers leuchteten wie diejenigen eines Kindes zu Weihnachten. Sicher würde er mit dem Gefühl nach Hause gehen, einen unterhaltsamen Abend verbracht zu haben, und das Ritz bald wieder mit seiner Anwesenheit beehren. André wusste nichts über die geheime Angelegenheit, die heute im Marie-Antoinette-Speisesaal besprochen worden war. Vielleicht waren Zaharoff und der Kriegsminister einer Einigung auf eine gemeinsame Zusammenarbeit ein Stück nähergekommen, dachte André. Vielleicht würde dies für Englands Kriegsanstrengungen von Nutzen sein. Aber es wäre ein Pakt mit dem Teufel.

37

*B*ertie saß an seinem behelfsmäßigen Schreibtisch im Bataillonhauptquartier. Seine Hand mit dem Füllfederhalter schwebte über dem leeren Blatt Papier, das vor ihm lag. Die Worte entzogen sich ihm. Jedes Mal, wenn er zu einer Erklärung ansetzte, begann seine Hand zu zittern.

Verdammt noch mal, fluchte er innerlich. Das war doch nicht der erste Brief dieser Art, den er seit Ausbruch des Krieges schreiben musste. Im Gegenteil, inzwischen waren es Hunderte ... jeder einzelne ein menschliches Schicksal, das mit derselben Floskel sein Ende fand: »Es war ein schneller heroischer Tod. Er hat nicht gelitten ...« In den meisten Fällen war das eine Lüge. Aber die Wahrheit würde den Hinterbliebenen in ihrer Trauer kaum helfen. Es war besser, wenn sie nicht wussten, wie ihr Sohn, Ehemann oder Verlobter gestorben war. Schlimm genug, dass es kein Grab geben würde, das sie besuchen konnten.

Bertie dachte an die Übung zurück, die die Truppen auf den Großangriff nahe der Somme vorbereiten sollte. Es waren so viele neue unerfahrene Rekruten der Kitchener-Armee dabei, die nur eine kurze Ausbildung durchlaufen hatten, allesamt ehemalige Zivilisten, die noch nie gekämpft, geschweige denn einen Menschen getötet hatten. Aus diesem Grund war einige Meilen hinter den Quartieren eine kleinere Version der deutschen Schützengräben angelegt worden. Bertie und die anderen Offiziere hatten den Soldaten den Plan erklärt, damit jeder wusste, in welchen Bereich der Angriffslinie er gehörte. Das Manöver sollte von Piloten des Royal Flying Corps aus der Luft beobachtet werden. Zu diesem Zweck waren aus leeren Keksdosen ausgeschnittene Blechdreiecke und verschiedenfarbige Bänder ausgegeben worden, damit die Piloten die einzelnen Bataillone identifizieren und beobachten konnten, ob diese auch die ihnen zugewiesenen Schützengräben eroberten. Die Übung war ohne größere Zwischenfälle verlaufen. Doch dann waren sich auf einmal eine Airco D.H.2 und eine B.E.2 in die Quere gekommen, der Flügel des einen Doppeldeckers hatte den des anderen touchiert, und beide waren abgestürzt. Die Piloten konnten nur noch tot geborgen werden. Der Beobachter der B.E.2 überlebte schwer verletzt. Wie sich herausstellte, war der Unfallverursacher ein junger Fliegerrekrut, der nur wenige Wochen Flugerfahrung hatte. Dies war nicht ungewöhnlich, da die Lebenserwartung eines Piloten an der Front sehr kurz war, für Novizen zwei Wochen, für die alten Hasen etwa sechs Monate, und schnell neue nachrücken mussten. Bertie war im Hauptquartier gewesen, als ein Korporal Bericht erstattete und die Namen der getöteten Piloten nannte: Second-Lieutenant Walter Jarvis und Lieutenant Lawrence Grey. Bertie hatte gespürt, wie ihn eine Gänsehaut überkam. Lawrence Grey, das musste Venetias Bruder sein. Sie hatte ihm erzählt, dass Larry als Pilot beim Royal Flying Corps diente. Spontan hatte Bertie sich bereit erklärt, den Brief an die Familie zu schreiben. Jetzt wünschte er, er hätte es nicht getan.

Bertie rang mit sich, ob er die abgedroschene Floskel vom Heldentod benutzen oder die Wahrheit schreiben sollte: dass Lieutenant Grey bei einer Übung durch den Fehler eines anderen

Piloten das Leben verloren hatte. Am Ende brachte er es nicht übers Herz, den Eltern des jungen Mannes das Wissen zuzumuten, dass ihr Sohn bei einem dummen Unfall umgekommen war. Zumal der Brief an das Ehepaar Grey gehen würde und nicht an Venetia. Ihr konnte er die Wahrheit sagen, wenn er sie das nächste Mal sah.

Nahe Le Transloy, Oktober 1916

»Wach auf! Um Himmels willen, hör auf zu schreien.«

Percy fuhr aus dem Schlaf. Jemand hielt ihn fest, schüttelte ihn. Die Nähe des warmen Körpers beruhigte ihn, und er schloss beschämt die Augen.

»Geht's wieder?«, fragte Billy.

»Ja«, presste Percy hervor und rollte sich von seinem Kameraden herunter. Seit die Nächte kühl geworden waren, fanden sie nur noch Schlaf, wenn sie einander als menschliche Matratzen benutzten.

»Wir werden in den nächsten Tagen abgelöst und können uns eine Weile ausruhen«, sagte Billy tröstend. »Dann wirst du auch wieder besser schlafen.«

Percy nickte, obwohl er seine Zweifel hatte. Das Training hatte ihn und die anderen Freiwilligen nicht darauf vorbereitet, was es bedeutete, im Krieg zu kämpfen. Nach den Schlachten bei Gommecourt und Ginchy war von den Kameraden, die ihm in den letzten Monaten zu Freunden geworden waren, mehr als die Hälfte tot oder verwundet. Billy und er hatten bisher Glück gehabt. Bis auf einen Streifschuss am Bein war Percy unversehrt geblieben, und Billy hatte nicht einmal einen Kratzer abbekommen. Die Offiziere waren meist schlimmer dran. Bei dem ersten Angriff, an dem Percy teilgenommen hatte, waren alle Offiziere gefallen, sodass ein Sergeant-Major die Führung übernehmen musste.

Dabei hatte Percy den Angriff auf die Schützengräben des Feindes nicht einmal als das Schlimmste empfunden, obwohl er vor und neben sich die Kameraden hatte zusammenbrechen sehen. Der Beschuss durch die deutschen Haubitzen, das Heulen, das er von Venetias Beschreibung der Bombardierung von Scarborough her kannte, das Donnern der Explosionen, die Fontänen aus Erde und Staub sowie die ständige Angst vor einem Gasangriff gingen ihm viel mehr unter die Haut. Der ohrenbetäubende Lärm und der Anblick zermalmter Körper waren die Auslöser für Percys Albträume. Dass er nicht der Einzige war, der schlecht schlief, machte es für ihn nicht weniger beschämend.

»Komm her, setz dich zu mir«, bat Billy, nachdem er sich aufgerichtet hatte.

Percy ließ sich nicht lange bitten. Alle Knochen schmerzten ihn. Sie hatten den ganzen Tag Gräben für die nächste Offensive ausgehoben.

Als Billy sich an ihn lehnte, zuckte Percy nicht zurück. Ohne je darüber gesprochen zu haben, wussten sie, dass sie dieselben Neigungen hatten. Percy war erstaunt gewesen, wie viele der Soldaten eine Intimität miteinander genossen, die sie im Alltag zu Hause nicht gewagt hätten. Billy und er spendeten einander Trost – mit Worten, kameradschaftlichen Berührungen und körperlicher Nähe, aber Percy war stets auf Abstand gegangen, wenn er den Eindruck gewann, dass Billy mehr wollte.

»Wir können Spaziergänge über die Felder machen«, schwärmte Billy von der bevorstehenden Erholung in der Etappe.

»Bestimmt wird es regnen«, gab Percy spöttisch zu bedenken.

»Du alter Schwarzseher«, erwiderte Billy tadelnd. Er sah Percy tief in die Augen. »Und wennschon. Dann suchen wir Schutz in einer verlassenen Scheune.«

Billys Hand legte sich auf Percys Oberschenkel und drückte ihn sanft. Percy rückte ein Stück von ihm ab. »Hör mal, Billy«, sagte er leise. »Du weißt, wir sind Freunde. Ich mag dich. Aber es gibt da jemanden zu Hause, der auf mich wartet ...«

»Ein Mädchen?«, fragte Billy sarkastisch. Doch ein Blick in Percys Gesicht verriet ihm die Wahrheit.

»Verstehe«, murmelte er enttäuscht. »Aber hast du einmal darüber nachgedacht, dass wir vielleicht nicht nach Hause kommen?«

»Das würde nichts ändern«, entgegnete Percy.

Als am nächsten Morgen die Ablösung kam und das Bataillon sich zum Abmarsch bereit machte, erhielten sie jedoch den Gegenbefehl. Sie würden in zwei Tagen an der Schlacht um Le Transloy teilnehmen.

38

London, Oktober 1916

»Da ist Besuch für Sie, Miss Grey«, sagte Mrs Burton, als Venetia ihr die Zimmertür öffnete.

»Besuch?«, fragte Venetia überrascht.

»Ein Offizier«, fügte die Hauswirtin hinzu. »Ich hoffe, er bringt nicht noch mehr schlechte Nachrichten.«

Mrs Burton wusste von Larrys Tod im vergangenen Juni. Tagelang hatte Venetia um ihren Bruder geweint, der ihr ein so guter Freund gewesen war. Sie las der Hauswirtin vom Gesicht ab, dass diese nun fürchtete, Barnaby könnte ein ähnliches Schicksal ereilt haben.

»Ich erlaube dem Major ausnahmsweise den Zutritt zu Ihrem Zimmer, Miss Grey«, erklärte Mrs Burton großzügig. »In der Stube wären Sie nicht ungestört.«

Mit andächtiger Miene zog sie sich zurück. Venetia hörte sie in der Diele mit jemandem sprechen, und dann waren die energischen Schritte von Militärstiefeln zu hören. Das Atmen fiel ihr schwer, da sie das Schlimmste befürchtete. Zugleich wunderte sie sich, dass ein Major sich die Mühe machte, sie persönlich aufzusuchen. Als sie den Besucher erkannte, schlug ihr Herz vor Erleichterung geradezu eine Kapriole. Ihre Knie wurden weich. Sie fühlte sich wie in einem Traum, denn es konnte nicht wirklich Bertie sein, der die letzten Stufen zum ersten Stock hinaufstieg und vor ihrer Tür stehen blieb. Lächelnd nahm er die Uniformmütze ab.

»Willst du mich nicht hereinbitten, Venetia?«, fragte er leise.

Gehorsam trat sie zurück und ließ ihn eintreten. Da sie noch immer schwieg, fragte er betroffen: »Ich hoffe, du hast nichts dagegen, dass ich dich zu Hause aufsuche. Niemand weiß, dass ich hier bin.«

»Nein, ich bin nur überrascht, dich zu sehen«, presste Venetia mühsam hervor. »Seit wann bist du aus Frankreich zurück?«

»Seit gestern«, erwiderte Bertie. »Mein Regiment ist jetzt im Winterquartier. Vor dem Frühling wird es keine weitere Offensive mehr geben. Das letzte Jahr hat uns, aber auch den Deutschen, so hohe Verluste eingebracht, dass wir Zeit brauchen, um unsere Wunden zu lecken.«

Venetia bot ihm einen Platz vor dem Kamin an und setzte sich ihm gegenüber. Er sah müde aus. Sein ohnehin schmales Gesicht wirkte ausgehöhlt, und die Falten um die Augen und von der Nase zu den Mundwinkeln hatten sich tiefer eingegraben.

»Kann ich dir etwas anbieten?«, fragte Venetia. »Tee? Etwas Stärkeres?«

»Nein, danke«, erwiderte er. »Das würde die Toleranz deiner Wirtin wohl ein wenig überstrapazieren. Ich hatte den Eindruck, sie glaubt, ich sei wegen einem ihrer Mieter hier. Ein gewisser Barnaby Croft. Ein Freund von dir?«

Venetia nickte. »Vor dem Krieg sind wir ein paarmal ausgegangen«, antwortete sie und wunderte sich über sich selbst, dass sie so schamlos untertrieb. »Er hat um meine Hand angehalten«, entschlüpfte ihr die Wahrheit dann doch.

»Das freut mich«, sagte Bertie. Venetia sah ihm an, dass er es ehrlich meinte. »Hast du seinen Antrag angenommen?«

»Noch nicht«, gestand sie.

»Wenn er ein netter Kerl ist, solltest du annehmen«, riet er ihr. »Sofern du ihn liebst«, fügte er nach kurzem Zögern hinzu.

»Ich habe ihn sehr gern«, bestätigte Venetia. Aber er ist nicht du, dachte sie gleichzeitig.

Bertie senkte den Blick und sah sich verstohlen im Zimmer um, als wolle er die Einzelheiten in sich aufnehmen. Auf dem Kaminsims standen einige Familienfotografien von Venetias Eltern und ihren Brüdern – die Ähnlichkeit war unverkennbar –, aber keines von ihrem geheimnisvollen Verehrer, wie Bertie feststellte.

»Es tut mir sehr leid um deinen Bruder«, kam er schließlich auf den Grund seines Besuches zu sprechen.

»Ich war überrascht, dass du den Brief an unsere Eltern geschrieben hast«, sagte Venetia. »Übrigens bin ich dankbar, dass du es warst. Es hat mich ein wenig getröstet, deine Schrift zu sehen.«

»Ich war zufällig bei der Übung anwesend, bei der dein Bruder umkam«, erklärte Bertie.

»Übung?«, wiederholte Venetia verständnislos.

Auf einmal konnte Bertie nicht mehr ruhig sitzen bleiben und stand auf. »Ich habe lange mit mir gerungen, ob ich herkommen soll«, begann er, während er vor dem Kamin auf und ab ging. »Nicht umsonst erwähnen wir in unseren Schreiben an die Angehörigen meist keine Einzelheiten über die Todesumstände des Soldaten. Sie sollen sich nicht vorstellen müssen, dass ein geliebter Mensch von einer Granate zerrissen wurde oder langsam im Niemandsland verblutet ist, weil es zu gefährlich war, ihn zu bergen. In den meisten Fällen entspricht der ›schnelle Heldentod‹ nicht der Wahrheit. Aber ich achte dich zu sehr, Venetia, um dir etwas vorzumachen.« Er hielt inne und blickte sie unsicher an. »Es sei denn, du bittest mich darum. Dann gehe ich sofort wieder.«

Venetia schluckte. »Nein, bitte bleib. Sag mir, was mit Larry passiert ist.« Sie wollte wissen, was ihr Bruder getan hatte, was das Letzte war, was er gesehen hatte, bevor er gestorben war.

Bertie hielt inne und setzte sich wieder, um mit Venetia auf Augenhöhe zu sein. Er erzählte ihr von dem Sinn der Militärübung und dem Unfall, der beide Flugzeuge zum Absturz brachte. Am Ende verschwieg er ihr nur, dass die Leiche von Lieutenant Grey bis zur Unkenntlichkeit verbrannt war.

»Es tut mir so leid«, sagte Bertie. »Du hast ihn sehr geliebt, nicht wahr? Nach allem, was du mir damals über ihn und Ned erzählt hast, hatte ich den Eindruck, dass er ein Pfundskerl gewesen sein muss.«

Venetia nickte, während ihr Tränen über die Wangen liefen. »Ja, das war er. Ich werde ihn sehr vermissen«, bestätigte sie.

»Danke, dass du mir die Wahrheit gesagt hast. Wenigstens ist er bei einer Sache gestorben, die er liebte: dem Fliegen.«

Bertie hatte sich erhoben und wandte sich zur Tür. Venetia trat neben ihn. Ihre Gefühle waren so sehr in Aufruhr, dass sie ihm am liebsten um den Hals gefallen wäre.

»Ich bin so froh, dass du wohlauf bist«, gestand sie.

Ernst sah Bertie sie an. »Du musst dir darüber im Klaren sein, dass das nicht so bleiben kann«, sagte er. »Eine ganze Generation wird auf dem Schlachtfeld fallen.«

Seine harten Worte erschütterten Venetia, doch sie verstand, weshalb er sie aussprechen musste. Sobald er an die Front zurückkehrte und im Frühling der Krieg wieder Fahrt aufnahm, konnte jeder Tag sein letzter sein.

Als Bertie über die Schwelle auf den Flur hinaustrat, wandte er sich noch einmal zu ihr um und schenkte ihr doch noch ein Lächeln, bevor er die Stufen zur Eingangshalle hinunterging.

Venetia wusste, dass es nicht leicht für ihn gewesen war, herzukommen und ihr die Wahrheit über ihren Bruder zu erzählen. So wie es für sie nicht einfach werden würde, mit dem Wissen über das Unglück zu leben, dem Larry zum Opfer gefallen war. Sie hätte sich gerne die Illusion bewahrt, dass ihr Bruder den Heldentod gestorben war. Doch zugleich erfüllte es sie mit Stolz, dass Bertie sie für stark genug befunden hatte, die Wahrheit zu verkraften.

39

London, Mai 1917

Edith Cunningham stand vor dem Spiegel in ihrem Büro und bürstete kaum sichtbare Staubflocken von ihrer schwarzen Kostümjacke. Erst als sie sich überzeugt hatte, dass ihr Erscheinungsbild makellos ordentlich war, verließ sie mit dem Notizbuch in der Hand das Zimmer und stieg die Treppe zum Erdgeschoss hinauf.

»Guten Morgen, Miss Grey«, grüßte Edith die Sekretärin im Vorzimmer des Hoteldirektors.

»Guten Morgen, Mrs Cunningham. Sie sind die Erste. Gehen Sie einfach durch.«

Edith folgte der Aufforderung und betrat Monsieur Dreyfus' Büro. Sie mochte den Nachfolger von Monsieur Stainchamps. Dreyfus war weniger steif und zurückhaltend als sein Vorgänger, aber auch ungeduldiger, wenn jemand mit seinem Tempo nicht mithalten konnte. Er kümmerte sich gerne persönlich um wichtige Dinge und verbrachte viel Zeit damit, Gäste im Foyer zu begrüßen und sich mit ihnen zu unterhalten.

»Setzen Sie sich, Mrs Cunningham«, sagte Dreyfus einladend. »Wie geht es Ihrem Gatten? Ich hatte gestern den Eindruck, dass er ein wenig blass aussieht.«

»Es geht ihm gut, nur eine kleine Magenverstimmung.«

In diesem Moment trat Fergus Cunningham ein. Er war Hinterhausmanager und zur selben Zeit wie seine Frau im Ritz Hotel angestellt worden.

»Meine liebe Gemahlin ist mal wieder überpünktlich«, bemerkte Cunningham. Er sprach mit starkem schottischem Akzent, der sein leichtes Zögern kaschierte, bevor er verlegen schwieg. Edith hatte ihm einen warnenden Blick zugeworfen, denn sie erriet, was er hatte hinzufügen wollen. Eine gefährliche Floskel in der heutigen Zeit.

Inzwischen waren auch die anderen Teilnehmer der Frühbesprechung eingetroffen. Die Leiter der verschiedenen Abteilungen des Hotels ließen sich um den großen Konferenztisch nieder: der Restaurantmanager, der Personalmanager, die Vorderhaus- und Hinterhausmanager, der Leiter der Rezeption, der Empfangschef, der Finanzleiter, der Sicherheitschef, der Küchenchef, der Leiter der Wartungsabteilung sowie die Direktrice, der Zimmermädchen, Putzfrauen, Lohndiener und Wäschepersonal unterstanden. Jeder machte sich geflissentlich Notizen, während sie die Namen der Gäste durchgingen, die an diesem Tag erwartet wurden.

»Mr Briggs bekommt die Suite, die er immer hat«, sagte Monsieur Dreyfus. »Mr und Mrs Spraggins bringen kein Personal mit, brauchen also einen Kammerdiener und ein Dienstmädchen, die ihnen beim Auspacken helfen. Mr Palmer erwartet wie stets eine Auswahl an Pralinen in seiner Suite. Mr Aizlewood ist gebrechlich und braucht die Hilfe eines Kammerdieners beim Ein- und Ausstieg aus der Badewanne.«

Nachdem die Bedürfnisse der Gäste besprochen worden waren, erkundigte sich Dreyfus, ob es Besonderheiten zu melden gab.

»Wenn das Wetter so bleibt, kann die Heizung überprüft werden«, schlug der Werkmeister vor. »Einer der Ventilatoren müsste ausgetauscht werden.«

»Das wird bis nach dem Krieg warten müssen«, erwiderte Monsieur Dreyfus trocken. »Die Fabriken haben ganz auf die Produktion von Kriegsausrüstung umgestellt.«

»Nach der Feier im Marie-Antoinette-Zimmer gestern müssen zwei der Stühle ausgebessert werden, da die Gäste mit ihren Zigaretten Brandmale hinterlassen haben«, berichtete Fergus Cunningham.

Alle Anwesenden seufzten, denn dies war ein allgemeines Problem, da das Zigarettenrauchen seit Kriegsbeginn noch verbreiteter war als zuvor.

»Der Savonnerie-Teppich im Foyer beginnt, fadenscheinig zu werden, und müsste in naher Zukunft ausgetauscht werden«, gab der Vorderhausmanager zu bedenken.

»Auch das wird warten müssen«, entgegnete Dreyfus sarkastisch. Er wandte sich an Edith: »Verfügen wir noch über genügend Bettwäsche? Ich weiß, der Verschleiß ist hoch, aber wir waren die letzten Monate nicht immer ausgebucht.«

»Wir haben sieben Paar Laken für jedes Bett«, versicherte Edith. »Ich lasse regelmäßig nachzählen und jede Schwachstelle sofort ausbessern.« Unter der Wäschebeschließerin arbeiteten je vier Näherinnen und Wäschefrauen, die die Wäsche sortierten und überprüften. »Wir hatten auch weniger Anfragen nach einem täglichen Wechsel der Laken. Die meisten Gäste sind damit zufrieden, dass sie jeden zweiten Tag frische Laken aufgezogen bekommen.«

»Sehr gut«, kommentierte Dreyfus. »Nun noch zu einer anderen Sache. Wie Sie wissen, werden im Speisesaal für die Kuriere zwei- bis dreihundert Mahlzeiten serviert. Ein Großteil geht an die Dienstboten der Gäste. Da wir zurzeit so viele ausländische Abordnungen haben und deren Personal an Mahlzeiten bestellen kann, was ihnen beliebt, haben wir die uns zustehenden Lebensmittelrationen weit überzogen. Das Ernährungsministerium hat uns bereits angemahnt. Jemand muss den verwöhnten Dienstboten klarmachen, dass wir uns immerhin im Krieg befinden und dass jeder seinen Beitrag leisten muss.«

»Ich glaube, da habe ich den richtigen Mann für Sie, Monsieur«, schaltete sich der Empfangschef ein. »Sie erinnern sich, dass ich Sie darauf aufmerksam machte, dass die griechische Delegation während ihres Aufenthalts in London leider bei der Konkurrenz abgestiegen ist. Nun, einer der Kellner, George Fafoutakis, ist Kreter wie Präsident Venizelos. Darüber hinaus ist er gewitzt und im Restaurant deutlich unterfordert. Ich dachte mir, Fafoutakis könnte die Griechen überzeugen, dass sie im Ritz viel besser aufgehoben wären.«

»Und Sie glauben, dass er das schafft?«, fragte Dreyfus zweifelnd.

»Lassen wir es ihn versuchen«, erwiderte Schmid. »Schaden kann es nicht. Reden Sie einmal mit ihm, damit Sie einen Eindruck von ihm gewinnen. Fafoutakis ist der geborene Verkäufer. Er könnte Ihnen alles aufschwatzen. Ich denke, er wäre überdies der richtige Mann, um das Dienstpersonal im Speisesaal zur Räson zu bringen.«

»Gut, ich werde mit ihm reden«, stimmte der Hoteldirektor zu.

Nach der Besprechung kehrte Edith in ihr Büro zurück. Während sie an ihrem Schreibtisch saß und eine Tasse Tee trank, dachte sie an den Beinahepatzer ihres Mannes. Zu Hause neckte er sie stets mit ihrer Herkunft und den damit in der Vorstellung der Briten verbundenen Eigenschaften. Aber auf ihre Bitte hin hatte er sich in der Öffentlichkeit damit zurückgehalten. Er musste sich tatsächlich nicht wohlfühlen, dass ihm die Bemerkung beinahe vor dem Direktor herausgerutscht war. Es hätte sie unweigerlich ihre Anstellung gekostet.

Edith versuchte sich auf ihre Arbeit zu konzentrieren, aber es fiel ihr schwer. Die Angst vor Entdeckung, die sie nun schon seit drei Jahren belastete, nagte an ihr. Manchmal verspürte sie das Bedürfnis, sich im Bett zu verkriechen und auszuweinen, wie Miss Grey es damals zu Beginn des Krieges in der Damentoilette getan hatte. Was mochte die Sekretärin so aus der Fassung gebracht haben? Was immer es gewesen war, man hatte ihr danach nichts mehr davon angesehen. Natürlich war sie seit dem schrecklichen Erlebnis in Scarborough nicht mehr so fröhlich und unbeschwert wie früher, aber wer war das schon? Insgeheim verfluchte Edith die kriegslüsternen Politiker des Deutschen Reiches und Österreich-Ungarns aus tiefstem Herzen.

Es hatte keinen Sinn. Sie konnte sich nicht auf die Aufstellung der Wäschebeschließerin konzentrieren. Vielleicht sollte sie ihren Rundgang über die Etagen vorziehen. Es konnte nie schaden, die Zimmermädchen und Hausdamen, die ihr unterstanden, einmal unangemeldet zu kontrollieren.

Edith nahm das Klemmbrett mit den angefügten Gästelisten, ihre weißen Baumwollhandschuhe und ihren Schlüsselbund und verließ das Büro. Mit dem Personalaufzug fuhr sie in den dritten Stock. Nur dem Hoteldirektor war es gestattet, den Gästelift zu benutzen. Das Mädchen, das gerade eines der Zimmer reinigte, blickte verwundert auf, als Edith zur Tür hineinsah, fuhr aber sofort mit dem Staubwischen fort. Mary war ein alter Hase und verrichtete ihre Arbeit wie im Schlaf. Die erfahrenen Zimmermädchen brauchten sich nicht auf die Handgriffe zu konzentrieren, die sie ausführten, und waren mit den Gedanken zuweilen so weit entfernt, dass sie erschraken, wenn man sie unverhofft ansprach.

»Welche Zimmer haben Sie schon gereinigt, Mary?«, fragte Edith das Mädchen.

»308 ist heute Morgen zeitig abgereist, Ma'am«, erwiderte die Irin. »301 und 304 habe ich auch schon gesäubert.«

»Hat Miss Abbott bereits kontrolliert?«

»Ja, sie war eben hier.«

»Gut. Die neuen Gäste, die in 308 einziehen, haben ein Kinderbett verlangt«, erklärte Edith. »Ich sage Tony Bescheid, damit er eines aus dem Lager holt und aufstellt. Dann soll er die Deckenleuchten putzen. Sie haben es nötig.«

Aufgaben, die körperliche Kraft erforderten oder auf einer hohen Leiter verrichtet werden mussten, wurden von den Lohndienern erledigt.

In dem Zimmer, das die Hausdame geprüft hatte, vergewisserte Edith sich stichprobenartig, ob das Gebläse der Lüftung zufriedenstellend arbeitete, die Glühbirnen in Ordnung und die Decken am Fußende der Betten ordentlich untergeschlagen waren. Dann fuhr sie mit weißbehandschuhter Hand über die Türzargen, die Bilderrahmen und die Fußleisten. Zufrieden zog sie die Baumwollhandschuhe aus. Es fand sich kein Staubflöckchen auf den Fingerspitzen. Miss Abbott hatte nichts übersehen. Schließlich probierte Edith die Rufknöpfe aus. Im Korridor über der Tür der Suite leuchtete ein gelbes Lämpchen für das Mädchen, ein grünes für den Zimmerkellner und ein rotes für den Kammerdiener auf. Zwei Mädchen teilten sich ein Stockwerk. Nachdem Edith die andere Zimmerfrau aufgesucht und sich erkundigt hatte, ob es Probleme gebe, warf sie noch einen Blick in das Arbeitszimmer der Kammerdiener. Fletcher, der an diesem Tag Frühdienst hatte, war gerade dabei, die Anzughose eines Gastes mit dem Dampf aus einem Wasserkessel zu glätten.

»Alles in Ordnung, Fletcher?«, erkundigte sich Edith.

»Ja, Ma'am«, antwortete der Kammerdiener. »Keine Probleme.«

»Sie haben ein Haar auf der Schulter Ihrer Uniform«, klärte Edith ihn auf.

Fletcher war bereits über sechzig und sah nicht mehr gut. Trotzdem verrichtete er seine Arbeit so verlässlich wie seine jungen Kollegen, die nun an der Front kämpften.

»Oh, danke, Ma'am«, erwiderte der Kammerdiener peinlich berührt. »Ach ja, da ist doch etwas, worüber ich Sie informieren wollte. Der Leibwächter des Maharadschas besteht darauf, vor der Tür zu dessen Suite zu schlafen.«

»Haben Sie ihm erklärt, dass wir Wachleute auf jeder Etage haben?«

»Ich habe es versucht, aber der Herr versteht kein Englisch. Ich habe Mr Woods darauf aufmerksam gemacht. Er wollte sich darum kümmern.«

Woods war der oberste Kammerdiener und Fletchers Vorgesetzter. Bei ihm war das Problem in guten Händen. Edith ging über die hintere Treppe in den zweiten Stock hinab, um dort ihren Kontrollgang fortzusetzen. Sie hatte gerade das Ende des Flurs erreicht, als einer der Restaurantkellner aus dem Personalaufzug kam. Verblüfft blieb Edith stehen, denn ihr war nicht bekannt, dass das Personal aus dem Speisesaal beim Zimmerservice aushelfen sollte.

»Was machen Sie hier?«, fragte sie verwirrt. Prüfend musterte sie das markante Gesicht des Burschen. »Sie sind Fafoutakis, nicht wahr?«

»Ja, Ma'am«, antwortete der Kreter.

Edith hatte den Kellner bisher immer nur flüchtig bei der Arbeit im Restaurant gesehen. Monsieur Dreyfus' Worte während der Frühbesprechung kamen ihr in Erinnerung. Das also war der junge Mann, der im Speisezimmer der Kuriere für Ordnung sorgen sollte. Insgeheim wünschte sie ihm viel Erfolg. Dennoch hatte er in diesem Bereich des Hotels nichts zu suchen.

»Was tun Sie auf der Etage, Mr Fafoutakis?«, fragte Edith erneut. »Und was haben Sie da?« Misstrauisch warf sie einen Blick auf das Tablett, das der Kellner trug.

»Monsieur Schmid hat mir aufgetragen, dem Gast von 203 ein Pfund Mehl zu bringen, Ma'am«, erwiderte der Bursche ungerührt. »Er wollte wohl keinen der Pagen in die Küche schicken.«

»Mehl?«, wiederholte Edith entgeistert. »203 ist die Suite des amerikanischen Ölmagnats. Sind Sie sicher?«

»So hat Monsieur Schmid es mir aufgetragen«, beharrte Fafoutakis.

»Ich komme wohl besser mit«, entschied Edith.

Mit dem Generalschlüssel klopfte sie an das Türschloss der Suite. Niemand antwortete. Nach kurzem Zögern öffnete Edith die Tür und trat über die Schwelle.

»Guten Morgen«, rief sie vernehmlich. »Hier ist die Hausdame.«

»Im Badezimmer«, antwortete jemand.

»Haben Sie Mehl bestellt, Sir?«, fragte Edith und kam sich dabei lächerlich vor. Gemessenen Schrittes ging sie zum Badezimmer. »Sir?«

»Kommen Sie rein«, forderte der Gast sie fröhlich auf. »Ich hoffe, Sie konnten mir das Mehl besorgen. Ich komme um vor Hunger.«

Überrascht blieb Edith an der Tür stehen. Der Ölmillionär stand mit einer kleinen Pfanne in der einen und einer Flasche Coca-Cola in der anderen Hand vor einem Spirituskocher, den er offensichtlich von zu Hause mitgebracht hatte.

Als der Kellner ihm das Mehl übergab, strahlte der Amerikaner und sagte: »Prima, jetzt kann ich mir meine Lieblingspfannkuchen backen.«

Edith und George Fafoutakis warfen einander verdutzte Blicke zu.

»Guten Appetit, Sir«, presste die Direktrice hervor und zog sich, gefolgt von dem Kellner, zurück.

Im Ritz war der Gast König.

Am Abend, als Edith mit ihrem Mann im Salon ihres Hauses in Hammersmith saß, erzählte sie Fergus von ihrem Erlebnis.

»Pfannkuchen mit Coca-Cola backen, wo gibt's denn so was?«, kommentierte er kopfschüttelnd. »Diese Amerikaner sind schon schrullig. Und dann bezeichnen sie uns Briten als exzentrisch.« Die Bemerkung, die ihm bei der Frühbesprechung beinahe herausgerutscht war, kam ihm wieder in den Sinn. »Tut mir leid wegen heute Morgen, Edith. Ich war nicht ganz ich selbst.«

»Ich weiß, mein Liebster«, entgegnete Edith. »Und ich nehme es dir nicht übel.«

»Wäre es denn wirklich so schlimm, wenn man im Ritz wüsste, dass du Deutsche bist?«, fragte er vorsichtig. »Durch deine Eheschließung mit mir bist du doch eingebürgert.«

»Mag sein«, stimmte sie zu. »Aber ich fürchte, man würde mich bitten zu gehen. Und ich liebe meine Arbeit im Ritz.«

Fergus konnte nicht widersprechen, und so nippte er schweigend an seinem Glas Scotch. Für die Deutschen war das Leben in England beschwerlich, wenn nicht gar unmöglich geworden. Gleich bei Kriegsausbruch waren Gesetze gegen die Angehörigen feindlicher Staaten erlassen worden, die nicht nur eine Registrierung, sondern auch die Internierung von Männern im wehrfähigen Alter erforderten. Zudem richtete der Volkszorn sich immer wieder gegen deutsche Geschäfte, angeheizt durch Berichte von

Gräueltaten des deutschen Heeres in den besetzten Gebieten, die belgische Flüchtlinge erzählten, und später nach den ersten Gasangriffen auf alliierte Truppen sowie der Torpedierung der RMS *Lusitania* im Mai 1915. Es war ein Wunder, dass bei den Aufständen niemand getötet worden war. Edith hatte gehört, dass vereinzelt Deutsche, die sich in Großbritannien ein neues Leben aufgebaut hatten und die nichts mehr mit dem Kaiserreich verband, angesichts drohender Ausweisung Selbstmord begangen hatten. Es war tragisch.

Je länger sich der Krieg hinzog, desto mehr Wut gegen Deutschland sammelte sich bei den Menschen an. Noch mochte Edith als Eingebürgerte vor einer Internierung oder Verbannung sicher sein, doch wer konnte vorhersagen, ob dies in Zukunft auch so bleiben würde. Einige Parlamentarier hatten bereits ein härteres Vorgehen gegen die verbliebenen Deutschen gefordert, wie es hieß. Es war sicherer für sie, wenn niemand etwas über ihre Herkunft wusste, dachte Edith grimmig.

London, Juni 1917

*E*dith stieg die letzte Stufe der Hintertreppe vom dritten in den vierten Stock hinauf, als sie das Gefühl hatte, einer ihrer Strumpfhalter löse sich. Abrupt blieb sie stehen, sah sich verstohlen um und tastete mit den Fingerspitzen durch den Stoff ihres Rocks nach dem Schiebering, um festzustellen, ob er noch hielt. Es war ihr am Morgen schon aufgefallen, dass er locker war. Hätte sie doch nur einen anderen Hüftgürtel angezogen! Aber sie hatte es eilig gehabt und sich der Hoffnung hingegeben, dass nichts passieren würde. Während sie sich auf den Knopf konzentrierte, der den Strumpf in der Metallöse festhielt, hörte sie durch die Schwingtür, vor der sie stand, Schritte in dem dahinter befindlichen Gang, vermutlich von einem Gast, einem der Zimmermädchen oder einem Kellner. Auf einmal war ein dumpfer Schlag zu hören, als sei jemand irgendwo angestoßen, dann ein halb erstickter Ausruf: »So ebbes Dabbichs!«

Edith erstarrte. Hastig schob sie die Schwingtür einen Spalt auf und linste hindurch. Sie sah gerade noch, wie ein Mann im dunklen Anzug um eine Ecke verschwand. Ohne einen weiteren Gedanken an ihren Strumpfhalter zu verschwenden, schob Edith sich durch die Tür und eilte den Gang entlang, doch sie holte den Unbekannten nicht mehr ein, bevor dieser den Aufzug betrat und die schließenden Türen ihn Ediths Blick entzogen. Mit einem dumpfen Gefühl im Magen blieb sie stehen und versuchte, sich klar zu werden, ob sie tatsächlich eben richtig gehört hatte.

Edith war in Pforzheim geboren und hatte dort ihre Kindheit verbracht, bevor sie nach dem Tod ihrer Eltern zu englischen Verwandten nach London gekommen war. »So ebbes Dabbichs« war ein badischer Kraftausdruck, den sie noch von ihrer Zeit in Deutschland kannte. Der Mann, der gerade diesen Begriff benutzt hatte, als er sich an dem im Gang stehenden Servierwagen stieß, musste aus derselben Gegend stammen wie sie. Allerdings sollte es im Ritz keine Deutschen mehr geben, weder unter den Gästen noch beim Personal. Da Edith alle Kammerdiener und Zimmerkellner kannte, war sie sicher, dass der Mann ein Hotelgast gewesen war. Auf einmal überkam sie ein Anflug von Angst.

Unentschlossen ging Edith im Gang auf und ab, bis sie einsah, dass sie ihre Gedanken ordnen musste. In ihrem Büro sah sie die Gästeliste des vierten Stockwerks durch. Außer einem Griechen, den Edith nach kurzer Überlegung ausschloss, kam eigentlich nur der Schweizer Schwizgebel als der Mann infrage, den sie im Gang gehört hatte. Vermutlich machte sie sich nur unnötig Sorgen, und Schwizgebel war in Baden aufgewachsen, bevor er in die Schweiz gezogen war. Aber falls nicht ... wenn er nur vorgegeben hatte, Schweizer zu sein? Die Zeitungen waren voll mit Berichten über deutsche Spione, die angeblich überall in London entlarvt und verhaftet worden waren. Es ging sogar das Gerücht um, ein Agent des Kaiserreiches habe eine Funkstation auf dem Dach des Ritz Hotels eingerichtet. Und obwohl die meisten dieser Geschichten reine Erfindung waren, hatte die Regierung in den ersten beiden Jahren des Krieges ein Dutzend deutscher Spione überführt und entweder aus England verbannt oder im Tower standrechtlich erschießen lassen.

Edith ging von ihrem Büro ins Vestibül, und da die Aufmerksamkeit des Empfangschefs im Augenblick nicht von einem Gast beansprucht wurde, gesellte sie sich zu ihm.

»Monsieur Schmid, was können Sie mir über den Gast von 412 sagen?«, fragte sie.

»Monsieur Schwizgebel?«, vergewisserte sich der Concierge.

»Nicht viel. Ich war nicht hier, als er eingecheckt hat.«

»Wissen Sie, aus welchem Teil der Schweiz er stammt?«

»Aus einem Ort nahe der deutschen Grenze, glaube ich.«

»Haben Sie seit seiner Ankunft mit ihm gesprochen?«

»Ein Mal, als er mich nach einem anderen Gast fragte.«

»Wer war das?«

»Mr Nicholls. Monsieur Schwizgebel dachte, es sei ein Bekannter. Dem war aber nicht so.«

Nachdenklich verkrampfte Edith die Hände ineinander, während Schmid einen Telefonanruf entgegennahm. Alfred Nicholls war Abgesandter der amerikanischen Regierung, der mit den Delegierten anderer Nationen, die im Ritz untergebracht waren, Unterredungen führte.

Als das Gespräch beendet war, wandte der Empfangschef sich Edith wieder zu.

»Weshalb interessieren Sie sich für Monsieur Schwizgebel, Mrs Cunningham?«, erkundigte er sich.

»Kein besonderer Grund«, erwiderte sie ausweichend.

Plötzlich beugte Schmid sich zu ihr vor. »Übrigens, da ist er«, raunte er.

Unwillkürlich drehte Edith sich um und sah einen hochgewachsenen blonden Mann durch die Drehtür eintreten und an ihnen vorbeigehen. Der Fahrstuhlführer öffnete ihm die Gittertüren, und er stieg in den Gästelift.

»Weshalb dieser misstrauische Blick, Mrs Cunningham?«,

spöttelte Schmid. »Hat Monsieur Schwizgebel ein Stück Seife aus dem Badezimmer mitgehen lassen?«

»So was Ähnliches«, entgegnete Edith geistesabwesend. Ohne ein weiteres Wort der Erklärung eilte sie zurück in ihr Büro.

Während des Nachmittags versuchte Edith, den Gedanken an Schwizgebel zu verdrängen und sich auf die Arbeit zu konzentrieren, aber es fiel ihr schwer. Nach Dienstschluss ging sie auf der Suche nach Fergus durch die Grand Gallery und bemerkte Schwizgebel, der in einem Sessel saß und sich mit einem anderen Gast unterhielt. Zufällig erkannte Edith den zweiten Mann. Sie hatte sich im Foyer aufgehalten, als der griechische Präsident Venizelos mit seinem Gefolge eingetroffen war. Der Gast gehörte dessen Stab an. Edith verspürte den Drang, innezuhalten und dem Gespräch zu lauschen. Sie wusste, dass die Verhandlungen zwischen den Griechen und der britischen Regierung wichtig für den Kriegsverlauf waren. Während Konstantin I., der König der Hellenen, aufgrund seiner Verwandtschaft mit Kaiser Wilhelm II. deutschfreundlich eingestellt war, neigte Präsident Venizelos dazu, die Briten zu unterstützen. Für die Alliierten wäre es hilfreich, wenn Griechenland auf ihrer Seite in den Krieg eintreten würde.

Auf dem Heimweg nach Hammersmith wunderte Fergus sich über Ediths Schweigsamkeit und fragte sie, ob etwas nicht in Ordnung sei.

»Das erkläre ich dir, wenn wir zu Hause sind«, erwiderte sie. Ihre Besorgnis war kein Thema, das sie vor Fremden in der U-Bahn diskutieren wollte.

Nach dem Abendessen, das aufgrund der Rationierungen aus einem Gemüsegericht bestand, saßen die Eheleute bei einem Glas Scotch in der Stube.

»Nun mal heraus mit der Sprache, altes Mädchen«, forderte Fergus sie auf. »Was ist los?«

Edith trank einen Schluck Whisky, dann erzählte sie von ihrem Erlebnis am Morgen.

»Bist du sicher, dass Monsieur Schwizgebel Deutsch gesprochen hat?«, erkundigte Fergus sich zweifelnd.

»Ja, bin ich«, antwortete Edith überzeugt. »Er gebrauchte einen badischen Ausdruck.«

»Aber Schmid sagte, Schwizgebel komme aus einem Ort nahe der deutschen Grenze«, gab Fergus zu bedenken. »Möglicherweise benutzt man diesen Ausdruck dort ebenfalls.«

Edith breitete ratlos die Arme aus. »Nichts ist unmöglich. Ich weiß einfach nicht, was ich tun soll.«

»Du sagst, du hast Schwizgebel mit einem Griechen aus Venizelos' Gefolge sprechen sehen«, rekapitulierte Fergus.

»Genau. Kurz bevor ich dich abgeholt habe«, bestätigte Edith. »Es kann natürlich purer Zufall gewesen sein, dass die beiden Männer sich begegnet sind. Aber wenn nicht ...« Sie fühlte, wie sich ihr die Kehle zusammenzog. »Wenn dieser Schwizgebel nun etwas im Schilde führt? Vielleicht hat er vor, die Verhandlungen mit den Griechen zu stören. Oder etwas Schlimmeres. Ach, was soll ich nur tun?«

Die Nacht über fand Edith keine Ruhe, wälzte sich im Bett herum und störte dadurch Fergus' Schlaf. Schließlich stand er auf und machte ihr einen Beruhigungstee.

Am Morgen zerbrach Edith sich noch immer den Kopf, wie sie mit der Situation umgehen sollte. Wenn sie einen der Scotland-Yard-Beamten im Ritz auf Schwizgebel aufmerksam machte, musste sie ihm erklären, weshalb der Schweizer ihr verdächtig erschien ... und dann blieb ihr nichts anderes übrig, als ihre Herkunft zu offenbaren. Wahrscheinlich würde man sie entlassen wie Herrn Kroell, der diesem Schritt nur durch seine Kündigung zuvorgekommen war. Vielleicht würde auch Fergus seine Anstellung verlieren, weil er verschwiegen hatte, dass seine Frau aus Deutschland stammte. Und falls sie sich irrte und Schwizgebel kein Spion war, wäre das Opfer umsonst gewesen. Sie musste Gewissheit haben.

An diesem Morgen begann Edith ihren Rundgang im vierten Stock und betrat das Zimmer des Schweizers, bevor das Mädchen dort sauber gemacht hatte. Sorgfältig durchsuchte sie Schubladen, das Gepäck und den Papierkorb, fand aber nichts Verdächtiges. Schließlich fiel ihr Blick auf den Notizblock, der auf dem Schreibtisch neben dem Telefon lag. Jemand hatte etwas notiert und das oberste Blatt abgerissen. Einer Eingebung folgend überprüfte Edith den Kamin. Er hätte sauber sein müssen, da zu dieser Jahreszeit kein Feuer entzündet wurde. Dennoch fand Edith ein kleines Häufchen Asche und den Rand eines Zettels. Schwizgebel hatte ein Stück Papier verbrannt.

Nachdenklich ging Edith zum Schreibtisch zurück, hob den Bleistift auf und rieb mit der Graphitspitze über das oberste Notizblatt. Als sie ein Kind gewesen war, hatte ihre Mutter auf diese Weise überprüft, ob ihre Tochter heimlich Nachrichten schrieb. Die auf dem Blatt durchgedrückte Schrift wurde dadurch sichtbar. Ediths Anstrengungen brachten einige Buchstaben und eine Zahlenfolge zutage, die Schwizgebel niedergeschrieben hatte. Sie vermutete, dass es sich um eine Telefonnummer handelte, allerdings nicht um eine britische. An sich war es nicht verdächtig, eine ausländische Nummer zu notieren. Doch warum hatte er den Zettel verbrannt?

Als Arnold Schmid gerade abwesend war, sprach Edith George Criticos Fafoutakis an, der probeweise als Portier am Empfang arbeitete. Ihm oblag es vor allem, den Gästen Auskünfte zu erteilen, und ihm unterstanden darüber hinaus die Telefonistinnen und Pagen, die Telegramme verteilten.

»Mr Fafoutakis, mir kam zu Ohren, dass Sie Präsident Venizelos dazu bewogen haben, hier im Ritz abzusteigen«, sagte Edith.

»Das stimmt«, erwiderte George mit einem verschwörerischen Lächeln. »Wir stammen beide aus Kreta. Wir Griechen halten zusammen, müssen Sie wissen.«

»Ich möchte Sie um einen Gefallen bitten, Mr Fafoutakis«, fuhr Edith mit gesenkter Stimme fort. »Sie müssen mir glauben, dass ich im Interesse unserer Gäste und besonders zum Wohl von Präsident Venizelos handele. Ich habe den Verdacht, dass mit Monsieur Schwizgebel von 412 etwas nicht in Ordnung ist, auch wenn ich Ihnen nicht erklären kann, wie ich zu dieser Überzeugung gekommen bin. Bitte ...« Edith hob die Hand, um George zum Schweigen zu bringen, als er zum Sprechen ansetzte. »... bitte vertrauen Sie mir. Ich brauche Ihre Hilfe. Sagen Sie mir Bescheid, wenn Monsieur Schwizgebel ein Auslandsgespräch anmeldet. Ich bin den ganzen Tag in meinem Büro.«

»Gut, Mrs Cunningham, das werde ich machen«, stimmte George zu.

Am späten Vormittag rief George an, um Edith mitzuteilen, dass Schwizgebel ein Telefonat nach Holland angemeldet hatte. Einen Augenblick lang saß sie wie erstarrt da. Sollte sie ihren Plan wirklich in die Tat umsetzen? Wäre das nicht völlig verrückt?

»Mrs Cunningham, ist alles in Ordnung?«, fragte George.

»Ja«, erwiderte Edith. »Halten Sie Monsieur Schwizgebel zehn Minuten hin, dann verbinden Sie ihn bitte.«

Mit vor Aufregung zitternder Hand legte sie den Hörer auf und stürzte aus dem Büro. Ungeduldig wartete sie auf den Personalaufzug und stieg schließlich ein. Im vierten Stock verließ sie den Lift und eilte den Gang entlang zur Tür mit der Nummer 411. Das Zimmer neben dem von Schwizgebel war nicht belegt. Lautlos trat Edith ein. Ihr war die Idee gekommen, die Telefongespräche des Schweizers zu belauschen. Am Morgen hatte sie deshalb die Verbindungstür zwischen den beiden Zimmern aufgeschlossen. Nun stellte sie sich davor und wartete, bis im Nebenraum das Telefon klingelte. Leise öffnete sie die Tür einen winzigen Spalt. Das Schellen maskierte das Klicken des Schlosses. Als Schwizgebels Stimme erklang, hielt Edith erschrocken die Luft an. Es schien, als stünde er unmittelbar neben ihr.

»S'isch wie mir dengd hen, die Sach middm ›Bräschtling‹ isch jesesmäßig«, sagte er im badischen Dialekt. »I muss do ebbes macha.« Einige Sekunden verstrichen, während er seinem Gesprächspartner zuhörte. »I werd d' ›Bräschtling‹ zerdrigga, wenn sie's saga«, erwiderte er, wartete auf die Antwort und legte auf.

Edith überkam eine Gänsehaut. Und obwohl Schwizgebel sich offensichtlich eines Codes bediente, war der Ton, in dem er die Worte aussprach, so kalt und bedrohlich, dass Edith nun von seinen unlauteren Absichten überzeugt war. Das Bild, das er gemalt hatte – er hatte gesagt, er würde die »Erdbeere« zerquetschen –, nahm in ihrer Fantasie Gestalt an. Vor ihrem inneren Auge sah sie eine rote Frucht in der Form eines Herzens, aus dem der Saft wie Blut hervorquoll. Wer auch immer mit dem Codewort gemeint war, befand sich in großer Gefahr. Ihre Gedanken und Befürchtungen hatten sie so sehr gefangen genommen, dass Edith den Moment verpasste, die Verbindungstür zu schließen, während Schwizgebel den Hörer auflegte. So leise wie möglich drehte sie den Knauf, schob die Tür zu und drehte ihn langsam wieder in seine Ausgangsposition. Rasch wandte sie sich um und eilte aus dem Zimmer auf den Gang hinaus. Hinter sich hörte sie ein Poltern, dann wurde die Tür zum Zimmer 411 aufgerissen, und Schwizgebel stürmte auf den Gang. Erschrocken blickte Edith sich zu ihm um. Der Ausdruck seines Gesichts war furchterregend. Er hatte begriffen, dass sie ihn belauscht und die Bedeutung seiner Worte erraten hatte. Angst wallte in ihr auf und trieb sie vorwärts. Sie rannte den Flur entlang zur Treppe. Vielleicht hätte sie innehalten und nach dem Diener Ausschau halten sollen, der auf der Etage Wache hielt. Doch sie wusste, dass er zu dieser Tageszeit oft eine Tasse Tee mit dem Kammerdiener in dessen Arbeitszimmer trank.

Hastig eilte Edith die Treppe hinunter. Erst als sie im Untergeschoss ankam, fiel ihr auf, dass sie in ihrer Panik an der Tür zum Parterre vorbeigelaufen war. Unschlüssig hielt sie inne. In der Galerie vor dem Palm Court wachte stets ein Scotland-Yard-Beamter, der ihr helfen konnte. Als sie sich umwandte, um die Stufen wieder hinaufzusteigen, sah sie Schwizgebel über ihr auftauchen. Rasch änderte sie die Richtung und stürmte durch die Schwingtür in die Küche.

Verwundert hoben die Köche und Tellerwäscher die Köpfe und starrten sie an. Edith schob sich zwischen ihnen hindurch, deutete hinter sich und rief: »Ein deutscher Spion!« Während sie auf die Tür am anderen Ende des Küchentrakts zurannte, sah sie noch, wie einige der Köche nach ihren Messern griffen.

Edith hastete zur Treppe, die zum Piccadilly-Eingang des Ritz hinaufführte. Im Erdgeschoss lief sie in die Galerie und hielt nach einem Polizisten Ausschau. Ein Mann, der in einem Sessel die Zeitung gelesen hatte, sah auf, als er ihre Aufregung bemerkte, und trat zu ihr.

»Brauchen Sie Hilfe, Madam?«, fragte er.

Edith war so kopflos, dass sie für einen Moment überzeugt war, auch er sei ein deutscher Agent. Doch seine ruhige Art und der durchdringende Blick, mit dem er sie musterte, ließen ihre Angst abklingen.

»Ich bin Inspector Rutherford von Scotland Yard«, sagte der Beamte besänftigend. »Sagen Sie mir, was los ist.«

»Ein Spion«, stammelte Edith. »Ein deutscher Spion ...«

»Hier im Hotel?«, vergewisserte sich Rutherford.

Edith nickte. Sie zuckte zusammen, als sie Schwizgebel von der Treppe neben dem Restaurant auf sie zukommen sah. Einige grimmig aussehende Köche, die lange Fleischmesser in den Händen hielten, folgten ihm. Gäste aus dem Palm Court und dem Speisesaal waren auf das Geschehen aufmerksam geworden und näherten sich neugierig. Vom Foyer eilten Portiers und Pagen herbei.

»Dieser Mann da«, sagte Edith und deutete auf Schwizgebel. »Er hat einen Anschlag geplant.«

»Auf was? Oder auf wen?«, fragte der Inspector alarmiert.

»Ich weiß nicht«, erwiderte Edith. »Auf eine wichtige Persönlichkeit hier im Hotel, vermute ich.«

Rutherford wandte sich zu Schwizgebel um, der sich bemühte, einen unschuldigen Eindruck zu machen.

»Sir, Ihr Name«, forderte Rutherford.

»Arthur Schwizgebel«, antwortete der Angesprochene. Er war außer Atem, versuchte aber, seiner Stimme einen gelassenen Klang zu verleihen.

Der Inspector bedachte die Köche mit einem strengen Blick. »Ich danke Ihnen für Ihre Mitarbeit, Messieurs, aber nun kümmere ich mich um die Angelegenheit. Bitte gehen Sie an Ihren Arbeitsplatz zurück.«

Nachdem die Köche sich zurückgezogen hatten, wandte

Rutherford sich wieder an Schwizgebel: »Was ist der Anlass Ihres Besuchs in London, Sir?«, fragte er.

»Ich vertrete einen großen Käselieferanten in der Schweiz«, antwortete der Mann.

»Sie beraten Kunden beim Kauf von Schweizer Käse?«, hakte Rutherford nach.

»So ist es.«

»Emmentaler, Appenzeller, Alpkäse, Le Gruyère und Altzellen, meinen Sie?«

»Genau.«

»Also sind Sie Experte für diese Käsesorten?«

»Ja doch, das sagte ich bereits.«

»Dann sollten Sie wissen, dass Altzellen kein Schweizer Käse ist, sondern eine Ortschaft«, belehrte Rutherford seinen Gesprächspartner. Er wandte sich wieder Edith zu. »Wie kamen Sie zu der Erkenntnis, dass Monsieur Schwizgebel ein Spion ist, Madam?«

»Ich habe ihn am Telefon mit jemandem reden hören«, antwortete Edith. »Er sagte so viel wie: ›Die Situation Erdbeere ist so schlimm wie vermutet. Ich muss eingreifen. Mit Ihrer Erlaubnis werde ich die Erdbeere zerquetschen.‹«

»Das ist eine Lüge«, protestierte Schwizgebel. »Sie fantasieren.«

»I habb genau verschdanda, was Se grad ebba gsagd hen«, antwortete Edith im badischen Dialekt. Tapfer blickte sie den Inspector an. »Herr Schwizgebel, oder wie immer er heißen mag, ist Deutscher, nicht Schweizer. Er stammt aus derselben Gegend wie ich.« Sie schluckte schwer, als sie Fergus unter den Schaulustigen entdeckte. »Es tut mir leid, dass ich das dem Management des Hotels verschwiegen habe. Ich wollte meine Stellung nicht verlieren.«

Rutherfords Blick kehrte zu Schwizgebel zurück, der erbleicht war. Als er sich zur Flucht wandte, ergriffen zwei der Umstehenden, ein Portier und ein Gast, seine Arme und hielten ihn fest.

Wütend starrte er Edith an: »Verräterin!«, zischte er auf Deutsch.

»George, rufen Sie im Yard an«, bat Rutherford den Portier. »Sie sollen jemanden herschicken, der den Mann abholt. Ich verhöre ihn später.« An Edith gewandt, fügte er hinzu: »Ich muss Sie bitten, mit mir zu Scotland Yard zu kommen und Ihre Aussage zu machen, Madam.«

Fergus hatte den Arm um die Schultern seiner Frau gelegt. Die Umstehenden sahen schweigend zu, während er sie wegführte, als müssten sie das Geschehene erst verarbeiten. Doch bald überwanden die Ersten den Schrecken und riefen ihnen nach: »Gut gemacht, Madam.« – »Das hat Mut erfordert.«

Venetia lauschte angestrengt, konnte jedoch nicht verstehen, was hinter der Tür zu Monsieur Dreyfus' Büro gesprochen wurde. Am vergangenen Nachmittag war sie Zeugin gewesen, wie einer der Gäste und Mrs Cunningham von einem Beamten von Scotland Yard abgeführt worden waren, dann hatte sie sich die Hintergründe des Vorfalls von George berichten lassen. An diesem Morgen waren die Direktrice und ihr Gatte von Dreyfus ins Allerheiligste gebeten worden. Nun sprachen sie bereits seit einer halben Stunde miteinander, was Venetia als gutes Zeichen interpretierte. Hätte er Mrs Cunningham entlassen wollen, wäre dies sicherlich schneller vonstattengegangen.

Als sich die Tür endlich öffnete, stand Venetia auf und trat ihnen entgegen. Dreyfus schüttelte Fergus Cunningham und dann dessen Frau die Hand.

»Ich hoffe, Sie bleiben uns noch lange erhalten«, sagte er. »Wir konnten uns glücklich schätzen, dass Sie da waren, Madam.«

»Ich danke Ihnen, Monsieur Dreyfus«, erwiderte Edith bewegt.

Als sie sich abwandte, trat Venetia zu ihr und ergriff ebenfalls ihre Hand, um der Hausdame ihre Unterstützung zuzusichern.

»Wir sind Ihnen zu großem Dank verpflichtet«, sagte Venetia herzlich. »Es kann nicht leicht für Sie gewesen sein, Ihr Geheimnis preiszugeben und sich den Konsequenzen zu stellen.«

Edith gestattete sich ein Lächeln. »Da haben Sie recht. Ich muss gestehen, ich habe mit mir gerungen. Aber mir war klar, dass dieser Spion etwas Schreckliches vorhatte, und ich konnte nicht zulassen, dass er seinen Plan ausführt.«

»Weiß man denn inzwischen, auf wen es abgesehen hatte?«, erkundigte Venetia sich erschaudernd.

»Die Polizei vermutet, dass er Präsident Venizelos daran hindern sollte, Griechenland auf der Seite der Alliierten in den Krieg zu führen«, antwortete Edith.

»Verstehe«, sagte Venetia. »Der Vorstand hat Ihnen gestattet, Ihre Stellung zu behalten?«

»Ja«, entgegnete die Hausdame erleichtert. »Inspector Rutherford hat die Einzelheiten des Vorfalls gestern an das Innenministerium weitergegeben. Dort hat man entschieden, dass ich Großbritannien einen wertvollen Dienst erwiesen habe, und dem Aufsichtsrat empfohlen, mich weiter zu beschäftigen.«

»Das freut mich sehr. Und ich würde gerne die ganze Geschichte hören«, gestand Venetia. »Wollen wir nicht in der Personalkantine eine Tasse Tee trinken gehen?«

»Das ist eine gute Idee, Miss Grey«, stimmte Edith zu.

41

*A*ufstehen, Soldat!«, brüllte der Offizier und fuchtelte mit seinem Revolver vor Percys Nase herum. »Nehmen Sie Ihr Gewehr und stehen Sie auf, oder ich erschieße Sie wegen Feigheit vor dem Feind.«

Die Worte des Captains übertönten kaum das Knattern der Maschinengewehre und die überall einschlagenden Granaten. Der Morgendunst vermischte sich mit dem aufsprühenden Schlammwasser, das nach tagelangem Regen den Boden bedeckte. Percy hörte den Offizier schreien, doch er nahm die Bedeutung der Worte nicht wahr. Sein linker Arm hing nutzlos an seinem Körper herab, der Schmerz drang von seiner Schulter tief in sein Gehirn und blendete alles andere aus.

Vor ihm tobte ein verbissener Kampf um eine der deutschen Pillboxen im Glencorse Wood, einem kleinen Waldstück, durch das die deutsche Stellung verlief. Percy versuchte, sich aus dem Schlamm zu erheben, in dem er kniete, doch seine Glieder zitterten erbärmlich und wollten ihm nicht gehorchen. Der Offizier, der mit gezogenem Revolver neben ihm innegehalten hatte, bemerkte auf einmal das Blut, das aus Percys Armwunde quoll. In die Augen des Captains trat ein Ausdruck von Begreifen, dann Scham. »Ziehen Sie sich zurück, Soldat«, rief er und wandte den Blick ab. Dann rannte er mit erhobener Waffe über das matschige, von Explosionskratern durchlöcherte Feld. Percy beobachtete, wie er von einer Maschinengewehrsalve getroffen zu Boden ging. Die Angst trieb Percy schließlich auf die Füße. Sein Arm war taub geworden. Er versuchte, den Graben zu überspringen, der bis zum Rand mit toten deutschen Soldaten gefüllt war, hatte aber nicht die Kraft dazu und musste letztendlich hindurchklettern. Als er den Granattrichter erreichte, an dem er während des Angriffs Billy aus den Augen verloren hatte, blieb Percy stehen und blickte sich suchend um. Aber es lagen dort zu viele tote und verletzte Kameraden, die dem Gegenfeuer zum Opfer gefallen waren, unkenntlich gemacht vom Schlamm, der alles bedeckte und an einem klebte wie Sirup. Percy konnte Billy nirgendwo entdecken. Schließlich hörte er ein gurgelndes Stöhnen und seinen Namen. Erschüttert fiel er neben Billy auf die Knie. Die Sanitäter waren noch nicht da, um die Verwundeten zu bergen, doch Percy erkannte, dass für seinen Freund jede Hilfe zu spät kam. Maschinengewehrkugeln hatten ihm Bauch und Hüfte zerfetzt.

»Billy, ich bin's«, sagte Percy und stellte fest, dass seine Stimme versagte.

»Ich habe Angst«, presste Billy hervor. »Ich will nicht sterben ...«

»Das wirst du nicht«, log Percy. »Die Sanitäter kommen gleich. Wir fahren nach Hause.«

Billy schien ihn nicht zu hören. Sein Blick irrte ab. »Sag Mama, dass es mir leidtut«, bat er. »Ich hätte sie nicht allein lassen dürfen ... Sag ihr, dass ich bis zuletzt an sie gedacht habe ...«

»Ich verspreche es«, versicherte Percy und drückte dem Freund die Hand. Billy atmete tief aus.

Es dauerte eine Weile, bis Percy sich überwand, Billys Hand

loszulassen. Er fühlte keine Trauer, keinen Schmerz, nur noch grenzenlose Erschöpfung.

Venetia öffnete die Haustür. Sie hatte in der Eingangshalle von Mrs Burtons Pension die Post durchgeblättert, um zu sehen, ob ein Brief für sie dabei war. Verwundert sah sie sich Joe Frobisher, dem Vater von Percy, gegenüber.

»Guten Abend, Miss Grey«, begrüßte er sie, die Mütze in der Hand. »Es tut mir leid, dass ich so spät noch störe. Wissen Sie, ob Mr Le Blanc da ist?«

»Ja, kommen Sie rein«, antwortete Venetia und trat einladend einen Schritt zurück. »Ist etwas passiert? Haben Sie von Percy gehört?«

Frobishers Gesicht war grau vor Sorge, und Venetia spürte, wie ein ungutes Gefühl sie erfasste. Joe bemerkte ihre Blässe und rang sich ein Lächeln ab.

»Ich habe ein Telegramm erhalten, in dem steht, dass mein Sohn verwundet wurde, aber nicht schwer«, erklärte er. »Percy kommt in den nächsten Tagen nach Hause.«

»Ich kann Ihnen gar nicht sagen, wie erleichtert ich bin«, entfuhr es Venetia. »Monsieur Le Blanc und ich haben uns große Sorgen um ihn gemacht.«

Neugierig studierte sie Joe Frobishers Gesicht. Es gab den Kampf preis, den er innerlich ausfocht. Venetia wusste, dass er keine Sympathie für André empfand – was ihr unverständlich war. Aber der Franzose hatte auf Percys Bitten hin während dessen Abwesenheit den alten Frobisher regelmäßig aufgesucht, um nach ihm zu sehen. Offenbar hatte dies Joe nun dazu veranlasst, André die Nachricht von Percys Verwundung zu überbringen. Dennoch fand sie es erstaunlich, dass Joe dazu am späten Abend persönlich nach Finsbury Park gekommen war.

»Ich sage Monsieur Le Blanc Bescheid, dass Sie da sind.« Venetia führte Frobisher zu einer Tür im Erdgeschoss und klopfte an.

André öffnete und blickte Joe erstaunt an. »Mr Frobisher …«, begann er, doch weiter kam er nicht. Venetia sah ihm an, dass er das Schlimmste befürchtete.

»Percy ist am Leben«, klärte sie den Koch eilig auf. »Aber er wurde verwundet. Mr Frobisher wird Ihnen Näheres sagen können.«

André spürte, wie das Blut, das ihm aus dem Gesicht gewichen war, in seine Wangen zurückkehrte. Joe trat über die Schwelle und schloss die Tür hinter sich. Ihm fiel auf, dass der Franzose das beste Zimmer im Haus bewohnte, einen der ehemaligen Salons. Gegenüber dem Kamin standen zwei einzelne Messingbetten, von denen das eine benutzt aussah, aber sorgfältig gemacht war. Auf einem Tisch vor dem Fenster befanden sich fein gearbeitete filigrane Gebilde, die Blumen und Vögel darstellten und die Joe zuerst für Porzellanfiguren hielt, bis ihm klar wurde, dass sie aus Zucker bestanden. Er seufzte.

»Ich bin gekommen, weil ich es als meine Pflicht ansehe, Sie darüber aufzuklären, was mit Percy passiert ist«, sagte Joe ernst. »Sie bedeuten meinem Sohn sehr viel, und obwohl ich nicht gutheiße, was Sie und er miteinander treiben, ist mir doch bewusst, dass er uns jetzt braucht. Percy wurde verwundet, hieß es in dem Telegramm, aber ich habe keine Ahnung, wie schwer.« Joe zögerte und schluckte, bevor er weitersprach: »Ich habe den Eindruck gewonnen, dass Sie zu ihm halten werden, egal, welcher Art die Verletzung ist, und das ist mehr, als man von manchem Mädel sagen könnte. Deswegen … bin ich in gewissem Sinne dankbar, dass Percy Sie gefunden hat.« Joe knetete seine Mütze zwischen den Fingern und setzte sie schließlich auf. »Ich gehe dann jetzt wieder. Sobald ich weiß, wann Percy nach England zurückgebracht wird, gebe ich Ihnen Bescheid.«

»Ich danke Ihnen, dass Sie gekommen sind, Sir«, sagte André und reichte Frobisher die Hand.

Dieser drückte sie schließlich unwillig. Dann tippte er kurz an seinen Mützenrand und verließ das Zimmer.

Einen Augenblick blieb André vor der vertrauten Fassade des London Hospital stehen, bevor er sich zusammenriss und zum Portier am Empfang ging. Vielleicht war es ein gutes Zeichen, dass Percy in dieses Krankenhaus gebracht worden war. André hatte zu spät von seiner Ankunft erfahren, um ihn in London willkommen zu heißen, aber es war meist nicht möglich, im Voraus herauszufinden, ob ein Hospitalzug am Bahnhof Victoria, Waterloo oder Charing Cross ankam. André hatte beim Vorbeigehen einige Male die Menschenmengen gesehen, die sich regelmäßig zu solchen Gelegenheiten vor den Bahnstationen einfanden, besonders, wenn ein Londoner Regiment an einer Schlacht beteiligt gewesen war. In feierlicher Stille beobachteten die Leute die Konvois aus Rot-Kreuz-Ambulanzwagen, auch wenn sie nicht wissen konnten, ob sich unter den Verwundeten ein Familienmitglied oder ein Bekannter befand. Viele der wartenden Frauen warfen Blumen, wenn die Krankenwagen vorüberfuhren. André fand den Anblick so bedrückend, dass er, wenn möglich, versuchte, die Bahnhöfe zu meiden.

Am Empfang erklärte man ihm, wie er zu der Bettenstation gelangte, auf der Percy Frobisher lag. Es war vorteilhaft für André, dass er das London Hospital nicht zum ersten Mal betrat und sich zumindest im Erdgeschoss ein wenig auskannte, sonst hätte er den Weg zu den Stationen nicht gefunden, ohne sich ein weiteres Mal durchzufragen. Vor der Tür zum Krankensaal zögerte

André. Wie schwer mochte Percy verletzt sein? Das Telegramm an seinen Vater hatte keine Einzelheiten enthalten. Die grausigen Geschichten von bis zur Unkenntlichkeit zerstörten Gesichtern, die André zu Ohren gekommen waren, durchzuckten seine Gedanken. Nachdem er lange Zeit seinen Glauben vernachlässigt hatte, verspürte er auf einmal den Drang, hastig ein Gebet zum Himmel zu schicken, dass es seinen Freund nicht allzu schlimm getroffen haben möge.

Der Geruch von Karbolsäure, Blut und Eiter empfing André, als er durch die Schwingtür trat und die langen Reihen an Betten entlangblickte. Alle Patienten trugen gestreifte Pyjamas, einige hatten Kopf oder Arme verbunden, andere lagen einfach nur reglos da. Mühsam überwand André sich, einen Schritt vorwärts zu machen, bevor er erneut innehielt. Die Krankenschwestern waren alle beschäftigt und beachteten ihn nicht. Es hatte schon immer zu Andrés Talenten gehört, sich unsichtbar zu machen.

Im hinteren Bereich des Krankensaals beugte sich eine Schwester über einen der Männer, der den linken Arm in der Schlinge trug, und gab ihm eine Spritze in den rechten Oberarm.

»Ich danke Ihnen, Lady Diana«, sagte der Patient. »Sie sind so geschickt. Es hat überhaupt nicht wehgetan.«

Andrés Herz machte einen Sprung, als er Percys Stimme erkannte. Sein Freund grinste die Schwester auf eine Weise an, die André vertraut war. Ein wenig eifersüchtig betrachtete er die Krankenpflegerin, deren Uniform aus feinstem Stoff gearbeitet war. Sie war eine wunderschöne Frau.

»Sie werden bald wieder auf den Beinen sein, Percy«, prophezeite sie. »Und dann empfangen Sie mich wieder im Ritz.«

Mit einem huldvollen Lächeln wandte die Schwester sich ab und entfernte sich.

Während André näher trat, bemerkte er, wie das fröhliche

Grinsen von Percys Gesicht verschwand und einem Ausdruck der Anspannung Platz machte. Erst jetzt fiel André auf, wie ausgemergelt Percys Züge waren. Eine kränkliche Blässe war anstelle der gesunden Bräune getreten, und um seine blauen Augen lagen dunkle Schatten. André konnte es kaum ertragen, ihn so zu sehen. Die tiefe Liebe, die er für Percy empfand, wallte in seiner Brust auf und erstickte seine Stimme.

Percy hatte ihm den Blick zugewandt und starrte ihn einen Moment an wie eine Erscheinung. Dann entspannten sich seine Züge, und der schmerzvolle Ausdruck wich aus seinen Augen.

»André«, stieß er hervor und erhob sich von der Bettkante, auf der er gesessen hatte.

Überglücklich zog André ihn in die Arme und drückte ihn an sich. Mochten die anderen Patienten gaffen, diesen Moment wollte er sich nicht nehmen lassen.

»Ich bin so froh, dich zu sehen«, raunte André seinem Geliebten ins Ohr.

»Und ich erst«, erwiderte Percy. »Ich dachte wirklich, ich komm da nicht lebend raus.«

André ließ ihn los und zog sich einen Stuhl heran. Die neugierigen Bettnachbarn, die das herzliche Wiedersehen beobachtet hatten, wandten sich wieder anderen Dingen zu.

»Was ist mit deinem Arm?«, fragte André.

»Gebrochen«, antwortete Percy. »Eine Kugel hat ein ziemlich großes Stück Fleisch aus dem Oberarmmuskel gerissen und den Knochen gestreift. Es tut höllisch weh.«

André sah seinem Freund an, dass dieser nicht übertrieb. Und er begriff, dass die Schwester ihm vorhin eine Morphiumspritze gegeben hatte.

»Wer war die Krankenpflegerin?«, erkundigte André sich. »Du hast sie Lady Diana genannt.«

»Das war Lady Diana Manners, die jüngste Tochter des Duke und der Duchess of Rutland«, erklärte Percy. Im Flüsterton fügte er hinzu: »Aber alle Welt weiß, dass der Schriftsteller Harry Cust ihr leiblicher Vater ist.«

»Tatsächlich?«

»Ja.« Percys altes Grinsen kehrte zurück. »Lady Diana arbeitet schon eine Weile als freiwillige Hilfsschwester hier im Hospital, und ich habe das Glück, dass sie für diese Station eingeteilt ist. Wir kennen uns aus dem Ritz, weißt du. Es könnte sein, dass du vor ein paar Tagen noch ein Dessert für sie gezaubert hast, sie speist nämlich regelmäßig im Restaurant. Sie hat auch eine Weile in einem Feldlazarett in Frankreich ausgeholfen.«

Percys Lächeln verschwand so schnell wieder, wie es aufgeflammt war, und das Leuchten in seinen Augen erlosch. Die abrupten Stimmungsschwankungen, die sein Freund offenbarte, bedrückten André.

»War dein Vater schon hier?«, fragte er, um Percy abzulenken.

»Ja, heute Morgen«, antwortete Percy. »Er hat erwähnt, dass du ihn regelmäßig besucht hast. Vielleicht werdet ihr doch noch Freunde.«

Aus dem Augenwinkel nahm André einen Arzt wahr, der durch den Saal eilte. Als er Dr. Grey erkannte, sprang er auf und stellte sich ihm in den Weg.

»Oh, Monsieur Le Blanc«, rief Ned überrascht aus.

»Haben Sie einen Moment Zeit?«, fragte André.

»Nein, eigentlich nicht, aber weil Sie es sind«, gab Ned nach und trat zu Percy, der sich wieder auf die Matratze hatte sinken lassen.

»Wie geht es meiner Schwester?«, erkundigte sich Ned, während er das Patientenblatt auf dem Klemmbrett studierte, das am Bettgestell hing.

»Gut, soweit ich weiß«, antwortete André. »Wie lange haben Sie sich nicht mehr gesehen, Dr. Grey?«

»Zu lange«, erwiderte Ned seufzend. »Sie wissen ja, wie das ist. Zuerst sagt die Stadt, wir brauchen keine Verwundeten aufzunehmen, da es in anderen Hospitälern genug Kapazität gibt, und dann sollen wir auf einmal von einem Tag auf den anderen hundert Betten bereitstellen.« Er presste die Lippen zusammen. »Das war nach der Schlacht bei Mons im August '14. Wir wurden erst darüber informiert, dass wir die Verwundeten selbst vom Bahnhof abholen sollten, als diese schon unterwegs zur Waterloo Station waren. Wir hatten keine Ambulanzwagen zur Verfügung. Zum Glück konnte einer unserer Direktoren, der Miteigner der Bäckerei Lyons, ein Dutzend Brotlieferwagen organisieren, um die Männer zu transportieren. Außerdem mussten wir auf die Schnelle hundert Bettgestelle bei Harrods anfordern.« Ned fiel auf, dass er abschweifte, und er lächelte entschuldigend. »Tut mir leid, aber darüber zu reden, erleichtert die Spannung, unter der wir alle stehen.«

»Es hat mich tief getroffen, vom Tod Ihres Bruders zu hören, Dr. Grey«, bemerkte André. »Ich weiß, dass er Ihrer Schwester viel bedeutet hat.«

»Ja, es war ein Schock für uns«, erwiderte Ned bekümmert. Sein Blick heftete sich erneut auf die Eintragungen in Percys Krankenblatt. »Ihre Wunde heilt gut, Mr Frobisher«, sagte er. »Der Knochenbruch war glatt. Da erwarte ich keine Komplikationen. Sie sollten den Arm insgesamt etwa drei Monate in der Schlinge tragen, auch wenn der Gips ab ist. Leider ist eine Ellbogensehne verletzt worden. Ihr Arm wird aller Wahrscheinlichkeit nach steif bleiben.«

»Heißt das, er muss nicht an die Front zurück?«, fragte André hoffnungsvoll.

»Ja, das heißt es wohl«, bestätigte Ned. »Glückwunsch, Mr Frobisher, Sie haben sich einen ›Heimatschuss‹ eingefangen.«

André strahlte über das ganze Gesicht und wäre Percy am liebsten um den Hals gefallen. Auch sein Freund schien erleichtert. Doch André bemerkte betroffen, dass es Percy schwerfiel, seiner Freude Ausdruck zu verleihen. Der alte Frobisher hatte recht. Percy brauchte sie jetzt beide, seinen Vater und André, um über das Erlebte hinwegzukommen.

42

London, 24. September 1917

Patty verabschiedete sich im Green Park von ihrer Freundin Lily.

»Willst du nicht lieber mit dem Omnibus fahren, so wie ich?«, fragte Lily noch einmal.

»Nein, der Pferdebus braucht eine Ewigkeit bis nach Stockwell«, antwortete Patty. »Ich nehme lieber die Untergrundbahn. Das geht schneller. Auch wenn ich umsteigen muss.«

Die beiden Freundinnen hatten nach ihrem Dienst an den Soldatenbüfetts, die in den Bahnhöfen Londons eingerichtet worden waren, noch einen Spaziergang im Park unternommen. Unter der Leitung von aristokratischen Damen verkösti gten sie abends und an ihren freien Tagen vor allem verwundete Solda ten, die zu Tausenden mit den Lazarettzügen von den Schlacht feldern in Frankreich und Belgien kamen. Obwohl es bedrü ckend war, die Männer zu sehen, die manchmal nur noch ein Schatten ihrer selbst waren, fand Patty eine tiefe Befriedigung darin, sich nützlich zu machen, ohne gleich als Krankenschwes ter oder in einer Munitionsfabrik zu arbeiten. Der Dienst am Büfett hatte dabei zuweilen auch eine heitere Seite. Die adeligen Ladys waren sich nicht zu fein, Männer zu bedienen, die gesell schaftlich weit unter ihnen standen, aber sie hatten eine Weile gebraucht, um sich daran zu gewöhnen, mit »Mein Schatz« oder »Bedienung« angesprochen zu werden. An diesem Abend hatte Patty Lady Pembroke aushelfen müssen, die mit der Bitte eines Cockneys um »zwei Zeppeline und einen Wolkenbruch« nichts hatte anfangen können. Patty hatte sie aufgeklärt, dass es sich dabei um einen neuen Ausdruck der Londoner für »Würstchen mit Kartoffelbrei« handelte, der dem Krieg geschuldet war.

Seit zwei Jahren erduldeten die Einwohner der Hauptstadt nun schon die Angriffe durch deutsche Luftschiffe, die immer wieder die Küste Englands, aber auch London bombardierten. Die Verdunkelung, die von den Behörden streng durchgesetzt wurde, bot einen gewissen Schutz. Man hatte sogar den See im St. James's Park trockengelegt, damit sich das Mondlicht nicht darin spiegelte und den Angreifern den Weg wies. Doch wenn die Zeppeline die Stadt erreichten, nutzten selbst die Suchscheinwerfer und die in den Parks und auf wichtigen Gebäuden aufgestellten Flakgeschütze nicht viel. Auch den Piloten in ihren Flugzeugen gelang es nicht, die trägen walartigen Luftschiffe abzuschießen. Dies hatte sich erst im letzten Oktober geändert, als mehrere Zeppeline durch verstärkten Beschuss vertrieben worden waren und einer von ihnen unter dem Jubel der Zuschauer in einer rot-goldenen Feuerwolke wie ein Komet zu Boden schwebte. Danach waren die Luftschiffe nicht mehr zurückgekehrt. Doch die Atempause währte nur kurz. Seit dem Frühling 1917 lebten die Einwohner Londons erneut in Angst, diesmal vor den Gotha-Bombern, die viele Todesopfer forderten und großen Schaden anrichteten. Aufgrund derer hatte sich George V. genötigt gesehen, den Namen der königlichen Familie von Sachsen-Coburg und Gotha in Windsor zu ändern.

Da die Dämmerung bereits einsetzte, hatte Patty es nun eilig, nach Hause zu kommen. Der leichte Wind ließ die Blätter der

Platanen im Green Park rascheln. Amseln pickten im Gras nach Würmern und ließen sich durch die vorbeieilenden Besucher nicht stören. Obwohl der letzte Bombenangriff drei Wochen zurücklag, hielt sich niemand gerne nach Einbruch der Nacht draußen auf, denn nach dem bisherigen schlechten Wetter schien heute ein sogenannter »Herbstmond«, der alles taghell erleuchtete. Dies war eine Einladung für Flugzeuge, die ein leichtes Ziel suchten. Aber zumindest lief man nicht wie in wolkenverhangenen Nächten Gefahr, sich in der Finsternis, die aufgrund der Verdunkelung herrschte, bei einem Sturz die Beine zu brechen oder überfahren zu werden. Eine Taschenlampe mit sich zu führen war unmöglich. Das hätte sofort Protest hervorgerufen. Inzwischen waren die Menschen so nervös, dass man sich auf der Straße nicht einmal mehr eine Zigarette anzünden konnte, ohne angeblafft zu werden.

Patty näherte sich dem Tor zum Piccadilly. Vor ihr erhob sich die elegante Fassade des Ritz Hotels, in dem Tante Venetia arbeitete. Patty hatte sie dort einmal besucht, und Venetia hatte sie herumgeführt, auch in den Personalbereichen, die den Gästen nicht zugänglich waren. Patty war von der Schönheit des Foyers, der Galerie und des Palm Court überwältigt gewesen. Aber sie hatte auch das Labyrinth in den unteren Stockwerken bewundert, die Speisesäle für das Personal, die Weinkeller, die Maschinenräume, Kohlenkeller und Vorratsspeicher sowie die Küchen. Einer der Köche, der in derselben Pension wohnte wie Venetia, hatte ihr die Herde und Backöfen gezeigt und sie ein paar Scones vorbereiten lassen. Es war ein aufregender Tag gewesen.

Auf dem Weg vor ihr ging eine Dame in einem modischen Mantel aus grünem Wollsamt, der wie ein Militärtrenchcoat geschnitten war. Patty gefiel besonders ihre Kopfbedeckung, eine randlose Toque mit imitierten Reiherfedern, die von winzigen gekräuselten Straußenfedern umgeben waren. Die Hutkrone war mit samtenen Stiefmütterchen eingefasst, der Rand bedeckt mit Seidenspitze auf einem Untergrund aus Taft. Es war ein sehr ausgefallenes Modell.

Als Patty die Dame erreichte, warf sie einen Seitenblick zu ihr hinüber und erkannte in ihr eine Kundin, die sie im Sommer einmal bedient hatte.

»Ich wünsche Ihnen einen schönen Abend, Mylady«, sagte Patty zu der Viscountess Ainsdale.

Diese erschrak. »Oh, kennen wir uns, Madam?« Lady Ainsdale schien verlegen, doch dann ging ihr offenbar ein Licht auf. »Sie sind die Verkäuferin, die mich vor ein paar Monaten so gut beraten hat. Eigentlich wollte ich noch einmal bei Hemmings & Chambers einkaufen, doch wegen dieser unzähligen Komiteeversammlungen komme ich einfach zu nichts mehr.«

Eva wollte sich mit einem freundlichen Lächeln abwenden und weitergehen, als beide Frauen auf einmal erstarrten. Unter das stetige Knattern der Automobile und den Hufschlag der Pferde auf dem Piccadilly hatte sich ein anderes Geräusch gemischt: Donner ... Fast gleichzeitig hoben sie den Blick zum Himmel. Der Mond leuchtete silberhell von einem samtschwarzen Firmament. Es war keine Wolke zu sehen. Da krachte ein weiterer Donnerschlag. In nördlicher Richtung färbte der Horizont sich rot. Die Sonne war jedoch erst kurz zuvor im Westen untergegangen.

Patty und Lady Ainsdale sahen einander besorgt an. »Ein Luftangriff«, flüsterte Eva und erbleichte.

»Wir sollten uns unterstellen, Mylady«, mahnte Patty. »Vielleicht kommen sie in diese Richtung. Man sagt, die Bomber versuchen immer, das Regierungsviertel zu erreichen.«

»Sagt man das?«, fragte Eva beklommen. Sie war so erschrocken, dass sie sich nicht vom Fleck rühren konnte.

»Wir müssen Deckung suchen«, drängte Patty.

Die Viscountess sah sie mit vor Angst geweiteten Augen an und nickte mechanisch. Doch es dauerte einen Moment, bis sie ihre Erstarrung überwand und sich in Bewegung setzte.

»Ich gehe zur U-Bahnstation«, sagte Patty, als sie das Parktor durchquerten.

»Wäre es nicht besser, Sie würden im Ritz Schutz suchen, bis der Luftangriff vorbei ist?«, erwiderte Eva zweifelnd.

»In den Tunneln der U-Bahn ist es sicher ...« Patty hielt mitten im Satz inne. In der Ferne war ein Grollen zu hören. Es stammte von dem Motor eines Gotha-Bombers. Irgendwo auf dem Piccadilly ertönte ein ohrenbetäubendes Krachen, und gleichzeitig leuchtete ein helles Licht zu ihrer Rechten auf. Der Boden vibrierte unter ihren Füßen.

Mein Gott, das war nah, dachte Patty.

Sie hatte den Fuß schon am Rand des Bordsteins, als Lady Ainsdale, die unter der Arkade des Ritz Hotels stand, ihr zurief: »Das schaffen Sie nicht mehr!«

Das Röhren der Flugzeugmotoren war über ihnen. Patty wandte sich um und rannte unter die Arkade, presste sich neben Eva gegen den Granit der Fassade und legte die Arme um den Kopf.

Im nächsten Moment erschütterte ein Beben die Erde, ein Donnern ertönte, und ein Licht wie von einem Blitz blendete sie. Ein Sturmwind brauste an den beiden Frauen vorbei, die entsetzt aufschrien. Reifen quietschten, als Automobile zum Stehen kamen, und ein Klirren und Krachen erschallte, das nicht enden wollte.

Patty und Eva waren an der Fassade auf die Knie gesunken und klammerten sich in ihrer Panik aneinander. Staub lag in der Luft, der zum Husten reizte. Patty tastete in ihrem Beutel, der sich um ihr Handgelenk gewickelt hatte, nach einem Taschentuch, das sie sich vor Mund und Nase hielt. Als sie es wagte, die Augen zu öffnen und sich umzusehen, bemerkte sie, dass der Bürgersteig vor dem Gittertor voller Glasscherben lag. Die Druckwelle der Explosion musste mehrere Fensterscheiben zersprengt haben.

Der Türsteher vor dem Piccadilly-Eingang war herangeeilt, um den Frauen zu Hilfe zu kommen.

»Ladys, sind Sie verletzt?«, fragte er, während er sie auf die Füße zog.

Beide waren kreidebleich und blickten einander erschüttert an.

»Ich glaube nicht«, stammelte Eva. Sie zitterte am ganzen Körper.

»Kommen Sie besser rein, Mylady«, schlug der Türsteher vor. »Falls die verdammten Hunnen zurückkommen.« Er bedachte Patty mit einem mitfühlenden Blick. »Sie auch, Miss. Mir scheint, Sie können beide einen Brandy vertragen.«

Widerstandslos ließen Eva und Patty sich von dem Türsteher, dessen Ruhe und Beherrschtheit ihnen ein Gefühl der Sicherheit gab, ins Hotel geleiten und sanken in zwei Sessel in der Galerie. Ein Kellner aus der Bar stellte auf Kosten des Hauses zwei mit Cognac gefüllte Gläser vor sie hin und fragte, ob sie noch weitere Wünsche hätten. Eva bedankte sich und entließ ihn.

»Ich bin schon froh, wenn ich es schaffe, den Brandy zu trinken, ohne die Hälfte zu verschütten«, bemerkte sie ironisch, während sie mit bebender Hand nach dem Glas griff.

»Das war knapp«, murmelte Patty.

Nun konnte sie nachfühlen, was Tante Venetia während der Bombardierung Scarboroughs durchgemacht hatte.

»Es ist erschreckend, wie nah uns der Krieg mittlerweile ist.

Aber nun wissen wir zumindest, wie es den Soldaten an der Front ergeht«, fügte sie hinzu.

Eva sah sie betroffen und nachdenklich an. »Ja«, erwiderte sie leise und senkte den Blick, während sie an Ainsdale dachte. Seit Beginn der Feindseligkeiten hatte er sich verändert, war ernster, verschlossener geworden. Bei seinem letzten Besuch war er ihr wie ein Fremder erschienen. Nach dem Krieg würde keiner von ihnen mehr derselbe sein.

Am nächsten Morgen musste Patty sich überwinden, das Haus zu verlassen. Auch ihre Mutter ließ sie nur ungern gehen. Nachdem im Januar 1916 die Wehrpflicht eingeführt worden war, da die Verluste an der Front mit Freiwilligen allein nicht ausgeglichen werden konnten, waren auch Pattys drei Brüder eingezogen worden.

Mary Lawson fragte sich bang, wie viele von ihnen wohl heil zurückkehren würden. Als sie hörte, dass sie auch die adoptierte Tochter beinahe durch einen Luftangriff verloren hätte, hätte sie sie am liebsten gar nicht mehr aus den Augen gelassen.

»Hast du Tante Venetia erzählt, was passiert ist?«, hatte Mary Patty gefragt. »Vielleicht kann sie dir eine Stelle im Ritz Hotel besorgen. Das Gebäude soll doch bombensicher sein.«

Patty hatte nur verständnisvoll gelächelt. »Ich glaube nicht, dass es so einfach ist, dort unterzukommen«, belehrte sie ihre Mutter.

»Versuch es trotzdem«, beharrte Mary. »Geh heute noch vorbei und frag sie.«

Patty nahm sich vor, ihr den Gefallen zu tun, auch wenn sie sich nichts davon versprach.

Als sie am Piccadilly Circus aus der U-Bahn kam, fielen ihr die Schaulustigen auf, die sich in den Straßen drängten. Neugierig folgte sie dem Strom und blieb schließlich mit den Gaffern vor dem schwer beschädigten Burlington House stehen. Hier also war die Granate eingeschlagen, die der Gotha-Bomber abgeworfen hatte, kurz bevor er den Green Park überflog. Erschaudernd wandte Patty sich ab und ging zum Piccadilly Circus zurück. Tief in Gedanken versunken, schlängelte sie sich zwischen Passanten hindurch, bog in die Shaftesbury Avenue ein und nahm den gewohnten Weg am Lyons' Corner House vorbei. Plötzlich blieb sie wie vom Blitz getroffen stehen. Von dem Damen- und Herrenausstatter, bei dem sie nun seit drei Jahren arbeitete, war nur ein Trümmerhaufen übrig geblieben. Die Schaufenster waren geborsten und die Schränke und Regale zersplittert. Überall hingen zerfetzte Stoffe von der zerstörten Möblierung herab. Erschüttert trat Patty näher. Im Innern des Ladens stand der Inhaber und blickte sich hilflos um. Neben ihm vergrub die Verkäuferin, die Patty ausgebildet hatte, das Gesicht in den Händen und weinte.

Lily kam aufgeregt herangeeilt, als sie das Unglück sah. »Ach du lieber Himmel«, rief sie aus. »Wann ist das denn passiert?«

»Gestern Abend«, antwortete Patty abwesend. »Ein Luftangriff ... Im Green Park ist auch eine Bombe runtergekommen. Die hätte mich fast erwischt ...«

»Was? Tatsächlich?«, fragte Lily erschrocken.

Der Inhaber hatte sie bemerkt und trat aus dem Trümmerfeld nach draußen auf den Bürgersteig.

»Sie gehen wohl besser nach Hause, meine Damen«, sagte er, den Tränen nahe. »Hier werden Sie eine Weile nicht mehr arbeiten können.«

»Aber was werden Sie denn jetzt machen, Mr Chambers?«, erkundigte sich Lily.

»Wieder aufbauen natürlich«, erwiderte er, nachdem er sich

gestrafft hatte. »Wir lassen uns von ein paar Bomben doch nicht unterkriegen.«

Patty und Lily sahen ihm nach, während er über den Schutt ins Geschäft zurückbalancierte.

»Ich brauche jetzt einen Kaffee«, sagte Lily. »Kommst du mit?«

»Gute Idee«, stimmte Patty zu. Und danach gehe ich ins Ritz und spreche mit Tante Venetia.

»Simmonds, Sie wollen also wirklich gehen?«, fragte Eva enttäuscht.

Die Zofe stand mit entschlossener Miene neben ihrer Reisetasche, die sie am frühen Morgen in aller Eile gepackt hatte.

»Ja, Mylady, ich fahre nach Yorkshire zu meiner Familie zurück«, bekräftigte Simmonds. »Bitte versuchen Sie nicht, mich abzuhalten. Ich habe mich entschieden.«

Eva seufzte hilflos. Simmonds hatte am vergangenen Abend, als ihre Arbeitgeberin ihr von dem knappen Entkommen gleich nebenan im Green Park erzählt hatte, den Entschluss bekanntgegeben, dass sie keinen Tag länger in London bleiben wollte. Die Angst stand ihr ins Gesicht geschrieben, und kein Argument, das Eva vorbrachte, konnte sie umstimmen.

»Aber wie soll ich Sie denn auf die Schnelle ersetzen?«, fragte Eva vorwurfsvoll.

»Das Hotel bietet die Dienste von Kammerfrauen an«, belehrte Simmonds sie.

»Die Ihnen sicherlich nicht das Wasser reichen können«, erwiderte Eva in dem Versuch, ihrer Zofe zu schmeicheln und sie damit zum Bleiben zu bewegen.

»Mag sein«, gab Simmonds zu. »Aber Sie werden bald Ersatz finden, Mylady. Ich hatte sowieso vor, mich in den nächsten Jahren zur Ruhe zu setzen.«

»Aber wie wollen Sie denn zurechtkommen?«, erkundigte sich Eva.

»Ich ziehe zu meiner Schwester. Seit ihr Mann tot ist, lebt sie allein. Ich werde Näharbeiten ausführen, dafür besteht immer Bedarf.« Sie lächelte Eva gezwungen zu. »Leben Sie wohl, Mylady.« Nach dem Frühstück, das Eva im Restaurant einnahm, ging sie die Galerie des Ritz entlang in Richtung Foyer. Der Empfangschef würde ihr eine neue Zofe besorgen können. Sie wollte gleich mit ihm sprechen und ihm den Auftrag dazu geben.

Als Eva das Vestibül erreichte, bemerkte sie neben den Fahrstühlen zwei Frauen, die sich miteinander unterhielten. Die ältere war die Sekretärin des Hoteldirektors und die jüngere die Verkäuferin, mit der Eva am vergangenen Abend den Luftangriff durchlebt hatte.

»Guten Morgen, Miss Grey«, grüßte Eva die Sekretärin und dann das Mädchen. »Miss Lawson. Ich hoffe, Sie sind gestern unbeschadet nach Hause gekommen.«

Eva bemerkte, dass Miss Grey erbleicht war. Hatte sie sich Sorgen um die junge Frau gemacht? Anscheinend kannten die beiden sich gut.

»Ja, Mylady, zum Glück war der Spuk vorbei, als ich zur U-Bahn ging«, antwortete Miss Lawson bereitwillig. »Aber für heute Abend sind erneut klarer Himmel und Mondschein angekündigt. Da gibt es bestimmt weitere Luftangriffe.«

»Dann sollten Sie nicht wieder so spät unterwegs sein«, riet Eva ihr. »Ich werde in den nächsten Tagen bei Hemmings & Chambers vorbeischauen. Ich brauche noch ein Kostüm für den Winter.«

Das Gesicht des Mädchens nahm einen traurigen Ausdruck an. »Das Geschäft ist gestern leider von einer Granate zerstört worden, Mylady.« Pattys Augen schimmerten feucht.

»O mein Gott, das ist ja schrecklich«, entfuhr es Eva. »Ich hörte, dass das Burlington House beschädigt wurde und in der Southampton Row vor dem Bedford Hotel dreizehn Menschen starben. Aber dass es auch Hemmings & Chambers getroffen hat, wusste ich nicht. Was werden Sie denn jetzt machen, Miss Lawson?«

»Ich werde versuchen, etwas anderes zu finden, Mylady«, erklärte Patty. »Deshalb bin ich hier.«

Eva kam auf einmal ein Gedanke. »Das trifft sich ja gut«, sagte sie strahlend. »Meine Zofe hat mich heute Morgen sang- und klanglos verlassen und ist nach Yorkshire zurückgefahren. Ich bin einfach hilflos ohne sie. Und Sie haben doch ein so gutes Händchen mit Kleidern, Miss Lawson. Verstehen Sie vielleicht auch etwas vom Frisieren?«

»Leider nein«, gab Patty zu. »Aber ich lerne schnell.«

»Dann sollten wir es miteinander versuchen«, schlug Eva erleichtert vor.

Ihr fiel auf, dass Miss Grey sie entsetzt ansah. »Das geht nicht ...«, stammelte die Sekretärin.

»Haben Sie schon eine andere Stelle für die junge Dame in Aussicht?«, erkundigte Eva sich mit einem Anflug von Enttäuschung.

»Nein, aber ...« Miss Grey rang nach Worten.

»Tante Venetia, bitte«, mischte Miss Lawson sich nun ein.

»Oh, Sie sind miteinander verwandt?«, bemerkte Eva überrascht.

»Nein, Mylady, nicht direkt«, stellte Patty richtig. »Miss Grey ist meine Patentante.«

»Nun, in dem Fall haben Sie natürlich das letzte Wort«, erwiderte Eva. »Aber Sie sollten bedenken, dass es für Miss Lawson sicherer wäre, wenn sie hier im Ritz wohnen würde. Nicht auszudenken, wenn sie sich gerade in dem Geschäft aufgehalten hätte, als die Bombe fiel.«

Miss Grey wurde noch bleicher und brachte kein Wort heraus.

Patty nutzte Venetias Schweigen.

»Ich würde es gerne als Zofe versuchen, Mylady, wenn es Ihnen recht ist.«

»Gut, packen Sie ein paar Sachen, die Sie benötigen, und kommen Sie um vier Uhr in meine Suite«, sagte Eva erfreut und ging zur Rezeption.

»Miss Grey, Sie hören mir ja gar nicht zu«, beschwerte sich Monsieur Dreyfus, als seine Sekretärin die Frage nicht beantwortete, die er ihr gestellt hatte.

»Verzeihung, Monsieur«, entgegnete Venetia verlegen. »Ich habe nur gerade an den gestrigen Luftangriff gedacht.«

»Hm, kann ich verstehen«, sagte Dreyfus versöhnlich. »Haben Sie den Krater im Green Park gesehen? Ein paar Meter weiter, und das Hotel wäre getroffen worden. Im Wimborne House nebenan sind fast alle Scheiben zu Bruch gegangen.«

»Ja, ich habe das Loch besichtigt«, bestätigte Venetia.

Um ein Haar hätte die Granate ihre Tochter getötet. Welch grauenhafte Vorstellung! Jedes Mal, wenn sie darüber nachdachte, wurde ihr heiß und kalt. Eigentlich hätte sie Lady Ainsdale für das Angebot, Patty als Zofe einzustellen, dankbar sein müssen. Denn im Ritz war das Mädchen geschützter als an jedem anderen Ort in London. Wenn Patience nicht die uneheliche Tochter von Lord Ainsdale wäre ...

Venetia hatte mit dem Gedanken gespielt, Patty zu verbieten, die Stelle anzunehmen. Doch da sie keine logische Erklärung dafür anführen könnte, hätte das Mädchen keinen Grund, ihr zu gehorchen. Das Erlebnis am vergangenen Abend hatte Patty

Angst gemacht, und es war verständlich, dass ihr Lady Ainsdales Angebot wie gerufen kam.

Vielleicht machte Venetia sich aber auch zu viele Sorgen. Wenn Bertie Heimaturlaub hatte, würde er der neuen Zofe seiner Frau sicherlich nur wenig Beachtung schenken. Und mit ein bisschen Glück hatte Monsieur Schmid bis dahin eine andere Kammerfrau für die Viscountess gefunden. Sie würde ihn noch an diesem Nachmittag darauf ansprechen.

Patty fiel ihrer Mutter um den Hals und drückte sie an sich. »Mir ist gar nicht wohl dabei, dich hier allein zu lassen«, sagte sie.

Marys Mann Henry war vor ein paar Jahren gestorben, und Pattys drei Brüder befanden sich im Trainingscamp oder an der Front.

»Ich komme schon zurecht, mein Liebes«, entgegnete Mary abwehrend. »Hauptsache, du bist in Sicherheit. Im Ritz gibt es sicher auch genug zu essen und Kohle zum Heizen.«

Seit dem letzten Winter bekamen die Londoner vermehrt die Auswirkungen des Krieges zu spüren. Kohle war knapp, sie wurde zur Herstellung von Munition und der neuartigen Panzer gebraucht. Selbst die Reichen hatten bei Tiefsttemperaturen von minus zehn Grad Celsius gefroren, denn Heizkohle war nicht einmal mehr mit Gold aufzuwiegen. Tante Venetia hatte Patty erzählt, Cynthia Asquith, die Schwiegertochter des ehemaligen Premierministers, habe sich darüber beklagt, dass sie im Pelzmantel hatte frühstücken müssen. Das neu eingesetzte Kohleregulierungsamt hatte verfügt, dass die Großhändler die armen Leute vor den Wohlhabenden mit Kohle versorgen sollten. Dadurch versuchte die Regierung, Aufständen entgegenzuwirken. Zudem hatten die Angriffe deutscher Unterseeboote auf Frachtschiffe zu einer Nahrungsmittelknappheit geführt. Zum ersten

Mal mussten die Menschen, ganz gleich, ob arm oder reich, auf Weißbrot verzichten, das aus den Bäckereien verschwand, und sich stattdessen an Graubrot, sogenanntes »Kriegsbrot«, gewöhnen, das zudem doppelt so teuer war. Aber auch Kartoffeln waren immer schwerer zu bekommen. Eines Morgens war Patty Zeuge geworden, wie eine Menschenmenge einen Lieferwagen mit Kartoffeln plünderte. Mit den kostbaren Erdäpfeln in der Hand hatten die Leute auf den Straßen getanzt und Lieder aus dem Varieté gesungen. Im Laufe der Monate waren weitere Lebensmittel rationiert worden, und vor den Geschäften begannen sich Schlangen zu bilden. An den Hauswänden prangten Plakate mit Aufschriften wie »Esst weniger Brot, und der Sieg ist uns sicher«. Die Gewerkschaften riefen zu Streiks auf. Die Regierung fürchtete eine Eskalation wie in Russland, die zur Abdankung des Zaren geführt hatte. Da kam der Kriegseintritt der USA gerade recht, um die Stimmung zu heben. Mit einer amerikanischen Flagge an der Kostümjacke hatten Patty und Lily sich den Aufmarsch der neu eingetroffenen Truppen am Buckingham-Palast vorbei zur Waterloo Station angesehen.

»Ich werde dich regelmäßig besuchen«, versprach Patty.

»Pass nur gut auf dich auf«, ermahnte Mary sie.

»Ich komme schon zurecht.« Patty verstand die Erleichterung ihrer Mutter, die nun nur noch für sich selbst sorgen musste. Doch sie nahm sich vor, ihr regelmäßig etwas aus der Kantine des Ritz Hotels mitzubringen.

Von Stockwell nahm Patty die Untergrundbahn zur Station Elephant & Castle. Dort stieg sie in die Bakerloo Line um und am Piccadilly Circus in die Piccadilly Line, mit der sie bis zur Dover Street Station fuhr. Dann brauchte sie nur noch die Straße zu überqueren und in die Arlington Street einzubiegen. Vor dem Personaleingang des Ritz blieb Patty ehrfurchtsvoll stehen. Sie war nervös. Auch wenn sie als Verkäuferin bereits Erfahrung im Umgang mit adeligen Damen gesammelt hatte und in etwa wusste, wie man mit ihnen sprach, hatte sie doch Angst davor, etwas falsch zu machen. Was würde Lady Ainsdale wohl sagen, wenn sie wüsste, aus welch ärmlichen Verhältnissen ihre neue Zofe stammte? Zum Glück war Patty dank Venetias beharrlicher Ermunterung belesen und sprach anständiges Englisch, auch wenn sie die Cockney-Mundart beherrschte.

Patty fasste sich ein Herz und betrat das Ritz Hotel. Sie wollte zuerst Venetia begrüßen und klopfte an die Tür zu deren Büro.

»Herein«, rief Venetia. »Ah, du bist es.« Sie erhob sich vom Stuhl und umrundete ihren Schreibtisch. »Bist du wirklich sicher, dass du das Leben eines Dienstboten führen willst?«, fragte Venetia, während sie das Mädchen streng ansah.

»Es wäre doch nur vorübergehend«, erwiderte Patty. »Besser, als arbeitslos zu sein. Und ich wäre in deiner Nähe, sodass du ein Auge auf mich haben und meiner Mutter versichern könntest, dass es mir gut geht.«

Das konnte Venetia nicht leugnen. »Dann komm, ich bringe dich zu Lady Ainsdales Suite.«

Nachdem Venetia den Empfangschef informiert hatte, dass sie kurz das Büro verlassen würde – Monsieur Dreyfus war unterwegs –, fuhren sie in einem der Personalaufzüge in den zweiten Stock. Eva öffnete ihnen selbst die Tür und schien erleichtert, sie zu sehen.

»Gut, dass Sie da sind, meine Liebe. Ich weiß nicht, wie ich länger ohne Hilfe hätte zurechtkommen sollen.«

Lady Ainsdale bat Patty herein, und Venetia verabschiedete sich. Im Salon der Suite ließ Eva sich in einen Sessel sinken, bot dem Mädchen jedoch keinen Sitzplatz an.

»Ihr Zimmer ist auf derselben Etage«, erklärte Eva. »Hier ist der Schlüssel. Ich zahle Ihnen zweiundzwanzig Pfund im Jahr. Sind Sie damit einverstanden?«

»Ja, Mylady«, antwortete Patty. Die Summe überstieg das Gehalt, das sie als Verkäuferin verdient hatte.

»Gut. Die Marken für die Krankenversicherung müssen Sie selbst kleben. Damit kenne ich mich nicht aus.«

Vor sechs Jahren hatte David Lloyd George, damals Finanzminister, das Krankenversicherungsgesetz durchgeboxt, das Arbeitgeber und Arbeitnehmer verpflichtete, jeweils drei Pence die Woche einzuzahlen, damit der Angestellte das Recht erwarb, im Krankheitsfall sechsundzwanzig Wochen lang eine Unterstützung von sieben Shillings und sechs Pence zu erhalten. Zum Nachweis mussten Marken gesammelt und auf Karten geklebt werden. Aber das war Patty von ihrer früheren Stelle her vertraut.

»Lassen Sie sich bei Swan & Edgar eine Uniform anfertigen«, fuhr Lady Ainsdale fort. »Bis dahin müssen Sie eines von Simmonds' Kleidern tragen. Allerdings wird es Ihnen zu weit und zu kurz sein. Simmonds war kleiner als Sie, Lawson.«

»Ich bin sicher, ich werde das Kleid zufriedenstellend ändern können«, versicherte Patty.

»Vorzüglich! Ich habe Lady Wilton gebeten, mir ihre Kammerfrau zu schicken, die Ihnen alles Notwendige zeigen wird«, sagte Eva. »Sie kann Ihnen auch beibringen, wie ich mein Haar frisiert haben möchte. Ah, da ist sie schon«, unterbrach sie sich, als es an der Tür klopfte.

Lady Wiltons Zofe trat mit säuerlicher Miene ein. Anscheinend betrachtete sie es als Zumutung, einen Neuling in ihre heilige Kunst einweihen zu müssen. Patty lächelte der Frau mittleren Alters unsicher zu.

»Saunders, bitte erklären Sie Lawson, was sie zu tun hat«, wies

Eva die Zofe an. »Und dann frisieren Sie mich. Ich werde um acht Uhr im Restaurant essen.«

Saunders begleitete Patty in ihr Zimmer, das nach hinten hinausging. Die Wände waren in Wedgwoodgrün gestrichen, was den Raum hell und freundlich erscheinen ließ. Es gab kein angeschlossenes Badezimmer wie bei den Gästesuiten, aber einen Kamin. Das Zimmer war mit einem auf Hochglanz polierten Bettgestell aus Messing, einem Tisch, einem Stuhl und einem Kleiderschrank möbliert. Die Bettwäsche war aus schneeweißem Leinen. Eine Lampe mit einer elektrischen Glühbirne hing von der Decke, ein Luxus, von dem die Lawsons nur träumen konnten.

Noch während Patty sich staunend umsah, begann Lady Wiltons Zofe einen langatmigen Monolog über Regeln und Aufgaben eines Dienstboten der hohen Gesellschaft, dem Patty nur mit halbem Ohr zuhörte, obwohl sie versuchte, sich auf Saunders Worte zu konzentrieren.

»... Achten Sie darauf, sich still zu verhalten. Man soll Sie weder hören noch sehen, es sei denn, Ihre Ladyschaft richtet das Wort an Sie. Lärm zu machen, zu singen oder zu pfeifen, zeugen von einer schlechten Kinderstube. Sprechen Sie Mylady nicht von sich aus an, es sei denn, Sie müssen eine Nachricht übermitteln oder eine unumgängliche Frage stellen. Falls Ihnen in der Suite oder sonst irgendwo im Hotel eine Dame oder ein Herr begegnet, treten Sie umgehend an die Seite und machen Sie den Weg frei. Falls man Sie anspricht, und sei es, um Sie zurechtzuweisen, antworten Sie stets mit ›Ja, Mylady‹ oder ›Es tut mir sehr leid, Mylady‹. Sprechen Sie Lady Ainsdale immer mit ›Mylady‹ an, nicht mit ›Ma'am‹. Wenn Sie Lady Ainsdale einen Brief oder ein Telegramm überbringen, legen Sie es auf ein Tablett. Sollte man Sie auffordern, es zu überreichen, geben Sie es dem Empfänger nicht in die Hand, sondern legen Sie es auf den Tisch, der ihm oder ihr am nächsten steht. Wenn Sie Zeuge eines Gesprächs werden, lassen Sie niemals erkennen, dass Sie zugehört haben. Lachen Sie nicht über unterhaltsame Geschichten, und mischen Sie sich nicht in ein Gespräch ein, das in Ihrer Gegenwart geführt wird ...«

In diesem Ton ging es noch eine Weile weiter, bis Patty eine Atempause der Kammerfrau nutzte, um zu bemerken: »Das leuchtet mir alles ein, Miss Saunders. Ich weiß auch, dass ich mich um die Kleider Ihrer Ladyschaft kümmern soll, und fühle mich in der Lage, unsichtbare Ausbesserungen zu machen. Wovon ich nichts verstehe, ist das Frisieren.«

Saunders blickte Patty missbilligend an. »Nun gut, wie Sie wollen«, sagte die Zofe. »Aber jammern Sie später nicht, weil Sie nicht wissen, wie Sie sich in Gegenwart Ihrer Ladyschaft zu benehmen haben.«

Zusammen kehrten sie in die Suite der Viscountess zurück.

»Haben Sie ihr alles erklärt, Saunders?«, fragte Eva.

»Ja, Mylady.«

»Gut, dann zeigen Sie ihr jetzt, wie ich mein Haar frisiert haben möchte.«

Diesmal passte Patty genau auf und wagte es auch ein paarmal, eine Frage zu stellen, wenn ihr ein Handgriff entgangen war. Eva offenbarte keinerlei Ungeduld, während Saunders den ein oder anderen Kniff wiederholte. Ohne ihren Mann, der sie zur Eile antrieb, genoss sie die Aufmerksamkeit der Zofe und vergaß darüber die Zeit.

Als die Frisur perfekt saß, verkündete Saunders, dass sie nun zu ihrer Herrin zurückkehren müsse, und verabschiedete sich. Patty fühlte sich völlig überrumpelt. Zuerst war ihr nicht klar, was Lady Ainsdale von ihr erwartete, doch dann begriff das Mädchen, dass sie ihr nicht nur die Kleidungsstücke zurechtlegen, sondern sie anziehen sollte wie eine Puppe. Es war schon drollig, dass eine erwachsene Frau nicht einmal in der Lage war, sich allein ihre Strümpfe überzustreifen. Mithilfe ihres gesunden Menschenverstands gelang es Patty, sich mit Hemden, Korsett und Unterröcken zurechtzufinden, obwohl der Umgang mit Damenwäsche nicht zu ihren Aufgaben bei Hemmings & Chambers gehört hatte und sie selbst weniger Lagen Dessous trug als Lady Ainsdale. Als Eva schließlich fertig angekleidet war, betrachtete sie sich im Spiegel und nickte zufrieden.

»Das ist ausreichend«, sagte sie.»Ich werde im Restaurant dinieren und brauche Sie erst heute Abend so gegen elf Uhr wieder, Lawson. Sie können hinuntergehen und Ihr Abendessen einnehmen.«

»Sehr wohl, Mylady«, erwiderte Patty und zog sich zurück.

In ihrem Zimmer hatte sie sich eine von Simmonds' dagelassenen Uniformen aus schwarzer Seide zurechtgelegt, die sie ändern wollte. Das Kleid war einfach geschnitten, hochgeschlossen und ohne jeglichen Schmuck, aber die Seide war von guter Qualität. In ihrer Reisetasche hatte Patty nicht nur Kleidung zum Wechseln, Toilettenartikel und ein Buch zum Lesen mitgebracht, sondern auch ein gut bestücktes Nähkästchen.

Da Patty Hunger verspürte, wollte sie jedoch zuerst etwas essen. Tante Venetia hatte ihr bei ihrem kürzlichen gemeinsamen Rundgang im Untergeschoss die Personalkantinen gezeigt, sodass Patty den Weg kannte. Als sie auf den Korridor hinaustrat, ließ sie sich von dem farbenfrohen fraisefarbenen Teppich, der in Fächer unterteilten Wandvertäfelung, den vereinzelt aufgestellten antiken Möbelstücken und den Stichen an den Wänden ablenken. Man fühlte sich wie an einen anderen Ort versetzt, an dem die Zeit keine Rolle spielte, an dem Gegenwart und Vergangenheit nahtlos miteinander verschmolzen. Ohne dass es fehl am Platz wirkte, stand ein mit Bronze beschlagenes Beistelltischchen aus dem achtzehnten Jahrhundert unter den verschiedenfarbigen Leuchtbirnen, mit denen die Gäste Zimmermädchen oder Kellner herbeirufen konnten. Während Patty den Gang entlangging, der zur Treppe auf der Green-Park-Seite des Hotels führte, begegnete ihr einer der Etagenkellner, der einen Wagen mit einem bestellten Dinner vor sich herschob, dann ein Kammerdiener, der einen Frack in sein Arbeitszimmer trug. Ein Mädchen in schwarzem Kleid mit rüschenbesetzter weißer Schürze, weißem Kragen und Spitzenhäubchen deckte in einer Suite das Bett auf und stellte Hauspantoffeln auf einem auf dem Teppich ausgebreiteten Leintuch bereit. Im Treppenschacht liefen weitere Hotelangestellte, die es offenbar eilig hatten und nicht auf den Personalaufzug warten wollten, auf und ab.

Im Untergeschoss betrat Patty mit klopfendem Herzen die Kantine. Neugierige Blicke richteten sich auf sie. Ein Hotelpage grinste sie frech an und erhielt sogleich eine Rüge vom Personalkoch, der gerade nach dem Rechten sah, bevor er sich wieder seinen Töpfen zuwandte. Ein hochgewachsener Mann in der Uniform eines Zimmerkellners begrüßte Patty auf Spanisch und fuhr dann auf Englisch fort: »Ah, ein neues Gesicht, eine englische Rose. Willkommen im schönsten Hotel Londons, ach, was sage ich, der ganzen Welt. Wie heißen Sie, junge Dame?«

»Patience Lawson«, erwiderte Patty verlegen. »Ich bin seit heute Zofe bei Lady Ainsdale.«

»Oh, hat Miss Simmonds nun doch ihre Drohung wahr gemacht und ist aufs Land zurückgefahren? Nun ja, sie war nie glücklich hier in London. Mein Name ist Diego Rodriguez«, stellte der Kellner sich vor. »Falls Sie Fragen haben oder Hilfe brauchen, wenden Sie sich an mich, Señorita.«

»Danke, Mr Rodriguez«, antwortete Patty erfreut.

»Nennen Sie mich doch Diego, Liebes.«

»Mit Vergnügen, und noch mal vielen Dank.«

Patty erwartete, dass der Koch, der mit Argusaugen über den Anstand in seinem Reich wachte, den Kellner für seine Vertraulichkeit zur Ordnung rufen würde, doch obwohl er den Wortwechsel bemerkt hatte, ließ er Diego gewähren. Es schien Patty, als sei der Koch sich sicher, dass ihrer Unversehrtheit von dem Spanier keine Gefahr drohte.

Patty setzte sich auf einen freien Platz an einen der Tische. Auf ihre Frage hin erklärte ihr die Zofe zu ihrer Rechten, dass sie sich aussuchen konnten, wonach ihnen der Sinn stand. Obwohl es ein fleischfreier Tag war, konnte das Angebot sich sehen lassen. Bei einer der Kellnerinnen bestellte Patty Kartoffelgratin mit grünen Erbsen sowie ein Stück Karottenkuchen. Mit ihrer neuen Bekannten, die sich als Frances Abbott vorstellte, kam Patty schnell ins Gespräch. Frances nannte Patty die Namen der anwesenden Kammerdiener, Zofen und Chauffeure, die in den für das Dienstpersonal vorgesehenen Zimmern im hinteren Bereich des Hotels untergebracht waren. An einem Tisch nebenan saßen Sekretäre und Diener der zurzeit im Ritz abgestiegenen diplomatischen Korps, die streng unter sich blieben, wie Frances betonte.

»Sie halten sich für Geheimnisträger, weil sie ihre Chefs zu Besprechungen mit Regierungsmitgliedern begleiten«, bemerkte ein Kammerdiener pikiert. »Das macht sie unerträglich arrogant.«

»Aber das wird bald ein Ende haben«, prophezeite Frances. »Weil diese Leute ihr Recht missbrauchen, sich an Gerichten zubereiten zu lassen, was ihnen beliebt, hat die Direktion eine Verwarnung vom Kriegsernährungsamt erhalten und muss Strafe zahlen. Nun hat die Hotelleitung jemanden beauftragt, hier unten für Ordnung zu sorgen, um zu verhindern, dass das noch mal passiert. Der Bursche, ein Grieche, ist gewitzt und lässt sich kein X für ein U vormachen. Er hat sich die Diener der Diplomaten einzeln vorgenommen und ihnen ins Gewissen geredet. Darüber hinaus habe ich gehört, dass er einen Speiseplan für die Personalkantine aufgestellt hat. Mal sehen, was das bringt.«

Patty amüsierte das Gespräch mit dem Dienstpersonal. Obwohl die erfahreneren unter den Kammerherren und Zofen ein wenig auf sie herabsahen, hatte Patty nicht das Gefühl, dass sie ihr die Stelle bei Lady Ainsdale missgönnten. Das lag aber vielleicht auch daran, dass sie in Gesellschaft von anderen Berufsgruppen das Verlangen verspürten, sich von Kellnern, Portiers, Zimmermädchen und Büroangestellten abzugrenzen und zusammenzuhalten.

43

London, November 1917

Ein Schrei riss Venetia aus dem Schlaf. Sie war sofort hellwach und lauschte. Im Zimmer war es finster. Es musste also mitten in der Nacht sein. Mit klopfendem Herzen schlug Venetia die Decke zurück, schlüpfte in ihre Hausschuhe und tastete auf dem Nachttisch nach Streichhölzern. Nachdem sie eines der Schwefelhölzchen angerissen hatte, entzündete sie die bereitstehende Kerze und wartete, bis die Flamme von einem kleinen Lichtpunkt zu einer hellen Leuchtquelle anwuchs. Das alte Haus hatte Gaslicht im Erdgeschoss, doch in den oberen Stockwerken musste man sich mit Talgkerzen oder Paraffinlampen behelfen.

Irgendwo im Haus hob ein unheimliches Stöhnen an, das in ein Heulen überging. Venetia spürte, wie sich jedes Härchen an ihrem Körper aufstellte. Sie saß wie erstarrt da. Doch dann riss sie sich zusammen. Das Schreien stammte nicht von einem Geist, sondern von einem Menschen, und Venetia erriet, wer es ausgestoßen hatte.

Nachdem Percys Knochenbruch verheilt war, hatte er den Armeearzt seines Regiments aufsuchen müssen, um seine Wehrtauglichkeit prüfen zu lassen. Und obwohl sein linker Arm nicht völlig steif geblieben war und die Armee ihn hinter den Linien bei körperlich weniger anstrengenden Arbeiten hätte einsetzen können, hatte der Arzt Percy ausgemustert. Venetia hatte den Verdacht, dass der junge Mann an einem sogenannten »Grabenkoller« litt, der bei vielen Soldaten nach dem Einsatz an der Front in mehr oder minder schwerer Ausprägung auftrat. Laute Geräusche und übermäßiger Trubel weckten in ihnen Erinnerungen an den Granatenbeschuss im Schützengraben und konnten Angstzustände auslösen. Venetia hatte dies nach der Bombardierung Scarboroughs am eigenen Leib erfahren, aber inzwischen war sie darüber hinweg. Allerdings hatte sie auch nur etwa eine halbe Stunde Beschuss ertragen müssen. Percy hatte dagegen über ein Jahr an der Front verbracht.

Mit der Hand schützte Venetia die Kerzenflamme vor Zugluft, während sie ihr Zimmer verließ und den mit Sand gefüllten Eimern auswich, die für den Fall eines Luftangriffs zum Feuerlöschen auf jedem Treppenabsatz standen. Rasch eilte sie die Stufen ins Erdgeschoss hinunter. Ihr Verdacht bestätigte sich. Das gequälte Stöhnen kam aus Andrés Zimmer. Es ging Venetia durch Mark und Bein. Vernehmlich pochte sie an die Tür.

»Percy, ist alles in Ordnung?«, rief sie und klopfte erneut.

Das unmenschliche Heulen hörte nicht auf. Ohne nachzudenken, drehte Venetia den Knauf, öffnete die Tür und trat ein. In einem der Betten warf Percy sich in einem Albtraum gefangen hin und her. André lag neben ihm unter der Decke und versuchte, ihn zu beruhigen. Venetia registrierte, dass das zweite Bett unbenutzt war. Und da wurde ihr plötzlich klar, dass die beiden Männer nicht nur Freunde waren, sondern ein Paar.

André fixierte sie mit flehendem Blick. »Gehen Sie raus, Venetia. Bitte!«, rief er auf Französisch.

Einen Moment lang war sie vor Überraschung wie gelähmt. Doch als Stimmen und Schritte in ihrem Rücken erklangen, huschte sie aus dem Zimmer und schloss die Tür.

»Was ist los?«, fragte Mrs Burton, die im Morgenmantel und mit Lockenwicklern im Haar die Treppe herunterkam. »Hat Mr Frobisher wieder Albträume? Er heult ja wie ein Wolf.«

»Ja, Mrs Burton, Sie hätten sich nicht herbemühen müssen«, erwiderte Venetia. Erst als sie hörte, dass von innen der Schlüssel im Schloss gedreht wurde, trat sie von der Tür zurück. »Ich werde dem armen Jungen einen Kräutertee zubereiten. Das wird ihn beruhigen«, erklärte sie.

»Tun Sie das, Miss Grey«, antwortete Mrs Burton. »Es ist schon schlimm, was der Krieg aus den Menschen macht. Der Mann meiner Schwester hat auch zerrüttete Nerven. Dann gehe ich jetzt wieder ins Bett. Zum Glück schlafen die anderen Mieter wie die Toten.«

Nachdem sie gegangen war, begab Venetia sich in die Küche und brühte einen Tee aus Melisse, Hopfen und Lavendel auf. Ihre Gedanken kreisten um das, was sie gesehen hatte. Nun wurde ihr vieles klar. Die enge Freundschaft der beiden Burschen, Joe Frobishers ablehnende Haltung André gegenüber, die Eifersucht des Franzosen auf Billy – all das ergab plötzlich einen Sinn. Im ersten Moment war Venetia schockiert, als sie sich bewusst wurde, dass Percy und André miteinander schliefen. Immerhin waren homosexuelle Handlungen zwischen Männern in England eine Straftat. Dann wiederum lebte sie nicht so behütet, dass sie nicht von den Vorgängen in den Internaten der Reichen und Adeligen gehört hätte. Niemand verdammte die jungen Studenten aus gutem Hause dafür.

Die Erkenntnis, dass Percy und André einander liebten, verdrängte Venetias anfängliche Bestürzung. Wie schwer es für die

Burschen sein musste, ihr Glück zu leben, wenn jederzeit ein Außenstehender sie denunzieren und ins Gefängnis bringen konnte. Venetia musste ihnen unbedingt versichern, dass sie von ihr nichts dergleichen zu befürchten hatten.

Mit dem Kräutertee kehrte sie zu Andrés Zimmertür zurück und klopfte leise.

»Ich bin es, Venetia«, sagte sie. »Ich bringe einen Beruhigungstee für Percy. Bitte machen Sie auf, André.«

Es dauerte eine Weile, bis sich der Schlüssel im Schloss drehte und der Franzose die Tür öffnete.

»Kommen Sie herein«, bat er ergeben.

Percy saß auf der Bettkante und blickte sie nervös an. Er sah schlecht aus. Der gestörte Schlaf schlug sich in seiner erschöpften Miene nieder, der Blässe seiner Haut, dem Zittern seiner Hände. Venetia reichte ihm den Tee. Er wärmte sich die Finger an der Tasse, ließ das Getränk aber unberührt.

»Eigentlich hätte ich es schon vor langer Zeit bemerken müssen«, sagte sie, weil ihr nichts Besseres einfiel.

»Es tut mir leid, dass Sie es erfahren mussten«, erwiderte Percy bedrückt. »Sicherlich sind Sie jetzt angewidert.«

Venetia lächelte ihm beschwichtigend zu. »Nein, Percy, ganz sicher nicht. Im Gegenteil. Nun verstehe ich, was ihr beide wirklich füreinander bedeutet. Und es ist einfach schön, zu wissen, dass es so etwas in unserer brutalen Welt gibt.« Sie legte Percy die Hand auf die Schulter, um ihren Worten Nachdruck zu verleihen. »Sie beide waren mir immer gute Freunde, die ich nicht missen möchte. Ich hoffe sehr, ihr nehmt es mir nicht übel, dass ich eben so einfach hereingeplatzt bin. Und ihr braucht euch keine Sorgen zu machen. Ich werde mit niemandem je über das sprechen, was ich gesehen habe.« Da sie noch immer Verunsicherung und Furcht im Blick der beiden Männer las, fügte sie hinzu: »Ihr seid nicht die Einzigen, die ein Geheimnis mit sich herumtragen. Ich habe ein uneheliches Kind ...«

Sie wurde sich ihrer Worte erst bewusst, als sie sie bereits ausgesprochen hatte. Verlegen blickte sie zu Boden und verließ unter Andrés und Percys ungläubigen Blicken das Zimmer.

»Glaubst du, das meinte sie ernst?«, fragte Percy, nachdem er sein Erstaunen überwunden hatte.

»Warum sollte sie so etwas erfinden?«, erwiderte André.

»Da hast du auch wieder recht«, gab Percy zu. »Und sie sah auch ein wenig erschrocken aus, als seien ihr die Worte ungewollt herausgerutscht. Sie ist schon ein toller Kerl. Sie wird uns nicht verraten, und wir sollten schnellstens vergessen, was sie gesagt hat. Es geht uns nichts an.«

André setzte sich zu ihm aufs Bett. »Wir müssen uns trotzdem nach einer anderen Unterkunft umsehen.«

Während Percy an der Front gewesen war, hatte sein Vater die gemeinsame Wohnung aufgegeben und war in eine Pension in der Nähe des West End gezogen. Dort zwischen Schaustellern und Varieté-Künstlern fühlte er sich wohl. Percy war daher nach der Entlassung aus dem Krankenhaus vorläufig in Andrés Zimmer bei Mrs Burton untergekommen.

»Willst du das denn wirklich?«, fragte Percy zögernd.

Verwundert runzelte André die Stirn. »Was meinst du damit?«

»Sieh mich doch an«, antwortete Percy seufzend. »Ich bin ein Wrack. Du hast keine ruhige Nacht mehr mit mir. Und mit meinem Arm ...«

»Was ist mit deinem Arm? Der Ellbogen ist ein wenig steif, und ich vermute, dass du Schmerzen hast, aber ich habe dir prophezeit, dass es besser wird, wenn du ihn bewegst. So haben wir das zu Hause auf dem Land gemacht. Du musst es nur wollen.«

André wusste, dass Percy seine Albträume und Angstanfälle als beschämend empfand. Doch dass er deswegen nun auch an Andrés Liebe zu zweifeln begann, bekümmerte den Franzosen. André packte seinen Freund an den Schultern und zwang ihn, ihm das Gesicht zuzuwenden. »Glaubst du, ich lasse dich wegen ein paar Schwierigkeiten gleich fallen? Du bist in einem Stück. Und auch die Albträume werden irgendwann vergehen. Wir stehen das gemeinsam durch, hörst du?«

Percy ließ sich von ihm in die Arme nehmen und wiegen wie ein Kind. »Ach, ich liebe dich, du dummer kleiner Frosch«, murmelte er.

44

London, Dezember 1917

Würden Sie die Tür öffnen, Lawson«, bat Eva, als ein vernehmliches Klopfen zu hören war. »Das wird mein Gemahl sein. In seinem Telegramm stand, dass er heute nach London kommt.«

Patty hatte die Viscountess gerade vor dem Spiegeltisch im Schlafzimmer der Suite frisiert und steckte hastig die letzte Nadel in den griechischen Knoten an Evas Hinterkopf. Dann eilte sie mit schnellen Schritten zur Tür und zog sie auf. Draußen auf dem Gang stand ein hochgewachsener schlanker Mann in Khaki-Uniform. Die Wangen seines schmalen Gesichts waren von kaum sichtbaren Windpockennarben gezeichnet. Er hatte dunkelbraune Augen und trug einen schmalen Oberlippenbart. Als sein Blick auf Patty fiel, nahm er die Mütze ab und lächelte.

»Dies ist doch Lady Ainsdales Suite, Madam?«

»Ja, Sir, Verzeihung, Mylord«, erwiderte Patty errötend. Sie hatte ihn nach einer Fotografie erkannt, die auf Evas Nachttisch stand. »Ich bin Lawson, die neue Zofe.«

Lord Ainsdale betrat den kleinen Vorraum, über den jede Suite verfügte. Dieser diente der Kombinierung der Räume nach

Bedarf zu Suiten oder Einzelzimmern, indem er den Zugang von mehreren Seiten ermöglichte.

»Mein Offiziersbursche legt gerade seine Tasche in seinem Zimmer ab und wird dann mein Gepäck herbringen«, erklärte Bertie, während er die Zofe betrachtete. Sie schien ihm recht jung zu sein.

»Wie alt sind Sie, wenn ich fragen darf?«

»Einundzwanzig Jahre, Mylord.«

»Wenn ich richtig verstehe, haben Sie keinerlei Erfahrung als Kammerfrau. Kommen Sie denn zurecht?«

»Ich habe bei einem Damen- und Herrenausstatter gearbeitet, Mylord, und kenne mich mit Damenbekleidung aus.«

Lord Ainsdales Miene wurde mitfühlend. »Meine Frau hat mir geschrieben, dass Sie Ihre Stelle verloren haben, da das Geschäft bei einem Luftangriff zerstört wurde. Das tut mir sehr leid. Sie erwähnte auch, dass Sie sich zusammen im Green Park aufhielten, als dort eine Bombe explodierte. Ich hoffe, dieses schreckliche Erlebnis hat Ihnen nicht zu viele Albträume bereitet.«

»Ein paar schlaflose Nächte schon«, gestand Patty. »Aber dieser eine Einschlag war lange nicht so schlimm wie das, was meine Patentante bei der Bombardierung Scarboroughs erlebt hat.«

Bertie runzelte die Stirn. »Ihre Patentante?«

»Ja, Mylord, Miss Grey«, erwiderte Patty. »Sie ist die Vorzimmerdame des Hoteldirektors.«

Bertie nickte. »Ich kenne Miss Grey«, sagte er. Aber ich wusste nicht, dass sie eine Patentochter hat, fügte er in Gedanken hinzu.

In diesem Moment trat Eva vom Schlafzimmer in den Salon, in dem ihr Mann und die Zofe standen.

»Havelock«, rief Eva und eilte ihm entgegen. Erleichtert nahm sie seine Hände in die ihren und lächelte ihn an. Sie trug tiefstes Schwarz. »Ich bin so froh, dass du am Leben bist«, sagte sie.

»So viele unserer Freunde sind tot. Jimmy Fortescue und Freddie Ramsay, die uns immer auf Ainsdale Manor besucht haben, Onkel Norman ... und jetzt auch noch Dickie. Meine Schwester ist völlig verzweifelt. Sie hat ihren Mann so sehr geliebt. Ach, das ist alles so ernüchternd.«

Eva ließ sich auf das Sofa sinken. Sie wirkte erschöpft und bedrückt. Erst jetzt bemerkte Bertie ihre Blässe und die dunklen Schatten um die Augen.

»Schläfst du genug?«, fragte er fürsorglich. »Du siehst müde aus.« Berties Blick begegnete dem der Zofe, die besorgt schien.

»Schenken Sie uns doch bitte zwei Whisky ein, Lawson«, bat Eva.

»Ja, Mylady.«

»Ist es dafür nicht noch etwas zu früh, meine Liebe?«, gab Bertie zu bedenken. Wieder meinte er auf dem Gesicht der Zofe so etwas wie Zustimmung zu lesen.

»Ich weiß«, erwiderte Eva. »Aber der Alkohol hilft mir, mich zu entspannen. Meine Gedanken kreisen den ganzen Tag um die Freunde, die ich verloren habe. Ich kann nicht mehr schlafen, nicht essen ...« In ihrer Stimme lag eine Mischung aus Scham und Starrsinn.

Bertie nickte der Zofe zu, die auf seine Entscheidung gewartet hatte. Er sah ein, dass Eva der Whisky guttun würde.

Als Patty ein Glas sowohl vor ihm als auch vor seiner Frau abgestellt hatte, sagte Bertie: »Lassen Sie uns jetzt bitte allein, Lawson.«

Doch Eva erhob Einspruch. »Ich möchte, dass sie bleibt, Havelock. Ihre Gegenwart beruhigt mich und gibt mir Sicherheit. Ich mag nicht allein sein.«

Bertie rang mit sich, dann gab er nach. Das Erlebnis im Green Park hatte Eva offenbar mehr erschreckt, als sie in ihren Briefen hatte durchblicken lassen. Auch wenn die Luftangriffe aufgehört hatten, blieb doch die Angst, dass sie wieder einsetzen könnten. Die Ungewissheit, die hohen Verluste an der Front verunsicherten auch die Zivilbevölkerung zunehmend. Es gab kaum eine Familie, die nicht einen Angehörigen oder Freund verloren hatte. Der gesellschaftliche Stand spielte dabei keine Rolle. Der Krieg und die Trauer betrafen sie alle gleichermaßen, egal, ob Aristokrat, Bürger oder Arbeiter.

Zwei Tage später öffnete Patty auf ein melodisches Klopfen hin die Tür und sah sich einem jungen Mädchen in ihrem Alter gegenüber. Es trug einen schwarz-weiß karierten Mantel mit einem Kragen aus Seidenpongé, der mit einem persischen Muster verziert war, und dazu eine Toque aus schwarzem Satin mit einer großen Samtschleife.

»Sie müssen Mamas neue Zofe sein«, sagte das Mädchen und trat selbstbewusst über die Schwelle. »Ich bin ihre Tochter Vivien.«

Die blauen Augen der jungen Frau sprühten vor Lebensfreude, und ihr Lächeln war herzlich.

»Ich heiße Lawson, Madam«, erwiderte Patty.

»Nennen Sie mich doch Bibi«, bat das Mädchen. »Schließlich leben wir nicht mehr im viktorianischen Zeitalter.«

»Das wird Ihre Ladyschaft sicher nicht gutheißen«, widersprach Patty.

»Na schön, aber wenn wir allein sind, bestehe ich darauf«, gab Bibi gutmütig nach. »Wie ist Ihr Vorname?«

»Patience, aber alle nennen mich Patty.«

»Wir werden bestimmt gute Freundinnen werden, Patty.«

Von den Stimmen angelockt, trat Lord Ainsdale vom Salon in den Vorraum der Suite. Als er seine Tochter erkannte, huschte ein Ausdruck der Verwunderung über seine Züge.

»Bibi, was machst du denn hier? Ich dachte, du wärst mit deinem Bruder nach Yorkshire gefahren.«

»Ich bin auch froh, dich wiederzusehen, Papa«, sagte Bibi ironisch und fiel ihrem Vater um den Hals. »Bobby hat mich im Internat abgeholt, aber ich habe ihn überredet, mich nach London fahren zu lassen. Leider wollte er nicht mitkommen. Er sagte, er muss unbedingt zu Hause nach dem Rechten sehen.«

»Da er Ainsdale Manor einmal erben wird, finde ich seinen Enthusiasmus lobenswert«, erwiderte Bertie streng.

»Du sagst es, Papa. Er wird den Besitz erben, nicht ich«, erinnerte Bibi ihn. »Ich möchte ein wenig Spaß haben, bevor ihr mich an einen Grundbesitzer irgendwo im fernen Schottland verheiratet, mit dem ich den ganzen Tag bibbernd vor dem Kaminfeuer sitzen werde.«

»Nun übertreib mal nicht«, sagte Bertie tadelnd. »Du weißt, dass du heiraten darfst, wen du willst. Ich werde dir keine Steine in den Weg legen.«

Bibi zog verlegen eine Grimasse. »Ja, Papa, ich weiß. Aber wie soll ich junge Herren kennenlernen, wenn ich auf dem Land festsitze? Da dachte ich, vielleicht könnte ich euch hier in London Gesellschaft leisten, bis ihr nach Yorkshire zurückfahrt.«

»Eigentlich wollten wir morgen abreisen«, sagte Bertie. Seine Miene wurde nachdenklich. »Aber ein paar Tage mehr oder weniger machen keinen Unterschied.«

Bibi trat näher, stellte sich auf die Zehenspitzen und gab ihrem Vater einen Kuss auf die Wange.

»Ich danke dir, Papa. Wie ich sehe, bist du wieder befördert worden. Wie ist der Krieg als Lieutenant-Colonel?«

»Nicht viel anders, als er im Rang eines Majors war, mein Schatz«, erwiderte Bertie amüsiert.

»Aber du musst doch jetzt sicherlich nicht mehr die Truppen

mit erhobenem Revolver in den Kampf führen, oder?«, erkundigte Bibi sich hoffnungsvoll.

»Gewöhnlich nicht«, gab er zu. »Nur wenn Not am Mann ist.«

Sie wusste, was er meinte. Wenn alle anderen Offiziere in einer Schlacht fielen, würde auch ein Lieutenant-Colonel einspringen müssen.

»Aber die Chancen stehen gut, dass ich nächstes Jahr die meiste Zeit im Hauptquartier die Füße hochlegen kann«, scherzte Bertie.

Patty hatte sich ins Schlafzimmer zurückgezogen, in dem Eva dösend auf dem Bett lag. Als sie Patty eintreten hörte, fragte die Viscountess abwesend: »Wer ist da gekommen, Lawson?«

»Ihre Tochter, Mylady.«

»Vivien? Aber sie wollte doch mit Robert nach Yorkshire fahren.«

»Wenn ich richtig verstanden habe, hoffte sie, dass sie zuvor in Ihrer Begleitung ein wenig am gesellschaftlichen Leben teilnehmen könnte.«

Patty hatte Widerspruch erwartet oder zumindest Kritik an Viviens eigenmächtigem Handeln, doch Lady Ainsdale schwieg. Inzwischen machte Patty sich ernsthaft Sorgen um sie. Es war, als sei ein Schatten über Evas Dasein gefallen, der sie immer mehr einhüllte. Ihr Mann bemühte sich, sie aufzuheitern, nötigte sie, mit ihm ins Theater und zu Feiern zu gehen, doch die Ablenkung wirkte nur kurz. Sobald Eva Zeit zum Grübeln hatte, begann sie wieder über die Freunde und Bekannten zu sprechen, die an der Front gefallen waren. Sie waren aus Evas Leben gerissen worden und ließen eine Leere zurück, die nichts ausfüllen konnte. Ein paarmal hatte sie den Wunsch geäußert, wie viele ihrer Standesgenossinnen im Hospital auszuhelfen und Verwundete zu pflegen. Doch Lord Ainsdale hatte ihr dies ausgeredet.

Er wusste, dass sie den Anblick der Männer nicht würde ertragen können.

Als Vivien das Schlafzimmer betrat, um ihre Mutter zu begrüßen, ließ Patty die beiden allein.

Im Salon sprach sie Lord Ainsdale an: »Brauchen Sie noch etwas, Mylord?«

»Nein, danke, Lawson«, erwiderte Bertie gedankenverloren. »Ach doch. Hollingworth wollte heute mit uns zu Mittag essen.« Er setzte sich an den Schreibtisch und kritzelte eine Nachricht auf eine seiner Visitenkarten. »Er soll uns um zwölf Uhr dreißig abholen. Lassen Sie ihm die Karte über die Hausrohrpost zukommen. Er wohnt in 305. Danach können Sie sich zurückziehen.«

Patty nahm die Karte entgegen, die er ihr reichte, und verließ die Suite. Auf dem Gang übergab sie die Nachricht dem Diener, dem das Rohrpostsystem unterstand.

Mit leichter Hand zog Patty das Trauerkleid aus schwarzem Seidensatin zurecht, während Bibi sich mit unzufriedener Miene vor dem Spiegel drehte.

»Ich hasse Schwarz«, stieß sie hervor. »Ach, wenn dieser unselige Krieg doch endlich vorbei wäre …«

Lady Ainsdale hatte darauf bestanden, dass ihre Tochter Trauer für ihren Onkel anlegte, der zwei Monate zuvor im Kampf gefallen war.

»Dabei konnte ich Onkel Norman gar nicht leiden«, vertraute Bibi der Zofe an. »Schwarz macht mich blass, finden Sie nicht auch, Patty?«

Lord und Lady Ainsdale waren bereits zum Frühstück ins Restaurant gegangen, sodass die beiden Mädchen unter sich waren.

»Die Etikette erfordert es leider«, erwiderte Patty. »Machen Sie das Beste daraus. Das Kostüm ist doch sehr ungewöhnlich.

Das Hemd mit der auf einer Seite spitz zulaufenden Tunika, der Kragen und die Ärmel aus Krepp Georgette und der Gürtel mit der langen Schärpe, die mit einer Seidenquaste besetzt ist, sind überaus elegant, finde ich.«

»Hm, da haben Sie recht«, gab Bibi zu. Seufzend setzte sie sich vor den Spiegeltisch, damit Patty ihr das Haar frisieren konnte. »Allerdings fehlen mir die prächtigen Farben.«

»Nach dem Krieg kommen die sicherlich schnell zurück«, prophezeite Patty.

»Warum musste Onkel Norman sich auch gerade jetzt von den Hunnen umbringen lassen«, klagte Bibi mit der Herzlosigkeit der Jugend, die sich amüsieren will. »Ach, vergessen Sie, was ich gesagt habe, Patty. Das war völlig unangebracht. Aber ich hatte gehofft, vor unserer Rückkehr aufs Land ein wenig das Leben in London genießen zu können.«

»Inzwischen tragen die meisten Frauen Schwarz und lassen sich trotzdem nicht davon abhalten, ins Theater oder Varieté zu gehen«, gab Patty zu bedenken.

»Das ist ein gutes Argument«, erwiderte Bibi. »Das werde ich meiner Mutter gegenüber anbringen. Ich habe nämlich den Empfangschef gebeten, uns für heute Abend Karten für ›Chu Chin Chow‹ zu besorgen. Man sagte mir, dass man dieses Schauspiel unbedingt gesehen haben muss.«

»Davon habe ich gehört. Da würde ich auch gerne hingehen«, gestand Patty.

»Das sollten Sie unbedingt tun. Meine Mutter gibt Ihnen bestimmt einen Abend dafür frei.«

Patty nickte halbherzig. Da das Stück sehr beliebt war, erwies es sich zurzeit für Normalsterbliche als schwierig, an Karten zu kommen.

Nachdem Patty die letzte Strähne von Bibis Haar befestigt

hatte, stand das Mädchen auf und drehte sich ein weiteres Mal vor dem Spiegel.

»Nun ja, wie Sie schon sagten, ich muss das Beste daraus machen.«

Sie warf Patty noch ein herzliches Lächeln zu und eilte zur Tür hinaus.

Am späten Nachmittag begab Patty sich unaufgefordert in die Suite der Ainsdales. Sie wunderte sich, dass man nicht nach ihr geschickt hatte. Sie musste doch wissen, welche Garderobe die beiden Damen zum Theaterbesuch anziehen wollten. Als sie mit ihrem Schlüssel aufschloss und eintrat, hörte Patty Lord Ainsdale sagen: »Deine Mutter fühlt sich nicht wohl, Bibi. Wir können heute Abend nicht ausgehen. Ich möchte sie nicht allein lassen.«

»Aber ich hatte mich so auf das Schauspiel gefreut«, jammerte Bibi. »Der Empfangschef sagte, dass er nur für die heutige Vorstellung noch Karten bekommen konnte.«

»Es tut mir leid, Bibi«, erwiderte Bertie. »Ich kann es nicht ändern.«

»Dann gehe ich eben allein«, erwiderte das junge Mädchen trotzig.

»Sei vernünftig«, tadelte Bertie seine Tochter. »Du weißt genau, dass du nicht unbeaufsichtigt ausgehen kannst.«

In diesem Moment fiel Bibis Blick auf Patty, die unschlüssig im Vorraum der Suite stehen geblieben war. In die blauen Augen des Mädchens trat ein schelmischer Funke.

»Lawson kann mich begleiten, Papa«, schlug Bibi vor.

Bertie seufzte. »Nein, kann sie nicht. Lawson ist kaum älter als du. Für zwei so junge Frauen sind die Straßen in London nicht sicher.«

Bibi warf Patty einen bittenden Blick zu, und da diese wusste, wie viel dem Mädchen an dem Theaterbesuch lag, wagte sie es, das Wort zu ergreifen: »Meine Patentante könnte auf uns aufpassen, Mylord«, sagte sie und hoffte, dass ihre Worte nicht zu keck klangen.

Lord Ainsdale blickte sie konsterniert an, als wüsste er nicht, was sie meinte.

»Miss Grey«, fügte Patty hinzu. »Die Vorzimmerdame des Direktors.«

»Ich weiß«, erwiderte Bertie ein wenig gereizt.

Patty hatte den Eindruck, als sei er von der Situation überfordert. Eva erschien in der Tür zum Schlafzimmer.

»Das ist eine gute Idee«, sagte sie. »Miss Grey wäre als Anstandsdame durchaus geeignet.«

»Sie ist nicht verheiratet«, wandte Bertie ein.

»Lass Bibi die Freude«, beharrte Eva. »Das Theater ist nur ein paar Straßen entfernt. Da brauchen wir uns sicherlich keine Sorgen um unsere Tochter zu machen.«

»Hat Miss Grey denn Zeit?«, fragte Bertie.

Patty sah ihm an, dass er mit dem Vorschlag nicht glücklich war, aber da Lady Ainsdale ihr Einverständnis gegeben hatte, wollte Patty nun keinen Rückzieher machen.

»Ich habe eben noch mit meiner Patentante gesprochen«, erklärte sie. »Da heute im Büro mehr zu tun war, bleibt sie länger und hat keine Pläne für den Abend.«

»Dann erkundigen Sie sich doch bitte, ob Miss Grey meine Tochter und Sie ins Theater begleiten würde, Lawson«, sagte Eva.

»Jawohl, Mylady«, antwortete Patty und verließ die Suite.

Mit dem Dienstbotenaufzug fuhr sie ins Erdgeschoss und betrat Venetias Büro. Diese machte sich gerade zum Aufbruch bereit.

»Du gehst schon? Ich wollte dich um einen Gefallen bitten«, sprudelte Patty hervor.

»So?«, fragte Venetia, deren rechter Arm bereits im Mantelärmel steckte.

Patty erklärte ihr den Sachverhalt. »Ich soll mit Lord und Lady Ainsdales Tochter und dir ins Theater gehen?«, rief Venetia entgeistert. »Wessen Idee war das?«

»Meine«, gestand Patty. »Aber Bibis Herz hängt so sehr daran, diese Musikkomödie zu sehen. Und meines auch. Da wollte ich ihr aushelfen.«

»Und Seine Lordschaft hat das erlaubt?«

»Nun ja, er war nicht so wirklich dafür. Aber Lady Ainsdale hat uns die Erlaubnis gegeben. Es hat also alles seine Richtigkeit.«

Das ist ganz und gar nicht richtig, dachte Venetia bekümmert. Sie verstand, weshalb Bertie dagegen war. Jedes Zusammentreffen zwischen seiner Familie und Venetia würde es sowohl für ihn wie für sie schwerer machen, ihr eigenes Leben zu führen.

»Ich habe schon zugesagt, dass du Zeit hast«, drängte Patty, als sie Venetias zweifelnde Miene sah.

»Du hättest mich vorher fragen sollen«, sagte Venetia streng. Doch ihr war klar, dass sie sich der Situation nicht entziehen konnte, ohne ihre Gründe offenzulegen. »Also gut«, gab sie nach und hängte den Mantel an die Garderobe zurück.

Die Musikkomödie »Chu Chin Chow« wurde im His Majesty's Theatre aufgeführt. Selbst in dem altersschwachen Taxi, das offensichtlich für den Fronteinsatz als zu gebrechlich befunden worden war, brauchten die Frauen kaum fünf Minuten vom Ritz bis zum Haymarket. Da der Empfangschef nur drei der letzten Karten für den Abend hatte bekommen können, befanden sich die Plätze nicht in einer Loge, sondern im Parkett. Die Vorstellung war ausverkauft. Die Revue war vor allem bei den Truppen beliebt, und so saß Venetia mit Bibi und Patty inmitten einer ausgelassenen Menge von Soldaten auf Heimaturlaub, die den Schrecken der Front vergessen und Spaß haben wollten. Venetia hörte die verschiedensten Akzente: Cockney, Yorkshire, walisisch und schottisch, aber auch australisch und neuseeländisch sowie manch anderen, den sie nicht einordnen konnte. Die Musikkomödie behandelte die Geschichte von Ali Baba und den vierzig Räubern aus Tausendundeiner Nacht. Der Autor und Produzent des Stücks, Oscar Asche, spielte auch die Rolle des Abu Hasan, der die Diebe anführte. Die Bühnenbilder stellten exotische Landschaften dar, Sandwüsten mit Beduinenzelten, orientalische Paläste und verwinkelte Basare. Als stumme Komparsen traten sogar ein Kamel, ein Esel, Hühner und Schlangen auf. Aber der Höhepunkt, zumindest für die Männer im Publikum, war ein Chor aus freizügig bekleideten jungen Sklavinnen. Die Kostüme waren ebenso fantastisch wie aufreizend mit spektakulären Hauben aus langen Straußenfedern oder Palmblättern, Pluderhosen, befransten Schleppen und ausladenden, mit Glöckchen bestückten Röcken. Dem heißen Klima Bagdads angemessen, blieben Schultern, Arme und Bauch der Tänzerinnen unbedeckt.

Venetia warf einen prüfenden Blick zu den beiden Mädchen hinüber, die zu ihrer Linken saßen. Staunend, aber nicht schockiert, beobachteten Bibi und Patty wie gebannt die Vorführung der Sklavinnen, während die Soldaten begeisterte Pfiffe und anzügliche Bemerkungen ausstießen. Ein wenig mulmig war Venetia angesichts der herrschenden Ausgelassenheit schon zumute. Ob Bibis Eltern wohl bis zum Ende der Revue geblieben wären? Venetia bezweifelte es. Einen flüchtigen Moment lang spielte sie mit dem Gedanken, das Theater mit den Mädchen vorzeitig zu verlassen. Vielleicht erwartete Lady Ainsdale dies sogar von ihr. Doch Venetia wollte den beiden jungen Frauen nicht durch übertriebene Prüderie die Freude verderben. Auf dem Heimweg würde sie ihnen allerdings einschärfen müssen, dass sie den Ainsdales gegenüber nicht zu viele Einzelheiten über das Schauspiel preisgeben sollten.

45

London, Dezember 1917

*I*st meine Frau fertig, Lawson?«, fragte Bertie.

Er stand im Salon vor dem Kamin und drehte den obersten Knopf seiner Ausgehuniform zwischen den Fingern. Der Faden, mit dem der Messingknopf befestigt war, erschien Bertie ein wenig locker. Ärgerlich wandte er sich um und betrachtete die Uniformjacke im Spiegel. Aufgrund einer Handverletzung bereitete es seinem Offiziersburschen Sloane in letzter Zeit Mühe, Arbeiten auszuführen, die eine gewisse Fingerfertigkeit erforderten. Bertie bedauerte es, dass er seinen Kammerdiener Hickson nicht hatte behalten können, der sich gleich zu Anfang des Krieges freiwillig zum Sanitätsdienst gemeldet hatte.

»Ihre Ladyschaft ist frisiert und angekleidet, Mylord«, antwortete Patty auf seine Frage. »Sie erbittet sich noch einen Moment Ruhe vor dem Dinner.«

»Verstehe«, sagte Bertie und berührte erneut mit kritischer Miene den losen Knopf.

»Kann ich helfen, Mylord?«, erbot sich Patty.

»Ja, danke«, erwiderte Bertie mit einer Grimasse. »Ich fürchte, so kann ich mich nicht sehen lassen.«

Patty trat zu ihm, begutachtete den Knopf und erklärte: »Ich nähe ihn fest, Mylord. Sie brauchen die Jacke nicht auszuziehen.«

Eilig schlüpfte sie ins Schlafzimmer und kehrte kurz darauf mit Nadel und Faden zurück. Geschickt befestigte sie den Knopf mit ein paar schnellen Stichen.

Als es an der Tür klopfte, bemerkte Bertie: »Das wird mein alter Freund Kirkwood sein. Er und seine Gemahlin sind ein paar Tage in London und wollten heute mit uns zu Abend essen.«

»Ich mache schon auf«, sagte Bibi. »Er wird überrascht sein, mich zu sehen. Das letzte Mal, als ich ihm begegnet bin, war ich zehn Jahre alt.« Sie ging zur Tür und öffnete.

Ein Paar in Abendkleidung trat über die Schwelle.

»Wie schön, dass ihr uns mit einem Besuch beehrt«, rief Bertie vom Salon aus, während Patty hastig einen Schritt zurücktrat. Der Knopf saß nun tadellos. Mit einem Lächeln bedankte Bertie sich bei ihr.

»Erinnern Sie sich an meine Tochter Vivien?«, sagte er zu seinem Freund, der mit seiner Frau in den Salon kam.

»Natürlich, wie könnte ich sie vergessen?«, antwortete Kirkwood. »Sie ist ein hübsches Mädchen geworden.« Galant nahm er Pattys Hand und wollte einen Kuss andeuten, als diese ihm rasch ihre Finger entzog.

»Aber nein«, widersprach Bertie lachend. »Das ist Lawson, die Zofe meiner Frau.«

Kirkwoods Blick folgte dem des Lords zu Bibi, die ihm die Tür geöffnet hatte. Er errötete. »Oh, das tut mir furchtbar leid … wie peinlich!« Rasch fing Kirkwood sich wieder und begrüßte das Mädchen.

Doch Bertie bemerkte, wie Kirkwood noch einmal verwirrt von Bibi zu der Zofe und dann zu ihm hinübersah.

»Vivien, bitte sag deiner Mutter, dass wir gleich ins Restaurant hinuntergehen«, bat Bertie.

Patty zog sich ebenfalls ins Schlafzimmer zurück.

»Tut mir leid, alter Knabe«, raunte Kirkwood seinem Freund zu. »Da bin ich ja schön ins Fettnäpfchen getreten. Die beiden Mädchen sehen einander aber wirklich zu ähnlich. Und dir übrigens auch«, fügte er noch leiser hinzu, damit seine Gemahlin es nicht hörte.

Bertie lächelte belustigt, doch dann kam er auf einmal ins Grübeln. Als Eva zu ihnen stieß, musterte er Patty, die seiner Frau einen Schal um die Schultern legte, mit gerunzelter Stirn. Kirkwood hatte recht, die Zofe und Bibi besaßen die gleiche Haarfarbe, aber Bibis Augen waren blau, während Lawsons dunkelbraun waren – wie seine eigenen. Aber was hieß das schon?

»Können wir gehen, Havelock?«, fragte Eva, nachdem sie die Besucher begrüßt hatte.

»Ja, natürlich, meine Liebe«, versicherte Bertie hastig und folgte ihr. Doch bevor er die Tür hinter sich zuzog, warf er noch einen Blick zurück auf die junge Zofe, die ihm zulächelte.

Nach einer schlaflosen Nacht stand Bertie schon früh auf und ging ins Badezimmer, um sich zu waschen. Als sein Offiziersbursche kam, hielt er ihn dazu an, keinen Lärm zu machen, um Eva und Bibi nicht zu wecken, die noch fest schliefen. Nachdem Sloane ihm beim Ankleiden geholfen hatte, entließ Bertie ihn und trug ihm auf, Lawson herzuschicken. Sorgfältig schloss Bertie die Türen zu den Schlafzimmern und wartete im Salon der Suite. Als die Zofe erschien, begrüßte er sie und bot ihr einen Sitzplatz an. Ihre Miene verriet Verwunderung, blieb aber offen und unschuldig. Sie hatte vom ersten Augenblick an einen ehrlichen Eindruck auf ihn gemacht. Eine Weile studierte er ihr Gesicht, ihre Statur, ihre Haltung. Bildete er sich das nur ein, oder besaß das Mädchen tatsächlich einen ähnlichen Körperbau wie Venetia? Beide waren groß und eher knochig, mit geraden Schultern und kräftigen Handgelenken. Aber das konnte auch ein Zufall sein.

»Ich hatte bisher noch keine Gelegenheit, mit Ihnen zu sprechen, Lawson«, sagte Bertie freundlich. »Ich würde gerne ein wenig über Sie erfahren. Woher stammt Ihre Familie?«

»Ich wurde in Stockwell, im Süden Londons, geboren, Mylord«, antwortete Patty bereitwillig. »Soweit ich weiß, wohnt meine Familie seit Generationen in London.«

»Haben Sie Geschwister?«

»Drei ältere Brüder. Meine Mutter sagt immer, sie sei froh gewesen, dass sie am Ende doch noch ein Mädchen bekommen hat.« Patty errötete, da ihr klar wurde, dass eine solche Bemerkung einem Lord gegenüber nicht angebracht war. Doch Bertie ließ sich nichts anmerken. Als er ihr Unbehagen registrierte, lächelte er ihr beschwichtigend zu.

»Und wie kam es, dass Miss Grey Ihre Patentante wurde?«, erkundigte er sich.

Patty legte die Stirn in Falten. »Ich weiß nicht genau. Mein Vater, der leider verstorben ist, arbeitete als Wachmann in dem Bürogebäude der Versicherung, bei der Miss Greys Vater angestellt war. Aber warum Venetia … Miss Grey meine Patentante wurde, ist mir nicht bekannt. Wir haben nie darüber gesprochen.«

»Und wie kommen Sie mit ihr aus?«

»Gut, sie ist wie eine zweite Mutter für mich. Sie hat mich regelmäßig besucht, mir Geschenke mitgebracht, mich lesen, schreiben und rechnen gelehrt. Sie hat mir sogar einen Kurs an einer Sekretärinnenschule bezahlt.« Verlegen senkte Patty den Blick. »Ich habe immer noch ein schlechtes Gewissen, weil ich lieber einen anderen Beruf ergreifen wollte.«

Berties Ruhe hatte ihn verlassen. Nervös rutschte er auf dem Polster des Sofas hin und her.

»Sie sind einundzwanzig, sagten Sie«, rekapitulierte Bertie. »Wann genau sind Sie geboren, Miss Lawson?«

»Am vierzehnten September, Mylord«, erwiderte Patty.

»1896?«

»Ja, Mylord.«

Bertie verspürte einen Stich in den Magen. Auf einmal hielt ihn nichts mehr auf seinem Platz. Er stand auf und trat an den Tisch, auf dem die Whiskykaraffe und einige Gläser standen.

»Danke, dass Sie meine Fragen so geduldig beantwortet haben, Lawson«, sagte er sanft. »Das ist alles. Ich glaube, meine Frau ist jetzt wach. Bitte gehen Sie zu ihr.«

»Ja, Mylord.«

Nach dem Frühstück im Restaurant entschuldigte Bertie sich bei Eva und Bibi mit den Worten, dass er etwas zu erledigen habe und gleich nachkommen würde. Er wartete, bis der Fahrstuhlführer die Gittertüren geschlossen hatte, der Lift sich in Bewegung setzte und seine Frau und Tochter außer Sichtweite waren, bevor er sich verstohlen umblickte und dann zum Büro des Hoteldirektors ging. Falls man ihn fragte, wohin er wolle, würde er einen Vorwand erfinden müssen, was ihn ärgerte. Es widerstrebte seinem Ehrgefühl, die Unwahrheit zu sagen, und für einen flüchtigen Moment nahm er es Venetia übel, dass ihr Verhalten ihn dazu zwang. Doch kurz darauf gewann die Vernunft wieder die Oberhand, und Bertie sagte sich, dass nicht Venetia an der Misere schuld war, sondern ganz allein er.

Bertie klopfte und trat ein, als Venetia ihn dazu aufforderte. Er begegnete ihrem überraschten Blick und machte ihr ein Zeichen, dass sie schweigen solle, dann deutete er auf die Tür zum anschließenden Büro ihres Chefs.

»Monsieur Dreyfus ist unterwegs«, klärte Venetia ihn auf.

»Was ist los? Ist etwas mit Patty?«

Als er die Sorge auf ihren Zügen las, überkam ihn ein tiefes Gefühl der Rührung. »Wir müssen reden«, sagte er knapp. »Gibt es einen Ort, an dem wir ungestört sind?«

»Im Ritz nicht«, antwortete Venetia. »Was …?«

»Nicht hier«, ermahnte er sie.

Venetia dachte nach. »Auf dem Clapham Common gibt es eine Teestube. Dort werden wir niemandem über den Weg laufen, der uns kennt. Ich könnte in meiner Mittagspause hinfahren, so um ein Uhr.«

»Gut, ich werde da sein«, erwiderte Bertie und schlüpfte aus dem Büro.

Venetia fühlte sich völlig überrumpelt. Sie stand vom Stuhl auf, öffnete die Tür, die er hinter sich geschlossen hatte, und sah ihm nach. Im nächsten Augenblick presste sie ärgerlich die Lippen zusammen. In der Tür zum Rezeptionsbereich stand Miss Trout und sah ihre alte Rivalin mit durchdringendem Blick an.

Der Himmel über dem Park wirkte bleiern, und die tief hängenden Wolken kündigten Schneefall an. Das trübe Wetter spiegelte Venetias Stimmung wider. Beunruhigt fragte sie sich, weshalb Bertie mit ihr sprechen wollte. Für seine Vorsicht konnte es eigentlich nur einen Grund geben: Er wusste über Patty Bescheid. Aber wie hatte er es erfahren? Und was beabsichtigte er zu tun?

Fröstelnd wartete Venetia vor der Teestube. Es war sehr kalt geworden. Der Boden war gefroren, und es herrschte eine unwirkliche Stille im Park. Die Vögel und andere Tiere versteckten sich, um sich warm zu halten. Selbst die sonst stets geschäftigen Eichhörnchen ließen sich nicht blicken.

»Venetia!«, rief jemand in ihrem Rücken.

Erschrocken fuhr sie herum und sah Bertie den Weg entlang auf sich zukommen. Er trug Armeemantel und Mütze. Venetia wurde sich schmerzlich bewusst, dass er nun seit Jahren in Uniform an der Front stand und dass Tod und Verwüstung sein Leben bestimmten. Und auf einmal bedauerte sie es, dass sie ihm das Wissen um Pattys Existenz so lange vorenthalten hatte.

Als Bertie sie erreichte, legte er zur Begrüßung die Hand flüchtig auf ihren Arm. Mehr Vertraulichkeit zu zeigen, wagte er nicht.

»Komm, gehen wir ein Stück spazieren«, bat er.

Sie schritten eine Weile schweigend nebeneinander den Pfad entlang. Venetia wartete geduldig, dass er das Wort ergreifen würde. Ihre Nervosität verflog, und sie entspannte sich. Seine Gegenwart hatte schon immer diese Wirkung auf sie gehabt.

Schließlich blieb Bertie unter einer Platane stehen, deren Skelett aus kahlen Ästen sich vor dem grauen Himmel abzeichnete. Venetia erriet, dass er nach den passenden Worten gesucht hatte, aber keine fand. Daher fiel er mit der Tür ins Haus.

»Du bist Miss Lawsons Mutter, nicht wahr?«, fragte er geradeheraus. Als Venetia nicht gleich antwortete, legte er ihr die Hände auf die Arme und sah sie beschwörend an: »Ist sie meine Tochter?«

Venetia nickte. »Ja, Bertie, Patience ist unsere Tochter.«

Auf seinem Gesicht stritten Freude und Betroffenheit. Er lächelte beglückt, dann fiel ein Schatten über seine Züge, als ihm klar wurde, was Venetia durchgemacht hatte.

»Warum hast du mir nicht schon früher von ihr erzählt?«

Ein gequälter Ausdruck trat in ihre Augen. »Du schienst zufrieden mit deinem Leben, deiner Ehe, deinen Kindern«, antwortete sie. »Da war kein Platz für eine uneheliche Tochter. Außerdem weiß Patty nicht, dass ich ihre Mutter bin. Sie glaubt, dass die Lawsons ihre Eltern sind. Und sie liebt sie sehr.«

»Ja, das ist mir aufgefallen«, bestätigte Bertie. »Aber ich verstehe nicht, weshalb deine Tante Lizzie mir damals nichts davon sagte. Ihr hätte ich nicht zugetraut, dass sie meine Gefühle hätte schonen wollen.«

»Nein, da hast du recht«, stimmte Venetia zu. »Sie wusste es nicht. Nur meine Eltern und die Lawsons wissen, dass Patty meine Tochter ist. Die Cousine meiner Mutter, die mich während der Schwangerschaft aufnahm, und meine Brüder glauben, dass ich das Kind, das ich erwartete, weggegeben habe.«

Venetia sah Bertie an, dass er sich vorzustellen versuchte, wie es für sie gewesen war, ein uneheliches Kind zur Welt zu bringen und sich unmittelbar nach der Geburt von ihm trennen zu müssen.

»Es tut mir so leid, Venetia«, sagte er zutiefst erschüttert. »Das war alles allein meine Schuld. Ich hätte dich nicht dazu nötigen dürfen, mit mir die Nacht zu verbringen. Es war unverzeihlich.«

In Venetias Augen blitzte ein Funke des Zorns auf. »Du hast mich nicht genötigt. Ich wollte es ebenso wie du. Ich habe dich so sehr geliebt, und ich wollte wenigstens ein Mal in deinen Armen liegen. Ich dachte nur nicht, dass eine Nacht solche Konsequenzen haben könnte.«

»Und dass ich dich im Stich lassen würde«, fügte er zerknirscht hinzu. »Ich hätte dich geheiratet, wenn ich es gewusst hätte, auch gegen den Willen meiner Familie, das musst du mir glauben.«

Sie lächelte ihn traurig an. »Ich glaube dir. Wir hatten einfach Pech.«

Sie gestattete es, dass er sie in die Arme nahm und an sich zog. Erleichterung, ihm nicht länger etwas verheimlichen zu müssen, durchflutete sie und ließ Tränen in ihre Augen steigen.

»Es muss unendlich schwer gewesen sein, all das allein durchzustehen«, flüsterte Bertie. »Du warst so tapfer. Du hast Patty zu einer klugen, selbstbewussten, gutherzigen Frau erzogen. Darauf kannst du stolz sein.«

Die tief hängenden Wolken hatten sich geöffnet und ließen ihre Last zur Erde fallen. Ein Vorhang aus weichen weißen Flocken umhüllte Venetia und Bertie und schnitt sie von der Welt um sie herum ab. Es war, als wären sie allein, unbeobachtet von den verurteilenden Blicken der Gesellschaft, in der sie lebten. Doch die Kälte, die ihre Glieder hinaufkroch, zwang sie schon bald, in die Wirklichkeit zurückzukehren.

»Gehen wir zur Teestube«, sagte Bertie, »bevor du dich erkältest.«

Er entließ sie aus seinen Armen und drückte noch einmal ihre Hand, bevor er sich von ihr löste.

»Kann ich irgendetwas für dich und Patience tun?«, erkundigte er sich.

»Nein, das ist nicht nötig«, erwiderte Venetia abwehrend. »Wie du siehst, kommen wir gut zurecht.«

Er spürte den Hieb und lächelte ergeben. »Verzeih mir. Eine dumme Frage.«

»Allerdings möchte ich dich bitten, Patty die Wahrheit zu verschweigen«, sagte Venetia eindringlich. »Sie soll nicht wissen, dass die Menschen, denen sie vertraut, ihr etwas vorgemacht haben, und dass ihr ganzes Leben auf einer Lüge aufgebaut ist.«

»Natürlich, das verstehe ich.« Bertie seufzte tief. »Ich bin ebenfalls der Ansicht, dass es besser wäre, wenn es geheim bleibt. Eva ist sehr zerbrechlich geworden. Viele unserer Freunde und

Bekannten sind im Krieg gefallen. Das nimmt sie sehr mit. Es hat mir klargemacht, dass nicht nur wir Soldaten, die an der Front kämpfen, durch einen Krieg unseren Seelenfrieden verlieren, sondern auch die Bevölkerung daheim. Eva darf auf keinen Fall von Patience' Herkunft erfahren. Es könnte sie umbringen.«

Vor ihnen tauchte die Teestube im Schneegestöber auf. Um sich aufzuwärmen, gingen sie hinein und setzten sich an einen Tisch im hinteren Bereich. Wie Venetia prophezeit hatte, mussten sie nicht befürchten, Bekannten zu begegnen. Der Park wurde fast ausschließlich von den Bewohnern des Stadtviertels besucht. Venetia kannte ihn von ihren Besuchen bei den Lawsons.

Nachdem die Bedienung Tee und Plätzchen gebracht hatte, genossen sie einen Moment die Wärme des heißen Getränks. Venetia legte die Hände um die Tasse und atmete den Duft des frisch gebrühten, starken Tees ein. Kein Vergleich mit der Qualität, die sie vom Ritz gewöhnt war, eher dunkel und kräftig als leicht und lieblich wie der im Hotel servierte Earl Grey. Aber manchmal bevorzugte Venetia Ersteres. Sie beobachtete, dass auch Bertie den Tee ohne Vorbehalte trank. In den Schützengräben hatte er sicherlich weitaus Schlimmeres kennengelernt.

Schließlich brach Bertie das Schweigen: »Eva, Bibi und ich werden übermorgen nach Yorkshire fahren und auf Ainsdale Manor Weihnachten feiern«, begann er zögernd. »Meine Frau hat den Wunsch geäußert, Patience mitzunehmen, da sie sehr zufrieden mit ihr ist und weiß, dass sie so schnell keine neue Zofe finden wird. Bibi bestärkt sie darin. Wie es scheint, verstehen unsere Töchter sich gut, auch ohne zu wissen, dass sie Schwestern sind.«

Venetias Gesichtsausdruck verdüsterte sich. »Patty wird dem nicht zustimmen. Sie feiert Weihnachten immer mit ihrer Mutter und mir. Sie wird Mary nicht enttäuschen wollen.«

»Eva hat sie gefragt. Patience antwortete, dass sie mit ihrer Mutter sprechen würde«, erklärte Bertie. »Ich könnte es natürlich verbieten, aber was sollte ich als Grund angeben? Und ich muss gestehen, ich hoffe, dass Patty zusagt. Es ist für mich vielleicht die einzige Gelegenheit, meine Tochter näher kennenzulernen.« Da musste Venetia ihm widerwillig zustimmen. Wenn er den Krieg überlebte und auf seinen Landsitz zurückkehrte, hätte er keinen Vorwand mehr, Patty zu sehen, für die die Anstellung als Zofe seiner Frau nur vorübergehend war. Ihn musste die Tatsache schmerzen, dass seine Tochter fern von ihm aufgewachsen war und dass er auch in Zukunft keinen Anteil an ihrem Leben haben würde. Wie konnte sie ihm da diese wenigen Tage in Pattys Gesellschaft missgönnen, bevor er nach Frankreich zurückkehren musste?

»Du hast gesagt, einem deiner Freunde sei die Ähnlichkeit zwischen dir und Patty aufgefallen«, erinnerte Venetia ihn. »Wie willst du vermeiden, dass das wieder passiert?«

»Ich werde mir einen Bart wachsen lassen, wie unser guter König George ihn trägt«, erwiderte Bertie. »Das sollte reichen. Außerdem werden unsere Gäste die Zofe meiner Frau nicht zu Gesicht bekommen. Und ich glaube, auch dem Personal wird es nicht auffallen, sofern sie uns nicht zusammen sehen.«

Venetia begriff, wie viel ihm daran lag, Patience bei sich zu haben. Sie hätte froh sein sollen, dass er Patty so offenherzig als seine Tochter akzeptierte, und das war sie auch. Aber in ihr regte sich auch eine Spur von Eifersucht.

46

Venetia ließ sich auf die harte Kirchenbank sinken. Um sie herum war es still. Die wenigen Besucher der St.-James-Kirche saßen wie sie andächtig ins Gebet vertieft oder wandelten lautlos den Mittelgang entlang. Von Zeit zu Zeit war das Schlagen der Tür zu hören, wenn jemand eintrat oder das Gotteshaus verließ.

Venetia holte die kleine Schwarz-Weiß-Fotografie aus der Tasche und legte sie in ihre behandschuhte Handfläche, um sie zu betrachten. Ein gut aussehender Bursche, hatte Mrs Burton immer gesagt. Ja, das war er, dachte Venetia schmerzlich. Sie hatte die Hoffnung gehabt, mit ihm glücklich werden zu können. Nach der Rückkehr der Ainsdales aus Yorkshire im vergangenen Januar hatte Bertie ihr sogar geraten, Barnabys Heiratsantrag anzunehmen, und sie hatte ihm letztlich zugestimmt. Doch sie hatte warten wollen, bis der Krieg vorbei war. Nun war es zu spät. Am Ende war es keine Gewehrkugel oder Granate gewesen, durch die Barnaby das Leben verloren hatte, sondern eine einfache Grippe, eine alltägliche Krankheit, auch wenn die Zeitungen die momentane Welle als außergewöhnlich schwer bezeichneten. Manche sprachen sogar von einer Seuche biblischen Ausmaßes, die mit den amerikanischen Soldaten um

411

die Welt zog und die Menschen niedermähte wie der Farmer das Heu.

Venetia war in die St.-James-Kirche gekommen, um ungestört des Mannes zu gedenken, den sie über die Jahre liebgewonnen hatte und – auch wenn er nicht ihre große Liebe war – mit dem sie den Rest ihres Lebens hatte verbringen wollen. Aber sie gedachte auch des Hoteliers César Ritz, der nach langer psychischer Krankheit vor zwei Tagen in einem Sanatorium in der Schweiz gestorben war, in einem kleinen Ort mit dem Namen Küssnacht. Seit der Eröffnung des Ritz im Jahr 1906 hatte Venetia ihn nur wenige Male wiedergesehen, und auch das erschien ihr nun eine Ewigkeit her zu sein. Wie ungerecht das Schicksal doch zu manchen Menschen war, die etwas weitaus Besseres verdient hätten! Andere dagegen, wie Venetias Cousin Charlie zum Beispiel, fielen immer auf die Füße. Als im Januar 1916 die Wehrpflicht eingeführt worden war, hatte die Polizei der Familie Grey auf der Suche nach Charlie mehrmals einen Besuch abgestattet. Offenbar hatte er durch Schwarzmarktgeschäfte gut verdient und versuchte, sich vor dem Wehrdienst zu drücken. Eines Tages, als Venetia zufällig bei einem der Besuche der Polizei anwesend war, hatte sie die Wut über Charlies Feigheit und Selbstsucht gepackt, und sie hatte den Beamten einen Hinweis gegeben, wo sie ihn möglicherweise finden könnten. Sie wusste, dass eine Verwandte ihm einen Kleingarten in einem Vorort von Birmingham hinterlassen hatte. Offenbar war die Polizei dort tatsächlich fündig geworden, denn Venetias Eltern erhielten wenig später einen erbosten Brief von Charlie aus einem Trainingslager auf Malta. Doch Venetia hatte deswegen keine Gewissensbisse. Sie wünschte ihm nicht den Tod, aber er sollte zumindest die Mühsal der anderen Soldaten teilen, die ihr Leben für ihr Land gaben.

47

London, 11. November 1918, kurz vor elf Uhr vormittags

André war gerade dabei, in seinem Bereich der Küche im Ritz Teig für Brioche Mousseline herzustellen, als Venetia und Percy hereinkamen. Köche, Lehrlinge und Tellerwäscher hielten in der Arbeit inne und sahen erwartungsvoll auf.

»Gibt es etwas Neues?«, fragte André.

»Wenn dem so wäre, bräuchtest du nicht darauf zu warten, dass wir es dir mitteilen«, scherzte Percy. »Alle Welt würde jubeln.«

Nachdem am 4. Oktober die neue deutsche Regierung einen Waffenstillstand angeboten hatte, wartete man nun auf die offizielle Ankündigung, dass der Krieg endlich vorbei war.

»Na, wenn ihr schon einmal hier seid, könnt ihr gleich meine *Beignets viennois chauds* probieren«, lud André Percy und Venetia ein. »Die Sabayon-Sauce ist mit Madeira verfeinert.«

»Gerne«, erwiderte Venetia erfreut. »Ich hatte gehofft, dass wir etwas abstauben könnten. Ich verhungere.«

Mit Genuss biss sie in den angebotenen Wiener Krapfen und leckte sich schließlich die Finger ab. Auch Percy bediente sich schamlos. Venetia fand, dass er fast wieder so gesund und munter aussah wie früher. Seine dunkelblaue Uniform trug er mit

Stolz. Vor seinem Tod hatte der Hoteldirektor Dreyfus Percy wieder als Portier eingestellt, denn es wäre unpatriotisch gewesen, einem Kriegsveteranen seine alte Position vorzuenthalten. Percy verstand es nach wie vor, seinen Charme spielen zu lassen, der ihn bei den Gästen beliebt machte. Allerdings hatte Venetia beobachtet, dass sich zwischen Percy und George Criticos Fafoutakis eine gewisse Rivalität entwickelt hatte. George strebte insgeheim nichts weniger als die Nachfolge von Monsieur Schmid an, sollte dieser eines Tages ausscheiden. Percy war der Meinung, dass ihm als langjährigem Angestellten die Nachfolge zustand, dass er jedoch durch seine Abwesenheit und die Armverletzung Gefahr lief, übergangen zu werden. Venetia, die mit beiden Männern befreundet war, hoffte, dass sie nicht eines Tages gezwungen sein würde, für einen von ihnen Partei zu ergreifen.

Plötzlich war draußen ein Zischen und dann ein Knall zu hören. Venetia spürte, wie neben ihr Percy heftig zusammenzuckte.

»Was war das? Signalraketen? Ein Luftangriff?«, stieß André erschrocken hervor.

Auf einmal schien die Hölle loszubrechen. Geschützfeuer der Flugabwehr donnerte und ließ den Boden der Küche erbeben. Wie erstarrt standen Köche und Besucher da, unfähig zu einer Bewegung. Doch kurz darauf war die Entwarnung zu hören, bevor das Heulen im Lärm der Kirchenglocken unterging.

»Frieden«, flüsterte Venetia erleichtert.

Aber niemand hörte sie. Alle Anwesenden brachen in Jubel aus, fielen einander in die Arme und strahlten über das ganze Gesicht.

Ohne sich darüber verständigt zu haben, strebten Köche, Putzhilfen und Lehrlinge der Tür zu und durchquerten die Gänge zum Personaleingang. Die Arlington Street und der Piccadilly waren erfüllt von Menschen, die wie eine Flutwelle aus den Gebäuden strömten. Die Leute schrien aus voller Kehle, schwenkten Taschentücher und Hüte. Die Menge glich einem riesigen geschäftigen Bienenschwarm. Der Verkehr war völlig zum Erliegen gekommen, und die Autohupen fielen in den allgemeinen Lärm ein. In den Händen der Menschen tauchten auf wunderbare Weise Fähnchen auf, und aus den Fenstern der Büros begann Papier zu segeln, Briefbögen, Formulare, Schnipsel und sogar Toilettenrollen. Venetia hatte das Gefühl, in einen Schneesturm geraten zu sein. Sie stand vor dem Eingang des Ritz auf dem Bürgersteig und umarmte jeden, der in ihre Nähe kam, sogar Miss Trout, die sich dabei steif machte wie ein Waschbrett. Sie würde wohl nie darüber hinwegkommen, dass sie einst zu Venetias Gunsten hatte zurückstehen müssen.

Jemand begann, den hundertsten Psalm zu singen: »Herr Gott, dich loben alle wir ...«, und die Menge stimmte mit ein. Venetia sah den Chef de Cuisine, Monsieur Limasseau, auf der Suche nach seinem Küchenpersonal auf die Straße treten und mit André sprechen. Daraufhin lachte André, trat zu Percy und Venetia und informierte sie, dass er die Scones, die im Ofen buken, davor bewahren müsse, zu Briketts zu verkohlen.

Der Trubel nahm kein Ende. Die Leute kletterten sogar auf die Straßenlaternen, um von dort Union Jacks zu schwenken. Das Auftauchen von Monsieur Limasseau hatte Venetia aus dem kopflosen Rausch herausgerissen, der sie zu einem Teil der aufgereizten grölenden Masse gemacht hatte. Auf einmal bemerkte sie die Panik in Percys Blick. Der Lärm, die hektischen Bewegungen, die schiebende Menge, die sie umgab, waren zu viel für ihn. Er begann zu zittern. Hastig legte Venetia ihm den Arm um die Schultern und zwang ihn durch die Drehtür zurück ins Foyer des Hotels. Doch auch hier jubelten sich Gäste und Personal ausgelassen zu. Venetia wollte verhindern, dass sie Percy in seinem verletzbaren Zustand sahen, und zog ihn daher eilig in ihr Büro. Nachdem sie die Tür abgeschlossen hatte, nötigte sie ihn, sich in einen der Sessel zu setzen. Er zitterte jämmerlich am ganzen Körper und brach in Tränen aus.

Tröstend legte Venetia ihm die Hand auf die Schulter. »Es ist vorbei, Percy, es ist vorbei«, flüsterte sie ihm zu, während die Menge draußen »Tipperary« und »Home Sweet Home« sang. Doch Venetia ahnte, dass es für Percy nie vorbei sein würde.

Dritter Teil

❦

Ein neues Zeitalter

48

London, 9. September 1921

ndré strich die weiche Zuckermasse auf die Mille-feuille-Kuchenstücke. Sie glänzte wie poliertes blut-rotes Glas. Mit der Garnierspritze malte er feine Li-nien aus geschmolzener Schokolade auf den Fondant und zog dann die scharfe Spitze eines Messers darüber, sodass sich ein Muster gefächerter Flügel ergab.

Hinter André unterdrückte sein Lehrling einen Fluch. Seuf-zend wandte André sich zu dem jungen Burschen um, der den Tränen nahe war.

»Was ist los, Émile?«, fragte André.

»Ich bekomme diesen englischen Custard nicht hin«, klagte der junge Mann. »Das Gemisch wird einfach nicht glatt.«

»Wenn Sie Zucker und Eigelb mischen, fügen Sie einen Esslöf-fel Pfeilwurzpulver hinzu«, riet André ihm. »Das verhindert, dass das Eigelb gerinnt, sich von der Milch trennt und verklumpt, wenn man zu nah an den Siedepunkt herankommt.«

»Danke, Monsieur«, sagte Émile und lächelte André zu.

Es war früher Nachmittag, doch die ersten Gäste nahmen be-reits ihren Tee im Palm Court ein. Für den Chef pâtissier war es die geschäftigste Zeit des Tages, denn das Ritz bot stets eine große

Auswahl an Beilagen an, zuerst Sandwiches, dann Scones und schließlich Kuchen. Seine umfassende Ausbildung zum Konditor in Paris hatte André gut auf die Arbeit im Ritz vorbereitet. Allerdings hatte er schnell begriffen, dass die feinen pralinenartigen französischen Süßspeisen bei Engländern und Amerikanern nicht so beliebt waren, sondern dass man in Großbritannien mehr Wert auf gehaltvolles Gebäck oder Puddings legte. André lernte die Herstellung von Crumpets, Muffins, Pies, Madeira-Cake, Victoria-Sponge-Cake, Shortbread, Strawberry Shortcake, Gingerbread und Scones, für die er Orangenmarmelade, Lemon Curd und Konfitüren aus Früchten oder Rosenblättern zubereitete.

Ein kurzer Blick auf die Uhr verriet André, dass sein Team gut in der Zeit lag. Der Assistent des Sandwichkochs war gerade dabei, die durchsichtigen Gurkenscheiben, die er eine halbe Stunde zuvor mit Essig und Salz gewürzt hatte, in einem Sieb zu schwenken, um den überschüssigen Saft zu entfernen, bevor er jeweils zwei Schichten auf dünnen, mit Butter bestrichenen Toastscheiben verteilte. Nachdem er sie mit einer weiteren Brotscheibe bedeckt hatte, schnitt er die Kruste ab und teilte das Sandwich in gleichmäßige Rechtecke. Dann machte er sich daran, die gehackten hart gekochten Eier, die sein Lehrling ihm brachte, unter die bereits angerührte Mayonnaise zu heben. Das Ganze wurde auf gebutterten Toast gestrichen und mit Kresse garniert.

Auf einmal erschien Percy in der Tür zum Küchentrakt. »Das müsst ihr sehen. Draußen ist die Hölle los«, verkündete er.

Die Köche und das übrige Küchenpersonal blickten von ihrer Arbeit auf.

»Ist er schon da?«, fragte Monsieur Limasseau.

»Auf dem Weg. Der Wagen hatte Schwierigkeiten, aus der Waterloo Station herauszukommen«, erwiderte Percy grinsend. »Ein Wunder, dass sie ihn aus dem Zug haben aussteigen lassen.«

»Können wir einen Blick hinauswerfen?«, fragte einer der Lehrlinge.

Die anderen sahen den Chef de Cuisine ebenfalls hoffnungsvoll an. Monsieur Limasseau setzte eine strenge Miene auf. »Wir haben noch viel Arbeit vor dem Dinner«, ermahnte er die Burschen. Doch als er die enttäuschten Gesichter sah, zuckte er mit den Schultern und wandte sich an André: »Entscheiden Sie, Monsieur Le Blanc, ob Sie Ihren Lehrling entbehren können. Schließlich haben Sie jetzt zur Teezeit die meiste Arbeit.«

André nickte. »Geht in Gottes Namen«, stimmte er zu und kam sich dabei vor wie ein Mann im vorgerückten Alter, der der Jugend nicht die Freude verderben wollte. Einen Moment dachte er über die Erkenntnis nach, dass er nun zweiunddreißig Jahre alt war und bereits anderthalb Jahrzehnte im Ritz arbeitete. Dann schob er den Gedanken von sich und wandte sich wieder den *Mille feuilles* zu.

»Sollen wir später noch ein Bier trinken gehen?«, fragte Percy.

»Ja, gut, aber es wird heute bei mir wahrscheinlich spät werden«, antwortete André. Spöttisch lächelte er seinem Geliebten zu. »Willst du dir nicht auch unseren berühmten Gast anschauen? Ist doch etwas anderes, als ihn auf der Leinwand zu sehen.«

Percy verschränkte abwehrend die Arme vor der Brust. »Ich komme schon noch in den Genuss«, erwiderte er. »Mr Chaplin wird während seines Aufenthalts hier sicherlich öfter die Dienste eines Portiers brauchen.«

André wusste, dass Percy den Trubel vermeiden wollte, der vor dem Hotel herrschte. Laute Geräusche und Menschenansammlungen machten ihm immer noch zu schaffen, auch wenn er nur noch selten Albträume hatte. Doch André gab die Hoffnung nicht auf, dass Percy seine schrecklichen Erinnerungen irgendwann überwinden würde.

»Nun schauen Sie sich das einmal an, Miss Grey«, rief Emil Bonvin aus seinem Büro.

Venetia erhob sich von ihrem Stuhl und trat durch die offene Tür. Der Hoteldirektor stand am Fenster und verrenkte sich den Hals, um von der Arlington Street zum Piccadilly hinüberzublicken. Die Straße war voller Menschen, die mit einem Mal in Jubel ausbrachen. Die Männer schwenkten ihre Hüte zum Gruß. Ein von Polizisten begleitetes, offenes Automobil bog im Schritttempo in die Arlington Street ein und hielt vor dem Eingang des Ritz. Der einzige Insasse stand auf und rief der Menge zu: »Vielen Dank, dass Sie mich alle so herzlich willkommen heißen ...«

Bei dem Versuch, besser zu sehen, kippte Monsieur Bonvin fast aus dem geöffneten Fenster. Venetia, die größer war als er, musste sich ebenfalls strecken, um einen Blick auf den kleinen Mann im grauen Mantel mit dem zerzausten Haar und der kalifornischen Sonnenbräune zu werfen. Das war er also: Der berühmte Schauspieler Charlie Chaplin, der seiner Heimat nach über zehn Jahren einen Besuch abstattete. Die Leute, die gekommen waren, um ihn zu begrüßen, schwemmten die anwesenden Polizisten beinahe hinweg, und es gelang den Beamten nur mit Mühe, den hohen Gast ins Hotel zu geleiten.

Monsieur Bonvin trat vom Fenster zurück und strich sich über die außer Fasson geratenen Haare.

»Nein, wirklich, das Benehmen der Leute ist unmöglich«, schimpfte er. »Ich muss unbedingt mit dem Vorstand darüber sprechen, dass wir in Zukunft keinen dieser amerikanischen Schauspieler mehr im Ritz dulden werden. Das ist ja der reinste Zirkus. Unsere Stammgäste werden nicht erfreut sein.«

Venetia verzichtete darauf, ihren Chef daran zu erinnern, dass Charlie Chaplin aus London stammte, denn sie verstand, was er meinte. Das Spektakel, das um die Filmschauspieler gemacht wurde, passte nicht zum Ritz Hotel.

Mit einem Seufzen ließ Bonvin sich auf seinen Stuhl sinken und zog ein Taschentuch hervor, mit dem er sich das Gesicht abtupfte, obwohl es keineswegs warm im Büro war. Es wehte sogar ein frischer Wind durch das geöffnete Fenster herein.

»Ach, wie soll das nur weitergehen?«, klagte der Hoteldirektor. »Alles wandelt sich so schnell. Man weiß nicht mehr, wo einem der Kopf steht.« Er warf seiner Sekretärin einen leidenden Blick zu. »Und falls der Vorstand tatsächlich mit dem Embassy Club einig wird, werde ich mich nach einer anderen Stelle umsehen. Vielleicht gehe ich auch in die Schweiz zurück.«

Das Embassy war ein Cabaret und Nachtclub auf der Old Bond Street, nicht weit entfernt vom Ritz, das seit Kurzem als Anziehungspunkt für die Reichen und Schönen galt, die dort zur Musik von Ambroses Band tanzten. Und obwohl im Restaurant des Hotels eine Tanzfläche eingezogen worden war und ein Streichorchester im Palm Court spielte, konnte das Ritz nicht mit dem Embassy konkurrieren. Das wirkte sich nachteilig auf das Geschäft aus, vor allem in den Abendstunden. Um der Sache die Krone aufzusetzen, hatte sich das Management des Embassy Clubs nach der Möglichkeit erkundigt, das Untergeschoss des Ritz zu mieten. Dies würde den Einzug einer Trennwand in der Galerie beinhalten, und der Eingang vom Piccadilly, der Palm Court, das Restaurant sowie der alte Ballsaal würden fortan zum Club gehören. Unter den Mitgliedern des Vorstands war um diesen Vorschlag ein regelrechter Streit ausgebrochen. Doch es sah immer mehr danach aus, als würde doch die Vernunft triumphieren und das Anliegen des Embassy Clubs abgelehnt werden.

Am folgenden Tag fing George Venetia auf dem Weg in ihr Büro ab.

»Haben Sie einen Moment Zeit, Miss Grey?«, fragte er. »Eine der Telefonistinnen möchte mit Ihnen sprechen.« George unterstanden die vier Mädchen und drei Burschen in der Telefonzentrale des Hotels sowie die acht Pagen, die unter anderem Nachrichten und Telegramme überbrachten.

»Aber natürlich, George«, antwortete Venetia. »Worum geht es?«

»Um Miss Lawson, glaube ich«, erwiderte der Kreter vage.

Venetia fühlte, wie ihre morgendliche gute Laune verpuffte. In letzter Zeit machte ihre Tochter ihr wieder einmal Sorgen. Nach Pattys Besuch auf Ainsdale Manor vor fast vier Jahren hatte sie noch einige Monate als Lady Ainsdales Zofe gearbeitet, bevor diese im Frühling 1918 nach Yorkshire zurückgekehrt war. Daraufhin war es Venetia gelungen, ihrer Tochter eine Stelle als Telefonistin im Ritz zu sichern. Die Tätigkeit machte Patty Spaß, da sie ihr Gelegenheit gab, mit vielen Menschen in Kontakt zu kommen.

Patty wohnte weiterhin bei ihrer Adoptivmutter in Stockwell, auch um dieser über den Verlust von zweien ihrer Söhne hinwegzuhelfen, die nicht aus dem Krieg zurückgekehrt waren. Nur Edward – »Bertie« – hatte den Wehrdienst unbeschadet überstanden. Dank seines guten Händchens für Pferde war er die meiste Zeit hinter den Linien in den Ställen eingesetzt worden. In den vergangenen Wochen sprach Patty aber immer öfter davon, mit ihren Freundinnen in eine eigene Wohnung zu ziehen. Venetia konnte ihr diesen Wunsch nicht verdenken. Schließlich hatte sie selbst einst denselben Schritt getan. Doch da Mary Lawson sich nun bereits öfter bei Venetia darüber beklagt hatte, dass Patty spät nach Hause gekommen war, lag der Verdacht nahe, dass es nicht allein das Verlangen nach Unabhängigkeit war, der zu dem Entschluss Anlass gab. Venetia vermutete, dass noch ein anderer Grund bestand. Und nun, da George Pattys Kollegin Norma Brody ins Büro geleitete, ahnte Venetia, was sie ihr mitteilen wollte.

»Miss Brody, setzen Sie sich doch«, bat Venetia.

Das Mädchen zögerte erst unsicher, ließ sich dann aber doch auf den Rand des Stuhls sinken, der vor dem Schreibtisch stand.

»Sie möchten mit mir über Miss Lawson sprechen«, sagte Venetia aufmunternd, als Norma unschlüssig schwieg. Einen Moment lang zögerte die junge Frau noch, dann fasste sie sich ein Herz und blickte ihr Gegenüber offen an.

»Es fällt mir nicht leicht, das müssen Sie mir glauben, Miss Grey«, begann Norma umständlich. »Aber ich denke, Sie sollten davon wissen, bevor sich die Sache weiterentwickelt und Patty etwas tut, was sie später bereut.«

Venetia verspürte ein hohles Gefühl im Magen und musste sich beherrschen, um Norma Brody nicht zu unterbrechen.

»Manchmal rufen die Gäste an, nur um mit jemandem zu plaudern, besonders nachmittags vor dem Dinner, wenn sie alle ihre Termine erledigt haben, es aber noch zu früh zum Essen ist«, fuhr Norma fort. »Und, nun ja, Patty hat sich in den letzten Wochen öfter mit einem jungen Mann unterhalten, der in Zimmer 517 wohnt, ein Mr Robinson. Anfangs war es, glaube ich, ganz harmlos. Sie mochte seine Stimme, er ist belesen, und sie haben wohl viele gemeinsame Interessen, Literatur, Zeitgeschehen, Kunst …« Norma senkte den Blick und verkrampfte die Finger ineinander. »Aber dabei ist es nicht geblieben. Ich weiß mit Sicherheit, dass Patty sich mit diesem Gast getroffen hat, mehr als einmal sogar, obwohl sie ein Geheimnis daraus macht, aber ich habe sie mit ihm darüber sprechen hören.« Norma sah von ihren Händen auf. »Bitte denken Sie jetzt nicht schlecht von mir, Miss Grey, dass ich Ihnen hinter Pattys Rücken davon erzähle. Es ist uns doch verboten, mit den Gästen anzubandeln. Ich habe sie darauf angesprochen, aber auf mich hört sie nicht.«

»Nein, Miss Brody, es war richtig, dass Sie zu mir gekommen sind«, sagte Venetia beschwichtigend. »Sorgen Sie sich nicht. Ich werde mich der Sache annehmen.«

Erleichtert erhob sich das Mädchen und verließ das Büro. Nachdenklich biss Venetia in das Ende ihres Bleistifts und legte ihn rasch aus der Hand, als sie sich dessen bewusst wurde.

Patty hatte also einen Verehrer. Nun, das war keine Überraschung. Es erklärte ihren Drang nach Loslösung von ihrem Elternhaus, nach Unabhängigkeit. Früher oder später hatte dergleichen passieren müssen. Es war nur allzu menschlich, dachte Venetia. Sie musste es wissen. Ihr war es ja ebenso ergangen.

Was sollte sie tun? Handelte es sich hier um eine aufrichtige Beziehung? Hatte Patty Gefühle für diesen Mann, oder sonnte sie sich nur in der Aufmerksamkeit eines gebildeten Verehrers? Wie ernst war es ihm? All das musste Venetia herausfinden, bevor sie auch nur daran denken konnte, etwas zu unternehmen. Konnte sie überhaupt etwas tun? Sollte sie sich einmischen? Ihre Tochter war volljährig. Patty hatte das Recht, jeglichen Ratschlag ihrer Patentante zu ignorieren.

Venetia verspürte das Verlangen, mit Bertie über das Problem zu sprechen. Wie stets verbrachten Lord und Lady Ainsdale den Sommer in London und wohnten zurzeit im Ritz. Ihre Tochter Vivien war im vergangenen Jahr in die Gesellschaft eingeführt und bei Hof vorgestellt worden. Nun genoss sie ihre zweite Saison in der Hauptstadt. Die Ainsdales waren zu so vielen Feiern und Veranstaltungen eingeladen, dass Venetia wenig Gelegenheit gehabt hatte, mit Bertie zu sprechen. Wahrscheinlich hatte er gar keine Zeit, um mit ihr über seine uneheliche Tochter zu reden. Sie musste selbst etwas unternehmen. Kurz entschlossen ging sie ins Vestibül, um George über Mr Robinson auszufragen.

»Gefällt Ihnen das Bild, Miss Lawson?«, fragte Michael Robinson, während er und Patty vor einem der zeitgenössischen Gemälde stehen blieben.

»Es ist zumindest sehr ungewöhnlich«, meinte Patty, die Stirn gerunzelt. »Ich finde es interessant, dass es dem Betrachter so viel Raum zur Interpretation lässt.«

»Das sehe ich auch so«, stimmte Robinson zu. »Es ist wirklich eine Freude, mit Ihnen die National Gallery zu besuchen, Miss Lawson.«

Ein verlegenes Lächeln huschte über Pattys Lippen. Sie mochte es, seine Augen vor Begeisterung strahlen zu sehen. Es war das erste Mal, dass ein Mann ehrliches Interesse an ihren Gedanken und Gefühlen zeigte. All die anderen hatten immer nur über sich selbst gesprochen und erwarteten Zuspruch von ihr, anstatt herauszufinden, was sie bewegte. Die Burschen aus der Nachbarschaft wollten lediglich wissen, ob sie kochen konnte und daher eine gute Ehefrau abgeben würde. Michael war da ganz anders. Seit ihrem ersten Gespräch vor etwa einem Monat hatte er regelmäßig die Telefonzentrale im Hotel angerufen, wenn Patty Dienst hatte, und sie hatten sich lange unterhalten. Bis Michael eines Tages vorgeschlagen hatte, dass sie sich zu einem Spaziergang im Green Park treffen sollten. Zuerst hatte Patty Bedenken gehabt, denn privater Umgang mit den Gästen war dem Personal des Ritz ausdrücklich untersagt. Doch die Neugier auf den Menschen hinter der angenehmen sanften Stimme hatte schließlich gesiegt. Und was konnte unverfänglicher sein, als im Park zu promenieren? Sofern jemand sie zusammen sah, waren sie sich eben zufällig über den Weg gelaufen und ins Gespräch gekommen.

Michael sah anders aus, als Patty ihn sich vorgestellt hatte. Er war groß und schlank mit lockigem blondem Haar und grünen Augen, die vor Lebensfreude blitzten. Patty war auf den ersten Blick verliebt. Und als Michael vorschlug, dass sie beide einmal zusammen Tee trinken könnten, ließ sie alle Vorsicht außer Acht und stimmte zu. Von da an beschränkte sich ihre Bekanntschaft nicht mehr auf Telefonate während Pattys Arbeitszeit. Immer öfter trafen sie sich an ihren freien Tagen oder nach Dienstschluss und besuchten Kunstausstellungen oder Vorführungen in Lichtspielhäusern. Inzwischen waren sie auch zweimal abends zum Essen ausgegangen. An jenen Tagen war Patty erst spät nach Hause gekommen und hatte einige besorgte Fragen über sich ergehen lassen müssen. Und obwohl Patty ein ehrlicher Mensch war, hatte sie zum ersten Mal in ihrem Leben ihre Mutter belogen und vorgegeben, sie sei mit Freundinnen ausgegangen und habe darüber die Zeit vergessen.

»Ich habe den Abend sehr genossen, Miss Lawson«, sagte Michael, als sie nach dem Essen aus dem Restaurant auf die Straße traten. Eine Weile gingen sie schweigend nebeneinander her und beobachteten die anderen Nachtschwärmer.

»Es tut mir leid, ich muss mich jetzt auf den Heimweg machen«, erklärte Patty bedauernd.

Sie blieben stehen und sahen einander an.

»Ihre Gesellschaft bedeutet mir wirklich sehr viel«, gestand Michael.

Sie hatten vor einem Hauseingang angehalten, in den das Licht der Straßenlaterne nicht reichte.

»Patience«, flüsterte er zärtlich und trat näher.

Sie fühlte sich von seinen grünen Augen wie hypnotisiert.

»Darf ich Sie küssen?«, fügte Michael leise hinzu. Ohne ihre Antwort abzuwarten, streifte er mit den Lippen die ihren. Sie ließ es geschehen. Die sanfte Berührung weckte etwas in ihr, dem sie nicht widerstehen konnte. Es war, als flattere etwas in ihrem Magen herum. Ihr wurde heiß. Ihre Lippen öffneten sich, ohne dass sie sich dessen bewusst wurde, und der Druck seines Mundes auf dem ihren wurde stärker. Im nächsten Moment lag Patty in seinen Armen und erwiderte den Kuss, der für sie etwas köstlich Unbekanntes, Verbotenes und zugleich Himmlisches war. Nur widerwillig löste Patty sich von Michael. Sie wusste, dass es nicht richtig gewesen war, einen Mann, den sie kaum kannte, zu küssen, und nun stritten Freude und Schuldgefühle in ihr.

»Ich werde jetzt wohl besser aufbrechen, Mr Robinson«, sagte sie, in ihrem Zwiespalt mit ein wenig mehr Härte als beabsichtigt. »Sonst wird es zu spät.«

»Es tut mir leid, wenn ich Sie verletzt habe, Miss Lawson«, entgegnete er schuldbewusst. »Kann ich Sie nach Hause geleiten, nur um sicherzugehen, dass Sie heil ankommen?«

Patty schüttelte den Kopf. »Nein, danke, ich gehe lieber allein.«

Michael sah sie mit einem Ausdruck in den Augen an, der ihr das Herz zusammenzog.

»Ich hoffe, Sie erweisen mir bald wieder die Ehre Ihrer Gesellschaft.«

Sie antwortete nicht, warf ihm aber ein Lächeln zu, das ihm Hoffnung machen sollte. Während der Heimfahrt dachte Patty unablässig an ihn, ließ ihr Gespräch und den Kuss Revue passieren und stellte fest, dass sie glücklich war. Erst als sie den Schlüssel ins Schloss steckte und die Haustür öffnete, fand sie schlagartig in die Wirklichkeit zurück. In der kleinen Stube ihres Elternhauses brannte noch Licht. Ihre Mutter hatte also wieder auf sie gewartet. Seufzend lugte Patty zur Tür hinein. Mama war nicht allein. Auf dem altersschwachen Sofa saß Tante Venetia und sah Patty mit sorgenvollem Blick entgegen.

»Kind, wo warst du nur so lange?«, rief Mary. »Wir haben uns Sorgen gemacht.«

Ihr schlechtes Gewissen ließ Patty zum Angriff übergehen. »Ich bin über einundzwanzig, Mama. Ich kann so spät nach Hause kommen, wie ich will.«

Mary warf Venetia einen flehenden Blick zu.

»Komm rein und setz dich«, bat Venetia.

Patty zog eine unwillige Grimasse, tat aber wie geheißen. Um ihrer Tochter eine Lüge zu ersparen, fragte Venetia gar nicht erst, wo sie gewesen war.

»Ich weiß, dass du dich mit einem Mann triffst, Patty«, sagte sie streng. »Einem Gast aus dem Ritz. Und das schon seit Längerem.«

Verblüfft starrte Patty sie an. »Woher …?«

»Das tut nichts zur Sache. Aber es muss aufhören. Bist du dir nicht im Klaren darüber, dass du mit dem Feuer spielst?«

»Ich weiß schon, was ich tue.«

»Tatsächlich? Du kennst diesen Mann doch gar nicht. Du hast keine Ahnung, was seine Absichten sind.«

»Ich kenne ihn. Wir haben dieselben Interessen. Es ist das erste Mal, dass ich jemanden gefunden habe, mit dem ich mich unterhalten kann, der mich wertschätzt.«

Venetia bemerkte, wie sehr diese Worte Mary verletzten, die sich stets für ihre mangelhafte Bildung geschämt hatte.

»Patty, bitte sei vernünftig«, mahnte Venetia.

»Ihr könnt mir nicht vorschreiben, mit wem ich befreundet sein darf«, gab das Mädchen zurück. »Wenn ihr euch in mein Leben einmischt, ziehe ich eben aus.«

Gereizt stürmte Patty aus der Stube und schlug die Tür zu.

49

London, 15. September 1921

Venetia eilte den Piccadilly entlang. Sie hatte Patty überredet, in der Mittagspause mit ihr im Lyons' Corner House zu essen. Doch als Venetia auf Pattys Beziehung zu Michael Robinson zu sprechen gekommen war, hatte diese sich geweigert, das Thema zu diskutieren, und war vorzeitig aufgebrochen. Venetia hatte noch die Rechnung bezahlen müssen und konnte ihr deshalb nicht folgen. Während sie allein zum Ritz zurückging, zerbrach sie sich den Kopf, was sie noch unternehmen könnte, um Patty zur Vernunft zu bringen.

Als Venetia den Pub »The King's Head« erreichte, wurde sie plötzlich unsanft aus ihren Gedanken gerissen. Einige Yards vor ihr betrat ein Mann die Kneipe, der ihr bekannt vorkam. Venetia spürte, wie ihr ein kalter Schauer über den Rücken lief. Charlie? Abrupt blieb Venetia stehen. Ihr Cousin hatte sie nicht gesehen und war im Schankraum des Pubs verschwunden. Venetia stand wie angewurzelt da und versuchte, sich von dem Schrecken zu erholen, der in sie gefahren war. Nachdem sie während des Krieges der Polizei Charlies Aufenthaltsort mitgeteilt hatte und er eingezogen worden war, hatte sie von Verwandten erfahren, dass er 1917 in deutsche Gefangenschaft geraten war. Seitdem hatten sie und ihre Eltern nichts mehr von ihm gehört. Venetia hatte Charlie fast vergessen. Es war ein Schock für sie, ihm so unverhofft wieder zu begegnen. Was tat er auf dem Piccadilly, nicht weit entfernt vom Ritz? Wollte er ihr auflauern? Sie musste herausfinden, was er vorhatte.

Vorsichtig näherte Venetia sich einem der Fenster und lugte durch eine Lücke in dem Muster, das in das Glas geschliffen war. Mit ein wenig Mühe konnte sie Charlie im Innern ausmachen. Er unterhielt sich an der Theke mit einer Frau. Venetia schlug die Hand vor den Mund, um einen Ausruf der Überraschung zu unterdrücken. Das Blut wich ihr so plötzlich aus dem Gesicht, dass ihr schwindelig wurde. Die Frau, mit der Charlie angeregt sprach, war Miss Trout.

Hastig wandte Venetia sich ab und ging weiter. Ihre Gedanken überschlugen sich. Wie hatten diese beiden zueinandergefunden? Waren sie sich im »King's Head« über den Weg gelaufen? Und was heckten sie gemeinsam aus? Venetia war nicht so naiv, zu glauben, dass diese unheilige Bekanntschaft ganz unschuldig war und nichts mit ihr zu tun hatte. Widerwillig rief sie sich Charlies Erscheinungsbild ins Gedächtnis zurück. Der rechte Ärmel seines Jacketts hatte an der Seite herabgehangen. Er hatte also im Krieg einen Arm eingebüßt. Ein Grund mehr für ihn, Venetia dafür zu hassen, dass sie ihn an die Behörden ausgeliefert hatte. Eine Welle der Angst breitete sich in ihr aus.

»Und, hast du den berühmten Charlie Chaplin zu Gesicht bekommen?«, fragte André, während er und Percy in einem Pub in Soho saßen und Bier tranken.

»Das habe ich tatsächlich«, antwortete Percy stolz. »Heute Morgen hat er mich gebeten, ihn durch den Personaleingang aus dem Hotel zu schmuggeln, um den Leuten zu entgehen, die draußen auf ihn warteten.«

»Der Preis des Erfolgs«, bemerkte André sarkastisch. Dann wechselte er das Thema. »Was unternehmen wir morgen?« Zufällig fielen ihre freien Tage einmal zusammen, was nicht oft vorkam.

»Hm, sollen wir einen Ausflug nach Hampstead machen?«, schlug Percy vor. »Oder lieber mit dem Zug nach Brighton fahren?«

Während sie die Alternativen diskutierten, trat von der Theke ein Mann an ihren Tisch.

»Kann ich Ihnen ein Bier spendieren, meine Herren?«, erbot er sich.

Percy und André musterten den Fremden überrascht. Er mochte um die fünfzig sein und war in einen eleganten, ein wenig protzig wirkenden dunkelgrauen Anzug gekleidet. Das braune Haar trug er aus der Stirn gekämmt. Ein Übermaß an Pomade sorgte dafür, dass sich keine Strähne aus der geschniegelten Frisur löste. Der Mann war aber nicht unattraktiv. Ein schmaler Oberlippenbart verlieh ihm ein kultiviertes Aussehen, zu dem das gewitzte Leuchten der grauen Augen nicht recht passen mochte. Percys Menschenkenntnis sagte ihm, dass er einen Gauner vor sich hatte. Daran änderte auch die Tatsache nichts, dass der rechte Ärmel des Fremden leer herabhing und der Bund an der Tasche seines Jacketts befestigt war. Vermutlich hatte er wie so viele andere den Arm im Krieg verloren.

»Wir können unser Bier selbst bezahlen, danke«, sagte Percy abweisend.

Der Fremde ließ sich durch die Ablehnung nicht entmutigen. Dreist setzte er sich auf einen freien Stuhl an ihrem Tisch.

»Ihr arbeitet im Ritz, nicht wahr?«, bemerkte er. »Dann kennt ihr meine Cousine Venetia … Venetia Grey … Ich bin ihr Cousin Charles Hogan. Ich weiß nicht, ob sie mich je erwähnt hat …«

»Hat sie nicht«, antwortete Percy knapp. Er las André vom Gesicht ab, dass dieser sich über Percys unfreundliche Art wunderte, doch Percy konnte ihm nicht erklären, was ihn dazu bewog.

»Kommen Sie schon, Mr Frobisher«, erwiderte Charlie mit gekränkter Miene. »Ich weiß, dass Sie mit Venetia befreundet sind. Sie sprach während des Krieges in den höchsten Tönen von Ihnen. Leider habe ich sie seit Jahren nicht mehr gesehen. Ich wurde 1917 verwundet.« Er deutete auf seinen leeren Ärmel. »Dann kam ich in Kriegsgefangenschaft. Ich bin erst seit ein paar Monaten wieder in London und würde sie gerne aufsuchen. Aber sie wohnt nicht mehr in der Pension in Finsbury Park, in der, wie ich weiß, auch Sie eine ganze Weile lebten, Mr Le Blanc.«

»Das stimmt, aber wir sind vor zwei Jahren ausgezogen, Mr Hogan«, bestätigte André.

Bevor er weitersprechen konnte, fiel Percy ihm ins Wort: »Wenn Sie Miss Greys Adresse erfahren wollen, müssen Sie sie schon selbst fragen. Sie wissen ja, wo Sie sie finden können. Sie arbeitet nach wie vor im Ritz. Oder fragen Sie ihre Eltern.«

Hogan zog eine komische Grimasse. Er hatte Charme, das musste man ihm lassen.

»Venetias Eltern sind nicht gut auf mich zu sprechen. Sie missbilligen meinen opportunistischen Geschäftssinn.«

»Was bedeutet das?«, fragte André verwundert.

»Wenn sich mir eine Gelegenheit bietet, schnell und ohne große Mühe Gewinn zu machen, dann ergreife ich sie«, erläuterte Charlie.

Ein Gauner, dachte Percy erneut. Er gibt es sogar zu. Ein Naturtalent. Percy spürte, wie auch sein anfänglicher Widerstand gegen den Mann schwand. Auf jeden Fall war er unterhaltsam.

»Wie wäre es nun mit einem Bier?«, wiederholte Charlie sein Angebot. Er musste die Änderung in Percys Haltung gespürt haben. Ohne eine Antwort abzuwarten, erhob er sich und kehrte kurz darauf mit drei Gläsern zurück.

Percy ärgerte sich über die Dreistigkeit des Mannes, dann entspannte er sich und lehnte sich auf seinem Stuhl zurück. Was konnte es schaden, wenn sie sich eine Weile mit Hogan unterhielten? Percy hatte nicht vor, ihm etwas über Venetia zu verraten.

Die Stunden vergingen. Charlie erzählte unterhaltsame Anekdoten von seinem Aufenthalt in Deutschland und verstand es, seine Zuhörer zu fesseln. Als es für André und Percy Zeit war, den Heimweg anzutreten, hatten sie mehr Alkohol getrunken als sonst und waren in guter Stimmung. Vor der Tür des Pubs trennten sie sich von Charlie Hogan und schlenderten in Richtung Tottenham Court Road zur U-Bahnstation. Es war ein kühler regnerischer Septemberabend. Die schmalen Gassen Sohos, durch die Percy und André gingen, waren verlassen. Menschentrauben fanden sich nur um die Pubs zusammen. Aufgrund der seit dem Krieg verkürzten Ausschankzeiten musste man sich beeilen, wenn man sich vor der Sperrstunde ordentlich betrinken wollte. Die Vorstellungen in den Theatern des West End waren noch nicht beendet. Erst danach würden die Straßen wieder von Nachtschwärmern erfüllt sein, die es dann in die Restaurants zog. Es war fast so finster wie während des Krieges. Viele der Laternen, die während der Verdunkelung nicht gewartet worden waren und nicht mehr funktionierten, waren noch nicht repariert worden.

»Warum warst du Hogan gegenüber so zurückhaltend?«, fragte André, als sie in die D'Arblay Street einbogen.

»Ich traue dem Kerl nicht«, erwiderte Percy. »Er macht einen unehrlichen Eindruck auf mich.«

»Ich fand ihn ganz unterhaltsam«, meinte André.

»Und gut aussehend?«, gab Percy schnippisch zurück. Auf einmal war er eifersüchtig.

»Das auch«, entgegnete André lächelnd, um seinen Freund zu necken.

Percys Augen blitzten mutwillig. Einem Impuls folgend, zog er André in einen Hauseingang neben ein paar Mülltonnen, legte die Hände um sein Gesicht und küsste ihn leidenschaftlich. André erwiderte den Kuss. Er mochte die Leidenschaftsausbrüche seines Geliebten, die ihrer Beziehung immer wieder neues Feuer verliehen. Plötzlich stieß Percy ihn heftig zurück, sodass André stolperte.

»Na, was haben wir denn hier?«, fragte eine sonore Stimme.

Ein Bobby in Helm und Uniform stand hinter ihnen und blickte sie drohend an. In der Rechten hielt er seinen Schlagstock, den er wiederholt leicht in die linke Handfläche fallen ließ. André spürte, wie sich Übelkeit in ihm ausbreitete.

»Zwei warme Brüder«, stieß der Polizist hervor, als würde er etwas Ungenießbares ausspucken. »Einfach widerlich! Die Kumpels auf dem Revier werden sich über den Fang freuen.«

Mit einer resoluten Geste zog er seine Handschellen aus dem Gürtel. Percy starrte ihn mit vor Schreck geweiteten Augen an.

»Officer, bitte …«Weiter kam er nicht. Ohne Zögern rammte der Bobby ihm das Ende des Schlagstocks so heftig in den Magen, dass Percy sich vor Schmerz zusammenkrümmte und an der Hauswand festhalten musste, um nicht zu Boden zu gehen.

»Halt's Maul, verdammter Stiftbohrer«, schnauzte der Polizist.

Als André Percy zu Hilfe kommen wollte, schlug der Bobby mit dem Schlagstock kräftig gegen die Mülltonnen, dass es schepperte.

»Bleib, wo du bist, oder ihr werdet beide die Vögelchen singen hören.«

Um seinen Worten Nachdruck zu verleihen, trat er mit seinen schweren Schuhen gegen den Blecheimer. Der metallische Knall war ohrenbetäubend. Percy begann zu zittern. Der Polizist fixierte ihn mit abfälligem Blick.

»Soso, einer, der den Tatterich hat«, spottete er.

Mit einem grausamen Lächeln trat er noch einmal mit solcher Wucht gegen die Mülltonne, dass sie umfiel und mit lautem Radau über die Straße rollte. Percy spürte, wie er die Kontrolle über seine Glieder verlor. Selbst wenn er gewollt hätte, wäre es ihm nicht möglich gewesen, wegzulaufen. Seine Beine gaben unter ihm nach, und er sank auf die Knie. Erneut machte André einen Schritt auf ihn zu, um ihm zu helfen, doch der Bobby hob sofort den Arm und schwang abwehrend den Schlagstock.

»Denk nicht einmal daran.« Ohne André aus den Augen zu lassen, legte er einen Handschellenring um Percys rechtes Handgelenk und schloss ihn ab. »Los, komm her!«, befahl er André.

Auf einmal tauchte eine Gestalt aus dem Halbdunkel auf.

»Was geht hier vor?«, fragte der Neuankömmling mit ruhiger Stimme.

Alle Blicke wandten sich ihm zu. Es war Charlie Hogan.

»Officer, was haben die armen Burschen denn verbrochen?«, erkundigte er sich, während er mit einer gelassenen Geste an seiner Zigarette zog.

»Das sind zwei Sodomiten«, erklärte der Bobby und spuckte aus. »Ich nehme sie mit aufs Revier, und morgen früh werden sie dem Haftrichter vorgeführt. Mischen Sie sich nicht ein, Mr Hogan.«

»Aber, aber, Constable Smith, ist das denn wirklich nötig?«, erwiderte Charlie mit einem Zungenschnalzen. »Sie wissen doch, wie sehr eine Verhaftung einem Mann schaden kann.«

»Das hätten die beiden sich überlegen sollen, bevor sie auf offener Straße herumknutschen«, gab der Polizist gereizt zurück. Charlie saugte genüsslich an seiner Zigarette. Hoffnungsvoll verfolgten André und Percy das Gespräch. Offensichtlich kannte Venetias Cousin den Bobby. Vielleicht würde es ihm gelingen, ihn zu überreden, sie gehen zu lassen. Doch falls nicht, wären sie ruiniert.

Charlie warf seine Kippe auf den Boden und trat sie aus. Dann winkte er André gebieterisch zu sich. Unsicher warf dieser dem Polizisten einen fragenden Blick zu, doch da dieser ihn nicht zur Ordnung rief, trat er zu Charlie.

»Sagen Sie, Mr Le Blanc, haben Sie Geld bei sich?«, raunte Charlie dem Franzosen zu.

»Nur ein paar Shillings«, antwortete André. »Glauben Sie, der Officer will Schmiergeld?«

»Er hat vier Kinder«, erwiderte Charlie ironisch. »Ich könnte euch beiden aushelfen, da ihr Freunde meiner Cousine seid. Ich leihe euch das Geld. Aber dafür will ich eine Gegenleistung. Ich bin vorhin nicht ganz ehrlich zu euch gewesen. Als ich Venetia das letzte Mal sah, sind wir im Streit auseinandergegangen. Sie schuldet mir was, weigert sich aber zu bezahlen. Ich brauche etwas, das sie überzeugt, ihre Schulden zu begleichen. Sie kennen meine Cousine seit vielen Jahren. Sicher wissen Sie etwas über sie, womit ich ein wenig Druck auf sie ausüben kann.«

»Ich weiß nicht, was Sie meinen«, entgegnete André schockiert.

»Jeder Mensch hat irgendein schmutziges Geheimnis«, sagte Charlie ernst. »Auch Venetia.«

Hilflos blickte André von ihm zu dem Polizisten und Percy, der noch immer, an allen Gliedern bebend, am Boden kniete.

Charlie griff in seine Jacketttasche und holte ein Bündel

Scheine heraus. »Das ist alles, was ich habe«, erklärte er. »Wenn ich euch damit aushelfen soll, muss es sich für mich schon lohnen.«

Officer Smith hatte die Geldscheine ebenfalls bemerkt und lächelte süffisant. Dann hieb er Percy grundlos mit seinem Schlagstock auf den Rücken. Mit einem Schrei ging Percy zu Boden.

André spürte nackte Panik in sich aufsteigen. »Bitte hören Sie auf!«, rief er dem Polizisten zu. Dann wandte er sich mit flehendem Blick an Charlie.

Percy erriet, was André zu tun im Begriff war, und sagte keuchend: »André, nicht!«

Ein Tritt in den Magen schnürte ihm die Luft ab.

»Sie hat ein uneheliches Kind«, stieß André hervor.

Charlies Augen weiteten sich vor Überraschung. »Was? Ist das wahr?«

André nickte. Verzweifelt sah er zu Percy hinüber, der sich bemühte, auf die Beine zu kommen.

»Woher wissen Sie das?«, fragte Charlie misstrauisch.

»Sie hat es uns gesagt«, erwiderte André unwillig. »Es ist ihr eines Abends herausgerutscht.«

»Ein uneheliches Kind, wie? Mit wem?«

»Das weiß ich nicht.«

»Mit wem?«

»Ich weiß es nicht. Das schwöre ich.«

Prüfend studierte Charlie Andrés Gesicht, dann gab er sich zufrieden. »Also gut, das reicht mir.« Er hob die Hand, in der er die Scheine hielt, und winkte dem Bobby zu. »Eine kleine Aufmerksamkeit für Sie, Officer, falls Sie so nett wären, meine beiden Freunde noch einmal von der Angel zu lassen.«

Smith grinste, steckte den Schlagstock weg und schloss die

Handschelle um Percys Handgelenk auf. Während Charlie dem Polizisten das Geld übergab, stürzte André an die Seite seines Freundes und half ihm auf die Füße. Percy rang erbärmlich nach Luft.

»Bleibt sauber, Jungs!«, rief Charlie ihnen noch zu, bevor er im Halbdunkel der Gasse verschwand. Der Polizist folgte ihm.

Percy lehnte an der Hauswand und versuchte, zu Atem zu kommen. Seine Brust war wie zugeschnürt, und sein Rücken brannte wie Feuer. Als die Verkrampfung seiner Muskeln ein wenig nachließ, wandte er André das Gesicht zu.

»Wie konntest du das tun!«, knurrte er. »Hältst du mich für einen Schwächling? Ich wäre lieber ins Gefängnis gegangen, als das Vertrauen einer Freundin zu verraten ...«

Verletzt sah André ihn an, dann senkte er den Blick. Percy versetzte ihm einen heftigen Stoß, der André gegen die Wand warf. Scham wegen seiner Schwäche und Wut auf André, weil dieser geglaubt hatte, ihn beschützen zu müssen, vermischten sich zu einem Strudel der Verzweiflung, gegen den Percy mit Mühe ankämpfte. Für einen Moment war die Versuchung groß, seinen Zorn an André auszulassen und nicht wiedergutzumachende Dinge zu sagen. Seine Atemnot hinderte ihn daran, sie auszusprechen. Als er die Gewalt über seine Stimme zurückgewann, hatte die Vernunft wieder die Oberhand erlangt. André wollte sich von ihm abwenden, doch Percy packte ihn am Arm und hielt ihn fest.

»Komm, wir suchen uns ein Taxi«, sagte er.

»Brauchst du einen Arzt?«, fragte André besorgt.

»Nein, wir fahren nach Finsbury Park und erzählen Venetia, was wir getan haben. Sie muss gewarnt werden.«

»Ich ...«

»Komm schon, das sind wir ihr schuldig«, beharrte Percy und zog den Franzosen mit sich.

In ihrer Wohnung, die sie seit dem Auszug aus Mrs Burtons Pension gemietet hatte, die aber nur ein paar Straßen entfernt lag, saß Venetia in ihrem Lieblingssessel und las ein Buch. Doch es fiel ihr schwer, sich zu konzentrieren, da ihre Augen von der Arbeit im Büro ermüdet waren. Sie hatte sich gerade entschieden, ins Bett zu gehen, als die Türklingel schellte. Da keiner der anderen Mieter Anstalten machte, die Haustür zu öffnen, schob sie ein Fenster auf, das zur Straße hinausging, und sah hinunter. Zu ihrer Überraschung erkannte sie Percy und André.

»Venetia«, rief Percy zu ihr herauf. »Bitte lassen Sie uns rein.«

Auf den ersten Blick erkannte sie, dass etwas nicht in Ordnung war. Percys Haltung verriet, dass er Schmerzen hatte. Waren die beiden in einen Unfall verwickelt gewesen und suchten nun Hilfe? Aber was machten sie in Finsbury? Ihre gemeinsame Wohnung lag doch in Camden Town.

Hastig eilte Venetia die Treppe ins Erdgeschoss hinab und öffnete die Haustür.

»Was ist passiert?«, fragte sie besorgt, als sie Percys gequälte Miene sah. Auch André wirkte niedergeschlagen und wich ihrem Blick aus.

Ohne eine Antwort abzuwarten, bat sie die beiden Männer in ihre Wohnung und bot ihnen einen Sitzplatz an. Als Percy sich auf das Sofa sinken ließ, stöhnte er vor Schmerz und wurde kreidebleich.

»Mein Gott, was ist mit Ihnen, Percy? Sind Sie verletzt?«, fragte Venetia beunruhigt.

»Nur ein bisschen Rückenschmerzen«, presste er hervor.

»Sie sollten einen Arzt aufsuchen.«

»Das werde ich. Morgen.«

»Was ist denn nur geschehen?«, wiederholte Venetia. »Hatten Sie einen Unfall?«

»Könnte man so sagen«, erwiderte Percy zynisch.

»Ich mache Ihnen einen starken Tee«, schlug Venetia vor.

»Das ist nicht nötig«, sagte Percy abwehrend.

»Ich bestehe darauf«, beharrte sie.

Venetia bemerkte, dass André fast ebenso blass war wie Percy, und entschied, dass ihm eine Tasse Tee auch guttun würde. Nachdem sie das Teewasser aufgesetzt hatte, holte sie die angebrochene Flasche Laudanum aus dem Küchenschrank, die sie vor ein paar Monaten wegen eines verstauchten Knöchels verschrieben bekommen hatte. Als sie den Tee auftrug, gab sie ein paar Tropfen in Percys Tasse.

»Gegen die Schmerzen«, sagte sie lächelnd.

Percy warf ihr einen dankbaren Blick zu und leerte die Tasse in einem Zug. Dann begann er zu erzählen. Entsetzt hörte Venetia ihm zu. Sie beobachtete den vorwurfsvollen Ausdruck, der über Percys Züge glitt, während er ihr gestand, dass André Charlie ihr Geheimnis verraten hatte, und sah zu dem Franzosen hinüber, der beschämt schwieg. Wut auf ihren Cousin stieg in Venetia auf. Sie würde ihm nie verzeihen, dass er ihre Freunde benutzt hatte, um sich an ihr zu rächen.

Als Percy geendet hatte, hob André den Kopf und sah sie an. »Es tut mir leid, Venetia, ich wusste nicht, was ich machen sollte ...«, sagte er.

Venetia versuchte, sich vorzustellen, was sie getan hätte, wäre sie Zeuge gewesen, wie jemand Patty quälte. Und sie erkannte, dass auch sie alles getan hätte, um ihre Tochter zu schützen.

»Ist schon gut, ich verstehe, dass Sie nicht anders handeln konnten«, erwiderte Venetia. Sie bedachte Percy mit einem strengen Blick. »Nehmen Sie es ihm nicht übel, Percy. Er konnte es nicht ertragen, Sie misshandelt zu sehen. Das heißt nicht, dass er glaubt, Sie könnten es nicht wegstecken.« Venetia seufzte. »Es ist alles meine Schuld. Ich dachte mir schon, dass Charlie es nicht hinnehmen würde, dass ich ihn an die Polizei verraten habe. Ich werde mir nie vergeben, dass ihr meinetwegen in diese Lage geraten seid.«

»Denken Sie, Ihr Cousin hat mit dem Bobby gemeinsame Sache gemacht?«, bemerkte Percy erstaunt.

»Ja, das glaube ich«, bestätigte Venetia. »Charlie ist hinterhältig und verschlagen. Er hat euch aufgelauert und seine Chance genutzt.«

»Aber woher wusste er ...«

»... dass ihr ein Paar seid? Vielleicht hat er euch bereits eine Weile beobachtet. Es würde mich auch nicht überraschen, wenn dieser Polizist gar nicht echt war, sondern ein verkleideter Komplize.«

André und Percy wechselten betreten Blicke. »Und wir sind wie die Dorftrottel darauf reingefallen«, rief Percy entrüstet. »Wenn ich den Lump in die Finger kriege ...«

»Nein, Percy, Charlie ist gefährlich und der andere Mann sicher auch«, sagte Venetia warnend. »Er hätte Sie ernsthaft verletzen können. Bitte halten Sie sich eine Weile von Soho fern. Sie müssen sich ohnehin schonen. André, sorgen Sie dafür, dass er seine Prellungen mit einem nassen Handtuch kühlt, wenn Sie nach Hause kommen. Percy, bleiben Sie morgen daheim. Ich spreche mit Messieurs Schmid und Bonvin und melde Sie krank.«

50

*M*it weichen Knien betrat Venetia ihr Büro im Ritz und ließ sich auf den Stuhl hinter ihrem Schreibtisch sinken. Eine Weile überließ sie sich der Wut und Verzweiflung, die sie erfüllten, vergrub das Gesicht in den Händen und weinte. Ihre wohlgeordnete kleine Welt war dabei, über ihr zusammenzubrechen. Sie fühlte sich wie ein Tier, das von einer Hundemeute in eine Sackgasse getrieben worden war und keinen Ausweg mehr sah. Doch ihr Stolz hinderte sie daran, aufzugeben.

An diesem Morgen war eingetreten, womit Venetia schon seit Tagen gerechnet hatte. Charlie hatte ihr auf dem Weg zur Arbeit aufgelauert. Am Ausgang der U-Bahnstation Dover Street hatte er sie abgefangen und mit brutaler Gewalt um die Ecke in einen Hauseingang gezerrt. Um eine Szene zu vermeiden, hatte Venetia darauf verzichtet, sich zu wehren.

»Was willst du?«, fragte sie ihn und blickte ihn abfällig an. Sie dachte an das, was er Percy angetan hatte, und wurde sich auf einmal bewusst, dass sie ihn hasste.

»Gar nicht überrascht, mich zu sehen?«, antwortete er mit einem schmierigen Lächeln, das rasch wieder verschwand, als er den feindseligen Ausdruck auf ihrem Gesicht sah. »Du schuldest mir noch etwas dafür, liebe Cousine«, fügte er mit einem Nicken in Richtung seines leeren rechten Ärmels hinzu.

»Du bist am Leben«, erwiderte sie zynisch. »Andere hatten nicht so viel Glück.«

Die Tatsache, dass sie keine Angst zeigte, machte Charlie wütend. »Als du mich an die Behörden verpfiffen hast, habe ich alles verloren«, zischte er. »Meine Geschäftspartner haben sich andere Zulieferer gesucht. Du wirst mir helfen, meine Beziehungen wieder aufzubauen. Dazu brauche ich Geld.«

»Was willst du von mir? Meine Ersparnisse? Damit kommst du nicht weit.«

Er grinste höhnisch. »Von heute an sind wir Partner. Du sitzt im Ritz an der Quelle. Du wirst mich mit Ware versorgen. Ein paar Juwelen … einige Flaschen teuren Wein, alles, was sich zu Geld machen lässt.«

»Bist du verrückt? Ich denke nicht daran.«

»Du wirst tun, was ich sage, wenn du nicht willst, dass ich dein Geheimnis an die Zeitungen verrate.« Auf gespielt vorwurfsvolle Art schnalzte Charlie mit der Zunge. »Das wird eine Schlagzeile: ›Sekretärin des Hoteldirektors hat uneheliches Kind mit dem ehrenwerten Lord Ainsdale‹ … und der kleine Bastard arbeitet auch noch als Telefonistin im Ritz. Dein Chef wird vor Schreck einen Schlaganfall bekommen.«

Voller Verachtung starrte Venetia ihn an. Zusammen hatten sie es also ausgeknobelt: er und die Trout. Als ihre Rivalin von Venetias unehelichem Kind erfahren hatte, musste sie sich die Wahrheit zusammengereimt haben. Sie hatte Venetia mehr als einmal im Gespräch mit Bertie gesehen, und es war für jeden offensichtlich gewesen, wie eng ihre Beziehung zu Patty war. Auch wenn Charlie nur geraten hatte, so konnte er nun die Bestätigung von Venetias Gesicht ablesen.

»Du siehst also«, sagte er siegessicher, »ich habe dich in der Hand. Tu, was ich dir sage, und dein Geheimnis ist sicher.«

»Und was ist mit Miss Trout?«, erkundigte sich Venetia.

»Woher weißt du …?«, fragte er sichtlich entgeistert. »Auch egal. Überlass die Trout mir. Rache mag süß sein, aber ein ordentlicher Spargroschen fürs Alter hat auch was für sich. Die Dame wird nicht jünger und hat anspruchsvolle Vorlieben.«

Venetia sah ein, dass es keinen Sinn hatte, ihn zu beschimpfen. Damit würde sie alles nur noch schlimmer machen. Und sie war erstaunt, dass es ihr gelang, so ruhig zu bleiben.

»Ich brauche ein wenig Bedenkzeit«, erwiderte sie.

Charlie studierte prüfend ihr Gesicht, das nichts mehr preisgab. »Du hast zwei Tage. Dann will ich eine Antwort. Und versuche nicht, mir auszuweichen. Sonst komme ich dich in deinem Büro besuchen und erzähle deinem Chef von dir und deinem Bastard – und natürlich von dem schwulen Paar, das in seinem Hotel arbeitet.«

Er warf ihr noch einen drohenden Blick zu, dann wandte er sich ab und verschwand in der U-Bahnstation.

In ihrem Schreibzimmer fragte sich Venetia, was sie tun sollte. Monsieur Bonvin war bei einer Aufsichtsratssitzung, um die prekäre finanzielle Lage des Ritz zu diskutieren, sodass sie ungestört nachdenken konnte. Welche Möglichkeiten hatte sie? Es erschien ihr unmöglich, zu stehlen, um sich Charlies Schweigen zu erkaufen. Doch wenn ihr Geheimnis herauskam, verlöre sie mit Sicherheit ihre Stelle und würde auch nie wieder eine neue finden. Sie wäre ruiniert. Patty würde die Wahrheit erfahren und sie fortan vermutlich verachten. Berties Ruf würde dagegen weniger leiden. Männern seines Standes vergab man solche Indiskretionen leicht, zumal sie stattgefunden hatte, bevor er verheiratet gewesen war. Aber eine Offenbarung der Affäre und der Tatsache, dass er eine uneheliche Tochter hatte, würde Lady Ainsdale sehr verletzen und seine Ehe belasten. Für Percy und André hätte Charlies Anschuldigung schwerwiegende Konsequenzen, auch wenn sie nicht die einzigen Mitarbeiter im Ritz mit homosexuellen Neigungen waren, wie Venetia inzwischen wusste. Wenn Charlie sie anzeigte, würden sie nicht nur ihre Stellung verlieren, sondern riskierten zudem eine Haftstrafe. Das konnte Venetia auf keinen Fall zulassen.

Sosehr sie sich auch den Kopf zerbrach, sie fand keine Lösung und musste sich eingestehen, dass sie Hilfe brauchte. Nach kurzem Zögern hob sie den Fernhörer des Telefons ab und ließ sich mit Berties Suite verbinden. Während sie noch darüber nachdachte, welchen Vorwand sie vorbringen sollte, falls Lady Ainsdale oder ihre neue Zofe das Gespräch entgegennähme, erkannte sie zu ihrer Erleichterung Berties Stimme am anderen Ende der Leitung.

»Bertie, hier ist Venetia«, sagte sie. »Es gibt ein Problem. Wir müssen dringend reden.«

»Was ist passiert?«, fragte er.

»Nicht am Telefon. Hast du Zeit, dich mit mir zu treffen?«

»Das lässt sich einrichten. Wo?«

Venetia überlegte angestrengt. Wo wären sie ungestört? »Im Weinkeller«, schlug sie vor. »Jetzt am Morgen muss der Weinbutler dort nicht hinein. Und eine Lieferung steht heute, soweit ich weiß, auch nicht an.«

Sie beschrieb ihm den Weg. Dann verließ sie ihr Büro und hielt im Foyer Ausschau nach Percy. Nach zwei Tagen Ruhe arbeitete er wieder, aber man sah ihm an, dass er noch Schmerzen hatte.

Percy begegnete ihrem Blick, sah sich um und trat zu ihr. »Haben Sie von Ihrem Cousin gehört?«, erkundigte er sich.

Venetia nickte. »Können Sie und André mich in zehn Minuten im Weinkeller treffen? Ich brauche Ihre Hilfe.«

»Geht klar«, stimmte Percy zu. »Wir werden da sein.«

Seufzend schloss Venetia ihr Büro ab. Es ärgerte sie, dass Charlie sie in diese Situation zwang. Sie hätte ihre Zeit viel lieber dazu genutzt, um sich mit Auguste Escoffier zu unterhalten. Vor einem Jahr hatte der Maître sich zur Ruhe gesetzt und war nach Monte Carlo gezogen. Doch so ganz konnte er offenbar noch nicht loslassen, denn gestern war der Meisterkoch auf einen kurzen Besuch nach England gekommen, um den neuen Chef de Cuisine, Monsieur Limasseau, zu beraten, nachdem die Zufriedenheit mit dem Essen im Restaurant seit Ende des Krieges nachgelassen hatte. Venetia hatte sich auf ein Wiedersehen mit Escoffier gefreut und hoffte, dass sie trotz ihres Dilemmas noch Gelegenheit finden würde, mit ihm zu sprechen.

Sie lief die Personaltreppe hinter den Gästeaufzügen hinunter. Im Untergeschoss wartete sie auf Bertie, der kurz darauf erschien. Obwohl ihm die Fragen auf der Zunge brannten, folgte er ihr schweigend. Sie gingen durch beige gestrichene schmucklose Korridore, an den Motorenhäuschen für die Aufzüge, den Lagerräumen für die Kohle, mit der die Herde in der Küche und die Heizung betrieben wurden, dann an der Kühlhausanlage, den Pumpen für die Wasserversorgung und der Werkstatt vorbei. Ein schmaler Gang zu ihrer Rechten führte zum Weinkeller. Interessiert blickte Bertie sich in dem großen Lagerraum mit den unzähligen Regalen voller Wein- und Champagnerflaschen um. Über eine einfache Trittleiter gelangte man in eine weitere Etage. Unten war der Weißwein, oben der Rotwein untergebracht.

»Nicht schlecht«, bemerkte Bertie. »Aber wie kommt es, dass du einen Schlüssel für diesen Schatzkeller hast?«

»Mein früherer Chef, Monsieur Dreyfus, hat sich gerne einmal eine Flasche bringen lassen. Und sein Nachfolger hat den Schlüssel nie von mir zurückverlangt«, erklärte Venetia.

»Und weshalb wolltest du mich so dringend sehen? Hast du mich vermisst?«, fragte Bertie lächelnd.

»Ich vermisse dich immer«, erwiderte sie. »Aber deswegen würde ich nicht das Risiko eingehen, dass man uns zusammen sieht. Ich bin in Schwierigkeiten.«

André war mit der Herstellung von Blätterteig beschäftigt, als Percy die Küche betrat und ihm zuflüsterte, dass Venetia mit ihnen sprechen wolle. Besorgt sah André auf und nickte. Seinem Lehrling gab er die Anweisung, ohne ihn weiterzumachen und die abgeschnittenen Ränder des fertigen Blätterteigs zu sammeln. Sie würden diese bei Bedarf für Croûtons, Barquettes – Gebäckschalen in Bootform – oder Tartelette-Böden verwenden.

»Hat sie gesagt, was sie mit uns besprechen will?«, fragte André leise, während sie am Büro des Küchenchefs vorbeigingen.

»Wahrscheinlich braucht sie unsere Hilfe, um mit diesem Hurensohn von Cousin fertigzuwerden«, erwiderte Percy.

Hinter ihnen wurde die Bürotür geöffnet. Ohne sich umzusehen, sagte Percy: »Beeilen wir uns. Bevor uns jemand sieht.«

Als André und Percy den Weinkeller betraten, sahen sie sich zu ihrer Überraschung nicht allein Venetia gegenüber.

»Mylord«, stieß Percy hervor und blickte verständnislos von Ainsdale zu Venetia.

»Ihr kennt bereits einen Teil meines Geheimnisses«, sagte sie. »Nun sollt ihr auch den Rest erfahren. Seine Lordschaft ist der Vater meiner Tochter Patty.«

»Patty?«, wiederholte Percy. Er verstand gar nichts mehr. »Patty Lawson, die Telefonistin?«

»Ja. Aber sie weiß nichts von alldem. Und so soll es bleiben.«

Venetia wollte gerade mit ihrer Erklärung fortfahren, als die Tür zum Weinkeller geöffnet wurde und Auguste Escoffier eintrat. Ganz entgegen seiner sonst ernsten Art grinste er breit, während er in die erstaunten Gesichter der Anwesenden blickte.

»Ich dachte mir, dass etwas im Busch ist, als ich die beiden Burschen durch die Gänge schleichen sah«, sagte er amüsiert. Für den vierundsiebzigjährigen Meisterkoch waren die beiden Männer immer noch Burschen, obwohl sie inzwischen über dreißig waren. »Was ist das hier? Eine Verschwörung?« Escoffiers Blick richtete sich auf Bertie, und seine Augenbrauen zogen sich verwundert zusammen, als er den Viscount erkannte.

»Lord Ainsdale? Nun bin ich aber wirklich neugierig«, gestand der Maître.

Da alle anderen betreten schwiegen, ergriff Venetia das Wort: »Bitte schließen Sie die Tür, Monsieur, dann erkläre ich es Ihnen«, bat sie mit einem ergebenen Seufzen. »Aber Sie werden sicherlich furchtbar enttäuscht von mir sein.«

Escoffier lauschte ihr aufmerksam, während sie ihm den Sachverhalt darlegte. Doch es schockierte ihn nicht, dass sie ein uneheliches Kind hatte. Als Franzose hatte er Verständnis dafür, dass die Liebe manchmal stärker war als die Vernunft.

»Hm«, machte er schließlich, nachdem sie geendet hatte. »Ich begreife, dass Sie sich Sorgen machen, Mademoiselle. Hier in England verzeiht man einen Fehler wie den Ihren nicht. Sie würden Ihre Anstellung verlieren, wenn die Wahrheit herauskäme. Der Vorstand der Ritz Hotel Ltd. ist streng konservativ.«

Venetia fuhr sich mit der Hand über die Stirn. »Was soll ich nur tun?« Sie war den Tränen nahe.

Bertie legte ihr den Arm um die Schultern und zog sie an sich. »Zur Not werde ich deinem Cousin Geld geben, damit er den Mund hält«, versprach er.

Auguste Escoffier schüttelte den Kopf. »Das würde ich an Ihrer Stelle nicht tun, Mylord. Er würde nur immer mehr Schweigegeld verlangen. Diese Leute sind wie Zecken. Man wird sie nur schwer los.« Nachdenklich runzelte er die Stirn.

»Haben Sie vielleicht eine Idee, was wir tun könnten?«, fragte Percy hoffnungsvoll.

Escoffier sah ihn ernst an. »Möglicherweise«, antwortete er. Sein Blick wanderte zu Venetia. »So, wie Sie diesen Charlie Hogan beschreiben, scheint er mir ein hartgesottener Gewohnheitsverbrecher zu sein. Ein solcher Mensch wird sich nicht leicht einschüchtern lassen. Das aber müssen Sie tun, um ihm klarzumachen, dass es in seinem Interesse liegt, zu schweigen.«

»Ich könnte ihn mir vornehmen«, schlug Percy vor. »Wenn sein Freund, der Polizist, nicht bei ihm ist.«

»Ihn ein wenig zu verprügeln, wird nicht reichen«, gab Escoffier zu bedenken. »Sie müssten ihn schon umbringen.«

Als Percy nicht widersprach, sahen die anderen Anwesenden ihn bestürzt an. Percy hielt ihren Blicken stand, dann zuckte er mit den Schultern.

»Wäre vielleicht das Beste.«

Ein zynisches Lächeln hob Escoffiers Mundwinkel. »Nur wenn Sie am Galgen enden wollen, mein Freund. Klüger wäre es, dies anderen zu überlassen.«

»Einen Moment mal«, mischte Venetia sich ein. »Sosehr ich Charlie auch hasse, ich will nicht, dass er umgebracht wird.«

»Wir werden einen anderen Weg finden«, stimmte Bertie ihr zu. »Wir sind doch keine Barbaren.«

»Ich glaube, ich weiß, wie wir ihn einschüchtern können«, sagte Escoffier. »Dazu brauchen wir aber Georges Hilfe.«

»George?«, protestierte Percy. »Muss das sein?«

»Leider ja«, beharrte der Meisterkoch. »George hat sich unter den Herren von Scotland Yard, die während des Krieges die ausländischen Delegationen im Ritz beschützt haben, Freunde gemacht und wird uns einen vertrauenswürdigen Beamten empfehlen können. Denn ohne die Mithilfe der Polizei können wir Mr Hogan keine Falle stellen und gleichzeitig verhindern, dass er das Zeitliche segnet. Und um ihn loszuwerden, *muss* er um sein Leben fürchten.«

Gerührt schenkte Venetia Escoffier ein Lächeln. »Sie sprechen von ›uns‹, dabei betrifft Sie die Sache doch gar nicht. Es ist unser Problem«, erinnerte sie ihn.

»Ach was, ich kenne Sie drei nun schon so lange« – Escoffier blickte Venetia, Percy und André an – »und Sie haben mir in dieser Zeit so manchen Dienst erwiesen. Da ist es doch selbstverständlich, dass ich Ihnen meine Hilfe anbiete.«

»Wie sollen wir vorgehen?«, fragte Percy eifrig.

»Zuerst muss ich Sie warnen«, sagte der Meisterkoch. »Die Ausführung der Idee, die mir gekommen ist, wird nicht ungefährlich, vor allem für Sie, Percy. Sie müssen etwas stehlen.«

»Ich bin zu allem bereit«, bestätigte Percy ohne Zögern.

»Worauf wollen Sie hinaus?«, meldete Bertie sich zu Wort.

In Escoffiers Augen blitzte ein schelmischer Funke. »Ich bin nicht allein deswegen nach London gekommen, um meinem Nachfolger Limasseau auf die Finger zu schauen. Der gute Maître ist nervös, denn wir erwarten nächste Woche wichtige und anspruchsvolle Gäste: David Lloyd George und Basil Zaharoff halten wieder ein Treffen im Ritz ab.«

Andrés Miene verriet, dass er begriff, worauf sein Landsmann hinauswollte.

»Limasseau hat mich gebeten, ihn bezüglich des Menüs zu beraten, das er anlässlich der Besprechung des Premierministers mit dem Waffenkönig im Marie-Antoinette-Speisesaal servieren soll«, fuhr Escoffier fort. »Zaharoff wird zwar wie gewohnt im Carlton Hotel übernachten, aber er hat eine Suite reserviert, um sich umziehen und frisch machen zu können. Das gibt uns die Gelegenheit, ihn mit ins Spiel zu bringen. Mr Hogan wird den Tag verfluchen, an dem er sich mit Ihnen angelegt hat, Mademoiselle Grey.«

51

London, 25. September 1921

*B*ertie ließ die Abendzeitung sinken und beobachtete die Ankunft von David Lloyd George, der das
Ritz durch den Piccadilly-Eingang betrat. Vor dem
Palm Court schüttelte der Premierminister Basil Zaharoff die
Hand. Scheinbar uninteressiert folgte Bertie den beiden Männern mit dem Blick, während diese an ihm vorbeigingen. Zaharoffs Leibwächter hielt diskret Abstand und blieb schließlich
vor der Tür zum Marie-Antoinette-Speisezimmer stehen, die sich
hinter den wichtigen Besuchern geschlossen hatte.

Bertie wandte den Kopf und entdeckte Percy, der vom Foyer
zu ihm herübersah. Bestätigend nickte Bertie ihm zu. Auf sein
Zeichen hin entfernte sich Percy. Nun konnten sie nur noch hoffen, dass alles gut ging.

Percy stieg in den Personalaufzug und fuhr in den ersten
Stock. Nachdem er sich davon überzeugt hatte, dass der Die-
ner, der auf der Etage patrouillierte, sich am anderen Ende des
Flurs aufhielt, ging er zur Suite des griechischen Waffenhändlers,
blickte sich prüfend um, ob die Luft rein war, und öffnete die
Tür mit dem Generalschlüssel. Es war sein Glück, dass sein Chef,
Arnold Schmid, aufgrund seiner Spielsucht leicht ablenkbar war.
Percy hatte ihm ein paar »todsichere« Tipps für die Pferderennen

am Nachmittag gegeben. Während der Empfangschef mit seinem Buchmacher telefonierte, hatte Percy heimlich dessen Generalschlüssel eingesteckt. Da Schmid des Öfteren Gegenstände verlegte, würde er keinen Verdacht schöpfen, wenn der Schlüssel später irgendwo auftauchte. Percy hatte seine alten Pagenhandschuhe übergestreift und sah sich um. Basil Zaharoff hatte als Gepäck nur einen kleinen Koffer mitgebracht, in dem sich Kleidung zum Wechseln befand. Percy durchsuchte ihn, fand aber nichts von Wert. Dann nahm er sich das Jackett vor, das auf dem Bett lag. Aus einer der Taschen beförderte er eine goldene Taschenuhr zutage, offensichtlich ein altes Erbstück. Eine Gravur im Inneren war fast völlig abgerieben und kaum noch lesbar. Percys Augen leuchteten auf, und ein zufriedenes Lächeln huschte ihm über die Lippen. Sorgfältig wickelte er die Uhr in ein Taschentuch und steckte sie ein. Auf dem Schreibtisch stand ein Kästchen, in dem sich ein halbes Dutzend Krawattennadeln befand. Sie waren aus Gold und mit Edelsteinen besetzt. Ohne Zögern ließ Percy den Behälter in seiner Tasche verschwinden. Sein Raubzug war erfolgreich. Vorsichtig öffnete er die Tür und hielt Ausschau nach dem Diener. Der Gang war verlassen. Hastig schlüpfte Percy aus der Suite.

Wenig später übergab Percy seine Beute an Venetia, die an diesem Abend länger geblieben war.

»Nun liegt es an Ihnen, Venetia«, sagte er. »Viel Glück.«

Venetia atmete tief ein. Ihr Herz schlug unangenehm schnell in ihrer Brust. Sie nahm das Diebesgut nur zögernd entgegen, als fürchte sie, sich daran zu verbrennen.

»Danke, Percy«, erwiderte sie. »Sagen Sie Seiner Lordschaft Bescheid, dass alles glatt gelaufen ist.«

Venetia zog ihren Mantel über und verließ das Ritz. Sie hatte sich mit Charlie in Soho verabredet und hoffte, dass er pünktlich am angegebenen Treffpunkt auftauchen würde. Sie wollte die »heiße Ware« so schnell wie möglich loswerden. Es hatte sie all ihre Kraft gekostet, ihm zwei Tage nach ihrem Zusammentreffen an der Dover Street Station vorzuspielen, dass sie sich aus Verzweiflung auf seine Forderungen einließ. Mit Tränen in den Augen hatte sie ihn beschimpft, aber dann scheinbar widerwillig zugestimmt, für ihn zu stehlen. Sie hatte ihn angefleht, niemandem gegenüber etwas von ihrer Tochter verlauten zu lassen, und Charlie hatte versprochen zu schweigen, solange sie ihn mit Wertsachen belieferte. Doch sie hatte ihn nur mit Mühe davon überzeugen können, sich bis zum heutigen Tag in Geduld zu fassen.

Charlie erwartete sie in einer dunklen Einfahrt auf der Carlisle Street. Venetia fragte sich, ob dies die Stelle war, an der sein als Polizist verkleideter Komplize Percy zusammengeschlagen hatte, um André unter Druck zu setzen. Wie leicht es Charlie gefallen war, die unterschiedlichen Charaktere der beiden Männer einzuschätzen! Percy war durch seine Erfahrungen im Krieg verwundbar, aber auch sehr starrsinnig und hätte sogar unter Drohungen nie nachgegeben. André dagegen hasste Gewalt und hatte ein weiches Herz. Er hatte es nicht ertragen, seinen Freund leiden zu sehen.

Venetia musste sich beherrschen, ihrem Cousin nicht vor Wut und Abscheu ins Gesicht zu spucken. Stattdessen setzte sie eine ängstliche Miene auf, wie man sie von einer Diebin erwartete, die sich davor fürchtete, erwischt zu werden.

»Und? Hast du etwas für mich?«, fragte Charlie erwartungsvoll.

Wortlos drückte sie ihm den Stoffbeutel in die Hand, in den sie die aus Zaharoffs Suite gestohlenen Gegenstände gesteckt

hatte. Mit Kennerblick begutachtete Charlie die Krawattennadeln.

»Nicht schlecht.«

Die goldene Uhr betrachtete er jedoch mit einer gewissen Skep-
sis. Vor allem die Gravur schien ihm Sorgen zu machen. Beklommen beobachtete Venetia sein Gesicht. Wenn er die Uhr nicht
akzeptierte, war ihr Plan gescheitert. Nachdenklich strich Charlie
mit dem Finger über die eingravierten kyrillischen Buchstaben.

»Hm, na, macht nichts, das kann man wegfeilen«, murmelte
er zu sich selbst. Auf seinen Zügen war die Gier zu lesen, als er die
Wertsachen in den Beutel zurückgleiten ließ. Zufrieden grinste
er Venetia an. »Gut gemacht, altes Mädchen. Nur weiter so. Wir
treffen uns in einer Woche wieder hier. Öfter wäre zu riskant.«

Ironisch winkte er ihr zu, bevor er pfeifend davonschlenderte.
Venetia wandte sich um und ging eilig in die Richtung, aus der
sie gekommen war. Als sie um eine Ecke bog, trat ein Mann aus
dem Dunkel der Gasse und stellte sich ihr in den Weg. Um ein
Haar hätte Venetia aufgeschrien.

»Inspector Rutherford, Sie haben mich erschreckt«, sagte sie.

»Das tut mir leid, Miss Grey«, erwiderte Rutherford. »Darf
ich Sie daran erinnern, dass ich kein Polizeiinspektor mehr bin.«

»Verzeihung«, entschuldigte sich Venetia.

George hatte ihnen die Dienste des ehemaligen Scotland-
Yard-Beamten vermittelt, als sie ihn um Hilfe gebeten hatten.
Rutherford war nach dem Krieg aus dem Polizeidienst ausge-
schieden und hatte eine Privatdetektei eröffnet. Auf Georges
Empfehlung hin hatte er den Auftrag gerne übernommen. Ber-
tie bestand darauf, selbst mit dem Detektiv zu verhandeln, aber
Auguste Escoffier hatte es sich nicht nehmen lassen, bei dem Ge-
spräch anwesend zu sein. Rutherford hörte sich den verwegenen
Plan an und hielt ihn für durchführbar.

In der Verkleidung eines einfachen Arbeiters hatte er sich an diesem Abend an Venetias Fersen geheftet, als diese das Ritz verließ.

»Wie ich gesehen habe, hat er das Diebesgut angenommen«, bemerkte Rutherford. »Ich hatte den Eindruck, als habe er angesichts der Uhr Lunte gerochen.«

»Die Gravur machte ihn nervös, glaube ich«, erklärte Venetia. »Aber seine Geldgier war wohl stärker als seine Bedenken.«

»Das ist gut für uns. Es bedeutet, dass er die Ware schnell verscherbeln wird«, sagte der Detektiv. »Ich habe die Hehler hier im Viertel vorgewarnt, dass man ihnen etwas anbieten wird, wovon sie lieber die Finger lassen sollten, und ihnen die Telefonnummer des rechtmäßigen Eigentümers genannt. Ich bin sicher, dass sie nicht zögern werden, ihn aufzuklären.« Zum Gruß griff Rutherford sich an den Mützenrand. »Ich melde mich, sobald ich Neuigkeiten habe, Miss Grey. Und jetzt gehen Sie nach Hause. Das ist kein Ort für Sie.«

Am folgenden Morgen machte George Bertie ein Zeichen, als dieser mit Eva und Bibi vom Frühstück aus dem Restaurant kam. Bertie nickte dem Portier zu und entschuldigte sich bei seinen Begleiterinnen mit der Erklärung, er wolle sich eine Zeitung vom Empfang holen. George führte ihn in eine Ecke, wo sie ungestört waren.

»Basil Zaharoff war fuchsteufelswild, als er bemerkte, dass seine Wertsachen verschwunden waren«, berichtete der Kreter sichtlich nervös. »Zum Glück ließ er seinen Ärger an mir aus, und als er sich ein wenig beruhigt hatte, konnte ich ihn überzeugen, davon abzusehen, die Polizei und Monsieur Bonvin zu behelligen. Ich empfahl ihm die Dienste von Mr Rutherford, und da Monsieur Zaharoff ihn von seinen Besuchen während des

Krieges kannte, stimmte er zu, Rutherford die Klärung der Angelegenheit zu überlassen.« George verzog das Gesicht. »Die Sache ist mir sehr unangenehm, Mylord. Ich habe Ihrem Plan nur zugestimmt, weil es darum geht, einen Gauner aus dem Verkehr zu ziehen, der unsere Gäste im Visier hat, und weil Mr Rutherford mir versichert hat, dass er Mr Zaharoffs Eigentum nicht aus den Augen lassen wird.«

»Zaharoff ist also einverstanden, die Polizei nicht hinzuzuziehen?«, vergewisserte Bertie sich.

George nickte bestätigend. Auf dem Weg in seine Suite gestattete Bertie sich ein zufriedenes Lächeln. Das konnte nur eines bedeuten: Der Waffenhändler hatte sich entschieden, den Dieb selbst zur Strecke zu bringen.

Tags darauf erhielt Bertie einen Anruf von Rutherford, der ihm mitteilte, dass die Angelegenheit zur Zufriedenheit aller erledigt sei. Er würde am Nachmittag vorbeikommen, um Bericht zu erstatten. Als Bertie die Nachricht an Auguste Escoffier weitergab, stellte dieser Limasseaus Büro, das er für die Zeit seines Aufenthalts in London übernommen hatte, für die Besprechung mit dem Detektiv zur Verfügung.

Der Meisterkoch ging persönlich in die Küche, um André zu sich zu rufen, und Percy holte Venetia ab. Nervös warteten sie, bis Bertie mit Rutherford erschien.

»Die Hotelangestellten werden sich fragen, was diese seltsame Zusammenkunft zu bedeuten hat«, bemerkte Bertie ironisch.

»Mag sein«, stimmte Escoffier zu, »aber niemand wird es wagen, Fragen zu stellen.«

Nachdem alle Platz genommen hatten, begann Rutherford seinen Bericht: »Ich wechselte mich bei der Beschattung von Mr Hogan mit einem meiner Mitarbeiter ab. Gestern Abend folgte ich ihm zu einem Hehler, den ich vorgewarnt hatte. Wie erwartet hielt er Hogan hin und wies ihn an, eine Stunde später zurückzukommen. Als Hogan den Hehler erneut aufsuchte, wies dieser ihn ab. Ich beobachtete Hogan, als er das Haus des Hehlers verließ. Er wirkte verwirrt und wog nachdenklich die goldene Uhr in der Hand. In dem Moment wurde er von zwei unfreundlichen Zeitgenossen angesprochen. Einer der beiden Männer zog ein Messer und legte Hogan die Klinge an den Hals, während der andere ihm das Diebesgut abnahm. Ich trat aus meiner Deckung und ging auf sie zu. Als die Männer mich bemerkten, zogen sie sich zurück. Hogan schlotterte am ganzen Körper und rieb sich den Hals. Ich zeigte ihm meine alte Polizeimarke und fragte ihn, ob er in Ordnung sei.

›Was wollten Zaharoffs Leute von Ihnen?‹, fragte ich ihn. ›Haben Sie ihm auf die Füße getreten?‹

›Zaharoff?‹, wiederholte Hogan entsetzt. ›Der Waffenhändler?‹

›Ja‹, bestätigte ich ihm. ›Nehmen Sie sich in Acht. Die kommen bestimmt wieder. Ich weiß nicht, womit Sie den Mann verärgert haben, aber er ist bekannt dafür, dass er das Gedächtnis eines Elefanten hat. Es wäre sicher besser für Sie, wenn Sie einen längeren Urlaub antreten würden. Und an Ihrer Stelle würde ich in Zukunft keine unnötige Aufmerksamkeit auf mich ziehen.‹

Ich hatte den Eindruck, dass er begriff, was ich meinte«, beendete Rutherford seinen Bericht. »Die Panik war ihm vom Gesicht abzulesen. Ich glaube nicht, dass Sie noch einmal etwas von ihm hören werden. Falls doch … Zaharoffs Leute kennen jetzt seinen Namen …«

»Werden sie sich nicht fragen, wie Charlie in Zaharoffs Suite eindringen konnte?«, gab Venetia zu bedenken.

»Dieser Hogan hat einen gewissen Ruf als abgefeimter Spitzbube«, erwiderte Rutherford. »Man wird vermuten, dass er einem der Zimmermädchen den Schlüssel entwendet hat. Kommt in den besten Hotels vor.«

»Da ist immer noch Miss Trout«, bemerkte Venetia. »Was sollte sie davon abhalten, an Charlies Stelle ihr Wissen an die Zeitungen weiterzugeben?«

»Lassen Sie mich mit ihr reden«, schlug Rutherford vor. »Ich werde sie daran erinnern, dass Erpressung eine Straftat ist, für die man ins Gefängnis wandert. Das wird sie nicht riskieren. Ich werde ihr vorgaukeln, dass Mr Hogan ein Geständnis unterschrieben hat, in dem er sie als Komplizin nennt.«

Rutherford erhob sich, um sich zu verabschieden.

»Bitte schicken Sie die Rechnung an George«, bat Bertie. »Er wird sie an mich weiterleiten.«

»Geht in Ordnung«, versicherte der Detektiv.

Als er sich zur Tür wandte, hielt Venetia ihn noch einmal zurück. »Ich hätte da noch einen Auftrag für Sie, Mr Rutherford.«

»Sollen wir eine Zigarette rauchen gehen?«, schlug Percy vor, als er und André das Büro des Küchenchefs verließen.

André nickte. Während sie im Hof hinter den Speisesälen für das Personal ihre Woodbines genossen, fiel Percy auf, dass sein Freund tief in Gedanken versunken war.

»Was ist los?«, erkundigte sich Percy. »Es ist doch alles gut. Wir haben nichts mehr zu befürchten.«

»Ich weiß«, erwiderte André. »Ich dachte nur, dass es vielleicht Zeit für einen Neuanfang ist.«

Percy wurde blass. »Du willst mich verlassen?«

Erstaunt blickte André ihn an. »Was? Nein … nein … ich meine ein neues Leben für uns beide«, sagte er. »Wir haben so wenig Zeit füreinander. Und die Sache mit Hogan hat mir klargemacht, wie zerbrechlich unser Glück ist.«

»An was hast du denn gedacht?« Percy nahm ein paar tiefe Züge von seiner Zigarette, um sich zu beruhigen. Er hatte Angst gehabt, André zu verlieren.

»Weiß ich noch nicht«, antwortete der Franzose unschlüssig. »Ich habe das Verlangen, meine Heimatstadt zu besuchen. Sollen wir nicht einmal hinfahren?«

»Gerne«, stimmte Percy zu, löschte seine Zigarettenkippe und schnippte sie in den Mülleimer.

52

London, 12. Oktober 1921

*P*atty stieg in Stockwell aus der U-Bahn. Obwohl ihre Kolleginnen sie eingeladen hatten, noch mit ihnen auszugehen, hatte sie sich entschuldigt und war nach Hause gefahren. Ihr war nicht nach Feiern zumute. Sie vermisste Michael … jeder Tag, den sie nicht mit ihm verbrachte, war eine Qual. Sie brauchte seine Gesellschaft, seine Nähe … Sie wollte mehr, war bislang jedoch davor zurückgeschreckt, den letzten Schritt zu machen und damit ihre Mutter und Venetia vor den Kopf zu stoßen. Beide hatten sie in den letzten Wochen wiederholt davor gewarnt, etwas Unüberlegtes zu tun. Natürlich wusste Patty, was sie damit meinten. Doch sie sehnte sich so sehr danach, in Michaels Armen zu liegen und von ihm geküsst zu werden. Sie war sich sicher, dass auch er es wollte, auch wenn er sie nie gefragt hatte. Wenn er sie gebeten hätte, seine Frau zu werden, hätte sie sofort Ja gesagt, obwohl sie sich noch nicht so lange kannten.

Patty zweifelte nicht daran, dass auch er sie liebte. Doch sie wusste nichts über seine familiären und finanziellen Umstände. Da er im Ritz wohnte, musste er freilich über die Mittel verfügen, einen Hausstand zu gründen. Patty wollte darauf vertrauen, dass Michael früher oder später um ihre Hand anhalten würde, aber ein nagendes Gefühl der Unsicherheit, das sie nicht abschütteln konnte, trübte das Glück, das sie bei dem Gedanken an ihn empfand. Nun hatte Michael sich seit drei Tagen nicht mehr bei ihr gemeldet. Er hatte ihr erklärt, dass er geschäftlich sehr eingebunden sei, jedoch bald wieder Zeit für sie haben würde. Allerdings fiel ihr das Warten schwer.

Als sie ihr Elternhaus betrat, sah Patty Venetia in der Stube sitzen. Mary hatte Tee aufgebrüht. Die beiden Frauen unterhielten sich, verstummten jedoch, als sie Patty bemerkten.

»Da bist du ja schon, Liebes«, sagte Mary mit einem unsicheren Lächeln. »Hast du Hunger? Das Essen ist noch nicht ganz fertig.«

»Ich habe keinen großen Appetit, Mama«, antwortete Patty. Sie wollte sich abwenden und in ihr Zimmer hinaufgehen.

»Bitte bleib noch einen Moment«, forderte Venetia sie auf.

Unschlüssig blieb Patty in der Tür zur Stube stehen, dann gab sie nach und trat ein.

»Setz dich«, bat Venetia. »Ich möchte mit dir reden.«

»Worüber?«, fragte Patty in einem Ton, der abweisender klang als von ihr beabsichtigt. Widerwillig ließ sie sich auf die Couch sinken.

»Es geht um den Mann, mit dem du dich triffst, Michael Robinson«, erwiderte Venetia.

»Ich möchte nicht über ihn sprechen«, gab Patty patzig zurück.

»Du wirst uns jetzt zuhören«, befahl Mary. »Vorher verlässt du dieses Zimmer nicht.« Ihre Stimme klang schneidend. Sie hatte drei Jungs großgezogen, die manchmal eine harte Hand erfordert hatten. Es war nicht oft vorgekommen, dass sie ihrer Adoptivtochter mit Strenge begegnet war, denn Patty hatte sich stets gut betragen. Aber wenn es sein musste, konnte Mary durchgreifen.

Die unerwartete Schärfe ließ Patty zusammenzucken. Überrascht sah sie die beiden Frauen an.

»Wir wollen dir doch nichts Böses, Kind«, versicherte Mary. »Wir machen uns Sorgen um dich.«

Venetias Miene verriet Mitgefühl. »Er ist verheiratet, Patty. Es tut mir leid.«

»Was? Nein, das kann nicht sein«, stieß Patty hervor.

Venetia hatte sich ihr gegenüber auf einem Stuhl niedergelassen, hob einen Umschlag vom Sofatisch auf und nahm einige Fotografien heraus, die sich darin befanden. Wie in Trance nahm Patty die Bilder entgegen und betrachtete sie. Ihr Herz zog sich vor Schmerz und Enttäuschung zusammen. Die Fotos zeigten Michael mit einer Frau, die Patty nicht kannte. Auf einem der Bilder hob er ein etwa dreijähriges Kind hoch. Auf einem anderen war Michael mit einer weiteren Frau zu sehen.

»Ich verstehe das nicht«, stammelte Patty.

»Er hat eine Familie und nebenher mehrere Geliebte«, klärte Venetia sie auf.

»Aber … aber er sagte, dass er nur mit mir zusammen sein wollte.«

Venetia schwieg, weil sie nicht wusste, was sie antworten sollte. Sie hatte Rutherford den Auftrag gegeben, Michael Robinson zu überprüfen, in der Hoffnung, dass der Detektiv nichts Schlechtes über den Mann herausfinden würde, in den sich ihre Tochter verliebt hatte. Und sie bedauerte es zutiefst, dass sie Pattys Traum zerstören musste. Aus eigener Erfahrung wusste Venetia, wie schmerzhaft das war. Doch es war besser, Patty erfuhr es so früh wie möglich und nicht erst, wenn sie sich in der gleichen Situation befand wie damals Venetia selbst.

Patty steckte das Kabel in die Buchse unter dem aufleuchtenden Lämpchen, legte den Schalter um und stellte so die Verbindung zu Zimmer 205 her.

»Zentrale, wie kann ich Ihnen helfen?«, fragte sie.

»Patty, bist du das? Hier ist Bibi«, antwortete die Anruferin am anderen Ende. »Ist alles in Ordnung? Du klingst bedrückt.«

Patty schluckte und atmete tief ein. Seit ihrem Aufenthalt auf Ainsdale Manor zu Weihnachten 1917 verband sie und Vivien eine herzliche Freundschaft. Wann immer die Ainsdales nach London kamen, meist während der Saison im Frühjahr und Sommer, gingen die beiden Mädchen regelmäßig miteinander aus. In den letzten Wochen hatte Patty Bibi allerdings ein paarmal abgesagt, wenn sie mit Michael verabredet gewesen war.

»Ach«, sagte Patty seufzend, »die letzten Tage waren einfach schrecklich. Ich habe mich zum Narren gemacht.«

»So? Was hast du getan?«

»Eigentlich möchte ich das Ganze so schnell wie möglich vergessen.«

»Ging es um einen Mann?«, fragte Bibi einfühlsam.

Pattys Schweigen verriet mehr als tausend Worte.

»Das tut mir leid«, sagte Bibi. »Leider gehört das zum Leben dazu. Es wird sicher nicht das letzte Mal sein, dass jemand dir das Herz bricht. Und du bist nicht die Einzige, der es so ergeht.«

»Ich verstehe nicht, wie ich so dumm sein konnte«, stieß Patty hervor.

»Liebe macht blind«, bemerkte Bibi.

»Trotzdem komme ich mir so töricht vor. Und gleichzeitig bin ich wütend auf meine Mutter und Tante Venetia, weil sie sich eingemischt und einen Detektiv auf Michael angesetzt haben.«

Bibi lachte. »Tatsächlich? Das würde ich meinem Vater auch zutrauen. Aber ich bin sicher, dass sie es nicht böse gemeint haben. Eltern mischen sich in unser Leben ein, weil sie, als sie jung waren, die gleichen Fehler gemacht haben wie wir und uns die Enttäuschung ersparen wollen. Warum sollen wir nicht davon profitieren? Schmolle eine Weile, wenn du meinst, dass es dein Stolz verlangt, aber dann versöhne dich mit deiner Mutter und deiner Patentante.«

»Du hast recht«, stimmte Patty zu. »Eigentlich ärgere ich mich mehr über mich selbst.«

»Wir fahren übermorgen nach Yorkshire zurück«, sagte Bibi. »Hast du Lust, heute Abend mit mir und ein paar Freundinnen auszugehen? Wer weiß, wann wir uns wiedersehen.«

»Ja, gerne. Ich freue mich drauf«, versicherte Patty.

Sie spürte, wie sich ihre Stimmung hob. Sie dachte an Venetia und war auf einmal dankbar, dass sie in ihr eine Freundin hatte, auf die sie sich verlassen konnte.

53

London, Juli 1925

Percy sah zu der Rotunde über dem Vestibül hinauf. Die Glaskuppel, durch die Tageslicht hereinfiel, war der Himmel, unter dem er zwanzig Jahre seines Lebens verbracht hatte. Wehmut überkam ihn. Sein Blick wanderte über das Wellenband, das die unterste der Galerien einrahmte, von denen man aus den oberen Stockwerken ins Foyer herabsehen konnte, folgte den schmiedeeisernen Geländern und blieb an dem geometrischen Muster hängen, welches das Oberlicht verzierte. Ein tiefes Seufzen entrang sich Percys Brust. All das würde er vermissen.

Auf einmal wurde er sich bewusst, dass George ihn amüsiert beobachtete. Percy war sich sicher, dass der Kreter seine Gedanken las, denn er würde ebenso fühlen, wenn er eines Tages das Ritz verließ. Lächelnd trat Percy an den Empfangsschalter.

»Leben Sie wohl, George«, sagte er großmütig. »Ich überlasse Ihnen das Feld. Machen Sie unserer Zunft Ehre.«

»Ich werde mich bemühen«, erwiderte George.

Liebevoll tätschelte Percy die Platte des Schalters wie den Kopf eines treuen Hundes.

»Alles Gute in Frankreich«, rief George ihm noch nach, als Percy sich abwandte.

Nachdem sie in den vergangenen Jahren einige Male nach Carcassonne gefahren waren, hatte André den Vorschlag gemacht, dort zusammen ein Bistro zu eröffnen. Percy hatte es in der mittelalterlichen Stadt mit ihren imposanten Festungsmauern so gut gefallen, dass er sich von Andrés Idee begeistern ließ. Inzwischen beherrschte Percy Französisch gut genug, um sich zu unterhalten. Er würde sich in Frankreich also nicht isoliert fühlen. Andrés Familie hatte ihn mit offenen Armen aufgenommen. Und nun, nach dem Tod von Percys Vater, gab es auch keine Verpflichtungen mehr, die ihn in England hielten. Bei ihrem letzten Besuch in Carcassonne vor ein paar Monaten hatten André und er ein geeignetes Haus gefunden, ein ehemaliges Restaurant, das schon einige Zeit leer stand. Sie hatten es zu einem günstigen Preis erworben und noch genügend Ersparnisse übrig, um es nach ihren Vorstellungen zu renovieren. Der Betrieb würde sie nicht reich machen, aber zum Leben würde es genügen.

Und obwohl Percy der Zukunft mit Enthusiasmus entgegenblickte, fiel es ihm schwer, seine Stelle im Ritz aufzugeben. André ging es ebenso. Es war ihnen gelungen, ihren Abschied aufeinander abzustimmen. Percy hatte sich bereits umgezogen und ging in Straßenkleidung durch die Grand Gallery in Richtung Restaurant, um André abzuholen. Danach würden sie sich noch von Venetia verabschieden.

Es war später Nachmittag. Trotz der sommerlichen Hitze war der Palm Court gut besucht. Das Streichquartett machte gerade eine Pause. Stimmengewirr, Lachen und das gelegentliche Klingen eines Löffels gegen eine Teetasse waren zu hören. Drei Stufen führten zu dem erhöht gelegenen Bereich hinauf, in dem unter zwei prächtigen Lüstern, die antiken Vogelbauern nachempfunden waren, elegante kleine Marmortische und Polsterstühle im Louis-Seize-Stil standen. Als Blickfang diente in einer Nische in der Mitte der Rückwand die vergoldete Figur einer Nymphe, die zu zwei Tritonen aufsah. Palmen mit langen fedrigen Wedeln gaben den Besuchern das Gefühl, im Wintergarten eines Schlosses zu sitzen.

Percy hielt am Fuße der Stufen inne. Zu beiden Seiten der Nische waren in Paneele unterteilte Spiegel angebracht, in die unsichtbare Türen eingelassen waren, durch die man zu einer schmalen Personaltreppe gelangte. Das große Oberlicht, das fast die ganze Decke einnahm, und die gebogenen Fenster mit ihren Milchglasscheiben an beiden Enden des Raums sorgten für eine sanfte Beleuchtung.

Während Percy den Anblick in sich aufnahm, hörte er auf einmal den leisen Aufschrei einer Frau. An dem Tisch neben einer der Säulen, die den Palm Court von der Treppe trennten, war eine Dame auf ihrem Platz zusammengesackt und drohte, vom Stuhl zu gleiten. Geistesgegenwärtig sprang Percy die Stufen hinauf und legte die Hände an ihre Schultern, um sie festzuhalten. Als er in das noch immer schöne Gesicht unter dem weißen Topfhut blickte, zog sich ihm das Herz zusammen. Seine Fee ... Consuelo Vanderbilt-Balsan, ehemalige Duchess of Marlborough, lag ohnmächtig in seinen Armen.

»Ach du meine Güte«, rief ihre Begleiterin erschrocken. »Die Hitze war zu viel für sie ...«

Ihr Tischnachbar half Percy, die Bewusstlose die Stufen hinabzutragen und auf ein Sofa in der Galerie zu legen. Abwechselnd rieb Percy Madame Balsans Hände, während der andere Mann sein Taschentuch hervorholte und ihr Luft zufächelte. Percy hoffte, dass wirklich nur die Hitze an der Ohnmacht schuld war. Er hatte sich immer gefreut, wenn er Consuelo Vanderbilt im Ritz gesehen hatte, denn er hatte ihren Anblick damals im Green Park nach dem Kostümfest im Devonshire House nie vergessen. Vor vier Jahren hatten sie und der Duke of Marlborough sich einvernehmlich scheiden lassen, nachdem bekannt geworden war, dass Consuelo von ihrer Mutter gegen ihren Willen zu der Ehe gezwungen worden war. Wenig später hatte sie den französischen Luftfahrtpionier Jacques Balsan geheiratet. Percy wünschte ihr von ganzem Herzen, dass sie mit ihm glücklich war.

Zärtlich blickte er in ihr blasses Gesicht, als sie endlich die großen dunklen Augen aufschlug und Percy verwundert ansah.

»Was ist passiert?«, fragte sie.

»Sie sind ohnmächtig geworden, Ma'am«, antwortete er.

»Ach, ich erinnere mich. Mir war auf einmal so heiß, und dann wurde mir schwarz vor Augen.«

Aus der Bar brachte ein Kellner ein Glas mit eisgekühltem Wasser. Percy nahm es entgegen und reichte es Consuelo. »Das wird Sie erfrischen.«

»Danke, Percy.« Nachdem sie getrunken hatte, betrachtete sie ihn mit fragender Miene. »Sie sind ja in Zivil. Nun mache ich Ihnen auch noch an Ihrem freien Tag Umstände.«

»Aber nicht doch, Ma'am«, erwiderte Percy. »Heute ist mein letzter Tag im Ritz. Und für mich hätte er nicht wundervoller enden können.«

»Sie verlassen uns? Das tut mir leid«, sagte Consuelo mit ehrlichem Bedauern.

Er lächelte. »Wissen Sie, dass ich Ihnen meine Stelle als Portier verdanke? Mein Vater und ich waren damals im Juli 1897 obdachlos und übernachteten im Green Park, als Sie in den frühen Morgenstunden nach Hause gingen. Ihr Auftauchen hat mich bezaubert und mich dazu bewogen, etwas aus meinem Leben zu machen.«

Gerührt erwiderte Consuelo sein Lächeln. »Das ist das Schönste, was je ein Mensch zu mir gesagt hat, Percy.«

Vertrauensvoll legte sie ihm die Hand auf den Arm und ließ sich auf die Beine helfen. Ihre Begleiterin trat näher und stützte sie.

»Leben Sie wohl, Percy«, sagte Consuelo, bevor sie sich zum Foyer führen ließ. »Und alles Gute.«

André warf einen letzten Blick auf seinen Lehrling, der für das Dessert *Croquettes de Marrons* Edelkastanien in mit Vanille verfeinertem Sirup kochte.

»Sie machen das wunderbar, Pierre«, sagte er lobend. »Bald werden Sie selbst Chefkoch sein.«

»Danke, Monsieur«, erwiderte Pierre. »Ich bedaure es, dass Sie gehen. Ich habe so viel von Ihnen gelernt. Viel Erfolg in der Heimat.«

Mit zugeschnürter Kehle verabschiedete André sich von seinen Kollegen und schließlich vom Chef de Cuisine, der ihm herzlich die Hand schüttelte. »Es war eine Freude, mit Ihnen zu arbeiten, Monsieur.«

Im Umkleideraum wechselte André die Kleidung und setzte sich seinen Hut auf, als Percy hereinkam.

»Bist du fertig?«, fragte er.

»Ja, wir können gehen«, antwortete André.

Vor der Tür wollte er sich in Richtung des Personaleingangs wenden, doch Percy hielt ihn zurück.

»Nein, dieses eine Mal gehst du hier heraus«, sagte er. Das schelmische Lächeln eines Kobolds, das André von früher kannte, verwandelte Percys Züge.

»Was hast du vor?«, erkundigte sich André.

Ohne zu antworten, packte Percy ihn am Ärmel und zog ihn mit sich. Sie durchquerten den Küchentrakt, dann die Schwingtür zur Treppe, die ins Restaurant hinaufführte.

»Percy, das geht doch nicht«, protestierte André verlegen.

»Keine Sorge, es ist niemand da«, erwiderte Percy beschwichtigend.

Und dann standen sie im Speisesaal des Ritz. Die Mittagsgäste waren verschwunden und die Tische bereits für das Dinner frisch gedeckt. Die herrschende Stille verlieh dem gedämpften Spiel des Streichquartetts im Palm Court etwas Geisterhaftes. Zugleich erweckte das Sonnenlicht, das durch die hohen Fenster hereinströmte, fast den Eindruck einer himmlischen Gegenwart, die das Gold der Leuchter, der Figurengruppe vor dem Wandgemälde und das polierte Silber des Bestecks zum Leben erweckte. Staunend blickte André sich um.

»Der spektakulärste Speisesaal der Welt«, schwärmte Percy.

André nickte, brachte aber kein Wort heraus. Ergriffen betrachtete er die Spiegelwand auf der einen Seite des Restaurants, die marmorne Wandverkleidung, das Deckengemälde mit seinem blauen Himmel. Über die Jahre war so manches Wölkchen hinzugekommen, das einen neu aufgetauchten Riss im Putz verdeckte.

André fühlte sich wie in einem Traum. Er war dankbar, dass Percy ihn hergeführt hatte, und lächelte ihm zu.

»War doch eine gute Idee, mir das zu zeigen. Jetzt weiß ich, dass sich all die Arbeit, die langen Stunden, die ich dort unten in der Küche verbracht habe, um das vollkommene Gericht zuzubereiten, gelohnt haben.«

»Percy, André«, rief jemand von der Tür her. Zwischen den Säulen am Eingang tauchte Venetia auf. »Ah, da seid ihr. Ich hatte schon befürchtet, ihr wärt gegangen, ohne euch von mir zu verabschieden.«

»Das würden wir doch nie tun«, versicherte Percy.

Herzlich nahm er sie in die Arme und drückte sie an sich. André tat es ihm gleich.

»Passen Sie auf sich auf«, mahnte Venetia.

»Das werden wir«, versicherte Percy. »Und wir schreiben Ihnen, versprochen.«

Venetia wischte eine Träne weg, die sich ihr ins Auge stahl. Sie würde die beiden vermissen.

»Von nun an werden Sie mit George vorliebnehmen müssen«, neckte Percy sie.

»Zumindest hat er seine Absicht bekundet, dem Ritz bis zur Rente treu zu bleiben«, erwiderte Venetia.

»Und Sie?«, fragte Percy sanft.

»Für mich ist das Ritz ebenso meine Heimat wie für George«, antwortete Venetia.

Ihre Miene hellte sich auf. Während sie ihre Freunde durch die Grand Gallery zum Hoteleingang begleitete, ließ sie den Anblick der geschmackvollen Ausstattung des Palm Court, der Lounge, des Vestibüls, des prunkvollen Treppenaufgangs auf sich wirken. Sie konnte nie genug davon bekommen. Und obwohl sie nie Erfüllung in einer Partnerschaft gefunden hatte, wie sie es sich wünschte, war sie glücklich.

54

*V*enetia zog ihren Mantel an. Sie wollte früher gehen, um noch Weihnachtseinkäufe zu erledigen. Von dem stellvertretenden Direktor Eduard Schwenter hatte sie sich bereits verabschiedet, als jemand an die Tür zu ihrem Büro klopfte und eintrat, bevor Venetia reagieren konnte.

»Doreen, was machst du denn hier?«, begrüßte sie ihre alte Freundin erstaunt.

Hinter der Reporterin tauchte George auf. »Es tut mir leid, Miss Grey«, entschuldigte er sich. »Ich konnte die Dame nicht aufhalten.«

»Schon gut, George. Das kann niemand«, erwiderte Venetia lachend.

Nachdem der Concierge verschwunden war, musterte Venetia ihre Freundin.

»Schickes Kostüm. Bist du hergekommen, um mir deine neue Ausstattung vorzuführen?«

Doreen winkte ab. »Ach was, das Kostüm habe ich schon lange. Ich hatte nur noch nicht oft Gelegenheit, es zu tragen. Hör zu, ich bin hier, um dich und deinen Chef zu warnen. Die Kommunisten planen einen Protest. Ein ganzer Trupp ist auf dem Weg hierher und will das Hotel stürmen.«

»Und woher weißt du das?«, fragte Venetia beunruhigt.

»Sie haben uns vorgewarnt, damit wir rechtzeitig da sind, um Zeuge des Ereignisses zu werden und darüber zu berichten.«

»Mit ›uns‹ meinst du die Tagesblätter?«

»Und Abendzeitungen. Der Kollege vom *Daily Mirror* ist schon hier, die anderen sind sicherlich auch auf dem Weg. Ich dachte, du solltest das wissen.«

»Danke, dass du mir Bescheid gesagt hast«, erwiderte Venetia.

»Jederzeit.«

Mit einem Augenzwinkern huschte Doreen zur Tür hinaus. Seufzend zog Venetia den Mantel wieder aus und hängte ihn an den Garderobenhaken. Dann eilte sie in Monsieur Schwenters Büro und berichtete ihm, was Doreen ihr erzählt hatte.

»Informieren Sie sofort die Polizei«, bat Schwenter sie und ging ohne Zögern ins Vestibül.

Nach dem Anruf bei Scotland Yard folgte Venetia ihm. Am Empfang stand Aga Khan III., einer der reichsten Männer der Welt und passionierter Vollblutzüchter, und gab wie sooft bei George einige Pferdewetten in Auftrag. Vor dem Eingang vom Piccadilly hatte sich tatsächlich mindestens ein Dutzend Reporter mit ihren Kameras versammelt. Ihre aufgeregten Rufe und das Aufflammen der Blitzlichter verrieten die Annäherung der angekündigten Invasoren. Etwa einhundert Arbeiter in ihrer besten Sonntagskleidung strömten auf den Hoteleingang zu. Langsam und gesittet traten sie ein und begannen nacheinander, die elegante Treppe hinunterzusteigen, ohne die Stimmen zu erheben oder sonst einen Tumult zu verursachen. Im Untergeschoss verteilten sie sich im Grillroom, der etwa anderthalb Jahrzehnte zuvor von seinem ursprünglichen Standort rechts neben dem Piccadilly-Eingang in den Ballsaal verlegt worden war. Im Gegensatz zum Restaurant bot der Grillroom Gästen, die über wenig Zeit verfügten, einen schnellen Imbiss – eine Neuerung aus Amerika seit Beginn des Jahrhunderts. Der Assistent des Chef rôtisseur bereitete das Essen, gewöhnlich Steaks, Lamm- und Schweinekoteletts oder gemischte Grillplatten mit Nierchen, Tomaten und Champignons, vor den Augen der Gäste auf einem Holzkohlegrill zu, nachdem diese das Gewünschte ausgewählt hatten. Vor allem die Amerikaner mochten die heimische Barbecue-Atmosphäre. Dazu gab es Wein oder Bier vom Fass.

Während die Männer sich auf die Flechtstühle an die runden Tische setzten, blickten sie sich bewundernd um. Obwohl der Ballsaal unter dem Straßenniveau lag, gingen die Fenstertüren auf die Terrasse zum Green Park hinaus. Bis auf die Decken- und Wandgemälde waren die Wände in Elfenbeinweiß gehalten. Spiegel und Bullaugen an der gewölbten Decke wurden von Blättergirlanden umrahmt, deren Blattgold in der warmen Beleuchtung schimmerte. Die Kellner, die dabei waren, die Tische zu decken, hielten verblüfft inne und starrten die Eindringlinge an. Kaum hatten diese Platz genommen, zogen sie Plakate unter ihren Mänteln hervor und rollten sie auf. Venetia, die dem stellvertretenden Direktor in den Grillroom gefolgt war, las: »Die Bedürftigkeitsprüfung abschaffen«, »Arbeit oder Brot« und »Wir wollen Wintergeld für Rentner«.

Monsieur Schwenter drängte sich zwischen den Kellnern hindurch und wandte sich an die Arbeiter: »Was hat das zu bedeuten?«, fragte er mit gezwungener Ruhe.

Einer der Männer, offenbar ihr Wortführer, lächelte ihn frech an und antwortete: »Dies ist doch ein Restaurant, nicht wahr? Wir würden hier gerne essen, denn wir sind müde und hungrig von unserer vergeblichen Suche nach Arbeit, so wie die ›arbeitslosen‹ Gentlemen, die Sie gewöhnlich zu Ihren Gästen zählen. Und machen Sie sich keine Sorgen um die Rechnung. Wir werden bezahlen: zwei Pence pro Person wie im Lyons' Corner House.«

Venetia warf Doreen, die an ihre Seite getreten war, einen amüsierten Blick zu. »Wer ist das?«, flüsterte sie.

Ein sarkastisches Lächeln glitt über Doreens Gesicht. »Wal Hannington, Gründer des National Unemployed Workers Movement, kurz NUWM, eine kommunistische Vereinigung, die in den letzten Tagen einige aufsehenerregende Proteste durchgeführt hat, um auf die Not der erwerbslosen Arbeiter aufmerksam zu machen.«

»Haben die nicht vorgestern den Verkehr am Oxford Circus lahmgelegt?«, bemerkte Venetia. »Trotz Schneetreibens haben sie sich in mehreren Reihen auf die Fahrbahn gelegt, bis die Polizei kam und sie wegtrug.«

»Ja, das stimmt«, bestätigte Doreen. »Ihre Auftritte kommen stets in die Schlagzeilen. Aber ihr müsst euch keine Sorgen machen. Sie sind nicht gewalttätig.«

Inzwischen hatte Eduard Schwenter erneut das Wort ergriffen: »Meine Herren, ich kann nicht erlauben, dass Sie hierbleiben. Sie gehören nicht in ein Etablissement dieses Ranges. Wenn Sie nicht freiwillig gehen, muss ich die Polizei verständigen.«

Doch Wal Hannington gab sich nicht so leicht geschlagen. »Darf ich Sie daran erinnern, Sir, dass die Eigentümer der Cafés im East End, vor denen so mancher reiche Gentleman und Gast des Ritz mit seiner Gattin oder Freundin im Rolls oder Daimler vorfährt, um die Kuriositäten von Whitechapel zu begaffen, sich auch nicht zu fein sind, diese Gents willkommen zu heißen. Und das, obwohl sie ihrerseits dort unangemessene Kleidung tragen und nicht in diese Etablissements ›gehören‹? Trotzdem werden diese Besucher höflich und zuvorkommend behandelt, und niemand kommt auf die Idee, die Polizei zu rufen. Das Ritz ist kein Privatclub, der nur Mitgliedern vorbehalten ist, sondern ein öffentliches Restaurant. Bitte geben Sie Ihrem Personal Anweisung, uns zu bedienen.«

»Das kommt gar nicht infrage«, beharrte der stellvertretende Hoteldirektor.

Hannington nahm Schwenters Weigerung zum Anlass, auf die für das Orchester vorgesehene Estrade zu steigen und eine Rede zu halten. Er erinnerte an die Hungermärsche der letzten Jahre, besonders den Kreuzzug von Jarrow vor zwei Jahren, als zweihundert Arbeiter, Familienväter und Kriegsveteranen aus dem Norden Englands, die seit dem Niedergang der Schiffswerften immer öfter arbeitslos wurden, angeführt von der Abgeordneten Ellen Wilkinson von Jarrow, zu Fuß nach London marschiert waren. Unterwegs erfuhren die Männer so viel Zuspruch und Unterstützung und wurden so gut verpflegt, dass sie trotz des anstrengenden Marsches an Gewicht zulegten. Einige von ihnen schickten den Schinken aus den Sandwiches, die man ihnen spendete, mit der Post heim zu ihren hungernden Familien. In London angekommen, mussten die Männer jedoch feststellen, dass die Mitglieder des Kabinetts sich weigerten, sie zu empfangen. Selbst die Mitglieder der Labour-Partei hielten Abstand von ihnen.

»Warum unterstützt die Labour-Partei diese Leute nicht?«, fragte Venetia ihre Freundin mit gesenkter Stimme.

»Die Labour-Mitglieder hier in London befürchten, die Männer könnten ein Werkzeug der Kommunisten sein, die Einfluss in der Partei gewinnen wollen«, antwortete Doreen. »Aber ich bin der Meinung, das ist Humbug. Du siehst ja selbst, wie diszipliniert die Männer sind. Das sind keine gewalttätigen Revolutionäre wie in Russland. Die Labour-Partei ist ein zahnloser Tiger. Sie verpassen hier abermals die Chance, ihre politische Macht zu vergrößern. So wie im Oktober vor zwei Jahren, als sie sich nicht einigen konnten, sich geschlossen mit den Gegnern des Faschismus Oswald Mosleys Schwarzhemden in den Weg zu stellen, als diese durchs East End marschierten.«

Venetia betrachtete die Gesichter der Umstehenden, die Hanningtons Rede lauschten. Und sie sah nicht nur bei seinen Anhängern zustimmendes Nicken, sondern auch bei vielen der Kellner. Doreen war ihrem Blick gefolgt.

»Freilich handelt es sich nicht allein um einen Klassenkrieg«, erklärte sie. »Die Spannungen werden durch das erhebliche Wohlstandsgefälle vom Süden zum Norden unseres Landes verschärft. Die Menschen in Nordengland, Schottland und Wales fühlen sich vergessen. Sie werfen der Regierung vor, die Industriestädte dort verkommen zu lassen. Manche von ihnen sind seit vielen Jahren erwerbslos.«

Unvermittelt verstummte der Redner. Mehrere Männer in Zivil betraten mit energischen Schritten den Grillroom. Dennoch war es offensichtlich, dass es sich um Polizeibeamte handelte. Einer von ihnen packte Hannington am Ärmel und zog ihn unsanft von der Estrade herab. Da weder der Wortführer der Gruppe noch die Arbeiter einen Versuch machten, sich zu wehren, blieb alles friedlich. Die Beamten redeten auf die Organisatoren des Protests ein und wiesen die Männer schließlich an, das Ritz zu verlassen. Während diese langsam auf die Tür zugingen, schüttelten einige der Kellner ihnen die Hand und wünschten ihnen für den Fortgang ihrer Kampagne alles Gute. Eduard Schwenter beobachtete das Geschehen mit finsterer Miene, als Venetia zu ihm trat.

»Eigentlich hätten wir die Polizei gar nicht gebraucht«, sagte sie. »Sie hätten den Männern nur erklären brauchen, dass das Essen im Grillroom erst ab sieben Uhr serviert wird und nicht um fünf. Ich glaube, das hätten sie akzeptiert.«

»Ach ja, Miss Grey, Sie haben recht. Daran habe ich gar nicht gedacht«, stimmte Schwenter zu. Nachdenklich sah er sie an, als sei er nicht sicher, ob ihre Bemerkung eine versteckte Kritik enthielt. Verwirrt ging er schließlich in Richtung der Herrentoilette davon.

Doreen schenkte ihrer Freundin ein ironisches Grinsen. Gemeinsam folgten sie den Arbeitern die Treppe zum Erdgeschoss hinauf. Während sie von den Beamten von Scotland Yard hinausgeleitet wurden, verrenkten die Männer aus dem Norden sich staunend die Hälse, betrachteten den Savonnerie-Teppich, die Spiegelwände, die den Eindruck unendlicher Weite vermittelten, die eleganten Möbel. Die im Palm Court zum Nachmittagstee versammelten vornehmen Herren und Damen starrten den seltsamen Aufmarsch ebenso verblüfft an wie die Arbeiter die Einrichtung. Während die Gruppe vorüberging, herrschte im Palm Court eine fast andächtige Stille. Alle Gespräche waren verstummt. Nachdem die erste Überraschung überwunden war, nahmen die Gäste ihre Unterhaltung wieder auf und taten so, als würden die seltsamen Eindringlinge nicht existieren.

Venetia bemerkte, dass eine der unfreiwilligen Zuschauerinnen es den anderen Damen im Palm Court nicht gleichtat und das Spektakel hoheitsvoll ignorierte. Stattdessen studierte sie mit wachem Blick die Reaktionen der anderen Gäste und lächelte amüsiert. Schließlich stand sie auf und trat die wenigen Stufen zur Galerie herunter, um den sich entfernenden Protestlern nachzuschauen.

»Waren diese Männer das, was meine Standesgenossen so gerne als kommunistische Aufwiegler bezeichnen, Miss Grey?«, fragte sie.

»Man sagte mir, dass sie Mitglieder des National Unemployed Workers Movement sind, Miss Cartland«, antwortete Venetia.

Die Autorin lächelte schelmisch. Obwohl sie verheiratet war, ließ sie sich gerne mit ihrem Künstlernamen ansprechen. Auch Venetia hatte das ein oder andere Buch von Barbara Cartland gelesen und fand ihren Stil unterhaltsam.

»Und was wollten die Männer hier?«, fragte die Schriftstellerin.

»Sie besuchten den Grillroom, um dort zu speisen, ließen dabei aber außer Acht, dass dieser erst um sieben Uhr öffnet.«

»Sie haben sich sehr anständig betragen, nicht wahr?«, sagte Miss Cartland. »Man könnte sie ohne Weiteres zum Tee einladen. Wir haben Glück, dass sie Engländer sind und keine Russen, sonst hätten sie uns das Dach über dem Kopf angezündet. Und wir hätten es verdient. Wir verdienen alles, was uns noch erwartet.«

55

London, 2. September 1945

*V*enetia ließ ein letztes Mal den Blick durch den zum Luftschutzkeller umgebauten Grillroom gleiten. Der vergoldete Wandschmuck und die Deckenmalerei waren hinter einer schützenden Barriere aus Stützbalken und mit den Farben des Union Jacks bemalten Stahlrohren verschwunden, vor den Fenstern hatte man Sandsäcke aufgetürmt. Auch Venetia hatte sich während der Bombardierung Londons oftmals in der »La Popote« genannten unterirdischen Snack Bar aufgehalten. Es gab eine Tanzfläche, an deren Rand jeden Abend eine Band gespielt hatte, und einen mit Feldbetten und Faltstühlen ausgestatteten Schlafbereich. Auf eine der Sperrholzwände hatte ein humorvoller Künstler ein großes Bild gemalt, das die Siegfried-Linie und Karikaturen von Hitler und dem dicken Göring darstellte.

So manches Mal hatte Venetia sich in der Nacht mit anderen Mitarbeitern bei der Aufgabe abgelöst, die Schutzsuchenden vom Schnarchen abzuhalten, sodass ihre Nachbarn nicht gestört wurden. Während der letzten Jahre des Krieges hatte das La Popote den Ruf einer Schwulenbar erworben. Viele Offiziere, die auf der Suche nach Gleichgesinnten waren, kamen hierher. Mit der Zeit war die Bar so beliebt geworden, dass das Kriegsministerium sich genötigt sah, sie zu schließen. Venetia hatte Percy und André, die nun seit vielen Jahren glücklich in Carcassonne lebten und mit denen Venetia regelmäßig korrespondierte, in ihren Briefen davon erzählt. Doch nun, vier Monate nach Kriegsende, würden die letzten Spuren der berüchtigten La Popote verschwinden. Da auch Japan kapituliert hatte und überall auf der Welt wieder Frieden herrschte, konnten zumindest die notwendigsten Renovierungsarbeiten im Ritz in Angriff genommen werden. Es war der Beginn eines neuen Zeitalters, auch für Venetia.

Mit einer Mischung aus Schwermut und Erleichterung verließ sie das La Popote, grüßte auf dem Weg zur Treppe die Toilettenfrau Florence, die wieder einmal auf den Hund eines Gastes aufpasste, und stieg zum Foyer hinauf. Wie stets stand George hinter der Theke des Empfangschefs. An diesem Morgen sprach er mit dem Tabakhersteller Sir Hugo Cunliffe-Owen. Venetia blieb in diskretem Abstand stehen, konnte es aber nicht vermeiden, dass sie ein paar Sätze der Unterhaltung zwischen dem Geschäftsmann und dem Concierge auffing.

»Mein Sohn möchte eine gewisse junge Dame heiraten«, sagte Cunliffe-Owen. »Allerdings weiß ich nichts über sie oder ihre Familie. Kennen Sie jemanden, der etwas über sie herausfinden kann, George? Damit mein Sohn nicht am Ende enttäuscht wird.«

»Natürlich, Sir«, versicherte der Concierge. »Aber das wird nicht billig werden.«

»Geld spielt keine Rolle«, erwiderte Cunliffe-Owen und verabschiedete sich.

Mit einem ironischen Lächeln trat Venetia an das sichelförmige Pult. »Die vielfältigen Pflichten eines Empfangschefs«, spottete sie.

»Ja«, antwortete George lachend. »Man weiß nie, was als Nächstes auf einen zukommt.«

»Und wer wird das arme Mädchen nun rund um die Uhr beschatten?«, fragte Venetia.

George tippte sich mit dem Finger an die Nase. »Mein alter Freund Rutherford.« Er seufzte. »Ich habe regelmäßig Aufträge für ihn.«

»Die Gäste vertrauen Ihnen«, bemerkte Venetia schmunzelnd.

»Darauf können Sie sich etwas einbilden.«

Sein Gesicht hellte sich auf. »Das tue ich. Dieses Pult hier ist wie ein Altar für mich. Ich habe mein ganzes Leben dem Ritz verschrieben. Obwohl ich meine Familie liebe und alles für sie tun würde, wirkliche Erfüllung habe ich nur im Dienst für all die Menschen gefunden, die durch diese Drehtür kommen. Und für sie ist es eine Zuflucht vor der harschen Realität da draußen. Das Ritz bleibt immer gleich. Wenn Monsieur Ritz heute durch die Tür treten würde, er hätte das Gefühl, als wäre er nie weg gewesen. Hier im Empfangsbereich, im Palm Court, im Restaurant sieht alles noch so aus wie zu dem Zeitpunkt, als er das Hotel zum letzten Mal verlassen hat. Er würde sich wie zu Hause fühlen. Den Gästen geht es genauso und mir auch.«

»Ich weiß, was Sie meinen, George. Ich fühle ebenso«, gestand Venetia. »Das Ritz ist mein Leben.«

»Es tut mir so leid, dass Sie gehen, Miss Grey«, sagte George bekümmert. »Ich werde Sie vermissen.«

»Leider wird es Zeit für mich, mein Büro zu räumen.« Venetia spürte, wie sich ihre Kehle vor Traurigkeit zusammenzog. »Monsieur Schwenter ist noch jung. Er will eine junge Sekretärin, keine Siebzigjährige.«

Nach Louis Duchênes Krebstod hatte sein Stellvertreter Schwenter die Position des Hoteldirektors übernommen. Von allen Chefs, für die Venetia gearbeitet hatte, war er der erste, mit dem sie nicht gut zurechtkam. Schwenter war ein Frauenheld, der seit Langem eine außereheliche Affäre unterhielt. Er hatte das Ende des Krieges als Vorwand genutzt, um seine alternde Sekretärin darauf hinzuweisen, dass sie ihren wohlverdienten Ruhestand antreten sollte. Venetia hatte nicht dagegen protestiert. Sie wusste, dass sie früher oder später in Rente gehen musste, obwohl sie kein Verlangen danach verspürte.

»Wie alt sind Sie jetzt, George, wenn ich fragen darf?«, erkundigte sich Venetia.

»Natürlich dürfen Sie, Miss Grey«, versicherte der Concierge lachend. »Ich bin auch schon einundsechzig, aber ich werde noch eine Weile weiterarbeiten, wenn man mich lässt.«

»Passen Sie nur auf, dass es Ihnen nicht so ergeht wie Ihrem Vorgänger«, warnte sie ihn.

»Der arme Schmid«, sagte George mit einem bedauernden Zungenschnalzen. »Er war ein passionierter Spieler, aber leider hat er gezockt wie ein Anfänger. Am Ende hatte er all seine Ersparnisse verspielt und eine Heidenangst davor, es seiner Frau zu gestehen. Das hat ihn wahrscheinlich umgebracht. Schlaganfall während der Nacht. Tragisch.«

Das war im Jahr 1939 gewesen, kurz vor Kriegsbeginn. Seitdem war George Criticos Empfangschef – »George vom Ritz«, wie man ihn nannte.

»Wir hatten Glück, dass das Hotel durch die Bombentreffer nicht zu schwer beschädigt wurde«, sagte George mit sichtbarer Erleichterung. »Das Carlton wurde völlig zerstört und soll, wie ich hörte, auch nicht wiederaufgebaut werden.«

Venetia nickte bedrückt. Sie dachte an die wenigen Male zurück, da sie Auguste Escoffier in seinem Büro im Carlton Hotel aufgesucht hatte. Wieder verspürte sie das Gefühl der Enge im

Hals. Sie waren beide tot, die Männer, die ihr das erfüllte Leben als Vorzimmerdame des Ritz ermöglicht hatten: César Ritz und Escoffier. Der Maître war 1935 in Monte Carlo gestorben. Er hatte ihr ein kleines Büchlein mit den ersten Notizen für seinen Kochkunstführer vermacht, das sie bis heute in Ehren hielt.

»Der Verlust des Carlton Hotels ist bedauerlich«, bemerkte Venetia, als sie sich Georges fragendem Blick bewusst wurde. »Aber zumindest ist das Ritz bei der Finanzierung nicht länger vom Carlton abhängig. Die Rationierungen während des Krieges haben zu Einsparungen geführt, die uns in den nächsten Jahren in die schwarzen Zahlen bringen werden. Ich schätze, im nächsten oder übernächsten Jahr wird das Ritz zum ersten Mal seit seiner Erbauung Gewinn machen.«

»Ihr Wort in Gottes Ohr«, erwiderte George. »Ich habe allerdings die Befürchtung, dass schwere Zeiten auf uns zukommen. Viele der neuen Hotels sind moderner und größer. Das Ritz mag während des Krieges in Mode gewesen sein, weil es für Verlässlichkeit und Tradition steht, aber diejenigen, die nun eine neue Welt aufbauen wollen, werden es als überholt ansehen.«

Venetia nickte zustimmend. »Zumal auch das Essen an Qualität verloren hat. Natürlich hatte unser Monsieur Avignon es schwer, etwas Schmackhaftes aus den streng rationierten Nahrungsmitteln zu zaubern, die ihm zur Verfügung standen. Der beste Koch muss vor Teigtaschen und Woolton Pie kapitulieren.«

»Dennoch waren die Gäste noch besser dran als wir«, klagte George mit einem Blick zum Himmel. »Das Essen für das Personal ist geradezu ungenießbar geworden.«

»Da kann ich Ihnen nur recht geben«, stimmte Venetia zu. »Hätten Sie Lust, in der Mittagspause noch ein letztes Mal mit mir im ›Blue Posts‹ zu essen? Um der alten Zeiten willen?«

»Gerne, Miss Grey, es wäre mir eine Freude«, sagte George.

In diesem Moment kam ein stattlicher Mann mit rundlichem Gesicht und einer dicken Brille herein. Er trug einen feinen Nadelstreifenanzug und lächelte dem Concierge freundlich zu. »Hallo, Ehrenwerter, haben Sie die Wetten für mich abgegeben?«, fragte Aga Khan im Vorbeigehen.

»Selbstverständlich, Euer Hoheit, aber die Resultate sind noch nicht da«, antwortete George.

Das geistliche Oberhaupt der ismailitischen Nizariten hielt inne. »Ach, übrigens, das Menü für das Dinner gestern Abend war vorzüglich«, sagte er. »Ich weiß, die vielen verschiedenen Vorlieben meiner Gäste haben dem Küchenchef viel Arbeit gemacht, aber alles war perfekt. Das finde ich nur im Ritz. Schicken Sie den Maître bitte zu mir. Ich möchte ihm meinen Dank aussprechen.«

»Umgehend, Euer Hoheit«, versprach George und telefonierte mit der Küche, um den Wunsch des Aga Khans weiterzuleiten. Danach kehrte er zu Venetia zurück, die noch immer an seiner Theke stand. »Für Seine Hoheit gibt Maître Avignon sich stets besondere Mühe«, sagte der Concierge mit einem Augenzwinkern.

»Ich habe nie verstanden, warum Aga Khan Sie mit ›Ehrenwerter‹ anspricht, George. Nicht, dass Sie das nicht wären, aber es erscheint mir trotzdem kurios«, sagte Venetia.

»Es handelt sich um einen Scherz«, erklärte George verlegen. »Seine Hoheit hat mich nach dem Vorbild der Königin in seine persönliche Liste der zu ehrenden Bürger aufgenommen.«

Venetia lächelte, dann wurde ihre Miene wieder ernst. »Ich dachte gerade an die Kollegen, die nicht mehr unter uns sind«, sagte sie melancholisch. »César Ritz, Maître Escoffier, Monsieur Duchêne, Dreyfus, Bonvin, Walters …«

Lina Sigrist, seit den Zwanzigerjahren Hausdame, ging durch das Foyer und grüßte Venetia und George. Nach fünfundzwanzig Dienstjahren würde auch sie in den kommenden Monaten in Rente gehen. Sie hatte die Stellung von Edith Cunningham übernommen, als diese frühzeitig ihren Ruhestand angetreten hatte.

»Nicht zu vergessen die Brüder Ravetto«, spann George den Faden weiter. »Welch ein furchtbares Ende!«

Venetia überlief eine Gänsehaut, als sie an die beiden Italiener dachte, Carlo, den Weinbutler, und Ludovico, den Oberkellner. Sie hatten dem Ritz seit dem Jahr 1917 treu gedient. Im Juli 1940 waren sie zusammen mit fast siebenhundert anderen Seelen im Meer ertrunken, als der Überseekreuzer *Arandora Star* nach Torpedobeschuss durch ein deutsches U-Boot auf dem Weg in ein Internierungslager für Angehörige von Feindstaaten gesunken war. Es war ein dunkles Kapitel der Geschichte ihres Landes, was man diesen Männern angetan hatte, denen doch ebenso an einem Sieg der Alliierten gelegen war wie den Engländern, die sie interniert hatten.

»Da wir gerade von den Verstorbenen reden, Miss Grey, haben Sie die heutige *Times* schon gelesen?«, erkundigte sich George, während er eine Zeitung vom Stapel neben sich nahm. »Die Marchioness of Tavistock ist tot.«

Schockiert blickte Venetia den Concierge an. »Das ist doch nicht möglich!«

George schlug die Zeitung auf und schob sie Venetia über die blank polierte Holzplatte entgegen. Dort stand es schwarz auf weiß: Clara Gwendolyn Russell, Marchioness of Tavistock, ehemalige Lady Howland, die fünf Jahre zuvor in einer Suite des Ritz ihren Sohn Robin zur Welt gebracht hatte, war an einer Überdosis Schlafmittel gestorben. Woher der Reporter dieses

Wissen hatte, verriet er nicht. Doch nachdem der erste Schrecken verflogen war, erschien Venetia die erschütternde Behauptung gar nicht mehr so abwegig. Schon damals war ihr aufgefallen, wie unglücklich Lady Howland gewirkt hatte. Vielleicht hatte sie das Leben nicht länger ertragen und ihm tatsächlich ein Ende gesetzt. Armer kleiner Robin, wie furchtbar für ihn, so früh seine Mutter zu verlieren. Mit seinen fünf Jahren würde er den Verlust schmerzlicher empfinden als sein jüngerer Bruder, der erst anderthalb war.

George bemerkte ihre Betroffenheit und sagte sanft: »Erst kürzlich sprach ich mit der Prinzessin Martha Bibesco, die schon so lange Gast hier ist, über die vielen Menschen, die wir gekannt haben und die nicht mehr unter uns weilen. Sie sagte zu mir: ›Geister, George, so viele Geister. Das Ritz ist voller Gespenster derer, die uns einst nahestanden.‹«

Venetia sah von ihrem Buch auf und blickte zum Fenster, vor dem eine Krähe leise krächzend vorübersegelte. Melancholisch ließ sie »Bleak House« von Charles Dickens auf ihren Schoß sinken. Während ihres erfüllten Arbeitslebens hatte sie nie die Zeit gehabt, lange Romane zu lesen, und sich vorgenommen, diejenigen Bücher, die ihr damals in ihrer Jugend gefallen hatten, noch einmal in Ruhe zu genießen. Doch Venetias Herz war nicht bei der Sache. Sie fühlte sich einsam. Der Trubel des Ritz fehlte ihr, die Telefonate mit Aufsichtsratsvorsitzenden und Lieferanten, die Besuche von hohen Gästen und kleinen Angestellten, die einen Termin mit dem Hoteldirektor vereinbaren wollten, die Unterhaltungen mit den Portiers im Foyer und den Schreibkräften, Kellnern und Hausdamen in der Kantine. Nun rächte es sich, dass Venetia nie geheiratet hatte. Sie traf sich alle ein oder zwei Wochen mit Patty, die mit ihrem Mann Henry und ihren zwei Kindern in einem Haus in Camberwell wohnte. Es mochte für Patty nicht die große Liebe sein, doch Henry war solide und zuverlässig und betete seine Frau an. Patty arbeitete nun schon seit fast zwanzig Jahren bei einem exklusiven Damen- und Herrenausstatter auf der Bond Street, nicht weit vom Ritz entfernt, und war mit der Zeit zur führenden Verkäuferin aufgestiegen. Erst kürzlich hatte der Eigentümer, der in die Jahre gekommen war, ihr vorgeschlagen, einen Anteil an dem Geschäft zu erwerben.

Als Mary Lawson vor Kriegsbeginn gestorben war, hatte Venetia mit dem Gedanken gespielt, ihrer Tochter nun endlich die Wahrheit über ihre Herkunft zu gestehen. Aber dann war ihr klar geworden, dass es zu spät dafür war. Also hatte sie wieder Abstand davon genommen. Doch es schmerzte sie, dass Patty nie »Mutter« zu ihr sagen würde.

Mit Bertie verband sie weiterhin eine enge Freundschaft. Wenn er sich in London aufhielt, was drei- oder viermal im Jahr der Fall war, trafen sie sich in einem Park oder einer Teestube in einem Stadtteil, in dem niemand sie kannte, und unterhielten sich. Dann fragte Bertie stets nach Patty und ließ sich Fotografien seiner Enkelkinder zeigen. Venetia erfuhr, dass sein Sohn Robert eine Familie gegründet und drei Kinder hatte, zwei Söhne und eine Tochter. Bibi hatte einen provenzalischen Künstler geheiratet und war nach Frankreich gezogen, besuchte ihre Eltern aber regelmäßig.

Obwohl zwischen Venetia und Bertie nach wie vor eine große Anziehungskraft bestand, hatten sie sich vor langer Zeit darauf geeinigt, der Versuchung aus Rücksicht auf Eva nicht nachzugeben. Es hätte ihr Verhältnis nur mit Schuldgefühlen belastet. Ihre Freundschaft bedeutete ihnen beiden zu viel, um sie für ein heimliches, verbotenes Glück aufs Spiel zu setzen.

Venetia erhob sich aus ihrem Sessel und ging in die Küche, um sich noch eine Tasse Tee aufzubrühen. Es war früh am Morgen. Hinter dem Haus befand sich ein kleiner Garten, der nur dem Mieter im Erdgeschoss zur Nutzung zur Verfügung stand. In ihrer Wohnung im ersten Stock musste Venetia sich mit ein paar Zimmerpflanzen auf dem Fensterbrett begnügen.

Als Venetia auf die Straße hinausblickte, bemerkte sie einen grauen Bentley, der vor dem Haus anhielt. Ein Chauffeur in Uniform stieg aus und kam auf die Tür zu. Im nächsten Moment ertönte die Klingel.

Venetia brauchte einen Moment, um sich von ihrer Überraschung zu erholen. Sie würde den alten, aber sorgfältig gepflegten Bentley überall wiedererkennen. Er gehörte Bertie. Mit unruhig klopfendem Herzen stieg sie ins Erdgeschoss hinunter und öffnete die Tür. Sorgenvoll blickte sie den Fahrer an – Parker war sein Name, wenn sie sich richtig erinnerte. War Bertie etwas zugestoßen?, fragte sie sich beklommen.

»Miss Grey?«, fragte der Chauffeur mit forschender Miene. »Miss Venetia Grey?«

»Ja«, bestätigte Venetia.

»Ich soll Sie abholen, Madam, und nach Yorkshire fahren, nach Ainsdale Manor«, verkündete Parker. Da Venetia ihn verständnislos anstarrte, räusperte er sich und fügte hinzu: »Dort findet heute Nachmittag die Testamentseröffnung statt, Madam.«

Venetia wurde leichenblass und tastete nach einem Halt. Erst jetzt bemerkte sie die schwarze Armbinde an Parkers Ärmel. Ein Ausdruck von Betroffenheit glitt über das Gesicht des Chauffeurs.

»Es tut mir leid. Wussten Sie es nicht, Madam? Die Todesanzeige war vor einer Woche in den Zeitungen.«

»Nein«, hauchte Venetia erschüttert. »Ich wusste es nicht.«

»Vielleicht sollten Sie sich setzen«, schlug Parker vor. »Es muss ein ziemlicher Schock für Sie gewesen sein, Madam. Lady Ainsdale war noch so jung. Nun ja, eigentlich weiß ich nicht genau, wie alt sie war. Sie war so schön, bis zuletzt noch.« Er verstummte, da er sich seines unangemessenen Geplappers bewusst wurde. Parker stand noch nicht lange in Lord Ainsdales Diensten und hatte offensichtlich wenig Erfahrung im Umgang mit Vertretern der hohen Gesellschaft und ihren Sitten.

»Kommen Sie doch einen Moment herein, Mr Parker«, bat Venetia. »Ich habe gerade Tee gemacht. Möchten Sie eine Tasse?«

Sie führte den Chauffeur in die Stube und brachte ihm Tee.

»Das ist sehr freundlich von Ihnen, Madam«, bedankte er sich.

»Ich wusste nicht, dass es so schlimm um Lady Ainsdale stand«, sagte Venetia erschüttert.

Während des Krieges hatte Bertie in London Offiziere ausgebildet. Dadurch hatten sie die Möglichkeit gehabt, sich öfter zu sehen. Vor etwa einem halben Jahr hatte er jedoch seinen Abschied von der Armee genommen, da der Gesundheitszustand seiner Frau seine Anwesenheit zu Hause erforderte. Venetia hatte allerdings keine Ahnung gehabt, dass Lady Ainsdale so schwer krank gewesen war.

»Am Ende ging es wohl sehr schnell«, bemerkte Parker ein wenig zu vertraulich.

»Und warum bin ich zur Testamentseröffnung geladen?«, erkundigte Venetia sich verwundert.

»Kannten Sie Lady Ainsdale denn nicht persönlich? Vielleicht hat sie Ihnen etwas vermacht.«

»Das ist natürlich möglich. Ja, ich kannte sie, wenn auch nicht sehr gut.«

Parker erklärte, man habe ihm aufgetragen, ihr mitzuteilen, dass sie Kleidung zum Wechseln einpacken solle.

Während der Fahrt nach Yorkshire zerbrach Venetia sich den Kopf darüber, was diese Einladung zu bedeuten hatte. War es möglich, dass Lady Ainsdale ihr tatsächlich ein Andenken hatte hinterlassen wollen? Hatte sie die unbedeutenden Dienste, die Venetia ihr als Sekretärin des Hoteldirektors über die Jahre erwiesen hatte, so hochgeschätzt? Oder wollte Lady Ainsdale mit ihren letzten Worten offenbaren, dass sie von der Beziehung zwischen Venetia und ihrem Gatten gewusst hatte? Das Gefühl der Beunruhigung, das diesem Gedanken entsprang, begleitete Venetia die ganze Autofahrt über. Doch als der Wagen sein Ziel erreichte und durch ein schmuckvolles schmiedeeisernes Tor in einen gepflegten Park und schließlich auf Ainsdale Manor zufuhr, verflog ihre Nervosität, und sie ließ sich von dem Anblick des Herrenhauses bezaubern. Venetia kannte das Gebäude nur von Schwarz-Weiß-Fotografien. Es war aus jakobinischer Zeit und aus roten Ziegelsteinen erbaut. Große und kleine Frontgiebel, zwei mit Zinnen versehene Türme am Ostflügel, einer am Westflügel und die unsymmetrisch aus dem Dach in die Höhe strebenden Schornsteine erweckten den Eindruck, als sei Ainsdale Manor auf zufällige und natürliche Weise aus dem Boden gewachsen, auf dem es stand. Einige der Stabwerkfenster waren durch weiße Schiebefenster ersetzt worden, doch ansonsten erschien das Haus seit Jahrhunderten unverändert. Eine Zeitkapsel inmitten einer modernen Welt – so wie das Ritz.

Als der Bentley vor dem Eingang hielt, trat Bertie aus der Tür und lächelte Venetia zu. Parker öffnete ihr den Fond.

»Venetia«, begrüßte Bertie sie erfreut. »Willkommen auf Ainsdale Manor.«

Venetia wunderte sich, dass er in Hörweite des Chauffeurs so vertraulich mit ihr sprach, und blickte ihn fragend an.

»Es tut mir sehr leid um Lady Ainsdale«, sagte sie. »Ich wusste nicht, dass deine Frau verschieden ist.«

Ein Schatten fiel über Berties Züge. »Zumindest hat sie nicht lange gelitten.« Er machte eine einladende Geste in Richtung Tür. »Komm herein. Parker wird deine Tasche in dein Zimmer bringen.«

»Danke.«

Venetia trat über die Schwelle, aus der warmen Septembersonne, die das Haus mit ihren goldenen Strahlen übergoss, in einen schmalen Gang, von dem man in die große Halle, den ehemaligen Rittersaal, gelangte. Im Innern war es kühl, denn in dem mächtigen, marmorverkleideten Kamin brannte kein Feuer. Der Geruch der Holzpolitur, mit der die Wandverkleidung und die Eichenmöbel behandelt worden waren, vermischte sich mit dem Duft der in zwei Vasen blühenden Rosen.

Obwohl viel Licht durch die hohen Fenster fiel, bemerkte Bertie entschuldigend: »Es ist etwas dunkel hier. Ainsdale Manor ist ein altes Haus.«

»Nein«, erwiderte Venetia abwehrend. »Es ist wunderschön, freundlich und behaglich, nicht steril und abweisend wie die Häuser und Büros, die heute überall gebaut werden.«

Sie sah ihm an, dass ihre Worte ihm Freude bereiteten. Die leichte Unsicherheit, die sie bei ihrem Eintreffen auf seinen Zügen beobachtet hatte, wich einem Ausdruck der Entschlossenheit.

»Möchtest du den Garten sehen?«, sagte er und ging ihr voraus, bevor sie antworten konnte.

Durch eine Tür gelangten sie in einen Gang, der an einer Hintertreppe vorbeiführte, und von dort durch eine schmale Pforte nach draußen auf eine Terrasse, auf der ein Tisch und Stühle standen, sodass man bei gutem Wetter dort Tee trinken konnte. Venetia folgte Bertie nach links durch eine mit Rosen bewachsene Pergola in einen kleinen von einer Mauer eingefassten Garten. Vor einer Holzbank hielt Bertie inne und bat Venetia, sich zu setzen. Nach kurzem Zögern nahm er neben ihr Platz.

»Du fragst dich sicherlich, weshalb ich dich hergebeten habe«, begann er.

Venetia meinte, einen rosigen Schimmer auf seinen Wangen zu entdecken. Sie schwieg, um ihn nicht aus dem Konzept zu bringen.

»Eva hat dir tatsächlich etwas hinterlassen, eine Brosche, soviel ich weiß«, fuhr Bertie fort. »Aber das erfordert deine Anwesenheit bei der Testamentseröffnung nicht zwingend. Ich hätte dir das Schmuckstück auch persönlich gebracht.« Er bemerkte, dass er abschweifte, und versuchte, seine Gedanken zu ordnen. Sein expressives Mienenspiel, das Venetia stets zu beobachten geliebt hatte, wurde noch lebendiger als sonst, während er nach den richtigen Worten suchte. »Verzeih mir, ich habe mir das nicht so schwer vorgestellt«, sagte er in einem Ton, der Venetia unwillkürlich an ihr erstes Zusammentreffen auf den Klippen von Scarborough erinnerte, als er sich dafür entschuldigt hatte, dass die Internatserziehung Männer seines Ranges nicht auf den Umgang mit jungen Damen vorbereiten würde. Sie hätte ihm gerne geholfen, aber das war leider nicht möglich. Diese Herausforderung musste er allein meistern. Schließlich sank er vor ihr auf ein Knie. »Ich weiß nicht, wie viele Jahre mir noch bleiben, Venetia. Aber ich möchte den Rest meines Lebens nicht allein verbringen. Verzeih mir, dass ich damals nicht das Rückgrat hatte, dich zu heiraten. Ich habe es immer bereut. Würdest du mir jetzt trotzdem die Ehre erweisen, meine Frau zu werden?«

Sie lächelte ihm liebevoll zu, nahm seine Hände zwischen die ihren und antwortete: »Ja, Bertie. Ich könnte mir nichts Schöneres vorstellen.«

Überglücklich erhob er sich, setzte sich neben sie und drückte sie an sich. Venetia fühlte ihr Herz vor Aufregung schlagen. Sie schmiegte sich in die Umarmung, auf die sie so lange hatte verzichten müssen. Als Bertie sich von ihr löste und zärtlich ihre Wange streichelte, konnte sie sich dennoch nicht beherrschen und fragte verunsichert: »Was wird deine Familie dazu sagen? Und deine Freunde, deine Nachbarn?«

»Ich habe mit Robert und Bibi über dich gesprochen, damit sie sich mit dem Gedanken vertraut machen können«, erklärte er. »Natürlich muss ich eine angemessene Trauerzeit einhalten, aber sobald diese vorüber ist, möchte ich, dass wir hier in der Dorfkirche heiraten. Die Zeiten haben sich geändert. Die Leute werden sich schnell daran gewöhnen, dass ich eine Bürgerliche zur Frau genommen habe.«

»Wie viel hast du Robert und Bibi über uns erzählt?«, fragte Venetia.

In der Ferne waren die Stimmen zweier Frauen zu hören. Venetia erkannte Bibis und Pattys.

»Patty ist hier?«

»Ja, ich habe sie hergebeten«, bestätigte Bertie. »Und ich habe ihr die ganze Wahrheit offenbart.«

Erschrocken starrte Venetia ihn an. »Und wie hat sie es aufgenommen?«

»Besser, als ich erwartet habe. Ich glaube, sie hat irgendwo in ihrem Innern immer etwas dergleichen vermutet. Bibi und Robert waren weitaus überraschter. Bobby braucht noch eine Weile, um darüber hinwegzukommen. Bibi ist da weltoffener, aber das ist auch kein Wunder.«

Die Stimmen näherten sich. Sie klangen fröhlich und unbeschwert wie diejenigen von Freundinnen, die sehr vertraut miteinander waren – oder zweier Schwestern, die sich gut verstanden.

»Komm, mein Schatz, gehen wir zu ihnen und teilen ihnen die frohe Neuigkeit mit«, sagte Bertie. »Was hältst du von Flitterwochen im Ritz?«

Vertrauensvoll legte Venetia die Hand in die seine und ließ sich aus dem Rosengarten führen.

Nachwort

Diesen Roman zu schreiben, war für mich wie eine Reise in die Vergangenheit. Als ich achtzehn Jahre alt war, führte die Abenteuerlust mich nach London, wo ich einige Jahre als Zimmermädchen in einem Luxushotel auf dem Piccadilly schräg gegenüber des Ritz arbeitete. An die Atmosphäre der Kameradschaftlichkeit unter dem Personal verschiedener Nationen denke ich noch immer mit Freude und ein wenig Schwermut zurück. Das Hotel war für mich eine Zufluchtsstätte während einer schwierigen Zeit, und ich habe bis heute Kontakt zu zwei meiner ehemaligen Kolleginnen. Wir hatten Unterkunft im Untergeschoss des Hotels und freie Verpflegung in der Personalkantine. Es war schon aufregend und interessant, bei der Arbeit oder während eines Spaziergangs im Park Schauspielern und Politikern zu begegnen, oder auch beim Säubern der Zimmer zu sehen, was die Gäste eingekauft hatten. Ich verdanke ihnen so manchen Buchtipp. Zum Beispiel erwarb einer von ihnen die gesammelten Tagebücher von Samuel Pepys, die ich später für meine Romane ebenfalls verwendete.

Die Recherche für diesen Roman ermöglichte es mir außerdem, mir einen lang ersehnten Traum zu erfüllen: Ich verbrachte eine Nacht im Ritz. Das Personal, das ich mit Fragen überschüttete, besonders der Empfangschef Michael De Cozar, war mir eine große Hilfe, und ich bin ihnen dankbar, dass sie mir so viel ihrer kostbaren Zeit geschenkt haben.

Als würdiger Nachfolger seiner Vorgänger ist Michael De Cozar bereits über fünfzig Jahre im Dienst. Er begann 1973 als Page. Sein Vater war als Zimmerkellner im Ritz beschäftigt. Damit tritt Michael De Cozar in die Fußstapfen des berühmten George Criticos (Fafoutakis), der die Anfangsgeschichte des Ritz entscheidend mitprägte. Die Informationen über George Criticos' Leben und einige Anekdoten über die Hotelgäste, die ich im Roman verwendet habe, stammen aus seinen Memoiren, die 1959 veröffentlicht wurden. Das Zitat von Marthe Bibesco über die »Geister« des Ritz habe ich ebenfalls den Erinnerungen von George Criticos entnommen. George ging 1960 mit 76 Jahren in Rente, ein Jahr später war er tot. Seine Frau Marjorie sagte, dass er an gebrochenem Herzen gestorben sei, weil er seine Stelle im Ritz aus gesundheitlichen Gründen hatte aufgeben müssen (*The Bridgeport Post*, 18. Juli 1961, S. 39).

Sein Nachfolger Victor Legg war 1939 von dem damaligen stellvertretenden Hoteldirektor Eduard Schwenter als Telefonist eingestellt worden, nachdem Schwenter sich vergewissert hatte, dass Legg kein Französisch verstand. So stellte Schwenter sicher, dass Legg die heimlichen Telefonate mit seiner Geliebten nicht belauschen konnte (Matthew Sweet, *The West End Front*, S. 2). Victor Legg beschrieb die Aufgaben eines Empfangschefs als vergleichbar mit denen eines Beichtvaters (Hugh Montgomery-Massingberd, David Watkin, *The London Ritz. A Social and Architectural History*, S. 172). 1976 hängte Legg seine Uniform an den Nagel, nachdem er dem Ritz siebenunddreißig Jahre treue Dienste geleistet hatte.

Die Zitate von Peter Fleetwood-Hesketh, Sir Peregrine Worsthorne und Jacqueline Kennedy Onassis stammen aus Hugh Montgomery-Massingberd, David Watkin, *The London Ritz. A Social and Architectural History*, S. 6, 148 bzw. 173.

Die meisten im Roman beschriebenen Ereignisse sind überliefert, und ein Großteil der Protagonisten bis hin zu den Opfern der Bombardierung Scarboroughs im Dezember 1914 (mit Ausnahme von Venetias Tante Lizzie Bowen) sind historische Personen. Die Familie Grey, die Ainsdales, Percy Frobisher, André Le Blanc, die Cunninghams, Miss Trout, Barnaby Croft und einige der Nebencharaktere sind fiktiv.

Die geheimen Treffen zwischen David Lloyd George und Basil Zaharoff, dem griechischen Waffenhändler, fanden tatsächlich im Ritz statt. Die Episode, in der ein deutscher Spion plant, die Verhandlungen der britischen Regierung mit dem griechischen Präsidenten Venizelos zu stören, ist jedoch meine Erfindung. Während des Zweiten Weltkriegs hielten Winston Churchill, Dwight Eisenhower und Charles de Gaulle ebenfalls eine Besprechung im Marie-Antoinette-Speisezimmer ab.

Die Szene, als Consuelo Spencer-Churchill, Duchess of Marlborough, im Juli 1897 nach dem Kostümball durch den Green Park zum Spencer House zurückkehrt, vorbei an den dort schlafenden Stadtstreichern, beschreibt sie selbst in ihren Erinnerungen:
»In meinem wallenden historischen Kleid schien ich für sie eine Vision von Reichtum und Jugend zu sein, und ich dachte nüchtern, dass sie mich hassen mussten. Aber sie schauten nur, und manche riefen mir sogar im Vorbeigehen ein Kompliment

zu«, (zitiert nach Luke Barr, *Ritz & Escoffier. The Hotelier, the Chef, and the Rise of the Leisure Class*, S. 182).

Auch die Episode, als Consuelo bei einem ihrer Besuche im Palm Court in den Zwanzigerjahren aufgrund der herrschenden Hitze ohnmächtig wurde, ist überliefert.

Henry Robin Russell, von 2002 bis zu seinem Tod im Jahre 2003 Duke of Bedford, war nicht das einzige Kind, das im Ritz geboren wurde. Im Dezember 1941 brachte die Marchioness of Huntly in einer Hotelsuite ihre Tochter Lady Lemina Gordon zur Welt. Es gab jedoch auch Todesfälle. Die ehemalige britische Premierministerin Margaret Thatcher verstarb im Jahre 2013 in ihrer Suite im Ritz. Darüber hinaus sind mehrere tragische Selbstmorde dokumentiert.

Für die kommenden Jahre haben die neuen Eigentümer aus Katar umfängliche Baumaßnahmen im Ritz geplant, die das Hotel ins einundzwanzigste Jahrhundert führen sollen. Es bleibt abzuwarten, ob es ihnen gelingen wird, die magische Aura des Ritz, die von Gästen und Besuchern so sehr geschätzt wird, zu erhalten.

Glossar

Airco D.H.2 (Geoffrey de Havilland): einsitziger Doppeldecker, der im Ersten Weltkrieg als Jagdaufklärer diente

Battenberg (auch Dominokuchen): Biskuitkuchen mit Schachbrettmuster

B.E.2 (Blériot Experimental): zweisitziger Doppeldecker, der sowohl zur Aufklärung als auch als Jagdflugzeug eingesetzt wurde

BEF (British Expeditionary Force): reguläre britische Armee aus Berufssoldaten und Reservisten, die zu Beginn des Ersten Weltkriegs in Frankreich und Belgien eingesetzt wurde

Biesen: abgesteppte Falten, die flach umgebügelt werden

Black Marias: deutsche Granaten

Bonvivant: Lebemann

Bowler: runder Herrenhut, auch Melone genannt

Calico: Baumwollgewebe

Chef de partie: Abteilungschef

Chef entremétier: Beilagenkoch

Chef garde-manger: Koch der kalten Küche

Chef glacier: Eiskonditor

Chef légumier: Gemüsekoch

Chef pâtissier: Konditor

Chef poissonnier: Fischkoch

Chef rôtisseur: Bratenkoch

Coutil: gewebtes Tuch speziell für Korsetts

Direktrice: Hausdame, Leiterin der Housekeeping-Abteilung eines Hotels

Enfilade: Zimmerflucht, deren Türen auf einer Achse liegen

Finial: Zierspitze

Fondant: Zuckermasse zur Dekoration von Backwaren

Grabenkoller: altertümlicher, im Ersten Weltkrieg geprägter Ausdruck für posttraumatische Belastungsstörung

Guinea: Goldmünze im Wert von 21 Shillings (1 Pfund + 1 Shilling), die zwischen 1663 und 1814 geprägt wurde. Seit der Abschaffung ist sie nur noch als Rechnungseinheit in Gebrauch und wird vor allem zur Auspreisung von Luxuswaren verwendet.

Hansom: zweisitzige Pferdedroschke

Homburg: Herrenhut aus Filz

Kitchener-Armee: durch Kriegsminister Herbert Kitchener, 1. Earl Kitchener, im Ersten Weltkrieg aufgestellte britische Freiwilligenarmee

Kongregationalistische Kirche: aus England stammende evangelische Glaubensrichtung, die die Unabhängigkeit der einzelnen Kirchengemeinden betont

Kurier: im neunzehnten Jahrhundert ortskundiger Führer und Begleiter von Reisenden, der den Transport und die Unterbringung organisierte

Maître d'Hôtel: Leiter eines Restaurants

Pater: lateinisch Vater

Pikee: Baumwollstoff mit reliefartigem Muster

Pillbox: kleiner ebenerdiger Bunker (wahrscheinlich abgeleitet von pillar box [Briefkasten] wegen seiner schmalen horizontalen Schießscharte)

Pongé: Seidenstoff

Rechaud: Tischkocher zum Warmhalten oder Erhitzen von Speisen

Royal Flying Corps: Fliegertruppe des britischen Heeres von 1912–1918. Am 1. April 1918 wurde das RFC mit dem Royal Naval Air Service der britischen Marine zur Royal Air Force zusammengelegt

Schrapnell: auch Granatkartätsche, eine Artilleriegranate, die mit Metallteilen gefüllt ist. Diese werden kurz vor dem Ziel durch eine Treibladung nach vorn ausgestoßen und dem Ziel entgegengeschleudert. Granatsplitter werden oft fälschlicherweise als Schrapnell bezeichnet.

Souschef: Stellvertreter des Küchenchefs

Territorials: freiwillige Reserveeinheiten der britischen Armee

Toque: kleiner, barettartiger Topfhut

Woolton Pie: Gemüsepastete, die während des Zweiten Weltkriegs vom Ernährungsministerium (unter Lord Woolton) als Alternative zur Fleischpastete empfohlen wurde, da Fleisch rationiert war.

Dank

Mein besonderer Dank gilt wie immer meinem Agenten Thomas Montasser, der mir bei der Ausarbeitung der Geschichte wertvolle Anregungen gab.

Herzlich danken möchte ich auch all denen, die mir bei der Entstehung des Romans beratend zur Seite gestanden und mir ihr Fachwissen zur Verfügung gestellt haben. Die Mitarbeiter des Ritz Hotels haben mit viel Geduld und Engagement meine unzähligen und mitunter kuriosen Fragen beantwortet, vor allem die Beschäftigten im Empfangsbereich und hier im Besonderen Michael De Cozar, der Empfangschef, sein Stellvertreter Tony Warren und der Nachtportier Dean Moody sowie die anderen Portiers und Pagen, die meinem Vorhaben großes Interesse entgegengebracht haben. Vielen Dank auch an Jackie McDevitt, Leiterin der Public-Relations-Abteilung, die mir die Erlaubnis zu den Interviews gab. Ich danke auch allen, die meinen Aufenthalt im Ritz unvergesslich gemacht haben: der Portier, der mein Gepäck aufs Zimmer brachte, der Etagenkellner, der mir den besten Earl Grey Tee servierte, den ich je getrunken habe, der Barkellner, der mir einen vorzüglichen Cocktail empfahl, und das Zimmermädchen, das mir für ein Foto Modell stand.

Bei den medizinischen Beschreibungen hat mich wie stets Frau Dr. Mila Beyer vom Universitätsklinikum Düsseldorf beraten. Die Übersetzungen ins Badische verdanke ich Frau Dr. Ute Albrecht. Etwaige Fehler gehen natürlich zu meinen Lasten. Vielen Dank auch an Thomas von Nordheim, der mich bei den Beschreibungen der zeitgenössischen Mode beraten hat, und an die Historikerin, Germanistin und Romanistin Gesine Klinkworth, die grammatikalische und inhaltliche Fehler aufgespürt und die französischen Ausdrücke überprüft hat. Herzlichen Dank auch der verantwortlichen Lektorin bei Goldmann Barbara Heinzius und der Lektorin Ilse Wagner, nicht zu vergessen meiner Familie, meinen Freunden und Kollegen.

Literaturauswahl

Barr, L.; *Ritz & Escoffier. The Hotelier, the Chef, and the Rise of the Leisure Class*, New York 2018

Binney, M.; *The Ritz Hotel London*, London 1999

Bostridge, M.; *The Fateful Year. England 1914*, London 2014

Criticos, G.; *The Life Story of George of the Ritz as told to Richard Viner*, London 1959

Escoffier, A.; *Kochkunstführer. Hand- und Nachschlagebuch der klassischen französischen Küche und der feinen internationalen Küche*, Frankfurt 3. überarb. Aufl. 1910

Hamp, P.; *Kitchen Prelude*, London 1932

Holland, E.; *Edwardian England. A Guide to Everyday Life, 1900–1914*, o. O. 2014

Loschek, I.; *Mode im 20. Jahrhundert. Eine Kulturgeschichte unserer Zeit*, München 3. überarb. Aufl. 1988

Mitton, L.; *The Victorian Hospital*, Oxford 2. Aufl. 2008

Montgomery-Massingberd, H.; Watkin, D.; *The London Ritz. A Social and Architectural History*, London neue Aufl. 1989

Simpson, H.; *The London Ritz Book of Afternoon Tea. The Art & Pleasures of Taking Tea*, London 1986

Sweet, M.; *The West End Front. The Wartime Secrets of London's Grand Hotels*, London 2012

White, J.; *Zeppelin Nights. London in the First World War*, London 2015

Williams, J. MBE; *The Ritz London. The Cookbook*, London 2018

Wolf, S. A.; *Wörterbuch des Rotwelschen*, Mannheim 1956